전목의

중국문학사

錢穆 전목의 중국문학사

中國文學史

전목 강의 | 섭룡 기록·정리

유병례·윤현숙 옮김

뿌리와
이파리

**일러두기**

1. 한자의 병기는 최초 노출 후 반복하지 않는 일반 표기의 원칙 대신 문맥의 이해를 위해 필요한 곳에는 반복적으로 한자를 병기했다.

2. 전목 주, 섭룡 주, 편자 주, 역자 주는 구분하였고, 원문은 대개 각주로 처리하였으나 너무 긴 경우에는 따로 후주로 처리하였다. 후주는 후1, 후2 식으로 각주 일련번호와 구분하여 표기하였다.

3. 국립국어원 외래어 표기법 세칙에 따르지 않고 중국어 인명과 지명 모두 한자음대로 표기하는 것을 원칙으로 했다.

4. 책명, 정기간행물, 신문 등에는 겹낫표(『 』), 편명, 논문 등에는 홑낫표(「 」)를 사용했다.

# 차례

문학사를 읽으려면 우선 문학에 대해 잘 아는 것이 좋다.

# 서문

우리 바로 앞세대 대학자 중에 전목錢穆은 학문의 세계가 깊고 넓어 저술이 다양하고 풍부하기로 유명하다. 그러나 고대문학 이 분야만큼은 언급이 많지 않다. 전목의 문집『전빈사선생전집錢賓四先生全集』은 총 54권인데, 중국 고금의 문학에 대해 논한 글은 모두 제45권『중국문학논총中國文學論叢』에 수록되어 있으며, 전체 문집에서 차지하는 비중 역시 지극히 작다. 여기에 수록된 논제들은 산만하고 편폭도 길지 않은데, 단지「중국문학사개관中國文學史概觀」이 부분만은 체계적이며 완전하다. 이제 섭룡葉龍이 1955년에서 1956년까지 1년 동안 홍콩 신아서원에서 전목이 강의했던 중국문학사를 정리, 책으로 출간하여 대중들에게 공개하게 되었으니 참으로 다행스러운 일이다. 우리는 이를 통해서 이전에는 잘 알지 못했던 대학자 전목의 이 방면에서의 학술적인 업적을 볼 수 있게 되었으니 중국문학사를 연구하는 사람으로서 많은 계시를 받을 수 있을 것이다.

　옛날 전목은 중국문학사를 강의할 때 대부분 자유롭게 내키는 대로 하였다. 내가 장천추蔣天樞한테서 들은 바로는, 문학사 강의는 한 학기 동안 당나라 이전까지 진도를 나가야 하는데, 한 학기 수업이 끝났는데도 『초사楚辭』를 다 끝내지 못하였다고 한다. 전목의 문학사는 31편으로 나누어져 있다. 문학의 기원에서부터 명청明淸 장회소설章回小說까지 언급하였는데 구성이 상당히 완전하다. 그러나 강의는 역시 저술과 다르기에 각 편 가운데 간단한 것은 몇 마디에 불과한 반면, 자세한 것은 상세히 고찰하고 논하였으니 편폭의 균형은 그다지 중시하지 않았다. 그리고 제자의 강의노트이다 보니 잘못 들은 것이라든가 빠트린 것이 있는 것도 사실이다. 전문서의 잣대로 평가한다면 이상하다고 느끼는 곳도 많을 것이다.

그러나 강의노트는 강의노트대로의 장점이 있다. 전목은 강의실에서 수업할 때 신바람이 나면 종종 기묘奇妙한 담론을 풀어내며 자신의 성정을 드러내기도 하여 매우 재미있다. 만약 문장으로 이런 내용을 써냈다면 대부분 삭제되었을 것이다. 예컨대 전목은 공자의 위대함을 이야기하면서 마치 대형 마트처럼 물건도 진짜고 가격도 공정하다는 말로 표현하였다. 이런 말은 간단하여 이해하기 쉽고 기억하기 좋으면서도 비유가 딱 맞아떨어진다. 공자는 '성誠'을 가장 중시하여 말조차 지나치게 민첩하게 하면 뭔가 수상쩍다고 생각하였다. 대형 마트는 물건도 진짜고 가격도 공정하다는 이 말은 학술적인 평가용어로 사용하는 게 쉽지 않다. 그러나 이해가 빠른 학생이라면 그 말 속에서 많은 것을 터득할 것이다. 그리고 오늘 우리들은 활자화된 그 구절을 읽고 그의 의중을 깨달으면서 여전히 전목 특유의 친절함을 새삼 느낄 수 있다.

현대 학문의 한 분야로서 문학사를 말하자면, 그것은 서양에서 기원하였고 가장 최초의 중국문학사도 중국인이 쓰지 않았다. 그러나 문학사 의식이 외부인으로부터 주입되었다고는 결코 말할 수 없다. 사실상 중국인은 문학과 역사를 중시하였기에 일찍부터 문학현상이 역사의 과정 속에서 어떻게 변화하였는지 주목하였다. 적어도 남조南朝시대에『시품詩品』은 오언시의 원류에 대해 토론한 적이 있으며,『문심조룡文心雕龍』도 문학과 시대의 관계에 대해 논한 적이 있으니 모두 강렬한 문학사 의식을 지녔다고 하겠다.『송서宋書·사령운전謝靈運傳』을 쓴 심약沈約이나『남제서南齊書·문학전론文學傳論』을 쓴 소자현蕭子顯 역시 이러한 방면에 관심을 가지고 뛰어난 견해를 발표하였다. 중국문학은 자기만의 길을 걸어왔고, 옛사람들은 문학의 가치에 대해 나름대로의 견해를 가지고 있었다. 전목이 강의한 중국문학사의 가장 두드러진 특징은, 그것을 현대 학문의 특질로서 인식하였을 뿐만 아니라 중국의 전통적인 문학 가치와 문학사 의식에도 깊이 관심을 가졌다는 점이다. 중대한 문제에 접근할 때 전목은 가능한 서양의 잣대로 중국문학 현상을 가늠하고 해석하는 것을 지양하고, 서로 다른 문학 시스템으로서의 중국과 서양의 차이를 비교하여 중국문학의 특징을 더욱 명확하게 인식할 수 있도록 해주었다. 아마 나는 모종의 구체적인 문제에 대해서는 전목과 견해가 다를지도 모른다. 그러나 그가 제시한 중요한 원칙은 보편적인 의의를 지니고 있다. 물론 이것은 단지 문학만을 가지고 말한 것이긴 하다.

전목은 매우 질박하고 명석한 사람이다. 그의 학문 연구는 종종 간단명료하게 핵심을 잘 포착하였기에 세세한 논거를 필요로 하지 않는다. 예컨대 중국고대신화에 관해 중국과 일본 학자들이 각양각색의 견해를 발표한 적이 있다. 중국인은 생활이 고되고 힘들어서 환상 능력이 떨어져 신화가 발달하지 않았다고 한 사람도 있고, 또 중국신화는 모두 역사와 전설 속으로 유입되었기 때문에 신화적 색채가 비교적 약화되었다고 한 사람도 있다. 그러나 이러한 견해는 모두 원래 모습의 신화와 문학화된 신화가 같지 않다는 점을 간과한 것이다. 몇 년 전 나는『간명중국문학사簡明中國文學史』를 썼는데 이 사실에 주목해야 할 것을 주장하였고, 중국고대신화가 문학으로 발전하지 않았던 것은 더욱 큰 문화 조건의 제약을 받은 결과라고 생각하였다. 당시 나는 내가 엄청 대단한 사실을 알게 되었다고 생각했는데, 이번에 전목의 문학사 강의노트를 읽고서 그가 이에 대해 이미 명확하게 설명해놓았음을 알게 되었다.

신화와 고사는 어느 곳에서든 생길 수 있다. 중국에서도 고대시대부터 이미 이것이 존재했는데, 일찍이 문학으로 형성되지 않았을 뿐이다. 서양은 신화와 고사로부터 문학이 생겼다. 그런데 유독 중국에서 문학으로 형성되지 않은 이유는 문화배경이 달랐기 때문이다. 우리는 문학적인 비평의 잣대로 평가할 것이 아니라 역사와 문화적 측면에서 답안을 찾아 중국과 서양이 왜 다른지 설명해야 할 것이다.

우리는 전목이 유가사상의 전통을 존중하는 학자라는 것을 모두 안다. 유가는 문학의 사회적 공능功能을 중시하여 정치와 세상 사람들에게 유익해야 할 것을 요구한다. 전목은 이 원칙을 인정하는 사람이다. 그러므로 문학적 성취를 평가하는 데 있어서 두보杜甫를 이백李白보다 높게 평가하였고, 도연명陶淵明을 사령운謝靈運보다 높이 쳤다. 유가의 문학 입장에서는 이렇게 보는 것이 당연하며 특별할 것도 없다. 그러나 이와 동시에 특히 흥미로운 것은 전목이 문학의 정취를 중시하고, 예민하게 반응했다는 점이다. 그는 이렇게 말했다.

좋은 문학작품은 반드시 순진하고 자연스러워야 한다. 순진하다는 것은 참된 진리와 참된 감정을 말하는 것을 지칭한다. 새와 짐승의 울음은 자연스럽다. 수새가 암새를 향해 우는 것은 당연히 상대의 사랑을 갈구하는 마음에서 나온 것이지만, 아침 새는 아무것도 바라지 않을 때도 이따금 지저귀는데 그것이야말로 매우 자연스러운 울음이다. 꽃향기 역시 자연스럽게 풍겨 나온다. 산속에 핀 난초는 그 무엇을 위해, 또 어떤 특정한 대상을 위해 핀 것이 아니다. 하늘을 떠가는 구름과 흐르는 물 또한 그 무엇을 위해 떠가고 흐르는 것이 아니라, 단지 가지 않으면 안 되기에 가고, 흐르지 않으면 안 되기에 흐르는 것이니, 이것이야말로 가장 순진하면서도 자연스럽게 가고 흐르는 것이다. 문장을 쓰는 것 또한 이러하니 자연스러움에 맡겨야 한다. 문학작품은 이러한 경지에 이르러야 최고라 할 수 있다.

이러한 견해로부터 전목이 문학의 미감美感 작용을 매우 중시하였음을 알 수 있다. 그는 조조曹操의 「술지령述志令」을 특히 높이 쳤는데, 이는 전혀 작위적이지 않고 경쾌하며 자연스럽기 때문이다. 「술지령」에 대한 노신魯迅의 평가도 전목과 일치한다. 전목은 조조가 문학사에서 숭고한 위치를 차지하는 것은 바로 이러한 특징에서 기인한 것이라면서 "물 위에 떨어진 꽃이 모두 문장이 되고, 붓을 들어 쓰기만 하면 모두 문학이 되는 경지에 이른 것은 조조 이후에나 가능하였다. 그러므로 건안문학은 친근하면서도 맛깔스럽다"라고 하였다.

전목은 중국 고대시가 가운데 비比·부賦·흥興에 대해서도 범상치 않은 이해를 지니고 있는데, 이 역시 문학의 정취를 중시하는 태도와 관계가 있다. 그는 송나라 사람 이중몽李仲蒙의 비·부·흥에 대한 견해를 인용하면서 "부든 비든 흥이든 모두 '물物'과 '정情' 두 가지를 지니고 있다"고 귀납하였다. 그런 후 이렇게 설명하였다.

속담에 "만물은 일체一體"라는 말이 있다. 이는 유가儒家·도가道家·묵가墨家·명가名家뿐만 아니라 송宋·명明의 이학가理學家들도 말한 적이 있다. 즉 하늘과 사람이 하나이고, 대자연과 사람이 하나라는 것인데, 이러한 철학사상은 문학에는 깃들어 있지만, 사상사에서는 찾아볼 수 없다. 임의로 "개는 깊숙한 골목에서 짖고, 닭은 뽕나무 꼭대기에서 운다(狗吠深巷中, 雞鳴桑樹顚)"라는 두 구절을 예로 들어보자. 우리가 이러한 분위기 속에 깊이 빠져 있어도 이를 사실적인 문학이라고 할 수 없는 것은 시간과 장소와 사람이 한정되어 있지 않기 때문이다. 그렇다고 낭만을 말한 것이라고도 할 수 없다. 또한 개가 짖고 닭이 우는 것은 범신泛神 사상이 아닐 뿐 아니라, 유물관이라고도 할 수 없다. 이는 인생이 대자연 속에서 조화를 이루어 하나가 된 것이고, 이를 부賦의 기법으로 표현한 것이다. 인생에 대하여 활력과 흥취를 느낄 수 있으니, 이는 생명을 얻은 것과 같다.

비·부·흥은 모두 천인합일, 심물합일心物合一의 경지를 추구한다는 것이다. 이러한 견해는 예전에는 존재하지 않았다. 우리는 이 견해를 접했을 때 즐거움을 느끼고, 시가詩歌를 이해하는 데에 더욱 가까이 다가갔음을 느낄 것이다.

이렇듯 역사와 사회로부터 문학을 이야기하고, 문화 환경으로부터 문학에 대해 담론하며, 중국과 서양의 비교로부터 문학을 논한『전목의 중국문학사』는 드넓은 안목과 거대 담론의 일면을 지니고 있다. 경쾌하고 변화무쌍한 개성으로 자유롭고 거리낌 없이 문학을 이야기하고, 생명과 대자연이 융합하는 즐거움으로부터 문학을 논한『전목의 중국문학사』는 유독 성령을 좋아하고 흥취를 중시하는 일면을 보여준다. 이 두 가지는 어느 하나 홀시할 수 없다.

전목은 문학사 강의 첫 시간에 "오늘에 이르기까지 중국에는 아직 이상적이라 할 만한 문학사가 나오지 않았다. 우리 모두 찾고 또 창조할 때를 기다린다"고 하였는데, 이 말은 특별히 감탄하거나 놀랄 만한 것이 못 된다. 중국문학은 역사가 유구하고 작품의 수량이 방대하며, 문학 현상 역시 복잡하므로 문학사를 집필하는 것이 힘들다는 것을 알면서도 집필한다. 이상적인 문학사는 우리가 끊임없이 추구해야 할 목표일 따름이다.

낙옥명駱玉明

복단대학復旦大學 중문과 교수

# 옮긴이 서문

이 책은 1955년부터 1956년까지 1년 동안 홍콩 신아서원에서 개설하였던 중국문학사 강의노트를 출판한 것이다. 강의를 한 교수는 광세曠世의 통유通儒요 국학대사國學大師로 추앙되었던 전목이고, 강의노트의 주인은 전목의 성실한 제자 섭룡이다. 이 강의노트는 2015년 4월 홍콩 상무인서관에서 『전목의 중국문학사』라는 이름으로 출간되었고, 2016년 3월 중국 천지출판사天地出版社에서 같은 제목으로 독자들에게 선보였다. 이 책이 출간되었던 그해는 전목이 타계한 지 25년 된 해였고, 제자 섭룡은 어느새 중국문학계의 원로학자가 되어 이미 미수米壽를 맞이한 노학자가 되어 있었다. 그런 그가 63년 동안 간직해왔던 강의노트를 꺼내어 이제 와서 책으로 출판한 이유는 무엇일까? 단순히 유명한 대가의 강의노트였기 때문일까? 아니면 스승의 해타咳唾도 옥설玉屑로 소중히 여긴 노제자의 존앙심 때문일까?

이 책을 출판하기 전, 섭룡은 많은 사람들의 관심을 환기시키기 위해 『심천상보深圳商報』에 강의 원고를 연재하였다고 한다. 수많은 학자들이 연재한 원고에 대해 평가하였을 뿐만 아니라 중국문학사라는 전문적인 학술을 대중 앞에 끌어내어 공론화의 장을 만들어, 미래의 중국문학사의 집필 향방에 대해 토론하는 거대담론의 마당이 되었다 한다. 63년 전의 이 강의 노트는 현대 중국문학자들에게 뜨거운 반향을 불러일으켰으며 중국문학사의 집필에 대해 깊이 성찰하는 계기를 만들어주었다는 것이다. 하지만 『전목의 중국문학사』가 지니는 의의와 특징에 대해서는 칭찬과 폄훼가 엇갈렸다. 그럼에도 『전목의 중국문학사』에 대해 중국문학계의 석학들은 이구동성으로 말한다. 전목 특유의 문학사관이 반영된 개성적이고도 훌륭한 책이라고 말이다

현대 학자들의 관점에서 보자면 전목의 전업專業은 문학이 아니라 사학史學이다. 아무리 통유요 국학대사로 칭송받는 전목이지만 사학자가 강의한, 그러니까 비전문가가 강의한 중국문학사일 수밖에 없다. 게다가 1955년 당시 신아서원은 비정규대학이었고, 낮에는 일하고 밤에는 공부하는 학생들을 대상으로 강의하였기에 심도 있고 자세한 내용을 다룰 수 없었을 것이라고 북경대학 진평원陳平原 교수는 평가하였다. 하지만 이 책은 출판부수를 고려하여 천편일률적인 생각과 규격화된 틀에 맞추어 집필된 기존의 중국문학사들과 달리 개성이 있고 혼이 들어 있는 책이라고 극찬하였다.

그렇다. 진평원이 평가한 대로 이 책은 비전문가가 비정규학생을 대상으로 강의했던 내용이라 할 수 있다. 한 시대의 문사철文史哲을 아우르는 국학대사로 추앙받던 전목을 비전문가라고 칭하는 것은 어폐가 있지만 말이다. 그러나 향학열에 불타는 야간학교의 학생들을 위해 꼭 알아야 할 내용을 간단명료하게 정리해주었기에, 이 책은 중국문학에 입문하려는 초보자들에게 가장 훌륭한 지남서指南書요 양서良書가 될 수 있을 것이다. 아울러 중국문화와 문학에 관심을 지닌 일반 대중에게도 흥미진진한 읽을거리를

제공해줄 수 있을 것이다. 선진시대부터 청나라에 이르기까지 중국문학의 변화와 흐름을 간단명료하게 제시해주었을 뿐만 아니라 매 시기마다 꼭 읽어야 할 작품들을 정선하여 감상할 수 있게 해주었기 때문이다.

이 책을 번역하면서 지금까지 단순히 작품의 제목과 작자 이름만 기억하고 넘어갔던 작품을 직접 번역하면서 감동했던 게 한두 번이 아니었다. 또 강의실에서 진행된 어록이었던 만큼 전목의 무석無錫 지방 사투리를 직접 듣는 것 같은 생생한 현장감을 느끼기도 하였다.

전목은 1949년 중국대륙의 정치적 변화와 함께 홍콩으로 망명하였으며, 그곳에서 중국전통문화의 부활을 꿈꾸면서 신아서원을 세웠다. 신아는 '새로운 아시아'라는 뜻이라고 한다. 목적과 지향이 뚜렷하였기에 그의 문학사관은 그만의 독특한 특징을 지닌다. 전목은 유교를 중시하였기에 당나라를 대표하는 두 시인 이백과 두보의 우열을 논하면서 한 치의 망설임도 없이 두보에게 더 후한 점수를 주었다. 또 모든 작품은 단순히 글자나 구절의 의미에 국한되지 말고 이면의 뜻, 즉 기탁된 뜻이 무엇인지 알아야 한다고 주장했다. 그렇다고 그가 문학의 심미적 가치를 평가절하한 것은 아니다. 문학 창작에서 가장 중요한 것은 물이 흘러가듯 구름이 흘러가듯 자연스러워야 한다고 하였고, 『시경』의 창작기교에 속하는 부賦 · 비比 · 흥興에는 시인의 감정과 사물이 융합되어 있다는 독특한 이론을 피력하였다. 또 전목은 고증과 지리에도 밝았으므로 『초사』는 장강長江 유역을 대표하는 문학이 아니라 한수漢水 지역을 대표하는 문학임을 고증하였는데, 이는 이 책을 번역하면서 얻은 가장 큰 수확이었다. 유구한 세월을 이어온 3000년 중국문학사 가운데 무엇이 중요한 책이고, 무엇을 먼저 읽어야 하는지, 어떻게 읽어야 하는지 그의 독서경험을 자세히 알려준 것 역시 다른 중국문학사 책에서는 볼 수 없는 장점이다.

오랜 인연으로 교학상장敎學相長, 이택상자麗澤相資 해온 나의 동도同道 윤현숙 한국교통대학 교수와 함께 이 책을 번역하였지만, 번역을 원만히 마무리지을 수 있었던 것은 오롯이 윤 교수 덕분이다. 윤 교수 같은 후학 後學이 있어 행복하다. 10여 종의 중국문학사를 읽고 30년 가까이 가르쳤지만 정년 전에 이 책을 읽을 수 있게 되어 만시지탄과 함께 즐거움을 느낀다.

2018년 1월, 미시간주립대학 도서관에서

유병례 씀

제1장

# 서론

◆◆◆

'사史'란 물이 흐르는 것처럼 흘러가고 변한다는 뜻이다. 각 시대의 문학을 전체로 일관된 물의 흐름으로 간주해볼 것 같으면 중간에 많은 변화가 있음을 알 수 있다. 예컨대 당시唐詩가 송시宋詩와 송사宋詞로 변화 발전한 것이 그러하다.

식물로 말할 것 같으면, 식물은 생명력을 지니고 있다. 물은 생명이 없는 것 같지만 근원이 있다. 그러므로 당시가 송사로 변화된 것을 꿰뚫어 볼 것 같으면 두 개는 사실 둘이면서 하나인 것이다. 그러므로 흔히 시가 변해서 사가 되었다고 하는데, 이는 곧 연원이며, 같은 물줄기이다. 이 설을 밝히려면 시와 사 및 중간의 변화와 발전과정에 대해 각각 이해해야 할 것이다.

문학의 변화에 대해 논하려면 우리는 먼저 문학의 본질에 대해 알아야 한다. 문학사는 문학 흐름의 변천에 대해 논하는 것이니 반드시 역사의 관점에서 문학의 관점으로 돌아와야 한다.

당시가 변해서 송사가 된 까닭에는 그 외재적인 요인과 내재적인 요인이 있다. 시대 배경이 다르기 때문에 우리는 또 문학의 관점에서 역사의 관점으로 옮겨가야 한다. 그러므로 문학에 대해 논하려면 우선 역사에 밝아야지 문학만 가지고 논해서는 안 된다. 문학은 단지 그 속에서 추출해낸 것이지 결코 홀로 존재하는 것이 아니다.

여기서 한 걸음 더 나가 말한다면, 우리는 문학의 흐름과 변화를 설명해야 할 뿐 아니라 비평도 해야 한다.

한편 문학의 가치에 대해서 논하려면 그 내부도 봐야 할 뿐 아니라 그 외부도 보아야 한다. 예컨대 양한兩漢문학이 건안建安문학으로 된 데는 반드시 그 원인이 있으니 정치만 가지고 논할 수 없다. 당시의 정치는 또 양한 통일왕조에서 분열로 전환되었다. 그러나 정치사를 가지고 문학사를 설명할 수 없다. 건안문학이 어떻게 흥기하였는지 알기 위해서는 우선 건안시대부터 논해야 한다.

문학은 일종의 영감靈感이다. 그것은 내심의 요구로부터 나온다. 동한東漢시대부터 삼국三國시대에 이르기까지 인정과 풍속, 사회형태가 모두 다르다. 그러므로 사상·관념·신앙 및 추구하는 목적도 모두 다르다. 그렇기 때문에 문학도 변한다. 예컨대 조조曹操는 군대의 총사령관이지만 매우 여유 있고 침착하여 이전의 장군과는 다른 모습을 보였는데, 이는 생활의 정서와 풍속의 관점 등이 모두 변했기 때문이다. 또 당나라 사람들은 오채색五彩色을 즐겨 사용했던 반면 송나라 사람들은 흰색과 중간색을 즐겨 사용하였다. 당나라 때는 채화彩畵를 사용하였고 송나라 때는 담묵淡墨을 사용하였으니, 풍격이 각자 달랐다.

문학은 문화사의 한 항목이지 정치에서의 중요한 항목이 아니다. 문화사는 문학·예술·종교·풍속 등 각 항목을 모두 포괄한다.

예컨대 당나라 한유와 유종원의 고문운동古文運動은 단순히 정치 배경만 논하는 것으로는 미흡하다. 한유의 문장이 팔대八代의 쇠미한 기풍을 떨치고 일어났다고 말하는 이상, 우리는 먼저 『소명문선昭明文選』을 읽고 난 다음 한유의 문장을 읽어야 할 것이다. 이렇게 해야 쉽게 그 변화를 이해할 수 있을 것이니, 이것이 바로 먼저 비교를 해야 하는 이유이다. 문학사를 배우려면 비교를 하는 것이 필수이다. 서양문학사를 배우고 싶으면 중국문학사와 비교해야 한다. 비교를 해야만 중국문학사의 독특한 면모를 알 수 있다.

오늘에 이르기까지[1] 중국에는 아직 이상적이라 할 만한 문학사가 나오지 않았다. 우리 모두 찾고 또 창조할 때를 기다린다.

---

**1** 섭룡 주: 여기서 말하는 오늘이란 이 강의가 개설된 1955년 9월 초 어느 날이다.

# 제2장

# 중국문학의 기원

◆ ◆ ◆

문학의 기원은 시가이다. 그러니까 운문이 산문보다 먼저 발생하였다. 서양 역시 그러하다. 동한東漢의 정현鄭玄은 이렇게 말했다. "시의 흥기는 삼황三皇시대 위로 올라가지 않을 것이다." 헌원씨軒轅氏 이래로 "서적書籍 역시 전무하다".[1]

정현의 말에 의할 것 같으면 시는 요순堯舜시대에 기원하였다. 요임금 때 지어졌다는 「격양가擊壤歌」와 순임금 때 지어졌다고 하는 「경운가卿雲歌」를 기록하면 아래와 같다.

---

1 "詩之興也, 諒不于上皇之世.", "載籍亦蔑云焉."

(1) 「격양가」(이 노래의 출처는 「제왕세기帝王世紀」이다)[2]


해 뜨면 일하고 해 지면 쉰다.

우물 파서 마시고 밭 갈아서 먹는다.

임금님의 힘이 나에게 무슨 소용 있는가?

日出而作, 日入而息,

鑿井而飮, 耕田而食.

帝力於我何有哉.


(2) 「경운가」(이 노래의 출처는 『상서尙書 · 대전大傳』이다)


상서로운 구름 찬란하게 굽이굽이 퍼져 맴돈다.

해님과 달님의 광채 매일 아침 영원하여라.

卿雲爛兮, 糺[3]縵縵兮,

日月光華, 旦復旦[4]兮.


위의 두 시는 『고시원古詩源』에서 필사한 것이다. 그러나 이 두 시는 고증할 방법이 없다. 그러니 복희伏羲 · 신농神農시대의 기타 작품은 더 믿

---

**2** 전목 주: 요임금의 시대는 천하가 지극히 평화로워 백성들은 일이 없었다. 웬 노인이 나무 목판을 던져 맞추기 놀이를 하면서 노래 불렀다. 요임금 이전의 시기는 터무니없고 근거가 없어 비록 「황아皇娥」· 「백제白帝」 같은 노래가 있지만, 진晉나라 왕가王嘉가 위찬僞撰한 것이고, 그 내용도 거짓에 가깝다. 그러므로 「격양가」를 시초로 삼는다.
**3** 전목 주: '糺'는 '紏'자와 같다. 역자 주: 『소명문선』 이선李善의 주注에는 예禮로 되어 있음.
**4** 전목 주: '단복단旦復旦'은 밝은 시대라는 뜻을 넌지시 기탁한 것이다. 『상서 · 대전』의 기록에 의할 것 같으면 순임금이 우임금에게 제위를 양위할 때, 재능 있고 덕망 높은 사람들과 온갖 장인들이 화답하여 「경운가」를 불렀고, 임금이 선창하자 팔백八伯(팔주八州의 장관)이 모두 머리를 조아리고 화답하여, 임금이 이 노래를 불렀다고 한다.

을 수 없다. 문학에 대해 논하려면 『시경』에서부터 논의를 시작할 수밖에 없다.

제3장

# 『시경』

◆◆◆

옛사람은 "시詩는 뜻을 말하는 것이고, 가歌는 말을 길게 읊조리는 것이고, 성聲은 길게 읊조리는 데 의지하고, 율律은 소리를 조화롭게 한 것이다"[1]라고 했는데, 이 안에는 이미 시와 노래에 대한 정의가 들어 있다.

『시경』은 서주西周에서부터 시작되었다. 그 창작 시기는 대략 기원전 1185년부터 기원전 585년으로, 경과된 시간이 600년이나[2] 3000년 전의 문학작품이라 할 수 있다.

중국문학의 발전은 매우 느리면서 지속적이다.

『시경』에 나오는 "하루를 못 봐도 삼 년[3]이나 못 본 듯(一日不見, 如三秋

---

**1** 詩言志, 歌永言, 聲依永, 律和聲.
**2** 편자 주: 20세기 90년대, 하상주단대공정夏商周斷代工程의 연구 결과에서 무왕武王이 주紂를 정벌한 목야牧野 전투는 기원전 1046년이라고 하였다. 그렇다면 이는 470년이 된다.
**3** 역자 주: 공영달孔穎達은 '삼추三秋'를 아홉 달이라고 하였음. 『시경·왕풍王風·채갈采葛』에 "여삼월혜如三月兮, 여삼추혜如三秋兮, 여삼세혜如三歲兮"라 하였는데, 각각 석 달,

兮)"은 3000년 전의 말인데, 옛사람들이 글자를 얼마나 아름답게 사용하려 하였는지 잘 알려준다. 삼년三年이라 하지 않고 삼추三秋라고 하였는데, '추秋'자로 '연年'자를 대신한 것은 지금 봐도 여전히 질박하면서 아름답다. '추秋'자가 무슨 의미인지는 어린아이도 보면 금방 이해할 수 있다.

또한 "그 옛날 내가 떠날 때는, 버드나무 바람에 한들거렸는데, 지금 돌아오는 길에는, 눈발이 펄펄 휘날린다(昔我往矣, 楊柳依依. 今我來思, 雨雪霏霏)"는 전쟁에 대한 일을 말한 것인데, 이는 서양 호메로스 사시史詩의 풍격과 완전히 다르다. '사思'는 허자虛字로 성부聲符의 하나이며, 상해 말의 '재哉'와 뜻이 같다.[4]

여기의 '우雨'자는 명사로도 쓸 수 있고 동사로도 쓸 수 있지만, '의의依依' 두 글자는 이를 해석할 만한 적절한 현대어가 없다. '양류楊柳'가 중국에서 석별의 정을 나타내는 것은 이미 3000여 년이나 된 일이다. 나뭇가지가 한들거린다는 것은 친근감을 주는데, 이는 서양에서는 결코 찾아볼 수 없는 전통문화이다. 중국 3000년 역사의 고전문화는 이처럼 간단하고 명료하다.

시에는 육의六義가 있는데, 이는 바로 『시경』의 풍風·부賦·비比·흥興·아雅·송頌을 말한다. 주희朱熹는 "풍·아·송은 일부 성악聲樂의 명칭이고, 부·비·흥은 풍·아·송을 짓는 체제이다"라고 했는데, 이는 풍·아·송은 시의 체재와 격식에 따른 구분이고, 부·비·흥은 시를 짓는 방법이자 문학의 기교임을 말한 것이다.

주희는 또 "풍은 대개 백성들의 작품이고, 아는 조정의 시이고, 송은 묘

---

아홉 달, 삼 년을 가리킨다.
**4** 전목 주: '今我來思'는 상해어로는 '今日我來哉', 광동어로는 '今日我來啦'이다. 즉 '哉'와 '啦'은 같은 의미의 허자와 성부이다. '今我來思'는 '現在我來哉'라고 번역할 수 있지만, 원래의 구절에서 어느 해·달·일인지를 명확히 밝히지 않았기 때문에 어떻게 해석해도 괜찮다. 또한 절강浙江 소흥어紹興語의 '入' 또한 상해어의 '哉'와 완전히 같다.

당묘堂의 시이다"라고 했는데, 이는 풍은 사회적이고, 아는 정치적이며, 송은 종교적인 것임을 말한 것이다.

시는 채시관采詩官이 채집한 것이다. "봄이 되어 무리지어 살던 사람들이 각기 농사를 짓기 위해 들판으로 흩어질 때, 채시관이 목탁을 두드리며 길에서 시를 채집하여 태사太師에게 바치면, 태사는 가락을 넣어 천자에게 들려주었다"고 하였다.

이렇게 채집된 시가 바로 국풍國風이다. 국풍에 대해서는 이런 해석이 있다. "국은 제후가 하사받은 땅이고, 풍은 민간에서 부르는 노래이다. 풍이라고 하는 이유는 윗사람의 교화를 받아서 말로 표현하고, 그 말은 또 사람을 감동시키기에 충분한 것이 마치 바람이 불어와 사물이 소리를 내고, 그 소리가 또 사물을 움직이기에 충분하기 때문이다."

"옛날에 채시관을 둔 것은 왕이 풍속을 살펴 정치의 득실得失을 알고, 스스로 헤아려 잘못을 바로잡기 위해서이다."

한마디로 당시의 시가는 정부에서 채집한 것이기 때문에 정치적 의미를 지니고 있다 할 수 있다.

이제 『시경』의 육의에 대해 간략히 설명하고자 한다.


풍: 십오국풍十五國風이 있고, 민간적이고 지역적인 특성을 가지고 있으며, 풍토와 풍속에 관한 기록이 있다. 『시경』에서 비교적 읽기 쉬운 부분이다.

아: 소아小雅와 대아大雅 두 가지로 나뉘고, 중국 서쪽 지역의 방언으로 읽는다. 이는 당시 주나라 중앙정부가 서쪽에 있었기 때문이다. 당시 섬서陝西 방언은 지역의 언어이면서 전국적으로 통용되는 언어였다. 아는 풍보다 읽기 어렵고, 대아는 특히 더 어렵다.

송: 송은 '용容'과 뜻이 같고, 성덕盛德을 형용한 것이다. 주송周頌·노송魯

頌·상송商頌 세 가지가 있다.

부: 주희는 이에 대해 "직접적으로 그 이름을 말하고, 그 일을 서술한 것을 부라 한다"고 해석하였다.

비: 주희는 이를 "사물을 끌어다 비유하는 것을 비라 한다"고 설명하였다.

흥: 주희는 이에 대해 "사물에 의탁하여 하고자 하는 말을 끌어내는 것으로,「관저關雎」·「토저兔罝」등이 바로 이 부류에 속한다"고 하였다.

부는 직접적으로 이름을 밝히고 일을 서술한다는 의미인데, 다음의 시가 여기에 속한다.

> 여기저기 칡넝쿨, 계곡 가득 뻗었네.
> 무성한 이파리에, 꾀꼬리 날아와,
> 나무 위에 모여 앉아, 꾀꼴꾀꼴 울어댄다.
> 葛之覃兮, 施于中谷,
> 維葉萋萋, 黃鳥于飛,
> 集于灌木, 其鳴喈喈.

갈葛은 넝쿨식물로 계곡에서 자란다. 처처萋萋는 아주 무성한 모양이다. 관목灌木은 우거져 자라는 키 작은 나무를 가리킨다. 담覃은 음이 '담潭'과 같고, 개喈의 음은 '기幾, jī'와 같다.

> 도꼬마리 뜯고 또 뜯어도, 바구니에 차지 않네.
> 아! 그 사람 생각하느라, 길옆에 바구니 팽개쳤네.
> 采采卷耳, 不盈傾筐.

嗟我懷人, 寘彼周行.

채采는 뜯는 것이고, 채채采采는 뜯고 또 뜯는 것이다. 권이卷耳는 식물이름이다. 치寘는 놓는다는 뜻이다. 주周는 크다는 뜻이니, 주항周行은 큰길이다.

비는 사물을 끌어다 비유한다는 의미이다. 다음은 비의 기법으로 지은 작품이다.

날개 파닥이며, 메뚜기 떼 모여 있네.
그대 자손 번창하고, 집안 흥성하리라.
螽斯羽, 詵詵兮.
宜爾子孫, 振振兮.

종螽의 음은 종終과 같다. 종사螽斯는 메뚜기의 일종이다. 우羽는 날개를 가리킨다. 선선詵詵은 모여 있는 모습을 말하는데, 음은 신辛과 같고, 많다는 뜻이다. 진진振振은 흥성한 모습을 형용하는 말이다.

흥은 사물에 의탁하여 하고자 하는 말을 이끌어낸다는 의미인데, 다음은 흥의 기법으로 지은 예이다.

끼룩끼룩 물수리 모래섬에서 울고요,
아리따운 숙녀는 군자의 좋은 짝이지요.
關關雎鳩, 在河之洲.
窈窕淑女, 君子好逑.

구鳩는 물수리이다. 물수리는 항상 짝을 이루고 있기 때문에, 물수리에 의탁해 숙녀와 군자를 말한 것이지, 결코 군자가 물가의 물수리를 보고 여자를 떠올린 것이 아니다.

흥이란 무언가를 불러일으키는 것이므로 행위가 있다.

대아와 삼송[5]은 모두 부체賦體이다. 소아와 국풍은 비와 흥이 비교적 많다. 주희의 『시집전詩集傳』에는 모공毛公이 주석한 시가 들어 있는데, 모공은 300편 가운데 116편이 흥이라고 하였다. 그러나 부와 비에 대해서는 말하지 않았다.

송나라 왕응린王應麟의 『곤학기문困學紀聞』에서는 이중몽李仲蒙의 말을 인용하여 부·비·흥에 대해 이렇게 말했다.

> 사물을 묘사하여 정情을 말하는 것을 부라고 하는데, 정이 모두 사물이다. 사물을 물색해서 정을 기탁하는 것을 비라고 하는데, 정이 사물에 깃들어 있다. 사물에 촉발되어 정을 일으키는 것을 흥이라고 하는데, 사물이 정을 움직인다.[후1]

이 말의 의미는 부든 비든 흥이든 모두 '물物'과 '정情' 두 가지를 지니고 있다는 뜻이다. 즉 기록한 것은 사물이지만 정을 말하는 게 되었다는 것이다. 이른바 정을 기탁한다느니, 정을 일으킨다느니, 정을 말한다느니 하는 것은 모두 감정이 사물에 녹아들어간 것을 말한다. 그러므로 『시경』은 사물을 묘사하여 감정을 표현한 소품문小品文이라고 할 수 있다. 사물을 묘사하고, 사물에 기탁하고, 사물에 촉발되는 것은 중국인이 감정을 표현하는 방법이다. 『시경』뿐만 아니라 굴원屈原의 『초사楚辭』와 추양鄒陽의 말 또한 연관 있는 사물을 연결하여 대비를 진행한 것으로 부와 흥의 방법을 사용

---

5 전목 주: 삼송은 주송周頌·노송魯頌·상송商頌을 말한다.

하였다.

　속담에 "만물은 일체一體"라는 말이 있다. 이는 유가儒家·도가道家·묵가墨家·명가名家뿐만 아니라 송宋·명明의 이학가理學家들도 말한 적이 있다. 즉 하늘과 사람이 하나이고, 대자연과 사람이 하나라는 것인데, 이러한 철학사상은 문학에는 깃들어 있지만, 사상사에서는 찾아볼 수 없다. 임의로 "개는 깊숙한 골목에서 짖고, 닭은 뽕나무 꼭대기에서 운다"라는 두 구절을 예로 들어보자. 우리가 이러한 분위기 속에 깊이 빠져 있어도 이를 사실적인 문학이라고 할 수 없는 것은 시간과 장소와 사람이 한정되어 있지 않기 때문이다. 그렇다고 낭만을 말한 것이라고도 할 수 없다. 또한 개가 짖고 닭이 우는 것은 범신泛神 사상이 아닐 뿐 아니라, 유물관이라고도 할 수 없다. 이는 인생이 대자연 속에서 조화를 이루어 하나가 된 것이고, 이를 부의 기법으로 표현한 것이다. 인생에 대하여 활력과 흥취를 느낄 수 있으니, 이는 생명을 얻은 것과 같다.

　육유陸游는 만년에도 끊임없이 시를 썼다. 고향에서 오래 머무를 때 쓴 시는 마치 일기와 같은데, 그 시를 읽으면 신기하고 오묘한 경지에 들어간 것 같은 기분이 든다. 또한 『시경』의 "그 옛날 내가 떠날 때는, 버드나무 바람에 한들거렸는데, 지금 돌아오는 길에는, 눈발이 펄펄 휘날린다"라는 시는 계절과 자연만을 말하려고 한 것이 아니고, 자신의 감정을 대자연과 융합하여 일체가 되게 하였다. 비록 부의 기법을 사용했지만 사실은 비와 흥의 의미 또한 들어 있다. 즉 인생을 대자연과 하나가 되게 한 것이다. 내적인 측면에서 말하면 하늘과 사람이 하나가 되고 마음과 사물이 일체를 이룬 성령性靈이고, 외적인 측면에서 보면 시의 경계境界이다.

　"나뭇가지 위에 앉은 아름다운 새도 내 친구, 수면에 떨어지는 꽃도 모두 내 문장이어라(好鳥枝頭亦朋友, 落花水面皆文章)"라는 두 구절 역시 마찬가지이다. 이는 유물론이라 할 수 없으니, 감정이 들어 있기 때문이다. 그렇다고 해서 또 유심론이라고도 할 수 없고, 또 낭만과 사실을 표현한 것이라고도 할 수 없다. 감정을 표현하지는 않았지만 감정이 들어 있다. 이러한 시경詩境을 이해하려면 먼저 부·비·흥이 하늘과 인간이 하나가 되고 감정과 사물이 일체를 이룬 의경意境에 도달한 것임을 알아야 한다. 이것이 중국문학과 서양문학의 다른 점이다. 서양의 신성神聖은 외재적 운명의 안배에 의존하기 때문에 『주정鑄情』[6] 같은 비극이 만들어졌다. 마르크스는 자신의 운명을 장악하고자 적을 쓰러뜨리려고 하였으므로 평화적으로 공존할 수 없었다.

그렇기 때문에 하늘과 사람이 하나가 되고 감정과 사물이 일체를 이룰 수 없으며, 또 "나뭇가지 위에 앉은 아름다운 새도 내 친구, 수면에 떨어지는 꽃도 모두 내 문장이어라"와 같은 시도 나올 수 없다.

중국문학에는 희극에서 말하는 비극 같은 것이 없다. 『홍루몽紅樓夢』 같은 작품도 단지 해탈을 말한 것에 지나지 않고, 대다수의 작품은 모두 대단원의 길을 걸었다. 그렇기 때문에 중국문학에는 사시史詩도 없고, 신화도 없고, 비극도 없다.

중국의 모든 문학작품을 읽으려면 반드시 먼저 부·비·흥의 이치를 알아야 하고, 『시경』부터 읽는 것이 가장 좋다. 공자는 『시경』, 특히 주남周南과 소남召南을 가장 좋아했다. 그는 제자들에게 『시경』을 많이 읽도록 격려하였는데 "『시경』을 읽으면 정情과 지志를 표현하고 상상력을 계발할 수 있고, 천지만물과 인간의 흥망성쇠를 관찰할 수 있고, 사람들과 무리를 이루어 화합할 수 있고, 윗사람을 풍자할 수 있고, 부모를 섬길 수 있고, 임금을 섬길 수 있고, 조수초목鳥獸草木의 이름을 많이 알 수 있다(詩可以興, 可以觀, 可以群, 可以怨, 可以事父, 可以事君, 多識于鳥獸草木之名)"라고 했다.

---

6 편자 주: 임서林紓는 『로미오와 줄리엣』을 『주정』으로 번역했다.

'흥興'은 계발하고 깨우쳐준다는 뜻으로, 어떤 사물을 보든 흉금을 열 수 있다는 뜻이다. '관觀'은 인생관과 우주관을 가리키는 것이고, '군群'은 사람과 사람이 서로 잘 어울려 사회에 적응할 수 있다는 뜻이다. 『시경』은 하늘과 사람이 하나가 된 것이므로, 이를 읽으면 어떻게 부모와 임금을 섬기는지 이해할 수 있고, 또한 조수초목에 대해 많이 알게 되어 대자연과 일체가 될 수 있다는 것이다.

그러나 우리가 『시경』을 배우는 데는 어려움도 있다. 단지 문자의 의미만 봐서는 안 되고, 마음으로 체득하고 터득해야만 진정한 의미를 얻을 수 있다. 공자와 그 제자의 대화를 예로 들어보겠다.

> 자공子貢이 물었다. "가난하지만 아첨하지 않고, 부유하지만 교만하지 않으면 어떻습니까?" 공자가 말했다. "괜찮다고 할 수 있다. 그러나 가난하지만 그 도道를 즐거워하고, 부유하지만 예의를 좋아하는 사람만은 못하다." 이에 자공이 다시 물었다. "『시경』에서 '옥을 깎고 다듬고 쪼고 가는 듯이 한다'라는 것은 이를 두고 한 말입니까?" 공자가 말했다. "사賜야, 비로소 함께 『시경』을 말할 수 있겠구나. 지난 일을 알려주니 다가올 일을 아는구나."후2

위의 대화를 통해 볼 때 『시경』에는 성령性靈이 들어가 있으므로, 읽을 때 구절에만 집착해서는 안 된다는 것을 알 수 있다. 그래서 『시경』을 읽는 것이 어렵다.

> 자하子夏가 물었다 "'보조개 지으며 웃는 모습 어여쁘고, 흰자위의 까만 눈동자 초롱초롱 빛나고, 하얀 바탕으로 아름다움을 삼았네'라고 한 것은 무엇을 말하는 것입니까?" 공자가 말했다. "그림

을 그리는 것은 먼저 하얀 바탕을 마련한 다음에 한다는 것이다." 자하가 다시 물었다. "예禮는 나중에 만들어진 것이라는 말씀입니까?" 공자가 말했다. "나를 일깨워주는 이는 상商이로다. 비로소 너와 더불어 『시경』을 말할 수 있겠구나."후3

여기서 공자가 "나를 일깨워주는 이는 상이로다"라고 한 말의 의미는 본바탕이 있고 난 다음에야 수식을 더한다는 것으로, 예도 본질이 있어야 하니 모든 수식은 그다음이라는 것이다. 먼저 근본이 있어야 말단도 있다는 것이다.

『시경』을 읽는 데도 방법이 있으니, 먼저 자신의 성령性靈을 갖추어야 한다. 『대학大學』의 구절을 예로 들어보겠다.

『시경』에는 "꾀꼴꾀꼴 우는 꾀꼬리, 산모퉁이에 날아와 머물렀네"라는 말이 있는데, 공자는 "그곳에 머무른 것은 자신이 머물러야 할 곳을 알기 때문이니, 사람이 새보다 못해서야 되겠는가?"라고 하였다.후4

이는 새도 머무를 곳을 아는데, 사람이 어디에 몸을 두어야 할지 모르고, 마음은 더욱 그러하다는 것을 말한 것이다. 이러한 수법은 시의 두 구절을 가져와 단장취의斷章取義한 것인데, 문장을 지을 때 이러한 방법을 사용할 수 있다.

맹자 또한 어떻게 『시경』을 읽어야 하는지에 대해 말한 적이 있다. 그는 "한 글자에 얽매여 문장의 의미를 왜곡해서도 안 되고, 한 문장에 얽매여 시인의 본의를 왜곡해서도 안 되며, 자신의 마음으로 시인의 본의를 헤아려야 된다"고 말한 적이 있는데, 이는 우리에게 큰 도움이 된다. 여기서는

『시경』을 읽을 때 한 글자 한 구절 글자의 뜻만 좇아서는 안 된다는 것을 말한 것이다. '시언지詩言志'는 사실 시는 감정을 표현한다는 말이다. 그러니까 중국문학을 감상하는 방법은 반드시 마음으로 체득하여 작가의 감정과 생각에 부합해야 한다는 것이다. 『시경』 역시 그러하다.

오늘날 중국인이 『시경』을 보는 관점은 두 가지가 있는데, 하나는 글자의 뜻을 취한 것이고, 다른 하나는 작품의 의미를 취한 것이다. 당연히 후자의 관점이 정확한데, 아래에 일례를 들어 증명하고자 한다.

> 저 교활한 자식, 나와 말도 안 하네,
> 오직 너 때문에, 밥도 제대로 못 먹는단 말이야.
> 저 교활한 자식, 나와 밥도 안 먹네,
> 오직 너 때문에, 쉬지도 못한단 말이야.
> 彼狡童兮, 不與我言兮.
> 維子之故, 使我不能餐兮!
> 彼狡童兮, 不與我食兮.
> 維子之故, 使我不能息兮!

이 시는 단지 문자의 뜻만 가지고 보면 한 여자가 실연의 고통을 말한 것이지만, 사실은 비와 흥의 방법을 사용하여 다른 의미를 담았다. 그러므로 시를 읽기 전에 반드시 먼저 그 서序를 읽어 시를 쓰게 된 원인을 알아야 한다. 『시경』은 한시韓詩·제시齊詩·노시魯詩·모시毛詩 등 사가四家의 주석이 있다. 모시에서는 이 시가 공자 홀忽을 풍자하기 위해 지었다고 하였다.[7] 그러나 주희는 이에 반대하여 민간의 노래라고 하였다. 주희의 『시경』

---

**7** 편자 주: 『시경·교동狡童』 소서小序에 "자홀야刺忽也"라는 말이 나온다.

에 대한 해석은 혁신적인 면이 있다. 문자의 뜻만 가지고 해석한다면 주희의 책을 읽어도 되겠지만, 문자의 뜻으로만 해석할 수 없는 작품도 있다는 것을 분명히 알아야 한다. 예를 들면 장적張籍의「절부음節婦吟」이 바로 그러하다.

> 당신은 제가 유부녀라는 것을 알고도,
> 명주明珠 한 쌍을 선물로 주셨지요.
> 당신의 간절한 마음에 감동하여,
> 붉은 비단 저고리에 달았어요.
> 저는 정원이 있는 저택에 살고요,
> 남편은 창을 들고 궁궐에서 숙직을 하지요.
> 당신의 마음 해와 달처럼 참되다는 것 알지만,
> 이미 남편과 생사를 같이하겠다고 맹세했지요.
> 당신에게 명주를 돌려주며 눈물을 흘립니다.
> 아 어찌 시집가기 전에 만나지 못했을까?
> 君知妾有夫, 贈妾雙明珠.
> 感君纏綿意, 繫在紅羅襦.
> 妾家高樓連苑起, 良人執戟明光裏.
> 知君用心如日月, 事夫誓擬同生死.
> 還君明珠雙淚垂, 何不相逢未嫁時.

이 시는 결코 문자의 뜻처럼 애정을 말한 것이 아니라, 초빙을 거절하는 내용이다. 장적이 막부幕府에서 일할 때, 다른 곳에서 그를 초빙한 것이다. 이 시는 시인의 말투이다. 때문에 "저 교활한 자식"으로 시작되는 '피교동혜彼狡童兮' 시 역시 반드시 실연한 여자를 지칭하는 건 아니다. 주희의 해

석이 틀렸을 수도 있다. 이 시로부터 사람은 온유돈후해야 하고, 이러한 사
람만이 비로소 무리를 이루어 화합할 수 있고, 윗사람의 잘못도 풍자할 수
있다는 것을 알 수 있다.

다음의 예는 당나라 주경여朱慶餘의 「근시상장수부近試上張水部」이다.

> 어젯밤 신방에 촛불 꺼지더니,
> 날 밝기 기다렸다가 시부모님께 문안드린다.
> 곱게 단장하고 낭군님께 나지막이 묻는 말
> 제 눈썹 세련되게 잘 그렸나요?
> 洞房昨夜停紅燭, 待曉堂前拜舅姑.
> 妝罷低聲問夫婿, 畫眉深淺入時無.

이 시 또한 신혼을 말한 것이 결코 아니고, 단지 진사 시험에 응시하기
전에 선배에게 작품을 읽어달라고 부탁하는 내용이다. 좋은 인상을 주어
합격할 수 있기를 바라는 심정을 나타낸 것이다.

다시 온정균溫庭筠의 「보살만菩薩蠻」을 예로 들어보겠다.

> 남원에는 온통 버들개지 쌓여 있고,
> 청명절 빗소리에 서글퍼지는 마음.
> 비 그치니 해는 서쪽에 걸려 있고,
> 흩날려 떨어진 살구꽃 향기롭다.
> 말없이 잠에서 깨어난 수려한 얼굴,
> 베갯머리 위에 병풍 살짝 가린다.
> 어느덧 해는 저물어가고,
> 무료하게 홀로 문설주에 기댄다.

南園滿地堆輕絮, 愁聞一霎淸明雨.

雨後却斜陽, 杏花零落香.

無言勻睡臉, 枕上屛山掩.

時節欲黃昏, 無憀獨倚門.


　이 사詞의 상단은 경물, 하단은 사람을 묘사하였다. '서絮'는 버들개지이고, 꽃이 떨어진다는 것은 계절이 늦봄이라는 것을 말해준다. 이는 재능이 있는 사람이 한창 때가 지나가는 것을 애석해하는 것을 비유한 것으로, 최고 수준의 비와 흥의 기법이다. 이 사는 문자의 의미로만 보면, 30여 세 여인의 심적 고통과 무료함을 말한 것이지만, 여전히 봄 경치가 있고 의경이 기탁되어 있으며 고아한 흥취도 있어 깊은 감동을 느끼게 해준다. 사실 이 사는 온정균이 벼슬길에 나가지 못함을 슬퍼하며 그 무료한 감정을 표현한 것이다. 그러므로 옛사람들의 시나 사를 읽으려면 반드시 비와 흥을 이해하여야 한다.

　위의 여러 예는 옛사람의 시와 사를 읽을 때 문자의 의미대로만 해석해서는 안 된다는 것을 잘 말해준다. 사실 이 작품들은 모두 복잡하면서 깊은 의미를 지니고 있다.

　위원魏源은 『시고미詩古微』에서 "시에는 시를 지은 사람의 마음이 들어 있고, 시를 모으고 편집한 사람의 마음도 들어 있다. 시에는 시를 말하는 사람의 뜻이 들어 있고, 시를 짓고 인용하는 사람의 뜻도 들어 있다"[8]라고 하였다. 이른바 '훌륭한 문장은 모두 함께 감상하기(奇文共欣賞)' 마련이고, 감상하는 사람의 마음은 제2의 창작과 같다는 것이다. 예를 들어 "그 옛날

---

**8** 夫詩有作詩者之心, 而又有采詩編詩者之心焉. 有說詩者之義, 而又有賦詩引詩者之義焉.

내가 떠날 때는, 버드나무 바람에 한들거렸는데……"라는 시는 모든 감상자가 제각기 다르게 창조할 수 있다. 그러므로 영원히 살아 있는 문학이 될 수 있는 것이다.

제4장

# 『상서』

＊＊＊

중국문학사는 서양문학사와 크게 다른 점이 있다. 중국은 산문을 가장 중시하고, 그다음이 운문이다. 중국에서 산문은 아마 더욱 일찍 하나의 문학 체계를 이루었을 것이다. 서양의 산문은 소설을 대종大宗으로 삼고, 중국의 산문은 역사를 대종으로 삼는데, 중국은 줄곧 역사서를 문학으로 간주하였기 때문이다. 이른바 좌사左史는 말을 기록하고, 우사右史는 일을 기록했다고 하는데, 일반적으로 『상서尚書』는 말을 기록하고, 『춘추春秋』는 사건을 기록하였다. 『상서』와 『춘추』는 중국 고대의 양대 역사서이며, 문학사적으로도 매우 높은 위치를 차지하고 있다.

중국 고대산문의 특징은 그것이 역사라는 점이다. 역사는 객관적이고, 말과 사건을 기록한 것이어서 문학으로 간주되었고, 이로 인해 소설과 희곡이 발달하지 못했다.

중국 고대에는 운문인 『시경』 이외에 산문체의 『상서』가 있었는데, 이 두 가지는 모두 대단히 중요하다.

『상서』는 고금古今의 구분이 있는데, 고문古文『상서』가 늦게 나왔고 위작僞作이다. 금문今文『상서』는 고대부터 전해져온 진본眞本이다. 근대에 일어난 의고파疑古派 운동의 주장에 따르면 금문 역시 위조된 것이다. 그러나 금문은 이미 진본임이 확인되었다. 금문『상서』중「요전堯典」과「우공禹貢」은 모두 아주 초기의 작품이다. 나는[1]「요전」이 전국시기의 작품이라고 생각한다.

『상서』에서 가장 믿을 수 있는 작품은 상商나라 때의「반경盤庚」이다. 상나라의 어느 왕이 황하 이남에서 황하 이북의 하남성 창덕부彰德府 안양현安陽縣[2]으로 옮겨갔는데, 이곳이 바로 은허殷墟라고 불리는 갑골문이 나온 곳이다. 상 왕조는 반경에서 시작하여 주왕紂王에 이르기까지 약 200여 년 지속되었다. 당시 반경이 수도를 옮기려 했는데 백성들이 반대하자 특별히 이 문장을 지었다. 즉「반경」상중하 세 편은 백성에게 고지告知한 것인데, 사실 가장 진실한 연설문이라 할 수 있다. 그러나 이는 가장 읽기 어려운 작품이다.

『상서』가운데 공식적이면서 격식을 갖추어 언급할 만한 것은 서주에서부터이고, 우서虞書·하서夏書·은서殷書는 모두 의심스러운 부분이 있다.

중국문화는 서주에서부터 정식으로 기원하였다고 할 수 있는데, 이는『시경』과『상서』가 모두 서주시기에 나왔기 때문이다.

서주로부터 시작되는『상서』의 작품은 다음과 같다.

---

**1** 섭룡 주: 전목 본인을 가리킨다. 이하 모두 동일하다.
**2** 편자 주: 1192년, 금金나라는 상주相州를 창덕부彰德府로 바꾸고, 송宋나라 제도를 따라 하북河北 서로西路에 귀속시켰다. 청淸나라 초기, 창덕부는 하남성 안양安陽, 탕음湯陰 및 하북河北 섭현涉縣, 자현磁縣 등을 다스렸다. 1913년, 창덕부를 폐지하고 안양현을 하남성 예북도豫北道에 예속시켰다. 1949년 안양시를 설치하고, 1952년 하남성에 귀속시켰다.

「목서牧書」: 무왕武王이 주紂를 정벌할 때, 목야牧野에서 군사들에게 맹세한 말을 기록한 글이다.

「무성武成」: 주나라 무왕이 어떻게 상나라 주를 멸망시켰는지 설명한 글이다. 맹자는 "『서경』을 완전히 믿는 것은 이 책이 없는 것만 못하기에, 나는 「무성」에서 두세 책策만 취하였을 뿐이다"라고 했다. 일책一策은 죽편竹片 하나를 말하고, 이 안에는 대략 30여 개의 글자가 들어간다. 이 문장 안에는 "피가 흘러 절구공이가 떠다닐 정도였다(血流漂杵)"라는 구절이 있는데, 사실 이는 전쟁에서 승리한 것을 지나치게 과장하여 묘사한 것이다. 따라서 「무성」은 맹자 때에 이미 존재하였음을 증명할 수 있다.

「홍범洪范」: 상나라가 주나라 무왕에게 멸망당한 후, 상나라의 기자箕子가 굴복하지 않고 한韓나라를 떠돌다가, 후에 무왕의 부름을 받고 돌아온 것을 설명한 글이다. 기자가 한 말이 바로 '홍범'인데, 여기에는 미심쩍은 부분이 있다.

「금등金縢」: 무왕이 병이 났을 때 주공周公이 무왕을 대신해 죽기를 원한다는 기도를 올리고, 사관史官이 기도문과 기록을 금등에 보존한 것을 기록한 글이다.

「대고大誥」: 문왕文王이 주공의 형 관숙管叔을 관국管國의 왕으로 봉했는데, 관숙이 상나라의 후손인 무경武庚과 반란을 일으켜 주공이 이를 평정하였다. 「대고」는 군사를 일으키겠다고 선언하고 이를 천하에 알린 글이다.

「강고康誥」: 주나라 무왕이 강숙康叔을 위魏에 봉할 때 행한 훈계이다. 위나라는 상나라의 옛 땅인 창덕부彰德府에 건립되었다.

「주고酒誥」: 상나라 사람들이 술을 좋아하였으므로, 무왕이 강숙에게 이를 경계한 글이다.

「재재梓材」: 역시 무왕이 강숙에게 한 말이다.

「소고召誥」: 섬서 호鎬 땅에 도읍한 것이 불편하여 낙양洛陽으로 옮기기 위해 소공召公을 보낸 일을 기록한 글이다. 소공은 주공에게 자신의 말을 무왕에게 전해줄 것을 부탁하였다.

「낙고洛誥」: 낙양에 도읍을 세운 후, 주공이 상나라가 주나라에 항복했음을 선언하고, 새로이 도읍을 세운 것을 기록하도록 한 것을 말한 글이다.

「다사多士」: 낙양에 도읍을 세운 후 주공이 상나라 후손들에게 내린 말씀에 대해 기록한 글이다.

「무일無逸」: 주공이 조카들에게 나태해서는 안 됨을 말한 글이다.

「군석君奭」: 주공과 석공奭公이 주고받은 이야기이다.

「다방多方」: 주공이 동쪽 정벌에 성공한 일을 각 나라에 알리는 글이다.

「입정立政」: 주공이 성왕成王에게 한 말을 적은 글이다.

「고명顧命」: 주나라 성왕의 유언이다.


이상에서 말한 여러 문장은 모두 주나라 연구에 도움이 되는 중요한 역사 자료이므로, 전부 읽을 수 없다면 한두 편이라도 반드시 읽어야 한다. 솥 안의 고기를 한 점만 먹어도 고기 전체의 맛을 알 수 있듯이, 일부이지만 이를 통해 전체를 추론하여 알 수 있기 때문이다.

요컨대 중국 고대 운문은 읽기 쉽고, 산문은 예스럽고 소박한 멋이 있지만 읽기 어렵다. 그러므로 『시경』은 읽기 쉽고, 『상서』는 읽기 어렵다. 『시경』은 여과 과정을 거쳐 정치와 끊을 수 없는 관계가 되었는데, 이 점은 서양문학과 크게 다르다.

# 제5장

## 『춘추』

＊＊＊

『춘추』는 『시경』과 『상서』보다 늦게 나왔다. 맹자도 "『시』가 사라진 후에 『춘추』가 지어졌다"[1]라고 하였다.

『춘추』는 사건을 기록한 것으로, 오늘날의 전보電報처럼 매우 간단명료하여 문학작품처럼 보이지 않지만 사실 그렇지 않다. 이 책은 한 글자 한 구절을 깊이 생각하고 다듬어 쓴 것으로 문학적 의미를 담고 있고 규율이 있다. 공자의 『춘추』는 중국 수사학修辭學의 시작이라 할 수 있으니, 만약 『춘추공양전春秋公羊傳』[2]과 『춘추곡량전春秋穀梁傳』[3]을 함께 읽으면 그 글자와 구절의 의미를 잘 알 수 있다.

예컨대 『춘추·희공僖公 16년』 부분에는 "송나라에 돌 다섯 개가 떨어지

---

1 『詩』亡而後『春秋』作.
2 편자 주: 이는 『공양전公羊傳』을 말하며, 『공양춘추公羊春秋』라고도 한다. 『춘추』를 해설한 책이다.
3 편자 주: 이는 『곡량전穀梁傳』을 말하며, 『곡량춘추穀梁春秋』라고도 한다. 『춘추』를 알기 쉽게 풀이한 것이다.

고, 익조가 거센 바람에 뒤로 밀리며 송나라 수도 위를 날아갔다(운석우송오隕石于宋五, 육익퇴비과송도六鶂退飛過宋都)"라는 구절이 있다. 이는 공자가 당시 노魯나라에서 일어난 기상 변화를 기록한 것으로, 단지 열두 글자에 불과하지만 어떤 글자를 사용하고 어떻게 문장을 만들어야 할지 깊이 고민하여 썼다.

'운석隕石'은 지구에 떨어진 별똥인 운석이고, '퇴비退飛'는 새가 거센 바람의 저항을 받아 그 날개를 제대로 움직이지 못해 뒤로 날아가는 것이다. 또한 '송宋'과 '송도宋都' 역시 큰 차이가 있으니, '운석우송隕石于宋'은 운석이 송나라 영토 안에 떨어진 것이지, 결코 송나라 수도에 떨어진 것이 아님을 가리킨다.

또한 『공양전』과 『곡량전』에서는 '오석五石'과 '육익六鶂'에 대해 말했는데, 두 책의 설명이 모두 일리가 있다. 즉 어찌하여 '운오석우송隕五石于宋, 육익六鶂……'이라고 적지 않았는지에 대한 것인데, 돌의 수량을 앞에 적지 않은 것은 다른 곳에도 운석이 있고, '운오석隕五石'이라고 하면 다른 곳에도 운석이 있다는 의미를 드러낼 수 없기 때문이라는 것이다. 또한 만약 '익퇴비과송도육鶂退飛過宋都六'이라고 쓴다면, 이 역시 통하지 않는다고 했다. 청대淸代의 고염무顧炎武는 이에 대해 "문장을 쓸 때는 이와 같이 하지 않을 수 없다"고 했는데, 이는 수사학의 규율과 관점에 따라 문장을 지어야 함을 말한 것이다. 고염무는 또한 이에 대해 "역사에서 '오석五石'이라고 한 것을 공자가 '석오石五'로 바꾸고, 역사에서 '익육鶂六'이라고 한 것을 공자가 '육익六鶂'이라고 바꾼 것이 아니다"라고 설명했다. 즉 고염무는 『공양전』과 『곡량전』의 말을 믿지 않았으며, 이는 문장을 짓는 이치에 따라 적은 것이지, 결코 공자가 고친 것이 아니라고 생각한 것이다.

『춘추』에 적힌 "운석우송오隕石于宋五"라는 구절에는 주어가 없다. "육익퇴비과송도六鶂退飛過宋都" 구절에서 '비飛'는 동사이고, '퇴退'는 피동사이므로 '육익六鷁'은 가주어假主語가 된다.

예컨대 『춘추』의 첫 구절은 "원년춘왕정월元年春王正月"이라고 적혀 있는데, 『공양전』과 『곡량전』에는 모두 이에 대해 자세한 설명이 있다. 이에 따르면 공자가 지은 『춘추』는 매우 합리적이다. 그러므로 "써야 할 것은 쓰고, 삭제해야 할 것은 삭제하여, 자유子游나 자하子夏 같은 이들은 한 글자도 적을 수 없다"[4]고 한 것이다. 공자의 수정을 거친 『춘추』야말로 가장 적절하고 훌륭하기에 한 글자라도 고치면 도리어 이상해진다. 「엄선생사당기嚴先生祠堂記」에는 "선생의 덕은 산처럼 높고 강물처럼 영원히 흐른다(先生之德, 山高水長)"라는 말이 있는데, 후에 어떤 사람이 '덕德'을 '풍風'으로 바꾸어 "선생의 풍격은 산처럼 높고 강물처럼 영원히 흐른다(先生之風, 山高水長)"라고 적었다. 이른바 한 글자를 고쳐 완벽한 문장으로 만들었다는 것은 바로 이를 두고 하는 말이다. 『문심조룡文心雕龍』에는 "『춘추』는 이치를 판별하고 설명하는데, 한 글자에 의義를 드러냈다"[5]라는 말이 있다. 그러므로 한대漢代에는 "『춘추』로 옥사獄事를 판결하였고"[6] 법률적인 판단을 내리는 근거로 사용하였다. 『춘추』는 법률적인 문자이고, 한 글자 한 구절이라도 매우 엄격하게 사용하였기 때문에 함부로 바꾸거나 삭제해서는 안된다.

『춘추』의 필법筆法은 법률적이고 객관적일 뿐 아니라, 문학에 대해서도 자각하였다. 문학에 대한 자각은 주공周公 때는 없었다.

'춘추삼전春秋三傳'은 바로 『공양춘추』·『곡량춘추』·『좌씨춘추左氏春秋』를 말한다. 『좌씨춘추』는 『좌전』이라고도 하는데, 편년체編年體의 역사 기록이다. 그 필법이 어떠하든 관계없이 중국 고대의 뛰어난 문학작품이고,

---

4 筆則筆, 削則削, 游·夏之徒不能贊一詞.
5 『春秋』辨理, 一字見義.
6 春秋判獄.

그 내용은 전쟁·외교·귀족들의 사생활·권문세가의 생활 등으로 이루어져 있다.

운문과 산문의 발전은 각기 다른 현상을 노정한다. 즉 운문은 점차 이해하기 어려운 심오한 길로 나아갔다. 예컨대 『시경』은 읽기 쉬운데, 굴원의 『이소』와 『구가九歌』는 이에 비해 다소 읽기 어렵고, 다시 『양도부兩都賦』와 『양경부兩京賦』에 이르면 더 읽기 어려워진다. 그러나 산문은 점차 평이한 길로 변화 발전해나갔으니, 예컨대 『상서』는 읽기 어렵지만 『좌전』은 비교적 이해하기 쉽다.

제6장

# 『논어』

◆◆◆

이른바 '자子'란 선진제자先秦諸子를 가리킨다. 혹은 제자백가諸子百家라고
도 칭하는데, 사상가나 철학가를 지칭한다. 제자백가가 지은 산문은 수준
이 대단히 높다. 제자백가에서 첫 번째로 꼽을 수 있는 사람은 공자이다.
『논어』는 그의 제자들이 기록한 것으로 문학적 가치가 대단히 높고, 사상
적 가치는 두말 할 것도 없다. 이에 대해 예를 들어 설명하고자 한다.

> 공자가 말했다. "거친 밥을 먹고, 물 마시고, 팔베개를 하고 누워도
> 즐거움이 그 안에 있으니, 의롭지 못하면서 부귀한 것은 나에게 뜬
> 구름과 같다."
> 子曰, "飯疏食, 飲水, 曲肱而枕之, 樂亦在其中矣. 不義而富且貴, 于
> 我如浮雲."

'소疏'는 거친 것이고, '반飯'은 동사로 쓰였다. '부운浮雲'은 내 몸 밖의

부귀를 가리키는 것으로 이는 상으로 받은 물건일 따름이다. 공자의 이 말에는 시적인 정취와 회화적 의미가 충만하다. 앞의 세 구절은 모두 가난하다는 의미의 '궁窮'이라는 글자 하나를 묘사하고 있으니, 실로 회화적 의미가 내포되어 있다. 마지막 두 구절 "의롭지 못하면서 부귀한 것은 나에게 뜬구름과 같다"에는 실로 시적인 정취가 함유되어 있으니, 이것은 시인의 흉금에서 나온 말이다.

우리는 문장을 쓸 때 비속한 말을 사용할 수 없으니, 만약 이를 사용하면 의경意境을 상실하게 될 것이다. 예컨대 '부운浮雲' 두 글자는 어느 지역의 사람이든 모두 이해할 수 있을 뿐 아니라 의경도 지니고 있다. 그러므로 공자는 "말에 꾸밈이 없으면 멀리 전해지지 않는다(言之無文, 行之不遠)"라고 했다. 공자가 말한 이 구절은 운韻이 없는 산문시散文詩라고 할 수 있다.

다른 예를 하나 더 들어보자.

> 공자는 날씨가 추워진 후에야 소나무와 측백나무가 가장 늦게 시든다는 사실을 알 수 있다고 하였다.
> 子曰, 歲寒, 然後知松柏之後凋.

이 구절은 누구나 다 이해할 수 있으며, 마치 눈앞에 이러한 경치가 펼쳐진 듯하다. 이 말은 정말로 소나무와 측백나무에 대해 말한 것이 아니라 '비比', 즉 일종의 비유이다. 우리는 이것으로 '환난에 처했을 때 비로소 친구의 우정을 볼 수 있다'는 것을 비유할 수 있고, 이로부터 유추하여 발전시켜나가면 다른 것도 알 수 있다.

동시에 우리는 공자가 결코 엄숙한 얼굴로 도의道義나 철학만 말하는 게 아니라, 인생과 생활도 중시하였음을 알 수 있다. 그러므로 공자는 『시경』을 읽으라고 권했던 것이다. 이 구절은 단지 열 자로 이루어져 있지만,

2500년 동안 전해져왔다. 이는 교훈도 아니고 이론도 아니며, 한 수의 시이자 한 폭의 그림이다. 그래서 후인들이 시를 짓거나 그림을 그릴 때 이것을 제재로 한 경우가 아주 많았다. 이른바 '세한삼우歲寒三友'라는 말은 바로 이 구절로부터 발전되어 나온 것이다. 한마디 말도 깨달음을 줄 수 있으니, 우리는 문학적인 안목으로 감상해야만 비로소 정취와 의경意境을 얻을 수 있다.

다시 또 예를 하나 더 들고자 한다.

> 공자가 냇가에서 이렇게 말했다. "가는 세월이 마치 이와 같구나. 밤낮을 가리지 않고 끊임없이 흘러가는구나."
> 子在川上曰, "逝者如斯夫, 不舍晝夜."

'서逝'자는 물이 흘러가는 것을 형용한 것으로 묘사가 진실하고 자연스러운데, 이는 '흥興'의 기법이다. 단지 두 마디 말로 시간은 한번 가면 돌아오지 않고, 인생 역시 그러하다는 것을 형용하였다. 이처럼 웅대한 감정 표현과 깊이 있는 의경은 우주와 인생에 대해 무한한 느낌을 갖게 해준다.

이상은 문학적인 안목으로 『논어』를 논한 것이다. 만약 『논어』에서 말한 내용을 조목조목 학습한다면 문장을 짓는 데 큰 발전이 있을 것이다.

『논어』 이후 『묵자墨子』·『맹자孟子』·『장자莊子』·『순자荀子』·『한비자韓非子』·『노자老子』·『여씨춘추呂氏春秋』 등이 나왔다. 선진제자 가운데 중요한 것으로는 이 여덟 가지 책을 꼽을 수 있다.

『맹자』의 문장은 도연명陶淵明의 시와 비슷하고, 『장자』의 문장은 완적阮籍의 시와 비슷하다. 중국문학의 양대 계통이라 할 수 있는 맹자와 장자의 문장, 도연명과 완적의 시는 각기 다른 풍격을 지니고 있다.

김성탄金聖嘆은 일찍이 중국의 6대 기서奇書는 바로 『좌전』·『장자』·「이소」·『사기』·『서상기西廂記』·『수호전水滸傳』이라고 하였다. 김성탄은 『좌전』·『장자』를 『서상기』·『수호전』과 함께 거론한 것이다. 위의 책들을 읽으려면 김성탄의 미비眉批를 함께 읽는 것이 좋은데, 그래야만 문학적인 묘사를 이해할 수 있다.[1]

문학사적인 안목에서 말한다면 중국 산문은 처음부터 역사적인 성격을 가지고 시작되었는데, 이는 말을 기록하거나 사건을 기록하였기 때문이다. 『논어』에도 사건을 기록한 것이 있는데, 예컨대 "공자가 냇가에서 이렇게 말했다. '가는 세월이 마치 이와 같구나. 밤낮을 가리지 않고 끊임없이 흘러가는구나'"가 바로 그것이다. 말을 기록한 것도 있는데, 예를 들어 "자하子夏가 물었다. '보조개 지으며 웃는 모습 어여쁘다'는 무엇을 말하는 것입니까?"처럼 두 사람이 문답하는 형식도 있고, 공자 혼자 말하는 것도 있다. 문장의 체재를 가지고 말한다면 『논어』는 여전히 사건과 말을 기록한 전통으로부터 변화 발전된 것이지만, 『상서』나 『춘추』와는 다른 면을 지니고 있다. 즉 전자는 공자의 개인적인 언행을 기록한 것이고, 후자는 국가의 대사를 기록한 것이다. 이는 역사의 발전일 뿐만 아니라, 국가 대사를 기록하는 것으로부터 개인의 생활을 기록하는 것으로 진보한 것이기도 하다. 그러므로 '자서子書'가 이루어지고 나서, 역사가가 생겼다.

공자는 평민 학자이지만, 『논어』는 『상서』와 『춘추』의 전통을 따랐다. 그러나 이보다 한 발 더 앞서 나갔다.

---

**1** 섭룡 주: 전목은 일찍이 자신은 『논어』·『맹자』·『노자』·『장자』를 '신사서新四書'라고 부르고, 이것이야말로 사람들이 반드시 읽어야 할 네 가지 중요한 전적이라고 생각한다고 말한 적이 있다. 전통적으로 '논論·맹孟·학學·용庸'을 사서四書로 보는 것과는 차이가 있다.

# 제7장

# 중국 고대산문

◆◆◆

　　중국 고대산문은 두 시기로 나눌 수 있는데, 첫 번째 시기는 '사史'로 불리는 산문의 시기라고 할 수 있다. 이 시기의 대표작으로는 『상서』와 『춘추』의 『좌전』이 있다. 『상서』는 말을 기록한 것인데, 국가 지도자가 발포한 공문서를 적어놓은 것이므로 역사 문건에 해당한다. 『좌전』은 사건을 기록한 것인데, 역사적인 사실과 그 과정을 적은 것이므로 역시 역사 문건이다.

　　중국 고대산문의 두 번째 시기는 '자子'로 불리는 산문의 시기라고 할 수 있는데, 이는 사상·철학적 성격의 문장이다. 이 시기의 대표작은 『논어』·『맹자』·『장자』·『순자』·『묵자』·『노자』 등이 있다.

　　맹자는 "『춘추』는 천자의 일이다"[1]라고 말한 적이 있는데, 이는 『춘추』가 사관이 기록한 공문서로 정치적 성격을 지닌 역사 산문이기 때문이다. 그러나 '자子'는 개인적·사회적·평민적 성격을 지닌 문장이다.

---

1　편자 주: 『春秋』, 天子之事也(『맹자·등문공하滕文公下』).

『시경』에는 풍·아·송이 있는데, 처음에 나오는 십오국풍十五國風은 평민의 시라고 할 수 있다. 평민의 산문은 공자로부터 시작되었다. 문체의 측면에서 말하면 "'자子'는 '사史'에서 변화 발전했다."[2] 『논어』는 공자의 언행을 기록한 것이다. 바꾸어 말하면 『논어』는 개인의 언행을 기록하였고, 평민의 언행을 기록하였다. 이에 비해 『상서』와 『좌씨춘추』는 언행을 기록한 책이지만 정치적 성격을 지니고 있어 '사史'의 문장이다. 그러나 '자子'는 '사史'로부터 변화 발전한 것이라고 할 수 있다.

『논어』에서 시작하여 고대산문은 다음의 세 단계로 나눌 수 있다.

첫 번째 단계의 산문은 『논어』와 같이 분산되어 있고 소량이어서 여러 장章을 모아야 한 편이 만들어진다. 하지만 각 장의 내용은 서로 아무런 연관이 없다.

예컨대 『논어』 제1편의 편명은 「학이學而」인데, 이는 그 첫 구절이 "학이시습지學而時習之"이기 때문이고, 편명은 아무 의미가 없다. 제2편은 「위정爲政」인데, 이 또한 그 첫 구절이 "위정이덕爲政以德"이기 때문이다. 그러므로 각 단락은 어느 부분에 놓아도 상관없는데, 이는 당시 사람들이 세상에 전하려고 지은 것이 아니라, 단지 산발적인 기록에 불과했음을 알 수 있다.

『맹자』역시 그러하다. 예컨대 "맹자견양혜왕孟子見梁惠王" 등의 구절을 모아 한 장으로 만들고 「양혜왕梁惠王」이라고 편명을 삼았다. 다음에 오는 「만장萬章」·「공손추公孫丑」·「등문공滕文公」 역시 어떤 의미가 있는 명칭이 아니다. 단지 『논어』는 비교적 짧고, 『맹자』는 비교적 길 뿐이다. 이는 결코 공자가 말을 적게 했다는 것을 의미하는 게 아니라, 다소 간단하게 기록하였을 뿐이라는 것이다. 간단한 것이 비교적 읽기 어렵다. 『맹자』의 문장은 이미 이보다 더 길고 진보되었기에 비교적 읽기 쉽다.

---

2 子者, 史之流變也.

두 번째 단계의 산문에 이르러『장자』와 같은 책이 나왔는데, 이 책은 이미 가설적인 대화체의 문체(즉 우언寓言을 말한다)로 진일보하였음을 알 수 있다. 공자와 맹자는 모두 스승의 언행을 기록한 제자가 있었지만, 장자는 제자가 없어서 자신이 직접 문장을 썼다. 두 사람이 묻고 답하며 대화하는 방식의 문체, 예컨대 하백河伯과 해약海若의 대화는 사실 맹자가 양나라 혜왕을 만나 얘기하는 부분과 내용이 같으므로 문체 역시 같다고 할 수 있다. 문학사의 측면에서 볼 때『장자』는 여전히『논어』와『맹자』의 체재에서 벗어나지 못했지만,『장자』가 이보다 진보한 일면이 있으니, 바로 내편內篇의 편명이 모두 의미를 지니고 있다는 점이다. 예컨대「소요유逍遙游」·「양생주養生主」·「응제왕應帝王」·「인간세人間世」 등은『논어』·『맹자』와는 다르다.

　또한『장자』의 각 편은 모두 장章으로 나눌 수 있다. 예컨대「양생주」편은 제1장을「포정위문혜군해우庖丁爲文惠君解牛」라고 부르고, 그 뒤에 또 제2장·제3장 등으로 나눌 수 있다. 이때 갑편甲篇의 어느 장을 마음대로 을편乙篇에 집어넣을 수 없다. 각 장은 모두 독립적으로 완전한 하나를 이루지만 따로 분리하여 읽을 수도 있다. 그러나『장자』에도『논어』와『맹자』와 같은 방법으로 편명을 정한 것도 있는데, 예를 들어「추수秋水」편은 그 첫 구절 "추수시지秋水時至"의 뜻을 취한 것이다. 또한『장자』는 여러 장을 모아 한 편으로 만든 방법이『맹자』와 비슷하지만, 각 편에는 모두 주요한 장이 몇 개 들어 있다.

　세 번째 단계의 산문에 이르러『순자』와 같은 책이 나왔는데, 이 책은 개인의 완벽하면서도 체계적인 사상과 의견을 발휘할 정도로 진보하였다.『순자』중「천론天論」·「예론禮論」·「정명正名」·「정론正論」·「해폐解蔽」 등은 모두 완전하고 독립된 한 편을 이루며, 결코『논어』·『맹자』·『장자』처럼 산발적인 방식으로 표현되지 않았다.

　『맹자』에서는 성선론性善論에 대한 내용이 책 전체 각 편에서 산발적으로 보이지만, 『순자』에서는 성악론性惡論에 대한 의견을 한 사람이 서술하는 형식으로 이루어져 있어 체계적이다. 이러한 문체는 비교적 모양새도 있고 체계적이어서 『장자』와 비교하면 더욱 진일보하였다.

순자의 학생 한비韓非가 있는데, 그가 쓴 『한비자』 중 「오두五蠹」·「육반六反」 등은 이미 체계적으로 문장에 대해 논하고 있다.

순자와 동시대의 사람으로 공손룡公孫龍이 있는데, 그가 쓴 『공손룡자公孫龍子』 중 「백마론白馬論」·「지물론指物論」·「통변론通變論」·「견백론堅白論」·「명실론名實論」 등도 한 편의 문장이 한 편의 제목으로 되어 있어 모두 체계적이다.[3]

고증에 따르면 『묵자』는 『논어』보다는 늦게, 『맹자』보다는 앞에 나왔다. 이 책은 「겸애兼愛」 상중하 세 편과 「비공非攻」 상중하 세 편으로 되어 있다. 처음에 "시고자묵자언왈是故子墨子言曰"로 시작되고 '장章'이라는 것이 없으며, 한 편의 문장이 하나의 이론을 말하고 있다. 문장의 체재로 볼 때, 이 책은 분명 늦게 나왔을 것이고, 그 시기는 아마 『순자』가 나온 무렵일 것이다. 요컨대 「겸애」와 「비공」 등은 늦게 나왔지만, 『묵자』에서도 일찍 지어진 「노문魯問」은 문답체의 형식으로 되어 있어 『논어』·『맹자』와 비슷하다. 묵자학파를 신봉하는 사람들은 『묵자』의 주요 핵심 문장[4]에서 말한 내용을 성실히 믿고 따른다.

---

**3** 섭룡 주: 『공손룡자』는 『한서漢書·예문지藝文志』에 14편이 수록되어 있지만, 송나라에 이르러서는 6편만이 전해졌다. 위에서 언급한 5편은 공손룡이 직접 지은 것이고, 나머지 한 편인 「적부迹府」는 후대 사람이 집록한 것으로 생각된다.

**4** 섭룡 주: 어느 날 방과 후, 전목에게 어떻게 『묵자』를 읽어야 하고, 누구의 주석이 가장 훌륭한지 물은 적이 있다. 그는 손이양孫詒讓의 『묵자간고墨子間詁』, 왕개운王闓運의 『교주묵자校注墨子』, 조요상曹耀湘의 『묵자전墨子箋』은 참고할 만하다고 말했다. 조요상은 『묵자』의 요지는 겸애兼愛·근근·검검儉 세 가지이고, 이것에 묵학墨學의 정신이 들어 있다고 했다. 계속해서 전목에게 "수업 시간에 『묵자』의 주요 핵심 문장이라고 말씀하신 것이 바로 이 문장들을 가리키는 것입니까?"라고 묻자, 고개를 끄덕이며 동의했다. 여기서 다시 이를 말하는 것은 뜻이 있는 청년들이 보고 참고할 수 있도록 하기 위해서이다.

당나라의 한유韓愈는 고서古書의 진위를 판별하려면 먼저 그 책을 자세히 읽어야 한다고 했다.[5] 그러므로 책을 읽을 때는 그 문장이나 시가 어느 시대의 것인지 판별하고, 나아가 청나라의 시가 왜 당나라 시의 풍격을 지니고 있는지 판별해야만 비로소 최고의 경지에 이를 수 있다.

『노자』는 겉으로 보기에는 자질구레한 자구를 함께 모아놓은 듯하다. 예컨대 "말로 표현할 수 있는 도는 영원불변의 도가 아니고, 부를 수 있는 이름은 진정한 이름이 아니다"[6]라고 한 것은 마치 『논어』의 구절과 같지만, 『노자』는 철학서이고 그 구절 또한 정련되고 간결한 언어로 이루어진 격언이다. 마치 니체의 작품과 같은데, 문답체의 형식을 사용하지 않았지만 그 경지가 높아졌다. 그러므로 『노자』라는 책이 만들어진 시기는 분명 『논어』보다 뒤일 것이다. 『논어』는 각각의 조목條目을 모아 한 편을 만들었지만, 이들 사이에는 서로 아무런 연관이 없다. 그러나 『노자』는 자구가 간명하면서도 질서가 있기 때문에 『논어』보다 뒤에 나온 후기의 작품이라 단정할 수 있다.

진秦나라에 이르러 여불위呂不韋가 『여씨춘추呂氏春秋』[7]를 지었다. 이 책은 십이기十二紀·팔람八覽·육론六論의 26편으로 구성되어 있는데, 모두

---

**5** 편자 주: 한유의 「답이익서答李翊書」에는 다음과 같은 말이 있다. "처음에는 하상주夏商周 삼대와 양한兩漢의 책이 아니면 보지 않고, 성인의 뜻에 부합하지 않으면 마음에 두지 않았다. 조용히 있을 때는 무언가를 잊은 것 같고, 길을 걸을 때는 무언가를 잃어버린 것 같으며, 신중한 모습은 마치 무언가를 생각하는 듯하고, 망연한 모습은 마치 무언가에 홀린 것만 같았다. 마음에 떠오른 것을 손으로 써내려갈 때 …… 이런 다음에야 비로소 고서古書의 진위와 비록 옳다고 할 수 있지만 완벽하다고 할 만한 정도에는 이르지 못한 것을 마치 흑과 백의 차이처럼 분명히 구분할 수 있게 되었다. 이러한 거짓되고 완벽하지 않은 것을 없애려고 힘쓰면서 비로소 서서히 마음의 깨달음을 얻을 수 있었다(始者, 非三代兩漢之書不敢觀, 非聖人之志不敢存. 處若忘, 行若遺, 儼乎其若思, 茫乎其若迷. 當其取于心而注于手 …… 然後識古書之正僞, 與雖正而不至焉者, 昭昭然白黑分矣, 而務去之, 乃徐有得也)."
**6** 道可道, 非常道, 名可名, 非常名.
**7** 편자 주: 『여씨춘추』는 여불위가 불러모은 논객과 식객이 지은 것이다.

20여만 자로 이루어져 있다. 먼저 십이기부터 말하자면, 각 기紀는 맹孟·중仲·계季 세 편으로 되어 있다. 예를 들면 「춘기春紀」는 「맹춘기제일孟春紀第一」·「중춘기제이仲春紀第二」·「계춘기제삼季春紀第三」으로 되어 있다. 「하기夏紀」 또한 맹·중·계 세 편이 있고, 추기秋紀·동기冬紀 역시 각 세 편이 있다. 각 기紀는 다시 다섯 개의 조로 나누어지는데, 예를 들면 「맹춘기孟春紀」는 「맹춘孟春」·「본생本生」·「중기重己」·「귀공貴公」·「거사去私」로 나누어진다. 다음의 십일기十一紀 역시 각기 다섯 개의 조로 나누어진다. 이 다섯 조의 문장 내용은 동일 항목이나 종류에 대해 논한 것으로 서로 연관이 있다. 예컨대 「중하기仲夏紀」에 속하는 다섯 조의 문장을 보면, 첫 번째 조인 「중하仲夏」는 각종 악기를 이용해 군왕君王·경卿·사士에게 제사 지내어 풍성한 수확을 얻기를 바라는 것에 대해 말하였고, 두 번째 조인 「대악大樂」은 선왕이 어떤 원리에 근거하여 음악을 제정하고, 음악이 어떻게 천지의 조화를 반영하였는지를 말하였다. 세 번째 조인 「치악侈樂」은 다른 재료를 사용해 만든 악기는 다른 소리를 낼 수 있고, 고대의 성왕聖王들이 음악을 중시한 것은 백성들을 즐겁게 해주기 위한 것이었음을 말하였다. 네 번째 조인 「적음適音」[8]은 마음이 즐거워야만 즐거운 음악을 들을 수 있는데, 이러한 즐거움과 마음은 꼭 들어맞아야 한다는 것에 대해 말하였다. 예를 들어 사람의 본성은 장수·평안·존귀와 영광·한가로움 등을 좋아하고, 단명·위험·굴욕·고생 등을 싫어하는데, 만약 좋아하는 것을 만족시키고 싫어하는 바를 없앨 수 있으면 마음에 꼭 알맞게 될 것이라는 것이다. 여기에서 더 나아가 음악의 알맞음에 대해 논하였는데, 악기의 대소경중大小輕重과 소리의 청탁淸濁은 반드시 꼭 알맞아야 한다고 주장하였다.

「중하기」의 다섯 번째 조인 「고악古樂」은 고대 성왕聖王들이 음악과 노래

---

**8** 전목 주: 이는 「화락和樂」이라고도 한다.

를 제정한 목적과 과정 및 어떤 성왕이 어떻게 기존의 악기를 개량했는지에 대해 말했다. 예를 들면 순임금 시절의 악관이 15현弦의 금琴을 23현으로 만들었다는 것이다. 이외에 고대 성왕들이 폭군을 정벌한 후 악관에게 새로운 노래를 만들어 경축한 일에 대해서도 말했다.

이상의 춘하추동 십이기와 각 기紀에 있는 다섯 조의 문장은 순서와 위치를 바꿀 수 없다. 또한 팔람八覽 중 각 남覽은 모두 여덟 조로 이루어져 있고, 육론六論의 각 논論은 모두 여섯 조로 이루어져 있는데, 이 역시 함부로 순서를 바꾸어 서술할 수 없다.

이상에서 말한 제가諸家의 고대산문은 공자로부터 여불위에 이르기까지 전후 200여 년의 시간이 흘렀고, 책의 내용 또한 시대에 따라 변화 발전하였다. 그중 『장자』와 『여씨춘추』(간략히 『여람呂覽』이라고도 부른다)가 비교적 문체에 많은 공력을 기울였다. 그렇다고 해서 『논어』의 사상이 다른 제가諸家에 미치지 못한다는 것을 의미하는 것은 아니다. 이 점은 모두가 분명히 알아야 할 것이다.

# 제8장

# 『초사』(상)

◆◆◆

『시경』은 중국의 첫 번째 문학작품이지만 유명한 문학가가 나오지 않았는데, 이는 『시경』이 총집總集이고 집체 창작이기 때문이다. 이 집체 창작자의 이름은 알 길이 없다.

이른바 문학을 대표하는 것에는 '집集'이 있는데, '총집' 이외에 개인이 창작한 '별집別集'이 있다. 그러나 어떤 '별집'은 작가의 이름이 없는 작품이거나 익명의 작가가 창작한 경우가 있는데, 이는 『초사』가 나올 때까지 그러했다. 그러므로 굴원은 중국의 첫 번째 문학가라고 할 수 있다.

『초사』역시 한 권의 총집이지만 그중 굴원의 작품이 가장 많다. 후대 사람의 통계에 따르면 굴원은 모두 25편의 작품을 썼다. 그러나 이 주장의 정확성 여부는 고증해볼 필요가 있다. 굴원의 작품이 『초사』에서 어느 정도 분량을 차지하는지에 관계없이, 이를 굴원의 '별집'이라 부를 수 있다는 것은 이미 인정된 바이다.

『초사』에서 가장 유명한 작품은 처음에 나오는 「이소離騷」를 꼽을 수 있다. 『초사』의 일부 작품은 굴원의 제자 혹은 친구가 지었다.

중국 고대 역사문화의 최초 발원지는 지금의 하남, 산동, 섬서, 산서 일대로 지금의 황하 유역 일대이다. 그러나 초楚나라는 한수漢水 유역에 위치했고, 굴원이 초나라 사람인 이상 『초사』의 발생지는 중원中原이 아니라 남방이고, 황하 유역도 아니고 장강 유역도 아닌 한수 유역이라고 할 수 있다.

『초사』는 『시경』을 계승하여 변화 발전시킨 것이다. 『초사』에 대해 잘 알려면 반드시 먼저 그 근원을 알아야 한다. 그러므로 여기서 다시 한번 『시경』에 대해 얘기해보고자 한다. 『시경』은 풍·소아·대아·송의 네 부분으로 이루어져 있다. 이 네 부분 가운데 비교적 순문학에 속하는 것은 십오국풍十五國風이라고 할 수 있는데, 이는 국풍에 민간사회의 정취가 많이 들어 있기 때문이다. 국풍의 첫 부분은 '이남二南', 즉 주남周南과 소남召南인데, 이는 공자가 가장 좋아한 시이다. 주남과 소남은 지금의 하남 남양南陽과 한수 이북의 양양襄陽 일대이다.[1] 이 지역은 기후가 온화하여 백성들이 옥외 생활을 즐겼고, 산과 산 사이에는 평원을 흐르는 강이 있다. 이 '이남'은 바로 회수淮水 북쪽에 있는 동백산桐柏山 서쪽에 있다. 동백산의 북쪽은 진陳나라이다.[2] 당시 이 지역에는 소악韶樂이 있었는데, 진陳나라의 공자公子가 이 유명한 소악을 제齊나라로 가지고 갔다. (진나라 공자公子가 후에 제나라를 얻게 되었는데, 나라 이름을 전제田齊라고 하였다.) 이로 인해 제나라도 소악을 알게 되었고, 공자 또한 일찍이 노魯나라에서 제나라로 간 적이 있기 때문에 소악을 들을 수 있었다.

**1** 전목 주: 지금의 예豫(하남)·악鄂(호북)·섬陝(섬서) 지역이 교차하는 무관武關이다. 무관을 나가면 양양 일대까지 갈 수 있고, 다시 함곡관函谷關을 나가면 낙양洛陽까지 갈 수 있다.
**2** 편자 주: 진陳나라는 동백산의 북쪽에 있다. 이는 신판新版 『사해辭海』와 담기양譚其驤의 『중국역사지도집中國歷史地圖集』 등에 보인다.

『논어』에는 "공자께서 제나라에서 순舜임금의 소악을 듣고, 삼 개월 동안 고기 맛을 알지 못했다"[3]라는 말이 있다. 여기에서 우리는 공자가 음악, 특히 남방의 소악을 좋아했고, 아울러 학생들에게 『시경』을 읽을 것을 권했는데, 그중에서도 '이남'을 대단히 좋아했음을 알 수 있다.

『초사』는 초나라 사람의 작품이다. 초나라는 장강 유역의 형주荊州에 위치한 게 아니라 양양襄陽에 있었는데, 이 지역은 고대의 '이남'이 있던 곳이다. 이에 대해서는 뒤에 다시 설명할 것이다.

『초사』중 '혜兮'자는 초나라 사람 말로 '아啊'라는 뜻이다. 예를 들어 『논어』에는 "봉혜봉혜鳳兮鳳兮"라는 구절이 있는데, 이 노래는 공자가 초나라에 갔을 때 초나라 사람이 부르는 것을 들은 것이다. 그러므로 『논어』에는 이미 초나라 노래에 대한 기록이 있다. 초나라 환皖 땅 사람인 항우項羽는 한수 유역에서 장강 유역으로 이주하였는데, 그는 「해하가垓下歌」라는 노래를 지어 "힘은 산을 뽑을 만하고 기세는 천하를 덮을 만한데, 때가 불리하니 말도 나아가지 않는구나. 말도 나아가지 않으니 어찌하리? 우여, 우여, 너를 어찌할까?"[4]라고 노래하였다.

이 노래는 북방 지역의 노래와 다를 뿐 아니라 많이 진보되었다. 옛사람은 시를 노래 부를 때 마지막 구절은 반드시 압운押韻을 했는데, 이는 한 사람이 노래하면 세 사람이 따라 부르는 형식으로 마치 설창說唱 예술의 일종인 강소江蘇 지역의 선권宣卷과 같다.

항우와 같은 시기에 천하를 놓고 다투었던 한漢 고조高祖 유방劉邦 또한 다음과 같은 노래를 지었다.

---

**3** 子在齊聞韶, 三月不知肉味.
**4** 力拔山兮氣蓋世, 時不利兮騅不逝. 騅不逝兮可奈何, 虞兮虞兮奈若何.

큰 바람 일어나니 구름 날아오르고,[5]

온 천하에 위세 떨치고 고향으로 돌아왔다.[6]

어떻게 하면 용맹한 장수 얻어 천하를 지킬 수 있을까?

大風起兮雲飛揚,

威加海內兮歸故鄕,

安得猛士兮守四方.


　어느 날 고조는 자신이 사랑하는 척부인戚夫人에게 춤을 추게 하고 "너는 나를 위해 초나라 춤을 추고, 나는 너를 위해 초나라 노래를 부르겠다"라고 했다. 초나라 사람들이 노래와 춤에 모두 뛰어났음을 알 수 있다. 초나라 춤은 당연히 북방의 춤과는 다르다.

　진陳나라의 춤은 신에게 제사 지내는 데에 사용되었기 때문에, 신을 불러올 수 있는 무당이 주관하였다. 무당은 춤을 출 때 사랑의 노래를 부르는데, 도취되어 자신이 무엇을 하려는지 망각할 때까지 노래 부르다가 신으로 변한다. 이러한 가무는 삼중 인격을 가진 것이라 할 수 있으므로, 북방의 가무와 차이가 있다.

　섬서 사람들은 노래 부를 때 금琴 소리가 은은히 울려 퍼지도록 하고, 한 사람이 노래하면 세 사람이 따라 불렀다. 노래의 분위기는 매우 엄숙했는데, 이는 신에게 제사 지내는 데에 사용되었기 때문이다. 남방 사람들의 노래는 변화가 많고 중복이 많으며, 대단히 시끌벅적하다.

　『초사』 중 「구가九歌」는 바로 당시 무당들이 신에게 제사 지낼 때 사용하던 것이다. 당시 굴원은 이러한 원칙에 근거하여 「구가」를 지었다. 따라서

---

5 전목 주: 이 구절은 흥興의 기법을 사용했다.
6 전목 주: 이 구절은 부賦의 기법을 사용했다.

『초사』는 한 사람이 말하는 것이 아니라 말하는 상대가 있다. 굴원이 『초
사』를 빌어 자신의 애국사상을 기탁한 것 또한 바로 이 때문이다.

# 제9장
# 『초사』(하)

♦♦♦

문학은 두 가지 방면으로 나누어 설명해야 한다. 하나는 시대적인 측면에서 종적으로 말해야 하고, 다른 하나는 지역적인 측면에서 횡적으로 말해야 한다.

문학은 인류가 심령心靈에서 나온 것을 표현한 것이다. 이는 지역의 제한을 받는데, 지역적인 측면에는 기후·산천·풍속 등이 모두 포함된다. 진실한 문학은 군중으로부터 나오기에 반드시 민간에서 채집해야 하고, 문학 창조는 또한 기교를 가미해야 한다. 『초사』는 지역적인 성격을 지닌 동시에 문학적인 성격을 지닌 남방 문학이다.

문학의 지역성은 민간에서 비롯된다. 예컨대 『시경』은 풍·아·송 세 부분으로 나누어져 있다. 이 가운데 '송'이 가장 적은 부분을 차지한다. '아'는 섬서의 노래를 대표하므로 당연히 지역적인 성격이 있다. '국풍'은 열다섯 지역의 노래이므로 그 소리의 종류가 더욱 많다. 이 방면에 관한 것은 『한서漢書·지리지地理志』를 참고할 수 있는데, 이는 지역의 차이에 근거해

풍토와 인정人情을 설명한 책이다.

공자는 '국풍'의 '이남二南'을 가장 좋아하였다. 당시의 시는 노래로 부를 수 있었기 때문에 문학과 음악은 연관이 있다. 공자는 특별히 남방의 소악韶樂을 좋아하여 "제나라에서 순임금의 소악을 듣고, 삼 개월 동안 고기 맛을 알지 못했다"고 하였다.

제齊나라의 소악은 진陳나라에서 들어왔다. 진나라는 하남河南 회수淮水 유역 일대에 위치하였고, 순임금의 후예이다. '이남'은 바로 남양南陽(지금의 하남河南)과 양양襄陽(지금 호북湖北의 한수漢水 유역)에 위치했다. 고대의 지리 상황에 근거할 때, 진나라와 '이남'은 같은 교통 노선에 속한다. 당시 초나라 회왕懷王이 진秦나라에 패배해 포로가 되자, 초나라 사람들은 안휘安徽 수현壽縣 일대로 도망갔다. 이때 그들은 대이동을 하여 안휘나 강소江蘇 사람이 되었다. 항우는 자칭 서초패왕西楚霸王이라 했지만, 서초 이외에 동초東楚와 남초南楚도 있다. 항우는 상강湘江 유역까지 도망갔는데, 그곳이 바로 남초이다. 그러나 인구는 아주 적었다. 오늘날 우리는 장사長沙와 수현 일대에서 모두 초나라의 무덤을 발견할 수 있다. 그러므로 "초나라는 비록 인구가 매우 적지만, 진秦나라를 망하게 할 나라는 반드시 초나라일 것이다"라는 말이 나왔던 것이다.

문자는 죽은 것이고 지역은 살아 있는 것이므로 반드시 이 두 가지를 배합해서 말해야 한다. 그러므로 십오국풍十五國風을 이해하려면 반드시 그 지역의 상황을 알아야 한다. 예컨대 남방은 기후가 좋아 집 밖에서 생활할 수 있고 다양한 춤이 있지만, 여러 신을 믿기 때문에 오히려 고정된 체계가 없다. 북방의 춤은 체계적이고 신에 대한 공경 역시 통일되어 비교적 엄숙하지만, 판에 박은 듯 융통성이 없다. 남방은 물을 중시하여 수신水神이 있고, 북방은 산을 중시하여 산신山神을 공경한다. 남방은 굴원처럼 사람이 물에 빠져 죽으면 수신에게 제사 지낼 때 반드시 제물을 물속에 던지지만,

북방은 산신에게 제사 지낼 때 불을 피워 연기가 위로 올라가게 한다. 공자가 위대한 것은 남방 문학을 높이 평가한 데 있다. 진풍陳風과 '이남二南'은 기민하고 생동적이며, 북방의 시는 독실篤實하다.

『초사』는 십오국풍의 '이남'과 진풍陳風을 따라 생겨난 것이므로, 한수와 회수 유역이 그 발원지이고, 이 지역의 풍토와 인정人情은 당연히 북방과 다르다.

한나라 이후의 사람들은 굴원이 상강湘江 유역으로 추방되었기 때문에, 「구가」가 상강 유역을 배경으로 창작된 작품이라고 하였다. 이 견해는 사실에 위배되는 것으로, 「구가」는 결코 상강의 동정호洞庭湖를 소재로 한 것이 아니다. 사실 『초사』 문학은 '이남二南', 즉 양양과 남양에서 기원하였으니 그 창작 배경은 호북湖北이지 호남湖南이 아니다. 굴원 시대에 말하던 동정호와 상강은 모두 악鄂(호북을 간략히 부르는 말)에 있었기 때문이다. 단지 지명이 옮겨갔기 때문에 생긴 오해일 뿐이다.[1]

중국의 모든 물과 산 이름, 지명은 그렇게 명명命名된 원인이 있으며 결코 우연히 붙여진 것이 아니다. 북방은 물소리가 탁하기 때문에 명칭에 '낙洛'·'하河' 등의 음이 들어가고, 낙수洛水·황하黃河라고 명명한 것이 그 예이다. 남방은 물소리가 맑기 때문에 '강江'이라 불렀고, 장강이 그 대표적인 예이다. 그렇다면 어째서 '동정洞庭'이라 불렀을까? 정원 앞에 있기 때문에 '정庭'이라 불렀다는 것은 허황된 말이다. '동洞'은 통한다는 뜻으로 '산동山洞'·'통소洞簫' 등에는 모두 이러한 의미가 있다. 따라서 물이 서로 통하는 것을 '동정'이라 불렀을 것이고, 그렇기 때문에 이 물과 저 물이 통

---

1 편자 주: 『장자·천운天運』에는 "황제께서 동정洞庭의 들판에서 함지咸池의 노래를 연주하셨다(帝張咸池之樂于洞庭之野)"라는 말이 나온다. 당나라 성현영成玄英은 이에 대해 "동정의 들판은 천지 사이에 있다(洞庭之野, 天地之間)"라고 주석을 달았다. 역사적으로 때로는 장강의 중류 남북 쪽에 있는 운몽택雲夢澤을 동정호와 같은 것으로 혼동하는 경우도 있다.

하는 것을 '동정'이라 부른 것이다. 태호太湖에도 동정호가 있으므로, '동정'이라는 말은 하나의 통칭이자 보통명사이다. 지리를 조사해보면 장강 이북에도 '동정'이 있음을 알 수 있는데, 이는 안휘와 산서 두 곳에 모두 '곽산霍山'이라 부르는 산이 있는 것과 같다. 『이아爾雅』에는 "大山宮小山(대산궁소산), 霍(곽)"이라고 해석했는데, 큰 산에 둘러싸인 작은 산이 '곽霍'이라는 뜻이므로 그 이치는 같다.

왜 '상湘'이라 부른 것일까? '湘(샹, Xiāng)'은 '相(샹, xiāng)'이고, '襄(샹, xiāng)'의 발음 역시 '相'과 같다. 두 글자 모두 '돕다'라는 의미가 있다. 왕망王莽시기에 '상양相陽(샹양, xiāng yáng)'을 '양양襄陽(샹양, xiāng yáng)'이라는 이름으로 바꾸었다. 『상서』에는 "큰물이 산을 에워싸고 언덕을 넘었다(浩浩懷山襄陵)"라는 말이 있다. 여기에서 '양襄'자는 '위까지 넘치다', 즉 물이 육지까지 올라오고 산까지 올라왔다는 뜻이다. 이는 한수를 두고 한 말이다. 장지동張之洞과 이전의 고관들은 모두 제방을 쌓아 한수, 즉 양수襄水의 물이 넘치는 것을 막았다. '한漢'은 천수天水라는 뜻이다. 천하天河를 한漢이라 부르기 때문에 한수는 바로 천수이고, 또 양수이다.

굴원의 「어부사漁父辭」에는 "차라리 상수湘水에 몸을 던져 물고기 배에 장사 지내리라(寧赴湘流而葬乎江魚腹中耳)"라는 말이 있다. 태사공太史公 사마천은 이 구절에 병폐가 있다고 생각했다. 악鄂 땅에 있는 사람이 어떻게 상수에 가서 자살할 수 있냐면서 이 구절을 '녕부상류寧赴常流'로 바꾸어놓았는데, 이는 또 교감학校勘學까지 관련이 된다. 「어부사」를 보면 양수襄水를 또 '창랑지수滄浪之水'라고 부른 것으로 보아, 이 문장은 굴원이 한수에 있을 때 지은 것임을 알 수 있다. 여기서 말한 '상류湘流'는 사실 '한수漢水'를 가리킨다.

또한 「구가」에는 다음과 같은 구절이 있다.

산들산들 가을바람 불어오니,

동정洞庭에 파도 일고 나뭇잎 떨어진다.

裊裊兮秋風, 洞庭波兮木葉下.

이 구절이 만약 악양루岳陽樓의 동정호를 형용한 것이라면 어울리지 않는데, 경계境界가 다르기 때문이다. 즉 이 시는 굴원이 이수신二水神[2]을 제사 지내기 위해 지은 것이고, 호북湖北을 배경으로 하였다.

"귤이 회하를 넘으면 탱자가 된다"라는 말이 있는데, 중국 역사에서 가장 유명한 귤은 강릉江陵의 천수귤千樹橘이다. 지명 역시 옮겨갈 수 있으니, 예컨대 지금은 영국의 지명이 미국에도 있고, 중국에도 있다. '동정' 역시 옮겨갈 수 있고, 또한 물과 물은 서로 통할 수 있기 때문에 호북에도 동정호가 있다.

중국의 글자와 이름은 모두 의의를 지닌다. 예를 들어 '화산華山'의 '화華'는 산이 꽃처럼 다섯 개의 꽃잎이 있고, '기산岐山'은 두 산이 나란히 있으며, '형산衡山'은 가로로 뻗어 있고, '곤륜昆侖'은 산이 중첩되어 있다는 의미이다.[3]

위에서 말한 것은 모두 문학사에서 고증이 필요한 문제이다. 요컨대 굴원이 말한 상강과 '동정'은 모두 호남湖南에 있는 게 아니라, 사실상 한수 유역을 가리킨다.

---

2 전목 주: 이수신은 이여신二女神인데, 이는 순임금의 이비二妃(요임금의 두 딸인 아황과 여영. 함께 순임금에게 시집가고 순임금이 죽은 뒤 상강에 빠져 죽음)이자 한수의 신이다. 『시경』에도 이에 대한 언급이 있다.
3 역자 주: 화산의 '華'는 꽃이라는 뜻이므로 그 모양이 다섯 개의 꽃잎 같다고 해서 붙여진 이름. 기산의 '岐'는 갈라졌다는 뜻으로 두 산이 갈라져 나란히 있는 형국이므로 붙여진 이름. 형산의 '衡'은 가로라는 뜻으로 산의 형세가 가로로 뻗어 있으므로 붙여진 이름. 곤륜의 '昆'은 많다는 뜻으로 산이 첩첩이 중첩되어 있으므로 붙여진 이름.

◆◆◆

'부賦'는 사건을 사실대로 서술하는 것이지만, 어떤 부賦는 비比와 흥興을 함유하고 있다. 부는 고시古詩에서 나왔고, 보통 한부漢賦라고 부르는데, 이는 부가 한나라 때 특별히 성행했기 때문이다. 그러나 사실 부는 선진先秦 시기(전국시대)부터 있었다.

굴원은 부를 짓지 않았고, 그 후에야 비로소 나왔다. 부의 대가로는 순황 荀況과 송옥宋玉[1]을 꼽을 수 있다. 순자荀子의 부는 다섯 편이 전해지는데, 「예禮」·「지知」·「운雲」·「잠蠶」·「잠箴」이 바로 그것이다. 순자는 부를 쓸 때 먼저 아무것도 설명하지 않고, 상당히 긴 해설을 한 뒤 마지막에 가서 한마디 말로 설파한다. 이러한 문체는 수수께끼 같은 말로 되어 있는데, 다시 말해서 여러 방면의 특징을 매우 상세하게 묘사하여 독자가 쉽게 알아맞힐 수 있게 하였다. 그러므로 부는 늘어놓는다는 뜻이기도 하다.

---

**1** 전목 주: 송옥은 굴원의 제자이다.

순자 이전에 순우곤淳于髡² 같은 이는 이미 은어를 사용하였는데, 어쩌면 이보다 더 빨리 은어가 있었는지도 모른다.

『한서·예문지』에 따르면 송옥이 16편의 부를 지었는데, 지금 전해지는 것은 이보다 적다. 초나라의 송옥, 경차景差³ 같은 이들은 모두 사辭를 좋아하였고 부 작가로 이름이 났다. 사辭는 바로 조藻라는 뜻인데, 사조辭藻를 사용하여 문장을 아름답게 만든다. 예를 들어 칼날이 민첩하다는 뜻의 '도구쾌刀口快'라는 말은 사조를 사용해서 미화시키면 '도봉리刀鋒利'라고 쓸 수 있다.

부를 지으려면 사辭를 사용하지 않으면 안 된다. 송옥의 부로는 「고당부高唐賦」·「신녀부神女賦」·「등도자호색부登徒子好色賦」·「대초왕문對楚王問」·「구변九辯」·「풍부風賦」 등이 전해지는데, 모두 송옥과 초나라 양왕襄王이 주고받은 문답으로 이루어져 있고, 문체는 두 사람의 대화체로 이루어져 있다. 장자의 대화는 '우언寓言'으로 이루어져 있는데, '부'는 장자의 우언과 큰 관계가 있다. 굴원의 문장을 부라고 부르지는 않지만, 이미 부의 형태를 갖추고 있다. 굴원이 지은 「귤송橘頌」(송頌은 성덕盛德을 찬미하는 것이다)은 귤의 장점을 자세히 묘사했지만 결코 수수께끼는 아니다. 먼저 귤에 대해 말하였고, '비'와 '흥'으로 비유하였다. 이는 「귤부橘賦」라고도 부를 수 있으며, 훗날 영물시詠物詩로 변화 발전하였다.

굴원의 「초혼招魂」은 문장 안에 "혼령이여 돌아오소서(魂兮歸來)"라는 구절이 있는데 이는 직접적으로 서술한 것이므로 역시 부라고 할 수 있다. 「복거卜居」와 「어부사」 등의 작품 또한 부라고 할 수 있다.

부는 일종의 은어라고도 할 수 있고 우언이라고도 할 수 있는데, 우언은

---

2 전목 주: 순우곤은 익살과 기지 넘치는 변론으로 유명했다.
3 전목 주: 경차 역시 굴원의 제자이다.

고사故事를 사용하여 내용을 희극화戱劇化·신성화神聖化시켜야 한다.

부는 운문과 산문의 결합체로, 서사를 할 때는 산문을 쓰고, 형용할 때는 운문을 쓴다. 이는 마치 선권宣卷에 설설說과 창唱이 있고, 경극京劇에 대사와 노래가 있는 것과 같다. 그러나 『수호전』 같은 작품은 전체적으로 산문이 많고 운문이 적기 때문에 '소설' 혹은 '장회소설'이라 부른다. 그러나 운문이 많고 산문이 적으면 '희극戱劇'이라 부른다.

『문심조룡』에는 "부賦는 시인에게서 생명을 받고, 『초사』에서 영역을 넓혔다"[4]라는 말이 있다. 사물을 관찰하여 감정을 일으키고, 사물을 체득하여 뜻을 썼으므로 부는 외물外物을 말하였지만, 사실은 비와 흥 안에 들어 있는 정情과 지志인 것이다. 다시 말해 부·비·흥의 세 가지 표현 기법이 함께 들어 있다.

부는 기탁한 것으로, 주와 객이 있고, 쌍방의 대화로 이루어져 있는데, 그것은 『장자』의 우언체寓言體에서 변화된 것이다. 『순자』의 부는 수수께끼식 체재로 역시 대화 형식으로 되어 있다.

이상의 내용을 종합하여 부의 유래를 살펴보면 다음과 같다.


1. 『장자』의 「설검說劍」·「어부漁父」·「도척盜跖」에서 변화된 것이다.

2. 종횡가縱橫家의 문장에서 변화된 것이다. 종횡가는 풍간諷諫에 뛰어나고, 문사를 늘어놓는 것을 좋아한다. 그러므로 『전국책戰國策』 역시 부의 기원이라 할 수 있다.

3. 골계가滑稽家의 은어에서 변화된 것이다. 예를 들어 순우곤 같은 이는 밤새도록 은어를 말하며 술을 마셨다고 한다.

---

**4** "然賦也者, 受命于詩人, 拓宇于『楚辭』." 전목 주: 이 구절은 부가 『시경』과 『초사』로부터 변화하여 이루어졌음을 말한 것이다.

4.『초사』에서 변화된 것이다.

5.『시경』에서 변화된 것이다.

우리가 이상의 작품들을 학습하지 않으면 부를 지을 수 없다. 즉 부를 지으려면 먼저 위에서 말한 다섯 종류의 작품을 잘 알아야 한다.

부는 전국시대에 생겼는데, 크게 순자와 송옥 두 파로 나눌 수 있다. 그러나『한서·예문지』에서는 이를 다음의 네 파로 나누었다.

1. 주객부主客賦: 총집總集에서는 모두 12명의 작가를 들고 있는데, 그 작품은 여러 사람들에 의해 지어졌다.

2. 굴원부屈原賦: 굴원의『초사』에서 변화된 송옥과 당륵唐勒의 부를 말하며,『한서·예문지』에는 20명의 작가를 언급하였다.

3. 순경부荀卿賦: 「잠蠶」·「운雲」 등의 부가 있는데 사실을 묘사한 것이고, 은어체를 사용하였다.

4. 육가부陸賈賦: 육가는 한나라 고조 때의 사람이다. 육가의 부는 이미 실전되었지만, 주건朱建·엄조嚴助·주매신朱買臣 등이 그의 부를 계승하였고, 이들의 부는 모두 종횡가처럼 풍간에 뛰어났다.

『한서·예문지』에서는 이상 네 파에 속하는 작가가 모두 70~80명이 된다고 하였다.

◆◆◆

한부의 가장 중요한 작가로는 제齊나라(산동)의 추양鄒陽과 초楚나라의 매
승枚乘 두 사람을 꼽을 수 있다. 여기서 말하는 초나라는 회음淮陰 지역을
말한다. 초나라는 처음에는 호북에 있었지만 후에 강소江蘇·안휘安徽로 옮
겨왔다. 그러므로 강소의 하상下相 사람인 항우 역시 초나라 사람이라고 하
는 것이다. 다시 말해서 전국시대 말기에 초나라는 이미 강소·안휘 일대
에 정착하였으니, 악鄂 즉 호북에 있지도 않았고 호남에는 더더욱 있지 않
았다. 장강 하류 지역을 초라고 불렀으며, 한나라 고조 역시 초나라 사람이
다. 고조는 나라를 세운 후 오왕吳王 유비劉濞를 강소·안휘에 봉했다.

오왕 유비는 안휘성 동산銅山에서 광물을 채집하여 동전을 주조하였고,
연해 지역에서 소금을 생산하였으므로 한나라 초기 전국에서 가장 부유하
였다. 당시 사람들은 아직 역사 속의 봉건 왕조를 잊지 않았다. 노魯나라[1]

---

**1** 전목 주: 서한시기에서 말하는 노魯나라는 전국시대의 제齊나라를 포함한 것이다.

의 유세가² 추양 역시 오왕 유비가 있는 곳으로 갔다. 당시 『전국책』을 처음 지은 사람은 아마 괴통蒯通일 것인데, 그 역시 노나라 사람이다. 괴통은 회음 출신인 한신韓信과 아주 가까운 사이로 유세를 하기 위해 그를 찾아간 적도 있다.

노나라 사람들은 신선神仙사상이 풍부하였다. 괴통의 친구인 안기생安期生 역시 그러했다. 또 서복徐福(서불徐巿) 역시 해외로 나가 신선이 되고자 했다. 산동 사람 포송령蒲松齡은 『요재지이聊齋志異』를 지었는데, 제나라 촌부들처럼 황당한 이야기를 하는 것을 좋아했다. 제나라의 골계滑稽라는 뜻을 지닌 '제해齊諧'는 지괴志怪라는 뜻이다. 초나라 사람들 역시 신선사상을 말하기 좋아했으니, 굴원과 송옥 등이 모두 그러하다.

중국의 신화문학神話文學은 하나는 초나라에 있고, 다른 하나는 노나라에 있다. 산동에서는 추연鄒衍이 나왔다. 그는 구주九州에 대해 말하기를 좋아했는데, 중국은 단지 구주 중 하나에 불과하다고 했다. 또한 신선사상을 말했는데 과장하기를 좋아하였다. 황제黃帝보다 더 이른 시기의 조상과 예의禮義 등에 대해서도 말하였다. 그는 음양가陰陽家로, 황당한 이야기를 잘한다는 의미인 '담천연談天衍'이라는 별명을 가지고 있다. 이러한 학문이 바로 부賦이며, 『장자』로부터 변화된 것이다. 부를 지으려면 반드시 과장되게 써야 하기 때문에 결국은 신화가 들어가기 마련이다.

한나라 초기의 문학은 제나라와 초나라 두 지역의 작품이 합해져서 만들어졌다. 예를 들어 추양은 제나라 사람이고, 매승은 초나라 사람인데 모두 오왕 유비劉濞의 나라, 즉 초나라로 갔다. 유비가 피살된 후 유세가들은 모두 뿔뿔이 흩어졌는데, 추양은 귀덕歸德³ 부근의 양梁나라로 갔다. 당시

---

**2** 전목 주: 산동 사람들 중에는 종횡가가 많아 과장하여 말하는 것을 좋아하였다.
**3** 편자 주: 귀덕은 지금의 하남성 상구시商丘市 일대이다.

양나라 혜왕惠王은 오나라 다음으로 부유했다. 혜왕은 원림園林을 만들기를 좋아하여, 귀덕 부근에 수백 리에 달하는 행궁行宮과 사냥터를 지었다. 이 지역에서 장자와 장량張良 등의 인물이 배출되었다.

한나라 무제武帝 때, 회남왕淮南王 유안劉安은 수천 명에 이르는 빈객을 모아들였는데, 이들은 모두 문장에 뛰어났다. 『회남자淮南子』는 노장 사상을 얘기한 책이지만 사부辭賦에 속한다. 유안의 밑에는 『초사』를 읽을 수 있는 사람이 많았고, 주매신 역시 그중 하나였다. 중국문학작품을 읽으려면 노래를 부를 줄 알아야 한다. 『초사』와 당시唐詩 같은 것도 모두 노래로 불렀다. 그러므로 문학가들은 대부분 낭만적이면서도 호방한 성향을 지녔다.

한나라 초기의 문학은 결코 상업이 발달한 도시에서 나오지 않았다. 예컨대 사천四川 사람4인 사마상여司馬相如는 양나라에 가서 매승과 추양 등을 만났기 때문에 부를 지을 줄 알게 되었다. 양나라 효왕孝王이 죽자 사마상여는 사천으로 돌아갔다. 당시 한나라 무제는 궁중에서 사마상여의 부를 크게 칭찬하면서, 대신에게 그를 장안長安으로 데려오도록 했다. 따라서 사마상여는 천자를 위해 많은 부를 쓰게 되었는데, 예를 들면 「자허부子虛賦」·「상림부上林賦」 등이 바로 그것이다. 「자허부」에는 자허子虛·오유烏有·망시공亡是公 세 사람이 나오는데, 이것은 우언이고, 이들의 이름은 각기 초나라·제나라·중앙을 대표한다.

한 무제는 동중서董仲舒를 중용하여 백가百家를 축출하고 유가를 칭송하였을 뿐 아니라, 전국 각지의 문학가들을 불러들였으니, 주매신·엄조·매승 등이 모두 당시 등용된 사람들이다. 매승은 생각이 민첩하고 글재주가

---

4 전목 주: 사천은 안개가 많기 때문에 이 지역 사람들은 낭만적이면서도 명상을 즐긴다.

뛰어나며, 문장을 아주 빨리 지어 한때 그 수량이 1000여 편에 달했지만[5] 지금은 모두 전해지지 않는다. 반면에 사마상여는 몇 달에 한 편 정도 썼지만 지금까지 모두 남아 있다.

부는 훗날 황실의 소일거리 문학으로 변하여 주로 황제에게 바치기 위해 지어졌다. 즉 어용문학, 소일거리 문학이 되고 만 것이다. 사마상여가 지은 작품이 모두 이에 속하며, 굴원의 부와 더불어 양대 유파를 형성하였다. 이는 마치 당나라 때 속세의 일에 적극적으로 참여한 시성詩聖 두보와 속세를 벗어난 시선詩仙 이백의 상황과 같다. 문학은 크게 속세를 벗어난 것과 속세에 적극적으로 참여하는 것 두 파로 나눌 수 있지만, 세속의 일에 적극적으로 참여하고 실용적인 문학이 더 훌륭하다.

두보의 시는 세속을 벗어나지 않고 실용적이기 때문에 그 경지가 장자보다 높다. 장자는 단지 철학가일 뿐이다. 도연명과 굴원을 비교하면, 도연명은 세속에서 멀어져 사회와 협력하지 않았다. 그러므로 굴원과 두보는 중국문학의 최고 경지에 이르렀다 할 수 있고, 장자와 도연명은 그들 다음이다.

사마상여보다 약간 빠른 시기의 사람인 가의賈誼는 정치·철학·문학 면에서 모두 뛰어났고, 「복조부鵩鳥賦」[6]를 지었다. 이는 장자의 문체로, 복조와 가의가 대화를 나누는 것으로 설정되어 있어, 당시의 부가 장자의 문체를 받아들였음을 알 수 있게 해준다.

한나라 선제宣帝시기에는 국가가 부흥하여 문학을 제창했지만, 『초사』를 노래 부를 수 있는 사람은 구강九江에서 찾아낸 피공被公[7]뿐이었다.

---

**5** 편자 주: 매승의 부는 「양왕토원부梁王菟園賦」·「유부柳賦」가 전해지고, 제목만 전해지는 것은 「생부笙賦」·「임파지원결부臨灞池遠訣賦」 등이 있다. 그의 「칠발七發」 또한 전형적인 부체賦體의 작품이다.

**6** 전목 주: 복조鵩鳥는 올빼미를 말한다.

**7** 전목 주: 피공은 당시 이미 90세가 넘은 노인으로, 죽을 넘겨 목을 적신 후에야 노래

오늘날에도 신문예 작가가 출현하여 훌륭한 문장을 지으면, 반드시 가락을 넣어 노래 부를 수 있게 해야만, 세계적으로 유명한 민족문화의 정화精華가 될 수 있을 것이다.

중국 운문은 시에서 사辭, 부賦, 곡曲으로 발전하였고, 여기서 더 나아가 지금의 경극이 이루어졌다. 한부 작가 가운데 가장 뛰어난 자로는 사마상여와 가의를 꼽을 수 있다. 어떤 이는 "공자의 문하에서 부로 능력을 발휘하게 하였다면, 사마상여는 입실入室 제자이고, 가의는 등당登堂 제자이다"[8]라고 말하기도 했다. 그러나 공자의 문하에서는 귀족들에게 심심풀이를 해주거나 통치자에게 아부하는 문학을 결코 중시하지 않았다.

한나라의 양웅揚雄은 사천 사람이고 모방에 뛰어났다. 환담桓譚은 『신론新論』에서 다음과 같은 말을 했다.

> 양웅은 부에 뛰어나고, 왕군대王君大는 병기兵器를 잘 아니, 나는 이 두 사람에게서 배우고자 한다. 양웅은 "1000편의 부를 읽으면 부를 잘 지을 것이다"라고 하였고, 왕군대는 "1000개의 검을 관찰하면 검에 대해 잘 알게 될 것이다"라고 했다. 속담에 "반복하여 익히면 신처럼 되니, 훌륭한 것은 모두 연습에서 이루어지는 것이다"라는 말이 있다.[주1]

위의 문장을 통해 양웅의 부는 모방으로부터 얻어진 것임을 알 수 있다. 그러나 천부적인 재능 역시 필요하다. 양웅의 시대에 부의 발전은 이미 극에 달하여 변화가 일어나려 했지만, 동한시기에도 부는 여전히 있었다. 훗

---

부를 수 있었다.

**8** 如孔門要用賦, 那麼相如入室, 賈誼登堂矣. 역자 주: '등당'은 마루에 오르고 '입실'은 방에 들어간다는 뜻으로, 학문의 깊은 경지에 이르는 과정을 단계적으로 설명한 것이다.

날 양웅은 유가를 본받으려고 『법언法言』[9]과 『태현太玄』[10]을 지었지만, 당시 정치 상황이 크게 변화하자 문을 닫아걸고 저술에만 전념했다. 환담이 양웅에게 그가 지은 책은 읽어도 이해가 가지 않는다고 말하자, 양웅은 후세에 나 같은 사람이 다시 나온다면 반드시 이것을 좋아할 것이라고 했다. 송나라의 사마광司馬光은 『태현』을 특별히 좋아하여 이를 모방한 책을 한 권 지었는데, 후세 사람들 역시 읽어도 이해가 가지 않는다고 했다.

사마광과 동시대 인물인 구양수歐陽修는 『역십전易十傳』[11]은 본래 공자의 책이 아니고 옛 것을 모방하여 지은 것이라고 했다. 그러나 이 말을 믿지 않는 사람이 있자 "장차 나 같은 사람이 다시 나온다면 반드시 이것을 좋아할 것이다"라고 하였다. 애석한 것은 지음知音이 아주 적다는 것인데, 천 년에 겨우 한 명 있을 수도 있고, 장자의 말처럼 아침저녁으로 만날 수도 있다. 그러므로 창작을 하든 감상을 하든 모두 쉬운 일이 아니다. 자신을 알아주는 사람이 한 명이라도 있으면 유감이 없을 것이라는 속담도 있다.

양웅은 만년에 공자를 모방하여 『법언』을 지었다. 그는 이런 말을 한 적이 있다.

> 혹자가 "당신은 젊은 시절 부를 좋아하셨잖소?"라고 물었다. 그래서 나는 이렇게 대답했다. "그렇소. 그것은 어린아이들이 충서蟲書와 각부刻符를 새기는 것처럼 잔재주에 불과할 따름이오." 그리고 잠시 후 다시 "대장부는 이런 걸 하지 않소"라고 했다.[후2]

---

**9** 전목 주: 이 책은 『논어』를 본뜬 것이다.
**10** 전목 주: 이 책은 『역경易經』을 본뜬 것이다.
**11** 편자 주: 이는 바로 『역전易傳』을 말한다. 열 편으로 되어 있어 『역십전』이라 부르는 것이다.

그는 또 부에 대해 이렇게 비판했다.

> 시인의 부는 아름다우면서도 규범이 있지만, 사인辭人의 부는 아름다우면서도 도가 지나쳤다. 공자의 문하에서 부로 능력을 발휘하게 했다면 가의는 2인자로서 당堂에 오른 수준이고 사마상여는 1인자로서 실室에 들어간 수준이다. 부를 쓰지 않는다 한들 또 어떠하리?후3

양웅이 이런 말을 할 때는 이미 부를 반대하고 무시하기 시작했다.

# 제12장

# 한대 악부

◆◆◆

악부樂府는 관청의 이름이다. 고대에는 시를 채집하는 관리가 있었고, 이들
이 민간으로 나가 민가를 모아오면 악부에서 정리하였는데, 이렇게 나온
시를 '악부'라고 불렀다. 이는 마치 주周나라 때의 국풍과 같다.

유방은 초나라 사람(패현沛縣은 초나라 땅에 있다)이고, 「대풍가大風歌」라는
작품을 지어 다음과 같이 노래했다.

큰 바람 이니 구름 날아오르고,
온 천하에 위세 떨치며 고향으로 돌아왔네.
어떻게 하면 용맹한 장수 얻어 천하를 지킬 수 있을까?
大風起兮雲飛揚,
威加海內兮歸故鄉,

安得猛士兮守四方.[1]

　우리가 새로운 문학작품을 창작하고 싶다면 크게는 옛 문학으로부터 소재를 찾을 수 있을 것이다. 한 고조는 황궁에서 120명의 가인歌人을 양성하여 노래 부르게 했다. 한 무제 시기에는 이연년李延年을 협률도위協律都尉에 기용하였는데, 한 무제가 그의 여동생 이부인李夫人을 총애하였기 때문이다. 이때 정식으로 악부를 설립하여 태항산太行山 지역의 진秦과 초楚 노래를 채집하였다.

　곽무천郭茂倩은『악부시집樂府詩集』을 편찬하여 당시의 악부를 열두 가지 부류로 나누었는데, 이 안에는 고금의 작품이 모두 포함되어 있다. 우리가 새로운 민가를 학습하려면 이 시집을 참고하면 된다. 이 책에서 분류한 열두 가지 부류는 다음과 같다.

　1. 교묘가사郊廟歌辭: 이 가사에는 송頌이 포함되어 있는데, 이는 들판에서 하늘에 제사 지낼 때나 종묘에서 조상에게 제사 지낼 때 사용하였다.

　2. 연사가사燕射歌辭: 이는 운동회나 연회에서 사용되었다.

　3. 고취가사鼓吹歌辭: 이는 군악軍樂으로 징이나 나팔 등의 악기가 사용되었다.

　4. 횡취가사橫吹歌辭: 이는 횡소橫簫, 피리, 호가胡笳 등의 취악기吹樂器를 사용하였다.[2]

　5. 상화가사相和歌辭[3]

---

**1** 전목 주: 이 노래의 "대풍기혜운비양大風起兮雲飛揚" 구절은 '흥興'이다. 즉 경물로부터 감흥을 일으킨 것이기에 곡선미曲線美가 있다. 다음 구절 "위가해내혜귀고향威加海內兮歸故鄕"은 부賦이다.

**2** 전목 주: 3과 4의 가사歌辭는 말 위에서 노래하던 군가軍歌로 오랑캐 음악이다.

**3** 역자 주: 한漢나라와 위魏나라 때 유행하였고, 상화육인相和六引·상화곡相和曲·음탄

6. 청상가사淸商歌辭: 조화가사調和歌辭를 말하는데, 이는 상화가사와 서로 비슷하다는 의미이다.[4]

7. 무곡가사舞曲歌辭: 고대 제왕이 교묘郊廟에서 하늘과 조상에게 제사 지내거나, 연회를 베풀어 활쏘기 시합을 벌일 때는 춤도 출 뿐 아니라 노래도 불렀는데, 당시 가무는 음악이자 예禮였다. 애석하게도 이미 실전失傳되었지만, 이것은 유가 최고의 인생 예술이므로 우리가 다시 제창해야 한다.

8. 금곡가사琴曲歌辭: 이는 중국의 특별한 음악으로 곡조의 변화가 많은데, 애석하게 지금 전해지지 않는다.

9. 잡곡가사雜曲歌辭: 다른 가사에 분류할 수 없는 것은 모두 이에 포함시켰기 때문에 잡곡가사라고 한다.

10. 근대곡사近代曲辭[5]

11. 잡가요사雜歌謠辭[6]

12. 신악부사新樂府辭[7]


가락이 들어가지 않은 가사는 모두 잡가요사와 신악부사에 분류하였다. 이제 잡곡가사의 예를 들어보고자 한다.

---

곡음탄곡嘆曲·평조곡平調曲·청조곡淸調曲·슬조곡瑟調曲·초조곡楚調曲·대곡大曲 등으로 나뉜다.

**4** 전목 주: 5와 6의 가사는 모두 민간의 것이다. 상화가사는 생황, 피리, 거문고, 비파, 절고節鼓 등의 악기를 사용한다.

**5** 역자 주: 곽무천의 설명에 의하면 잡곡가사와 같은데, 수隋나라와 당唐나라 때의 노래이기 때문에 명칭을 달리하여 구분한 것이다.

**6** 역자 주: 음악 반주가 없이 불리던 노래의 가사를 모아놓은 것이다. 음악이 없으므로 엄격한 의미에서는 악부시라고 볼 수 없지만, 그 풍격이 악부시와 유사해 별도로 수록한 것이다.

**7** 역자 주: 신악부는 당나라 문인들이 한나라와 위나라의 악부시를 모방하여 지은 새로운 제목과 제재의 시로, 현실을 고발하거나 풍자하는 내용이 많다.

1.

궁궁이를 캐러 산에 올라갔는데,

내려오다 옛 남편을 만났네.

上山采蘼蕪, 下山逢故夫.


2.

슬픈 노래로 울음을 대신하고,

멀리 고향땅 바라보는 것으로 귀향을 대신한다.

고향 생각에

답답하고 슬프기만 하여라.

돌아가려 해도 고향집엔 사람이 없고,

강을 건너려 해도 나루터엔 배가 없구나.

마음속 그리움과 고통 말할 수 없으니,

창자에서 수레바퀴가 돌아가는 것처럼 아프네.

悲歌可以當泣, 遠望可以當歸.

思念故鄉, 鬱鬱累累.

欲歸家無人, 欲渡河無船.

心思不能言, 腸中車輪轉.


이러한 작품은 생활 속에 깊이 들어가 인생의 공통적인 면을 말하였기에 개성이 없고 추상적이라 할 수 있다. 이는 구체적으로 묘사하는 서양문학과 다르다.

우리는 이 악부시를 오언시로 변화시킬 수 있다.[8] 예컨대 '욕귀欲歸', '욕

---

**8** 전목 주: "욕귀가무인欲歸家無人" 같은 구절은 오언시로 볼 수 있고, 이에 '혜兮'를 더

도欲渡', '심사心思', '복중腸中' 등과 같은 시어 다음에 '혜兮'자를 더하면 다음과 같다.

欲歸兮家無人, 欲渡兮河無船. 心思兮不能言, 腸中兮車輪轉.

이렇게 하면 바로 초사楚辭가 된다.
상화가사 중 만가挽歌를 예시하면 아래와 같다.

염교 위의 이슬, 어찌 그리 빨리 마르나?
이슬은 내일 아침이면 또다시 내리지만,
사람은 한번 가면 언제 다시 돌아오려나?
薤上露, 何易晞,
露晞明朝更復落,
人死一去何時歸?

이는 상화가사 중에 있는 귀족용 만가로 인생의 생사 문제를 말한 것이다. 시에는 비·부·흥의 기법이 다 들어가 있는데, 먼저 다른 것을 말한 뒤 다시 인생을 말한 것은 중국문학의 특색이다.
이제 평민용 만가를 예로 들어보겠다.

호리蒿里는 누구의 집인가?
혼백을 거두어가는 것은 잘나고 못나고의 구분이 없네.
저승사자는 어찌 그리 서두는가?

하면 초사체楚辭體가 된다.

사람의 목숨 조금도 머뭇거릴 수 없구나.

蒿里誰家地, 聚斂魂魄無賢愚.

鬼伯一何相催促, 人命不得少跎蹰.


위의 두 만가는 실질적인 내용 없이 단지 감정만 말한 것이지만, 가사는 모두 아름답다.

상술한 시가들로부터 미래의 오언시나 칠언시가 발전하였다. 그러니까 중국의 운문은 『시경』에서 해방되어 『초사』가 되었고, 이것이 다시 '악부'로 변화 발전한 것이라 할 수 있다. 그리고 나중에 다시 가지런한 '시'로 발전하였다.

위에서 거론한 악부가사에서는 죽음을 애도하고 고향을 그리워하는 두 가지 문제에 대해 말하였다. 이는 중국문학의 큰 주제로서, 신묘하면서도 구체적이지 않다.

고향을 읊은 시로는 또 훗날의 「청명淸明」 시가 있는데, "청명이라 가랑비 자욱이 날리는데, 길 가는 나그네 외로워 넋이 끊어질 듯(淸明時節雨紛紛, 路上行人欲斷魂)"에서 '노상路上'이라는 두 글자의 사용이 아주 절묘하다. 고향을 그리워하는 마음을 묘사하였지만, 신묘하면서도 구체적이지 않다.

악부의 변화 많고 다양한 특성은 건안시기의 조조에 이르러서야 비로소 분명하게 드러난다.

# 제13장

# 한대 산문: 『사기』

◆◆◆

한나라 사마천이 지은『사기』는 130편, 52만여 자로 이루어져 있다.『사기』
는 사실을 기록한 역사서이지만 "문장은 역사와 동일하기" 때문에 역시
위대한 문학작품이라고도 할 수 있다. 속담에 "천고에 전해질 문장을 지
은 양사마兩司馬",[1] "문장에는 서한의 양사마가 있다"라는 말이 있다. 또한
"당唐나라 시, 진晉나라 서예, 한漢나라 문장"이라고 말하는 사람도 있다.
한나라에서 가장 뛰어난 산문 작품이 무엇이냐고 묻는다면 사마천의『사
기』말고는 없다고 대답할 것이다.

　우리는『사기』를 통해 서양문학과 관련된 난제를 해결할 수 있다. 서양
사람들은 줄곧 도덕의식을 문학에 집어넣을 수 없는 것으로 생각했다. 셰
익스피어나 괴테와 같은 문호도 이러한 생각을 가졌다.『사기』가 이 세상
에 나온 이후 책 속에 도덕사상이 들어 있어도 문학적 가치가 결코 훼손되

---

**1** 역자 주: 양사마兩司馬는 사마상여와 사마천을 가리키는 말이다.

지 않았다. 예를 들어 굴원이나 두보 같은 위대한 시인의 작품 안에도 도덕 사상이 들어 있다. 문학에서 도덕과 인생을 하나로 결합시켜 공적인 인생에 최고의 인생 경지가 들어 있음을 말하였다.『사기』에서 말한 것은 그 시대 전체의 생활인 것이다.

서양문학에는 또 '역사는 문학을 필요로 하는가?'라는 문제가 존재한다. 이 또한『사기』로부터 해답을 찾을 수 있다. 최고의 문학은 최고의 역사라고 할 수 있다. 앞에서 말했듯이 문장은 역사와 동일하다.『사기』에 기록된 역사는 모두 사실이고 살아 있는 것이며 생동적이다. 또한 문학작품에서 인물을 묘사하는 것은 인물을 창조하는 것보다 더 어렵다.『사기』가 인물을 매우 생동감 있게 묘사했다면,『수호전』은 인물을 창조하였다. 그러므로『사기』의 가치가『수호전』보다 높다고 확실하게 말할 수 있다.

중국 고대산문은 운문이 그렇게 여러 번 변화했던 것과는 달리『논어』이래 줄곧 변화가 없었다. 중국 고대의 저명한 문학작품 가운데『장자』같은 것은 산문으로서 훗날「이소」로 변화 발전하였지만 여전히 문학에 속한다.『맹자』역시 간결하면서도 소박한 묘사로 이루어진 기언체記言體 문학작품이다.

태사공 사마천은 섬서 한성현韓城縣 사람이고, 그 부친은 사관으로 이름은 담談이다. 사마천은 어린 시절 한성에서 농사를 짓고 가축을 기르다가, 아버지를 따라 장안으로 왔다. 동중서가 공자의『춘추』를 강의한다는 말을 듣고 곤명昆明, 절강浙江 등지에서 머무른 적이 있다. 사마천은 아버지의 당부대로 역사서를 쓰려 했지만, 이릉李陵 사건으로 황제의 심기를 건드려 하옥되어 사형 판결을 받았다. 법에 따라 50근의 황금을 내면 죄를 용서받을 수 있었지만 물질적인 도움을 주려는 사람이 없었다. 이에 죽음을 면하기 위해 궁형宮刑, 즉 태감太監이 되기로 자청할 수밖에 없었고, 결국 무제의 허락을 받았다. 후에 중서령中書令의 관직에 올랐다. 사마천은 이를 큰 치욕으로 여겼지만, 부친의 유언을 완수하기 위해 참아냈다. 사마천이『사기』에 혹리酷吏, 화식貨殖, 유협游俠, 봉선封禪 등의 내용을 넣은 것은 자신의 억울한 감정을 발설하기 위해서이다. 그러나 이는 모두 믿을 수 있는 사실일 뿐만 아니라 표현된 감정 또한 풍부하다. 또한 그 안에 자신을 넣었지만 공정하여 사적인 감정에 치우치지 않았다.

　『사기』의 '열전'은 상고시대부터 사마천이 처한 시대에 이르기까지 다양한 인물의 개성·사상·사건을 기록한 것인데, 모두 실제 인물이 살아 움직이는 듯 생동적으로 묘사되어 있다.『수호전』의 가장 뛰어난 점은 모든 인물을 창조하였다는 것이지만, 모두 한 가지 유형으로 분류할 수 있다.『홍루몽』의 인물 역시 창조한 것으로, 각기 다른 개성을 가지고 있지만 모두 여자이다. 그러나『사기』는 여러 방면에 속한 다양한 인물들을 묘사하였다. 또한 이 안에는 사마천의 감정이 들어가 있지만 결코 사적으로 치우치지 않았다. 사마천은 역사를 기술하는 재능도 있고, 역사적인 식견도 있으며, 아울러 문학에 대한 흥미와 역사를 이성적으로 판단하는 지혜도 있다. 그는 비록 유방보다 항우를 훨씬 좋아했지만, 유방을 성공하게 만든 장점과 항우을 실패하게 만든 단점에 대해서도 설명했다. 그는 섬세한 필법으로 인생을 묘사하면서도, 비판할 때는 간단한 몇 마디 말로 그쳤다. 즉 인물묘사는 지극히 자세하고, 비판은 대단히 간단명료하다.

　사마천은「공자세가孔子世家」를 썼지 '열전'에 넣지 않았는데, 이는 공자의 도道가 작위爵位보다 더 오래도록 전해졌기 때문이다. 또한 특별히 공자를 위해「중니제자열전仲尼弟子列傳」을 지었지만, 기타 묵자·맹자·순자 등의 제자들을 위한 열전은 짓지 않음으로써 공자에 대한 추앙을 드러냈다. 이는 사마천이 탁월한 역사적 안목을 지니고 있음을 말해준다. 그는 또 전傳을 대신하여 공자의 학술에 대해 설명한「맹자순경열전孟子筍卿列傳」을 지었다. 이외에 자신이 흥미를 지닌 인물에 대해서도 열전에 넣어 묘사하였는데,「자객열전刺客列傳」이 바로 그 예이다. '수고구고搜孤救孤'[2]의 전설 같은 것도「조세가趙世家」에 넣었다. '수고구고'는 조씨趙氏 고아를 위험에서 구해낸 저구杵臼와 정영程嬰의 고사이다. 비록 사실은 아니지만 사마천은 기이한 이야기를 좋아하였고 이러한 취향을 끊지 못했으나 전체적으로 볼 때 큰 지장이 없다.

사마천은「항우본기項羽本紀」에서, 항우가 황제가 될 만한 인물이라고 생각했다고 썼다.「진섭세가陳涉世家」에서는 진섭이 무기를 들고 병사를 일으켜 처음 진秦나라에 항거한 선도자라고 썼다. 이 세상에 완벽한 저서란 없으니 하자가 있을 수 있다. 그러나 이것은 바로 결함이 주는 아름다움을 표현한 것이니『사기』가 바로 그러하다. 이 세상에는 한쪽으로 치우치지 않은 일이 없고, 또한 왼쪽도 아니고 오른쪽도 아닌 일이 절대 없다. 역사를 서술하려면 역사에 대한 재능과 역사에 대한 학식과 식견이 있어야 하는데, 사마천은 역사가로서의 품덕品德까지 갖추었기에 결코 감정적으로 일을 처리하지 않았다. 그러므로 그가 쓴『사기』는 진眞·선善·미美를 두루 갖춘 최고의 경지에 이를 수 있었다. 그는「공자세가」에서 "고상한 덕행은 높은 산처럼 우러러보고, 숭고한 품행은 넓은 길처럼 따라간다. 이러한 경지에 이르지 못한다 할지라도, 마음으로 항상 동경한다"[3]라고 했다. 또한 항우에 대해서 쓸 때 그가 "하늘이 나를 망하게 하려는 것이지, 내가 싸움을 못한 것이 아니다"[4]라고 한 것은 옳지 못하다고 했다.

『사기』는 다섯 부분으로 나누어져 있는데, 본기 12편, 세가 30편, 열전 70편, 표 10편, 서 8편의 총 130편으로 이루어져 있다. 우리는 열전만 숙독

---

2 역자 주: 춘추시대, 진晉나라의 대부大夫 조趙씨가 간신의 모함으로 멸족을 당하자 정영이 그 고아를 데려다 기르고, 훗날 아이가 자라 부모의 원한을 갚는다는 이야기이다.

3 高山仰止, 景行行止, 雖不能至, 然心向往之.

4 乃天亡我, 非戰之罪也.

해도 많은 도움을 얻을 것이다.

『사기』의 작법은 한 사람의 일을 여러 사람의 전기傳記에서 나누어 서술한다. 예를 들어 한 고조 유방의 사적에 대해 쓸 때 한 편에서 집중적으로 쓰지 않아 읽는 사람이 무미건조하다고 느낄 수도 있지만, 오히려 공정하고 객관적이니 영웅관념을 결코 중시하지 않는다. 이 역시 과학적인 태도로서, 개인적인 영웅주의를 숭배하는 서양과 다르다.

역사를 서술하려면 다음의 두 가지 조건을 반드시 엄수해야 한다.

1. 한 지도자와 한 단체에 치중해서는 안 되고 전체적인 것을 고려해야 한다.
2. 사건의 진행과정에 중점을 두어야지 그 결론만 봐서는 안 된다.

사마천은 역사서를 지을 때 이러한 조건을 지켜냈고, 후대의 사람들 역시 대부분 이 법칙을 따랐다. 『사기』에서는 열전의 묘사가 가장 뛰어나다. 우리는 동일한 역사적 사실이 어떻게 다르게 묘사될 수 있는지에 대해 유의할 필요가 있다. 두 사람의 전傳을 합해 한 편으로 만든 합전合傳 역시 사마천의 걸작인데, 예컨대 두 사람 사이의 알력으로 나뉘었다 합해졌다 했던 염파廉頗와 인상여藺相如 합전이 있다. 이외에 두 사람이 처음에는 친한 사이였지만 나중에는 원수가 된 것을 적은 「장이진여열전張耳陳餘列傳」도 있다. 또한 한 편의 열전에 여러 사람을 추가한 것도 있는데, 예컨대 「위장군표기열전衛將軍驃騎列傳」 뒤에는 흉노에 출정한 장수들의 전을 추가하였다. 심지어 시간적으로 수백 년이나 차이 나는 두 사람의 합전도 있는데, 「굴원가생열전屈原賈生列傳」이 바로 그것이다. 굴원과 가생은 처지가 아주 비슷하고 나라를 사랑하는 열정 또한 넘치지만, 더욱 중요한 것은 가의賈誼(가생)의 부가 굴원을 본받았다는 점이다. 「자객열전」에서는 춘추전국시기의 자객들을 함께 서술하였고, 「골계열전滑稽列傳」 역시 한 편의 전에서 여러 사람을 함께 서술하였다. 「화식열전貨殖列傳」은 춘추시기에서 한나라에 이르기까지의 상업에 대해 말한 것이다. 그러므로 사마천의 『사기』는 아주 엄격한 태도로 서술한 역사인 동시에 문학적인 가치도 높다. 그는 문학적인 안목으로 역사를 보고, 또한 문학적인 정취로 인생을 묘사하였다.

훌륭한 업적은 결코 한 사람만의 힘으로 이루어지는 것이 아니다. 어떤 이는 실패했기 때문에 사람들의 동정과 추앙을 받아 그 이름이 후세까지 전해질 수 있었다. 하나의 성공에는 모든 사람의 공로가 있는 것이며, 한 개인이 아니었다면 영웅도 나올 수 없었을 것이다.

우리는 역사를 읽을 때 기록된 것에 주의를 기울여야 할 뿐 아니라 기록되지 않은 것까지 이해할 수 있어야 한다. 그렇지 않으면 취사取捨를 결정할 수가 없다. 즉 어떤 것을 쓰지 않을 것인지 알아야만 어떤 것을 써서는 안 되는지도 알 수 있다. 『사기』에 실리지 않은 내용은 너무 많다. 예를 들어 역대의 승상丞相 가운데 60~70퍼센트는 이 안에 기록되지 않았다. 그러나 어떤 이는 점쟁이와 골계가滑稽家인데도 기록되었다. 이 점은 바로 『사기』의 공정성과 객관성을 말해준다.

사마천의 『사기』는 낭만파의 기법으로 서술되었지만 거짓된 내용은 하나도 없다. 『사기』는 문학과 역사를 하나로 융합하였고, 문학과 인생 또한 하나로 융합하였다.

우리는 중국에 두 명의 위대한 문학가가 있다고 단언할 수 있다. 한 사람은 굴원으로, 그는 문학과 도덕의 문제에 대한 해답을 주었다. 다른 한 사람은 사마천으로, 그는 문학과 역사가 융합할 수 있는지의 여부에 대해 해답을 주었다.

중국의 역사는 응용적이면서도 실용적이다. 시 역시 응용적이면서 실용적이다. 이는 중국의 예술이 공업工業에서 이루어진 것과 같은 이치이니,

즉 도기陶器에 새긴 문양, 비단실로 놓은 자수, 청동기로 만든 기구와 솥 등이 모두 그 예라 할 수 있다. 이 점은 감상하기 위해 일부러 상을 아로새기고 그림을 그리는 서양과 완전히 다르다. 중국의 예술은 감상과 응용이 구분되지 않아, 응용품과 예술품이 하나이고 문학과 인생 또한 하나이다. 중국의 옛 벼루와 화병은 골동품인 동시에 사용할 수 있는 물건이다. 서양에서는 골동품이 오로지 전시용으로만 쓰인다. 그러므로 중국의 역사와 문학은 시종일관 응용적이었다.

# 제14장

# 한대 주의奏議·조령詔令(부서찰附書札)

♦♦♦

주의奏議는 정치에 사용된 산문으로, 백성들이 어떤 의견이 있을 때 정부에 올린 문장이다.

조령詔令은 정부가 백성에게 내린 것으로 간단한 몇 구절로 이루어져 있다.

주의는 백성들이 어떤 사건의 옳고 그름을 상세히 서술하여 그들의 의견을 정부에 반영한 문장이다. 황제는 조령에서 명령식의 문구를 사용할 수 있지만, 이를 쓸 때는 감정을 넣어 백성들이 납득할 수 있게 해야지, 도리를 말하거나 훈계하는 어투로 강압적으로 복종시키려 해서는 안 된다.

가의賈誼는 최고 수준의 정치적 문장을 썼는데, 예컨대 「진정사소陳政事疏」·「과진론過秦論」·「논적저소論積貯疏」 등이 대표작이라 할 수 있다.

명明나라의 귀유광歸有光은 가의의 「진정사소」를 서한시대 최고의 문장일 뿐 아니라 천고에 남을 최고의 주의奏議라고 평하였다. 요내姚鼐 역시 가의의 문장에 대해 "조리가 있고, 그 문사文辭가 대단히 뛰어나다"고 칭찬하였다. 또한 노신魯迅은 "직설적이면서도 격렬하게 하고 싶은 말을 다 표현하였다"라고 칭찬하였고, 황동발黃東發[1]은 "가의는 천부적 자질을 타고 났고, 의론 또한 대단히 심오하다. 공자의 학술에 관심을 갖지 않은 것이 애석할 뿐이다"라고 평했다. 그러나 가의는 백성과 함께 쉬고 자식처럼 대해야 하며, 농민의 생산을 격려하고, 소작료를 경감시켜야 한다고 주장하였다. 「진정사소」에서는 오만방자한 흉노를 굴복시키고, 속국의 세력을 약화시킬 것을 건의했는데, 이는 모두 국가와 백성을 위한 좋은 정책이었다. 가의의 「논적저소」는 후세에 많은 영향을 끼친 문장이다. 그는 격양된 감정으로 다음과 같이 말했다.

> 관자管子는 "창고에 곡식이 차 있으면 백성들이 예절을 알게 된다"라고 하였습니다. 백성들이 못 먹고 못 입는데, 잘 다스릴 수 있다는 말은 지금까지 들어본 적이 없습니다. ……생산하는 것은 때가 있고, 소비에는 끝이 없기 때문에 반드시 물자가 부족한 상황이 오게 됩니다. 옛날 천하를 다스리던 자들은 주도면밀하여 물자를 넉넉히 축적하였습니다. 한나라가 세워진 지 거의 40년이 되었지만, 공적으로든 사적으로든 축적한 양이 너무 적어 가슴이 아플 지경입니다! 제때에 비가 내리지 않으면 백성들이 불안에 떨게 됩니다. 수확이 좋지 못해 백성들이 세금을 내지 못하면, 조정에서는 관직을 팔 것이고 백성들은 자식을 팔 것입니다. 황제께서도 아마 이런 이야기를 들으셨을 줄로 믿습니다. 천하가 이처럼 위험한 상황에 이르렀는데 놀라지 않을 군주가 어디 있겠습니까?

---

**1** 편자 주: 남송南宋의 학자 황진黃震(1214~1280)이다. 주자朱子의 학문을 배우고 사관 검열史館檢閱이라는 관직을 지낸 적이 있다.

기근이 들고 풍년이 드는 것은 자연의 이치이기에, 우禹와 탕湯 임금 역시 이러한 일을 당하였습니다. ……병란兵亂이 일어나고 한재旱災가 들면 천하의 물자가 크게 부족하게 될 것입니다. ……이처럼 위험한 상황이 되면, 황제께서 어찌 물자에 연연할 수 있겠습니까!

비축한 물자는 국가의 명맥이라 할 수 있습니다. 곡식이 많고 재물이 넉넉하면 하지 못할 일이 어디 있겠습니까? 이를 바탕으로 공격하면 취할 수 있고, 수비하면 공고해질 것이며, 싸우면 승리할 것입니다.

적을 항복시키고 먼 곳에 있는 사람을 복종시키는데, 누구를 부른들 달려오지 않겠습니까? 지금 백성을 모두 농토로 돌려보내 본업에 힘쓰게 하고, 천하 사람들이 자신의 힘으로 생활할 수 있도록 하게 하면, 공업과 상업에 종사하는 사람과 빈둥거리며 놀던 사람도 모두 농사를 지을 것이니, 그렇게 되면 축적한 것이 많아져 백성들은 편안히 살 수 있을 것입니다.후1

이처럼 거침없는 필력으로 쓰인 가의의 정치 문장은 말은 간결하지만 뜻은 풍부하고, 필력은 웅건하고 정련되어 곳곳에 국가에 대한 관심과 백성을 아끼는 마음이 잘 드러나 있다. 만약 주발周勃이나 관영灌嬰 같은 대신들이 그를 투기하여 문제文帝 앞에서 비방하는 말을 하지 않았다면, 게다가 장사왕長沙王의 죽음을 슬퍼하다 한창 젊은 나이에 죽지 않았다면 가의는 아마 위대한 업적을 남겼을 것이다.

조착晁錯 또한 주의奏議에 뛰어난 문인이다. 그의 「언병사소言兵事疏」, 「논귀속소論貴粟疏」, 「논수변비새소論守邊備塞疏」, 「논모민사새하소論募民徙塞下疏」 등의 작품은 아주 유명하다. 방포方苞는 그의 문장이 『관자管子』와 비슷하다고 칭찬하면서, 관자의 말을 섞어 사용한 것이 마치 한 사람이 한 말 같다고 했다. 조착의 「논귀속소」는 문제文帝에게 농업을 중시하고 상업을 통제해야 하며, 곡식을 관부에 바치면 관직을 주어야 한다는 의견을 제기하였다. 그 문장은 다음과 같다.

현명한 군주는 오곡五穀을 귀하게 여기고 금옥金玉을 천하게 생각합니다. 다섯 식구가 있는 농부의 집에서 노동을 할 수 있는 사람은 두 사람이 안 될 것이고, 그들이 경작할 수 있는 땅은 100무畝를 넘지 않으며, 100무의 땅에서 수확한 것은 100석石을 넘지 않습니다. 봄이면 땅 갈고, 여름이면 김매고, 가을이면 수확하고, 겨울이면 저장합니다. 또한 땔나무도 베고, 관청도 수리하고, 부역도 해야 하기에 봄이면 바람과 먼지를 피할 수 없고, 여름이면 뜨거운 열기를 피할 수 없으며, 가을에는 흐리고 비 오는 날을 피할 수 없고, 겨울에는 추위에 몸이 어는 것을 피할 수 없습니다. 일 년 사계절, 쉬는 날이 없습니다. ……이처럼 힘들게 일하는데 수해와 한재의 피해를 입으면, 관부에서는 세금을 내라고 재촉합니다. 수시로 세금을 거두어 아침에 내려온 명령이 저녁에 바뀌기도 합니다. 곡식이 있는 사람은 반값에 팔아 세금을 내고, 곡식이 없는 사람은 두 배의 이자를 주고 돈을 빌려 세금을 냅니다. 이에 집과 논을 팔고, 자식까지 팔아 빚을 갚는 사람이 생겼습니다. 반면에 대상大商들은 물건을 가득 쌓아두어 두 배의 이익을 남기고, 소규모의 상인들은 좌판을 차려 물건을 팔아 이익을 취합니다. 이들은 매일 시장을 돌아다니다가 관부에서 급히 물건을 필요로 하면 반드시 가격을 두 배로 올립니다. 그러므로 상인 집안의 남자는 땅 파거나 김매지 않고, 여자는 누에를 기르거나 옷감을 짜지 않습니다. 그런데도 화려한 옷만 입고, 산해진미만 먹습니다. 농부만큼 고되지 않은 데도 얻는 바가 많습니다. 넉넉한 재물에 의존해 왕후王侯와 왕래하면 그 세력이 관리를 능가하기에 재물로 서로를 배척합니다. 다른 지역으로 유람을 가면 관리가 줄지어 찾아오는데, 이들은 모두 견고한 수레에 앉아 튼실한 말에 채찍을 가하고, 비단 신에 명주옷을 입고 있습니다. 이것은 상인이 농민의 토지를 겸병하였기 때문이고, 이로 인해 농민은 각지를 떠돌게 된 것입니다. 지금의 법률은 상인을 천시하지만 상인은 이미 부귀한 처지가 되었고, 농부를 존중하지만 농부는 빈천한 처지가 되었습니다. ……백성들이 농사에 힘쓰게 하려면 곡식의 가치를 올려야 합니다. 곡식의 가치를 올리는 방법은 백성들이 곡식으로 상벌을 받도록 하는 것입니다. 현관縣官에게 곡식을 바치면 관직을 얻을 수 있고, 면죄받을 수 있다는 것을 천하 사람들에게 알게 해야 합니다. 이와 같이 하면 부자는 관직을 얻고, 농민은 재물을 얻을 수 있으며, 곡식은 다 팔리게 될 것입니다. 곡식을 바쳐 관직을 얻은 사람은 모두 여유가 있는 사람들이니, 여유 있는 사람에게서 취해 국가가 쓰도록 하자는 것입니다. 이렇게 하면 가난한 백성의 세금을 줄일 수 있으니, 이른바 넉넉한 자의 것을 덜어 부족한 자를 돕는 것입니다. 이 법령을 발포하면 백성은 이익을 얻을 수 있을 것입니다.후2

문제文帝와 경제景帝는 모두 조착의 건의를 받아들였고, 이로 인해 나라는 갈수록 부유해져 무제 때에 이르러서는 "커다란 창고 안에 곡식이 늘어나, 묵은 곡식이 해마다 쌓이고", "도시와 변방의 곡식 창고가 꽉 차는" 상황이 되었다.

조착은 「논수변비새소論守邊備塞疏」와 「논모민사새하소論募民徙塞下疏」 등에서 변방을 지키는 병사를 1년에 한 차례 교체하지 말고 오래 거주할 수 있는 사람을 보내 정착시키고, 또한 이들이 가정을 이루고 밭을 경작할 수 있도록 해서 안심하고 오래 머물 수 있도록 해야 한다고 주장했다. 이것이 바로 후세에 많이 사용된 둔전屯田·둔병屯兵 법인데, 이는 아마 조착의 영향을 적지 않게 받았을 것이다. 애석한 것은 경제 때 조착이 어사대부御使大夫로 있으면서 제후의 봉지封地를 줄일 것을 건의했는데, 오초칠국吳楚七國의 난이 일어나는 바람에 경제는 애앙愛盎[2]의 말을 받아들여 그를 사형에 처하지 않을 수 없었다. 그런 일이 없었다면 후세에 더 많은 작품이 전해졌을 것이다.

이외에 동중서 역시 주의奏議의 고수였다. 그는 무제가 어질고 유능한 문학 인재를 등용하려 하자,「거현량대책擧賢良對策」세 편을 지어 하늘과 사람은 하나여서 서로 호응하고 영향을 준다는 '천인상여天人相與'론과 음양陰陽이 가져오는 재해가 다르다는 '음양재이陰陽災異' 등의 문제를 토론하였다. 그의 저작으로는 『춘추번로春秋繁露』와 『동중서문董仲舒文』 등이 있다.

조령문은 가의 역시 매우 잘 지었다. 조조曹操에 이르러 조령은 문장이 길어지고, 고사체故事體의 서술기법이 사용되었는데, 이는 백성들이 읽을 때 흥미를 느낄 수 있도록 하기 위한 것이었다.

예를 들어 조조는 적벽전赤壁戰에서 손권과 유비의 연합군에게 참패했는데, 이에 「구현령求賢令」을 내려 다음과 같이 말했다.

예로부터 나라를 세우고 중흥시킨 군주 가운데 현인賢人과 군자君子를 얻어 함께 천하를 다스리지 않은 자가 어디 있었겠는가? 어

---

2 편자 주: 『사기』에는 원앙袁盎으로, 『한서』에는 애앙愛盎으로 되어 있다.

진 이를 등용한다면서 골목을 나서지 않는다면, 어찌 그들을 만날 수 있겠는가? 이는 윗사람이 힘써 구하지 않았을 뿐이다. 지금은 천하가 아직 평정되지 않았으므로, 급히 어진 자를 구해야 할 때이다. ……만약 깨끗한 선비여야만 등용한다면, 제齊나라 환공桓公이 어찌 천하의 패권을 차지할 수 있었겠는가? 지금 천하에는 갈옷을 걸쳤지만 높은 이상을 품고 위수渭水에서 물고기를 낚던 강태공 같은 사람이 없단 말인가? 또한 형수와 사통하고 뇌물을 받았지만 위무지魏無知 같은 자를 만나 발탁되었던 진평 같은 사람은 없단 말인가? 그대들은 나를 도와 출신은 미천해도 재주만 있다면 추천하여라. 내가 그를 등용할 것이다.[후3]

한 나라의 지도자로서 위급한 때에 인재를 구하려는 간절한 마음을 표현한 조령문詔令文은 반드시 장중하고 엄숙한 어조로 써야 한다. 그러나 조조의 문장은 마음 내키는 대로 썼을 뿐 아니라, 장난기도 있으면서 낭만적인 정취를 지녔다. 예컨대 위의 글에는 도덕성이 파괴된 사람에 대해 언급하였는데, 이는 바로 형수와 사통하고 뇌물을 받은 적이 있는 진평이다. 위무지가 그를 한 고조 유방에게 소개하였는데 유방이 등용을 망설이자, 지금은 인재를 구하는 것이 절박한 때이므로 덕행이 부족한 것은 상관없다면서, 자신이 추천한 것은 재주이지 행실이 아니라고 하자 유방은 그제야 진평을 중용했다고 한다.

공명정대한 문장인 조령에서는 어느 누구도 이와 같은 부정적인 이야기를 써넣을 수 없을 테지만, 조조는 아무 거리낌 없이 하고 싶은 말을 다했다. 낭만적이면서 호방한 그의 개성이 그렇게 만든 것이다.

또한 조조의 조령은 마음 내키는 대로 써서 할 말이 많으면 길고 없으면

짧다. 「구현령」은 200자가 안 되지만, 「양현자명본지령讓縣自明本志令」[3]은 1300자에 달하는 분량으로 격정적이면서도 비장한 감정을 진솔하게 드러내었다. 그러므로 사람들은 조조를 문장 개조改造의 창시자라고 부른다.

조조가 좋은 문장을 쓸 수 있었던 것은 평소 책을 많이 읽었기 때문이다. 그는 「양현자명본지령」에서 공자가 『논어』에서 제나라 환공과 진晉나라 문공文公이 주周나라를 섬긴 것을 칭찬하였듯이 자기 역시 왕이 되고자 하는 야심이 없고, 주공周公이 형 무왕武王의 병이 낫기를 기원하며 지은 「금등金縢」을 보고 이 글을 지을 생각을 하였다고 했다. 또한 악의樂毅가 자신이 섬겼던 연燕나라를 조趙나라 왕이 치려 하자 눈물을 흘리며 멈출 것을 하소연한 일, 개지추介之推가 진晉나라 문공文公이 벼슬을 내리려 하자 면산綿山으로 은거한 일, 신포서申包胥가 진秦나라에 구원병을 요청해 초楚나라를 위험에서 벗어나게 해준 공로가 있어 포상하려 했지만 거절한 일, 몽염蒙恬이 진秦나라에 대해 충성과 의리를 다한 일 등의 전고典故를 예로 들어 자신의 마음을 표현했다. 조조의 문장을 읽으면 흥취가 흘러넘치는데, 이는 그가 전적典籍을 열심히 읽고 역사에 대해서도 잘 알았기 때문이다. 그의 문장은 지식이나 교양이 없는 사람이 쓴 공허하고 무미건조한 글과 절대로 비교할 수 없다.

조조가 쓴 주의문奏議文 가운데 순욱筍彧에게 봉지를 더 하사해주기를 청원한 「청증봉순욱표請增封筍彧表」는 전부 사실에 근거한 솔직한 표현으로 이루어져 있으므로, 『문심조룡』에서도 "위魏나라 초기의 표장表章은 사실에 근거해 일을 논하였다. 문장의 화려함만 추구하였다면 훌륭한 작품이

---

**3** 역자 주: 이 문장 본래 명칭은 '술지령述志令'. 조조가 원소를 대파하고 북방을 통일하자 한나라 헌제가 그 공을 인정하여 세 개의 현을 상으로 주었다. 사람들이 조조가 한나라 황제를 폐위시키고 황제가 되려는 꿈을 꾸고 있다고 비방하자 상으로 받았던 세 개의 현을 반납하고 자신의 뜻을 밝힌 글이다.

되지 못했을 것이다"[4]라고 칭찬하였으니 읽을 만한 가치가 있는 작품이다.

조령 이외에 '서찰書札'이라는 문체가 있는데, 역시 응용문의 일종이다. 그러나 한나라 사람들이 쓴 서찰은 많지 않다. 사마천의 「보임소경서報任少卿書」[5]는 읽어볼 가치가 있는 훌륭한 문장이다. 여기에서는 중요한 부분만 가려내 감상해보고자 한다.

> 소경少卿께 아룁니다. 지난번 서신을 보내시어 이치에 순응하여 사물을 대하고, 어진 인사를 천거하는 것을 임무로 삼아야 한다는 가르침을 절절히 일러주셨는데, 제가 가르침을 따르지 않고 세상 사람들의 말을 따르는 것을 원망하시는 듯했습니다. 하지만 저는 결코 그렇지 않습니다. 저는 비록 재능이 시원찮지만, 재덕才德이 높으신 선인들께서 전하신 가르침을 들은 적이 있습니다. 몸이 훼손되고 비천한 처지에 놓이다보니, 행동하는 것마다 질책받고 잘하려고 할수록 더욱 해를 입게 되었습니다. 그러므로 홀로 근심만 할 뿐 어느 누구에게도 말하지 못하고 있습니다. 속담에 "누구를 위해 하고, 누구에게 들으라 할 것인가?"라는 말이 있습니다. 종자기鍾子期가 죽고 백아伯牙는 생을 마칠 때까지 다시 금琴을 연주하지 않았으니, 이는 무엇 때문이겠습니까? 선비는 자신을 알아주는 사람을 위해 일하고, 여인은 자신을 사랑하는 자를 위해 화장을 합니다. 그러나 저 같은 사람은 이미 불구의 몸이기에, 비록 재덕이 수후隨侯의 진주와 화씨和氏의 옥처럼 뛰어나고, 품행이 허유許由와 백이伯夷같이 고상하다 할지라도 끝내 이를 영광이라고 여길 수 없

---

**4** 魏初表章, 指事造實, 求其靡麗, 則未足美矣.
**5** 편자 주: 이 문장은 『문선文選』 제41권에 수록되어 있다.

고, 사람들의 웃음을 사거나 스스로를 욕되게 할 뿐입니다.

……그러므로 이익을 욕심내는 것보다 더 참담한 화는 없고, 마음을 다치는 것보다 더 고통스러운 슬픔은 없으며, 조상을 욕보이는 것보다 더 추악한 행동은 없고, 궁형을 당하는 것보다 더 큰 치욕은 없습니다. 형을 받고 살아남은 자가 다른 사람과 함께 거론될 수 없는 것은 지금 이 시대만 그런 것이 아니라 줄곧 그래왔습니다.

……

저와 이릉李陵은…… 추구하는 바가 달라 일찍이 함께 술 한잔 마셔본 적 없고, 깊은 교분의 즐거움을 나눠본 적도 없습니다. 그러나 제가 그 사람을 보건대 지조가 있는 평범치 않은 사람이었습니다. 부모에게 효도하고, 벗에게는 신용을 지키며, 재물 앞에서는 청렴하고, 주고받는 것은 예의에 따라 하며, 위아래를 구분하여 겸양의 예를 지키고, 아랫사람에게도 공손하게 대했습니다. 자신의 생명을 돌보지 않고 나라가 위급하면 항상 달려갔습니다. 이는 평소 마음에 축적된 것이 드러난 것이기에, 저는 그가 이 나라의 훌륭한 인재라고 생각했습니다. 신하된 자는 만 번 죽는다 해도 자신의 목숨을 돌보지 않는다는 생각으로 국가의 위험에 대처해야 훌륭하다고 할 수 있습니다. 지금 한 가지 잘못한 일을 들추면서, 자기 한 몸과 처자식만 보호하려는 자들이 단점을 꼬투리 삼아 죄를 뒤집어씌우려 하니, 분통이 터집니다. 이릉은 5000명이 안 되는 병사를 이끌고 전쟁터에 들어가 적의 왕궁까지 쳐들어갔으니, 이는 호랑이의 입에 미끼를 드리운 것이나 마찬가지였습니다. 막강한 흉노 병사에게 도전하여, 수만 명이 넘는 군대와 마주한 채 선우單于와 10여 일을 싸웠습니다. 적의 군사가 절반이나 죽도록, 흉노는 사상자를 구조하러 오지도 못했습니다. 털옷을 입은 흉노의 왕은 두려움에 떨며 좌우의 족장을 소집하고, 활을 잘 쏘는 사람을 모두 동원하여 온 나라가 이릉을 포위하고 공격하였습니다. 천 리를 옮겨 다니며 싸우던 이릉의 군사는 화살도 떨어지고 궁지에 몰리게 되었으나, 구원병이 오지 않아 사상자가 쌓여만 갔습니다. 그러나 이릉이 위로하면 떨치고 일어나지 않는 병사가 없었습니다. 그들은 피눈물을 흘리면서도 억지로 울음을 삼켰고, 다시 빈 활시위를 당기며 칼날 사이를 뚫고 북으로 나아가 죽기를 각오하고 적과 싸웠습니다. 이릉의 군대가 전멸되기 전에 사신이 이 소식을 황실에 전하자, 한나라 공경대부와 제후들은 모두 황제에게 축하의 술잔을 올렸습니다. 며칠 후, 이릉의 군대가 패했다는 소식이 전해지자, 황제께서는 음식을 먹어도 맛이 없고, 조정의 일을 처리하는 것 또한 즐겁지 않았습니다. 대신들은 걱정과 두려움에 어찌해야 좋을지 알지 못했습니다. 저는 자신의 비천한 처지를 헤아리지 못한 채, 황제께서 걱정하고 상심하시는 것을 보고 어리석지만 충정을 다하려고 생각했습니다. 이릉은 평소 자신에게는 야박해도 사대부들에게는 후하게 대하였으므로, 진심에서 우러나온 도움을 얻을 수 있을 것이라 생각했습니다. 옛날의 명장名將 중에도 그보다 더 잘할 수 있는 사람은 없었을 것입니다. 비록 실패하여 패장敗將의 처지가 되었지만, 그의 뜻을 살피면 나라에 보답하려 한 것이 분명합니다. 일은 이미 어찌할 수 없는 지경에 이르렀지만, 그가 패배하게 된 사정과 공로는 천하에 드러낼 만한 것이었습니다. 저는 이러한 생각을 말하고 싶어도 방법이 없었는데 마침 저를 불러 물어보시니, 사실에 근거해 이릉의 공로를 말씀드려 황제께서 너그러운 마음을 가지실 수 있도록 하고, 비방하는 말을 막아보려고 했습니다. 그런데 저의 생각을 명확히 제대로 드러내지 못해 황제께서 이해하지 못하시고, 이사장군貳師將軍을 비방하고 이릉을 변호한다고 생각하시어, 마침내 저를 옥으로 보내 법에 따라 처리하도록 하셨습니다. 저의 간절한 충정을 끝내 제대로 밝히지 못하고, 황제를 기만하였다는 죄로 마침내 법관의 처분을 받게 되었습니다. 집이 가난하여 돈으로 죄를 속죄받을 수도 없었고, 구해줄 만한 친구도 없었습니다. 주위의 가까운 이들도 저를 위해 한마디 해주지 않았습니다. 이 몸은 목석이 아닌데 홀로 간수들과 함께 지내며, 깊은 감옥에 감금되는 처지가 되었으니, 이 비통한 마음을 누구에게 말할 수 있었겠습니까? 이는 모두 소경께서 친히 보신 바이니 제가 한 행동은 바로 그렇지 않았습니까? 이릉은 살아서 항복하여 가문의 명성을 무너뜨렸고, 저 또한 감방에 갇히어 거듭 세상의 웃음거리가 되고 말았으니, 슬프고 슬플 뿐입니다. 이 일을 사람들에게 일일이 설명하는 것도 쉬운 일이 아닙니다.

……제가 고통을 참아가며 구차히 살려 하고, 똥통과 같은 감옥에 갇히는 것도 마다하지 않은 것은, 마음속에 간직한 한을 다 풀지 못한 채 초라하게 세상을 떠나면 후세에 이를 전할 수 없기 때문입니다.

……

『시경』은 성인께서 분노를 털어놓기 위해 지으셨습니다. 이들은 모두 가슴에 맺힌 감정을 풀어낼 방법이 없었기에, 지난 일을 서술하여 후세 사람들이 자신을 이해할 수 있기를 바랐습니다. 예컨대 좌구명左丘明은 눈이 멀고 손빈孫臏은 다리가 잘려 끝내 등용되지 못하자, 물러나 좌전과 병법을 저술하여 그들의 분노를 풀고, 문장으로 자신의 생각을 드러내려 한 것입니다.[후4]

앞에서 이미 설명하였듯 사마천의 『사기』는 방대한 체재와 정교하고 치밀한 구상으로 이루어진 중국 최고의 산문 걸작이다. 소경 벼슬에 있던 친구 임안任安이 사마천에게 어진 인사를 천거하라고 한 말은 사실 그로 하여금 마음 가득 원망과 울분의 감정을 갖게 하였고, 결국 이를 통쾌하게 발설하도록 만든 원인이 되었다. 그의 솔직한 표현은 황제의 언로言路를 넓히기 위한 것이었다. 사실 이릉은 매우 우수한 인재인데, 부득이하게 적에게 임시로 항복했을 것이다. 그의 사람됨으로 볼 때 장차 반드시 한나라에 보답하려는 생각을 가지고 있었을 것이다. 애석하게도 일이 생각대로 되지 않고, 세상인심 또한 각박하여 궁형에 처해지게 되었으니 그가 무슨 할 말이 더 있었겠는가? 그런데 황제는 다시 사마천을 중서령中書令에 등용하였고, 치욕을 참아내느라 슬픔과 분노로 죽을 지경에 이른 그는 아버지의 뜻을 이어 『사기』를 완성하여 마침내 그 억울하고 분노에 찬 감정을 발설할 수 있게 되었다. 사마천은 이 서찰을 통해 친한 벗에게 자신이 겪은 일과 가슴에 맺힌 울분의 감정을 토로하였을 뿐이다. 내가 어렸을 때, 아마 열 살쯤 되었을까. 선생님께서 이 서찰에 대해 가르쳐주셨고, 모두 외우게 하셨다.

# 제15장

# 한대 오언시(상):「소리하량증답시」

◆◆◆

중국문학사는 크게 산문과 운문 두 가지로 나눌 수 있는데, 산문은 변화가 적고 운문은 변화가 아주 많다.

이소체離騷體의 어구에는 '혜兮'자가 들어가는데, 한나라에 이르러 이소체의 문장은 이미 많이 사라졌다. 부체賦體의 문장은 수명이 길어 당唐·송宋시기까지 이어졌다. 그러나 구양수歐陽修의 「추성부秋聲賦」와 같은 문장은 이미 정식 부체가 아니다. 요컨대『시경』·「이소」·부의 세 단계를 거치면서 운문은 이렇듯 큰 변화가 있었으며, 한漢나라 때부터 오언시가 생겨 오늘날까지 전해진다.

모든 문학작품은 각종 체재마다 그 연원과 발전 과정이 모두 다르므로, 이를 알지 못하면 문학을 이해할 수 없다. 즉 문학사를 잘 알려면 이에 대한 고증 또한 필요하다.

오언시의 기원에 대해서는 서한에서 시작되었다는 주장도 있고, 동한에서 시작되었다는 주장도 있다.『문선文選』에 수록된 오언시에 근거하면, 남조南朝 양梁나라의 소명태자昭明太子가 이에 대해 많은 언급을 하였다.

사람들은 오언시가 「소리하량증답시蘇李河梁贈答詩」에서 처음 시작되었다고 하는데, 이는 『한서漢書·이광소건전李廣蘇建傳』(소건蘇建은 소무蘇武의 아버지이고, 이광李廣은 이릉李陵의 조부이다)에 보인다. 『한서』의 열전은 『사기』와 견줄 수 있을 정도로 훌륭하다.

『문선』에 따르면 「소리하량증답시」 이전에 「고시십구수古詩十九首」라는 작품이 있었다. 옛사람들은 이 시가 사람의 심금을 울리고, 한 글자가 천금의 가치를 지닌 훌륭한 작품이라고 평했다. 소명태자가 『문선』을 편찬한 이후 서릉徐陵이 『옥대신영玉臺新詠』[1]을 편찬하였는데, 서릉은 「고시십구수」 가운데 8~9수는 매승枚乘[2]의 작품이라고 했다.

유협劉勰은 『문심조룡』에서 이릉의 시는 아마 본인이 지은 것이 아니며, 소무의 시는 더욱 의심이 간다고 했다.[3]

근대의 문학가 양계초梁啓超는 「고시십구수」와 「소리하량증답시」가 모두 동한 말기에 나온 작품이라고 했는데, 나 역시 이 의견에 찬성한다. 그러나 근대의 학자들 중에는 「고시십구수」와 「소리하량증답시」가 모두 서한시기에 지어진 것이라고 주장하는 사람도 있다. 이 주장은 아주 잘못되었다. 서한 무제에서 동한 조조에 이르는 동안 오언시가 전혀 나오지 않다가, 동한 말년에 이르러서야 나왔기 때문이다. 만약 서한시기에 오언시가 있었다면, 서한 이후의 일정 기간 동안 왜 공백이 있었는가? 따라서 이는

---

**1** 전목 주: 『옥대신영』에는 산문도 포함되어 있다.
**2** 전목 주: 매승은 한 무제 초기의 사람이다.
**3** 전목 주: 『문심조룡·명시明詩』에는 "한나라 초기의 사언시는 위맹韋孟이 처음 지었다. ……성제成帝 때에 이르러 모든 시가를 분류하여 기록하니 그 수가 300여 편에 이르렀다. 이로써 귀족과 민간의 작품이 두루 갖추어질 수 있었다. 당시 작가들이 남긴 작품 가운데 오언시는 보이지 않으므로, 후세 사람들이 이릉과 반첩여의 작품에 대해서도 의문을 가졌다(初漢四言, 韋孟首唱. ……至成帝品錄, 三百餘篇, 朝章國采, 亦云周備. 而辭人遺翰, 莫見五言, 所以李陵·班婕妤見疑于後代也)"라는 말이 있다.

전혀 이치에 맞지 않는다.

양계초는 오언시가 동한 말년에 와서야 출현했다면서 이렇게 주장했다.

1. 만약 서한시기에 오언시가 있었다면, 서한에서 동한에 이르는 일정 기간 동안 왜 오언시가 다시 나오지 않았는가?

2. '증답시贈答詩'의 체재는 동한 말년에 이르러서야 비로소 나왔다.

3. 「소리하량증답시」와 「고시십구수」에서 보이는 인생관은 동한 말년 같은 시기에나 나올 수 있다.

나는 「소리하량증답시」와 「고시십구수」의 내용을 통해 볼 때 이것이 서한시기의 작품이 아니라는 것은 증명할 수 있어도, 동한시기의 작품이 아니라는 것은 증명할 수 없었다.

「소리하량증답시」는 모두 3수로 이루어져 있다. 이를 옮겨 적고 해석을 하고자 한다.

> 1.
> 좋은 시절 다시 오지 않고,
> 이별의 순간은 순식간에 다가오네.
> 갈림길에서 서성이다가,
> 두 손 마주잡고 들판에서 머뭇거린다.
> 고개 들어 뜬구름 바라보니,
> 홀연히 서로 지나쳐버리네.
> 일렁이는 물결처럼 사라지고 나면,
> 각기 하늘 한 귀퉁이에 있게 되리라.
> 이번에 이별하면 오래도록 만나지 못할 터이니,

다시 잠깐만 더 멈춰서 있기를.

새벽바람 속에 출발하기에,

비천한 이 몸 그대를 전송하노라.

良時不再至, 臨別在須臾.

屛營衢路側, 執手野踟躕.

仰望浮雲馳, ○奄忽互相逾. ○**4**

風波一失所, ○各在天一隅. ○

長當從此別, 且復立斯須.

欲因晨風發, 送子以賤軀.


　이 시는 「소리하량증답시」 제1수로 첫 네 구절은 부의 기법이 사용되었고, 제3·4구는 보통 사람의 어투이며, 그 배경 또한 두 사람이 북방에 있는 것 같지 않다. 제5구에서 8구까지는 비와 흥의 기법으로 만나고 헤어짐에는 정해진 때가 없음을 비유하였다. 그중 "일렁이는 물결처럼 사라지고 나면, 각기 하늘 한 귀퉁이에 있게 되리라" 두 구절은 그 시어詩語가 대단히 훌륭하지만, 이를 소무와 이릉에게 적용시키는 것은 합리적이지 않다. 그러므로 이 시는 소무와 이릉이 지은 것은 아닌 듯하다.


2.

아름다운 만남 다시 오기 어려우니,

삼 년간 쌓은 우정 영원히 간직하리라.

냇가에 이르러 갓끈을 씻는데,

그대 생각에 서글픈 마음 끝이 없어라.


**4** 섭룡 주: 구절 끝의 동그라미는 전목이 해놓은 표시이다. 아래도 마찬가지다.

저 멀리서 슬픈 바람 이는 것 보니,

술을 마주하고도 권할 수가 없구나.

떠나간 그대 돌아갈 길 생각하느라,

어찌 내 근심 위로할 수 있으리?

단지 술잔 가득 채워,

굳건한 우정 다짐하노라.

嘉會難再遇, 三載爲千秋.

臨河濯長纓, 念子悵悠悠.

遠望悲風至, 對酒不能酬.

行人懷往路, 何以慰我愁.

獨有盈觴酒,[5] 與子結綢繆.


이는 「소리하량증답시」의 제2수이다. 이 시 역시 훌륭하지만, 역시 소무
와 이릉을 배경으로 했다는 것이 드러나지 않는다. "삼 년간 쌓은 우정 영
원히 간직하리라" 구절은 소무와 이릉의 상황에 부합하지 않는다. 소무는
흉노 땅에서 19년을 지냈고, 이릉 역시 그곳에서 아주 오래 있었다. 어떤
사람은 이것이 두 사람이 만난 횟수를 말한 것이라고 하는데, 절대 삼 년
동안 몇 차례만 만났을 리 없다. "냇가에 이르러 갓끈을 씻는데" 구절은 결
코 사막을 배경으로 한 것이 아니며, 이릉은 이때 이미 흉노의 관복을 입고
있었기 때문에 차림새가 이러했을 리 없으므로 실제에 부합하지 않는다.


3.

손잡고 다리에 올랐는데,


**5** 전목 주: 이 구절은 술잔을 가득 채운다는 뜻이다.

그대 해 저물녘 어디 가려 하는가?

오솔길 배회하며,

슬퍼서 차마 말을 하지 못한다.

떠나는 사람 오래 붙잡을 수 없어,

영원히 잊지 말자고 하였네.

어찌 서로 만날 수 없다고 말하는가?

때가 되면 차고 이지러지는 저 달처럼 만날 수 있으리라.

부디 밝은 덕 숭상하고,

흰 머리 되거들랑 꼭 만나세.

携手上河梁, 遊子暮何之.

徘徊蹊路側, 悢悢不得辭.

行人難久留, 各言長相思.

安知非日月, 弦望自有時.

努力崇明德, 皓首以爲期.


「소리하량증답시」제3수인 이 시는 그 경계境界가 광활하고 미적 감각이 대단히 뛰어나지만, 절대 사막을 배경으로 한 것이 아니다. '하량河梁'은 다리를 가리키는데, 북방의 다리는 결코 '⌒' 형태가 아니다. 봄에는 강물이 얕아 다리 꼭대기까지 잠길 리가 없다. 평소 사람들은 물속을 걸어서 건널 수 있고, 겨울이 돼서 물이 많아지고 수온이 차가워지면 돌다리를 놓아 건넌다. 그러나 흉노 땅에서는 결코 이러한 하천 다리가 배경이 될 수 없다.

위의 「하량증답시」는 모두 훌륭하지만, 이를 소무와 이릉이 주고받은 것이라고 하는 것은 적절하지 않다. 나는 『한서』에 수록된 「소리증답시蘇李贈答詩」가 이릉이 지은 것이라고 생각한다. 이를 옮겨 적어보면 아래와 같다.

만 리 길 가로지르고 사막을 넘어,

군주를 위해 흉노를 무찌르려 했네.

길 끊어지고 화살과 칼 부러지니,

군사는 전멸하고 명예도 땅에 떨어졌다.

　　　……

늙은 어머니 돌아가셨으니,

은혜 갚고자 한들 어디로 돌아가야 하는가?

行萬里兮度沙漠, 爲君將兮奮匈奴.

路窮絶兮矢刃催, 士衆滅兮名已頹.

　　　……

老母已死, 雖欲報恩將安歸!


　이 시는 솔직한 감정을 그대로 표현하였는데, 이릉이 군대를 이끌고 사막으로 가 흉노와 전쟁을 하려 했음을 알 수 있다. 제3·4구는 전쟁에서 패한 것을 말한 것이다. 이 시는 이릉의 「답소무서答蘇武書」[6]라는 글을 근거로 하여 지은 것이다. 이 서신에서 이릉은 이렇게 말하였다.


　자경子卿께 아룁니다. 그대께서 부지런히 아름다운 덕德을 선양하시어, 태평성세에 훌륭한 관리로 이름을 날리신 것은 대단히 경사스런 일입니다! 선조들은 저와 같이 머나먼 이국땅을 떠도는 것을 비통하게 생각하셨습니다. 불어오는 바람을 맞으면 그리움이 더욱 깊어지니, 어찌 애석한 마음이 들지 않겠습니까? 옛날 보내드린 서신을 잊지 않으시고, 멀리서 답장까지 보내어 은근히 위로하고


---

6 편자 주: 이 문장은 『문선』 제41권에 수록되어 있다.

깨우쳐주시니, 이는 골육의 정을 능가하는 것입니다. 제가 비록 어리석지만, 어찌 감격하지 않을 수 있겠습니까!

……그대와 이별한 후 무료함만 더해갔습니다. 연로하신 어머니께서는 그 연세에 죽음을 당하시고, 아내와 자식들도 모두 아무 죄 없이 무참하게 죽었습니다. …… 세운 공은 크고 죄는 작은데, 황제께서 이를 자세히 살피지 않으시고, 저의 마음을 저버리셨습니다. 이런 생각이 들 때마다 문득 살고 싶지 않았습니다.……

옛날 전대의 황제께서 저에게 병사 5000명을 주시어…… 10만 대군을 상대하였습니다. 지친 병사를 격려하고 싸우면서…… 오히려 적장을 베고 깃발을 빼앗고…… 용맹한 장수를 죽였으니, 모든 군사들이 죽음을 전혀 두려워하지 않았습니다. ……이러한 상황에서 세운 공로는 다른 것과 비교할 바가 아닐 것입니다. 흉노는 패배한 후, 거국적으로 군사를 일으켰습니다. …… 지친 병사들은 다시 싸웠고, 한 사람이 1000명의 적을 감당해야 했지만, 그래도 부상을 참으며 용감히 앞으로 나아갔습니다. ……사상자가 들판에 쌓여갔지만…… 제가 팔을 휘두르며 소리치면, 다치고 병든 자들도 모두 일어섰습니다. ……병사들도 다 죽고 화살도 모두 떨어져, 손에는 들 수 있는 작은 쇠붙이 하나 없었습니다. ……그러나 제가 죽지 않은 것은 할 일이 있기 때문입니다. 자경께서 보시기에 제가 어찌 구차히 목숨을 보존하려는 무사이며, 죽는 것을 안타까워하는 사람이란 말입니까? …… 지난번 편지에서 말씀드린 것처럼 황제의 은혜에 보답하기 위해서입니다.

……오호, 자경이시여! 더 이상 무슨 말씀을 드리겠습니까? 서로 만 리나 멀리 떨어져 있으니, 인적도 끊어지고 길도 다릅니다. ……그대와는 살아서도 죽어서도 만나지 못할 것입니다! 옛 친구

들에게 감사의 뜻을 전해주시고, 성군을 모시는 일에 힘쓰기를 바랍니다. ……북풍이 불면 다시 그대의 소식 전해주십시오. 이릉이 머리 숙여 아룁니다.후1

이 시는 비록 「대풍가大風歌」처럼 기백이 넘치지는 않지만 당시의 감정과 경물에 대해 아주 적절히 잘 묘사하였다.

이제 소무의 「답이릉시答李陵詩」를 기록하면 아래와 같다(이는 형제가 이별하는 내용이다).


1.
골육의 인연은 가지와 잎사귀 같고,
친구와의 사귐 또한 인연이라네.
천하의 사람이 모두 형제이거늘,
누가 길을 가는 나그네란 말인가?
더구나 나는 가지 이어진 나무이니,
그대와 한 몸이라네.
옛날에는 원앙새처럼 다정했는데,
지금은 삼성參星과 진성辰星처럼 떨어지게 되었네.
옛날에는 언제나 가까이 있었는데,
지금은 오랑캐와 진秦나라처럼 멀어지게 되었네.
이별할 것 생각하니,
애틋한 정 날로 새록새록 깊어진다.
사슴이 울며 들판의 풀 그리워하듯,
나도 귀한 손님 대접하고 싶어라.
나에게 술 항아리 있으니,

멀리 가는 이에게 드리려 하네.

그대 잠시 머물러 이 술을 들며,

평생의 우정을 나누어보세.

骨肉緣枝葉, 結交亦相因.

四海皆兄弟, 誰爲行路人?

況我連枝樹, 與子同一身.

昔爲鴛與鴦, 今爲參與辰.

昔者常相近, 邈若胡與秦.

惟念當離別, ○恩情日以新.○

鹿鳴思野草, 可以喻嘉賓.

我有一罇酒, ○欲以贈遠人.○

願子留斟酌, ○敍此平生親.○

이 시를 이릉이 소무에게 써준 것이라고 하는 것은 가능해도, 소무가 이릉에게 답한 시라고 하는 것은 맞지 않다. 먼저 이릉의 시가 있고, 그런 다음 소무가 이릉에게 답하였을 가능성이 있다. 즉 이릉 시가 먼저고, 소무시가 다음인 것이다. 이 시는 남아 있는 자가 떠나는 자를 전송한 시이다. 술을 선물하는 것 역시 이러한 사실을 말해준다. 마지막 두 구절은 전송하는 사람이 떠나는 자가 좀 더 머무르기를 희망한 것이지, 결코 이릉이 소무를 전송하여 소무가 이릉에게 답한 시가 아니다. "그대 잠시 머물러 이 술을 들며"는 분명 소무가 이릉에게 답하여 지은 시가 아니라는 것을 보여주는 구절이니, 이는 바로 상대방인 이릉의 어투이기 때문이다.

두 번째 시는 남아 있는 자가 떠나는 자를 전송한 시이고, 두 사람은 친구관계이다.

2.

고니는 멀리 떠나갈 때,

천 리를 돌며 배회하고,

오랑캐 말은 무리를 잃으면,

그리운 마음 떨쳐버리지 못한다.

나란히 날던 두 마리 용,

서로 다른 곳 향해 날게 되었다.

다행히 노래가 있어,

마음속 생각 전할 수 있구나.

떠나는 그대 위해 노래를 읊조리니,

맑고 그윽한 소리 한없이 구슬프다.

청아하면서도 강렬한 노랫가락,

원망 속에 슬픔이 담겨 있다.

소리 높여 격렬하게 노래 부르니,

비통하여 가슴이 무너지는 듯하여라.

「청상淸商」의 노래 불러보는 건,

돌아올 수 없는 그대를 생각하기 때문.

하늘을 우러러보아도 땅을 굽어보아도 마음이 아파,

흐르는 눈물 멈출 수 없노라.

쌍쌍이 나는 고니 되어,

멀리까지 그대 배웅하고 싶어라.

黃鵠一遠別, 千里顧徘徊.

胡馬失其群, 思心常依依.

何況雙飛龍, 羽翼臨當乖.

幸有弦歌曲, 可以喻中懷.

請爲遊子吟, 泠泠一何悲.

絲竹厲清聲, 慷慨有餘哀.

長歌正激烈, 中心愴以摧.

欲展淸商曲, 念子不能歸.

俯仰內傷心, 淚下不可揮.

願爲雙黃鵠, 送子俱遠飛.

이는 오늘 바로 이별해야 하는 상황을 말한 것이다. "나란히 날던 두 마리 용, 서로 다른 곳 향해 날게 되었다" 두 구는 질박하면서도 솔직한 표현이다. 이 시에서는 새와 말 같은 짐승도 이별을 아쉬워하는데 하물며 사람은 어떠할 것인지를 말하였다. 남아 있는 자가 상대를 전송하는 것이기 때문에 떠나는 나그네를 위해 노래하고 싶다는 "청위유자음請爲遊子吟" 구절이 있는 것이다. 그러므로 이는 절대 떠나는 사람이 남아 있는 자에게 답하여 지은 것이 아니다.

세 번째 시는 떠나는 사람(남편)이 남아 있는 자(아내)를 위해 지은 시이다.

3.
머리 올리고 당신의 아내 되던 날,

우리의 사랑을 서로 의심하지 않았지요.

당신과 함께하는 행복한 오늘밤,

사랑을 나누는 아름다운 순간이건만.

당신은 갈 길을 걱정하여,

일어나 날이 밝았는지 살폈지요.

삼성參星과 진성辰星 모두 보이지 않으니,

떠나면 이 길로 이별이지요.

전쟁터로 부역하러 떠나고 나면,

다시 만날 기약 없기에,

손잡고 장탄식하며,

눈물 흘립니다.

부디 아름다운 시절 소중히 간직하고,

즐거웠던 시간 잊지 마시오.

산다면 다시 돌아올 것이고,

죽으면 영원히 당신 생각하겠소.

結髮爲夫妻, ○恩愛兩不疑.○

歡娛在今夕, ○嬿婉及良時.○

征夫懷往路, 起視夜何其?

參辰皆已沒, 去去從此辭.

行役在戰場, 相見未有期.

握手一長歎, 淚爲生別滋.

努力愛春華, 莫忘歡樂時.

生當復來歸, ○死當長相思.○

이 시의 처음 네 구는 이별을 앞둔 부부가 나눈 대화를 아주 잘 표현하였다. 다섯째 구에서부터 네 구는 시간이 되어 이별하는 상황을 말한 것이다. "전쟁터로 부역하러 떠나고 나면(行役在戰場)" 이하 네 구는 전쟁터에 나가면 다시 만날 기회가 없을 수도 있다는 것을 말하였다. 마지막 네 구는 남편이 아내에게 하는 말인데, 대단히 슬프면서도 여운이 있어 감동적이다.

네 번째 시는 남아 있는 자가 떠나는 사람을 배웅하는 시이다.

4.

환하게 새벽 달 비추고,

은은한 가을 난초 향기롭다.

그윽한 향기 풍기는 아름다운 밤,

바람 따라 내 방까지 스며든다.

길 떠나는 사람 먼 길을 걱정하고,

나그네는 고향을 그리워한다.

춥디추운 12월,

새벽에 일어나 된서리 밟고 길을 떠나면

굽이치는 장강수와 한수를 굽어보고,

뜬구름 흘러가는 하늘을 쳐다보리라.

벗과 멀리 헤어지고 나면,

각기 하늘 아래 어느 곳에 머무르겠지.

산과 바다로 가로막혀,

서로 까마득히 멀어지리라.

아름다운 만남 다시 이루기 어렵지만,

함께하던 즐거움 아직 다하지 않았소.

그대 아름다운 덕德을 선양하고,

항상 시간을 소중히 여기길 바라오.

燭燭晨明月, 馥馥秋蘭芳.

芬馨良夜發, ○隨風聞我堂.○

征夫懷遠路, 遊子戀故鄕.

寒冬十二月, ○晨起踐嚴霜.○

俯觀江漢流, 仰視浮雲翔.

良友遠別離, 各在天一方.

山海隔中州, 相去悠且長.

嘉會難再遇, 歡樂殊未央.

願君崇令德, 隨時愛景光.


　이 시의 '촉촉燭燭'은 밝음을 형용한 것으로 날이 곧 밝으려 함을 말한 것이다. 그다음 구는 한밤중이라 난초 향내가 더 짙게 풍겨옴을 말한 것이다. 이 시에서는 밤과 새벽이 결코 충돌되지 않는데, 이는 날이 곧 밝아오는 밤이기 때문이다. "길 떠나는 사람 먼 길을 걱정하고, 나그네는 고향을 그리워한다" 두 구는 두 사람이 유랑을 하고 있는데, 한 사람은 고향으로 돌아가고 있고, 다른 한 사람은 아직 타향에 있음을 말한 것이다. "춥디추운 12월, 새벽에 일어나 된서리 밟고 길을 떠나면" 두 구로부터 이 시가 결코 북방에서 지어진 것이 아님을 알 수 있다. 북방의 겨울은 눈이 내리지 서리가 내리지 않으므로, 이 시는 분명 중원中原 지역에서 지어진 것이다. '강한江漢'과 '부운浮雲' 두 구는 모두 이별의 감정을 표현한 것이다. 끝 부분의 "환락수미앙歡樂殊未央"은 과거의 일을 말한 것으로, 함께하던 즐거움이 아직 다하지 않았다는 것은 사실 마음이 더욱 고통스러움을 형용한 것이다.

　『한서』에 수록된 네 편의 시를 통해 볼 때, 앞의 세 편을 소무가 이릉에게 지어준 것으로 보는 것은 옳지 않다. 네 번째 시는 더더욱 소무가 이릉에게 답한 것 같지 않다. 그러므로 이 시들을 소무와 이릉이 주고받았다고 보는 것은 믿을 만하지 못하다.

제16장
# 한대 오언시(하):「고시십구수」

이제 한나라의 「고시십구수」에 대해 이야기하고자 한다. 다음은 그중 한 부분이다.

밝은 달님 교교히 빛나는 밤,
귀뚜라미 동쪽 담벽에서 울어댄다.
북두칠성은 맹동孟冬을 가리키고,
뭇 별은 어찌 저리 밝은가?
하얀 이슬 들판의 풀 촉촉이 적시고,
계절은 어느덧 또 바뀌었다.
가을 매미 나무 사이에서 울어대고,
제비는 어디로 가버렸나?
明月皎夜光, 促織鳴東壁.
玉衡指孟冬, 衆星何曆曆.

白露沾野草, 時節忽復易.<sup>1</sup>

秋蟬鳴樹間, 玄鳥逝安適.

　첫 구의 '교皎'자는 밤이 환한 것을 가리키고, '촉직促織'은 귀뚜라미가
동쪽 담벽에서 울어대는 것을 묘사하였다. 동물로써 사람을 일깨워 천지만
물은 하나, 즉 '만물과 나는 하나'라는 관념을 갖도록 하였다. '옥형玉衡'은
북두칠성이 하늘에서 도는 것을 가리키며 시간은 맹동 10월을 가리키고
있다. "중성하력력衆星何歷歷"은 단지 압운과 구절을 맞추기 위해 쓴 것으
로 사실상 필요 없는 군더더기이다.

　"시절홀부역時節忽復易"에서 뒤의 세 글자는 시간이 빨리 바뀐다는 것
으로, 시간이 우리의 생명이라는 것을 보여준다. 이 세 글자는 특히 생동
감 있게 표현되었으므로 글자 아래에 동그라미로 표시하였다. 마지막 구절
의 '추선명秋蟬鳴'은 앞부분의 '촉직명促織鳴'과 다른 점이 있다. '촉직명'
은 짧은 시간을 가리키고, 어쩌다 한번 울지만, '추선명'은 계속 울어댄다.
마지막 구의 '현조玄鳥'는 제비이고, 제비가 어디로 날아갔는지를 물은 것
이다.

　위의 여덟 구는 초목·곤충·새를 비롯한 만물이 끊임없이 변화한다는 것
을 통해 인생과 우주를 말하였다. 즉 사람의 힘으로는 어찌할 수 없는 인생
과 짧은 생명에 대해 탄식하고 있는 것이다.

　이 시는 이치를 말하지 않고, 단지 사실과 천지간의 자연 현상만을 말하
였다. 시에 표현된 경물은 죽은 것도 아니고 정적인 것도 아니며, 살아 움
직이는 것이다.

　시에서 말한 '맹동'과 '추秋'는 서로 충돌된다. 일반적으로 진秦나라 이

---

1 섭룡 주: 전목은 '홀부역忽復易' 세 글자에 특별히 동그라미를 많이 표시하였다.

전에 10월은 한 해의 시작이고, 9월 말은 섣달그믐이며, 11월은 2월이다. 그런데 한漢나라 태초太初 연간에 이르러 오늘날 사용하는 음력으로 바뀌었다는 것이다. 도표로 표시하면 아래와 같다.

| | 진秦 이전 | 한漢 태초太初 개력改曆 |
|---|---|---|
| 봄 | 10월, 11월, 12월 | 1월, 2월, 3월 |
| 여름 | 1월, 2월, 3월 | 4월, 5월, 6월 |
| 가을 | 4월, 5월, 6월 | 7월, 8월, 9월 |
| 겨울 | 7월, 8월, 9월 | 10월, 11월, 12월 |

시에서 말한 "옥형지맹동玉衡指孟冬"은 바로 7월을 가리킨다. 이는 마침 귀뚜라미와 매미가 우는 때이므로 혹자는 이 시가 한 무제 이전에 지어졌다고 주장하면 옳지 않다고 했다. 무제 태초太初 이전은 월月이 바뀐 것이지 계절이 바뀐 것이 아니므로 '맹동'은 10월이고, '맹동'은 사실 '맹추孟秋'의 오류라는 것이다. 월만 바뀌었을 뿐이기에 우리는 계절이 바뀌지 않은 증거는 찾을 수 있지만 실제로 계절이 바뀐 증거는 없다는 것이다. 청淸나라의 어느 학자는 이미 월은 바뀌었으나 계절은 바뀌지 않았다는 것을 증명했다. 이 시는 분명 8, 9월의 경물을 묘사하였으나 맹동孟冬 두 글자를 사용하였다는 것이다. 왕인지王引之[2]는 '맹동' 두 글자를 사용한 것은 잘못되었다고 반박하면서 '맹추'라고 써야 한다고 했다.

문학은 '공상共相'과 '별상別相'을 지니고 있다. 시도 문학이므로 그러하고, 「고시십구수」 역시 그러하다. '공상'은 공통적인 것이고, '별상'은 개별

---

2 편자 주: 청대淸代의 저명한 학자이고, 왕념손王念孫의 아들이다.

적인 것이다. 서양의 희극은 특정한 시공時空을 지니고 있어 대단히 핍진하고, 비극은 최고의 경지에 이르렀다. 이 특정한 시공은 한 번 주어지는 것이지 두 번 다시 주어지지 않는다. 그러나 가장 진실한 것은 오히려 신빙성이 없으면서 환상적인 것에 있다. 중국의 희극은 시공을 벗어났으니 서양과 상반된다. 중국의 희극은 집단적인 성격이 강하고, 생동적이다. 중국문학 역시 이러하다. 중국의 도덕과 인생은 문학의 '공상' 안에 항상 존재하고, 영원한 가치를 지닌다. 서양의 것은 일시적이고 가치가 없다.

가장 훌륭한 시는 시대와 개성을 초월한다. 맹호연孟浩然이 지은 「춘효春曉」의 "봄잠에 날 밝는 줄도 몰랐네"[3]라는 구절은 누구라도 이 시의 정경情景을 느낄 수 있게 해준다. 또한 가도賈島가 지은 「심은자불우尋隱者不遇」에는 "소나무 아래서 동자에게 물으니, 스승은 약초 캐러 가시고, 이 산중에 계시지만, 구름이 자욱해 계신 곳 알 수 없다고 하네"[4]라는 구절이 있는데, 이 시는 생동적이면서도 집단적인 성격을 지니기 때문에 어떤 산이든 어떤 시간이든 모두 적용될 수 있다. 「고시십구수」 역시 생동적이면서도 집단적인 성격을 지녀서 개별적 성격이 드러나지 않는다. 때문에 이에 대한 고증이 쉽지 않다.

다시 「고시십구수」의 한 부분을 예로 들어보겠다.

> 추위 속에 한 해도 저무는데,
> 저녁 되니 땅강아지 슬피 운다.
> 서늘한 바람 갑자기 거세지니,
> 나그네는 추위에 입을 옷이 없네.

---

**3** 春眠不覺曉.
**4** 松下問童子, 言師采藥去, 只在此山中, 雲深不知處.

凜凜歲雲暮, 螻蛄夕悲鳴.

凉風率已厲, 遊子寒無衣.


이 시 첫 구의 '늠늠凜凜'은 날씨가 추운 것을 말한다. '세운모歲雲暮'는 결코 한 해가 장차 저물려 하는 것이 아니고, 이미 저문 것도 아니며, 지금 저무는 중이다. 또한 지금은 저녁이지 밤이 아니다. '유자遊子'와 '무의無衣'는 『시경』에서 나온 전고典故이다.

중국 시는 전고를 사용할 수 있으니, 호적胡適이 말한 '팔불주의八不主義'5가 다 맞는 것은 아니다. '운모雲暮' 역시 전고를 사용한 것인데, 만약 새로 만든 어휘를 사용했다면 어색하게 느껴졌을 것이다. 지금 신문학을 제창하는 사람들은 새로 만든 어휘를 좋아하는데, 이는 중국 전통문학의 창작 방법과 배치된다. 『소대례기小戴禮記·월령月令』에는 "맹추孟秋의 차가운 바람 불어오다"6라는 말이 있다. 만약 "온화한 바람 쾌적하다"7라고 하면, 이는 4월 초여름의 바람일 것이다. 진나라와 한나라 태초太初 이후의 역법曆法에 따르면, 사계절에 대한 월의 배치에 차이가 있다.


**5** 역자 주: 호적은 일상생활에서 사용하는 말을 문학작품에 쓸 것을 주장하여, 1922년 백화白話가 공식 문어로 정착되는 데 공헌했다. 팔불주의는 그가 1917년 1월 잡지 『신청년新靑年』에 게재한 「문학개량추의文學改良芻議」라는 논문에 들어 있는 내용이다. 이를 요약하면 1)실질적인 내용이 없는 글을 짓지 않는다. 2)병이 없는데도 신음하는 글을 짓지 않는다. 3)전고典故를 쓰지 않는다. 4)진부한 상투적인 말을 쓰지 않는다. 5)대구를 중시하지 않고, 산문에서는 변려체를 쓰지 않으며, 시에서는 율격律格을 버린다. 6)문법에 맞지 않는 글을 짓지 않는다. 7)옛사람을 모방하지 않는다. 8)속자俗字와 속어俗語를 쓰지 않는다.
**6** 孟秋之月凉風至.
**7** 惠風和暢.

|  | 진 이전 | 한 태초 이후 역법 |
|---|---|---|
| 봄 | 10월, 11월, 12월 | 1월, 2월, 3월 |
| 여름 | 1월, 2월, 3월 | 4월, 5월, 6월 |
| 가을 | 4월, 5월, 6월 | 7월, 8월, 9월 |
| 겨울 | 7월, 8월, 9월(세모) | 10월, 11월, 12월 |

|  | 진 역법 | 한 태초 이후 역법 |
|---|---|---|
| 7월, 8월, 9월 | 세모, 겨울 | 가을 |

진나라 역법에 따르면 세모歲暮는 7·8·9월이므로, 이는 월이 바뀐 것이지 계절이 바뀐 것이 아니라는 것을 말해준다. '세모'가 가을이고, 신년新年이 겨울이라면, 앞에서 거론한 "밝은 달님 교교히 빛나는 밤(明月皎夜光)" 시의 상황과 서로 모순된다. 혹자는 이러한 설에 근거해 이 시가 한 무제 태초 이전에 지어진 작품임을 증명하였다.

이 시에서 "나그네는 추위에 입을 옷이 없네(遊子寒無衣)"라고 한 것으로 볼 때 절대 맹추시기는 아니다. 맹추의 바람은 서늘한데, 시에서는 '여풍厲風'[8]이라고 하였다. 시에서 분명 서늘한 바람이 거세진 계절이라고 말했기 때문에, 이 시가 역법을 바꾸기 이전에 지어진 것이 결코 아니라고 생각한다.

최근 국내에서「고시십구수」주석서가 출판된 것을 보았다. 그 안에는 이런 말이 있다.

---

**8** 전목 주: 여풍厲風은 서북풍을 말한다.

엄동 세모에 땅강아지 슬피 울고, 맹추에 선선한 바람이 부는 것이다. 선선한 바람은 가을바람이다. 그러나 신시新詩에는 세모가 되어야 비로소 구름이 차갑고 바람이 거세져, 나그네가 입을 옷이 없다고 했으니, 그렇다면 여기서 말하는 세모는 하력夏曆[9] 8, 9월이 분명하다.

그러나 이 주석은 모순이 있다. 하력 8, 9월은 늦더위가 기승을 부릴 때이므로 나그네가 옷 없는 것을 걱정할 리 없고, 엄동이 아니면 절대 '늠늠凜凜'과 '비명悲鳴' 같은 글자를 쓰지 않았을 것이다. 그러므로 이 주석에서 '엄嚴'이라는 글자를 쓴 것은 옳지 않다.

다시 「고시십구수」의 한 수를 예로 들어보겠다.

세찬 바람 땅을 뒤흔들며 일어나는데,
무성한 가을 풀 이미 푸르른 듯.
사계절 번갈아 바뀌니,
세모는 어찌 이리 빨리 다가오는가?
回風動地起, 秋草萋已綠.
四時更變化, 歲暮一何速.

이 시에서 말한 '회풍回風'은 장풍長風이고,[10] '처萋'는 '처凄'로 쓰기도 한다. 또한 제2구는 본래 '추초록이처秋草綠已萋'로 쓸 수도 있지만, 압운

---

**9** 편자 주: 하력夏曆은 한력漢曆이자, 음력陰曆을 말하는 것이다.
**10** 편자 주: 장풍은 멀리서부터 불어오는 바람이다. 송옥宋玉의 「고당부高唐賦」에는 "멀리서 바람 불어오고 파도 일어나니, 마치 여산에 우뚝 선 무덤 같다(長風至而波起兮, 若麗山之孤墓)"라는 말이 있다.

을 위해 '처이록萋已綠'으로 바꾼 것이다. 시의 첫 구는 경물을 아주 세심히 관찰하여 쓴 것이다. 혹자는 '세모'가 곧 다가온다는 것을 말한 것이지 이미 '세모'라고 말한 것은 아니므로, 이 시는 한 무제 이전에 지어졌다고 말한다.

어떤 이는 9월은 한 해의 마지막 시기이고, 10월은 한 해의 시작이라고 한다. 이 시에서 말한 가을이 세모라면, 이는 바로 월을 바꾼 것이고 계절을 바꾼 것이 아니다. 이 시에서 가장 설명하기 어려운 부분은 가을 풀이 어떻게 푸를 수 있느냐는 것이다. 이치대로라면 가을 풀은 누런색이어야 한다. 이전 사람은 '처이萋已'는 '처이萋以'라고 할 수도 있다고 하였지만, '녹綠'자에 대해서는 여전히 설명하지 못했다. 분명히 말해둘 것은 학문을 하는 사람은 꼼꼼하되 편협해서는 안 되고, 대범하되 데면데면해서는 안 된다. "무성한 가을 풀 이미 푸르른 듯(秋草萋已綠)"과 앞에서 말한 시의 "서늘한 바람 갑자기 거세지니(凉風率已厲)"는 같은 이치이다. 즉 8, 9월에는 풀뿌리가 시들어 누렇게 변하지만, 그 뿌리는 아직 남아 있기 때문에 봄바람이 불면 다시 살아난다. 왕안석王安石은 시에서 "봄바람이 다시 강남 언덕을 푸르게 만드네"[11]라고 읊었고, 남북조南北朝시기의 문장에서도 "음력 삼월, 강남에는 풀이 자라고, 나무에는 온갖 꽃이 피어나며, 뭇 꾀꼬리 어지러이 춤춘다"[12]라는 구절을 볼 수 있다. '처이록萋已綠'은 이미 봄이 와서 풀이 무성하고 푸른 것을 말한 것이다. 즉 이는 가을 풀이 실제로 푸른 것을 말한 것이다. 당나라의 한유韓愈는 어느 날 교외에 나갔다가 땅 위에 이미 푸른 풀이 돋아난 것을 보고, 연말이 되면 냉이 같은 채소가 나올 것을 알았다. '회풍回風'은 장풍으로, 가을의 바람은 먼 곳으로부터 불어오고,

---

11 春風又綠江南岸.
12 暮春三月, 江南草長, 雜花生樹, 群鶯亂舞.

겨울의 바람은 땅에서 머문다. '회풍'은 이미 서늘한 바람이 아니며, 이 안에는 사실 겨울이 곧 올 것이라는 의미가 숨겨져 있다.

중국문학작품에는 계절과 절기가 배합되어 있다.[13]

예컨대 도연명의 시 가운데 "깊은 골목에서는 개가 짖고, 뽕나무 꼭대기에서는 닭이 운다"[14]라는 구절은 지극히 평범한 것 같지만 활력이 넘치고 무궁한 여운을 느끼게 해준다. 또한 "빗속에 산 과일 떨어지고, 등불 아래 풀벌레 울어댄다"[15]는 사람이 산속에 있는 계절은 가을 저녁이고, 때마침 비가 내리고 있어 독자들에게 그림으로는 표현할 수 없는 아름다운 정서를 느끼게 해준다. 그러므로 중국에서는 화가의 지위가 시인의 아래에 있다.

정서에 대해 말할 것 같으면, 닭은 아침의 기운과 각성覺醒을 대표한다. 『시경』의 "비바람 몰아쳐 어두컴컴한데, 닭 울음소리 그치지 않네", 조적祖逖의 한밤중 "닭 울음소리 들리면 춤을 추었다"[16]라고 한 것이 모두 그 예이다. 이외에 "밥 짓는 연기 사방에서 피어오르고", "호가胡笳 소리 여기 저기서 들려오네"[17] 등의 구절 또한 의경意境과 정서가 빼어나 감상할 만하다.

다시 「고시십구수」 중 시 한 수를 예시하겠다.

둔한 말 채찍질하여 수레 몰고,
남양南陽과 낙양洛陽으로 놀러 나왔네.
낙양은 어찌 이리 번화한가?
고관대작들 끊임없이 찾아다니네.

---

**13** 채원배蔡元培는 미학으로 종교를 대체해야 한다고 주장했다.
**14** 犬吠深巷中, 鷄鳴桑樹顚.
**15** 雨中山果落, 燈下草蟲鳴.
**16** "風雨如晦, 鷄鳴不已", "聞鷄起舞".
**17** "炊煙四起", "胡笳互動".

큰길마다 좁은 골목 즐비한데,

왕후王侯의 저택 늘어서 있다.

두 궁궐 멀리서 마주보고 있는데,

그 높이 100여 척에 이르네.

驅車策駑馬, 遊戲宛與洛.

洛中何郁郁, 冠帶自相索.

長衢羅夾巷, 王侯多第宅.

兩宮遙相望, 雙闕百餘尺.


이 시는 중앙정부의 부패 상황을 격렬하게 비판한 작품으로 역시 동한 말기에 나왔다. 제5·6구에서는 큰길과 좁은 골목 할 것 없이 모두 왕후의 호화저택이 늘어서 있는 것을 말하였다. '양궁兩宮'은 한나라 황제와 황태후의 거처이다. 이 시에서는 당시 중앙정부가 장안이 아닌 낙양에 있다고 하였으니, 더 이상 서한의 시라고 주장할 수 없다. 동한의 시가 분명하다.

다음은 「고시십구수」 중 또 다른 시이다.


수레 몰고 동문東門에 올라,

멀리 북망산北邙山을 바라보노라.

백양나무 쓸쓸히 서 있고,

넓은 길에는 소나무 측백나무 빽빽이 늘어섰다.

아래에는 죽은 사람 줄줄이 누웠고,

캄캄한 땅속은 영원히 어둠이어라.

황천에서 한번 잠들면,

천년이 지나도 깨어나지 못한다.

사계절은 쉬지 않고 흐르건만,

사람의 목숨 아침 이슬 같구나.

인생은 잠시 머물다 가는 것,

목숨은 금석金石처럼 단단하지 않다.

예부터 지금까지 누구나 죽었으니,

성현도 이것을 초월할 수 없었다.

약 먹고 신선이 되려 한 자들,

대부분 약 때문에 잘못되었다.

좋은 술 마시고,

고운 비단 옷 입고 즐기는 것만 못하리라.

驅車上東門, 遙望郭北墓.

白楊何蕭蕭, 松柏夾廣路.

下有陳死人, 杳杳即長暮.

潛寐黃泉下, 千載永不寤.

浩浩陰陽移, 年命如朝露.

人生忽如寄, 壽無金石固.

萬歲更相送, 聖賢莫能度.

服食求神仙, 多爲藥所誤.

不如飮美酒, 被服紈與素.


옛날에는 대부분 합장合葬을 하였고, 장지葬地는 보통 동문東門에 있었는데, 이는 태양이 동쪽에서 떠오르기 때문이다. 그러므로 시에서 '동문에 올랐다'고 한 것이다. 낙양성 동쪽에는 문이 셋 있는데, 그 하나가 바로 '상동문'이다. 그 북쪽으로 보이는 것이 북망산으로, 동한과 위진魏晉 때 모두 이곳에 죽은 사람을 묻었다. 그러므로 이 시는 동한시기의 작품이 분명하다. 『소명문선』에서는 「고시십구수」를 「소리하량증답시」 앞에 두었지만,

소무와 이릉의 시 가운데 서한시기에 지어진 것은 한 수도 없다는 것이 이미 증명되었다.

지금 어떤 사람은 절충적인 주장을 내놓기도 하는데,「고시십구수」가운데는 동한과 서한의 것이 약간씩 들어 있다고 하였다. 그러나 한나라 태초太初 이전에는 매승이 오언시를 잘 지었는데, 어찌하여 이때부터 동한에 이르는 300년 동안 그 뒤를 이은 사람이 없고 공백 상태가 지속되었단 말인가? 이는 절대 있을 수 없는 일이다. 그러므로「고시십구수」가 동한시기에 나왔다는 주장은 믿을 만하다.

이 시에서는 생사生死와 연애라는 인생의 커다란 문제에 대해 말하고 있다. 이별에 이 두 가지 의미를 다 포괄하고 있으니, 인생의 공통성을 이미 파악한 것이다. 이 시에는 환제桓帝와 영제靈帝 시대의 정서가 충만하여, 소극적이고 비관적이며 불교사상에 가까운 면이 있기에 동한 말기에 나온 작품임을 증명할 수 있다.

「고시십구수」이외에 혹자는 서한시기에도 오언시가 있었다고 말한다. 항우가「해하가垓下歌」를 노래했을 때, 어떤 사람이 우희虞姬의 이름으로 화답한 시를 한 수 지었는데 결코 잘된 작품은 아니다. 그 시는 다음과 같다.

> 한나라 병사 이미 땅을 다 차지하여,
> 사방에서 초나라 노랫소리 들려요.
> 대왕의 기개 다했는데,
> 제가 살면 무엇하겠어요?
> 漢兵已略地, 四方楚歌聲.
> 大王意氣盡, 賤妾何聊生.

이 시는 위작이고, 문사文辭 또한 형편없다.

한나라 초기의 사람 육가陸賈가 지은 『초한춘추楚漢春秋』에도 오언시가 한 수 있는데, 아마 바로 위에서 말한 시인 듯하다. 사람들이 이것을 위작이라고 해도, 어쨌든 서한시기에 지어진 것이다. 그러나 이 책 역시 믿을 수 없기 때문에 서한시기에 오언시가 있었는지는 여전히 증명할 수 없다.

다시 시 한 수를 예로 들어보겠다.

> 북쪽에 어여쁜 여인 있는데,
> 세상에 둘도 없는 절세미인이라네.
> 그녀가 한 번 돌아보면 성이 기울고,
> 두 번 돌아보면 나라가 기운다.
> 성이 기울고 나라가 기우는 것을 어찌 모를까만,
> 어여쁜 여인은 다시 얻기 어렵다오.
> 北方有佳人, 絶世而獨立.
> 一顧傾人城, 再顧傾人國.
> 寧不知傾城與傾國, 佳人難再得.

이 시는 오언시로 시작되지만, 중간에 팔언八言이 한 구 섞여 있기 때문에 정식 오언시라고는 할 수 없다. 『좌전』에는 "천하에 예쁜 여자가 많은데, 어찌하여 반드시 이 여자여야만 하는가?"[18]라는 말이 있다. 이 시에서는 그 뜻을 뒤집어서 지은 것이니 즉 "절세이독립絶世而獨立"의 개념을 바

---

**18** "天下多美婦人, 何必是." 편자 주: 『좌전左傳·성공成公 2년』의 기록에 따르면, 초楚나라가 진陳나라를 무찌른 후, 장왕莊王은 진나라의 하희夏姬를 맞이하려고 했는데 무신巫臣이 가로막았다. 초나라의 자반子反이 받아들이자고 하자, 무신은 이 여자가 나라를 망칠 것이라고 반대하며, 천하에 예쁜 여자가 많은데 왜 하필 이 여자를 받아들이려고 하느냐고 말했다. 그러나 훗날 무신 자신이 이 여자를 맞이하였다.

꾼 것이다. '독립獨立'은 뭇 사람들을 아주 많이 초월하여 비범하다는 뜻이다. 후세의 어떤 사람은 '녕부지寧不知' 세 글자를 빼버리기도 했지만, 여전히 예쁜 여인을 좋아한다는 의미를 지닌다.

또한 이 시가 서한시기 황실에서 나온 오언시라고 주장하는 사람도 있다. 그 당시 이연년李延年은 협률도위協律都尉로 있었고, 그의 여동생은 무제의 총애를 받았다. 이연년은 관직에 있었기 때문에 절대 무제와 여동생을 풍자하는 시를 썼을 리가 없다. 그러므로 이는 후인의 위작이고, 서한시기의 작품이 아니라는 것을 증명해준다. 문장은 정면에서만 봐서는 안 될 때가 있다.

다음은 「원가행怨歌行」이라는 시를 예로 들어보겠다.


새로 잘라낸 제나라 흰 비단,
서리와 눈처럼 깨끗하여라.
마름질해서 합환선合歡扇[19] 만드니,
밝은 달님처럼 둥글기도 하여라.
당신의 품안 들락이면서
산들산들 바람을 일으켰지요.
항상 가을 오면
서늘한 바람 불어와,
상자 속에 버려져,
사랑이 끊어질까 걱정했지요.
新裂齊紈素, ☆☆鮮潔如霜雪.
裁爲合歡扇, ☆團團似明月.


**19** 전목 주: 합환선은 둥근 부채이다.

出入君懷袖, ☆動搖微風發.

常恐秋節至, ☆凉風奪炎熱.

棄捐篋笥中, 恩情中道絶.


'추선지원秋扇之怨'이라는 전고는 바로 이 시에서 비롯되었다.

앞부분에 '☆' 기호가 표시된 것은 사실 불필요한 구이고, '☆☆' 기호가 표시된 것은 더욱 그러하다. 그러므로 이곳에서는 부채에 대해서만 언급하고 비단에 대해서는 말하지 않았다. 여성 문학가인 반첩여班婕妤는 반고班固의 왕고모이다. 반첩여는 한 무제 때 궁에 들어갔으나, 훗날 성제成帝가 조비연趙飛燕을 총애하여 사랑을 잃게 되자 이 시를 지었다. 제나라 땅 산동山東에서 나는 비단을 환소紈素라고 부른다. 이 시는 비와 흥의 표현 기법으로 가을이 오면 부채는 더 이상 필요 없음을 말하였다. 이 시의 장점은 어기語氣가 부드러우면서도 완곡하고, 슬픔을 표현하면서도 정도를 지나치지 않았지만, 「고시십구수」에는 미치지 못한다. 양계초는 이 시가 비와 흥의 사용에 매우 뛰어나다고 했지만, 나는 그렇게 생각하지 않는다. 비록 표현은 완곡하지만, 평범하고 통속적이며, 쓸데없는 구절이 많다. 그러나 다른 옛 책에서는 이 시를 고사古詞에 분류하였으니 오언시에 속하지 않는 것임을 알 수 있다. 『문심조룡·명시明詩』에서도 이 시가 반첩여의 작품이 아닐 것이라고 했다. 그러므로 이 시는 아마 동한시기의 사람이 지었을 것이다.

다시 다른 시를 예로 들어보겠다.


아득히 멀리 빛나는 견우성,

밝게 반짝이는 직녀성.

가냘프고 긴 손 내밀어,

찰카닥 찰카닥 옷감을 짠다.

온 종일 짜도 모양이 안 나와,

비 오듯 눈물 흘린다.

은하수 맑고 얕으니,

그 거리 또 얼마나 되겠는가?

찰랑이는 강물 하나 사이에 두고,

애틋하게 바라만 본다.

迢迢牽牛星, 皎皎河漢女.

纖纖擢素手, 札札弄機杼.

終日不成章, 泣涕零如雨.

河漢淸且淺, 相去復幾許.

盈盈一水間, 脈脈不得語.


이 시를 읽고 나면 천지 및 인생과 서로 조화를 이룰 수 있을 듯하다. 소식蘇軾은 시를 지을 때 광주廣州의 천지를 통째로 시 속에 집어넣었다. 지금 중국문화의 위기는 바로 전통적인 절기를 모두 없애버린 데 있다. 우리는 이를 유지하면서 서양의 것과 함께 중시해야지, 서양의 기념일만 중시해서는 안 된다.

이 시의 주인공은 직녀이다. 첫 구는 직녀가 마음속으로 먼 곳에 있는 그를 그리워하지만, 그 거리가 너무 멀다는 것을 표현하였다.

이 시는 비와 흥의 기법이 사용되었고, 기탁하는 바가 풍부하다. 외부의 경물을 가져와 자신의 감정을 토로하는 것은 공통된 현상이다.

다시 다른 시를 한번 감상해보자.


수레 돌려 먼 곳 향해 달리는데,

길게 뻗은 길 아득하기만 하다.

사방을 돌아보니 어찌 그리 망망한가,

봄바람에 온갖 풀 흔들린다.

눈에 보이는 것 모두 옛 물건 아니니,

사람인들 어찌 빨리 늙지 않을까?

영고성쇠는 각기 때가 있는데,

입신양명 늦으니 괴로워하노라.

인생은 금석金石이 아닌데,

어찌 영원히 오래 살 수 있을까?

홀연히 이 세상을 떠나게 되면,

영예로운 명성 보석처럼 소중하리라.

回車駕言邁, 悠悠涉長道.

四顧何茫茫, 東風搖百草.

所遇無故物, 焉得不速老.

盛衰各有時, 立身苦不早.

人生非金石, 豈能長壽考?

奄忽隨物化, 榮名以爲寶.


첫 구의 '가언駕言'은 어조사이고, '매邁'는 멀리 가는 것이다. '동풍東風'은 봄바람이다. "입신양명 늦으니 괴로워하노라(立身苦不早)"는 지금은 이미 다른 사람의 세계가 되고 말았으니, 어찌 그전에 진작 위업을 달성하지 못했냐는 뜻이다. 표범은 죽으면 가죽을 남기고 사람은 죽으면 이름을 남긴다고 하였으니, 천 년 만 년 후 그 영예와 명성이 어디 가겠냐는 뜻이다.

다시 시 한 수를 예로 들어보겠다.

밝은 저 달님은 어찌 저리 하얄까,

내 침대 휘장을 환히 비춰주네.

근심걱정 하느라 잠이 오지 않아,

옷 입고 일어나 이리저리 배회한다.

나그네살이 즐겁다고 말은 하지만,

하루빨리 집으로 돌아감만 못하다.

문을 나서 홀로 이리저리 배회하니,

근심스런 이 맘을 누구에게 하소연하랴?

목을 빼고 바라보다 다시 방에 돌아오니,

흐르는 눈물이 옷을 흠뻑 적신다.

明月何皎皎, 照我羅床幃.

憂愁不能寐, 攬衣起徘徊.

客行雖云樂, 不如早旋歸.

出戶獨彷徨, 愁思當告誰!

引領還入房, 淚下沾裳衣.


이 시는 집을 멀리 떠난 사람이 처음에는 기뻐하다가, 갑자기 갖가지 상념이 밀려오면서 하루빨리 돌아가고 싶은 생각이 일어나는 것을 읊었다. 동한시기는 개인의 각성기라고 할 수 있고, 중국 문예의 부흥기라고도 할 수 있다.

위의 시들은 모두 개인적인 인생관을 말한 것이다.

고대 중국에는 순문학작품이 아주 적다. 하·은·주 삼대는 아예 없다고 할 수 있다. 『시경』300편의 아와 송은 종묘와 조정에 대해 읊은 것이고, '풍'만 민간에서 채집한 것이다. 그러나 '풍'은 채집된 이후 윤색을 하지 않을 수 없었고, 이로 인해 십오국풍은 그 내용이 모두 다르다. 이러한 시는 풍속을 살피거나 풍자를 하는 등의 정치적인 용도로 사용되었다. 그러므로 고대의 민간문학 역시 여과를 거친 것이다.

『상서』, 『춘추』, 『사기』 등은 모두 역사기록이다. 「이소」는 순문학처럼 보이지만, 정치적으로 실의한 후 지은 것이어서 정치적 성격을 지니고 있다. 게다가 굴원은 귀족 출신의 정치가이기도 하다.

사마상여의 「자허부」와 「상림부」, 매승의 「칠발」 등의 부는 모두 인생을 말한 것이 아니다. 이들은 모두 황궁의 배우 노릇을 한 것에 불과하고, 그 작품 역시 소일거리 문학에 지나지 않는다.

「고시십구수」에 이르러서도 여전히 시는 자신의 생각을 말하기 위해 지었다. 그러나 이때는 이미 정치적 성향에서 사회적 성향을 지닌 일상생활을 표현하는 것으로 바뀌었다. 그러나 결코 다른 사람이 이해해주기를 원하지 않았고, '입언입덕立言立德', 즉 자신의 주장을 담은 저술을 남기고 덕업德業을 세우려는 뜻도 없었다. 하지만 「고시십구수」는 순문학의 효시라고 할 수 있다. 다시 말해 동한 말기는 이미 문학의 성숙기에 이르렀고, 이로부터 순문학도 생기고 순수문학가도 생겼다.

건안시기 이후 조비曹丕 등이 출현했는데, 이들은 후세에 문장을 전하여 독자적인 학설을 확립하고자 하였으니 중국문학의 각성기라고 할 수 있다. 문장은 후세에 전해져 영원히 사라지지 않을 수 있게 되었다. 조비의 문장은 단지 일상적인 인생만 말했지만 영원히 전해졌다.

이제 중국과 서양의 문학을 개괄적으로 비교해보고자 한다. 중국문학은 교훈적이고, 상층계급의 것이고, 정치적이고, 내향적이다. 또한 반드시 다른 사람이 이해해주기를 바라지도 않는다. 예컨대 「양춘백설陽春白雪」같이 수준 높은 작품은 다른 사람이 이해하지 못해도 전혀 개의치 않는다. 그렇다고 저급한 노래인 「하리파인下里巴人」 같은 노래를 주장하는 게 아니라 "후세에 다시 양웅揚雄 같은 이가 나오면 반드시 좋아할 것이며, 백세百世

후에 성인이 나와도 틀림없이 그럴 것이다"라는 태도를 지닌다.

중국문학은 계속해서 후세에 전해지는 것이며 후세 사람들이 이를 발굴하여 감상하기를 기다린다. 수천 년 이전의 문장을 지금도 여전히 읽고 있다.

서양문학은 아래로 향하고 밖으로 확장되는 성향을 가지고 있으며, 도회적이고, 외향적이다. 예컨대 그리스와 로마 두 도시의 문화로부터 지금의 유럽 문화가 형성되었지만, 정치적으로는 분산되어 있고 통일되지 않았다. 단지 서양의 중세시대 그리스도교만이 중국과 다소 비슷하게 하나의 언어, 즉 라틴문자를 사용하였다. 유럽인들은 동일한 신앙의 교회로 통일되어갔지만 단점은 통일된 정부가 없었다는 것이다. 서양문학사는 오락적인 성향을 지니고 있다. 예컨대 호메로스의 시가는 대중 앞에서 노래할 수 있지만, 반드시 사람들이 이해할 수 있어야 하며, 그렇지 않으면 실패한다. 또한 판로를 확대해야 한다면서 공간을 중시하지만, 시간이 오래 지나면 묻혀버리고 만다.

지금까지 논한 「고시십구수」는 한 시대 한 사람이 지은 작품이 아니다. 그 당시에 쫓겨난 신하나 버림받은 여인, 나그네와 방탕한 여인 등으로 이루어져 있는데, 이들은 결코 명리名利를 추구하지 않는다. 단지 고향을 떠난 슬픔과 그리움을 토로할 뿐이다. 놀라운 표현이나 특출난 시어는 없지만 깊은 정감을 표현해냈다. 나는 시구에 나타난 역법曆法과 복장의 차이, 수도의 위치·장례풍속·기후의 춥고 더움·계절의 차이, 그리고 시대 혼란기에 나타난 인생관의 차이 등에 대해 분석을 시도하였고, 이를 통해 「고시십구수」가 동한 말기의 작품이지 서한시기의 작품이 아니라는 사실을 밝혔다.

# 제17장

# 건안문학

◆◆◆

중국문학사를 말하려면 역사를 말하는 것처럼 시기를 나누어야 한다. 나는 위진 이전의 시기를 다음의 네 시대로 구분하였다.

1. 시서시대詩書時代: 주공周公
2. 자서시대子書時代: 『논어』·『춘추』
3. 소부시대騷賦時代: 굴원
4. 건안문학시대建安文學時代: 조조·조비·조식

이 중에서 앞의 세 개의 시대에 대해서는 이미 앞에서 다루었다. 여기서는 건안문학시대에 대해 얘기하고자 한다. 건안은 동한 헌제獻帝의 연호이다. 초평初平 4년부터 연호를 건안으로 바꾸었는데, 이때가 서기 196년이다. 당시 조조는 헌제를 데리고 허창許昌으로 수도를 옮겼다.

건안시대는 중국의 신문학시기이다. 이 시기의 정치는 암흑기라고 할 수 있지만, 문학은 오히려 획기적인 시기여서 찬양할 만하다. 이전의 『시경』·제자諸子·「이소」 등과 같은 중국문학에는 독립적인 관념과 자각성이 없었는데, 건안시대의 조조 부자에 이르러 비로소 건안 신문학이 수립되었다.

사실 건안의 신문학은 이보다 다소 앞선 시기에 나왔던 오언시의 풍격을 계승하였다. 한나라 말기의 사대부들은 당고黨錮의 화¹를 겪은 후 문벌을 숨겼고, 숨길 만한 문벌이 없는 미천한 선비는 심경에 커다란 변화가 일어나 정치에 무관심하게 되어 드디어 「고시십구수」와 같은 작품을 창작했다. 오로지 만남과 이별의 슬픔과 환희, 사회의 자질구레한 일상생활에만 관심을 두었다. 부귀공명을 말한 작품은 적고 아녀자의 사적인 감정을 다룬 작품은 많았다. 이 소수의 지식인들이 새로운 평민문학의 길을 개척했는데, 이전의 아雅·송頌·소騷·부賦와는 확연히 달랐다. 조조와 조비 부자는 정치적으로 이미 최고의 자리까지 올랐지만, 그들의 문학작품에는 전혀 관료적인 어투가 드러나지 않을 뿐만 아니라 여전히 개인적인 감정을 표현하였는데, 이는 사실 「고시십구수」를 계승한 것이다. 이들의 문학작품에는 인생에 관한 독립적인 관념이 드러나 있다. 즉 낡은 병에 새 술을 담은 것처럼, 체재는 비록 이전과 같지만 내용은 많은 변화가 있었다. 조조의 「단가행短歌行」² 첫 번째 작품을 예로 들어보겠다.

술 마시고 노래 부르노니, 인생이 얼마나 되는가?
아침 이슬처럼 순식간이건만, 지나가버린 날이 참으로 많구나.
노랫소리에 감정이 북받치고, 슬픔이 오래도록 가슴에 남아 있다.

---

**1** 역자 주: 동한 환제桓帝와 영제靈帝 때, 사대부와 귀족들이 국정을 어지럽힌 환관에게 불만을 품어 일어난 당쟁을 일컫는다. 두 차례에 걸쳐 일어났고, 모두 환관 집단이 승리하였다. '당고의 화'는 환관들이 '당인黨人'이라는 죄명으로 상대편 사람들을 평생 감금했기 때문에 생겨난 말이다.
**2** 편자 주: 『문선』 제27권 「위무제악부이수魏武帝樂府二首」에 수록되어 있다.

이 근심 어떻게 풀어야 하나? 오로지 술 마시고 마음껏 즐겨야 하리.

푸른 옷 입은 선비들이여, 내 오래도록 그대들을 사모하였네.

오로지 그대들 때문에, 지금까지 침통하게 읊조리노라.

사슴이 휘익휘익 울며, 친구들과 함께 들판의 풀을 먹듯,

나의 귀한 손님 되어준다면, 금琴을 타고 피리 불며 함께 즐기리라.

밝고 밝은 저 달, 언제야 딸 수 있을까?

마음에 가득한 근심, 참으로 끊을 수가 없구나.

좁은 논밭 길 달려와, 모두 나를 찾아 왕림하였네.

오랜 이별 후의 만남이니 술 마시고 환담하며, 옛 정을 그리워한다.

달 밝고 별빛 희미한데, 까마귀와 까치 남쪽으로 날아와

나무 주위 빙빙 맴돌며, 의탁할 가지 고른다.

산은 높은 것을 마다않고, 바다는 깊은 것을 꺼리지 않네.

주공처럼 예의 갖춰 사람을 대하면, 천하의 인심 모두 나를 향하리라.

對酒當歌, 人生幾何. 譬如朝露, 去日苦多.

慨當以慷, 憂思難忘. 何以解憂, 唯有杜康.

青青子衿, 悠悠我心. 但爲君故, 沈吟至今.

呦呦鹿鳴, 食野之苹. 我有嘉賓, 鼓瑟吹笙.

明明如月, 何時可掇. 憂從中來, 不可斷絶.

越陌度阡, 枉用相存. 契闊談讌, 心念舊恩.

月明星稀, 烏鵲南飛. 繞樹三匝, 何枝可依?

山不厭高, 海不厭深. 周公吐哺, 天下歸心.


조조의 시가는 대부분 현실 인생에서 느낀 바를 시의적절하게 표현해냈기 때문에 시효時效가 길다. 또한 당시 인생과 생활에서 얻은 감정을 심도 있게 표현했는데, 정情과 이理가 조화를 이루어 깊은 감동을 준다. 다음은

조조의 「해로행薤露行」이다.

> 적신賊臣이 나라의 권력을 휘어잡아,
> 임금을 죽이고 수도를 멸망시켰다.
> 왕실은 무너지고,
> 종묘는 불에 타 허물어졌다.
> 도망쳐 서쪽으로 옮겨가니,
> 울부짖으며 하염없이 걸어간다.
> 저 낙양성 바라보면,
> 은나라 미자微子도 슬퍼하리라.
> 賊臣持國柄, 殺主滅宇京.
> 蕩覆帝基業, 宗廟以燔喪.
> 播越西遷移, 號泣而且行.
> 瞻彼洛城郭, 微子爲哀傷.

이 부분은 동탁董卓이 난을 일으켜 장안으로 수도를 옮길 때, 낙양이 난리에 휩싸여 백성이 극심한 고통을 겪는 상황을 묘사한 것이다. 조조가 동탁·원술袁術·원소袁紹·유표劉表 등의 야심가들이 일으킨 난을 평정하려고 한 것은 결코 개인적인 욕심을 위해 국가의 정권을 탈취하려고 한 것이 아니라, 사실 한나라 황실이 조씨 가문 삼대를 계속 등용해준 것에 대해 은혜를 갚기 위해서였다. 그의 본심은 만년에 초현譙縣 동쪽 외진 곳에 서재를 지어 여름과 가을에는 책을 읽고, 봄과 겨울에는 사냥을 하며 보낼 생각이었다. 민간의 농부, 나무꾼과 벗이 되어 세상을 벗어나 여생을 보내고 싶었던 것이다.

당시 조조는 헌제 때 이미 승상의 자리에 올랐고, 위왕魏王에 봉해졌다.

하지만 그의 문장은 여전히 하층민의 감정을 토로한 것 같았으니, 이 점이 바로 다른 사람이 미치지 못하는 부분이다. 따라서 조조는 천하 사람들과 부하들에게 널리 알리기 위해 「양현자명본지령讓縣自明本志令」이라는 문장을 지어, 자신은 절대 국가와 나라를 빼앗으려는 야심이 없고, 병권을 포기하지 않는 것은 사실 다른 사람에게 해코지를 당하는 것이 두렵고 아직 천하가 평정되지 않아서 그런 것이라고 하였다. 그러나 아낌없이 봉지封地로 받은 네 개의 현縣 가운데 세 개를 내놓는 것으로 성의를 표시하겠다고 하였다. 이는 조조가 솔직담백한 마음으로 국가와 사회를 위해 일하겠다는 바람을 표시한 것인데, 아무런 거리낌이나 숨기는 바 없이 자신의 생각을 직접적으로 토로하였기에 사람들의 신뢰를 얻을 수 있었다. 그러므로 이전에는 볼 수 없었던 그만의 자유분방한 문장 풍격을 형성할 수 있었다.

조조의 두 아들 조비曹丕와 조식曹植의 시문詩文 역시 조조의 풍격을 계승하였지만, 문장에 대한 일부 견해는 다른 점이 있다. 예컨대 조비의 명문장『전론典論·논문論文』은 주로 건안칠자의 문학작품에 대한 평론 및 문장에 대한 조비 본인의 개인적 견해로 이루어져 있다. 이 문장은 건안 말년인 서기 218년 즈음에 지어졌고, 당시 조비는 태자였다. 이는『전론』가운데 남아 있는 일부분이다. 조비는 「논문」을『전론』가운데 중요한 작품으로 간주했다. 당시 조비는 이외에 몇 편의 문장을 더하여 자신의 신하가 되기를 자청한 손권孫權과 손권에게 신하가 될 것을 권한 장소張昭에게 선물로 주었다.

한나라의 석경石經 가운데 지금까지 남아 있는 것이 있다. 조비 역시『전론』을 여섯 개의 큰 돌비석에 새겼으니, 학자로서의 두뇌도 있을 뿐 아니라 학술을 존중하고 직접 문장을 쓰기도 했음을 알 수 있다. 후에 정치적으로 존중받지 못하면서『전론』또한 실전되었다. 지금은『전삼국문全三國文』권8에 엄가균嚴可均이 집록하여 편찬한 것이 수록되어 있고,『소명문선』에는 「논문」[3] 한 편이 수록되어 있다.

조비의 「논문」은 문학가의 밝은 전도를 표현하여 중국문학사의 희망이 되었으므로 나름의 가치가 있다. 그러나 이 문장은 그의 동생 조식이 말한 것과 선명한 대비를 이룬다. 조식은 양덕조楊德祖에게 보내는 서신[4]에서 다음과 같이 말했다.

사부辭賦는 하찮은 재주이므로 대의大義를 선양하고 후세의 본보기가 되기에 부족합니다. 예전에 양웅은 궁궐을 지키는 하급관리에 불과했지만, 그래도 사부는 대장부가 할 일이 아니라고 하였습니다. 내 비록 덕은 부족하나, 왕후王侯의 몸이니 국가를 위해 온 힘을 다하여 은혜가 백성에게까지 미쳐, 금석金石에 새겨질 불멸의 공적을 세우고자 합니다. 그러니 어찌 한낱 문장으로 공적을 세우고, 사부나 짓는 군자가 되려 하겠습니까? 만약 나의 뜻을 이루지 못하고, 나의 도道를 펼칠 수 없다면, 모든 관원들의 실록實錄을 모아 세속의 득실得失을 판별하고 인의仁義의 핵심을 정하여 일가의 학설을 이루고자 합니다. 비록 내 문장이 명산名山에 보관되어, 뜻이 같은 자들에게 전해질 만한 가치는 없겠지만, 함께 늙어가며 우정을 나눌 사이가 아니라면, 어찌 오늘 이런 말을 할 수 있겠습니까? 이런 말을 하고도 부끄럽게 여기지 않는 것은 그대가 나를 알아주리라 믿기 때문입니다.후[1]

문학적인 측면에서 볼 때, 조식의 이 말은 조비보다 훨씬 못하다. 조비야

---

3 편자 주: 『소명문선』 제52권에 수록되어 있다.
4 편자 주: 이는 「조자건여양덕조서曹子建與楊德祖書」이고, 『소명문선』 제40권에 수록되어 있다.

말로 진정한 문학가이고, 문학의 가치를 간파하였다. 양덕조는 조식의 의견에 반대하여 이렇게 답했다.[5]

지금의 부송賦頌은 고시古詩와 같은 부류이고, 공자의 수정을 거치지 않았지만 『시경』의 풍·아와 다를 바가 없습니다. 양웅은 늙어 사리에 밝지 못해 간신히 책을 한 권[6] 지었는데, 젊은 시절에 사부를 지은 것을 후회한다고 말하였습니다. 만약 이러하다면 윤길보尹吉甫[7]와 주공周公 같은 분도 모두 잘못이 있다는 말입니까? 군후君侯께서는 성현께서 남기신 뛰어난 업적은 잊으시고, 저의 조상 양웅의 잘못된 말을 다시 언급하시는데, 이는 사려가 부족한 것이라 생각됩니다.[후2]

나라를 다스리는 대업을 잊지 않고 큰 공로를 세워 천년 이후까지 명성을 전하고, 큰 종에 공로를 새기고 역사책에 이름을 올리는 것은 자신의 넓은 아량과 평소 쌓아온 결과인데, 이것이 어찌 문장과 서로 방해가 된다는 말씀입니까?[후3]

양덕조의 이러한 견해는 아주 훌륭하지만, 문사文辭의 아름다움은 조비에 미치지 못한다. 조비는 중국문학사에서 문학의 가치와 기교에 대해 처음 말한 사람이다. 건안시대는 문학의 각성시대로 조비가 이를 대표한다. 조비는 『전론·논문』에서 문장의 기교에 대해 이렇게 말했다.

---

**5** 편자 주: 이는 「양덕조답림치후전楊德祖答臨淄侯箋」이고, 『소명문선』 제40권에 수록되어 있다.
**6** 전목 주: 이는 『태현太玄』을 가리키는 것이다.
**7** 편자 주: 주나라 선왕宣王 때의 중신이다. 『시경·대아大雅·증민烝民』을 지어 선왕宣王을 찬미하였다.

문장은 기氣를 중시한다. 기에는 청탁淸濁의 구분이 있는데, 이는 애를 쓴다고 얻을 수 있는 것이 아니다. 음악에 비유하면 음조音調가 동일하고 리듬의 법칙이 같지만, 기를 운용하여 소리를 끌어내는 것이 다르기 때문에 우열이 나누어지는 것이다. 비록 아버지와 형이라 하여도 자식과 동생에게 전해줄 수 있는 것이 아니다.후4

오늘날 우리는 문장을 다음과 같이 구분한다. 설리문說理文은 『논어』·『맹자』·『순자』·『묵자』·『장자』·『노자』·『한비자』 등을 지칭하고, 기사문記事文은 『좌전』·『사기』·『한서』 등을 지칭하며, 서정문抒情文은 『시경』과 「이소」 등을 가리킨다. 그러나 "문장은 기를 중시한다"는 주장을 제기한 사람은 2000년 이래 조비가 처음이다. 청대淸代에 이르러 동성파桐城派의 요내姚鼐가 문장의 기에는 양강陽强과 음유陰柔의 구분이 있다는 의견을 내놓았는데, 이 역시 조비의 주장을 계승한 것이다. 조비는 문장의 기에는 청탁이 있고, 이는 억지로 얻어지는 것이 아니라고 했다. 문장은 대체로 음악의 음조 및 리듬과 비슷하다. 문장의 기법은 말하기는 쉽다. 그러나 기는 살아 있고, 정신이 들어 있고, 살아 있는 영혼이다. 그러므로 문법과 문체를 완전히 이해했다고 해도 반드시 훌륭한 문장을 지을 수 있는 것은 아니다. 문장을 잘 쓰냐 못 쓰냐는 바로 기에 달려 있다.

한유는 문장은 성조聲調가 중요하지만 역시 기氣를 위주로 해야 한다고 했다. 요내는 문장을 낭독하고 노래하려면 그 소리로부터 기를 이해해야 하는데, 이것이 이른바 '신운神韻'이라고 했다. 중국의 모든 예술은 기를 위주로 하는데, 이것이 바로 서양의 문학 담론과 다른 점이다. 우리가 "문장은 기를 중시한다"는 말을 근거로 조비가 1800년 전에 쓴 문장을 읽으면 그 기를 얻을 수 있을 것이다. 인생은 지나치게 엄숙하게 살아서는 안 되니, 생동적인 문학을 감상해야 한다.

문장의 '체體'는 기에 비하면 말하기 쉬운데, 조비는 이에 대해 다음과 같이 말했다.

> 문장은 근본은 같으나 지엽적인 것은 다르니, 주의奏議의 글은 고아高雅해야 하고, 서론書論의 글은 이치에 맞아야 하며, 명銘과 뇌誄의 문장은 사실적이어야 하고, 시부詩賦는 아름다워야 한다. 이 네가지는 서로 다르기 때문에 잘할 수 있는 것이 어느 하나에만 국한되고, 모든 것에 능통한 사람만이 각종 체재의 문장을 두루 잘 지을 수 있다.주5

주의奏議의 글이 고아해야 한다는 것은 공통성을 지칭한 것이다. 서론書論의 글이 이치에 맞아야 한다는 것은 명확하면서도 조리가 있어야 할 것을 요구한 것이다. 명銘과 뇌誄의 문장은 있는 그대로 사실적으로 써야 하고, 시부詩賦는 미감美感이 있어야 한다는 것이다. 말하자면 문장은 처음에는 모두 같았지만 훗날 체재가 달라졌다는 것이다. 한편 문장을 잘 짓는 사람은 단지 한 가지 체재에만 능통하다. 예컨대 사마천은 사론史論을 쓰는 데는 뛰어났지만 시에는 뛰어나지 못했다. 근대 작가 호적胡適 같은 사람은 시를 짓지 못하였으니, 그의 시는 단지 다른 격식일 뿐 결코 정통이 아니다. 호적이 주장한 '팔불주의八不主義' 역시 하나의 의견에 불과할 뿐이며, '팔불'은 결코 정확한 견해는 아니다. 한유는 시와 문장에 모두 뛰어나긴 했지만 그래도 더 잘하는 것이 있다. 소식蘇軾 또한 시와 문장에 모두 뛰어났지만 한유보다 못한 부분이 있으니, 서사시敍事詩와 비지문碑志文에는 뛰어나지 못하였다. 이렇듯 모두 한 체재에 뛰어난 사람들이 많다. 베스트셀러라고 해서 결코 가치가 높은 것은 아니며, 이 역시 하나의 체재에 뛰어난 것일 따름이다. 그러므로 신문에 실린 백화문 역시 체재의 하나일 따름이다.

인도의 타고르가 중국에 올 때, 서지마徐志摩에게 시를 지어 환영해줄 것을 청했지만 그가 쓴 시는 환영의 용도로는 적절하지 않다. 이는 체재마다 각기 용도가 다르기 때문이다. 당시 서지마가 쓴 시의 제목은 「태산일출泰山日出」이다. 이 시는 대단히 아름답지만 문체가 적합하지 않다. 있는 그대로 사실을 묘사하는 명銘과 뇌誄를 사용해야 했다. 이는 신문학가가 전통적인 구문학을 잘 이해하지 못했기 때문에 생긴 일이다. 조비는 『전론·논문』에서 문인의 천재성에 대해 이렇게 말했다.

> 문인들이 서로를 경시하는 일은 예로부터 있어왔다. 부의傅毅[8]와 반고班固의 재주는 우열을 가리기 힘들지만, 반고는 부의를 무시하였다. 그는 동생 반초班超에게 보낸 편지에서 "부의는 문장으로 난대령사蘭臺令史의 자리에 올랐는데, 문장만 썼다 하면 밑도 끝도 없이 써내려가 글의 주제를 한참 벗어났다"고 했다. 사람은 자신을 드러내는 일에 뛰어나지만, 문장은 체재가 한 가지가 아니어서, 각종 문체에 두루 뛰어나기란 힘들다. 그러므로 자기가 잘하는 것을 가지고 다른 사람이 못하는 것을 경시하는 것이다.[후6]

호적은 "한 손으로 홀로 공자 학설을 옹호하는 옛 영웅들을 타도했다"는 말을 했는데, 나는 이 때문에 그를 아주 재미있는 사람이라고 생각하였고 아울러 동정하였다. 이는 결코 '이치'를 말한 것도 아니고, 올바르지도 않으며, 사실을 말하지도 않았다. 단지 현란할 뿐이니, 이는 대중을 선동하

---

**8** 편자 주: 부의는 동한東漢의 문학가로 자字가 무중武仲이다. 작품으로는 「낙도부洛都賦」, 「무부舞賦」, 「금부琴賦」, 「선부扇賦」, 「신작부神雀賦」, 「반도부反都賦」, 「칠격七激」 등이 있다.

는 현란함이다. 일반 청년들이 그에게 속은 것이다. 사실 이런 수법을 배워서는 안 된다. 호적은 이치는 말하지 않고 단지 '유교가 사람을 잡아먹는다'는 구호만 내세웠으니, 이는 문학적인 수식에 불과하다. 단지 '아큐阿Q'의 이름을 이용해 사람들의 흥미를 불러일으키고 청년들을 충동질시켰을 뿐이니 아무렇게나 한 말 같지만 사실은 매우 신중하다. 5·4운동이 큰 영향을 발휘할 수 있었던 것은 그것이 내세운 이론 때문이 아니라, 신문학의 도움을 받아 사람들을 감동시켰기 때문이다. 이것은 투박하고 속된 통속문학으로 힘이 있다. 그러나 이러한 문체는 엄숙한 문화사상을 토론하는 데에는 사용할 수 없다.

우리는 이미 인간으로 진화하였지만 살아가는 데 있어 기타의 동식물 또한 여전히 필요하다. 그러므로 백화문白話文이 출현했어도, 기타의 문체 또한 여전히 존재해야 한다. 백화문학사만으로는 지난 과거의 역사를 모두 대표할 수 없다.

서찰書札 또한 하나의 문체인데, 서신書信 중에 최고의 절창은 조비·조식 및 이들과 동년배의 사람들이 쓴 것이라 할 수 있다. 예컨대 사마천은 「보임소경서」에서 자신의 일생에 대해 썼는데, 아주 훌륭하다. 일생동안 이러한 편지는 몇 통 쓰기 힘들 것이다. 조비의 편지는 친근하고 맛깔스럽게 일상의 자질구레한 일에 대해 썼다. 서양인이 묘사한 인생은 다른 사람의 것이고 사회적인 것을 묘사한다. 중국인이 묘사한 인생은 자신을 투입하고 재료 또한 모두 자신으로부터 나왔다. 어쩌면 앞으로 동서양이 조화를 이룬 문체가 만들어져 새로운 작품을 접할 수 있을지도 모르겠다.

조씨 삼부자가 나오면서 서신체書信體의 문장이 더욱 많아졌다. 후에 왕희지王羲之가 나와 글자의 예술을 중시하였고, 왕헌지王獻之가 「낙신부십삼행洛神賦十三行」을 쓰면서 더 이상 내용을 중시하지 않고 글자의 아름다움만 따졌는데, 이를 '첩帖'이라 불렀다. 예를 들어 채양蔡襄의 「몽혜첩蒙惠

帖」, 안진경顔眞卿의 「자서고신첩自書告身帖」 등은 지극히 평범한 인생을 최고의 문학과 서법예술 속으로 끌어들였다.

　건안시대 조비와 조식 형제의 문학작품은 본래 그 우열을 가리기가 힘들다. 예전 사람들은 조식을 높이고 조비를 낮추었지만, 유협劉勰은 공정하게 평가하여 이렇게 말했다.

> 위魏 문제文帝 조비의 작품은 재기가 넘치고 청려한 아름다움이 있다. 그러나 이전 사람들은 그를 폄하하여 조식에 비해 천 리나 뒤떨어진다고 하였다. 조식은 생각이 민첩하고 재주가 뛰어나 시도 잘 짓고 표表에도 능하다. 조비는 구상이 치밀하고 표현이 은근하며…… 악부樂府는 청신淸新한 아름다움이 있다. 조비의 『전론』은 문제의 핵심을 잘 파악하였다. ……그러나 세속의 평가는 모두 부화뇌동하였다. 조비는 지위가 높다 하여 재주를 깎아내렸고, 조식은 처지가 궁색하다 하여 가치를 높였으니, 이는 정확한 평가가 아니다.후7

　"조비는 지위가 높다 하여 재주를 깎아내렸고, 조식은 처지가 궁색하다 하여 가치를 높였다"라는 것은 형은 황제가 되었기 때문에 재주를 깎아내렸고, 동생은 뜻을 이루지 못하였기에 동정하여 지위를 높여주었다는 말이다.

　왕부지王夫之는 다른 사람의 시를 논평하는 데에 뛰어났는데, 그는 『강재시화姜齋詩話』에서 "조식과 조비는 선인仙人과 범인凡人의 차이가 있어 함께 논할 수 없다. 그러나 사람들은 조식만 칭찬하고 조비는 알아주지 않았는데, 세속의 논평이 대체로 이러하다"라고 하였다. 이는 조비는 선인이고 조식은 범인이라는 뜻이다. 우리는 책을 읽을 때 한 사람의 말만 들어서는 안 된다. 그렇게 하면 견해에 한계가 있을 수밖에 없다.

문학은 자각적이고 독립적인 것을 중시한다. 중국문학이 독립적 가치와 기교를 갖게 된 것은 건안문학, 특히 조비가 『전론·논문』을 발표한 이후부터였다. 위魏나라 이후 서진과 동진, 송·제·양·진은 정치적으로는 암흑기이지만, 문학은 크게 발전했다. 이 시기의 종교·예술·음악 또한 모두 위대한 성취를 이루었다.

그 당시 문학에 대해 저명한 이론을 제기한 사람은 육기陸機이고, 그의 저서로는 『육평원집陸平原集』이 있다. 그의 「문부文賦」는 문학의 창작기교에 대해 논하였다. 그러나 문학의 도덕적 가치를 홀시하였다. 육기는 창작을 하기 전에 경솔하게 붓을 들지 말고, 먼저 1만 권의 책을 읽어 학식을 축적하고, 만 리 길을 다니며 경험을 풍부하게 쌓은 후 창작에 임하라고 강조했다. 이러한 작품만이 충실하고 찬란한 빛을 발할 수 있다는 것이다. 작품을 쓸 때는 적당한 취사선택이 필요하고, '물物'·'의意'·'문文'을 융합하여 하나의 이치로 관통해야만 "감정을 따라 흘러나와 아름다운"[9] 서정抒情의 경지에 이를 수 있다고 했다. 그는 선진先秦시기의 도덕적인 공리주의 관념은 도외시하고, 문학 체재를 구두문句讀文에서부터 확충해나가 열두 가지로 분류하였다. 즉 운韻이 있는 문장은 부송賦頌·애뢰哀誄·잠명箴銘·점요占繇·고금체시古今體詩·사곡詞曲의 여섯 부류로 분류하였고, 운韻이 없는 문장은 학설學說·역사歷史·공독公牘·곡장曲章·잡문雜文·소설小說의 여섯 부류로 나누었다.

육기는 「문부」에서 명의命意, 견사遣詞, 체식體式, 성률聲律, 문술文術, 문병文病, 문덕文德, 문용文用 등에 대해 논했다. 당시 사람들은 그에 대해 "천부적으로 뛰어난 자질은 당시 최고이고, 인정人情과 이치를 잘 알며, 문체

---

9 詩緣情而綺靡.

에도 정통하여 「문부」를 지었다"고 칭찬하였다. 또한 예로부터 이처럼 정밀하고 정확한 저술은 없었다고 하였다.

또한 육기는 천부적으로 재주가 빼어나고 문장 또한 아름답다. 갈홍葛洪은 육기에 대해 다음과 같이 칭찬했다.

> 육기의 문장은 마치 현포玄圃의 옥이 밤이 되면 모두 빛을 뿜어내는 것처럼 아름답고, 오하五河가 각기 세차게 흐르지만 그 원천은 하나인 것처럼 모든 재주가 안에 모아져 있다. 웅대하고 아름답고, 고우면서도 충실하며, 영민하면서도 담백하고 자연스러운 풍격 역시 한 시대의 으뜸이다.

이렇듯 육기는 추앙을 받았다.

뒤이어 종영鐘嶸의 『시품詩品』이 나왔다. 종영은 남조南朝 양梁나라 영천潁川 사람으로, 일찍이 진안왕기실晉安王記室 등의 관직을 지냈고, 저서로는 『시품』이 있다. 『시품』은 '시학품평詩學品評'이란 뜻으로, 중국 최초의 시학평론서이다. 이 책은 양한으로부터 양나라에 이르기까지 120여 명의 오언시 작가를 상중하 삼품으로 구분하고, 각 시인에 대해 평론을 한 것이다. 종영은 조조의 작품을 하품으로, 육운陸雲을 중품으로 여겼는데, 이는 사실 편파적인 견해이다. 반면 육기는 상품으로 평가하였는데, 이는 종영이 육기 「문부」와 유협『문심조룡』의 창작 정신을 계승했기 때문이다.

종영은 「시품서詩品序」에서 이렇게 말했다.

> 오언五言은 시가에서 가장 중요한 체재이고, 여러 시체 가운데 가장 묘미가 있다. 그러므로 일반 사람들의 기호에 부합한다고 하는 것이니, 어찌 사건을 서술하고 형상을 창조하며, 감정을 표현하고

사물을 묘사하는 데 가장 자세하고 적절한 체재가 아니겠는가? 시에는 삼의三義가 있는데, 바로 흥·비·부이다. 글은 이미 다했는데 여운이 남는 것이 흥이다. 사물을 빌어 뜻을 말하는 것이 비이다. 일을 직설적으로 기록하고, 말에 의미를 담아 사물을 묘사하는 것이 부이다. 이 삼의를 잘 헤아려 사용하고, 풍골風骨을 근간으로 삼으며, 문채文彩로 윤색해서 여운이 끝없이 감돌게 하여 마음을 움직일 수 있다면, 시의 최고 경지에 이를 것이다. 단지 비와 흥만 사용하면 뜻이 지나치게 심오한 병폐에 빠지고, 뜻이 지나치게 심오하면 문사文詞가 매끄럽지 못하다. 단지 부만 사용하면 뜻이 지나치게 천박한 병폐에 빠지고, 뜻이 천박하면 문장이 산만해진다. 심지어 유희적으로 지은 글은 이리저리 떠다니며 귀착할 바를 잃어, 조리가 없고 산만한 병폐가 있게 된다.후8

종영은 오언시가 깊은 정취가 있어 여러 시체 가운데 가장 중요하다고 생각하였다. 그는 또 흥·비·부를 사용하되 정도를 넘지 말고 적당히 활용해야 한다고 했다. 즉 비와 흥을 남용하지 말고 잘 헤아려 사용해야 한다는 것이다. 부를 지나치게 사용하면 문사가 깊이가 없고 산만함에 빠지기 쉬우므로 적당히 균형 있게 사용해야만 오언시의 맛을 부각시킬 수 있다는 것이다. 사실 맛을 가지고 시가의 예술을 논한 것은 종영이 창조해낸 것이 아니다. 예컨대 『여씨춘추』에 기록된 종자기鍾子期가 유백아兪伯牙의 거문고 소리를 듣고, 그의 뜻이 높은 산과 흐르는 물에 있음을 알아맞혀 마침내 절친한 벗이 되었다는 이야기 역시 금琴 예술을 맛으로 비유한 사례이다. 또한 왕포王褒의 「통소부洞簫賦」에도 "깔끔하고 진한 맛이 있다"10라는

---

10 良醰醰而有味.

말이 있으니, 이는 퉁소 소리를 맛으로 논한 것이다. 시간적으로 가장 빠른 것은 『예기禮記·악기樂記』에 나오는 "대갱大羹은 오미五味를 가하지 않아 아무런 맛이 없지만, 입안에 느껴지는 뒷맛이 끝이 없다"[11]라는 말이다. 그러므로 맛으로 예술과 문장을 논한 것은 그 내력이 있다.

「시품서」에는 또 다음과 같은 말이 있다.

> 봄바람과 새, 가을 달과 매미, 여름 구름과 비, 겨울 달과 매서운 추위 등과 같은 사계절의 느낌이 모두 시에 표현된다. ……이러한 여러 경물이 심령心靈을 움직여 감동을 불러일으키니, 시를 짓지 않으면 어찌 그 뜻을 펼칠 수 있으며, 노래 부르지 않으면 어찌 그 감정을 드러낼 수 있겠는가?[후9]

사람이 세상을 살아가며 만나게 되는 일상적인 경험과 만남, 일 년 사계절의 온갖 모습이 우리 마음에 들어가 감동을 일으키면 문장으로 표현하게 되고, 나아가 이를 문사文辭로 아름답게 윤색하면 비로소 수준 높은 오언시가 된다는 것이다. 전하는 바에 따르면 종영은 일찍이 심약沈約을 방문한 적이 있다. 심약은 양나라 무제武帝 때 상서령尚書令을 지냈는데, 여러 전적에 통달하였으며, 저술 또한 풍부하였다. 종영은 그가 크게 칭찬해줄 것을 바랐지만 거절당하여, 심약이 죽은 이후 그의 시를 중품에 나열하였다고 한다. 사람들은 이에 대해 종영이 원한을 갚은 것이라고 했는데, 사실 이는 인지상정이므로 가능한 일일 수도 있다.

다음은 유협劉勰의 『문심조룡』에 대해 말하고자 한다. 장학성章學誠은 『문사통의文史通義』에서 『문심조룡』에 대해 "그 체재가 방대하고 생각이 주

---

11  大羹不和, 有遺味者矣.

도면밀하다"라고 칭찬했다. 전하는 바에 따르면 『문심조룡』이라는 이름은 심약이 고쳐준 것이고, 내용 역시 그의 수정과 윤색을 거쳤다. 이 설이 신뢰할 수 있는지의 여부에 대해서는 잠시 보류하고자 한다.

『문심조룡』은 모두 10권으로 나뉘어 있는데, 제1권에서 5권까지는 문장의 체재에 대해 논한 것으로 다음과 같다.

권1: 「원도原道」, 「징성徵聖」, 「종경宗經」, 「정위正緯」, 「변소辨騷」
권2: 「명시明詩」, 「악부樂府」, 「전부詮賦」, 「송찬頌贊」, 「축맹祝盟」
권3: 「명잠銘箴」, 「뇌비誄碑」, 「애조哀弔」, 「잡문雜文」, 「해은諧讔」
권4: 「사전史傳」, 「제자諸子」, 「논설論說」, 「조책詔策」, 「격이檄移」
권5: 「봉선封禪」, 「장표章表」, 「주계奏啓」, 「의대議對」, 「서기書記」

이상의 다섯 권에서는 『문심조룡』이 "도道에 근본을 두고, 성인을 스승으로 삼고, 경서經書의 체재를 종주로 삼고, 참위학讖緯學의 문채文采를 참작하고, 「이소」의 변화를 추구하여 문장을 짓는 관건에 대해 논하였으니, 실로 최고의 경지에 이르렀다"고 설명하였다.

제6권에서 10권까지는 수사修辭의 원리와 구분을 논술하였는데 다음과 같다.

권6: 「신사神思」, 「체성體性」, 「풍골風骨」, 「통변通變」, 「정세定勢」
권7: 「정채情采」, 「용재鎔裁」, 「성률聲律」, 「장구章句」, 「여사麗辭」
권8: 「비흥比興」, 「과식誇飾」, 「사류事類」, 「연자練字」, 「은수隱秀」
권9: 「지하指瑕」, 「양기養氣」, 「부회附會」, 「총술總術」, 「시서時序」
권10: 「물색物色」, 「재략才略」, 「지음知音」, 「정기程器」, 「서지序志」

이 다섯 권은 "정감情感과 문채文采에 대해 상세히 분석하였고, 이를 개괄하여 이론적 체계를 세웠다. 「신사」와 「체성」에 대해 서술하였고, 「풍골」과 「정세」에 대해 설명하였으며, 「통변」부터 「부회」까지 여러 문제를 다루면서 「성률」과 「연자」에 대해 살펴보았다. 「시서」에서는 각 시대 문장의 성쇠에 대해 말하였고, 「재략」에서는 작가의 문학적 재능에 우열이 있음을 논하였다".

대체로 위의 다섯 권은 비교 분석한 것이고, 뒤의 다섯 권은 가설된 명제로부터 출발해서 논리적인 규칙을 운용해 또 다른 명제를 이끌어냈는데, 매우 적절하고 타당하다. 예를 들어 「명시」편에서는 "육조시대 송나라 초의 시가는 이전의 시체를 계승한 것도 있고 개혁한 것도 있다. …… 100개 글자의 대우對偶의 아름다움과, 한 구절의 기이함을 다투어, 내용은 반드시 경물의 형상을 상세히 묘사하고, 문사文辭는 반드시 온 힘을 기울여 신기한 것을 추구하였다"라는 말이 있는데, 이는 아름다운 문사를 적절히 운용해야 하지만 개인이 경험한 인생의 고락도 상세히 표현해야 하고, 문사의 성률과 수식 역시 중요하지만 문장 안의 감정과 의미 역시 충분히 서술해야 한다는 뜻이다. 즉 문장을 짓는 기법과 실질적 내용을 모두 중시해야지 한쪽을 홀시해서는 안 된다는 것이다. 그러므로 유협은 「정채」에서 이렇게 말하였다.

고대 성현의 글을 문장文章이라 칭하는 것은 문채文采가 있기 때문이 아니겠는가? 물은 성질이 허虛해야 파도를 일으킬 수 있고, 나무는 견실해야 꽃을 피울 수 있으니, 문채는 실물實物에 의탁하기 마련이다. 호랑이와 표범의 몸에 무늬가 없으면 그 가죽은 개나 양의 것이나 다름없다. 코뿔소의 가죽은 붉은색 칠을 해야만 소용이 있듯이 바탕은 문채를 필요로 한다. ……그러므로 문장을 짓는 방법에는 세 가지 이치가 있다. 첫째는 형태를 표현하는 것으로, 이는 오색五色에 의해 이루어진다. 둘째는 소리를 형용하는 것으로, 이는 오음五音에 의해 이루어진다. 셋째는 감정을 형용하는 것으로, 이는 오성五性에 의해 이루어진다. 오색이 섞여 무늬가 아로새겨진 옷이 만들어지고, 오음이 조화되어 「소韶」와 「하夏」 음악이 만들어지며, 오성이 표출되어 문장이 만들어지는 것은 정해진 자연의 이치이다.후10

위에서 제시한 「정채」편은 문장의 사채詞采는 실질적인 내용을 더 돋보이게 하여 문文과 질質이 서로 부각될 수 있게 해주고, 이로 인해 문장은 후세에 전해졌으며, 자고로 성현의 문장 또한 모두 이러하다는 것을 설명하였다.

육조六朝, 특히 양梁나라에 이르러 문학예술은 번성기를 맞이했다고 할 수 있다. 양 무제의 아들 소명태자 소통蕭統은 시문총집詩文總集인 『문선文選』을 편찬했는데, 세상에서는 이를 『소명문선昭明文選』이라 부른다. 중국 고대문학사를 연대와 순서에 따라 나누면 『시경』, 사史, 자子, 소騷, 부賦, 오언시, 『소명문선』이다. 『문선』에는 『시경』은 수록하지 않고, 주周·진秦·한漢·진晉·송宋·제齊·양梁 7대 130명 작가의 작품을 선별하여 수록하였다. 작품 전체를 38개의 문체로 구분하였는데, 「이소」와 초사가 포함되어 있다. 만약 고대문학을 연구하려면 『시경』 이외에 『소명문선』을 추가하면 충분하다.

『문선』은 7대의 시문총집이기에 이른바 '선체시選體詩'와 '선체문選體文'이라는 게 있으므로 '선체파選體派'라는 칭호가 생겨 문학의 한 일파를 이루게 되었다. 고대문학을 이해하려면 『소명문선』을 읽고 깊이 연구하지 않으면 안 된다.

소명태자의 「문선서文選序」에는 다음과 같은 말이 있다.

주공周公과 공자께서 지은 책은 하늘 높이 걸린 해와 달과 견줄 만하고, 귀신과 오묘함을 다투며, 효도와 공경을 행하는 준칙이고, 인륜의 스승이자 벗이거늘, 어찌 함부로 없애고 잘라낼 수 있겠는가? 노자와 장자의 작품, 관자와 맹자 같은 부류들은 뜻을 세우는 것만 종지로 삼았지 문장을 잘 쓰는 것은 근본으로 삼지 않았기에 수록하지 않았다. 현인의 훌륭한 문장, 충신의 강직한 항거의 말, 모사의 술수, 유세가의 변론 등은 얼음이 녹은 샘에서 물이 솟구치는 것처럼 거침이 없고, 황금 바탕에 옥소리가 어우러진 것처럼 내용과 형식이 모두 뛰어나다. 전파田巴는 저구狙丘에서 변론하고 직하稷下에서 의론을 펼쳐 뭇사람들을 설복시켰고, 노중련魯仲連은 말솜씨로 진나라 군사를 물리쳤으며, 역이기酈食其는 제나라가 한나라에 투항하도록 설득하였고, 장량張良은 유방이 육국六國의 후손을 속국으로 세우면 어떠하겠냐고 묻자 여덟 가지 이유를 들어 어려움을 설명하였으며, 진평陳平은 여섯 가지 기묘한 계책을 내놓아 유방이 천하를 평정하도록 도왔다. 이 일들은 칭송되어 천 년 후까지 전해져 그 대략적인 내용이 고대 전적에 보이고, 제자諸子의 저술과 역사에도 실렸다. 이러한 부류의 문장들은 광박하고 방대하며, 비록 고대 전적에 실렸다고 할지라도 문학작품과는 다르기 때문에 수록하지 않았다. 실제 사실을 시간 순서에 따라 기록한 역사서는 포폄과 시비로써 옳고 그름을 구분하여 서술한 것이기에 문학작품과 역시 다른 점이 있다. 그러나 아름다운 문사文辭를 모아 잘 배합하여 지은 찬론贊論과 서술序述은 내용이 깊은 구상에서 나오고, 뜻이 아름다운 문장을 통해 표현되었으므로, 다른 작품들과 함께 취하여 수록하였다. 멀리 주나라 왕실로부터 오늘에 이르기까지의 작품을 모아 30권을 만들어 『문선』이라 명명하였다.

　이 책은 각 문장을 부류에 따라 취합하여 체재를 갖추었다. 시와 부는 그 체재가 다르므로 부류를 나누었고, 그 부류는 다시 시대에 따라 순서를 정했다.후11

　첫 단락은 주공과 공자의 책은 함부로 자르고 삭제하여 원래의 모습을 훼손해서는 안 되기 때문에 수록하지 않은 것이지, 결코 주공과 공자를 숭상하지 않아 그런 것이 아니라고 하였다. 노자, 장자, 관자, 맹자의 문장을 수록하지 않은 이유는 뜻만 중시하고 문장을 중시하지 않았기 때문이라고 하였다. 말을 기록한 문장 역시 수록하지 않았다고 했다. 사건을 기록한 문장은 역사이지 문학이 아니므로 또한 수록하지 않았다고 하였다. 『문선』의 문장 선별기준은 사실 소명태자 한 사람만의 견해가 아니라, 당시의 시대 전체를 대표하는 견해이다. 이는 문학이 각성과 독립의 시대로 들어섰음을 말해준다.

　중국 최고의 문장이 내용도 없고 이론도 없고 사상도 없다면 아무것도 없는 것이다. 당唐나라의 과거제도는 수재秀才를 선발하는 것이고, 수재는 뛰어난 인재이다. "『문선』을 숙독하면 이미 반은 수재가 된 거나 다름없다", "『문선』을 숙독해야 비로소 수재 시험에 합격할 수 있다"라는 말이 있었으니, 당나라 때 『소명문선』을 매우 중시하였음을 알 수 있다. 당시 두보와 한유 등의 대문호들은 새로운 문학운동을 전개하였는데, 후세 사람들은 한유와 두보 시문詩文의 출처가 모두 『소명문선』에 들어 있음을 찾아내었다.

　건안문학을 논하려면 조조 삼부자 이외에 건안칠자를 언급하지 않을 수 없다. 조비의 『전론·논문』에서는 건안칠자로 노魯나라의 공융孔融(자字는

문거文擧), 광릉廣陵의 진림陳琳(자는 공장孔璋), 산양山陽의 왕찬王粲(자는 중선
仲宣), 북해北海의 서간徐幹(자는 위장偉長), 진류陳留의 완우阮瑀(자는 원유元
瑜), 여남汝南의 응창應瑒(자는 덕련德璉), 동평東平의 유정劉楨(자는 공간公幹)
을 꼽았다.

그러나 사실상 공융은 건안칠자에 들어가지 않았는데, 채백개蔡伯喈를
법으로 삼았기 때문이다.『문심조룡·뇌비誄碑』에도 "공융의 창작은 백개
를 흠모하여 이루어졌다"[12]라는 말이 있다. 그러므로 공융은 건안 일파는
아니며, 단지 조비가 그의 문장을 좋아하였을 뿐이다. 그는 불행히도 건안
13년에 조조에게 살해당했다. 사실 공융은 성격이 너그러웠으며, 후배들을
격려하고 이끌어주는 것을 좋아했다. 그는 태중대부太中大夫로 있을 때 한
가한 시간이 나면 매일 손님들을 초대하여 집안은 언제나 사람들로 가득했
다. 그러면 그는 "자리에는 항상 손님이 가득하고, 잔에는 술이 비지 않으
니, 나는 아무런 근심이 없다"[13]라고 했다고 한다. 공융은 생전에 채옹蔡邕
과 아주 친한 사이였다. 공융은 채옹이 죽은 후에도 여전히 그를 그리워하
여, 술을 마실 때면 항상 채옹과 외모가 비슷한 사람을 불러와 함께했다고
한다. 사람들이 이에 대해 물으면 친구는 이미 갔지만 그의 모습은 아직 여
전히 그대로 남아 있다고 대답하였다고 한다.

공융은 어려서부터 매우 총명하고, 언변이 뛰어났으며, 기지가 뛰어났
다. 공융은 어렸을 때 이응李膺의 집에 객으로 들어가 산 적이 있는데, 이응
과 설전을 벌이면 항상 그를 곤란에 빠뜨렸다. 이응은 공융에게 이처럼 나
이가 어린데도 말주변이 좋으니 장차 반드시 크게 성공할 것이라면서, 애
석하게도 자신의 명이 그리 길지 않아 그의 성공을 보지 못할 것 같다고 하

---

12 孔融所創, 有慕伯喈.
13 座上客恒滿, 壺中酒不空, 吾無憂矣.

였다. 이에 공융은 이응에게 아직 죽을 날이 멀다고 하였다. 이응이 급히 그 말이 사실이냐고 묻자, 사람은 죽을 때가 되면 그 말이 선하다고 하였는데, 지금 이렇게 듣기 싫은 말을 하시니 어찌 빨리 죽을 수 있겠느냐고 하였다. 이응이 난감해하자 대부大夫 진위陳韙가 옆에서 거들고 나서면서 이 아이가 지금 이렇게 총명하다고 해서 나중에 커서도 꼭 똑똑하리란 보장이 없다고 했다. 그러자 공융이 대들면서 진위 당신도 어렸을 때 아주 똑똑했을 것이라고 하여 그를 난처한 꼴로 만들었다.

진림은 먼저 원소袁紹를 위해 문장을 지었으나, 그가 전쟁에서 패하자 조조에게 귀순했다. 당시 조조는 그를 나무라며 이전에 원소를 위해 쓴 문장에서 내 죄에 대해 말한 것은 할 말이 없지만, 내 조상까지 들먹여 욕한 것은 무슨 까닭이냐고 따져 물었다. 이에 진림은 사죄했고, 조조는 그 재주를 아껴 처벌하지 않았다.

왕찬은 헌제 초평 4년에 난을 피해 형주荊州로 갔다가, 건안 13년에 비로소 조조에게 귀순했다. 왕찬은 형주에서 15년 동안이나 있었으나 뜻을 이루지 못했다. 당시 많은 작품을 지었지만 「등루부登樓賦」와 약간의 시만 전해진다. 다음은 「등루부」의 일부분이다.

실로 아름답지만 내 땅이 아니니,
어찌 잠시라도 머무를 수 있으랴!
어지러운 세상 만나 옮겨갔는데,
지금 이미 12년이나 흘렀네.
고향을 잊지 못해 돌아갈 날 꿈꾸니,
이 슬픔 그 누가 감당할 수 있으랴?
　　　……
고향 길 가로막혀 슬픔이 밀려와,

흐르는 눈물 주체할 수 없어라.

　　　……

한밤중까지 잠 못 이루고,

슬픔으로 이리저리 뒤척인다.

雖信美而非吾土兮, 曾何足以少留!

遭紛濁而遷逝兮, 漫逾紀以迄今.

情眷眷而懷歸兮, 孰憂思之可任?

　　　……

悲舊鄉之壅隔兮, 涕橫墜而弗禁.

　　　……

夜參半而不寐兮, 悵盤桓以反側.


　왕찬의 이 작품은 누각에 오른 것을 빌어 회재불우懷才不遇의 괴로운 심정을 표출하였다. 지금도 많은 사람들이 읊조리는 명문장이다.

　왕찬은 기억력이 매우 뛰어나 비문碑文을 한 자도 틀리지 않고 암송하였다. 장기판이 흐트러지면 하나도 틀리지 않고 그대로 배열하였다. 문장 역시 붓을 들면 바로 완성하고 한 글자도 고치지 않았다. 왕찬은 건안 22년에 40세의 나이로 사망했다. 당시 사람들은 일찍 두각을 드러낸 사람은 장수할 수 없다고 하였다.

　내친김에 왕찬에 관한 일화를 하나 얘기하고자 한다. 왕찬은 생전에 나귀 울음소리를 좋아하였는데 그가 죽은 후 조비가 대신들을 데리고 장례에 참석하여, 생전에 왕찬이 나귀 울음소리를 좋아하였으니 함께 나귀 울음소리를 내어 전송해주자고 제안했다. 이에 조비가 먼저 나귀 울음소리를 내자 사람들도 따라하였다고 한다.

　완우는 자가 원유元瑜이고, 진림과 함께 위魏 태조太祖의 기실記室을 담당하였다. 국가나 군대와 관련한 주요 문서는 모두 이 두 사람의 손에서 나왔다. 이에 조비는 『전론·논문』에서 "진림과 완우의 장표章表와 서기書記는 최고라고 할 만하다"고 하였다. 조비는 「여오질서與吳質書」에서도 "진림의 장표章表는 대단히 웅건한데, 문사文辭가 약간 번다한 면이 있다"라고 하였지만, 완우에 대해서는 따로 언급하지 않았다.

응창은 자가 덕련德璉이고, 유정과 함께 뛰어난 문학적 재능으로 조조와 조비에게 예우받았다. 조비는 『여오질서』에서 "서·진·응·유 등이 일시에 모두 죽었다"라고 하였는데, 이는 서간·진림·응창·유정을 가리키는 것이고, 이 네 사람은 당시 이미 사망하였다. 건안시기의 문인은 대부분 젊은 나이에 사망했는데, 시와 술을 주고받는 자리가 너무 빈번하여 간이 병들어 그리된 것인지 모르겠다. 양생養生은 우리 지식인들이 정말 주의해야 할 문제이다.

조비는 유정에 대해 『여오질서』에서 이렇게 말했다. "유정에게는 세속을 초월한 기백이 있지만 강건함이 부족하다. 그의 오언시는 당시 사람들과 비교가 되지 않을 정도로 대단히 훌륭한 것도 있다." 이는 아마 유정이 병으로 앓아누운 적이 많아 이와 관련된 전고를 자주 사용하였기 때문일 것이다. 유균劉筠 또한 시에서 "경물景物도 시들시들 생기를 잃고 새는 더욱 구슬피 울어댄다. 장포漳浦에 병들어 누운 유정이 어찌 이를 감당할 수 있을까?"[14]라고 하였다. 한번은 조비가 손님을 초대하였는데 그의 아내 견부인甄夫人이 나와 인사를 하였다. 다른 손님들은 땅에 엎드려 감히 쳐다보지 못하였는데, 유정만은 그녀를 똑바로 쳐다보았다. 조조가 대노해서 그를 파면시키고 상방서尙方署로 보내 돌덩이를 가는 일을 시켰다. 어느 날, 조조가 순시를 갔는데 유정은 이번에는 엄숙한 자세로 일부러 쳐다보지도 않

---

14 節物變衰吟更苦, 可堪漳浦臥劉楨.

았다. 조조가 유정에게 지금 갈고 있는 돌이 어떠한지 장난삼아 물었다. 그러자 자기 자신을 빗대어 이렇게 말했다. "이 돌은 워낙 빛나는 돌이어서 갈아도 더 이상 광택이 더해지지 않고, 조각을 해도 더 이상 아름다워지지 않습니다. 이는 본연의 성질이 곧고 강하기 때문입니다. 그러나 이 돌은 무늬가 구불구불하여, 범상한 법칙에는 부합하지 않습니다"라고 하였다. 조조는 이 말을 듣고 크게 웃으며, 바로 그의 죄를 사면해주고 원래의 자리에 복직시켰다.

대체적으로 건안시기에는 위 무제 조조가 시를 대단히 좋아하였고, 문제 조비가 사부辭賦에 뛰어났으며, 진사왕陳思王 조식이 아름다운 시를 창작하였을 뿐 아니라 계속해서 훌륭한 인재가 많이 나와 오언시가 크게 성행하였다. 사람들은 건안문학시기 가장 뛰어난 문학가로 조식과 왕찬 두 사람을 말하지만, 나는 "30여 년 동안 군대를 통솔하면서 손에서 책을 놓지 않고, 낮이면 군사의 책략을 논하고, 밤이면 경서를 생각하고, 높은 산에 오르면 반드시 부를 짓고, 새로 시를 지으면 가락을 넣어 모두 악장樂章으로 만들었던" 조조의 시 또한 낮게 평가해서는 안 된다고 생각한다.


## 섭룡이 덧붙인다


최근 전목의 『사우잡억師友雜憶』을 다시 읽고, 그가 28세 때 초등학교에서 교편을 잡았고, 10년 후 하문廈門의 집미학교集美學校로 옮겼다는 것을 알게 되었다. 선생은 고등부와 사범부 3학년 두 반의 국어를 담당했는데, 첫 수업에서 조조의 「술지령」을 가르쳤다고 한다. 당시 학생들은 수업을 듣고 대단히 탄복했고, 교실 밖에서 몰래 듣던 교장 또한 대단히 만족하여, 이튿날 성대하게 연회석을 마련하고 그를 윗자리로 청해 경의를 표했다고 한다. 그러나 「술지령」은 『소명문선』에 수록되어 있지 않고, 진수陳壽의 『삼국지』에도 들어 있지 않다. 다행히 배송지裴松之의 주석에 기록이 있어 마침내 선생이 관심을 가지고 첫 강의의 주제로 선택한 것이다. 그는 이것이 중국문학사를 연구하며 얻은 자신의 독창적인 견해라고 생각했다. 또한 건안은 고금의 문체가 한 차례 큰 변화를 겪은 시기로 한나라 말기의 오언시를 계승하였을 뿐 아니라, 산문의 체재에도 커다란 변화가 있었고, 조씨 삼부자는 문단의 영수로 큰 공헌을 하였다고 생각했다. 이렇듯 조조의 문학사 방면에서의 성취와 특수한 위치에 대해 근대 학자로는 전목이 가장 빨리 발견하였다.

# 제18장

# 문장의 체식體式

◆◆◆

문장의 체식體式은 다음의 세 가지 방면에서 논해야 할 것이다.

1. 문학의 내용
2. 문학의 대상
3. 문학의 도구와 기교

문학의 내용은 작가가 표현하고자 하는 것이다. 이것은 말, 즉 작가가 하고자 하는 말이다.

문학의 대상은 작가가 표현하고자 하는 대상이다. 이것은 사람, 즉 작가가 말하여 들려주려는 대상이다.

문학의 도구와 기교는 작가가 표현하려는 것을 전달해준다. 이것은 수사修辭, 즉 작가가 이를 어떻게 말하느냐의 문제이다.

『논어』에는 다음과 같은 말이 있다.

더불어 이야기할 만한 훌륭한 사람인데 그와 대화하지 않으면 사람을 잃을 것이고, 더불어 이야기해서는 안 될 못난 상대인데 그와 대화한다면 헛소리를 하는 것이다.[1]

중간 이상의 사람에게는 고담준론을 할 수 있으나, 중간 이하의 사람에게는 높고 깊은 이치를 말할 수 없다.[2]

『논어』에는[3] 또 "말에 수식이 없으면, 멀리까지 전해지지 않는다"[4]라는 말이 있다. 말이란 직설적이고 쉽게 해야 하는 것이 일반적인데, 때론 완곡하게 하고 수식을 해야 훌륭해지지 직설적으로 말하면 의미가 없게 된다. 즉 같은 의미의 말이라도 두 가지 측면에서 말할 수 있다는 것이다. 중국의 고대문학은 『시경』으로부터 사史, 제자諸子, 「이소」, 초사, 오언시에 이르기까지 문체가 계속 변화했는데, 이는 중국문학사에 나타나는 중요한 문제이다.

문학의 내용에는 이치를 말한 것, 사건을 기술한 것, 감정을 표현한 것 등 여러 가지가 포함된다. 이치를 말한 것으로는 공자·맹자·노자·장자·묵자 등과 같은 제자서諸子書가 있고, 사건을 기술한 것으로는 『사기』·『한서』 등과 같은 역사서가 있으며, 감정을 표현한 것으로는 『시경』·초사·오언시 등과 같은 문학작품이 있다.

문학작품에서 이치를 말하려면 첫째, 진실해야 한다. 이치를 말하려면 진리를 나타내야 하고, 역사를 쓰려면 믿을 만한 사실을 기록해야 하고, 감

---

1 可與之言而不與之言, 失人, 不可與言而與之言, 失言.
2 中人以上可以語上也, 中人以下不可以語上也.
3 역자 주:『좌전·양공襄公 25년』 기사에 공자의 말이라 하며 수록되어 있다. 『논어』에 나오는 말이 아니다.
4 言之無文, 行而不遠.

정을 표현하려면 진정眞情을 드러내야 한다.

두 번째, 자연스러워야 한다. 사실 문학작품은 이치를 말하고, 일을 기술하고, 감정을 표현하는 것 이외에 반드시 '뜻을 말하는' 것이 더해져야 한다. 『시경』300수는 뜻을 말한 것이기 때문에 감정을 표현한 것과는 다른 점이 있다. 예를 들어 『시경』에는 "그 옛날 내가 떠날 때는, 버드나무 바람에 한들거렸는데, 지금 돌아오는 길에는, 눈이 펄펄 휘날린다"라는 구절이 있다. 글자의 의미만 보면 감정을 서술한 것이지만, 이는 군대의 장수가 지은 것이지 병졸이 지은 것이 아니며, 장수가 병졸의 처지를 불쌍히 여기고 즐겁게 해주려는 의미가 담겨 있다. 그러므로 이 시는 정치적 작용을 포함하고 있다.

다음은 『시경·주남周南』의 「관저關雎」이다.

끼룩끼룩 물수리 모래섬에 있고요,
아리따운 아가씨 군자의 멋진 짝이지요.
올망졸망 노랑어리연꽃 이리저리 따고요,
아리따운 아가씨 자나 깨나 그리워해요.
구해도 얻을 수 없어 자나 깨나 생각하고,
그리움에 뒤척이며 잠 못 이루어요.
올망졸망 노랑어리연꽃 이리저리 뜯고요,
아리따운 아가씨 금슬琴瑟을 연주하며 가까이 갈래요.
올망졸망 노랑어리연꽃 이리저리 캐고요,
아리따운 아가씨 종고鐘鼓를 울리며 즐겁게 해줄래요.
關關雎鳩, 在河之洲. 窈窕淑女, 君子好逑.
參差荇菜, 左右流之. 窈窕淑女, 寤寐求之.
求之不得, 寤寐思服. 悠哉悠哉, 輾轉反側.

參差荇菜, 左右采之. 窈窕淑女, 琴瑟友之.

參差荇菜, 左右芼之. 窈窕淑女, 鐘鼓樂之.

이 시는 표면적으로 보면 한 젊은 청년이 늘씬하고 아름다운 아가씨를 사랑하게 되어 항상 그녀를 그리워하고, 꿈에서조차 뒤척이며 잠 못 이루면서 한 쌍의 좋은 배필이 되기를 바란다. 표면적으로 보면 감정을 표현한 것이지만, 사실은 뜻을 말한 것이다. 즉 문왕文王의 덕화德化를 말하였고, 또 강왕康王이 여색에 빠져 조회에 늦는 것을 풍자하였다. 사실『시경』300수는 모두 정치적 작용을 지닌 수준 높은 문학이다.

『시경』의 국풍國風에서 '풍'은 열다섯 나라의 풍으로, 모두 그 지역의 향토 민속을 가리킨다. 채시관은 각 지역에 가서 시를 채집하였는데, 예컨대 「관저」 같은 시는 주남周南에서 채집된 후 정리 발표를 거쳐, 원래와는 다른 또 하나의 내용으로 사용되었다. 즉 주나라 강왕이 아침 일찍 일어나지 않자, 일찍 일어나 정사를 보라면서 만약 일찍 일어나지 않으면 후비后妃인 나의 죄가 될 것이고 어질고 현명한 숙녀가 되지 못할 것이니 사랑에 빠져 정사를 그르치지 말라고 권한 노래이다. 이것은 풍유諷諭이며 또한 언지言志이기도 하다.

중국에서 진정한 문학은 건안시기로부터 시작되었다고 할 수 있다. 송宋·원元 시대에 이르러서야 서양문학과 동일한 체재와 풍격을 갖추게 되었다. 선진先秦 제자시기에는 유가·도가·묵가·법가·명가·농가·종횡가·소설가 등이 있었는데, 이들은 모두 다른 사상을 가지고 있었기 때문에 문장 역시 달랐다. 유가의 공자·맹자·순자는 모두 교육가이고, 가장 말을 잘할 줄 아는 사람이었다.

공자는 마치 북과 같아서 "세게 치면 세게 소리 내고, 작게 치면 작게 소리 내며, 치지 않으면 소리 내지 않았는데,"[5] 다른 사람에게 대답하는 방식 또한 이러했다. 맹자와 순자 역시 마찬가지이다. 이른바 "공자께서는 적절한 때에만 말씀하셨다", "사賜야, 비로소 함께 시를 논할 수 있겠구나"[6]라고 한 말은 모두 이를 가리킨다.

장자는 세상사를 우습게 여겨, 정색을 하고 사람들을 가르치려 하지 않았지만, 그가 말한 우언은 이치가 매우 풍부하다.

노자는 또 다른 점이 있다. 그는 자신과 함께 이야기를 나누기에 적합하지 않은 사람이 있다고 생각했다. 즉 사람들이 이해하지 못할수록 자신의 지위가 더욱 올라간다고 생각하여 "나를 진정으로 이해하는 자가 드물기에, 나를 따르며 본받으려는 자는 귀하다"[7]라고 하였다. 그러나 공자는 "나를 알아주는 것은 오직 하늘뿐이다"[8]라고 하였다.

묵자는 상대방이 반드시 이해할 때까지 이야기하였는데, 이는 그가 사회 활동가이자 종교가였기 때문이다. 장자는 묵자가 하는 말을 "듣기 싫어하는데도 시끄럽게 떠들어댄다"[9]라고 형용했으니, 이는 기어코 상대방에게 말하겠다는 것이다.

공자·맹자·노자·장자는 의경意境이 높고, 종횡가·소설가·법가 등은 낮다.

공자의 위대함은 마치 대형 마트처럼 물건도 진짜이고 가격도 합리적인 데 있다고 할 수 있다.

이치를 설명하는 문장은 대중을 상대해야 한다. 묵자는 대중을 상대로 말하는 것을 좋아했지만, 맹자는 이와 달리 천하의 영재英才를 얻어 교육하

---

5 大扣大鳴, 小扣小鳴, 不扣不鳴.
6 "夫子時然後言", "賜也, 始可與言詩已矣".
7 知我者稀, 斯我貴矣.
8 知我者其天乎.
9 强聒而不捨.

는 것을 즐거움으로 삼았다.

서양의 호메로스와 소크라테스는 대중과 사회를 상대했다. 그러나 중국은 이와 달랐다.『시경』은 정치권을 겨냥하고 제자諸子들은 학술계를 겨냥했지만, 이는 모두 사회 대중을 위한 것이 아니었다.

사건을 기술한 역사저술은 관사官史와 사사私史로 구분할 수 있다.『춘추』는 관사이기에, 맹자는 "『춘추』를 짓는 것은 천자天子의 일이며 이런 까닭에 공자께서 '나를 알아주는 것도 오직『춘추』요, 나를 비난하는 것도 오직『춘추』'라고 하셨다"[10]고 했다.

사마천의『사기』는 사사私史이다. 그가 역사서를 편찬한 취지는 "하늘과 인간의 관계를 탐구하고, 고금의 변화에 통달하여, 일가의 학설을 세우려고"[11] 한 데 있었다. 노신魯迅은『사기』에 대해 "최고의 경지에 이른 역사저술이고, 운韻이 없는「이소」라고 할 수 있다"[12]고 하였다. 그러나 이는 국사관國史館에 비치되지 않고, 명산名山에 간직되어 전해져왔다.

중국인은 역사를 기술하는 데 있어 자유를 중시한다. 입언立言은 영원히 썩지 않고 전해질 삼불후三不朽의 하나이고, 역사를 기술하는 것은 입언으로 자신의 주장을 펼쳐 역사에 이름을 남기기 위해서이다. 그러나 천당이나 영혼 등은 결코 중시하지 않는다.

조비는 일찍이 다음과 같이 말한 적이 있다.

> 문장文章은 나라를 다스리는 대업이요, 영원히 썩지 않을 성대한
> 사업이다. 사람의 목숨은 때가 되면 다하고, 영예와 환락은 자기
> 한 몸에 그쳐, 모두 정해진 기한이 있기에 무궁한 생명을 지닌 문

---

10 春秋, 天子之事也. 是故孔子曰'知我者, 其惟春秋乎! 罪我者, 其惟春秋乎!'
11 究天人之際, 通古今之變, 成一家之言.
12 史家之絶唱, 無韻之「離騷」.

장만 못하다. 이런 까닭에 옛날 작가들은 문장 쓰는 일에 평생을 기탁하고, 자신의 뜻을 문장과 서적에 드러내었으니, 훌륭한 사관史官의 말을 빌리지 않고, 막강한 권세가들에게 의탁하지 않아도 그 명성이 저절로 후세에 전해졌다.후1

바로 이와 같기 때문에 주나라 문왕文王이 풀이한 『역易』과 주공周公이 지은 『주례周禮』가 후세에 길이 전해질 수 있었던 것이다.

조비는 또 건안 문인들의 육신이 만물과 함께 흙으로 돌아가는 것은 인생의 커다란 아픔이지만, 오직 서간徐幹만이 『중론中論』을 지어 후세에 이름을 남겨 체계적인 학설을 이루었다고 하였다.

감정을 표현한 문학의 경우, 「이소」는 중국 순수문학의 시작이라고 할 수 있다. 사마천은 「굴원가생열전屈原賈生列傳」에서 이렇게 말했다.

굴원은 초나라 회왕懷王이 판단력이 흐려져 아첨하는 자들에게 총명함이 가려지고, 사악하고 삐뚤어진 자들에 의해 공정성이 파괴되어, 정직하고 성실한 사람이 배척당하는 것을 매우 증오하였다. 이에 슬프고 걱정되어 「이소」를 지었다. 「이소」는 근심을 만났다는 뜻이다. 하늘은 인간의 근원이고, 부모는 사람의 근본이다. 사람은 궁지에 처하면 근본으로 돌아가기 마련이다. 그러므로 노고와 고통이 극에 달하면 하늘을 부르지 않는 자가 없고, 고통과 슬픔이 극에 달하면 부모를 부르지 않는 자가 없다. 굴원은 바른 이치로 도를 행하였고, 충성과 지혜를 다하여 임금을 섬겼으나 아첨꾼이 이간질하였으니, 실로 궁지에 처한 것이라 할 수 있다. 신의를 지켰지만 의심을 받았고, 충성을 다했지만 비방을 당하였으니 원망하는 마음이 없을 수 있겠는가? 굴원이 「이소」를 지은 것은 원망하

는 마음에서 비롯된 것이다.[후2]

굴원은 견문이 넓고 기억력이 좋았으며, 정치에 밝았다. 비록 충직하게 국가를 위해 일하였고 성실하게 임금을 섬겼지만, 상관대부上官大夫 등과 같은 소인배들의 중상모략으로 회왕이 그를 멀리하였다. 이에 굴원은 근심하고 걱정하는 마음으로 「이소」를 지어 자신의 불만과 울분을 토로하였고, 나아가 회왕이 정신 차리기를 바랐다. 애석하게도 굴원은 양왕襄王 때 다시 중상모략을 당해 강남으로 추방당하였고, 마침내 먹라강에 몸을 던져 죽고 만다.

좋은 문학작품은 반드시 순진하고 자연스러워야 한다. 순진하다는 것은 참된 진리와 참된 감정을 말하는 것을 지칭한다. 새와 짐승의 울음은 자연스럽다. 수새가 암새를 향해 우는 것은 당연히 상대의 사랑을 갈구하는 마음에서 나온 것이지만, 아침 새는 아무것도 바라지 않을 때도 이따금 지저귀는데 그것이야말로 매우 자연스러운 울음이다. 꽃향기 역시 자연스럽게 풍겨 나온다. 산속에 핀 난초는 그 무엇을 위해, 또 어떤 특정한 대상을 위해 핀 것이 아니다. 하늘을 떠가는 구름과 흐르는 물 또한 그 무엇을 위해 떠가고 흐르는 것이 아니라, 단지 가지 않으면 안 되기에 가고, 흐르지 않으면 안 되기에 흐르는 것이니, 이것이야말로 가장 순진하면서도 자연스럽게 가고 흐르는 것이다. 문장을 쓰는 것 또한 이러하니 자연스러움에 맡겨야 한다. 문학작품은 이러한 경지에 이르러야 최고라 할 수 있다. "「국풍」은 남녀의 사랑을 묘사하였지만 과도하지 않고, 「소아」는 원망하고 비방하는 감정을 드러냈지만 어지러움에 빠지지 않았다"[13]라는 말이 있는데, 굴원의 「이소」 역시 '남녀의 사랑을 묘사하였으면서도 과도하지 않고, 원망

---

**13** 「國風」好色而不淫, 「小雅」怨誹而不亂.

하고 비방하는 감정을 드러냈지만 어지러움에 빠지지 않은' 두 가지 특징을 겸비하였다. 그는 순진하면서도 자연스럽게 원망의 감정을 드러내어 자신의 현실 인생을 초월할 수 있었다. 우리는 인생에서 만나는 슬픔과 기쁨, 만남과 이별을 떠가는 구름과 흘러가는 물처럼 대해야 할 것이다.

문학은 감정이 있고, 생명, 즉 간접적인 생명을 지녔다고 할 수 있다. 예컨대 『사기』, 『맹자』, 『장자』 등의 작품은 작가가 자신의 생명을 이론 안에 기탁하였다.

문학작품은 또 시대적인 것이다. 예를 들어 1700여 개의 글자로 이루어진 「공작동남비孔雀東南飛」는 동한시기 초중경焦仲卿 부부가 함께 죽음을 맞이한 일을 묘사한 시이다. 초중경의 처 유씨劉氏는 시어머니에게 구박을 받고 쫓겨나 친정으로 돌아온 후 재가하지 않겠다고 맹세했으나, 친정어머니의 핍박에 못 이겨 물에 빠져 죽었고, 초중경도 그 소식을 듣고 목을 매어 죽는다. 이는 단지 조그마한 생명으로 시대와 무관하다. 그러나 위대한 생명은 시대성을 지닐 뿐 아니라, 그 안에 내재적 생명력과 외재적 생명력이 내포되어 있다.

최고의 문학은 다른 사람의 이해를 바라지 않는다. 노자는 "나를 진정으로 이해하는 자가 드물기에, 나를 따르며 본받으려는 자는 귀하다"고 하였고, 공자는 "자신을 알아주는 사람이 없음을 걱정하지 말고, 다른 사람이 알아주는 사람이 될 수 있도록 해야 한다"[14]고 하였다. 요컨대 문학은 대상이 있지만, 가장 자연스러운 경지에 이른 것은 대상을 필요로 하지 않는다. 「이소」는 원망이 담겨 있지만, 굴원은 결코 누군가가 들어주기를 바라지 않았다.

문학이란 생명과 감정을 넣었다고 문학이 되는 것이 아니다. 생명과 감

---

**14** 不患莫己知, 求爲可知也.

정, 시대성을 띤 내재적 생명과 외재적 생명력을 모두 배합하여야 비로소 문학이 되는 것이다. 다음은 굴원의 제자인 초나라 대부 송옥宋玉의 「등도 자호색부登徒子好色賦」를 예로 들어보겠다.

초나라의 대부 등도자가 왕 앞에서 송옥을 헐뜯으며 "송옥은 용모가 준수하고, 말솜씨가 좋아 풍유의 뜻을 완곡하게 표현하는 데 뛰어나지만, 여색을 좋아합니다. 후궁을 출입하지 못하도록 하시기 바랍니다"라고 했다. 왕이 송옥에게 등도자가 한 말에 대해 묻자, 그는 "용모가 준수한 것은 하늘로부터 받은 것이고, 말솜씨가 좋아 풍유의 뜻을 완곡하게 표현하는 데 뛰어난 것은 스승에게 배운 것입니다. 여색을 좋아한다고 하지만, 저는 그렇지 않습니다"라고 대답했다. 그러자 왕은 "그대가 여색을 좋아하지 않는 것을 설명할 수 있겠는가? 설명할 수 있다면 남고, 설명할 수 없다면 떠나야 한다"라고 했다. 이에 송옥은 이렇게 대답했다. "천하의 미인으로 초나라 여인만 한 사람이 없고, 초나라의 미인으로 제가 사는 마을의 여인만 한 사람이 없으며, 제가 사는 마을의 미인으로 동쪽에 사는 여인만 한 사람이 없습니다. 동쪽에 사는 여인은 조금 늘인다면 너무 크고, 조금 줄인다면 너무 작으며, 분을 바르면 너무 하얗고, 붉은 칠을 하면 너무 빨갛습니다. 눈썹은 물총새 깃털 같고, 피부는 새하얀 눈 같으며, 허리는 흰 비단을 두른 듯하고, 이는 조개처럼 깨끗합니다. 그녀가 예쁘게 한번 웃으면, 양성陽城과 하채下蔡의 젊은 남자들이 모두 미혹될 것입니다. 이 여인이 담장에 올라 삼 년 동안 저를 훔쳐보았지만, 지금까지 허락하지 않았습니다. 등도자는 저와 다릅니다. 그의 아내는 머리는 산발이고 귀는 뒤로 젖혀졌으며, 말을 하면 잇몸이 보이고 이도 듬성하고 삐뚤빼뚤합니다. 또한 걸음도 옆으로 걷고 허리는 굽었으며, 피부병과 치질을 앓고 있습니다. 그런데도 등도자는 그녀를 좋아하여 자식을 다섯이나 두었습니다. 대왕께서는 누가 여색을 좋아하는지 잘 살피시기 바랍니다." 이때, 진秦나라의 대부 장화章華가 옆에 있다가 나서며 말했다. "지금 송옥은 이웃집 여인을 크게 칭찬하며, 미색이 사람의 생각을 어리석게 만들고 마음을 어지럽힌다고 하였습니다. 저는 제 자신이 도덕을 성실히 준수한다고 생각하였지만, 이 점에서 송옥만 못한 것 같습니다. 또한 남쪽 초나라 외진 곳에 있는 여인을 어찌 폐하 앞에서 언급할 수 있단 말입니까? 제 안목이 비천하다는 것은 사람들이 모두 직접 본 것이니, 감히 이에 대해 말할 수 없습니다." 그러자 왕이 "한번 과인에게 말해보아라"고 했다.

대부는 이렇게 대답했다. "알겠습니다. 저는 젊었을 때 멀리 놀러 나가, 구주九州를 둘러보고, 오도五都를 돌아다녔습니다. 함양咸陽을 떠나 한단邯鄲에서 놀고, 정鄭나라와 위衛나라의 진수溱水와 유수洧水 가에 머물렀습니다. 당시는 따뜻한 봄이 지나고 햇빛이 강한 여름으로 접어드는 때였습니다. 꾀꼬리 꾀꼴꾀꼴 울고, 여인들은 뽕잎을 따고 있었습니다. 이 지역 여인들은 아리따운 얼굴에서 광채가 뿜어져 나오고, 자태가 빼어나 치장이 필요없습니다. 저는 그 가운데 아름다운 여인을 보고 『시경』의 '큰 길 따라 가 그대의 옷소매를 잡네'라는 구절을 읊었는데, 그녀에게 이를 선물하면 아주 좋을 것이라고 생각했습니다. 그녀는 원하는 것 같으면서도 홀연 아닌 것처럼 굴고, 올 것 같으면서도 홀연 오지 않았습니다. 뜻은 간절한 것 같은데 태도는 멀게 느껴지니, 그녀의 모든 행동이 다르게 보였습니다. 이에 속으로 기뻐하며 곁눈질로 살피다가 다시 『시경』의 '봄바람에 만물이 깨어나 생기를 띠고, 순결하고 우아

한 그대는 나의 소식 기다리네. 나에게 이렇게 하신다면, 죽는 것이 낫겠네'라는 구절을 읊었습니다. 그러자 그녀는 뒤로 물러나며 완곡하게 거절했는데, 아마도 은근한 말로만 감동을 주어 정신적으로 서로 의지하려고 했기 때문일 것입니다. 눈으로는 얼굴을 보면서도 마음은 도의를 생각하고, 입으로는 시를 읊으면서도 예의를 지켜, 마침내 잘못에 빠지지 않았으니, 족히 칭찬할 만합니다."

　　이에 초나라 왕은 그를 칭찬하였고, 송옥 또한 떠나지 않게 되었다.[후3]


　사람들은 송옥이 굴원의 제자라고도 하고, 후학이라고도 한다. 그러나 이 작품 역시 애국사상이 깃들어 있어, 이전 사람의 작품을 모방한 것이 분명하며 역시 생명력을 지니고 있지만, 결코 위대한 생명이나 시대적인 특색은 느낄 수 없다. 이래서 문학 창조란 쉬운 일이 아니고, 모방 역시 쉬운 일이 아니다. 그래도 모방은 이루어져야 하니 단지 창조와 다를 뿐이다.

　한나라에 이르러 사마상여와 양웅 같은 이들이 나왔다.

　사마상여의 문장은 수사修辭나 조구造句, 구성과 배치 등이 모두 최고 수준이라 할 수 있고, 한 무제가 천하를 통일한 상황을 잘 드러내어 시대적 특성도 지니고 있다. 그의 「자허부」와 「상림부」 같은 작품은 대단히 훌륭하고, 시대 전체를 잘 묘사하여 자연스러우면서도 생명력이 있다.

　다음은 사마상여의 「자허부」를 예로 들어보겠다.


　　초나라 왕이 자허子虛를 제齊나라에 사신으로 보냈는데, 제나라 왕이 모든 거마車馬를 동원하여 사신과 함께 사냥을 나가게 했다. 사냥이 끝나고, 자허가 오유烏有 선생을 찾아가 이 일을 칭찬하였는데, 망시공亡是公도 그곳에 함께 있었다. 모두가 자리에 앉자, 오유 선생이 "오늘 사냥은 즐거웠습니까?"라고 물었다. 자허가 "즐거 웠습니다"라고 하자, "많이 잡았습니까?"라고 물었다. 이에 "적게 잡았습니다"라고 하니, "그런데 무엇이 즐거웠다는 것입니까?"라 고 다시 물었다. 자허가 "제나라 왕께서는 저에게 거마가 많다는 것을 자랑하려 하심이 즐거웠던 것이지만, 저는 초나라 왕께서 운 몽택雲夢澤에서 사냥하시던 일을 가지고 대답하겠습니다"라고 했 다. 오유가 "그 일을 말해주실 수 있습니까?"라고 하자 자허가 이 렇게 말했다. "말씀드리겠습니다. 제나라 왕께서 1000승乘의 수레 를 준비하고 1만 명의 기마병을 선발하여, 강가로 사냥을 나가셨습 니다. 병졸이 온 강을 둘러싸고, 그물이 온 산에 흩어져 있었습니 다. 그물은 토끼를 덮치고, 수레바퀴는 사슴을 짓밟으며, 활로 고 라니를 쏘고, 기린의 발을 움켜쥡니다. 거마가 염전을 달리니, 죽 은 물고기의 피가 수레를 벌겋게 물들입니다. 활로 쏘아 많은 짐승 을 잡으면 자랑하며 자신의 공을 내세웁니다. 저를 돌아보며 '초 나라에도 사냥하며 놀 수 있는 평원과 넓은 연못이 있다고 들었지 만, 그래도 그 즐거움이 이와 같겠는가? 초나라 왕의 사냥을 나의 것과 비교할 수 있겠는가?'라고 하시기에, 수레에서 내려 '저는 초 나라에서도 비천한 사람에 지나지 않습니다. 다행히 궁궐에서 10여 년 동안 폐하의 시위侍衛를 담당하여, 자주 사냥을 따라 다닐 수 있 었습니다. 사냥터가 왕궁의 뒤뜰에 있어 주변을 두루 볼 수 있었지 만, 그래도 다 볼 수 있었던 것은 아닌데, 어찌 또 왕궁에서 멀리 떨 어진 연못에 대해 말할 수 있겠습니까?'라고 대답했습니다. 제나 라 왕께서 '비록 그렇다고 할지라도, 그대가 보고 들은 바를 간략 히 말해보아라'라고 하셨습니다. 이에 저는 이렇게 대답했습니다. '알겠습니다. 저는 초나라에 일곱 개의 큰 연못이 있다고 들었고,

그중의 하나만 보고 나머지는 보지 못하였습니다. 제가 본 것은 단지 그중의 가장 작은 운몽이라 불리는 연못일 따름입니다. 운몽택은 사방 900리에 이르고, 그 가운데 산이 있습니다. 그 산은 굽이 굽이 산세가 험하고, 우뚝 솟은 봉우리는 그 높이가 제각각이며, 때로 해와 달을 가려 그 빛을 잃게 합니다. 어지러이 마구 뒤섞여 있는 봉우리는 마치 구름을 뚫고 오를 듯하고, 울퉁불퉁한 산비탈은 아래로 강까지 이어집니다. 그 흙은 주사朱砂, 석청石靑, 적토赤土, 백악白堊, 자황雌黄, 석회石灰, 석광錫礦, 벽옥碧玉, 황금黃金, 백은白銀 등의 여러 색깔이 어우러져 마치 용의 비늘처럼 찬란한 빛을 냅니다. 그 돌은 붉은색 옥, 자색 옥, 임민琳瑉, 곤오昆吾, 흑색 감륵瑊玏과 숫돌, 붉은색과 흰색이 섞인 것 등이 있습니다. 그 동쪽의 혜초蕙草 정원 안에는 두형杜衡, 난초蘭草, 백지白芷, 두약杜若, 사간射干, 궁궁芎藭, 창포菖蒲, 강리茳蘺, 미무蘪蕪, 감자甘蔗, 파초芭蕉 등이 심어져 있습니다. 그 남쪽의 넓은 평원과 연못은 지세의 높낮이가 일정치 않아 경사를 이루는데, 낮은 지대의 넓고 평평한 땅은 큰 강을 따라 무산巫山까지 이어집니다. 험준하고 건조한 곳에는 마람馬藍, 석명菥蓂, 포초苞草, 여초荔草, 애호艾蒿, 사초莎草, 청번靑薠 등이 자라고, 낮고 습한 곳에는 강아지풀, 갈대, 동장東薔, 고미菰米, 연꽃, 연근, 박, 암려菴閭, 유초藏草 등이 자라는데 그 수를 헤아릴 수 없을 정도로 많습니다. 그 서쪽에서는 맑은 샘물이 솟구쳐 거센 물결이 이는데, 물 밖에는 연꽃과 마름꽃이 피어 있고, 물속에는 커다란 돌과 하얀 모래가 언뜻언뜻 드러나며, 거북이·교룡·악어·대모瑇瑁·자라 등이 살고 있습니다. 그 북쪽에는 숲이 우거져 있고 편수楩樹, 남목楠木, 장목樟木, 계수나무, 산초나무, 목란木蘭, 황벽나무, 돌배나무, 오리나무, 산사나무, 흑대추나무, 귤나무, 유자나무 향기가 진동합니다. 그 위에는 붉은원숭이, 꼬리짧은 원숭이, 원추새, 공작새, 난새, 폴짝원숭이, 시간射干 등이 있습니다. 그 아래에는 흰호랑이, 검은 표범, 만정蝒蜓, 추貙, 한豻 등이 있습니다.'"

……오유 선생이 이렇게 말했다. "어찌 이리 지나친 말씀을 하십니까? 그대가 천 리 길도 마다않고 제나라에 와주셨기에, 왕께서 국경 안의 모든 병사들을 이동하고, 많은 거마를 준비하여, 그대를 모시고 사냥해서 다 같이 즐기고자 한 것인데, 어찌 자랑하였다고 하십니까? 초나라에 사냥하며 즐길 만한 곳이 있는지 물었던 것은 귀국의 교화敎化와 덕업德業에 대해 듣고자 한 것이고, 선생의 고견을 듣고자 한 것입니다. 지금 그대는 초나라 왕의 높은 덕에 대해서는 말하지 않으면서, 운몽택에 대해 거침없는 칭찬을 늘어놓고, 방탕한 즐거움에 빠진 것을 자신 있게 말하며 사치를 자랑하니, 저는 이러하시면 안 된다고 생각합니다. 만약 정말로 그대께서 말씀하신 바와 같다면, 이는 초나라의 훌륭한 점이라 할 수 없을 것입니다. 초나라에 이런 일이 없는데도 말씀하신 것이라면, 이는 그대에 대한 신뢰를 해치는 일입니다. 임금의 추악함을 드러내고, 개인적인 신뢰를 손상하는 두 가지는 모두 해서는 안 될 일이지만, 선생께서 그렇게 하셨으니, 반드시 제나라로부터 멸시를 당하고 초나라의 이익에도 영향을 줄 것입니다! ……비범하고 기이한 물품, 각 지역의 특산품, 귀하고 특이한 새와 짐승 등의 만물이 마치 고기비늘처럼 빽빽이 그 안을 채우고 있어 그 수를 헤아릴 수가 없습니다. 우禹임금도 그 이름을 분명히 알지 못하고, 설契도 그 수를 헤아릴 수 없었을 것입니다. 그러나 제나라 왕은 제후의 자리에 있으면서도, 감히 사냥의 즐거움과 사냥터의 크기에 대해 말씀

하신 적이 없습니다. 제나라 왕은 선생을 손님으로 대했기에 당신의 말에 대답하지 않으신 것인데, 어찌 대답할 말이 없기 때문이라고 하십니까?"[후4]

사마상여의 부는 최대한 과장되게 묘사하는 것을 능사로 삼았음을 알수 있다. 예컨대 「자허부」에서 운몽을 묘사한 "사방 900리에 이른다"에서 "그 아래에 흰호랑이, 검은 표범, 만정, 추, 한 등이 있다"라는 부분에 이르기까지 여러 가지 진귀한 짐승과 기이한 꽃, 풀을 인용하고, 동서남북 사방의 산과 물이 어떠한지 상세히 표현했는데, 문사가 화려하고 사치스러워 사실 수식이 지나치다. 그러나 이는 당시의 시대적 풍격에 부합한다.

다음은 사마상여의 「상림부」 가운데 일부분을 예로 들어보겠다.

> 망시공은 말을 듣고 웃으며 이렇게 말했다. "초나라도 틀렸고, 제나라 역시 옳지 않습니다. 제후에게 공물을 바치도록 하는 것은 재물을 얻기 위해서가 아니라, 직무에 관한 일을 말하도록 하기 위해서입니다. 제후에게 내리는 봉지封地의 경계를 정하는 것은 그것을 지키도록 하기 위해서가 아니고, 경계를 넘는 방종한 행위를 금지하기 위해서입니다. 지금 제나라는 동쪽의 속국으로 봉해졌는데, 사사로이 숙신肅慎과 왕래하여 국경을 넘고, 바다 건너 사냥을 나갔으니, 예의상 있을 수 없는 일입니다. 두 분의 말씀 또한 군신의 의미를 밝히고, 제후의 예의를 바로잡는 데 힘쓰지 않고, 단지 사냥의 즐거움과 동산의 넓음만을 경쟁하며, 사치와 방탕한 행위로 상대를 이기려고만 했으니, 임금의 명예를 드높이지 못했을 뿐 아니라, 임금의 체면을 실추시키고 자신의 명예만 훼손하였을 뿐입니다.

또한 제나라와 초나라의 사냥이 어찌 언급할 만한 가치가 있는 일이겠습니까! 두 분께서는 장엄하고 아름다운 광경을 보신 적이 없으십니까? 아니면 천자의 상림원上林苑에 대한 것만 들어보지 않으신 것입니까? 상림원의 왼쪽에는 창오蒼梧가 있고, 오른쪽에는 서극西極이 있으며, 단강丹江이 그 남쪽을 흐르고, 자연紫淵이 그 북쪽을 흐릅니다. 파수灞水와 산수滻水의 처음과 끝이 모두 상림원에 있고, 경수涇水와 위수渭水도 상림원으로 흘러들며, 풍수酆水·호수鎬水·요수潦水·휼수潏水 또한 굽이굽이 상림원을 돌아 들어오는데, 광활한 여덟 강이 저마다 호호탕탕 흐르며, 제각기 서로 다른 자태를 드러냅니다. 동서남북을 종횡으로 달려, 두 봉우리가 마주한 초구椒丘 사이를 빠져나와 섬을 돌아 계수나무 숲을 거쳐, 끝없이 넓은 들판을 지납니다. 세차고 거센 물살은 높은 산을 따라 흘러내려가 좁은 산 입구로 향하는데, 큰 돌에 부딪치고 높은 강 언덕을 때리며 성난 듯 파도를 일으키니, 그 기세는 걷잡을 수 없습니다. …… 아득히 먼 곳을 향해 흐르다가 파도가 줄고 소리가 잦아들면 고요히 바다로 흘러갑니다. 끝없이 펼쳐진 웅장한 바다에는 잔잔한 물살이 은빛을 번뜩이며 흐르다가 동쪽의 태호太湖로 들어가니, 작은 연못의 물도 가득 차 찰랑거립니다.

……

이에 저 멀리 사방을 둘러보니, 빽빽이 자라난 꽃과 풀은 구분이 가지 않고, 황홀하여 눈을 어지럽게 만듭니다. 보아도 어디가 시작인지 알지 못하고, 자세히 살펴도 끝이 없는데, 해가 동피지東陂池에서 떠올라 서피지西陂池로 들어갑니다. 그 남쪽은 엄동설한에도 초목이 자라고, 연못의 물이 용솟음쳐 파도가 일렁입니다. 그곳에는 봉우封牛, 모우旄牛, 백표白豹, 이우犛牛, 수우水牛, 타록駝鹿, 미록

麋鹿, 적수赤首, 환제圜題, 궁기窮奇, 대상大象, 서우犀牛 등의 짐승이 살고 있습니다. 그 북쪽은 한여름에도 얼음이 얼고 땅이 갈라져, 옷을 걷고 얼음을 밟으며 강을 건너갑니다. 그곳에는 기린, 각단角端, 도도騊駼, 낙타, 공공蛩蛩, 탄혜驒騱, 결제駃騠, 버새 등이 살고 있습니다.

　　……

이에 길일을 선택하여 재계하고, 조복朝服을 입고, 천자의 수레를 타고, 물총새 깃털로 장식한 화려한 깃발을 세우고, 쟁그렁 쟁그렁 방울소리 울리며, 육경六經의 정원을 둘러보고, 인의仁義의 대로를 달립니다. 『춘추』의 숲을 돌아보고, 「이수貍首」와 「추우騶虞」의 시를 연주하여 사례射禮를 행하며, 화살로 현학玄鶴을 쏘아 맞히고 방패와 도끼를 휘두르는 춤을 춥니다. 수레에 실린 그물로 새를 잡듯, 천자께서 직접 어질고 고상한 인재를 널리 불러 모으시니, 어진 군주를 만나지 못한 현자의 심정을 노래한 「벌단伐檀」을 들으면 슬퍼하시고, 군주가 지혜로운 신하를 얻음을 기뻐하셨다는 『시경』의 구절을 노래하면 좋아하셨습니다. 『예禮』의 범주 안에서 예의를 정하고, 『서書』를 깊이 천착하여 그 이치를 통달하고, 『역易』의 원리를 천명하시며, 기이한 짐승을 풀어놓고, 명당明堂에 올라 제후를 만나 정사를 논하고, 종묘에 앉아 제사를 주관하십니다. 모든 신하들이 마음대로 정치의 득실得失을 논하니, 천하의 백성들 가운데 그 은택을 입지 않은 사람이 없습니다. 지금 천하의 사람들이 크게 기뻐하며 천자를 숭앙하고 따르니, 세상이 모두 이를 따라 교화되어 도가 크게 성하고 의義에 가까워져 형벌이 필요없습니다. 그 덕은 하·은·주 삼대의 임금보다 높고, 공은 복희·신농·황제·요·순 임금보다 뛰어납니다. 이러해야만 천자의 사냥이 기뻐

할 만한 일이 될 것입니다.

　만약 온종일 사냥터를 달리며 즐긴다면 정신도 육체도 지치고, 거마도 제대로 기능하지 못하며, 병사들의 힘도 소진되고 창고의 재물도 소비되니, 백성들에게 은덕이 전혀 미치지 않습니다. 이는 혼자만의 즐거움만 생각하고 백성들은 고려하지 않은 것이며, 나라의 정사는 잊고 꿩이나 토끼 같은 짐승만 많이 잡으려고 한 것이니, 어진 자라면 하지 않을 일입니다. 이로부터 볼 때, 제나라와 초나라의 일을 어찌 슬퍼하지 않을 수 있겠습니까? 나라의 영토가 1000리를 넘지 않는데 사냥터가 900리를 차지하니, 초목이 심어진 땅은 개간할 수 없어 사람이 먹을 것이 부족합니다. 미천한 제후의 몸으로 천자만이 누릴 수 있는 사치를 즐기니, 백성들이 그 피해를 입을까 걱정됩니다."

　이에 자허와 오유 두 사람은 낯빛이 변하고 넋이 나간 듯 상심하여, 뒤로 물러나 자리를 떠나며 "저희가 어리석고 비천하여 하지 말아야 할 바를 몰랐는데, 오늘 이렇게 가르침을 주시니 삼가 말씀을 받들겠습니다"라고 했다.[후5]

　사마상여의 「자허부」와 「상림부」는 문사나 구성이 모두 빼어난 명작이다.

　양웅 역시 한부漢賦 전성기에 나온 작가이다. 당시 그는 한 무제 이후 강성해진 국가의 위세를 비롯하여, 물산의 풍부함·궁궐의 화려함과 웅장함·황실과 귀족의 사냥과 가무 등을 주로 묘사했다. 그의 「우렵부羽獵賦」를 예로 들어보겠다.

　효성제孝成帝께서 사냥을 나가실 때, 저도 따라갔습니다. 옛날 이제二帝(요·순 임금)와 삼왕三王(우왕·탕왕·문왕)이 별궁과 누각을 짓고, 연못과 정원을 만들고, 숲과 늪을 정비한 것은 그 재물이 종묘의 제사를 받들고, 손님을 접대하고, 음식을 만들기에 충분했기 때문이라고 생각됩니다. 당시는 백성들이 경작할 수 있는 비옥한 땅과 뽕나무를 심을 수 있는 밭을 빼앗지 않아, 여인들은 많은 천을 짤 수 있고, 남자들은 많은 곡식을 심어 나라가 부유해져 위아래가 모두 충족한 생활을 할 수 있었습니다. 무제께서 상림원上林苑을 넓게 지으시어, 동남으로는 의춘궁宜春宮·정호궁鼎湖宮까지 이르고…… 남산을 따라 서쪽으로는 장양궁長楊宮·오작궁五柞宮까지 이르며, 북쪽으로는 황산黃山을 돌고 다시 위수渭水를 따라 동으로 내려가니, 그 둘레가 수백 리나 됩니다. …… 이처럼 많은 재물을 들여 사치스럽게 꾸며 즐기시니, 그 기이하고 화려함이 극에 달합니다. 비록 동·서·남쪽의 오랑캐로부터 빼앗아온 물건을 백성에게도 나누어주지만, 사냥철이 되면 거마와 무장한 병사들이 사냥 장비를 갖추고 주변을 막아 들어오지 못하게 할 뿐 아니라, 지나친 화려함을 자랑으로 삼으니, 이는 요와 순임금, 탕왕과 문왕께서 사냥을 하면서도 한쪽은 막지 않고 동물들에게 살 길을 열어주시던 뜻에 부합하지 않습니다. 후세 사람들이 이전의 건축과 연못을 다시 잘 수리하여 즐기고, 노魯나라 장공莊公이 여인을 취하기 위해 세운 '천대泉臺'의 일을 교훈으로 삼지 않을까 걱정되어 「교렵부校獵賦」를 지어 풍자하였습니다. 그 내용은 다음과 같습니다.

"혹자는 복희와 신농의 검소함만을 말하는데, 이것은 후세의 제왕들이 더 화려하게 수식을 했다는 말이 아니겠습니까? 논자들은 이를 잘못되었다고 합니다. 각기 그 시대에 따라 마땅하게 처리한 것인데, 어찌 같은 잣대로 함께 연관지을 수 있겠습니까? 이러하다면 하늘에 올리는 태산泰山의 제사에 어찌 일흔두 가지의 의식이 있을 수 있었겠습니까? 지금 나라를 세우고 그 업적을 이어간 사람들의 명철한 지혜도 모두 드러나지 않게 되었는데, 아주 먼 옛날의 오제五帝와 지금에서 비교적 가까운 시기의 삼황三皇께서 하신 일이 어느 것이 옳고 그른지 그 누가 알 수 있겠습니까? 이에 마침내 다음과 같이 칭송하는 노래를 지어 불렀습니다. '웅위한 기품을 가진 신성한 군주께서는 북쪽 궁궐에 거처하시네. 그 부유함은 땅과 견줄 만하고, 존귀함은 하늘에 비길 만하네. 제나라 환공桓公은 그 수레바퀴를 잡을 자격도 없고, 초나라 장왕莊王은 수레에 함께 오르지도 못하네. ……도덕을 갖춘 사람을 스승 삼고, 인의仁義에 힘쓰는 자를 벗 삼으시네.'"

한기寒氣가 기승을 부려 만물이 겉으로는 완전히 시든 모습을 하고 있지만 안에서는 싹이 트고 있는 12월에, 황제께서는 사냥터에서 사냥을 하시면서 북쪽 땅을 개척하고, 서북풍이 부는 시절에는 줄곧 전욱顓頊과 현명玄冥의 가르침을 따르셨습니다.

……

지금 고명한 식견을 갖춘 유학자들이 높은 자리에 올라 여러 빛깔의 고운 옷을 입고서, 요임금 시대의 제도를 적은 책을 편찬하고, 「아」와 「송」의 잘못을 바로잡고, 마당 앞에서 서로 읍하여 예를 갖춥니다. 황실에서 뿜어져 나오는 빛이 천하를 밝히고, 백성들이 이에 신속하게 호응하니, 어진 명성이 북적北狄까지 미치고, 그 용맹이 이웃 남쪽까지 진동합니다. 이에 털옷을 입은 소수민족 족장과 북방 여러 나라 왕들이 진기한 보물을 가져와 바치고, 예의를 갖추며 신하 되기를 청하는데, 앞에 온 사람들이 입구를 둘러싸고 있고, 뒤로는 노산盧山까지 줄이 이어져 있습니다. 모든 공경대부와 양주楊朱, 묵적墨翟 같은 사람들이 칭찬하며 "숭고한 덕이여! 비록 당唐·우虞·대하大夏·서주西周가 융성하였지만, 어찌 이보다 더할 수 있으리오! 옛날 태평성대가 오면 태산과 양보산梁父山에 제단을 쌓고 하늘에 제사를 지냈는데, 지금 이 시대가 아니면 누가 이 일을 할 수 있을까?"라고 하였습니다.후6

양웅의 「장양부長楊賦」 역시 사냥에 대한 일을 묘사한 것이다.

사마상여는 양나라 효왕孝王 때 원림문학園林文學 집단에 들어가 「자허부」를 지었지만, 효왕이 세상을 떠나면서 집단이 해체되어 고향으로 돌아갔다. 한 무제는 즉위 후 우연히 「자허부」를 읽고 훌륭하다고 생각하여 사마상여를 조정으로 불러들였다. 사마상여는 무제에게 「자허부」는 제후의 일을 말한 것일 뿐 언급할 만한 깊은 뜻이 담겨 있지 않다고 하면서, 지금 왕을 위해 사냥에 관한 부를 짓게 해달라고 청하였다. 이것이 바로 「상림부」이다. 무제는 이를 보고 대단히 흡족해하며 낭관郎官에 봉했다. 「자허부」와 「상림부」의 창작시기는 약 10년의 차이가 있다. 그러나 내용은 서로 연관되어 있어, 사람들은 두 편의 문장이지만 사실은 하나와 다름없다고 말한다. 「자허부」는 초나라 신하가 제나라에 사신으로 가서, 왕의 환대를 받고 함께 사냥을 나가게 된 일을 적은 것이다. 제나라 왕의 성대한 사냥 장면과 초나라 왕이 운몽택에서 사냥을 즐기는 상황을 서술하고, 오유 선생의 입을 빌어 임금이 덕으로 천하를 통치하는 것을 중시하지 않고 사냥의 성대한 상황을 칭찬한 것은 옳지 못하다고 비판하였다. 「상림부」는 「자허부」를 이어, 망시공의 입을 통해 자허와 오유 및 백성들의 생활은 돌보지 않으면서 사치를 일삼고 사냥만 즐기는 초나라와 제나라의 제후들을 비판하였다. 두 작품 모두 웅장하고 기세가 높아 한부의 전범典範이라 할 수 있다.

양웅의 「우렵부」와 「장양부」 역시 서한 말기에 지어진 명작이다. 양웅은 젊은 시절 사부辭賦를 좋아하여 사마상여를 숭상하였지만, 만년에는 사부를 짓는 것을 하찮은 일로 간주하여 대장부가 할 일이 아니라고 하였다. 「우렵부」와 「장양부」는 사마상여의 영향을 많이 받았으며, 성제成帝가 사냥을 좋아한 일을 묘사하였다. 그러나 어찌되었건 이러한 작품들에는 시대적 성격이 매우 뚜렷하게 나타나 있다.

곽말약郭沫若은 상商나라의 갑골문甲骨文에 근거하여 그 시대를 유목민 시대로 단정하였는데, 이는 편면적인 자료만 취하여 내린 결론에 불과하다. 사냥은 당시 귀족들이 즐기던 최고의 사치이자 오락이었다.

한부는 송옥을 계승하여 지어진 것이지 굴원으로부터 온 것이 아니며, 공자·맹자·노자·장자의 책과 『사기』 등은 모두 순문학이 아니기 때문에 한부를 기점으로 중국문학이 순문학의 길로 접어들었다고 할 수 있다. 한부는 가창시대歌唱時代의 문학이라고 할 수 있다. 동한에 이르러 인생관과 문학사조에 커다란 변화가 일어나 위진魏晉 이후의 신문학新文學은 또 한 차례 새로운 풍격과 면모를 갖추게 된다.

위에서 말한 바와 같이 문장의 체식體式에는 뜻을 말한 것, 이치를 설명한 것, 사건을 기술한 것, 감정을 표현한 것의 네 가지 종류가 있다.

「고시십구수」의 작가들은 시대적 상황으로 인해 비관적인 심리를 갖게 된 것이지, 이름을 남기거나 정치 혹은 학술 영역에 참여하려 한 것이 아니므로 단지 남녀 간의 이별의 슬픔이나 생로병사에 대한 감정만을 표현했다. 「고시십구수」에는 그들의 비관적 정서가 자연스럽게 드러나기 때문에 한 시대를 대표한다고 할 수 있다. 또한 근원적인 측면에서 생명에 대해 사색하여 소극적인 태도를 드러냈는데, 사실 이는 인생에 전혀 도움이 되지 않는다.

동한 말년에 이르러 사람들은 정치가 붕괴될 것을 예감하였는데, 이 시기의 문학은 오히려 훨씬 친근함이 느껴지고 진실한 감정이 들어 있다. 당시 조조는 이미 정치적으로 지도자의 위치에 올랐지만, 그의 작품은 여전히 일반 평민의 개인적 스타일을 유지하고 있었다. 예컨대 "술잔 들고 노래 부르노니, 인생이 얼마나 되는가? 아침 이슬처럼 순식간이건만, 지나가 버린 날이 참으로 많구나"라고 노래한 그의 「단가행」은 일반 평민의 풍격이 잘 표현된 시이다. 이 시는 『시경』, 「이소」, 한부와 명백한 차이를 보인다. 조조의 아들 조비와 조식은 아버지의 풍격을 계승하여, 문학이 정치로부터 독립할 수 있게 하였다.

당시 조조는 이미 한나라 황제에 의해 위왕魏王에 봉해져 영토는 물론 아홉 종류의 예기禮器까지 하사받았다. 관례에 따르면 조조의 「술지령」은 장엄하고 진중하게 씌어져야 하는데, 그는 오히려 무겁지 않으면서도 친근한 느낌이 들도록 썼다. 이는 마치 루스벨트 대통령이 난롯가에서 이야기를 나누는 듯한 친밀감으로 국민의 지지를 호소한 '노변담화(爐邊談話, Fireside chat)'와 같다고 할 수 있다. 당시 외교 문서의 기준에 따르면, 이 문장은 정치적 문체에 부합되게 명령하는 형식으로 씌어져야 한다. 그러나 조조의 「술지령」은 단지 자신의 생각을 서술하고, 젊은 시절부터 시작해서 생활에 관한 자질구레한 일을 말한 것에 지나지 않아, 아랫사람에게 명령하는 글이 전혀 아니다. 하지만 자신의 일생을 적나라하게 표현하였고, 친구 같은 어투로 일상을 말한 것은 오히려 하나의 풍격이 되어, 이전과는 다른 신문학을 형성하였다.

한편 부에서는 삼국三國시기에 이르러 왕찬이라는 작가가 나왔다. 왕찬은 처음에는 형주荊州에 있다가 후에 조조에게 투항했다. 그의 「등루부登樓賦」라는 작품은 도망자의 신분으로 쓴 것이고, 분량이 겨우 수백 자에 불과하다. 당시 건안칠자 중 한 사람인 완우가 죽자, 위 문제 조비는 「과부부寡

婦賦」[15]를 지었다.

물 위에 떨어진 꽃이 모두 문장이 되고, 붓을 들어 쓰기만 하면 모두 문학이 되는 경지에 이른 것은 조조 이후에나 가능하였다. 그러므로 건안문학은 친근하면서도 맛깔스럽다. 조씨 삼부자 시기의 문학은 마치 겨울의 맑은 물처럼 너무나 투명하여 무엇을 말해도 모두 가치가 없는 것 같지만, 사실 그 안에 이미 가치가 생겨났다.

문학 창작은 어려운 일이고, 모방은 결점이 생기기 쉽지만, 문학을 하려면 모방도 해야 한다. 건안문학은 청신淸新한 면모를 지니고 있지만, 이를 모방한 후세의 작품들은 더 나쁘게 변해 잡다해졌다. 그러나 이로 인해 문학은 또 한 차례 새로이 변화할 수 있었다. 각 시대는 각 시대마다의 면모가 있기 마련이다. 그러나 모두가 백화문으로 변하는 것은 아니다.

요컨대 위진남북조시대에서는 조씨 부자가 영도한 건안문학을 중시해야 한다.

그다음에 나온 제갈량諸葛亮은 청색 두건 쓰고 깃털 부채 부치며 군대를 지휘하였는데, 그의 작품「출사표出師表」또한 마치 친구에게 일상적인 이야기를 하는 것처럼 썼다. 이는 모두 조조를 따라한 것이다. 조조는 호방하고 풍류를 잘 아는 사람이었다. 그의 부하 양호羊祜는 공을 쌓아 상서좌복야尙書左僕射의 벼슬까지 올랐는데, 형주의 도독都督으로 있을 때 갑옷을 입지 않고 항상 가벼운 털옷에 허리띠를 느슨하게 맨 복장을 하였다. 이 또한 조조를 따라한 것이다. 조조는 군중軍中에 있을 때 항상 편안하고 여유가 있어 마치 전쟁을 하지 않으려는 사람 같았다. 화공법火攻法으로 조조를 적

---

**15** 편자 주:「과부부」소서小序에는 "진류陳留의 완우는 나와 친분이 있었는데, 박명하여 일찍 죽었다. 매번 그의 어린 자식을 생각하면 슬프고 마음이 아프지 않을 수 없었다. 이에 이 부를 지어 그 아내와 자식의 슬픈 감정을 서술하였다(陳留阮元瑜與余有舊, 薄命早亡, 每感存其遺孤, 未嘗不愴然傷心, 故作斯賦, 以敍其妻子悲苦之情)"라는 내용이 있다.

벽의 싸움에서 크게 이긴 주유周瑜도 전쟁을 할 때 뒤에서 항상 희곡을 감
상했는데, 이 역시 조조를 따라한 것이다

# 제19장

# 『소명문선』

◆◆◆

『문선文選』은 양梁나라 소통蕭統이 편찬하였다. 소통은 양 무제武帝 소연蕭衍의 맏아들이고, 화제和帝 중흥中興 원년(501년)에 양양襄陽에서 태어났다. 그 다음해 소연이 즉위하고, 같은 해 소통을 황태자에 책봉하였다. 소통은 타고난 자질이 총명하고, 문장을 짓는 감각이나 생각이 민첩하여 아홉 살에 『효경孝經』을 논할 수 있었으며, 어머니에게 효성이 지극했다. 젊은 시절 부친의 명에 따라 정무를 처리할 때 어진 정치를 베풀어 멀리까지 명성을 떨쳤다. 애석하게도 31세의 젊은 나이에 세상을 떠났고, 시호가 '소명昭明'이기 때문에 이 책을『소명문선昭明文選』이라고도 부른다.

제나라와 양나라 시기에는 시문총집詩文總集을 편찬하는 풍조가 대단히 성행했다. 시문총집을 편찬한 학자와 문인들은 그 수를 헤아릴 수 없을 정도로 많았으니, 두예杜預의『선문善文』·이충李充의『한림론翰林論』·지우摯虞의『문장유별론文章流別論』·유의경劉義慶의『집림集林』·심약沈約의『집초集鈔』등이 그 예라 할 수 있다. 이러한 선집選集들은 오래전의 것인데다 수록된 문장의 종류나 수량 또한 『소명문선』만큼 풍부하고 완벽하지 않다. 게다가 소명태자는 재력과 물력, 인력 모든 방면에서 대단히 유리한 위치에 있었다.

소명태자는 황족 출신인데다가 어려서부터 문학을 아주 좋아하여 장서가 수만 권에 달했다. 또한 천하의 학자와 문인들을 예로 대우하였는데, 동궁에서 비서관인 통사사인通事舍人의 자리에 있던 유협劉勰 역시 그가 아꼈던 사람이다. 그리하여 소통의 밑에는 항상 능력이 출중하고 어진 인재가 많았는데, 그들은 모두 그의 고문顧問 역할을 담당하거나 저서 편찬 작업에 직접 참여하였다. 이전의 선집들은 문체 분류가 적절하지 않을 뿐 아니라, 수록한 문장이 많지 않고 정확성도 결여되었으므로 차츰 도태되었다. 그리하여 『소명문선』은 당시 시문총집의 독보적인 존재가 되었다. 앞에서 이미 말했듯이 고대의 시가와 문장을 연구하려면 『시경』과 『소명문선』 두 권만으로도 충분하다.

『소명문선』의 체제에 대해서는 「문선서文選序」에 자세히 설명되어 있는데, 서문은 모두 여덟 개의 큰 단락으로 나눌 수 있다. 다음은 「문선서」의 첫 단락이다.

아득히 먼 태초의 풍속을 살펴보면, 겨울에는 동굴에서 지내고 여름에는 나무 위에서 지냈으며, 털이 붙어 있는 짐승의 고기를 먹고 그 피를 마시며 살았다. 사람들은 모두 순박하고, 문자는 아직 만들어지지 않았다. 복희씨가 천하를 다스리면서 비로소 팔괘八卦를 긋고 문자를 만들어 결승結繩으로 사건을 기록하던 것을 대신하였다. 이로부터 문장과 전적典籍이 점차 생겨났다. 『역易』에는 "천문을 관찰하여 사계절의 변화를 이해하고, 인문人文을 관찰하여 교화敎化로 천하를 통일한다"라는 말이 있으니, 이것을 통해 문장이 갖

는 시대적 의의가 대단히 아득하였음을 알 수 있다!후1

　여기에서는 원시시대 사람들이 동굴이나 나무 위에 집을 짓고 살았고, 짐승의 날고기를 먹고 그 피를 마시며 살았으며, 문화가 아직 발달하지 않았고, 복희씨가 팔괘를 그리고 문자를 만들어 비로소 결승으로 사건을 기록하던 일을 대신하게 되었음을 말하였다. 『역경』에서는 천문을 관찰하면 사계절의 변화를 알 수 있고, 인문을 관찰하여 백성에게 교화를 실시하였다고 하였는데, 이는 문장의 심원한 시대적 의의가 바로 이로부터 시작되었음을 설명한 것이다. 다음은 「문선서」의 두 번째 단락이다.

　　바큇살도 없는 초라한 수레는 황제가 타는 화려한 어가御駕의 시작이지만,1 황제의 어가 어디에 원시시대 수레의 질박한 모습이 남아있는가? 두꺼운 얼음은 고인 물이 얼어 만들어진 것이지만, 고인물은 얼음처럼 차갑지 않다. 왜 그런 것인가? 이는 아마 수레를 만드는 방법은 계승하였어도 거기에 수식을 가했기 때문이고, 물의원래 모습이 변하여 얼음이 되면서 더 차가워졌기 때문일 것이다. 사물에 나타나는 이러한 현상은 문장에서도 볼 수 있다. 문장은 시대를 따라 변하므로, 그 변화를 하나하나 자세히 알기는 어렵다.후2

　이 단락의 내용은 이러하다. 황제가 타는 화려한 어가는 원래 바큇살이 없는 투박한 형태의 수레로부터 시작되었지만, 정교하게 만들어진 지금의 어가에서는 바큇살이 없는 수레의 질박한 모습을 찾아볼 수 없다. 또한 두

---

**1** 추륜椎輪과 대로大輅. 편자 주: 추륜은 바큇살이 없는 수레이고, 대로는 천자가 타는 수레이다. 『예기禮記·악기樂記』에는 "대로라는 것은 천자의 수레이다(所謂大輅者, 天子之車也)"라는 말이 있다.

꺼운 얼음은 물이 고여 얼어붙어 만들어진 것이지만, 고여 있는 물은 결코 얼음처럼 차갑지 않다. 이는 천하의 사물은 원래의 모습으로부터 끊임없이 변화 발전하고, 나아가 새로운 효능이 더해지기 때문이다. 천하의 사물이 모두 이러하듯, 문장 역시 시대를 따라 변화하고, 그 변화는 자세히 이해하기 힘들다.

다음은 「문선서」의 세 번째 단락이다.

나는 다음의 문제에 대해 논해보고자 한다. 「시서詩序」에는 "시에 육의六義란 것이 있는데, 풍·부·비·흥·아·송이 바로 그것이다"라는 말이 있다. 지금의 작가는 옛날 작가들과 다르다. 부는 옛 시의 표현수법의 하나이지만, 지금은 독립된 문체를 가리킨다. 순자와 송옥은 앞장서서 부를 짓고, 가의賈誼와 사마상여가 뒤에서 이를 계승했다. 이로부터 그 원류源流가 복잡해졌다. 도읍에 대해 서술한 것은 장형張衡의 「서경부西京賦」와 사마상여의 「상림부上林賦」가 있고, 사냥에 대해 서술한 것은 양웅의 「장양長楊」과 「우렵羽獵」등이 있다. 한 가지 일을 기술하고, 한 가지 사물을 읊고, 풍운風雲·초목草木·어충魚蟲·금수禽獸 등을 묘사한 부가 나오고, 이것이 확대되어 그 수를 헤아릴 수 없을 정도로 많아졌다. 또 초나라의 굴원은 충성된 마음과 고결한 생각을 가진 자이지만, 그 임금이 충고를 받아들이는 사람이 아니어서, 신하가 충언을 올리면 귀에 거슬려 했다. 굴원은 국가의 일을 깊이 생각하고 걱정하였지만, 결국 상수湘水 남쪽으로 추방되었다. 강직한 뜻이 손상당하자, 침통한 마음을 하소연할 곳 없어 강가에서 「회사懷沙」를 지어 읊조렸는데, 그 모습이 대단히 초췌했다. 뜻을 이루지 못한 실의의 감정을 노래한 시인의 작품은 이로부터 생겨났다.후3

이 단락은 『시경』에는 풍·부·비·흥·아·송 여섯 가지 체재가 있지만, 지금의 문체는 이미 이로부터 변화되었음을 말하였다. 부는 원래 『시경』에서는 육의六義 중 하나였지만, 지금은 문장을 부라고 통칭하게 되었다. 먼저 순자와 송옥이 앞에서 그 시작을 열었고, 가의와 사마상여가 뒤에서 이를 계승하였는데, 이때부터 부가 대단히 발전했다. 예컨대 빙허공자憑虛公子와 망시공亡是公의 입을 빌어 궁전을 묘사한 작품도 있고, 「장양」과 「우렵」처럼 군왕에게 사냥을 경계하도록 권한 작품들도 나왔다. 한편 한 가지 사건을 기술하거나 한 가지 사물을 읊고, 혹은 산천초목과 조수충어鳥獸蟲魚를 묘사한 작품들은 이루 헤아릴 수 없을 정도로 많이 나왔다. 이외에 굴원은 고결한 뜻을 가진 사람이지만, 초나라 왕에게 받아들여지지 않자 마침내 돌을 품고 멱라강에 몸을 던졌다. 임종 전에 초췌한 모습으로 강가에서 시를 읊조렸는데, 이로부터 「이소」 같은 작품이 나왔다.

다음은 「문선서」의 네 번째 단락이다.

시는 뜻을 나타낸 것으로, 감정이 마음속에서 요동치면 말로 드러난다. 「관저關雎」와 「인지麟趾」에는 예의에 합당하고 법칙에 부합하는 대도大道가 드러나 있고, 「상간桑間」과 「복상濮上」에서는 망국의 가락이 드러나 있다. 그러므로 『시경』의 공명정대한 도는 감상할 만하다. 한나라 중반부터 시가 발전에 점차 변화가 생겨, 위맹韋孟의 「재추在鄒」와 이릉李陵의 「하량河梁」 같은 작품이 나왔고, 사언과 오언을 명확히 구분하였다. 가장 적게는 삼언, 많게는 구언으로 이루어진 시도 나왔다. 여러 시체가 서로 흥기하여 각자의 길을 따라 함께 달려 나갔다. 송頌이란 덕업德業을 칭찬하고, 공적을 찬미한 것이다. 윤길보는 '목약穆若'이라는 말로 주나라 선왕宣王을 찬미하였고, 계찰季札은 음악을 듣고서 '지의至矣'라는 말로 감탄을 표시하였다. 감정을 펼쳐낸 것이 시이니 『시경』의 풍과 아, 위맹과 이릉의 작품이 바로 그것이다. 공업功業을 총괄하여 서술한 것이 송체頌體이니 윤길보와 계찰의 작품이 바로 그것이다.주4

이 단락의 내용은 이러하다. 『시경』은 본래 뜻을 서술한 것으로 마음에 느낀 바가 있어 글로 표현한 것이다. 「관저」와 「인지」 등의 시는 교화의 도를 선양하려 한 것이고, 「상간」과 「복상」은 망국의 음악이다. 당시 풍·아의 작품이 크게 성행했지만, 한나라 중반부터 이전과 다른 큰 변화가 생겼다. 위맹은 추 땅에서 은거에 관한 시를 지었고, 이릉은 "손잡고 다리에 올라 이별하네"라는 시를 지었다. 이로부터 사언과 오언에서 삼언·육언·칠언·구언 등의 여러 시체로 발전하였고, 이들은 제각기 크게 성행하였다. 송은 공덕을 칭송하는 데 사용되었으니, 윤길보의 「증민蒸民」은 주나라 선왕을 찬미한 것이고, 오吳나라 계찰의 말은 송頌의 음악을 칭찬한 것이다.

다음은 「문선서」의 다섯 번째 단락이다.

다음으로 잠箴은 잘못을 보완하기 위해서 만들어졌고, 계戒는 임금을 보좌하여 잘못을 바로잡기 위해서 나왔다. 논論은 이치를 정밀하게 분석해야 하고, 명銘은 사정을 명확하면서도 매끄럽게 서술해야 한다. 공업功業을 세운 자가 세상을 떠나면 뇌誄를 짓고, 그 초상을 그리면 찬贊을 지었다. 이외에 조고詔誥·교령敎令·표주表奏·전기牋記·서서書誓·부격符檄·조제吊祭·비애悲哀, 동방삭東方朔의 「답객난答客難」과 매승枚乘의 「칠발七發」, 삼언과 팔언의 시, 편篇·사辭·인引·서序·비갈碑碣·지장志狀 등의 여러 체재가 쏟아져 나와 옛 문체와 새 문체가 함께 공존하였다. 이는 나팔과 생황은 각기 다른 악기이지만 모두 귀를 즐겁게 해주고, 예복에 수놓은 흑백과 흑청 무늬는 색깔은 다르지만 모두 눈을 즐겁게 해주는 것과 같은 이치이다. 이처럼 많은 문체를 통해 작가의 정취가 충분히 표현될 수 있었다.[주5]

이 단락에서는 각종 문체가 만들어져 쓰이게 된 이유를 밝혔다. '잠'은 잘못을 보완하기 위해 만들어졌고, '계'는 잘못을 바로잡기 위해 만들어진 것이다. '논'은 사물의 이치를 정밀하게 분석해야 하고, '명'은 조리가 분명하면서도 문맥이 매끄러워야 한다. '뇌'는 죽은 자를 위해 짓는 것이고, '찬'은 그림에 쓰는 칭찬의 글이다. 이외에 조고·교령·표주·전기·서찰·서사·격문·제문, 「답객난」과 「칠발」, 삼언과 팔언의 시, 편·사·인·서·비문·지장 등의 여러 체재와 많은 종류의 문장이 쏟아져 나왔는데, 이는 마치 여러 현악기와 관악기가 제각기 다른 소리를 내어 귀를 즐겁게 해주고, 의복에 수놓인 여러 색깔의 무늬가 제각기 눈을 즐겁게 해주는 것과 같은 이치이다. 문학가 역시 자신이 창작한 서로 다른 문체를 통해 그 문사文辭와 의취意趣의 아름다움을 충분히 표현할 수 있다.

다음은 「문선서」의 여섯 번째 단락이다.

나는 감국무군監國撫軍의 업무를 볼 때 한가하게 보내는 시간이 많아, 각 시대의 문단과 문장을 두루 살펴보았다. 이에 대해 깊이 생각하다보면 날이 저물어도 피곤한 줄 몰랐다. 주周·한漢 시대 이후부터 오늘에 이르는 유구한 세월 동안, 왕조가 일곱 차례 바뀌었고, 천 년의 시간이 흘렀다. 세월이 흐르는 동안 재주가 뛰어난 문인들의 명성이 문단을 가득 메웠고, 이들이 순식간에 지어낸 문장이 담황색 비단으로 만든 책갑冊匣에 가득했다. 형편없는 문장은 걸러내고 정수만 모아두지 않으면, 두 배의 노력을 기울인다고 해

도 대부분 다 읽기 힘들 것이다.[후6]

　이 단락의 내용은 이러하다. 나는 태자로서 임금을 도와 국사를 감독하고 군사를 순무하던 업무를 보면서, 나머지 한가한 시간에 많은 책을 두루 읽을 수 있었고, 책을 보느라 오랜 시간이 흘러도 피곤한 줄 몰랐다. 주周·한漢 이후 지금까지 왕조가 일곱 차례 바뀌고, 천 년의 세월이 흘렀다. 많은 문인과 재주 있는 자들의 명성이 도시는 물론 산간벽지까지 전해지고, 책상자에는 명문장으로 꼽을 수 있는 시와 문장이 가득했다. 그러므로 수준 낮은 문장은 골라내고 정수라고 할 만한 문장만 남겨두었다. 그렇지 않으면 이 많은 문장을 어떻게 다 읽을 수 있겠는가?
　다음은 「문선서」의 일곱 번째 단락이다.

　　주공과 공자께서 지은 책은 하늘 높이 걸린 해와 달과 견줄 만하고, 귀신과 오묘함을 다투며, 효도와 공경을 행하는 준칙이고, 인류의 스승이자 벗이거늘, 어찌 함부로 없애고 잘라낼 수 있겠는가? 노자와 장자의 작품, 관자와 맹자 같은 부류들은 뜻을 세우는 것만 종지로 삼았지 문장을 잘 쓰는 것은 근본으로 삼지 않았기에 수록하지 않았다.[후7]

　이 단락의 내용은 이러하다. 주공과 공자께서 지으신 경전은 해와 달처럼 천지에 빛나고, 귀신처럼 오묘하며, 그것이 논한 바는 모두 인간 세상의 도덕규범인데, 어찌 임의로 삭제할 수 있단 말인가? 노자, 장자, 관자, 맹자 등이 지은 책은 모두 이론을 위주로 삼고 문채를 중시하지 않았으므로 수록하지 않았다.
　다음은 「문선서」의 마지막 여덟 번째 단락이다.

현인의 훌륭한 문장, 충신의 강직한 항거의 말, 모사의 술수, 유세가의 변론 등은 얼음이 녹은 샘에서 물이 솟구치는 것처럼 거침이 없고, 황금 바탕에 옥소리가 어우러진 것처럼 내용과 형식이 모두 뛰어나다. 전파田巴는 저구狙丘에서 변론하고 직하稷下에서 의론을 펼쳐 뭇사람들을 설복시켰고, 노중련은 말솜씨로 진秦나라 군사를 물리쳤으며, 역이기는 제나라가 한나라에 투항하도록 설득하였고, 장량은 유방이 육국六國의 후손을 속국으로 세우면 어떠하겠냐고 묻자 여덟 가지 이유를 들어 어려움을 설명하였으며, 진평은 여섯 가지 기묘한 계책을 내놓아 유방이 천하를 평정하도록 도왔다. 이 일들은 칭송되어 천 년 후까지 전해져 그 대략적인 내용이 고대 전적²에 보이고, 제자諸子의 저술과 역사에도 실렸다. 이러한 부류의 문장들은 광박하고 방대하며, 비록 고대 전적에 실렸다고 할지라도 문학작품과는 다르기 때문에 수록하지 않았다. 실제 사실을 시간 순서에 따라 기록한 역사서는 포폄과 시비로써 옳고 그름을 구분하여 서술한 것이기에 문학작품과 역시 다른 점이 있다. 그러나 아름다운 문사文辭를 모아 잘 배합하여 지은 찬론贊論과 서술序述은 내용이 깊은 구상에서 나오고, 뜻이 아름다운 문장을 통해 표현되었으므로, 다른 작품들과 함께 취하여 수록하였다. 멀리 주나라 왕실로부터 오늘에 이르기까지의 작품을 모아 30권을 만들고 『문선』이라 명명하였다. 이 책은 각 문장을 부류에 따라 취합하여 체재를 갖추었다. 시와 부는 그 체재가 다르므로 부류를 나누었고,

---

**2** 편자 주: 원문은 분적墳籍, 이는 전적典籍을 가리킨다. '분墳'은 전설 속의 삼분오전三墳五典일 것이다. 장형張衡의 「동경부東京賦」에는 "옛날에 항상 삼분오전이 없어진 것을 애석해했다(昔常恨三墳五典旣泯)"라는 말이 있는데, 설종薛綜은 "삼분三墳은 삼황三皇의 책이고, 오전五典은 오제五帝의 책이다(三墳, 三皇之書也, 五典, 五帝之書也)"라고 주석을 달았다.

그 부류는 다시 시대에 따라 순서를 정했다.[후8]

이 단락의 내용은 이러하다. 현인의 말, 충신의 직간直諫, 모사의 술수, 유세가의 날카로운 변론 등은 마치 솟구치는 물처럼 거침없으면서도 내용과 형식을 모두 갖추고 있다. 전파가 저구에서 변론하고 직하에서 의론을 펼친 일, 노중련이 말솜씨로 진나라 군사를 물리친 일, 역이기가 여러 나라에게 투항하도록 설득한 일, 장량이 육국을 속국으로 다시 봉하는 것을 반대하며 여덟 가지 이유를 들어 어려움을 설명한 일, 진평이 여섯 가지 기묘한 계책을 내놓은 일 등은 모두 사람들에게 칭송되어 천 년 후까지 전해졌다. 제자諸子와 역사가들도 앞 다투어 이를 기록했지만 그 문사가 번다하고, 문학과 다르기 때문에 『문선』에 수록하지 않았다. 기사체記事體와 편년체編年體의 역사서들은 문학창작과 다르므로 역시 수록하지 않았다. 그러나 찬론과 서술 같은 문장은 문사가 아름답기 때문에 수록하였다. 맨 끝부분은 그 체재와 문장의 배열 순서에 대해 말하였다.

『소명문선』의 문장 분류는 자고이래로 가장 자세하고 광범하다고 할 수 있다. 유협의 『문심조룡』에서는 문장을 스무 종류로 나누었는데, 『문선』에서는 서른여덟 종류로 나누었다. 기술하면 다음과 같다.


1. 부체賦體: 15종류로 나눔

(1)경도京都: '경도'는 수도를 가리킨다. 반고의 「양도부兩都賦」, 장형의 「이경부二京賦」(곧 「동경부東京賦」와 「서경부西京賦」), 좌사左思의 「삼도부三都賦」가 모두 그 예이다.

(2)교사郊祀: 임금이 하늘에 제사 지내는 일을 말한 것이다.

(3)경적耕藉: 임금의 예절을 말하는데, 예를 들면 임금이 직접 농사일을 하는 것이다.

(4)전렵畋獵: 임금의 오락에 대해 말한 것이다.

◆부체 (2)·(3)·(4)에는 사마상여의 「자허부」·「상림부」, 양웅의 「우렵부」·「장양부」 등이 속한다.

(5)기행紀行

(6)유람游覽: 왕찬의 「등루부」 같은 작품이 이에 속한다. 새로운 체재가 만들어진 이후에는 더 이상 임금의 일을 말하지 않고 개인의 일을 말하였다.

(7)궁전宮殿: '궁전'은 외관外觀을 묘사한 것이다. 서한시기의 노魯나라 영광전靈光殿은 위진시기에도 여전히 존재했다. 동한시기의 왕일王逸에게는 왕연수王延壽라는 아들이 있었다. 당시 왕일이 영광전을 위해 부를 지으려고 하자, 왕연수는 직접 곡부曲阜로 가 궁전을 시찰하고 아버지가 부를 지을 수 있도록 자료를 준비하였다. 그러나 후에 왕연수 자신이 이에 대한 부를 한 편 쓰는 바람에, 다른 사람은 더 이상 쓰지 않게 되었다.³

(8)강해江海

(9)물색物色: 바람, 달, 눈, 가을 등을 묘사한 것이다.

(10)조수鳥獸: 앵무鸚鵡와 백마 등을 묘사하였다.

(11)지志: '지'에는 장형의 「귀전부歸田賦」, 반악潘岳의 「한거부閑居賦」, 도연명의 「귀거래혜사歸去來兮辭」 등의 작품이 있다. 이 부류의 문장은 '애상'과 별 차이가 없고, 생활에서 느낀 바를 적은 것이다. 예를 들어 장형의 「귀전부」는 도성에서 뜻을 펼칠 기회를 얻지 못해 자신의 재주를 임금을 위해 쓸 수 없으니, 차라리 집으로 돌아가는 것이 나을 것이라는 생각을 말하였다. "도성에서 오래도록 벼슬살이 했지만, 임금을 보좌할 높은 책략이 없

---

**3** 편자 주:『후한서後漢書·왕일전王逸傳』의 기록에 따르면 동한東漢의 채옹蔡邕도 노나라 영광전을 제재로 부賦를 쓰려고 했는데, 왕연수가 쓴 「노령광전부魯靈光殿賦」를 보고 더 이상 쓰지 않았다.

었네. 부질없이 강가에서 물고기 부러워하며, 물이 맑아지길 기다리지만 기약이 없구나."[4] 때를 만나지 못해 뜻을 펼칠 수 없자 마침내 집으로 돌아가겠다는 생각을 하는 것은 결코 윤리도덕과 정치이념을 말한 것이 아니라, 일상생활의 경험을 적은 것이다. 도연명의 「귀거래혜사」는 바로 '귀전부歸田賦'인데, 이는 선진문학先秦文學에는 존재하지 않았을 뿐 아니라 세계적으로도 중국에만 있는 문화적 가치이고, 그 뿌리 또한 아주 깊다.

(12)애상哀傷: 죽은 친구를 그리워하는 것으로 「사구부思舊賦」, 「탄서부嘆逝賦」 등이 모두 이에 속한다.

(13)논문論文

(14)음악音樂

(15)정情

◆(14)·(15)의 '음악'과 '정' 두 부류의 문장을 부체에 넣은 것은 문장과 음악이 모두 감정과 생각을 표현한 것이기 때문이다.

요컨대 한나라 사람이 지은 부는 구부舊賦이고, 건안 이후에 지어진 부는 신부新賦인데 내용면에서 서로 차이가 있다.

2. 시체詩體: 24종류로 나눔

(1)보망補亡

(2)술덕述德: 조상의 일을 말한 것이다.

(3)권려勸勵: 상대방을 격려한 것이다.

(4)헌시獻詩

(5)공연公讌 ○: 술을 청하며 즉석에서 지은 시이다.

(6)조전祖餞 ○: 떠나는 자를 전송하는 것이다. 예컨대 "그대에게 다시 술 한잔 권하노니, 서쪽으로 양관陽關을 나가면 그대 모습 다시 볼 수 없다

---

4 游都邑以永久, 無明略以佐時. 徒臨川以羨魚, 俟河淸乎未期.

오"**5** 등은 바로 인구에 회자하는 시이다.

(7)영사詠史 ○: 역사 인물을 묘사하는 것에 기탁하여, 마음속 생각을 사시史詩로 표현한 것이다.

(8)백일百一: 이에 속하는 시는 단지 한 사람만 지었고, 이는 정치적 문제로 인해 나왔다. 즉 "어리석은 사람도 생각을 거듭하다보면, 반드시 한 가지는 얻는 것이 있다(愚者千慮, 必有一得)"는 것으로, 이는 정치에 100분의 1이라도 공헌할 수 있음을 가리킨다.

(9)유선游仙: 노장의 신선사상을 묘사한 것이다.

(10)초은招隱: 은자가 세상에 나와 벼슬을 하도록 부르는 것이다.

(11)반초은反招隱

(12)유람游覽 ○

(13)영회詠懷 ○: 완적阮籍이 처음 쓰기 시작했고, 마음속 생각을 묘사한 것이다.

(14)애상哀傷 ○

(15)증답贈答 ○

(16)행려行旅 ○**6**: 유람하는 길에서 쓴 것이다. 예를 들면 "청명절이라 가랑비 자욱이 흩날리고(淸明時節雨紛紛)"와 같은 시가 이에 속한다.

(17)군융軍戎

(18)교묘郊廟

(19)심조心弔

(20)악부樂府: 민간에서 노래한 시가를 가리킨다.

(21)만가挽歌

---

**5** 勸君更盡一杯酒, 西出陽關無故人.
**6** 전목 주: '○' 표기는 특별히 중요하다는 것을 나타낸다.

(22)잡가雜歌

(23)잡시雜詩

(24)잡의雜擬

3. 소騷: 소체騷體에는 초사가 포함되어 있다.

4. 칠七

5. 조詔

6. 책冊

7. 영令

8. 교敎

9. 문文

◆7, 8, 9의 '영', '교', '문' 세 가지 문체는 상급자가 하급자에게 내리는 글이다.

10. 표表

11. 상서上書

12. 계啓

13. 탄사彈事

14. 독牘

15. 주기奏記

◆10에서 15까지 '표', '상서', '계', '탄사', '독(전箋을 포함)', '주기'의 여섯 문체는 결코 상급자를 상대로 지은 것이 아니다.

16. 서書: '서체'에 속하는 작품들은 대단히 훌륭하다.

17. 격檄: '격체'는 적을 정벌하러 나갈 때 사용한다.

18. 대문對問

19. 설론設論

20. 사辭

21. 서序

22. 송頌

23. 찬贊

24. 부명符命

25. 사론史論

26. 사술찬史述贊

27. 논論

28. 연주連珠

29. 잠箴

30. 명銘

31. 뇌誄

32. 애哀

33. 비문碑文

34. 묘지墓志

35. 행장行狀

36. 조문弔文

37. 제문祭文

38. 전箋

『소명문선』에는 선진先秦에서 남조南朝 양나라에 이르기까지 127명 작가의 작품이 수록되어 있고, 작품 수는 700여 편에 이른다. 선진시기의 작가로는 자하子夏, 굴원, 송옥, 형가荊軻 네 사람이 있다. 굴원과 송옥은 모두 일곱 편, 나머지 두 사람은 각각 한 편의 작품이 수록되어 있다.

진대秦代의 작품은 이사李斯의 문장이 한 편 수록되어 있다.

양한의 작품은 비교적 많이 수록되어 있다. 서한은 유방, 유철劉徹, 가의,

매승, 위맹, 회남소산淮南小山, 사마상여, 추양鄒陽, 사마천, 이릉, 동방삭, 소무, 양운楊惲, 공안국孔安國, 양웅, 유흠劉歆, 반첩여 등 18명의 작품이 수록되어 있다. 사마상여의 작품이 7편으로 가장 많고, 그다음은 양웅으로 6편이다.

후한은 반고, 반표班彪, 장형, 마융馬融, 주부朱浮, 부의傅毅, 사잠史岑, 왕연수, 최원崔瑗, 채옹, 공융, 유정, 완우, 반욱潘勖, 예형禰衡, 응창, 진림, 양수楊修, 반소班昭, 번흠繁欽, 왕찬 등 21명의 작품이 수록되어 있다. 왕찬의 작품이 14편으로 가장 많고, 그다음은 반고가 11편, 유정이 10편이다. 장형 또한 다섯 편의 부와 네 편의 시가 수록되어 있어 적다고 할 수 없다.

촉한蜀漢 시대의 작품은 제갈량의 「출사표出師表」 한 편만이 수록되어 있다.

위나라는 조조·조비·조식 삼부자와 오질吳質, 혜강嵇康, 완적阮籍, 종회鍾會, 하안何晏, 조경曹囧, 이강李康, 응거應璩, 무습繆襲 등 12명의 작품이 수록되어 있다. 조식의 작품이 39편으로 가장 많고, 조비는 9편, 조조는 「단가행短歌行」과 「고한행苦寒行」 두 편뿐이다.

오대吳代의 작품으로는 위소韋昭의 작품 한 편이 수록되어 있다.

진대晉代에는 두예杜預, 양호羊祜, 조지趙至, 부현傅玄, 응정應貞, 조거束據, 성안수成安綏, 상수向秀, 유령劉伶, 반악潘岳, 장화張華, 석숭石崇, 하소何劭, 육기陸機, 장재張載, 손초孫楚, 부함傅咸, 하후담夏侯湛, 좌사, 반니潘尼, 육운陸雲, 사마표司馬彪, 장협張協, 이밀李密, 조거曹據, 장전張悛, 환온桓溫, 손작孫綽, 은중문殷仲文, 사혼謝混, 도연명, 왕강거王康琚, 유곤劉琨, 곽박郭璞, 유량庾亮, 목화木華, 곽태기郭泰機, 구양건歐陽建, 왕찬王讚, 노심盧諶, 원굉袁宏, 간보干寶, 속석束晳, 황보밀皇甫謐, 장한張翰 등 45명의 작품이 수록되어 있다. 그중 육기의 시와 부가 110편으로 가장 많다. 이외에 반악은 20편, 좌사는 15편이 수록되어 있다.

남조 송대宋代에는 사령운謝靈運, 사혜련謝惠連, 부량傅亮, 사첨謝瞻, 범엽
范曄, 포조鮑照, 사장謝莊, 원숙袁淑, 안연지顏延之, 왕미王微, 왕승달王僧達, 유
삭劉鑠 등 12명의 작품이 수록되어 있다. 그중 사령운의 작품이 39편으로
가장 많고, 안연지가 26편, 포조가 20편이다.

제나라는 사조謝朓, 왕융王戎, 왕검王儉, 공치규孔稚珪, 육궐陸厥, 임방任昉,
구지丘遲, 심약沈約, 강엄江淹, 범운范雲, 왕건王巾, 서비徐悱, 유준劉峻, 우의虞
義 등 10명의 작품이 수록되어 있다. 그 가운데 사조가 23편, 임방이 21편,
심약이 17편을 차지한다.

대체로 주周·진秦·양한兩漢과 같이 시간이 오래될수록 수록된 개인의
작품이 비교적 적고, 위진魏晉 대에 이르면 사람의 수도 많아지고 개인 작
가의 작품 또한 많아진다. 송宋·제齊·양梁 삼대는 작가의 수가 이전보다
많다고 할 수 없지만, 많은 작품이 수록된 개인 작가의 수는 주·진秦·양
한·위魏보다 많다. 이것이 옛것을 홀시하고 지금의 것만 중시한 때문이라
고 비평하는 사람도 있지만, 동일한 문제라도 사람에 따라 견해가 다른 것
은 어쩔 수 없는 일이다.

중국문학은 공자·제자백가로부터 한나라 초까지는 산문의 시대이고, 위
진 이후는 운문의 시대라고 할 수 있다. 그 중간에 「이소」가 나온 것은 단
지 우연의 일에 지나지 않는다.

『소명문선』의 실패라면 '사론史論', '논論', '사술찬史述贊', '조詔', '영令'
등의 문체를 설명하는 데 운문을 사용한 점이다. 그러나 '격檄'과 '애哀'에
서 운문을 사용한 것은 아주 적절하다. 『문선』은 화려하고 다채로운 문사
文辭를 많이 사용했는데, 이 점은 우리가 배워야 한다. 또한 낯설고 어려운
옛글자를 많이 사용하여, 오늘날 더 이상 사용하지 않는 글자들이 다시 활
용될 수 있도록 한 것은 칭찬할 만하다. 나는 열여덟 살 때 고향에서 어린
아이들에게 반고의 『양도부兩都賦』와 장형의 『서경부西京賦』·『동경부東京

賦」, 그리고『문선』의 일부 작품을 골라 가르쳤는데, 학생들은 나에게 어려운 글자에 대해 질문했다. 현대인에게 이미 사용되지 않는 어려운 옛글자를 알게 하는 것은 당연히 좋은 일이다.

남조 송나라 때에는 운이 있는 사륙문四六文을 사용했고, 심지어 정부에서도 이 문체를 사용했다. 후에 구양수와 소식 같은 대가들도 이 문체에 뛰어났다.

청대의「증문정공가훈曾文正公家訓」에서도 증국번曾國藩 역시『문선』을 즐겨 읽었다고 했다.

『소명문선』에 수록된 고대 시문과 사부는 광범위할 뿐 아니라 수량도 상당히 많다. 중국고전문학을 공부하려면 여기에다『시경』하나만 더 추가하면 충분하다고 생각한다.

# 제20장

# 당시(상): 초당시기

◆◆◆

한漢나라와 당唐나라 두 왕조는 중국에서 가장 위대한 시기이다. 당대唐代
는 중국문학사의 핵심이라 할 수 있으며 최고의 경지에 도달하였다고 할
수 있다. 당나라 이후부터 오늘에 이르기까지 그 기풍은 여전히 사라지지
않았다. 그중 당나라 두보의 시, 한유의 고문古文, 안진경의 글씨와 오도자
吳道子의 그림은 후세 사람 중에서 이 네 사람을 넘어선 사람이 없다. 이들
은 모두 문학예술의 최고 경지에 도달하였다고 할 수 있다.

중국문학 가운데 최고이자 정통인 것은 시라고 할 수 있고, 그 가운데 당
시는 가장 위대하다. 청대에 편찬한『전당시全唐詩』900권에는 도합 4만
8900수의 시와 2200여 명의 작가가 수록되어 있다. 이 책은 건륭乾隆 46년
에 편찬하기 시작했는데, 호진형胡震亭의『당음통첨唐音統簽』을 원본原本으
로 삼아 보탤 건 보태고 뺄 건 빼어 완성하였다.

『소명문선』에 수록된 한나라, 위나라, 진晉나라의 시를 각 시대별로 말하
자면 한나라 것은 별로 많지 않다. 사실 위진 이후 조조 삼부자 때부터 시

가 많아지기 시작했다. 이 시기 중요한 시들은 모두『문선』에 수록되었다. 그러나 한나라·위나라 때의 시는 모두 오언시이고, 당나라 때 이르러서야 칠언시가 발전하기 시작하였다.

『문선』에 수록된 시 중 가장 많은 것은 오언고시인데, 오고五古라고 부른다. 당나라 때는 칠언고시가 있고, 칠고七古라고 부른다. 그러나 당시에는 오언율시·칠언율시·오언절구·칠언절구도 있는데, 각각 오율五律·칠율七律·오절五絶·칠절七絶이라 부른다. 이외에 가행歌行, 신악부新樂府 등도 있다. 시의 체재는 당나라 때 이미 다 갖추어졌다. 이후 중국고전시가는 상술한 범위를 뛰어넘지 못했다.

당나라는 근 300년간 지속되었는데 서기 618년부터 906년까지이다.[1]

일반적으로 우리는 당나라를 네 개의 시기로 구분한다.

초당初唐은 서기 618년부터 712년까지인데, 고조高祖 무덕武德 원년부터 중종中宗 이철李哲이 현종玄宗 이융기李隆基에게 제위를 물려주기까지 95년 간 지속되었다. 그사이에는 14년간 무측천武則天이 칭제稱帝를 한 기간도 포함된다.

성당盛唐은 서기 713년부터 765년까지인데, 현종 개원開元 원년부터 대종代宗 이예李豫 영수永壽 년까지로 53년간 지속되었다.

중당中唐은 서기 766년부터 846년까지인데, 대종代宗 대력大歷 원년부터 무종武宗 이염李炎 회창會昌 6년까지 81년간 지속되었다.

만당晩唐은 서기 847년부터 902년까지인데, 선종宣宗 이침李忱 대중大中 원년부터 소종昭宗 천복天復 2년까지 56년간 지속되었다.

이제 당시를 네 개의 시기에 따라 각각 서술하고자 한다.

---

1 전목 주: 당唐 고조高祖 이연무李淵武 덕원德元 원년에서 애종哀宗 이축李柷 천우天祐 3년까지이다.

## 초당시기

초당시기는 618년부터 712년까지로 당 고조부터 중종에 이르기까지 근 100년의 기간을 말한다.

하나의 민족이든 개인이든 성취를 이루려면 준비와 숙성의 시간을 필요로 한다. 즉 우선 오랫동안의 준비기간을 필요로 한다는 것이다. 위대한 문학은 대부분 태평성대에 만들어졌다. 위진남북조시기의 문학은 단지 문학의 각성기의 작품이라 할 수 있을 뿐이고, 당대唐代에 이르러서야 정신과 기운이 충만하여 위진시기를 뛰어넘는 새로운 발전의 길로 들어설 수 있었다. 그 원인은 아래 세 가지로 추정할 수 있다.

첫째, 위진은 쇠락기이고, 당은 안정되고 부유한 번영의 시기였다.

둘째, 남북조시기는 문벌사회이고 난세였지만, 문벌이라는 소집단 내에서 생활하던 귀족은 편안하고 쾌적한 삶을 영위하였다. 그러므로 위진시기의 문학은 귀족자제들에 의해 양성되었고 생활이 부유하지 못한 사회 하층민들은 접할 기회가 적었다. 그러기에 그들의 인생은 경험이 부족하고 모진 시련을 이겨내는 힘이 결여되어 침체되고 활력이 없었다.

셋째, 당나라 때 과거제도가 나왔는데 이 제도야말로 더할 나위 없이 좋았다. 평민이라 할지라도 열심히 공부하고 글만 잘 지으면 시험에 응시하고 성공하여 관리가 될 수 있었다. 귀족만이 독점한 것이 아니라 사회에 널리 보급되었던 것이다. 그러므로 생활 경험이 풍부하고 활력이 넘쳐 본질적으로 위진시대와 크게 달랐다.

초당시기 지명도가 있는 시인으로는 왕발王勃·양형楊炯·노조린盧照隣·낙빈왕駱賓王 네 사람이 있는데, 세칭 초당사걸初唐四傑이라 한다. 이들은 편폭이 작은 오언시를 칠언의 장편長篇 고체시古體詩로 변화시킨 것으로 유명하다. 그러나 성당시기에 이르러 사람들은 초당사걸을 무시하였다. 두보의 「논시절구論詩絶句」가 이를 증명한다.


> 왕발·양형·노조린·낙빈왕이 지은 당시의 시가를,
> 경박하게 썼다고 끊임없이 비웃는구나.
> 너희들은 몸과 함께 이름이 사라지겠지만,
> 저들의 시는 강물처럼 만고를 두고 전해지리라.
> 王楊盧駱當時體, 輕薄爲文哂未休.
> 爾曹身與名俱滅, 不廢江河萬古流.


두보의 이 시를 통해서 볼 때 그는 여전히 초당사걸을 중시하였지만, 당시 사람들은 사걸을 무시하였으니, 이는 실로 부당하다고 하겠다.

왕발의 자는 자안子安이고, 용문龍門 사람이다. 학자 집안에서 태어났는데, 그의 조부는 수나라 때의 유명한 학자 문중자文中子(곧 왕통王通)이고, 작은할아버지 왕적王績은 초당의 유명한 시인이다. 10세 때 동자과童子科 시험에 응시한 왕발은 신동으로 칭해졌으며, 17세 때 이미 경사문학시종관京師文學侍從官에 임명되었다.

왕발의 시 가운데 「송두소부지임촉주送杜少府之任蜀州」라는 시가 있는데, 이 중에는 지금도 여전히 온 국민이 다 알고 있는 명구가 있다.


> 우뚝 솟은 장안성 삼진三秦의 보위 받고,
> 안개 자욱 날리는 오진五津을 바라본다.
> 그대와 아쉽게 이별하는 이유는,
> 지방으로 떠도는 관리이기 때문.
> 이 세상에 마음 맞는 친구 있다면,
> 하늘 끝도 이웃처럼 가까우리라.

부디 이별의 갈림길에서,

아녀자처럼 손수건 적시지 말게.

城闕輔三秦, 風煙望五津.

與君離別意, 同是宦遊人.

海內存知己, 天涯若比隣.

無爲在岐路, 兒女共沾巾.


첫 구의 '삼진三秦'은 항우가 진나라를 멸망시킨 후, 진秦 땅을 셋으로 나누었으므로 '삼진'이라 칭한다. 한나라 때 이르러 유방이 도읍을 정하고 경조京兆 · 좌풍익左馮翊 · 우부풍右扶風이라 명명하고 삼보三輔라 칭하였다. 첫 번째 구절 "성궐보삼진城闕輔三秦", 곧 "우뚝 솟은 장안성 삼진의 보위 받고"는 바로 왕발과 두소부가 이별하는 지점이다. '오진五津'은 촉나라 땅 민강岷江에 있던 백화白華 · 만리萬里 · 강수江首 · 섭두涉頭 · 강남江南 다섯 나루를 지칭한다. 이 다섯 나루는 두소부가 부임하는 곳이다. 이 시의 첫 두 구절은 이별의 장소와 두소부의 임지를 묘사한 것이고, 세 번째와 네 번째 구절은 친구와 이별할 때 차마 발걸음이 떨어지지 않는 마음을 나타내었다. 두 사람 모두 지방으로 떠도는 관리이기에 한 곳에 정착할 수 없는 건 어쩔 수 없는 노릇, 언제 다시 만날지 모른다. 다섯째와 여섯째 두 구절 "해내존지기海內存知己, 천애약비린天涯若比隣"은 뜻이 전환을 이루고 있는데, 지기知己가 있기만 하면 아무리 하늘 끝 땅 끝 멀리 떨어져 있다고 해도 여전히 이웃에 있는 것과 같으니 슬퍼하지 말라는 것이다. 마지막 두 구절은 양주楊朱가 기로에서 어디로 갈지 몰라 울었다는 고사를 인용해서 사나이라면 반드시 대장부다워야지 아녀자처럼 손수건으로 눈물이나 닦는 추태를 보이지 말라는 뜻이다. "이 세상에 마음 맞는 친구 있다면, 하늘 끝도 이웃처럼 가까우리라" 이 두 구절은 오늘날에도 모든 사람이 다 아는 유명한 구절이다.

왕발의 시 가운데 「등왕각滕王閣」이라는 칠언고시도 있다.

> 강가에 우뚝 솟은 아름다운 등왕각,
>
> 멋진 옷 입고 명마 탄 귀족들 춤과 노래 끝났다.
>
> 아름다운 용마루엔 남포에서 날아온 아침 구름 수놓고,
>
> 주렴은 서산의 저녁 비 걷어 올린다.
>
> 한가한 구름 연못에 비치고 해님은 유유히 흘러간다.
>
> 그 사이에 세월은 몇 번이나 바뀌었던가.
>
> 누각 속에 놀던 제왕 지금 어디에 있는가?
>
> 난간 밖 장강은 부질없이 흘러간다.
>
> 滕王高閣臨江渚, 佩玉鳴鸞罷歌舞.
>
> 畫棟朝飛南浦雲, 珠簾暮卷西山雨.
>
> 閒雲潭影日悠悠, 物換星移幾度秋.
>
> 閣中帝子今何在, 檻外長江空自流.

첫 구절에서는 강가에 우뚝 솟아 있는 등왕각을 묘사하였고, 이어서 패옥佩玉·명란鳴鸞·화동畫棟·주렴珠簾 등의 시어로 왕가의 부귀한 기상을 형용하였다. "남포에서 날아온 아침 구름 수놓고(朝飛南浦雲)", "서산의 저녁 비 걷어 올린다(暮卷西山雨)"는 등왕각을 매우 생동감 있게 그려내었다. "한가한 구름 연못에 비치고(閒雲潭影)", "세월은 몇 번이나 바뀌었던가(物換星移)" 두 구절은 누각 밖의 경물을 묘사한 것이다. 마지막 두 구절은 누각은 다시 수리할 수 있지만 제왕은 더 이상 볼 수 없고, 장강만이 천년을 두고 끊임없이 흐른다고 하였다. 이 시의 음률은 훗날 율시의 선례를 열어준 것으로 평가된다.

불행하게도 왕발은 29세의 나이로 일찍 세상을 떠났다.[2] 그러나 그가 남긴 시문은 모두 초당사걸의 으뜸이 되었다. 이 시와 「등왕각서縢王閣序」는 동시에 지어졌다. 그 당시 그는 변방으로 좌천된 아버지를 만나러 가다가 남창南昌을 경유하였는데, 그곳의 도독都督을 지냈던 염백서閻伯嶼를 위해 이 시와 서문을 지었다. 「등왕각서」에는 "저녁노을은 외로운 오리와 함께 날아가고, 가을 강물은 광활한 하늘과 한 가지 색(落霞與孤鶩齊飛, 秋水共長天一色)"이라는 구절이 있는데, 이는 「등왕각」 시의 "아름다운 용마루엔 남포에서 날아온 아침 구름 수놓고, 주렴은 서산의 저녁 비 걷어 올린다"와 함께 천고의 절창이 되었다.

왕발이 지은 「추일등홍부등왕각전별서秋日登洪府縢王閣餞別序」는 줄여서 「등왕각서」라고도 하는데, 변문騈文 중의 신필神筆로 서문 전체가 대우와 변려로 이루어져 있어 음률이 낭랑하고 아름다워 독자의 귀를 즐겁게 해주는 한 편의 시와 같다. 예를 들면 아래와 같다.

> 장맛비 그치니 차가운 연못 맑디맑고,
> 저녁 안개 서린 산 자줏빛 띠고 있다.
> 潦水盡而寒潭淸, 煙光凝而暮山紫.

> 등왕의 긴 물가 굽어보다가
> 선인 노닐던 옛 누각 발견했노라.
> 臨帝子之長洲, 得天人之舊館.

---

**2** 편자 주: 대부분의 학자들은 그가 650년에 태어나 27세인 676년에 사망하였다고 본다.

학과 오리 노니는 모래섬은

크고 작은 섬들이 에워싸고,

계수나무 전각과 목란 궁궐은

산세에 따라 줄줄이 펼쳐져 있다.

鶴汀鳧渚, 窮島嶼之縈廻.

桂殿蘭宮, 列崗巒之體勢.

여염집 온 땅에 가득하고,

종 울리고 보정寶鼎 늘어놓고 밥 먹는 부자들.

큰 배들 나루에 붐비는데

모두 청작靑雀과 황룡黃龍을 멋지게 그렸다.

閭閻撲地, 鍾鳴鼎食之家.

舸艦迷津, 靑雀黃龍之舳.

저녁노을은 외로운 오리와 함께 날아가고

가을 강물은 광활한 하늘과 한 가지 색.

落霞與孤鶩齊飛, 秋水共長天一色.

고깃배에서 저녁 늦게 어부노래 부르니,

파양호 물가까지 울려 퍼진다.

기러기 떼 추위에 놀라 날아가니,

울음소리 형산衡山 남쪽 포구에서 그치리라.

漁舟唱晚, 響窮彭蠡之濱.

雁陣驚寒, 聲斷衡陽之浦.

이렇듯 서문 전체가 가지런하게 대우를 이루는 변려구로 이루어져 있다. 이 중에 "종명정식鍾鳴鼎食, 어주창만漁舟唱晚"[3]이라든가 "낙하여고목落霞與 孤鶩, 추수공장천秋水共長天"[4] 같은 구절은 이미 우리 일상의 구두선이자 일 상용어가 되었다. 이 시는 산하의 아름다움과 작자 개인의 회재불우懷才不 遇, 포부를 펼치기 어려운 나그네의 감회를 묘사하여 독자들의 공명을 불 러일으켰다.

양형은 화음華陰 사람이다. 어려서부터 총명하고 배우기를 좋아하였다. 글 짓는 것을 좋아하였는데 문집으로『영천집盈川集』삼십 권과 시집 한 권 이 있다. 양형의 시 역시 경치를 묘사하는 데 뛰어나다. 「무협巫峽」, 「서릉 협西陵峽」 등의 시는 왕발의 시「등왕각」과 견줄 만하다. 양형의 시「무협」 을 살펴보자.

장강 삼협 700리 물길,
그중에 무협이 가장 길다고 하네.
끝없이 이어진 험준한 절벽,
첩첩 산봉우리 허공을 찌르네.
하늘을 가로지른 가파른 절벽엔,
푸른 이끼 비단처럼 아름답고,

---

**3** 역자 주: '종명정식鍾鳴鼎食'은 종을 울리고 솥단지를 늘어놓고 먹는다는 뜻. 종鍾은 고 대 귀족들이 연주하던 악기, 정鼎은 진귀한 음식을 담은 솥. 그러니까 식사를 할 때 음악 을 연주하면서 진수성찬을 잔뜩 늘어놓고 먹는다는 뜻. 귀족들의 사치스러운 생활을 형 용할 때 쓰인다. '어주창만漁舟唱晚'은 호수와 강이 많은 중국 강남지역의 풍광을 묘사한 구절로 석양이 지는 가운데 어부의 노랫소리가 여기저기서 들려오는 그림 같은 풍경을 가리킨다.
**4** 역자 주: 이 두 구절은 함께 쓰이는 명구. '낙하여고목落霞與孤鶩'은 하늘 위를 날아오 르는 외로운 오리와 저녁노을이 혼연일체를 이룬 시정이 흘러넘치는 저녁 경치를 표현한 것이다. '추수공장천秋水共長天'은 강물이 하늘처럼 넓다는 의미.

밤 되니 분명히 보인다.

바람도 없는데 거센 물살 소용돌이치는 것이!

충성과 믿음은 내가 밟아온 길이니,

배를 타는 게 무엇이 걱정이랴!

물살 거칠고 험준해도

저주산과 여량산도 건널 수 있으리라.

미인은 지금 어디에 있는가?

영지靈芝는 부질없이 향기만 날린다.

적막한 산 울리는 밤 원숭이 울음소리에,

나그네는 눈물로 옷깃을 적신다.

三峽七百里, 惟言巫峽長.

重岩窅不極, 叠嶂凌蒼蒼.

絕壁橫天險, 莓苔爛錦章.

入夜分明見, 無風波浪狂.

忠信吾所蹈, 泛舟亦何傷.

可以涉砥柱, 可以浮呂梁.

美人今何在, 靈芝徒有芳.

山空夜猿嘯, 征客淚沾裳.


양형은 장편 고체시를 잘 썼는데 위의 시가 바로 그것이다. 이 시는 왕발의 「등왕각」과 나란히 이름을 날렸다. 양형은 또 율시를 짓기도 했는데 「유소사有所思」가 있다.

미천한 저는 남쪽 초 땅에 머무르는데,

멀리 떠난 당신은 북쪽 연 땅으로 갔지요.

삼 년이 하루 같고

잠깐 이별이 천년 같아요.

누대에 올라 슬픔에 잠긴 모습 숨기지 않고,

동전처럼 가득 퍼진 이끼 헤아리고 있어요.

그리움에 잠긴 달 밝은 밤,

아득히 흰 구름 흘러가네요.

賤妾留南楚, 征夫向北燕.

三秋方一日, 少別比千年.

不掩嚬紅縷, 無論數綠錢.

相思明月夜, 迢遞白雲天.


위의 시를 통해서 양형의 탁월한 시적 재능을 볼 수 있다.

양형의 「종군행從軍行」에는 "차라리 뭇 사나이의 우두머리가 되는 것이 일개 서생 되는 것보다 낫다(寧爲百夫長, 勝作一書生)"라는 시구가 있다. 이 시구와 왕발의 "이 세상에 마음 맞는 친구 있다면, 하늘 끝도 이웃처럼 가까우리라"라는 구절을 볼 때, 이 두 사람은 이미 위진시대 문벌귀족 자제처럼 부귀한 생활을 한 게 아니라, 단지 보통 사회의 일반 사람에 지나지 않음을 알 수 있다.

한편 초당사걸 중 노조린은 범양范陽 사람이고, 시집 두 권이 전해진다. 그는 오언시, 특히 오언 장편을 많이 지었다. 「결객소년장행結客少年場行」을 보자.


장안은 협객을 중시하고,

낙양은 갑부들이 많지요.

옥검 차고 명마 타고 질주하니,

금빛 안장 활처럼 굽은 달빛 아래 빛난다.

투계하러 위수 북쪽에 들렀다가,

말 달려 관동으로 향한다.

손빈孫臏은 멀리서 접견하길 기다리고,

곽해郭解는 남몰래 소통한다.

천금의 작위를 받지 않으면,

누가 만 리의 공을 논할 것인가.

장군이 하늘 위에서 내려오니,

오랑캐 말 자기네 땅으로 쫓겨 들어간다.

타오르는 봉홧불 달빛처럼 환하고,

병사의 사기 아침 되니 무지개처럼 하늘에 걸려 있다.

종횡무진하며 지기를 위해 목숨 바치고,

화살을 등에 지고 멀리 종군한다.

장군님 깃발은 북방의 안개에 가려 희미한데,

빼어난 진법으로 오랑캐 바람 감아올린다.

사막 끝까지 추격하느라 목이 메이고,

전쟁이 끝나니 음산陰山은 텅 비었다.

전장에서 돌아와 천자께 인사드리니,

젊었던 소년 어디 가고 말 위에 노인만 있는가?

長安重遊俠, 洛陽富財雄.

玉劍浮雲騎, 金鞍明月弓.

鬪鷄過渭北, 走馬向關東.

孫臏遙見待, 郭解暗相通

不受千金爵, 誰論萬里功.

將軍下天上, 虜騎入雲中.

烽火夜似月, 兵氣曉成虹.

横行徇知己, 負羽遠從戎.

龍旌昏朔霧, 鳥陣卷胡風.

追奔瀚海咽, 戰罷陰山空.

歸來謝天子, 何如馬上翁.


이밖에 「영사詠史」, 「실군안失群雁」, 「봉사익주지장안발종양역奉使益州至長安發鍾陽驛」 등의 시도 모두 오언 장편시에 속한다. 칠언 장편으로는 「장안고의長安古意」가 있는데, 칠언시 가운데 매우 뛰어난 작품이라 할 수 있다.

낙빈왕은 의오義烏 사람으로 어려서부터 글을 잘 지었다. 시집 세 권이 전한다.

그가 지은 오언 장편시, 예컨대 「재강남증송지문在江南贈宋之問」, 「주석편疇昔篇」 등은 모두 아름답다. 그의 칠언 장편시 역시 훌륭하다. 초당사걸 가운데 낙빈왕만이 신선사상에 빠졌는데, 오언시 「영은사靈隱寺」[5]가 대표적이다. 절록하면 아래와 같다.


비래봉은 우뚝 솟아 있고,

대웅전은 적막하게 잠겨 있다.

누대에 올라 창해의 일출 바라보고,

문 앞에 서서 전당강 조수를 바라본다.

계수나무 씨앗 달 속에서 떨어지고,


**5** 편자 주: 『고금문선古今文選』에는 「영은사」가 낙빈왕의 작품에 나열되어 있고, 『전당시全唐詩』에는 송지문宋之問의 작품 속에 들어 있다. 지금 대부분의 사람들이 이 시를 송지문의 작품으로 여긴다. 어떤 사람은 앞 두 구절만 송지문이 지었다고 한다.

계수나무 향기 구름 밖에 떠다닌다.

등나무 부여잡고 멀리 있는 옛 탑에 오르고,

나무를 파내어 표주박 삼아 깊숙한 계곡 샘물 떠먹는다.

살짝 내린 서리에 꽃은 더욱 예쁘고,

살얼음 끼었는데 잎은 아직 달려 있다.

젊어서부터 아름다운 풍광 좋아하여

세속의 번뇌 씻어버리려 했지.

천태산天台山에 들어가는 날,

내가 건넜던 석량비폭石梁飛瀑 바라보리라.

鷲嶺鬱岧嶢, 龍宮鎖寂寥.

樓觀滄海日, 門對浙江潮.

桂子月中落, 天香雲外飄.

捫蘿登塔遠, 刳木取泉遙.

霜薄花更發, 冰輕葉未凋.

夙齡尚遐異, 搜對滌煩囂.

待入天台寺, 看余渡石橋.


이 시는 영은사와 천태산에 대해 언급하고 있는데, 모두 내가 이전에 놀러가 보았던 곳이다. 영은사는 말할 것 없고, 천태산에도 수많은 유명 사찰이 있다. 그 가운데 여기서 말하는 것은 방광사方廣寺인데, 상방광上方廣·중방광中方廣·하방광下方廣 세 채가 있다. 석교石橋는 중방광에 있는 석량비폭石梁飛瀑을 가리킨다. 그 폭포는 상방광에서 아래에 있는 하방광으로 떨어지는데, 그 소리가 우레와 같다. 중방광 옆에는 폭포 양쪽 절벽에 돌다리가 있다. 너비는 2척이 넘는데 좁은 곳은 1척이 안 된다. 매우 험준하여 담력이 센 사람이어야만 건널 수 있다. 낙빈왕은 서경업徐敬業의 막료로 일할 때 의병을 일으켜 측천무후를 공격하였다고 한다. 서경업이 패배하고 나서 낙빈왕의 종적은 알 수 없다. 낙빈왕은 절강浙江 의오義烏 사람이므로 이 시를 지었고, 이곳을 가본 게 틀림없다.

명나라 육시옹陸時雍은 왕발·양형·노조린·낙빈왕 네 사람에 대해 이렇게 평한 적이 있다. "왕발은 고화高華하고, 양형은 웅후雄厚하고, 노조린은 청려하고, 낙빈왕은 담백하다." 그들은 당시 시단에서 새로운 기풍을 열었으며, 음률이 조화롭고 정의情意가 깊고 참되어 당시唐詩의 정종正宗이 되었다.

초당사걸보다 다소 늦게 태어난 심전기沈佺期와 송지문은 칠언율시를 잘 지었는데, 이들은 인격이 낮고, 측천무후 시대에 응제시應制詩만 지었을 뿐이다. 그들이 지은 칠언율시는 모두 대구가 훌륭한데, 예컨대 심전기의 "운간수색천화만雲間樹色千花滿, 죽리천성백도비竹里泉聲百道飛"라든가, 송지문의 "암변수색함풍랭岩邊樹色含風冷, 석상천성대우추石上泉聲帶雨秋"는 서로 호응을 잘 이루는 대우가 잘 짜인 시라고 말할 수 있다.

심전기의 「희사喜赦」를 기록하면 아래와 같다.

작년에 귀양 갔던 나그네,
금년 봄 사면되어 돌아간다.
피리를 부니 추웠던 계곡 따듯해지고,
태양이 떠오르니 햇살이 찬란하다.
기쁜 기운이 원망스런 기운 맞이하고,
청의青衣 입은 관리가 백의白衣 입은 나에게 알려준다.
합포엽에 올라타서
낙양을 향해 날아가리라.
去勢投荒客, 今春肆眚歸.

律通幽谷暖, 盆擧太陽輝.

喜氣迎冤氣, 靑衣報白衣.

還將合浦葉, 俱向洛城飛.

작자는 장이지張易之에게 아첨하였다는 죄목으로 환주驩州[6]로 유배되었
다가 사면되었다. 이 시는 사면받은 기쁨을 노래하였다.

송지문의 시로는「제대유령북역題大庾嶺北驛」이 있다.


음력 시월에 남쪽으로 날아간 기러기,

대유령大庾嶺에 이르면 돌아간다고 하지.

나는 아직도 귀양길 가고 있으니,

언제 다시 사면받아 돌아갈까.

강물 잠잠한 건 조수 막 물러가서이고,

숲속 어둑어둑한 건 독기가 서려서이지.

내일 아침 산에 올라 고향 쪽 바라보면,

언덕에 핀 매화 볼 수 있으리라.

陽月南飛雁, 傳聞至此回.

我行殊末已, 何日復歸來.

江靜潮初落, 林昏瘴不開.

明朝望鄕處, 應見隴頭梅.


이 시는 송지문이 광서廣西 흠주欽州 유배지로 가다가 대유령에 이르렀

---

**6** 편자 주: 지금의 베트남 북부. 남조 양梁나라 때 덕주德州라 하였고, 수隋나라 때 환
주驩州로 개명하였다.

을 때 그 고통스러운 심정을 노래한 것이다.

초당시기 널리 알려진 또 다른 시인으로는 진자앙陳子昻이 있다. 그의 시는 문체가 크게 변하였다. 한유는 그의 시에 대해 "본조本朝에는 문장이 성하였는데, 자앙이 특출났다"[7]라고 하였다. 이 말은 사걸도 진자앙에 미치지 못한다는 뜻이다.

진자앙은 사홍射洪 사람이고, 자는 백옥伯玉이다. 측천무후 조정에서 습유拾遺 벼슬을 지냈다. 세상에서는 "당 이래로 문장은 서릉徐陵과 유신庾信의 여풍을 계승하였는데, 자앙에 이르러 비로소 아정雅正해졌다"[8]고 평한다. 그래서 한유의 칭송을 받은 것이다.

진자앙이 쓴 풍유시諷諭詩 「감우시삼십수지사感遇詩三十首之四」를 초록하면 아래와 같다.

> 악양은 위나라 장군이 되었을 때,
> 자기 아들도 잡아먹게 했지, 공을 세우기 위해.
> 골육끼리 무시하고 싸우면,
> 타인이 어찌 충성을 바칠까?
> 중산군의 시종 진서파秦西巴는
> 어미 사슴 애처로워 어린 사슴 놓아주었다네.
> 짐승도 애처로워 차마 못 죽였으니,
> 하물며 군주를 끝까지 모시는 일에 있어서랴.
> 樂羊爲魏將, 食子殉軍功.
> 骨肉且相薄, 他人安得忠.

**7** 國朝盛文章, 子昻始高蹈.
**8** 唐以來文章承徐·庾餘風, 至子昻始歸雅正.

吾聞中山相, 乃屬放麑翁.

孤獸猶不忍, 況以奉君終.

무측천은 정권을 장악한 후 조정의 신하와 종실을 무자비하게 죽였다. 대신들도 잇달아 이를 본받아 대의를 위한다는 미명하에 가까운 친족들을 마구 죽였다. 지극히 정의로운 시인 진자앙은 이 시를 써서 비판을 가한 것이다.

사실 당나라 때 이르러 이미 건안시기의 문풍이 바뀌어 문장은 경시를 받았다. 진자앙은 이렇게 말했다. "문장은 천박한 기예여서 진실로 덕망 높은 현인에게 버림받았고, 글 쓰는 것은 작은 기예여서 덕행과 학문이 높은 선배에게 용납되지 않았다",[9] "문장의 도가 파괴된 지 500년이 되었다. 한위풍골漢魏風骨을 진나라·송나라가 전하지 못하였다. …… 나는 일찍이 한가한 틈을 타서 제량시기의 시를 본 적이 있는데, 서로 화려함만 다투어 기탁과 연상이 모두 사라져 늘 탄식하였다."[10] 이를 통해 볼 때 진자앙 역시 단지 사조辭藻의 화려함만 다투고 기탁과 연상이 사라진 제량시기의 시를 경시하였음을 알 수 있다.

---

**9** 文章薄伎, 固棄于高賢. 刀筆小能, 不容于先達.
**10** 文章道敝五百年矣. 漢魏風骨, 晋宋莫傳.……僕嘗暇時觀齊梁間詩, 采麗競繁而興寄都絶, 每以詠嘆.

# 제21장

# 당시(중): 성당시기

◆◆◆

한 시대마다 가장 위대한 사람은 반드시 이름을 나란히 하는 자가 있기 마련이다. 예컨대 시인으로는 이두李杜, 문장으로는 한유韓柳, 서예가로는 안류顏柳,[1] 화가로는 오리吳李[2]를 함께 칭한다. 시대의 기운이 방향을 틀면 반드시 많은 인재가 나오기 마련이다.

이제 성당盛唐에 대해 언급하려 하는데, 주로 현종玄宗 개원開元·천보天寶 시기이다. 이 시기 가장 유명한 시인으로는 '이두'로 병칭되는 이백과 두보가 있고, 또 왕유王維도 있다. 왕유와 이백은 모두 701년에 태어났고, 두보는 712년에 태어났다. 이백과 두보가 이름을 나란히 날렸고, 왕유는 맹호연과 이름을 나란히 하였는데 세상에서는 왕맹王孟으로 불린다. 맹호연은 왕유보다 열두 살이 많다. 이백은 맹호연의 시를 찬양하여 이렇게 말

---

**1** 역자 주: 이두李杜는 이백과 두보, 한유韓柳는 한유와 유종원, 안류顏柳는 안진경顏眞卿과 유공권柳公權을 말한다.
**2** 전목 주: 오도자吳道子와 이용면李龍眠을 지칭한다.

한 적이 있다. "나는 맹부자孟夫子(맹호연)를 좋아하노니, 고상한 풍류 천하에 알려졌네."³ 두보도 그를 칭송하여 이렇게 말했다. "다시 양양襄陽 출신 맹호연을 그리워하노니, 맑은 시 구절마다 모두 전해질 만하여라."⁴

맹호연이 죽은 후 왕유는 다음과 같은 애도시를 지었다. "고인은 이제 볼 수 없는데, 한수漢水만 날마다 흘러가는구나. 고인이 된 그대에게 묻노니, 채주蔡州의 강산이 텅 비었지요?"⁵

왕유가 지은 이「도맹시悼孟詩」는 최고의 의경意境을 구비하였다고 할 수 있다. 의경이 만들어진 과정은 다음과 같다. 문장으로부터 작자로 들어가고, 다시 작자로부터 감상자로 들어가며, 그런 다음 감상자로부터 감상자 자신의 문의文意로 들어간다.

맹호연은 정치권 바깥의 인사이지만 이백, 두보, 왕유 등에게 존경을 받았다. 그의「과고인장過故人莊」을 보자.


> 내 친구 닭 잡고 기장밥 지어놓고,
> 시골집으로 나를 초대하였다.
> 푸른 나무 마을을 빙 둘러 에워싸고,
> 청산은 성곽 너머 비스듬히 누웠다.
> 창문 열어 채마밭 마주 대하고,
> 술잔 들며 농사일 이야기 한다.
> 중양절 되기를 기다렸다가,
> 또다시 국화 보러 놀러와야지.
> 故人具雞黍, 邀我至田家.


---

3 吾愛孟夫子 風流天下聞.
4 復憶襄陽孟浩然, 淸詩句句盡堪傳
5 故人不可見, 漢水日東流. 借問襄陽老, 江山空蔡州.

綠樹村邊合, 青山郭外斜.

開軒面場圃, 把酒話桑麻.

待到重陽日, 還來就菊花.


　　전원시田園詩로 칭해지는 이 시는 한일시閑逸詩로서 경지가 높으며, 중국 문학에서 매우 큰 위치를 차지하고 있다. 마지막 "중양절 되기를 기다렸다가, 또다시 국화 보러 놀러와야지(待到重陽日, 還來就菊花)" 두 구절이 더욱 아름다운 것은 일상의 삶을 노래하였기 때문이다. 이 율시는 첫째·셋째·다섯째 구의 압운은 따지지 않고, 둘째·넷째·여섯째 구는 확실하게 압운을 따진다는 이른바 '일삼오물론一三五勿論, 이사륙분명二四六分明'의 원칙에 따라 압운하지 않았다. 일부러 규율에 들어맞는 압운으로 사람의 이목을 끌지도 않았고, 표면적으로 마음과 감정을 드러내지도 않아 함축적이다. 이러한 전원시는 도연명에서부터 시작되었는데 "개는 깊숙한 골목에서 짖어대고 닭은 뽕나무 꼭대기에서 운다" 등의 명구는 오늘날에도 인구에 회자된다.

　　왕유는 산서山西 기현祁縣 출신이다. 자는 마힐摩詰로, 개원開元 시기에 진사가 되었다. 관직은 상서우승尙書右丞까지 올랐다. 그는 시와 그림에 능하였으며 특히 산수화를 잘 그렸다. 사람들은 그의 시를 보면 그림이 연상되고 그림을 보면 시정詩情이 느껴진다고 하였는데, 정말로 그렇다. 그는 불교를 믿었으므로 시 속에 불교의 철리사상이 들어 있다.

　　예술적으로는 시의 경지가 그림보다 높다. 예술은 사람의 인격을 표현하기에 사람은 자연과 서로 조화를 이룬다. 맹호연의 시 속에는 사람이 있지만 도연명, 왕유의 시는 이미 사람을 뽑아버렸다. 즉 시인 자신을 넣지 않은 것이 큰 장점이다. 왕유가 산속 별장에서 지은 시에 다음과 같은 구절이 있다.

빗속에 산속의 과일 떨어지고,

등불 아래서 풀벌레 운다.

雨中山果落, 燈下草蟲鳴.

이 구절은 정靜 가운데 선리禪理가 들어 있다.

또 다음과 같은 시구도 있다.

달님 나오니 산새들 놀라,

봄 계곡에서 때때로 우짖는다.

月出驚山鳥, 時鳴春澗中.

이 두 구절은 밤늦도록 잠 못 이루는 사람이 있음을 가리킨다.

또 다른 시를 한번 보자.

가을 산 낙조를 거두어들이고,

보금자리 찾는 새 짝을 좇아 날아간다.

비취빛 날개 간간히 드러나는데,

산안개 자욱이 흩날린다.

秋山斂餘照, 飛鳥逐前侶.

彩翠時分明, 夕嵐無處所.

이 시는 석양이 지고 날이 어두워질 때까지의 광경을 색채로 묘사한 것
으로, 활동시간은 약 30분간인데 정물靜物 묘사가 아주 훌륭하다. 결론적
으로 그의 시는 시 속에 그림이 있고 그림 속에 시가 있으며 불리佛理와 선
취禪趣가 풍부하다. 왕유의 후기 그림은 모두 시로부터 두각을 나타낸 것이

라 할 수 있다.

왕유는 노년에 장안長安 종남산終南山에 은거하였는데「종남별업終南別業」을 지어 스스로 이렇게 말했다.

중년에 도를 좋아하여, 만년에 남산 근처에 살았다.
中歲頗好道, 晚家南山陲.

또 이렇게 말하기도 했다.

만년에 고요함만 좋아하여 만사에 관심이 없었지.
晚年惟好靜, 萬事不關心.

또 이런 시를 쓰기도 하였다.

농부는 호미를 메고 와서, 이야기 나누느라 돌아갈 줄 모른다.
이렇듯 한일한 생활이 부러워서, 슬픔에 젖어「식미가」를 부른다.
田夫荷鋤至, 相見語依依. 即此羨閑逸, 悵然歌「式微」.

이 시의 앞 두 구절은 도연명과 맹호연의 풍격을 지니고 있지만, 뒤의 두 구절 가운데 나오는「식미」는 시경에서 나왔다. 그 의미는 정치적으로 실의하였는데 왜 돌아가지 않느냐는 뜻이다. 왕유는 한적한 생활을 선모하였고 또 정치에 염증을 느꼈으니 정치적으로 뜻을 이루지 못한 의미가 담겨 있다.

도연명·왕유·맹호연 세 사람은 모두 전원파 시인이다. 전원시의 성격을 논하자면 맹호연이 왕유보다 위에 있고, 도연명은 한 수 더 위에 있다. 도연명의 시는 공자와 맹자로부터 나왔고, 왕유의 시는 불교에서 나왔으면서 정치의식을 지니고 있다. 도연명 시의 성격은 호랑이 같고 지극히 활동적이어서 더욱 사랑스럽다.

이백은 가장 논평하기 어려운 시인이다. 그의 사회적 지위와 명성은 두보보다 훨씬 높다. 그렇지만 우리는 지금까지도 그의 진짜 성씨와 출생지를 알지 못한다. 그는 촉蜀에 거주한 적이 있기에 촉 출신이라고도 한다. 혹자는 노나라 출신이라고도 하고, 심지어 어떤 사람은 외국인이라고도 한다. 이백의 가문도 명확하지 않다. 또 당나라 때는 시로 과거에 응시할 수 있었지만 이백은 시험을 본 적이 없다. 이백은 동쪽에서 서쪽으로 떠도는 유랑인이었다. 친구 가운데는 도사가 많았는데, 왕유가 승려와 교류했던 것과는 다르다. 이백이 장안을 떠날 때 그의 모습을 이렇게 형용한 사람이 있다. "선악仙樂이 행낭 속에 가득 들어 있고, 도가道家의 서적이 상자를 가득 채웠다."⁶ 이백이 중국의 정식 사대부가 아니었음을 알 수 있다.

왕유는 거사居士이고, 두보는 엄격한 독서인이다. 이백은 신선과 무협에 대해 말하는 것을 좋아하는 강호의 술사術士로, 이치대로 말하자면 사회의 하층민에 속한다. 왕유는 불교를 말하는 부류이고, 두보는 요堯·순舜·공자·맹자를 말하는 부류인데, 이백은 다른 부류였다. 그의 「여산요기노시어허주廬山遙寄盧侍御虛舟」를 보자.

> 나는 본래 초나라 미치광이,
> 봉황노래 부르며 공구孔丘를 비웃었지.
> 손에는 푸른 옥지팡이 들고,
> 이른 아침 황학루를 떠났지.

---

6 仙樂滿囊, 道書盈篋.

오악의 신선 찾아 먼 길 마다않고,

평생 동안 명산을 유람했지.

수려한 여산은 남극성 옆에 우뚝 솟아 있고,

첩첩이 병풍을 두른 듯한 산봉우리 위에는 아름다운 구름 펼쳐진다.

호수 빛 산 그림자 어우러져 검푸른 색 띠고,

금궐암 앞 두 산봉우리 하늘로 우뚝 솟았고,

삼첩천은 은하수처럼 삼석량三石梁에 거꾸로 매달렸다.

향로봉 폭포 저 멀리서 마주 바라보고,

첩첩이 깎아지른 절벽과 산봉우리 푸른 하늘 위로 우뚝 솟았다.

푸른 산 빛 붉은 노을 아침 햇살과 마주 비추고,

높이 나는 새도 이를 수 없는 오나라 하늘 높고도 광활하다.

높이 올라 천지간의 웅장한 광경 굽어보니,

강물은 아득히 흘러가 돌아오지 않는다.

만 리 황운黃雲따라 경치는 달라지고

넘실대는 하얀 파도 설산雪山이 흐르는 듯.

웅장한 여산이 좋아 노래 부르고,

감흥은 여산으로 인해 발산되었노라.

한가로이 석경石鏡 들여다보며 마음을 맑게 하고,

사령운謝靈運의 발자취는 푸른 이끼에 파묻혔다.

일찍이 단약 복용하여 세상욕심 없애고,

심신을 수련하여 고요한 경지에 도달하였노라.

오색구름 속에 있는 신선 저 멀리 보이고,

손에는 연꽃 들고 옥경玉京을 향해 인사하노라 .

저 아득한 하늘에서 신선 만날 것을 선약하였으니,

그대와 함께 태청太淸을 노닐기 바라노라.

我本楚狂人, 鳳歌笑孔丘.

手持綠玉杖, 朝別黃鶴樓.

五嶽尋仙不辭遠, 一生好入名山遊.

盧山秀出南斗旁, 屏風九疊雲錦張, 影落明湖青黛光.

金闕前開二峯長, 銀河倒挂三石梁.

香爐瀑布遙相望, 回崖沓嶂凌蒼蒼.

翠影紅霞映朝日, 鳥飛不到吳天長.

登高壯觀天地間, 大江茫茫去不還.

黃雲萬里動風色, 白波九道流雪山.

好爲盧山謠, 興因盧山發.

閑窺石鏡淸我心, 謝公行處蒼苔沒.

早服還丹無世情, 琴心三疊道初成.

遙見仙人綵雲裏, 手把芙蓉朝玉京

先期汗漫九垓上, 願接盧敖遊太淸.


이 시를 통해서 우리는 이백이 중국 전통사대부 집단으로부터 철저히 해방되었음을 알 수 있다.

이백에게는 왕씨汪氏 성을 가진 친구가 한 명 있는데, 한번은 그가 이백을 위해 송별을 해주었고 이백 역시 그를 위해 시를 지어주었다. 시는 아래와 같다.


내가 배를 타고 떠나려 하는데,

홀연히 언덕에서 노랫소리 들려온다.

도화담의 수심은 천 자나 되련만

나를 전송하는 왕륜汪倫의 정에 미치지 못하리라.

李白乘舟將欲行, 忽聞岸上踏歌聲.
桃花潭水深千尺, 不及汪倫送我情.

　왕륜은 이 시로 천고에 이름을 남겼다.
　우리 상상 속의 이백은 미친 듯 노래 부르고 술에 만취한 초나라 미치광
이지만 꼭 그렇지만은 않다. 문학에 대해 언급하는 그의 모습은 엄숙하고
도 고집스럽게 규율을 엄수한다. 그가 지은 「고풍古風」 첫 수는 후세 사람
들에게 극찬을 받는 시이다. 시는 아래와 같다.

　　대아가 오랫동안 지어지지 않으니,
　　내가 노쇠하면 누가 펼칠까?
　　왕의 교화 풀 더미에 버려지고,
　　전국시대엔 가시나무 개암나무 가득하였다.
　　용과 호랑이가 서로 잡아먹고,
　　전쟁이 미치광이 진나라에 이르렀다.
　　바른 노래는 어찌 그리 미미한가?
　　슬픔과 원망의 노래가 흥기하였다.
　　양웅과 사마상여 퇴폐한 물결 일으켜,
　　끝없이 도도히 흘러갔다.
　　흥하고 사라지기를 수없이 거듭했지만,
　　반듯한 규범 또한 사라졌다.
　　건안시대가 시작되고부터,
　　화려한 문장을 진귀한 것으로 여기지 않았다.
　　大雅久不作, 吾衰竟誰陳?
　　王風委蔓草, 戰國多荊榛.

龍虎相啖食, 兵戈逮狂秦.
正聲何微茫, 哀怨起騷人.
揚馬激頹波, 開流蕩無垠.
廢興雖萬變, 憲章亦已淪.
自從建安來, 綺麗不足珍.

이 시는 문학의 복고를 주장한 것으로 문학혁명이라 할 수 있다. '대아大雅'와 정성正聲을 중시하는 것으로 보아 이백 역시 나름대로 단호한 주장이 있음을 알 수 있다. 이러한 주장은 중국문학사에서 인정을 받기도 하고 비판을 받기도 한다.

세상에는 늘 두 사람이 이름을 나란히 하는데 '한유韓柳', '공맹孔孟', '묵순墨荀', '육왕陸王' 등이 그러하다. 비록 이름을 나란히 하지만 그중 한 사람이 더 유명하다.

당나라 시대는 이백과 두보가 이름을 나란히 하였는데 두보의 명성이 더 높다. 일국의 문화는 그 민족의 정서를 표현하고 그 민족문화의 위대함을 나타내어, 만물로 하여금 모든 것을 받아들이도록 하기에 일존一尊을 정할 필요가 없다. 그래야만 문화의 위대함을 나타낼 수 있다.

앞에서는 불교를 믿는 왕유와 도교를 믿는 이백에 대해 언급하였는데, 여기에서는 다시 공맹의 유가를 신봉하는 두보에 대해 말하고자 한다.

두보는 양양襄陽 사람이고, 자는 자미子美이다. 그의 조부 두심언杜審言도 시인이다. 그들은 문학가정이다. 두보는 한때 두릉杜陵에 거주한 적이 있으므로 두릉포의杜陵布衣라고 자칭하였다. 과거시험에 응시했으나 합격하지 못했다. 현종 때 대제집현원待制集賢院이 되었고, 숙종 때 좌습유左拾遺에 임명되었다. 훗날 화주사공참군華州司功參軍을 지냈으며, 엄무嚴武에 귀부하여 검교두공부원외랑檢校杜工部員外郎에 임명되었다. 후인들은 두보를 두 공부杜工部라고 불렀다. 대력大曆 연간에 뇌양耒陽을 여행하다 술에 취해 죽었다. 향년 59세. 이제 그의 일생을 네 단계로 나누어 살펴보고자 한다.

제1단계: 1세부터 34세
제2단계: 35세부터 44세
제3단계: 45세부터 48세
제4단계: 49세부터 59세

두보는 유년시기 산동山東과 강소江蘇 등지에 간 적이 있다. 그는 이백과 사이가 좋았다. 35세 때 장안에 가서 관직에 임용된 때부터 44세까지는 두보 일생 중 가장 불우하고 빈곤한 시기였다. 안록산安祿山의 난을 겪었지만, 이로 인해 좋은 작품을 많이 썼다. 두보 나이 44세 되던 해는 중국역사의 전환기였다. 48세에 두보는 사천四川에 갔고, 59세 되던 그해까지 생활이 비교적 안정되었다. 현지의 정부 수장은 그를 외빈으로 대접해줬다. 이 시기 그의 시는 기교적으로 매우 발전하였지만, 시의 내용은 이전에 비해 많이 못해졌다. 그의 시를 읽을 때 가장 좋은 방법은 연보에 따라 읽는 것이다. 연보에 따라 시집을 읽으면 그의 전기를 읽는 것과 마찬가지이다. 어떤 작가의 책을 읽든 연도의 순서에 따라 읽는 것이 가장 좋다.

두보는 마치 메마른 나뭇잎처럼 광풍에 몸을 맡겨 이리저리 떠다녔다. 그는 아무런 힘없이 이리저리 날리는 모래요 나뭇잎이었다. 그러나 두보의 시는 역사가 되어 당시의 모든 시대를 반영하였다.

두보는 35세부터 44세까지 남이 먹다 남은 국과 식어빠진 고기를 얻어 먹으면서 극히 가난한 생활을 영위하였다. 그러나 흉금은 드넓었다. 두보의 인격은 시대와 혼연일체를 이루었고 역사와 큰 관계를 맺었다. 두보 시에는 아래와 같은 내용이 있다.

장강과 한수를 떠돌며 고향을 그리워하는 나그네,
이 세상 천지에 쓸모없는 지식인.
江漢思歸客, 乾坤一腐儒.

아 얼마나 어리석었던가?
직과 설처럼 되기를 원하였던 나!
許身一何愚, 竊比稷與契.

황제를 보필하여 요임금과 순임금 위에 올려놓고,
다시 풍속을 순화시키려 했지.
致君堯舜上, 再使風俗淳.

오로지 늘그막에 온갖 병 몰려와,
조정 위해 아무것도 한 일이 없다.
惟將遲暮供多病, 未有涓埃答聖朝.


위에서 열거한 시들은 유가의 최고 정신을 나타낸 것이다. 사회가 그를 써주지 않아도 그는 결코 원망하지 않는다. 사실 그의 마음속은 울분과 불평으로 꽉 차 있지만 결코 하늘을 원망하지도 또 남을 탓하지도 않는다. 당나라 300년 동안 가장 공헌을 한 사람을 꼽으려면 아마 두보일 것이다.

두보는 제갈량을 가장 숭배하였다. 사천에 있을 때, 그는 제갈량 사당 옆에 묵은 적이 있다. 그에 비해 이백은 노중련魯仲連을 가장 중시하였다. 나는 어렸을 적 두보의 「모옥위추풍소파가茅屋爲秋風所破歌」를 가장 애독하였다. 시는 아래와 같다.

8월 어느 날 울부짖는 세찬 바람이,

세 겹이나 쌓아올린 내 초가지붕 말아 올렸다.

지붕은 강 너머로 날아가 들판에 떨어졌는데,

나무 꼭대기에 걸리기도 하고,

움푹 파진 웅덩이에 둥둥 떠다니기도 한다.

남쪽 마을 개구쟁이 녀석들,

내가 힘없는 늙은이라고, 눈앞에서 도둑이 되어,

공공연히 지붕을 끌어안고 대나무 숲으로 들어간다.

입술이 마르도록 소리쳐도 말릴 수 없어,

돌아와 지팡이에 기대어 탄식을 한다.

잠시 후 바람 멎고 검은 구름 가득하더니,

드넓은 가을 하늘 컴컴해진다.

이불은 오랫동안 덮어 쇳덩이처럼 차갑고,

귀여운 자식들이 마구 차서 속이 모두 찢어졌다.

침대머리는 지붕이 새어 마른 곳이 없고,

빗발은 삼베처럼 수직으로 떨어진다.

난리가 일어난 후 잠도 잘 못 잤는데,

긴긴 밤 축축한 방안에서 날 샐 때까지 어떻게 기다릴 수 있을까?

어떻게 하면 넓고 큰 집 천만 칸을 지어,

추위에 떠는 천하의 굶주린 사람들 즐겁게 해주고,

비바람에도 산처럼 끄떡 않게 해줄 수 있을까?

아! 언제쯤 눈앞에 이런 집 우뚝 솟아날까?

그날이 오면 내 집 부서져 얼어 죽어도 여한이 없으리라.

八月秋高風怒號, 卷我屋上三重茅.

茅飛渡江灑江郊, 高者挂胃長林梢, 下者飄轉沈塘坳.

南村群童欺我老無力, 忍能對面爲盜賊.

公然抱茅入竹去, 脣焦口燥呼不得, 歸來倚杖自歎息.

俄頃風定雲墨色, 秋天漠漠向昏黑.

布衾多年冷似鐵, 嬌兒惡臥踏裏裂.

床頭屋漏無乾處, 雨脚如麻未斷絶.

自經喪亂少睡眠, 長夜霑濕何由徹!

安得廣廈千萬間, 大庇天下寒士俱歡顔, 風雨不動安如山!

嗚呼! 何時眼前突兀見此屋, 吾廬獨破受凍死亦足!


두보의 이 시는 대단히 경지가 높고, 흉금 또한 지극히 위대하다.

이백은 신선의 풍골과 노장의 풍도를 지녔다. 두보는 민생에 지대한 관심을 가졌으며, 유가의 정신을 지녔다. 나는 두보의 「박계행縛雞行」도 아주 좋아한다. 시에는 아래와 같은 내용이 있다.


집안 사람들 닭이 벌레 잡아먹는 걸 싫어만 하지,

시장에 내다 팔면 삶아 먹히는 신세 면치 못하는 걸 알지 못한다.

무엇 때문에 벌레는 중시하고 닭은 괄시하는가?

종에게 닭을 풀어주라고 꾸짖었다.

家中厭雞食蟲蟻, 不知雞賣還遭烹.

蟲雞于人何厚薄, 我斥奴人解其縛.


두보는 닭을 내다 파는 걸 원치 않는다고 읊고 있다. 이 시는 철학적인 의미가 매우 풍부하며 일상생활에서 느낀 감정을 기록한 일기이기도 하다.

다시 두보의 시 「문관군수하남하북聞官軍收河南河北」 시를 보자.

검문관 이남에 계북 수복 소식 홀연히 전해지니,

감격하여 눈물 콧물 옷을 흠뻑 적신다.

처자식 돌아보니 슬픈 기색 간 데 없고,

시서詩書를 둘둘 말아 넣으니 미칠 듯 기쁘다.

이렇게 좋은 날 노래 부르고 마음껏 술 마시리라.

젊은 시절 짝지어 고향 가기 좋을시고.

즉시 파협에서 무협을 거쳐,

곧장 양양으로 내려가 낙양으로 가리라.

劍外忽傳收薊北, 初聞涕淚滿衣裳.

卻看妻子愁何在? 漫卷詩書喜欲狂.

白日放歌須縱酒, 靑春作伴好還鄕.

卽從巴峽穿巫峽, 便下襄陽向洛陽.


이 시는 사람의 마음을 매우 흥분시키며 난리 통에 떠도는 사람의 마음을 매우 기쁘게 해준다. 그렇지만 오래지 않아 회흘回紇(위구르족)의 횡포가 숙종肅宗 때 극에 달하였다. 중원을 회복한 후 회흘의 위세는 더욱 판을 쳤다. 두보는 위의 시보다 조금 앞서 지은 「북정北征」 등의 여러 시에서 회흘의 원조를 받으면 나쁜 결과를 초래할 것이라고 경고한 적이 있다. 그의 예언은 하나하나 들어맞았다. 이어서 투르판 또한 수시로 침입하였고, 대종代宗 때에는 변방의 유목민족 토욕혼吐谷渾 등과 연합하여 장안을 점령하였으므로 대종은 황급히 섬주로 달아났다. 장안은 두 차례 함락되었고 방화와 노략질을 당하여 두보의 마음을 매우 아프게 하였다. 두보는 이러한 상황을 여러 시에서 언급한 바가 있다.


서경이 평온하지 않으니 오는 사람 하나 보이지 않는다.

西京安穩未, 不見一人來.

난리가 또 심해진 걸 안 것은, 소식 전해 듣기 참으로 어렵기 때문.
亂離知又甚, 消息苦難眞.

수나라가 남긴 궁실, 어찌 그리 빈번하게 불태우는가?
隋氏留宮室, 焚燒何太頻.

전란으로 세상이 어수선하고 백성들이 고통에 시달리는 생활 속에 두보는 근심 걱정으로 애가 탔다. 대종 광덕廣德 2년에야 비로소 사천에서 장안의 수복 소식을 듣고 기쁜 마음에 「상춘오수傷春五首」를 지었는데 모두 국가의 앞날과 민생의 질고에 관심을 나타내는 정치시政治詩이다.

대학자는 반드시 두 종류의 능력을 구비해야 한다. 하나는 자신을 표현하는 능력이고, 다른 하나는 효과적으로 사람을 가르치는 방법이다. 주자朱子는 위의 능력을 모두 구비하였다. 두보는 시성詩聖으로서 당시『문선文選』을 반대하던 당나라 사람에게 오히려 이렇게 말했다. "『문선』의 이치에 정통해야 한다".[7] "유신庾信의 문장은 나이 들어 더욱 성숙해졌으니, 하늘을 능가하는 굳건한 필력으로 종횡무진하였지. 지금 사람 유신의 부賦를 비웃고 질책하니, 유신이 살아 있다면 그들을 겁냈으리라".[8]

두보는 또한 송옥도 존경하여 이렇게 말했다. "낙엽지는 가을 오니 송옥의 슬픔 깊이 알겠고, 우아한 풍류 역시 나의 스승이어라."[9]

두보는 또 소무와 이릉, 조식을 존중하여 이렇게 읊은 적이 있다. "이릉

---

7 熟精『文選』理.
8 庾信文章老更成, 凌雲健筆意縱橫. 今人嗤點流傳賦, 不覺前賢畏後生(「戲爲六絶句」).
9 搖落深知宋玉悲, 風流儒雅亦吾師.

과 소무는 나의 스승이어라",¹⁰ "문장은 조식이 변화가 풍부하고 운치가 있다".¹¹

그는 또 도연명, 사령운 등의 선배 작가를 존경하였으며 동시대에 활동한 이백도 매우 중시하여 이렇게 평한 적이 있다. "청신함은 유개부(유신) 같고, 준일함은 포참군(포조) 같다."¹² 이는 유신과 포조로 이백을 견준 것이다.

그는 또 잠삼을 높이 평가하여 이렇게 말했다. "사조의 작품은 모두 읊조릴 만하지, 풍당은 이미 늙어 추켜세우는 것만 듣지."¹³ 여기에서는 잠삼을 사조에 견주었다.

두보가 전 시대 작가들의 작품을 광범위하게 보았음을 알 수 있다. 두보는 또 이렇게 말한 적이 있다.

전현들에게 미치지 못함을 의심하지 마라,
우수한 전통을 학습하는 데 선후가 어디 있겠는가?
나쁜 시는 걸러내고 『시경』의 풍아를 가까이 해야 하리.
다방면에 걸쳐 스승을 찾는 것이 바로 너희들의 스승이다.
未及前賢更勿疑, 遞相祖述復先誰?
別裁僞體親風雅, 轉益多師是汝師.

두보는 또 이렇게 말하기도 했다. "지금 사람도 경시하지 말고, 옛사람도 사랑하라",¹⁴ "문장은 천고에 이름을 남기는 일, 문장의 득실은 나만이

---

10 李陵蘇武是吾師.
11 文章曹植波瀾闊.
12 淸新庾開府, 俊逸鮑參軍.
13 謝朓每篇堪諷誦, 馮唐已老聽吹噓.
14 不薄今人愛古人.

알지. 작자의 지위 모두 다르지만 명성이 어찌 헛되이 전해졌으랴. 후대의 현자 옛 작가 모두 배우리니, 대대로 각각 맑은 법칙 있어라".[15]

이는 두보가 지금 사람과 옛사람을 막론하고 작가마다 존중한 것은 각기 다른 예술적 재능을 지니고 있어서이고, 훌륭한 명성은 거저 얻어지는 것이 아니며, 새로운 것은 옛것으로부터 계승한 것이기에 지금 사람이든 옛사람이든 똑같이 존중할 가치가 있음을 말한 것이다.

두보는 또 스스로에 대해 이렇게 말했다. "조금도 유감이 없으니 풍부한 변화와 운치는 늘그막에 이루었네",[16] "만년 들어 점점 시율에 정통하였네".[17] 두보는 작품을 지을 때 반드시 글자마다 타당해야 한다고 믿었고, 문장은 지었다 하면 모두 최고의 경지에 도달할 것을 요구했다. 두보는 또 이렇게 말했다. "책을 1만 권 독파하면 신들린 듯 문장을 쓴다."[18] 그는 또 이렇게 말한 적이 있다. "시어가 사람을 놀라게 하지 않으면 죽을 때까지 멈추지 않겠다."[19] 이는 구절마다 사람을 놀라게 하는 문장을 써야 문학가의 모든 생명을 대표할 수 있다는 뜻이다.

마지막으로 다시 두보의 시 두 구절을 인용하는 것으로 결론을 맺고자 한다.

> 단지 드높이 노래 부를 때 귀신이 도와주는 것을 느꼈을 뿐,
> 굶어죽은 시체가 도랑을 메울 줄 어찌 알았으랴.
> 但覺高歌有鬼神, 焉知餓死塡溝壑.

---

**15** 文章千古事, 得失寸心知. 作者皆殊列, 名聲豈浪垂. 後賢兼舊列, 歷代各淸規.
**16** 毫髮無遺憾, 波瀾獨老成.
**17** 晚節漸於詩律細.
**18** 讀書破萬卷, 下筆如有神.
**19** 語不驚人死不休.

두보는 33세부터 44세까지 장안에서 길고긴 가난과 궁핍에서 벗어나지 못했다. 그러나 그는 각고의 노력을 기울여 공자·맹자·노자·장자 등의 전적을 읽었으며, 『소명문선』으로부터 문장의 기교를 전승받아 문학에 헌신할 각오를 하였다. 이렇게 해야 다른 일에도 기꺼이 몸을 내맡길 수 있기 때문이다.

# 제22장

# 당시(하): 중만당시기

◆◆◆

중당시기의 시인으로는 백거이와 한유가 대표적이다. 백거이는 두보가 서거한 지 2년 후에 태어났다. 태원太原 사람으로 자는 낙천樂天이다. 원화元和 연간에 진사에 합격하였으며, 좌습유左拾遺·강주사마江州司馬·형부상서刑部尚書 등의 관직을 역임하였다. 네 살 때 '지知'자 '무無'자를 알았으며,[1] 여섯 살 때는 시를 지었고 아홉 살 때는 성운聲韻을 이해한 신동이었다. 20세 이후 기를 쓰고 공부하였다. 밤낮을 가리지 않고 열심히 공부하느라 입과 혀에 부스럼이 나고 손과 팔꿈치에는 굳은살이 박였다. 향년 75세.

백거이 일생 중의 창작은 35세부터 45세에 이르는 기간에 지은 작품이 가장 가치가 있다. 강주사마로 폄적되어 「비파행琵琶行」을 지었을 때가 44세였다. 환갑이 다 되었을 때 낙양으로 주거지를 옮겨 18년을 살았는데 한적한

---

**1** 역자 주: 백거이의 「여원구서與元九書」에 의거할 것 같으면 생후 6~7개월에 '지知'자와 '무無'자를 알았다고 함. 원서의 오류인 듯하다.

생활을 즐겼다. 그러나 이 시기의 작품은 신운神韻이 이미 부족하였다. 그는 작품 수량이 많은 다산 작가로 시문이 도합 3840편이나 된다.

백거이는 시가 완성되면 반드시 노파에게 먼저 읽어주었는데, 노파가 이해해야만 공개적으로 발표하였다. 그러므로 그의 시구는 대부분 이해하기 쉽다.

전하는 바에 따르면 백거이 나이 16세 때 처음 장안에 왔는데, 「부득고 원초송별賦得古原草送別」을 지어 들고 당시 저작랑著作郎으로 있던 고황顧況을 찾아가 뵈었다. 고황은 본디 자신의 재능만 믿고 타인을 얕잡아보며 거만하게 굴었는데, 백거이를 보자 "장안은 물가가 비싸서 살기 쉽지 않을걸" 하고 농담을 했다고 한다. 그러다가 "쥐불을 놓아도 다 태우지 못해 봄바람 불어와 또 자라난다"[2]라는 구절을 보고는 감탄하면서 "이와 같은 구절이 있으니 이 세상 어디에 가서 살든 어렵지 않을 것이다. 방금 전에 한 말은 농담이었네"라고 하였다고 한다. 백거이가 청소년기에 이미 주목받았음을 알 수 있다.

35세부터 45세 사이에 지은 백거이의 작품은 대부분 풍유시諷諭詩인데 정치적으로 쓰였으며, 그 역할은 『시경』·『이소』·한부漢賦와 같다.

백거이의 풍유시에는 이런 구절이 있다.

> 성률의 아름다움을 추구하지도 않았고,
> 시어의 특이함에도 힘쓰지 않았다.
> 오직 백성들의 고통만 노래하여
> 천자께서 알기를 바랐다.
> 非求宮律高, 不務文字奇.

---

2 野火燒不盡, 春風吹又生.

惟歌生民苦, 願得天子知.

또 이렇게 말하기도 하였다.

문장은 마땅히 시대를 위해 지어야 하고, 시가는 마땅히 사건을 위
해 지어야 한다.
文章合爲時而著, 歌詩合爲事而作.

백거이는 문장에는 사명使命과 의의가 있다고 여겼다. 즉 문학은 단지 하
나의 도구로서 결코 독립적인 가치가 없으며, 오로지 내용과 의미를 중시
한다는 것이다. 이는 '문학을 위한 문학'을 주장하는 일파의 의견과 다르
다. 이는 서로 다른 학파의 이론인데 사실 서양에도 서로 다른 견해를 지닌
두 학파가 있다. 한 학파는 문학은 그저 문학일 따름이라고 주장하고, 다른
학파는 문학은 반드시 인생의 의의와 가치가 있어야 한다고 주장한다. 『홍
루몽』을 예로 들면 채혈민蔡孑民은 『홍루몽』이 만청晚淸 정부를 묘사한 것
이라고 하였고, 호적胡適은 『홍루몽』 자체의 가치와 기교를 봐야 한다면서
그 주인공 가보옥賈寶玉은 바로 이 책의 저자 조설근曹雪芹이라고 하였다.
세상만사는 하나로 정해질 수 없기에 늘 각기 다른 의견이 있을 수 있다.
그러므로 어느 한쪽을 말살해서는 안 된다.
백거이는 섬서陝西에 있을 때 「진중음秦中吟」 10수와 「신악부新樂府」 50수
를 썼는데, 모두 백성의 질고를 묘사한 작품이다. 이 작품들은 자하子夏가
「시대서詩大序」에서 말했듯이 아랫사람이 윗사람을 풍자하기 위해 쓴 것이
다. 백거이는 노래를 채집하여 백성들의 질고를 살폈던 풍인風人[3]의 역할

---

3 역자 주: 풍인風人은 고대에 민가나 풍속을 채집하여 민풍民風을 살피던 관리를 가

을 하였던 것이다. 그는 오로지 국사에만 마음을 두고 민생의 고통에만 관심을 가졌는데, 이는 천자에게 알려 정부에서 하루빨리 구제책을 펼치기를 일깨워주기 위해서였다. 역사서의 기록에 따르면 백거이는 자신의 작시 경험을 아래와 같이 말한 적이 있다.

> 간관諫官의 몸이 되어 매월 간지諫紙를 청하여 말씀을 아뢰는 사이에, 백성들의 고통을 구제하고 정치적 결함을 보완할 수 있으나, 직접 말로 아뢰기 어려운 것은 시로 읊어 차츰차츰 황제에게 들려드리고자 하였다. 위로는 황제의 귀를 활짝 열어드려 황제의 노고를 도와드리고, 그다음으로는 황제의 은총에 보답하고 간관으로서의 책임을 다하고자 하였으며, 아래로는 내 평생의 뜻을 이루어보고자 하였다.후1

백거이의 풍유시는 백성의 고통과 정부의 부패상을 시 속에 융합시켜놓았기 때문에 널리 보급되었으며 명성이 멀리 퍼질 수 있었다.

이제 백거이 「진중음」 10수 가운데 일곱 번째 시인 「경비輕肥」를 소개하겠다.

> 거만한 태도 온 길에 가득하고,
> 금빛 말안장 자욱한 먼지 속에 번쩍인다.
> 묻노니 저들은 무엇 하는 자들인가,
> 사람들 말하네, 황제의 내신이라고.
> 붉은 관복 입은 사람은 모두 대부이고,

리키는 말이다.

자색 인끈 찬 사람은 모두 장군이다.

으스대며 군중의 연회에 달려가는데,

달리는 말은 구름처럼 많다.

술잔에는 고급 술 넘쳐나고

산해진미 즐비하게 늘어놓았다.

과일은 동정호산 명품 귤 쪼개놓고,

회는 천지의 물고기 썰어놓았다.

배불리 먹으니 마음 느긋하고,

술에 취하니 의기 더욱 양양하다.

이 해에 강남에는 가뭄이 들어,

구주 사람들 사람을 잡아먹었다.

意氣驕滿路, 鞍馬光照塵.

借問何爲者, 人稱是內臣.

朱紱皆大夫, 紫綬悉將軍.

誇赴軍中宴, 走馬去如雲.

樽罍溢九醞, 水陸羅八珍.

果擘洞庭橘, 膾切天池鱗.

食飽心自若, 酒酣氣益振.

是歲江南旱, 衢州人食人.


이 시는 두보의 "붉은 대문 안에는 고기 썩는 냄새 진동하는데, 길가에 얼어죽은 해골 나뒹군다"[4]와 같은 취지의 노래이다. 그러나 백거이는 정부 관리들의 부패 현상과 백성의 질고를 매우 형상적으로 대비시켜 묘사하

---

4 朱門酒肉臭, 路有凍死骨.

여 인상이 매우 선명하고 깊다.

다시 백거이 「신악부」의 제1편 「칠덕무七德舞」를 소개하겠다.


칠덕무는 난리 평정을 찬미하고, 왕의 위업을 기술한 것이다.

칠덕무여, 칠덕무여, 그 춤은 무덕에서부터 원화까지 전해졌도다.

원화 소신 백거이는 춤과 노래를 듣고 그 뜻을 알았다.

음악이 끝나니 머리를 조아리며 그 일을 진술하노라.

태종께서는 18세에 의병을 일으켜,

흰 깃발 날리며 황금 도끼로 장안과 낙양을 평정하였다.

왕세충 사로잡고 두건덕을 죽이고 24세에 천하를 얻었도다.

29세에 황제에 즉위하였고, 35세에 태평시대 이루었다.

난세를 평정하고 공업功業을 이루는 것이, 어찌 그리 신속하였을까?

사람에게 진심으로 대하였기 때문이다.

죽은 사람의 유해는 사례하여 거두어들이고,

굶주림 때문에 자식을 판 사람에게는 돈을 주어 속량해주었다.

위징이 꿈에 보이자 한밤중 일어나 울고,

장공근이 죽었다는 소식 듣고 새벽부터 우셨다.

원망 가득한 궁녀 삼천 명을 궁에서 내보내고,

사형수 사백 명 이듬해 모두 감옥으로 돌아왔다.

수염 잘라 약을 달여 공신에게 주니,

이적李績은 오열하며 목숨 바칠 각오하였다.

피를 머금고 상처를 빨아주어 전사를 어루만지니,

대장군 이사마李思摩는 감동하여 황제 위해 목숨 바치자고 외쳤다.

황제께서는 전쟁만 잘하셨던 게 아니라,

진심으로 사람을 대하시어 인심이 모두 황제께로 돌아왔다.

190년이 지나서도, 천하 사람들 그 일을 노래와 춤으로 칭송한다.

칠덕을 노래하고, 칠덕을 춤춘다.

성주聖主의 공덕은 영원토록 후세의 모범이 되리라.

어찌 단지 신무神武만 자랑하고, 문덕文德만 자랑하는 것일까?

태종께서 왕업을 진술하여

왕업의 어려움을 자손들에게 보여주고자 하였도다.

七德舞, 美撥亂, 陳王業也.

七德舞, 七德歌, 傳自武德至元和.

元和小臣白居易, 觀舞聽歌知樂意, 樂終稽首陳其事.

太宗十八擧義兵, 白旄黃鉞定兩京.

擒充戮竇四海淸, 二十有四功業成.

二十有九卽帝位, 三十有五致太平.

功成理定何神速? 速在推心置人腹.

亡卒遺骸散帛收, 饑人賣子分金贖.

魏徵夢見子夜泣, 張謹哀聞辰日哭.

怨女三千放出宮, 死囚四百來歸獄.

剪須燒藥賜功臣, 李勣嗚咽思殺身.

含血吮瘡撫戰士, 思摩奮呼乞效死.

則知不獨善戰善乘時, 以心感人人心歸.

爾來一百九十載, 天下至今歌舞之.

歌七德, 舞七德, 聖人有作垂無極.

豈徒耀神武, 豈徒誇聖文.

太宗意在陳王業, 王業艱難示子孫.


백거이의 「신악부」는 구절마다 정해져 있는 글자 수가 없으니, 한 구절이 3자·7자 혹은 9자로 이루어져 있다. 또 시 한 편마다 정해진 구절 수가 없으니, 위에서 소개한 칠덕무는 38구절로 이루어져 있고 신악부의 마지막 편은 31구절 홀수로 이루어져 있다. 시 한 수마다 홀수 구로 이루어진 것도 있고 짝수 구로 이루어진 것도 있으니 일정한 법칙이 없다. 두보 역시「신악부」가 50수 있다.

백거이에게는「장한가長恨歌」나「비파행琵琶行」같은 장편 고사시도 있는데, 소설과 거의 비슷하다.「장한가」는 편폭이 비교적 길지만 이 두 시는 백거이 문학예술의 최고 작품으로 인정받고 있다. 아래에 기록하여 감상 자료로 제공한다.

한漢나라 황제 미녀를 좋아하여 만나고자 하였건만,
용상에 오른 지 오래되도록 절세미인 얻지 못하였다.
양씨 집 가문에 막 장성한 아가씨 있었건만,
깊숙한 규방에서 자라 아무도 몰랐었다.
타고난 아름다움 스스로 버리지 못해,
하루아침에 뽑혀 황제 폐하 옆에 앉게 되었다.
눈동자 굴리며 살짝 웃으면 온갖 아름다움 생겨나니,
후궁의 미녀들 모두가 빛을 잃었다.
쌀쌀한 봄날 화청궁에서 목욕하라 분부하시니,
매끄러운 온천수가 뽀얀 피부 씻어낸다.
시녀의 부축 받는 나른하고 요염한 자태,
이때 비로소 황제 폐하의 사랑 받기 시작하였다.
구름 같은 머리카락, 꽃다운 얼굴, 황금 떨잠.
부용꽃 방장에서 따뜻한 봄밤 지샜다.
봄밤은 짧아서 괴로워라 해가 높이 떴구나.

그때부터 황제께서는 아침 조회 그만두셨다.

총애 받아 연회 모시느라 쉴 틈이 없어,

낮이면 봄놀이 온종일 쫓아다니고 밤이면 온 밤을 독차지하였다.

후궁에 미녀들 삼천 명 되었건만,

삼천 명 받을 총애 한 몸에 다 받았다.

황금 궁전에서 곱게 단장하고 황제 모시는 밤,

백옥 누각에서 연회 파하면 화창한 봄기운에 취하였다.

언니들과 오빠들 모두 높은 벼슬 받으니,

부러워라, 가문에 찬란한 빛 넘쳐났다.

드디어 천하의 부모들로 하여금,

아들보다 딸 낳기를 좋아하게 만들었다.

여산의 이궁은 하늘 높이 치솟았고,

신선 음악 바람 타고 곳곳에 들렸어라.

느린 가락 조용한 춤에 엉겨드는 관현악,

황제는 종일토록 싫증을 모르셨다.

어양의 북소리 천지를 뒤흔들고 다가오니,

예상우의곡 추던 춤판 놀라서 깨어졌다.

깊고 깊은 구중궁궐 연기와 티끌 일어나니,

수천 대의 수레와 말 서남쪽으로 떠났네.

비취 깃발 흔들흔들 가다가 또 멈춰 서니,

서쪽으로 도성문을 나선 지 백여 리 남짓.

근위대 꿈쩍 않으니 어찌할 수 없구나.

곱디고운 아미 숙이고 말 앞에서 죽었구나.

꽃 비녀 땅에 떨어져도 줍는 사람 없었다.

비취 깃털, 공작 비녀, 또 옥비녀까지도.

황제는 얼굴을 가린 채 구해주지 못하였고,

뒤돌아보는 얼굴엔 피눈물 섞여 흘렀다.

누런 먼지 흩날리고 바람 쓸쓸히 부는데,

하늘 높이 걸린 잔도를 굽이돌아 검문관에 이르렀다.

아미산 아래 길가에는 다니는 사람 드물고,

깃발은 빛을 잃고 햇살도 엷게 비춘다.

촉나라 강물은 초록색 촉나라 산은 푸른색,

황제는 아침저녁 그리움에 잠기셨다.

행궁에서 달님 보니 온통 가슴 아픈 빛깔,

밤비 속의 방울 소리 애끓는 소리.

천하 정세 바뀌어 어가를 되돌리니,

여기에 이르러 머뭇거리며 떠나가지 못하셨다.

마외 언덕 아래 진흙 속 그 장소에는,

예쁜 얼굴 간 데 없고 죽은 곳만 남았구나.

황제와 신하들 돌아보며 눈물로 옷깃 적시고,

동쪽으로 도성문 바라보며 말에 몸을 맡기고 돌아갔다.

돌아오니 연못도 동산도 옛날과 다름없구나.

태액지의 부용꽃도 미앙궁의 버들도.

부용꽃은 그녀 얼굴, 버들잎은 그녀 눈썹.

이걸 보고 어찌 눈물 아니 흘리랴.

봄바람에 복사꽃 오얏꽃 피는 날에도,

가을비에 오동잎 떨어지는 때도.

서궁과 남내에 가을 풀 우거지고,

낙엽은 섬돌에 수북하건만 쓸어내지 아니했다.

이원제자 검던 머리 하얗게 세었고,

초방 상궁 곱던 얼굴 이제는 늙었도다.

저녁 전각 반딧불 보며 쓸쓸히 그리움에 잠기고,

외로운 등불 다 타도록 이리 뒤척 저리 뒤척.

종소리는 느릿느릿 이제야 밤이 긴 줄 알겠다.

은하수는 반짝반짝 이제야 먼동이 터오누나.

싸늘한 원앙 기와 서리꽃이 겹겹이 내렸도다.

차가운 비취 이불 누구와 함께 덮을까?

아득하구나 삶과 죽음, 이별한 지 몇 해건만,

혼백은 한 번도 꿈에 나타나지 않았다.

임공현 출신 도사가 장안에 왔는데,

정성을 기울이면 혼백을 불러올 수 있다고.

그리움에 뒤척이는 황제가 안타까워,

드디어 방사를 시켜 정성껏 혼백을 찾게 했다.

공중으로 치솟아 바람타고 달리니 번개처럼 빠르구나.

하늘에 올라가고 땅으로 들어가서 구석구석 찾았다.

위로는 벽락까지 아래로는 황천까지,

그 어디도 망망할 뿐 보이지 않는구나.

홀연히 들었네, 바다 위에 신선 사는 산이 있다고.

그곳은 허공 저 멀리 아른아른한 곳에 있다고.

오색구름 피어나는 영롱한 누각에는,

가냘프고 예쁜 선녀 많이 살고 있다고.

그 가운데 한 사람 이름이 태진이라 하니,

눈 같은 살결 꽃 같은 모습 양귀비와 꼭 닮았다고.

황금대궐 서쪽 별당 백옥 문을 두드려,

소옥이를 시켜서 쌍성이에게 알리라고 하였다.

한나라 황제의 사신 왔단 소식 듣고,

화려한 꽃무늬 방장 속에서 잠자던 혼 놀라 깨어났다.

옷을 걸치고 베개를 밀치고 일어나 서성이다가,

진주 발 은 병풍 하나하나 열고 나왔다.

한쪽으로 치우친 머리 모양 갓 잠에서 깨어난 듯,

화관도 매만지지 못하고 당 아래로 내려왔다.

바람 소맷자락 팔랑팔랑 나부끼니,

예상우의곡에 맞추어 춤을 추듯 하구나.

쓸쓸한 얼굴에 주르륵 눈물 흘러내리니,

봄비를 머금은 하얀 배꽃 같구나.

정겨운 눈길로 황제께 인사를 올린다.

헤어진 후로 목소리와 얼굴을 모두 잊은 듯했지요.

소양전에서의 은혜와 사랑 끊어진 이후로,

봉래궁에서의 세월은 지루하기만 하였사옵니다.

고개 돌려 인간 세상 내려다보았으나,

장안은 아니 보이고 티끌과 먼지만 가득하였습니다.

오직 옛 물건으로 깊은 정 표시할 수 있으니,

자개 상자 황금 비녀 부쳐 보내옵니다.

비녀도 한 가락 상자도 한쪽 남기옵니다.

비녀는 황금을 떼어내고 상자는 자개를 갈라내었사옵니다.

다만 황금처럼 자개처럼 마음 굳건하다면,

천상에서든 지상에서든 만날 날 있을 것이옵니다.

사신이 떠날 때 거듭거듭 전갈하였으니,

거기에는 두 사람만 아는 맹세의 말 들어 있었다.

칠월 칠석 장생전 앞 깊은 밤중에,

남몰래 황제는 속삭였지요.

하늘에선 비익조가 되어지이다.

지상에선 연리지가 되어지이다.

장구한 천지는 다할 날 있겠지만,

이루지 못한 사랑의 한 그칠 날 없으리라.

漢皇重色思傾國, 御宇多年求不得.

楊家有女初長成, 養在深閨人未識.

天生麗質難自棄, 一朝選在君王側.

回眸一笑百媚生, 六宮粉黛無顔色.

春寒賜浴華淸池, 溫泉水滑洗凝脂.

侍兒扶起嬌無力, 始是新承恩澤時.

雲鬢花顔金步搖, 芙蓉帳暖度春宵.

春宵苦短日高起, 從此君王不早朝.

承歡侍宴無閑暇, 春從春遊夜專夜.

後宮佳麗三千人, 三千寵愛在一身.

金屋粧成嬌侍夜, 玉樓宴罷醉和春.

姊妹弟兄皆列土, 可憐光彩生門戶.

遂令天下父母心, 不重生男重生女.

驪宮高處入靑雲, 仙樂風飄處處聞.

緩歌慢舞凝絲竹, 盡日君王看不足.

漁陽鼙鼓動地來, 驚破霓裳羽衣曲.

九重城闕煙塵生, 千乘萬騎西南行.

翠華搖搖行復止, 西出都門百餘里.

六軍不發無奈何, 宛轉蛾眉馬前死.

花鈿委地無人收, 翠翹金雀玉搔頭.

君王掩面求不得, 回看血淚相和流.

黃埃散漫風蕭索, 雲棧縈紆登劍閣.

峨嵋山下少人行, 旌旗無光日色薄.

蜀江水碧蜀山青, 聖主朝朝暮暮情.

行宮見月傷心色, 夜雨聞鈴腸斷聲.

天旋地轉回龍馭, 到此躊躇不能去.

馬嵬坡下泥土中, 不見玉顏空死處.

君臣相顧盡沾衣, 東望都門信馬歸.

歸來池苑皆依舊, 太液芙蓉未央柳.

芙蓉如面柳如眉, 對此如何不淚垂.

春風桃李花開日, 秋雨梧桐葉落時.

西宮南內多秋草, 落葉滿階紅不掃.

梨園弟子白髮新, 椒房阿監青娥老.

夕殿螢飛思悄然, 孤燈挑盡未成眠.

遲遲鍾鼓初長夜, 耿耿星河欲曙天.

鴛鴦瓦冷霜華重, 翡翠衾寒誰與共.

悠悠生死別經年, 魂魄不曾來入夢.

臨邛道士鴻都客, 能以精誠致魂魄.

爲感君王輾轉思, 遂教方士殷勤覓.

排空馭氣奔如電, 升天入地求之遍.

上窮碧落下黃泉, 兩處茫茫皆不見.

忽聞海上有仙山, 山在虛無縹渺間.

樓閣玲瓏五雲起, 其中綽約多仙子.

中有一人字太眞, 雪膚花貌參差是.

金闕西廂叩玉扃, 轉教小玉報雙成.

聞道漢家天子使, 九華帳裏夢魂驚.

攬衣推枕起徘徊, 珠箔銀屛迤邐開.

雲鬢半偏新睡覺, 花冠不整下堂來.

風吹仙袂飄飄擧, 猶似霓裳羽衣舞.

玉容寂寞淚闌干, 梨花一枝春帶雨.

含情凝睇謝君王, 一別音容兩渺茫.

昭陽殿裏恩愛絶, 蓬萊宮中日月長.

回頭下望人寰處, 不見長安見塵霧.

惟將舊物表深情, 鈿合金釵寄將去.

釵留一股合一扇, 釵擘黃金合分鈿.

但敎心似金鈿堅, 天上人間會相見.

臨別殷勤重寄詞, 詞中有誓兩心知.

七月七日長生殿, 夜半無人私語時.

在天願作比翼鳥, 在地願爲連理枝.

天長地久有時盡, 此恨綿綿無絶期.


「장한가」는 당 현종玄宗이 양귀비를 처음 알았을 때부터 시작하여, 황제의 명을 받고 죽은 후 궁전으로 돌아와 그녀를 회상하고 그리워하는 것으로 끝을 맺고 있다. 이 시를 지을 당시 백거이는 섬서성의 현위縣尉로 재직하고 있었는데, 그의 친구 진홍陳鴻·왕질부王質夫와 함께 선유사仙游寺에 놀러갔다가 느낀 바가 있어 지은 것이다. 시의 내용은 풍유와 애정을 동시에 내포하고 있다. 언어는 정련되고 생동적이며, 음률은 곡절을 이루어 조화롭다. 훗날의 곤곡崑曲『장생전長生殿』은 이 시를 바탕으로 내용을 확대한 것이다.

서양에도 완전히 시가로 이루어진 소설이 있는데 괴테의 『파우스트』가 그러하고, 인도의 시도 그러하다.

이제 한유韓愈에 대해 이야기해보겠다. 한유의 자는 퇴지退之, 남양南陽
사람이다. 덕종德宗 때 진사에 합격하였다. 문집으로 『한창려전집韓昌黎全
集』이 있다. 진인각陳寅恪은 『원백시전증고元白詩箋證稿』에서 「장한가」는 당
대 소설 속의 시가 부분에 속하고, 한유의 고문운동은 당나라 소설의 영향
을 받아서 나왔다고 하였다. 조언형趙彦衡은 『운록만초雲麓漫鈔』에서 당시
소설을 써서 관리에게 보여주는 사람도 있었는데 일반적으로는 시를 써서
보여준다고 하였다. 앞에서 백거이에 대해 언급할 때 장안의 고관이었던
고황에게 백거이가 시를 써들고 가서 보여준 적이 있었던 것처럼 말이다.
정원貞元·원화元和 연간에는 이미 소설이 성행하였다. 원미지元微之는 『앵
앵전鶯鶯傳』을 썼고, 백거이는 「장한가」를 썼다. 이신李紳은 「앵앵전」이라
는 시를 썼고, 진홍은 『장한가』라는 소설을 썼다. 그러나 진인각의 말이 반
드시 맞는다고 할 수는 없다. 『구당서舊唐書』의 작자는 한유의 시대와 가깝
기에 비교적 믿을 만한데 그 안에는 이런 말이 있다. "대력·정원 연간에는
대부분 옛 학문을 숭상하여 양웅揚雄과 동중서董仲舒의 작품을 본받았다.
그중 독고급獨孤及과 양숙梁肅은 연박하고 심오하다고 일컬어졌고, 유림에
서 추종하였다. 한유는 그들과 교유하면서 심도 있게 연구하여 이름을 떨
칠 각오를 하였다."[후2]

독고급과 양숙보다 다소 앞서 활동한 사람으로는 소영사蕭穎士와 이화
李華가 있다. 이화는 「조고전장문弔古戰場文」을 변문으로 썼지만, 그는 고문
도 썼다. 이것으로 볼 때 진인각의 견해가 틀렸음을 알 수 있다. 왕질王銍은
「한회[5]전韓會傳」에서 자료를 찾아냈는데, 그 가운데 이런 말이 있다. "한회
는 그의 숙부 운경雲卿과 함께 소영사의 신임을 받는 장수가 되었는데, 소

---

5 전목 주: 한회는 한유의 형임.

영사 집단에 있는 이서李紓·유식柳識·최우崔祐·황보염皇甫冉·사량필謝良弼·주거천朱巨川과 교유하였다. 한회는 유독 그들의 문격이 아름답기만 하고 도덕적인 내실이 없음을 경멸하여 처음으로 양숙과 더불어 체재를 변화시켜 고문으로「문형文衡」한 편을 썼다. 그의 아우 유愈는 세 살 때 부모님을 여의어서 한회가 기르고 교육시켰다.「문형」을 보면 한유가 육경六經을 근본으로 삼고, 황극皇極을 존중하며, 이단을 배척하고 백가百家의 아름다움을 모아 스스로 그 시대의 법도로 삼고 도를 강건하게 세웠으며, 군주를 엄격하게 받들었음을 알 수 있는데, 이런 것들은 그의 형을 무척 닮았다."[주3] 그러나 한유는 훗날 이 사람들에 대해서는 언급한 적이 없다. 한유가 비교적 존경한 사람은 독고급이었으나, 그에 대해서도 역시 언급하지 않았다. 한유는 사람들에게 사마상여, 양웅, 동중서를 배우라고 권했다. 이 글을 보면『구당서』의 견해가 틀리지 않음을 알 수 있다. 당나라 사람 중에서 한유는 단지 이백과 두보, 진자앙만 존경하였을 뿐이다. 이백은 한유의 부친을 위해「거사비去思碑」를 써준 적이 있다.

당나라 때 쓴 소설도 원래 변문을 사용하였는데, 훗날 차츰 산문체의 소설로 변하였다.

한유는 스스로 맹자의 뒤를 이었다고 하였으므로 두보보다 명성이 컸다. 한유는 또 시문도 잘 썼고 공맹의 도를 드높였다. 이에 비해 두보는 단지 일개 정치가요 시인이었으므로 사회적 지위도 비교적 낮았다. 한유가 쓴「사설師說」은 당시로서는 대단히 독창적인 견해였다.

세상 사람들이 문장에 대해 언급할 때, 시는 두보요 문장은 한유라고 칭한다. 한유는 이백과 두보의 시를 숭배하여 이렇게 말했다.

이백과 두보의 문장이 함께 있어,
만장이나 되는 불꽃 문단을 비춘다.

어리석은 자들 그것도 모르고,

진부한 말로 비방을 하는구나.

개미가 고목을 흔들어대니,

가소롭구나, 주제도 모르고 나대는 모습이여.

李杜文章在, 光焰萬丈長.

不知群兒愚, 那用故謗傷.

蚍蜉撼大樹, 可笑不自量.


두보와 이백은 『시경』을 중시하였고, 한유는 하·은·주 삼대와 양한의 문장이 아니면 읽지 말고, 동한 이후의 문장은 보지도 말라고 하였다. 사실 한유와 두보 모두 문장이 팔대八代의 쇠미함을 떨치고 일어서기를 주장하였다. 팔대는 『소명문선』을 지칭하는 것으로, 그들은 모두 문학의 복고를 주장하였다.

한유는 때로 산문으로 시를 썼기에 시가 문장에 가까웠다. 예컨대 「차재동생행嗟哉董生行」이 그러하다.


아 동생董生이여! 아침 일찍 일어나 농사지으러 나가고 밤늦게 귀가하여 옛사람들의 책을 읽느라 종일토록 쉬지 못한다. 산에 가서 나무를 하기도 하고 물에 가서 고기를 잡기도 한다. 부엌에 들어가 맛있는 음식을 차리고 부모님께 아침저녁 문안 인사 올린다. 부모님은 슬픈 기색 없고 처자식은 탄식하지 않는다. 아! 동생은 효성스럽고 인자하도다. 사람들은 모르고 하늘만이 아신다.

嗟哉董生, 早出耕, 夜歸讀古人書, 盡日不得息. 或山而樵, 或水而漁. 入廚具甘旨, 堂問起居. 父母不戚戚 妻子不咨咨. 嗟哉董生, 孝且慈, 人不識, 惟有天翁知.

당나라 시에는 오언 고시·오언 절구·칠언 율시가 있지만, 당나라 때 처음으로 생긴 건 결코 아니다. 당나라 때 창시된 것은 근대적인 산문으로, 한유가 처음 지었다고 할 수 있다. 두보의 시는 고시의 집대성이라 할 수 있고, 한유는 산문 분야에서 새로운 국면을 창시하였다고 할 수 있다.

우리는 요내姚鼐의 『고문사류찬古文辭類纂』에 근거해서 한유 이래 산문의 변화와 발전의 역사를 연구할 수 있고, 이를 통해 고문은 무엇이며, 후세에 대한 영향이 어떤지를 알 수 있다.

문학의 체재와 격식의 변화 및 발전은 근거 없이 이루어지는 게 아니라, 역대의 변화와 발전을 통해서 이루어지는 것이다. 고문 분야에서 한유의 성취는 역사의 변화와 발전 속에서 새로운 면모를 개척한 창시자라는 점이다. 그러므로 문학사에서의 그의 가치는 두보 위에 있다 할 수 있다.

시詩·문文·서書·화畵 각 항목의 예술작품 속에서 '문'과 '서'가 우리에게 끼친 영향은 크고 '시'와 '화'는 비교적 작다. 그러나 전자는 일반적이고 후자는 특수하기에 훌륭한 '문'과 '서'를 창조하기란 '시'와 '화'보다 더욱 어렵다.

문장은 한유 이후 팔대의 쇠미함을 진작시켰다는 점에서 이전의 문장과 차이가 있다. 요순시대와 하·은·주 삼대의 책이 아니면 보지 않았던 것이다. 한유는 옛 도를 좋아하고 옛 문장을 좋아하였다. 그러므로 문장은 도를 담아야 한다는 '문이재도文以載道'를 주장하였다. 그는 복고를 주창한 사람이다. 이백과 두보의 시도 복고파로서 이른바 시는 도를 담아야 한다는 '시이재도詩以載道'를 주장하였으니, 그들 역시 정통파라 할 수 있다. 한유 이후에야 비로소 새로운 산문이 생겼는데 고대와도 다르고 건안시대와도 다르며 삼대三代·양한兩漢시대와도 다르다. 5·4운동 이후 한유의 산문이 경시를 받은 이유는 첫째 한유가 복고파였기 때문이고, 둘째 유가에 가깝기 때문이다.

한유의 문장을 이어 이고李翶가 나왔다. 이고 사후의 시호 또한 문공文公으로 문장이 매우 훌륭하며, 그 역시 유가이다. 유종원은 사실상 도가사상에 가깝다. 이고는 진자앙에 가깝고, 한유와 유종원柳宗元은 이백과 두보에 가까우며, 한유의 제자인 황보식皇甫湜과 손초孫樵는 단지 한유 문장의 형식만 배웠지 정신은 모른다.

한유와 유종원이 죽은 후 후계자가 없었다고 할 수 있다. 100여 년이 지난 후 구양수가 나와서 그 뒤를 이었다. 구양수는 호북湖北에 있는 이고의 집에서 한유의 문집을 발견하였다. 한유는 「평회서비平淮西碑」를 지은 적이 있고, 이 글에 불만을 가진 사람이 단문창段文昌에게 다시 써달라고 하였는데 정부의 중흥을 기념하는 내용이다. 그러나 오늘날 전해지는 것은 한유의 비문이다. 구양수의 후배로는 왕안석王安石·증공曾鞏과 소순蘇洵·소식蘇軾·소철蘇轍 삼부자가 있다. 거기에다 당나라 한유와 유종원을 더하여 '당송팔대가唐宋八大家'가 된다.

한유는 고문운동에서 리더 역할을 하였다. 그러나 구양수가 없었다면 중단되었을 것이다. 그러므로 한유와 구양수는 병칭되어야 마땅하지만, 당대는 시가 창성했던 시대이고 송대는 산문의 시대였다.

구양수는 이렇게 말한 적이 있다. "이고는 한유보다 위대하다. 한유가 비록 처음으로 공자·맹자를 존중할 것을 주창하였지만, 이고는 어떻게 유가를 숭상할지 설명하였고 「복성서復性書」를 썼다." 즉 유가철학이 불학佛學보다 취급하기 어렵다는 것이다.

고대의 경經·사史·자子는 문학이라 할 수 있지만 순수문학은 아니다. 문학에 있어서 한유의 공헌은 이러한 전적들을 순정한 산문, 즉 순수문학으로 바꾸었다는 것이다.

전인들은 한유가 시로써 문을 썼다고 하였는데 「차재동생행嗟哉董生行」같은 시는 매우 소박하고 예스럽다. 두보의 시는 규율을 따졌고, 이백의 시는 규율의 구속을 가장 받지 않았으며, 한유의 시는 수수하고 고풍스럽다. 한유가 스무 살 때 지은 첫 번째 시는 아래와 같다.

중조산은 푸르고, 황하는 누렇다.
물결은 세차게 흘러가고, 송백은 산등성이에 있다.
條山蒼, 河水黃,
波浪渢渢去, 松柏在山岡.

이 시에 나오는 '조산條山'은 중조산中條山이고, '하수河水'는 황하를 지칭한다. '운운渢渢'은 빠르게 흘러가는 모양이다. 이 시는 『시경』가운데 최고인 비·흥의 기법으로 이루어져 있다. 우리는 이 시로부터 일생동안 품은 한유의 지향志向이 예스럽고 소박하고 질박하면서도 강건하였음을 알 수 있다. 한유의 제자들은 단지 기이하고 독특한 점만 배웠지 핵심을 터득하지 못했다. 구양수의 산문은 부드러운 면을 지니고 있어 한유의 강건함과 구분된다. 그러나 구양수는 한유의 문장을 가장 열심히 학습하였다. 그는 시로써 산문을 썼다. 즉 그의 산문은 시와 같다.

소식은 이렇게 말한 적이 있다. "위진魏晉시대에는 문장이 없다. 도연명의 「귀거래혜사歸去來兮辭」가 유일하다." 「귀거래혜사」는 사실 한 편의 장시長詩이다. 소식은 또 이렇게 말했다. "당나라 때는 문장이 없다. 한유의 「송이원귀반곡서送李愿歸盤谷序」가 유일하다." 사실 한유의 「송이원귀반곡서」·「송양소윤서送楊少尹序」는 모두 산문시라 할 수 있다. 구양수는 이 점을 배웠기에 그의 문장은 또한 한편의 시이다.「취옹정기醉翁亭記」같은 문장은 사실상 시의 최고 경지라 할 수 있다.

한편 유종원柳宗元이 위대한 것은 산수유기를 썼다는 점이다. 당나라 사람들은 아름다운 경치를 보면 시만 읊었기 때문이다.

만당시기에 지명도가 있는 시인으로는 이상은李商隱과 온정균溫庭筠 등이 있다. 그 외에 섭이중聶夷中도 있는데, 그는 농민생활을 반영한 시를 썼다. 시는 아래와 같다.

이월에는 앞으로 짤 실을 미리 팔고,
오월에는 앞으로 수확할 곡식을 미리 판다.
눈앞의 부스럼 치료하려고,
마음속 살을 도려낸다.
원컨대 임금님 마음
밝은 촛불로 변해,
아름다운 연회석 비추지 말고,
도망간 사람들 집 비추어주기를.
二月賣新絲, 五月糶新穀.
醫得眼前瘡, 剜却心頭肉.
我願君王心, 化作光明燭.
不照綺羅筵, 只照逃亡屋.

또 두순학杜荀鶴은 민생의 질고를 다음과 같이 읊었다.

난리 겪은 쇠약한 늙은이 쑥대밭 된 마을에 거처하니,
마을에 있는 어느 하나 마음 아프게 하지 않을까?
군영 짓는 목재 대느라 뽕나무 한 그루 없고,
향병 조직하느라 자손도 끊겼다.
그런데도 세금은 평소처럼 거두니,
어느 고을 할 것 없이 온전하지 못하다.

닭 한 마리 개 한 마리 없는 적막한 마을,

앞산에 지는 석양 바라보며 홀로 문에 기대었다.

經亂衰翁居破村, 村中何事不傷魂.

因供寨木無桑柘, 爲著鄕兵絶子孫.

還似平寧征賦稅, 未嘗州縣略安存.

至于鷄犬皆星散, 日落前山獨倚門.

농민 혁명가를 대표하는 황소黃巢도 「제국화題菊花」를 썼는데 그 내용은
아래와 같다.

쏴쏴 가을바람 소리 뜰에 가득하니,

싸늘한 꽃향기 나비 날아들기 어려워라.

훗날 내가 봄의 황제가 되면,

복사꽃과 함께 피어나게 하리라.

颯颯西風滿院栽, 蕊寒香冷蝶難來.

他年我若爲靑帝, 報與桃花一處開.

황소는 국화가 복사꽃과 함께 동시에 만개하기를 바라는 것이다. 위에서
소개한 작품들은 모두 만당시기의 시이다. 이제 이상은과 온정균에 대해
간략하게 소개하고자 한다.

온정균의 자는 비경飛卿, 태원太原 사람이다. 어려서부터 총명하고 시를
잘 지었다. 이상은과 더불어 나란히 이름을 날려 '온리溫李'로 칭해진다. 이
두 사람은 만당시기에 시어가 아름답기로 손꼽혔으며 '사화파詞華派'로 불
리었다. 온정균의 「춘강화월야사春江花月夜詞」를 소개하면 아래와 같다.

옥수玉樹의 노래 다하니 바다구름 시커멓고,

꽃 정원 홀연히 황폐해졌도다.

진회수 강물은 무정하게도,

금릉 향해 흘러가 봄빛 아래 출렁인다.

수 양제는 편안히 황제 노릇하면서,

말을 싫어하여 수레 타지 않았다.

백 폭의 비단으로 돛을 만들어 바람 가득 안으니,

하늘에는 아름다운 금부용이 펼쳐졌다.

진주와 비취 반짝이다 다시 사라지니,

뱃전에 갈라지는 물결 애달픈 호가의 연주 소리 들린다.

하늘을 비추는 천리 강물 물귀신을 씻어버리고,

만 가지 하얀 꽃향기 코끝을 스친다.

어느덧 하늘에 걸려 있던 저녁노을 바다 서쪽으로 지고,

유리 베개 위에 새벽닭 첫 울음소리 들린다.

속삭이는 듯한 현악기 연주곡 소리에,

한번 취해 정신 못 차리니 천하가 미혹되었다.

사방에서 적군 쳐들어와 봉홧불 일어나는데도,

여전히 진한 향기 속에서 꿈꾸고 있다.

후주의 황폐한 궁전에 살던 아침 꾀꼬리,

서강 하나 넘어서 날아왔구나.

玉樹歌闌海雲黑, 花庭忽作靑蕪國.

秦淮有水水無情, 還向金陵漾春色.

楊家二世安九重, 不御華芝嫌六龍.

百幅錦帆風力滿, 連天展盡金芙蓉.

珠翠丁星復明滅, 龍頭劈浪哀笳發.

千里涵空澄水魂, 萬枝破鼻飄香雪.

漏轉霞高滄海西, 頻黎枕上聞天雞.

鸞弦代雁曲如語, 一醉昏昏天下迷.

四方傾動煙塵起, 猶在濃香夢魂裏.

後主荒宮有曉鶯, 飛來只隔西江水.


　대체적으로 말해서 온정균의 시는 염려艷麗한 사조辭藻가 주를 이루며,
음률도 아름다워 악부樂府에서 채집하여 곡을 붙일 만하다. 또 옛 일을 더
듬으며 성묘하는 작품의 경우 시어가 아름다우면 안 되겠지만, 온정균이
지으면 아름답지만 화려하지 않고 질박함 속에 아름다움을 지니고 있어 지
나치지도 모자라지도 않는다. 그의 「과진림묘過陳琳墓」를 보자.


　　일찍이 역사책에서 당신이 남긴 시문을 보았는데,

　　오늘 쑥대처럼 떠돌다 당신의 묘지에 들렀습니다.

　　당신에게 영혼이 있다면 나를 이해하실 테지요.

　　절세의 재주 가지고도 주군 만나지 못해 당신을 부러워합니다.

　　무덤 앞의 기린 석상은 봄풀에 묻혔고,

　　황량한 동작대는 저녁 구름 마주하고 있노라.

　　바람 앞에 서서 슬퍼하는 날 책망하지 마시오.

　　하던 공부 그만두고 검을 차고 전쟁터에 나간 선현을 배우려 하니.

　　曾於青史見遺文, 今日飄蓬過此墳.

　　詞客有靈應識我, 霸才無主始憐君.

　　石麟埋沒藏春草, 銅雀荒凉對暮雲.

　　莫怪臨風倍惆悵, 欲將書劍學從軍.

위의 시를 통해 볼 때 온정균의 작시 능력이 간단하지 않다는 것을 알 수 있다.

이상은은 자는 의산義山, 회주懷州 하내河內 사람이다. 그의 시문을 높이 산 영호초令狐楚[6]가 자신의 아들들과 교유하도록 하였다. 훗날 지방의 대관료 혹은 장안의 관리들을 따랐다. 의산은 평소 주로 시를 지었고 어쩌다 한 번 사詞를 지었다. 『옥계생시집玉溪生詩集』 3권이 있다. 그의 대표작 중 널리 알려진 「금슬錦瑟」을 보자.

> 금슬은 까닭 없이 오십 줄,
> 현弦마다 젊은 시절 생각나게 한다.
> 장생은 새벽 꿈속에 나비되어 헤매었고,
> 망제는 그윽한 한을 두견새에 기탁했다.
> 창해에 달님 솟아오르면 인어는 구슬 눈물 흘리고,
> 남전에 따뜻한 햇살 비추면 옥에서 연기가 피어오른다.
> 이 슬픔 추억이 될 때까지 기다려야 하리니,
> 당시에는 그저 망연자실했었지.
> 錦瑟無端五十絃, 一弦一柱思華年.
> 莊生曉夢迷蝴蝶, 望帝春心託杜鵑.
> 滄海月明珠有淚, 藍田日暖玉生煙.
> 此情可待成追憶, 只是當時已惘然.

이 시는 사람마다 다 알고 있는 율시이다. 이제 다시 그의 절구絶句 「몽

---

**6** 편자 주: 영호초의 자는 각사殼士, 당 헌종憲宗 정원貞元 7년 진사가 되었고, 문학가, 정치가, 시인으로도 유명하다. 큰아들은 영호서令狐緒, 작은아들은 영호도令狐綯이다.

택夢澤」을 보자.

> 몽택에는 슬픈 바람 불어와 하얀 띠풀 흔들리고,
> 초왕은 아름다운 궁녀 모두 장사지냈다.
> 초왕의 무희 몇 명이나 되었을까?
> 궁중 음식 부질없이 축냈구나, 가는 허리 위해서.
> 夢澤悲風動白茅, 楚王葬盡滿城嬌.
> 未知歌舞能多少. 虛減宮厨爲細腰.

또 아래와 같은 「무제시無題詩」도 전해진다.

> 보등이라 불리는 선궁에 사는 선녀,
> 선약을 마시기도 전에 얼어버렸네.
> 어찌하여 눈빛 달빛 하얗게 비치는 밤,
> 높다란 요대에서 있는 것일까?
> 紫府仙人號寶燈, 雲漿未飮結成冰.
> 如何雪月交光夜, 更在瑤臺十二層.

위에서 소개한 이상은의 절구 두 수는 온정균의 작품과 함께 궁체宮體에 속한다. 훗날 송대에 서곤체西崑體가 생겨났는데 유독 이상은만 중시했다.

만당 시인 가운데는 사화파詞華派에 속하는 온정균과 이상은 외에도 두목杜牧이 있다. 이 외에 격률파格律派에 속하는 주경여朱慶餘·유득인劉得仁 등도 있다. 이상의 시인들은 모두 당 선종宣宗 대중大中 연간 사람이다. 이들보다 다소 뒤에 활동하였던 시인들로는 당 의종懿宗 함통咸通 연간의 위장韋莊과 나은羅隱 등이 있는데, 이들은 원백파元白派에 속한다. 그리고 왕건파王建派에 속하는 조당曹唐과 호증胡曾 등의 시인도 있다. 이들 역시 감상할 만한 만당시대 시인이다.

# 제23장

# 당대 고문(상)

◆◆◆

당대의 시와 문장을 연구하려면 『전당시全唐詩』와 『전당문全唐文』을 참고하고, 당대 소설을 연구하려면 『태평광기太平廣記』를 참고해야 한다.

경經·사史·자子·집集 4부四部 가운데 집부는 고대에 없었다.[1] 명대 사람이 『한위백삼명가집漢魏百三名家集』[2]을 편찬하였고, 청대 사람이 『전상고삼대양한위진남북조문全上古三代兩漢魏晉南北朝文』과 『전당문』을 편찬했다. 이후 '전송문全宋文'과 '전명문全明文'은 나오지 않았다.[3]

<hr/>

**1** 편자 주: 집부集部는 당나라 초기 『수서隋書·경지經志』로부터 확립되었다. 전목은 '경經'·'사史'·'자子'와 비교하여 '집集'의 분류법이 늦게 나왔음을 말하려고 한 것 같다.

**2** 편자 주: 『한위백삼명가집』은 바로 『한위육조백삼명가집漢魏六朝百三名家集』을 말하며, 장부張溥가 편찬했다.

**3** 편자 주: 『전송문全宋文』은 증조장曾棗莊·유림劉琳이 편찬하고, 2006년 상해사서출판사上海辭書出版社와 안휘교육출판사安徽敎育出版社가 공동 출판하였다. 『전명문全明文』은 전백성錢伯城이 편찬하고, 1994년 상해고적출판사上海古籍出版社에서 출판했다. 이외에 『전원문全元文』은 이수생李修生이 편찬하고, 2005년 봉황출판사鳳凰出版社에서 출판했다.

중국에서 가장 큰 영향력을 발휘한 문학적 관점은 정치적 성격을 지니고 있어, 결코 독립적이지 않았다. 문학을 인류문화를 촉진하는 도구로 삼아 문장으로 도道를 전하려 했기에 정치는 인도人道의 일부분이었다. 경학經學(육경六經은 모두 역사이다)과 사학은 모두 정치에 응용할 수 있었지만 결코 도를 밝히거나, 도를 분별하거나, 도를 논하지 않았다. 예컨대 굴원과 사마상여는 모두 순문학가이지만 이들의 작품은 운문이지 산문이 아니다. 그러므로 한유韓愈 이전에는 아직 산문작가라고 할 만한 사람이 없었다.

청대의 요내姚鼐가 편찬한 『고문사류찬古文辭類纂』에서는 문장을 13류로 나누었다. 그중 논변류論辨類에 속하는 가의賈誼의 「과진론過秦論」 같은 작품은 자부子部로부터 온 것이다. 서발류序跋類에 속하는 문장은 책의 앞부분에 있는 서문으로, 본래는 책의 맨 뒤에 두고 '발'이라고 해야 하는데 독자의 편의를 위해 일부러 앞에 놓았다. 그러므로 '서'와 '발'은 같다. 『장자』의 「천하天下」편은 가장 뒷부분에 놓여 있는데, 사실 이는 한 편의 '발'과 같다. 논변과 서발류의 문장은 경·사·자·집 4부 가운데 자부로 분류할 수 있다. 주의奏議와 조령류詔令類의 문장은 정치적인 내용을 쓴 것으로 이사李斯의 「간축객서諫逐客書」와 「논독책서論督責書」, 가생賈生의 「진정사소陳政事疏」와 「논적저소論積貯疏」, 조착晁錯의 「논귀속소論貴粟疏」, 사마상여의 「간렵소諫獵疏」, 한유의 「간영불골표諫迎佛骨表」 등은 주의류에 속하고, 진시황秦始皇의 「초병천하의제호령初幷天下議帝號令」, 한 고조의 「입관고유入關告諭」, 한 문제의 「제육형조除肉刑詔」, 사마상여의 「논파촉격論巴蜀檄」, 한유의 「제악어문祭鰐魚文」 등은 조령류에 속한다. 서설류書說類의 문장은 전국시기 조량趙良의 「설상서說商書」, 소계자蘇季子의 「설제선왕說齊宣王」, 장의張儀의 「설초회왕說楚懷王」 등이 모두 이에 속한다. 그러나 한대에 이르러서는 사마천의 「보임안서報任安書」와 양자유楊子幼[4]의 「보손회종서報孫會宗書」 등의 소수 작품만 가작으로 꼽을 수 있고, 당·송시기에 이르러서야 훌륭한 작품이 많이 나타났다. 요내는 '서설'에 속하는 문장으로 한유의 작품을 24편이나 수록하였고, 유종원의 작품도 4편 실었다.

또한 '비지碑志'류도 있는데, 이는 앞에서 언급한 '주의'·'조령'·'서설'의 문장과 함께 경·사·자·집 가운데 사부史部로 분류할 수 있다. 세간에서는 묘지 위에 세운 돌을 '비碑'나 '표表'라고 하고, 흙 속에 묻은 것을 '지志'라 하였는데, 혹자는 이를 다시 '지志'와 '명銘'으로 나누기도 한다. 동한의 채옹이 이러한 문장을 잘 지었다. 요내는 이에 속하는 한유의 문장을 30편 가까이 수록하였다.

중국문학사에서 볼 수 있는 한 가지 특징은 위진魏晉 이후의 중국인은 운문을 중시하여 사부辭賦가 성행했다는 점이다. 즉 건안 이후 문학의 지위가 높아져 사람들은 사부와 운문을 중시하였다. 그러므로 위진 이후의 저작에서 '주의'·'서설'·'비지' 등의 문장은 모두 운문으로 쓰였다. 예를 들어 『문심조룡』은 책 이름 자체도 아름다울 뿐 아니라 내용 역시 변문騈文으로 이루어져 있다. 당대 유지기劉知幾의 『사통史通』 역시 변문으로 쓰였다. 전자는 문학비평서이고 후자는 역사비평서인데 모두 변문으로 쓴 것이다. 당대의 육지陸贄는 정론가政論家로서 평생 '주의'문을 썼으므로 사람들은 '육선공주의陸宣公奏議'라고 불렀는데, 역시 변문으로 썼다.

대체적으로 한대부터 문사가 화려하고 음률이 아름다운 변문을 짓기 시작했고, 위魏·진晉·송宋·제齊·양梁·진陳·수隋를 거쳐 한유가 나온 이후에야 비로소 변문이 쇠퇴하였다. 당나라의 문장도 육조시기의 관습이 남아 있어 조정에서건 민간에서건 '주의'마저 변문으로 지었다. 위징魏徵이 이

---

4 편자 주: 양운楊惲을 말하고 자유子幼는 그의 자字이다. 사마천의 외손자이다.

를 바로잡으려고 했지만 큰 영향을 미치지 못했고, 한유가 등장하고 나서야 이러한 풍조가 바로잡혔다.

한유가 나오기 전, 당대 사람들은 문장에 대해 다음의 네 가지 개념을 가지고 있었다. 첫째, 이전의 문학은 독립적이지 않아 정치에 종속되었고, 문장으로 도를 전하였다. 둘째, 중국의 순수문학은 굴원으로부터 시작되었다. 셋째, 중국문학은 크게 사부辭賦와 경·사·자 두 가지로 분류된다. 넷째, 건안 이후에는 특히 사부를 중시하여 위진남북조 이후에는 변문으로 지어진 문장이 많다.

나는 위에서 언급한 문학 풍조에 대해 다음과 같은 몇 가지 견해가 있다.

첫째, 건안시기 조비가 제기한 '문학은 사라지지 않고 영원히 존재하는 것'이라는 관념은 옳다.

둘째, 모든 경·사·자의 문장은 운문으로 쓸 수 없다. 문체가 부합하지 않으므로 응용문은 운문으로 써서는 안 된다.

셋째, 중국 문장은 크게 응용문(즉 경·사·자의 문장을 포함한다)과 운문 두 가지로 구분된다.

남북조시대의 정치는 결코 투명하지 않았지만 문장은 대부분 변려문으로 지어졌다. 북조의 소작蘇綽[5]이 출현하여 바람·꽃·눈·달 등의 자연 경물이나 노래하는 문장을 짓는 풍조에 반대하면서, 화려하고 아름답기만 한 문사를 사용하지 말고 옛 문장을 본받을 것을 주장했다.

수대隋代의 이악李諤은 공문서는 운문으로 써서는 안 되며, 문장은 장엄

---

**5** 편자 주: 소작(498~546)은 남북조시기 서위西魏의 대행대도지상서大行臺度支尙書에 제수되어 일련의 개혁조치를 제정하고 시행했다.

해야 할 것을 주장했다.

당대에 이르러 두보는 시로 복고운동을 추진하여 시에 도의 내용을 담았다.

한유는 고문 복고운동을 제창하고, 문장으로 시를 지어 작시의 새로운 길을 열어주었다. 또한 시로 문장을 지었는데 이는 한유의 새로운 문체가 되었다. 한유의 산문은 순문학작품이라고 할 수 있으며, 일상적인 생활을 담고 있다. 예를 들어 한유가 조주자사潮州刺史로 폄적되었을 때, 당시 조주와 장안은 거리가 아주 멀었고, 지금처럼 자동차나 기차 같은 빠른 교통편도 없었다. 그는 나이가 이미 50을 넘은데다가, 추운 겨울에 좌천을 당해 눈보라 속을 헤치고 가느라 매우 고통스러웠다. 그가 섬서 변방의 남관藍關에 이르렀을 때 온 천지에 눈 폭풍이 몰아쳐 말조차 앞으로 나아가려고 하지 않았다. 다행히 그의 종손자인 한상韓湘의 도움으로 위험에서 벗어날 수 있었다. 한유는 매우 상심하여 탄식하며 「좌천지람관시질손상左遷至藍關示侄孫湘」이라는 시를 지었다.

아침에 상주문 한 통 올렸다가,
저녁에 8000리 길 머나먼 조양으로 좌천되었네.
임금님 위해 잘못된 일 없애려 했을 뿐이니,
곧 죽을 몸이 어찌 목숨 아까워하겠는가?
진령에 구름 걸려 있어 집이 어디인지 알 수 없고,
남관에 눈 덮여 있어 말도 나아가려 하지 않는구나.
네가 먼 길 온 이유 알겠으니,
나 죽거든 유골은 장강 가에 잘 거두어다오.
一封朝奏九重天, 夕貶潮陽路八千.
欲爲聖明除弊事, 肯將衰朽惜殘年.

雲橫秦嶺家何在? 雪擁藍關馬不前.

知汝遠來應有意, 好收吾骨瘴江邊.


한유의 이 시는 일상생활의 경험을 묘사함으로써 자신의 슬픈 감정과 강인한 의지를 잘 드러내었다. 지금의 희극 가운데『남관설藍關雪』[6]과 민간에 전해져 내려온『팔선료동해八仙鬧東海』[7]는 한상에 대해 묘사했는데, 여기서 그는 신선 중 한 명으로 등장하며 한상자로 불린다.

한유는 조주에 온 이후, 곤궁한 백성들의 처지에 관심을 기울여 그들을 구제하는 데 힘쓰는 한편 문화와 교육의 보급을 추진하였다. 또 남자는 농사를 짓고 여자는 길쌈을 하도록 격려하여 황폐하고 낙후된 농촌을 번창하게 만들었다. 그러나 이 지역은 남쪽 바닷가에 위치한 악계惡溪와 인접하였기 때문에 악어가 큰 근심거리였다. 민간에서 기르는 소와 양은 거의 모두 악어의 피해를 입었고, 심지어 사람까지 잡아먹었다. 한유는 이를 호되게 꾸짖고 자신의 강경한 태도를 밝히는「제악어문祭鰐魚文」을 지었다. 제목은 '제祭'라고 붙였지만 사실은 죄를 꾸짖는 '격檄'이었다. 그 내용은 다음과 같다.

모년 모월 모일, 조주자사 한유는 군사를 담당하는 관리 진제秦濟에게 양과 돼지 한 마리씩을 악계에 던져 악어의 먹이로 주도록 하고 다음과 같이 고하노라. 옛날 선왕께서는 천하를 얻은 다음 불을 피워 산천의 초목을 태우고, 백성에게 해를 끼치는 벌레와 뱀 같은

---

**6** 편자 주: 오하건아吳下健兒가 지었다고 되어 있고, 1922년 중화도서관中華圖書館에서 출판하였다.
**7** 편자 주: 희곡 무대에서 비교적 유행한『팔선과해八仙過海』로, 여덟 명의 신선이 각기 신통함을 발휘하는 내용이다.

악한 것들을 밧줄로 묶고 날카로운 칼로 찔러 없애 세상 밖으로 몰아냈다. 후세에 이르러 임금의 덕이 부족하여 먼 곳까지 통치가 행해지지 않았다. 장강長江과 한수漢水 지역마저 방치하여 초楚·월越과 같은 야만인들에게 내주었으니, 하물며 오령五嶺과 남해南海 사이에 있고, 장안에서 만 리나 떨어진 조주는 더 이상 말할 필요가 없다. 이는 악어가 잠복하여 알을 낳고 새끼를 기르기에 아주 알맞은 곳이다. 지금의 천자께서 왕위를 계승하시어 자애를 베풀고 위엄을 세우니, 세상 안팎이 모두 그 통치 아래에 있게 되었다. 하물며 조주는 우禹임금께서 다녀가신 곳이고, 양주揚州와 가까운 땅으로 자사刺史와 현령이 다스리면서 공물과 세금을 내어 천지·종묘·신령에게 제사를 지내는 곳이니 두말 할 필요가 없다. 악어는 자사와 함께 이 땅에서 지낼 수 없다.

자사는 천자의 명을 받들어 이 땅을 지키고, 이곳 백성을 지키는 사람이다. 악어가 눈을 부라리며 악계를 어지럽히고, 이곳에서 백성·가축·곰·멧돼지·사슴·노루 등을 잡아 자신의 몸을 살찌워 자손을 번식시키는 것은 자사에게 항거하여 우두머리가 되고자 하는 것이다. 자사가 비록 어리석고 힘은 없지만, 어찌 악어에게 머리 숙여 복종하거나 겁에 질려 기가 죽을 수 있겠는가? 이는 백성을 다스리는 자의 망신이거늘 이곳에서 구차히 살아갈 수 있겠는가? 자사는 천자의 명을 받들어 관리로 온 것이니, 실로 악어에게 이러한 이치를 알려주지 않을 수 없다.

악어는 지각이 있으면 자사의 말을 듣거라. 조주는 남쪽에 바다가 있다. 큰 것은 고래나 붕새로부터, 작은 것은 새우나 게에 이르기까지 모든 생물이 이 바다에서 살며 먹이를 얻고 있으니, 아침에 조주에서 출발하면 저녁에 이를 수 있을 것이다. 지금 악어와 약속을 정하고자 하니, 사흘 안에 추악한 너의 무리를 데리고 남쪽으로 이동해 바다로 가서 천자의 명을 받은 관리의 눈에 띄지 말거라. 사흘 안에 할 수 없다면 닷새로 늘려주고, 닷새 안에 할 수 없다면 이레로 늘려주마. 이렛날 안에도 할 수 없다면, 끝내 옮길 뜻이 없는 것이니, 자사를 무시하여 말을 듣지 않으려는 것이다. 아니면 악어가 우매하고 완고하여 자사의 말을 들으려 하지도 않고 이해하지도 못하는 것이다. 천자의 명을 받은 관리에게 무례하고, 명령을 듣지도 피해가지도 않으며, 우매하고 완고하여 백성과 만물에 피해를 주는 것은 모두 죽어 마땅하다. 자사는 재주와 기술이 좋은 관리와 백성을 선발해 강한 활로 독화살을 쏘아 악어를 처리할 것이며, 반드시 네가 죽은 다음에야 그만둘 것이니 후회하는 일이 없도록 하여라.후[1]

본래 악어에 대항하려면 무력을 써야 하지만, 궁벽한 지역이라 지금의 현대화된 해군함정 같은 것은 말할 것도 없고 고기 잡는 데 쓰는 큰 배 한 척 없었기 때문에 한유는 격문이라는 방법을 쓸 수밖에 없었다. 정신적인 면에서 백성을 위로하려 한 것일 테지만, 백성에게 해를 끼치는 것을 제거하려 한 마음은 거짓 없는 진심이고, 악어가 악계를 멀리 떠나 바다로 돌아가기를 간절히 바랐음을 알 수 있다. 악어가 물속에 던져준 돼지나 양을 먹는 것은 아마 당시의 기후나 풍향과도 관계가 있을 것이다. 속담에 진심을 다하면 통한다는 말이 있듯이, 조주 백성 역시 그들의 고통에 관심을 기울이는 한유의 마음을 충분히 이해했을 것이다.

한유는 남양南陽(지금의 하남성에 속한다) 사람이다. 세 살 때 이미 고아가 되어 형 한회韓會에게 의지해 살았다. 어려서부터 고서古書를 열심히 읽어 25세에 진사에 합격해 감찰어사監察御史에 제수되었다. 정의를 위해서는 권세 앞에서도 굴하지 않아 관원들의 미움을 받았고, 정원貞元 19년(803)에는 관중關中의 가뭄 피해를 지적하는 상소를 올려 덕종德宗의 노여움을 사 양산령陽山令으로 좌천되기도 하였다. 그러나 유배기간 동안 양산을 잘 다스려 백성들의 추대를 받았다. 백성들은 한유를 존경하고 사랑한다는 의미에서 자식의 이름을 '흠한欽韓', '애한愛韓'이라고 짓기도 했다. 당시 그는 「진학해進學解」라는 문장을 지었는데, 이를 읽은 승상 배도裴度가 그 재주가 비범하다고 느껴 중앙의 관리로 불러올 방법을 궁리하였다. 헌종憲宗 원화元和 10년(815), 한유는 배도를 따라 오원제吳元濟를 정벌하는 데 공로를 세워 마침내 형부시랑刑部侍郎으로 발탁되었다. 그러나 한유는 지나치게 불교에 심취한 헌종에게 「간영불골표諫迎佛骨表」라는 글을 지어 충고하였고, 이로 인해 노여움을 사 다시 조주자사로 좌천되었다. 한유는 한결같은 마음으로 나라를 생각하고 백성을 사랑하였다. 조주에 있을 때, 헌종에게 목숨을 살려준 은혜에 감사하는 글을 올려 지금의 강서江西에 속하는 원주袁州의 자사로 전근되었다. 2년 후, 목종穆宗이 그의 재주를 아껴 다시 장안으로 불러올려 국자좨주國子祭酒에 임명했다. 이 관직은 지금의 국립대 총장에 해당하는데, 그의 특기를 발휘하기 좋은 곳이었고 국자감國子監 원생員生들도 기뻐하며 환영하였다.

한유는 일생동안 고문운동을 제창하였고, 요·순·우·탕·문·무·주공·공맹 이래의 유가사상을 높이 받들어 스스로 공맹의 사상을 전수할 수 있는 사람이라고 자부하였으며, 문장은 모름지기 공맹의 도道로써 관통되어야 한다고 주장했다. 한유와 유종원 등이 적극 주창한 '문이재도文以載道'는 당시 정계의 개혁풍조와 결합하여 유학 부흥을 위한 공고한 울타리 역할을 하였다.

또 한 가지 언급할 것은 한유의 산문이 이미 사람들의 일상생활에 깊이 스며들어가 있다는 점이다. 이는 한유 작품의 가장 큰 특징이라 할 수 있다. 그는 '증서贈序'의 문장을 발명했는데, 그 예로 「송이원귀반곡서送李愿歸盤谷序」 같은 작품을 들 수 있다.

태항산太行山 남쪽에 반곡盤谷이라는 곳이 있다. 반곡은 물맛이 달고 토지가 비옥하며 초목이 우거져 있지만, 사는 사람이 적다. 어떤 이는 이곳이 두 개의 산에 둘러싸여 있어 '반盤'이라 한다고 한다. 또 어떤 이는 이 산골짜기가 으슥한 곳에 위치하고 지세가 험악하여 은자가 머물기에 적합하므로 '반盤'이라 한다고 한다. 이곳에는 나의 벗 이원李愿이 살고 있다.

　이원이 이렇게 말했다. "나는 사람들이 대장부라고 일컫는 자들의 일을 잘 알고 있다. 남에게 은덕을 베풀고, 세상에 이름이 알려져 있고, 조정에 앉아 관리를 임면하고 파면하며, 천자를 보좌해 정령政令을 선포한다. 조정 밖을 나갈 때는 깃발을 높이 쳐들고, 활과 화살을 든 무사들이 앞에서 길을 열며, 길을 빽빽이 메울 정도로 많은 시종이 뒤따른다. 그가 쓸 물건을 준비하는 하인들은 각기 맡은 물건을 들고 길을 따라 질주한다. 그는 기분이 좋으면 이들에게 상을 주고 화가 나면 벌을 내린다. 재주가 뛰어난 자들이 앞으로 몰려들어 고금의 일을 논하며 그의 덕을 칭송하면, 아무리 들어도 싫증내지 않는다. 집의 가기歌妓들은 둥근 눈썹에 통통한 뺨, 낭랑한 목소리에 날렵한 몸을 하고 있는데, 용모가 빼어날 뿐 아니라 지혜롭기도 하다. 춤추는 여인들은 옷자락 하늘거리며 긴 소매로 살짝 얼굴을 가린다. 집에는 하얀 분칠에 푸른 눈썹을 한 처첩들이 있는데, 누군가 그의 총애를 얻으면 미모를 뽐내며 질투하고, 아름다운 자태로 사랑을 쟁취하려 한다. 이러한 것이 천자에게 인정받고, 권력을 장악한 대장부의 일이다. 나는 이러한 것이 싫어서 피하는 게 아니라, 운명으로 정해진 것이기에 바란다고 얻어지는 게 아니라는 것을 안다.

궁벽한 산야에 살면 높은 산에 올라 먼 곳 바라볼 수 있고, 우거진 숲속에 온종일 앉아 있을 수 있으며, 맑은 물에 자신을 깨끗이 씻을 수 있다. 산에서 따온 나물은 맛좋고, 물에서 잡은 물고기는 싱싱하다. 일하고 노는 것에 정해진 시간 없으니 오로지 편하면 그만이다. 앞에서 칭찬받는 것보다 뒤에서 헐뜯는 일 당하지 않는 것이 낫고, 몸이 편한 것보다 마음에 걱정 없는 것이 낫다. 관직에 속박받지 않으니 형벌에 처해지는 일도 없고, 나라를 다스리는 일 알지 못하니 벼슬이 높아지거나 쫓겨나는 일도 없다. 이는 세상에서 인정받지 못한 대장부의 일이니, 이것이 바로 나의 일이다.

공경대부의 시중을 들며 높은 관직에 오르기 위해 분주히 다니지만, 나아가야 할 때에 감히 한 발자국도 못 나가고 말해야 할 때에 감히 입도 달싹 못한다. 비굴한 처지에 있으면서도 부끄러워하지 않다가, 법에 저촉되어 죽는다. 요행히 명리名利 얻기를 바라다가 죽은 후에야 이를 포기한다. 이러한 사람은 현명한 자인가, 아니면 어리석은 자인가?"

나 한유는 이원의 말에 패기가 넘친다고 생각하여 술을 따라 건네주며 그를 위해 다음과 같이 노래하노라. "반곡은 그대의 집이로세. 반곡 땅은 농사지을 수 있고, 반곡의 물은 몸도 씻고 그 길 따라 한가로이 노닐 수도 있네. 반곡은 험준한 땅이거늘 이를 두고 누가 그대와 다툴 수 있으랴? 깊숙한 곳에 자리한 이곳은 광활하여 그대의 몸 기탁하기에 충분하고, 굽이진 길은 앞을 향해 나아가도 다시 처음으로 되돌아온다. 아! 반곡에서의 즐거움 실로 무궁하도다. 호랑이와 표범 멀리 떠나고, 교룡도 몸을 숨긴다. 귀신이 지켜주니 상서롭지 못한 것 감히 얼씬못한다. 먹고 마시며 편히 오래 살면 그만이기에 만족스럽지 않은 일 없으니, 무엇을 또 바라겠는가? 나도 수레에 기름칠하고 말에 먹이 먹여, 그대 따라가 반곡에서 유유자적하면서 여생을 마치리라."[후2]

한유가 창조한 '증서贈序'는 시로 문장을 지은 것이기에 산문시라고 부를 수 있고, 순문학에 속한다. 운이 없는 산문시이기에 그 정취가 의론議論이나 주의奏議·비지碑志와는 당연히 다르다. 예를 들면 시처럼 짧은 구절로 되어 있고, 질박하면서도 아름다움이 느껴진다. 보기에 한 편의 시 같고, 읽으면 더 시같이 느껴지는 것이 바로 한유가 창조한 시체산문詩體散文인데, 이는 서정적인 문장이다. 한유의 「제전횡묘문祭田橫墓文」 같은 작품은 변려문이 아닌 산문체로 지어졌다. 이는 일반 사람은 할 수 없는 일로, 한유이기에 그 한계를 타파할 수 있었다.

또한 한유가 쓴 「등왕각서滕王閣記」는 왕발王勃의 것보다 훨씬 훌륭하다.

한유의 애제문哀祭文 역시 산문체로 쓰였는데, 「제십이랑문祭十二郎文」 같은 작품이 바로 그러하다.

한유는 유희적인 소품문小品文 역시 즐겨 지었다. 예를 들면 미장이를 위해 쓴 「오자왕승복전圬者王承福傳」, 붓에 대한 이야기를 쓴 「모영전毛穎傳」, 가난뱅이 귀신이 따라다니지 않기를 희망하는 내용의 「송궁문送窮文」 등이 모두 그 예이다.

제문祭文을 쓰기 시작한 것은 종교와 관련이 있다. 문왕과 무왕, 그리고 주공을 위해 지어진 고대의 제문은 장엄한데다가 귀신을 공경하였고, 노래로도 불렸기 때문에 보통 운문체로 지어졌다. 그러나 한유는 산문체로 제문을 지었다. 이치대로라면 산문은 서정적인 정서를 담기 어렵다. 그러나 그는 산문으로 희로애락의 감정을 표현하여 사람을 울게도 하고 웃게도 만들었다. 「모영전」세 번째 단락을 예로 들어보겠다.

모영이라는 자는 기억력이 좋고 예리하여, 결승結繩문자를 사용하
던 시대부터 진秦나라에 이르기까지의 일 가운데 기록하지 않은
것이 없다. 음양·점복·관상술·의술·족보와 성씨·산해경·지리
지·서예·그림·제자백가, 자연과 인간에 관한 서적, 그리고 불교·
노자, 외국의 각종 학설 등에 대해 모두 상세히 적었다. 또한 당시
제반 사무에도 정통하여 관청의 문서, 시정市井의 물건과 화폐에
대해 기록하였는데, 이는 황제를 위해 쓰였다. 진시황과 태자 부소
扶蘇, 호해胡亥, 승상 이사李斯, 중거부령中車府令 조고趙高로부터 온
나라 사람에 이르기까지 이를 소중히 여기지 않는 자가 없었다. 또
한 다른 사람의 뜻을 잘 이해하여 올곧은 사람이든 바르지 않은 사
람이든 뛰어난 사람이든 못난 사람이든 전부 그의 뜻을 따랐다. 설
령 버림받는다 해도 끝내 입을 꼭 다물고 발설하지 않는다. 오직
무인武人만이 그를 좋아하지 않는다.주3

한유의 이 문장은 발표된 후 사람들의 호응을 얻지 못했다. 많은 사람이
창작 태도가 진지하지 못하다고 비웃었고, 심지어 그의 문장이 아름답다고
칭찬한 재상 배도마저도 별로라고 생각했다. 오직 오랜 벗인 유종원만이
훌륭한 문장이라고 칭찬하며 감상할 가치가 있다고 하였다.
한유에게는 골계적 내용의 「송궁문送窮文」이라는 문장이 있다. 그는 집
안의 가난뱅이 귀신을 몰아내기 위해 곡식과 음료수는 물론 교통수단까지
준비하였다. 이 문장은 주인과 귀신이 대화하는 방식으로 이루어져 있다.
이들의 대화 가운데 가난뱅이 귀신의 아내까지 함께 떠나야 한다는 이야
기가 나오는데, 아내가 몇 명인지 묻는 부분에 대한 묘사가 아주 재미있다.

주인은 "그대 가난뱅이 귀신에게 아내가 몇 명 있는지는 내가 분명히 알고 있다오. 다섯이잖소"라고 말한다. 그러나 귀신은 우습게도 단도직입적으로 대답하지 않고 빙빙 돌려 "내 아내는 여섯도 아니고 넷도 아니오. 십에서는 다섯을 빼야 하고, 일곱에서는 둘을 빼야 하오"라고 한다. 이는 마치 숫자놀음 수수께끼 같다. 정말 이러하다면 숫자놀음 수수께끼는 한유가 처음 만들어낸 것이라고 해야 할 것이다. 문장에서 말한 가난뱅이 귀신의 다섯 아내는 지궁智窮, 학궁學窮, 문궁文窮, 명궁命窮, 교궁交窮이다.

이상의 다섯 가지 가운데 한유에게 해당하는 것은 운명이 박복한 '명궁'과 교우 운이 없는 '교궁'이다.

왜 한유를 박복한 사람이라고 하는가? 한유는 세 살 때 고아가 되어 청소년기를 형 한회의 보호 아래서 보냈는데, 불행히도 형 또한 일찍 사망하여 결국은 형수를 의지하며 살았으므로 정말 박복한 사람이라고 할 수 있다. 한유는 22세가 되던 덕종德宗 정원貞元 8년에 진사시험에 합격했다. 당시의 문학가 육지陸贄가 시험관이었고, 시험문제는 노여움을 옮기지 않고, 같은 잘못을 두 번 저지르지 않는다는 말인 '불천노불이과不遷怒不貳過'에 대해 논하는 것이었다. 이는 공자가 안회顔回를 칭찬한 『논어』의 구절에서 나온 것이기에, 이치대로라면 한유의 문장은 아주 훌륭했을 것이다. 그러나 한유는 불행히도 낙방하고 말았다. 이는 운명이 박복하다는 것 말고는 달리 설명할 방법이 없다. 그런데 더 이상한 것은 한유가 그 다음해 다시 응시했을 때, 시험관과 시험문제도 같고, 그가 지은 문장 또한 같았는데, 이번에는 육지가 무릎을 치고 감탄하며 일등으로 합격시켰다. 이 무슨 운명의 장난이란 말인가? 지난 일 년 동안 한유의 마음은 대단히 고통스러웠을 것이니, 합격한 그해의 심정이 어떠했을지는 그 자신만이 알 수 있을 것이다.

한유는 급제의 영광은 얻었지만 운명은 그다지 순탄하지 못했다. 진사에 합격한 후 감찰어사監察御史에 임명되었지만, 여러 가지 정치적인 병폐에 대한 불만을 토로하여 조정 대신들의 질투와 미움을 받았다. 이로 인해 가뭄으로 고생하는 관중의 백성을 위해 상소를 올렸을 때 양산령으로 좌천되고 말았다. 앞에서 이미 설명한 바와 같이 이 일에는 유종원柳宗元과 유우석劉禹錫도 관련이 있다는 혐의를 받았다. 나중에 승상 배도가 나서서 구해주었지만, 이러한 일을 겪는 동안 자신의 속마음을 털어놓을 친구가 한 명도 없었던 것이다. 그러니 교우 운이 없다고 할 수 있을 것이다.

또 한 가지 여의치 않은 일이 더 있다. 한유에게는 두 명의 첩이 있었는데, 왕당王讜의 『당어림唐語林』 권6에는 다음과 같은 기록이 있다.

> 한유에게는 강도絳桃와 유지柳枝라는 두 명의 첩이 있었는데 모두 가무에 능하였다. 훗날 유지가 담을 넘어 달아났으나 결국 집안사람에게 잡혔다. 이에 한유는 시를 읊어 "이별 후 양류는 길가의 버드나무가 되어, 봄바람에 낭창거리며 날아가려 했지, 작은 뜨락엔 복사꽃과 오얏나무가 남아, 꽃도 피우지 않고 낭군 오시길 기다렸네"라고 하였다.후4

사람들은 한유가 강도만 총애하여 일어난 일이라고 하였다. 송나라 사람 진여의陳與義 역시 시에서 "길가의 버드나무 기어이 관청을 벗어나려 하는데, 정원에 심은 꽃은 한유를 위해 남아 있네"라고 하였다. 이 역시 한유의 일생에서 유감스러운 일 중의 하나라고 할 수 있다.

배도의 도움으로 장안에 돌아오게 된 한유는 「간영불골표」라는 문장으로 인해 조주자사로 폄적된다. 당시 그는 슬프고 망연한 감정이 드러나면서도 여전히 굴하지 않는 강인한 의지를 보여주는 좋은 시를 썼다. 이는 바로 "아침에 상주문 한 통 올렸다가, 저녁에 8000리 길 머나먼 조양으로 좌천되었네. ……진령에 구름 걸려 있어 집이 어디인지 알 수 없고, 남관에 눈 덮여 있어 말도 나아가려 하지 않는구나"라는 시이다. 이로 인해 후세 사람들은 『남관설藍關雪』이라는 훌륭한 희극을 창조할 수 있었다. 이후 한유는 헌종憲宗에게 목숨을 살려준 것을 감사하는 상소를 올려 장안에서 비교적 가까운 원주자사袁州刺史[8]로 옮겨가게 되었지만, 장안으로 돌아온 것은 목종穆宗이 그를 국자좨주國子祭酒에 제수하면서이다. 목종 장경長慶 4년 한유는 57세를 일기로 이 세상을 하직했다. 국자좨주에 제수되었을 당시 한유 나이 50세였으니, 안정된 생활을 하며 보낸 세월은 채 4년이 안 되었다. 60세를 넘기지 못했으니 수명이 길다고 할 수 없다. 정계에서 한유의 지위는 결코 유종원보다 높지 않다. 한유와 유종원은 언제나 같이 언급되는데, 시와 문장은 유종원보다 뛰어났지만 명성이나 지위는 모두 그에 미치지 못했다. 그러므로 운명의 박복함과 교우 운이 없음은 실제 사실을 쓴 것이라 할 수 있다. 한유는 앞에서 자신이 지식이 짧고(지궁), 배움이 부족하고(학궁), 문장이 뛰어나지 못하다고 (문궁) 했지만, 사실 이 세 가지는 모두 그의 강점에 해당하므로 부족하다는 것은 말이 안 된다. 오히려 천고에 전해질 정도로 훌륭하기에 자부심을 가질 만하다. 그러므로 한유가 「송궁문」을 지은 이유는 단지 재미삼아 지은 문장일 수도 있다. 그러나 다른 각도에서 말하자면 한유는 정말 스스로 운명이 박복하고 교우 운이 없는 사람이라고 생각했을지도 모른다. 「송궁문」은 현실을 사실대로 묘사하였으니, 한유 자신의 불평과 불만을 토로하기 위해 지었을 것이다. 이것이 이 글을 지은 또 하나의 목적일 것이다.

끝으로 한우의 가장 중요한 문장인 「원도原道」에 대해 얘기하고자 한다.

---

**8** 전목 주: 원주袁州는 지금의 강서성에 위치하며, 당시 장안과의 거리는 당연히 광동의 조주潮州보다 훨씬 가까웠다.

그 내용의 일부를 적어보면 아래와 같다.

널리 사랑하는 것을 인仁이라 하고, 행동이 인에 부합하는 것을 의義라 한다. 인의로부터 앞으로 나아가는 것을 도道라 하고, 스스로 수양이 뛰어나 외부에 의탁하지 않는 것을 덕德이라 한다. 인과 의는 그 의미가 명확하지만, 도와 덕의 의미는 명확하지 않다. 그러므로 도에는 군자의 도와 소인의 도가 있고, 덕에는 좋은 덕과 나쁜 덕이 있다. (중략)

주나라의 도가 쇠하고 공자가 죽은 이후, 진秦나라 때는 모든 책이 불태워졌고, 한나라 때는 황로학黃老學이 유행하였으며, 진晉·위魏·양梁·진陳 시기에는 불교가 성행하였다. 도덕과 인의를 말하는 자는 양주楊朱가 아니면 묵적墨翟에 속하였고, 도가가 아니면 불가에 속했다. ……아! 후세 사람들이 인의와 도덕에 관한 이야기를 듣고자 한들 누구에게서 들을 수 있겠는가? (중략)

『대학大學』에 이르기를 "옛날 천하에 밝은 덕을 드러내고자 하는 사람은 먼저 그 나라를 다스리고, 나라를 다스리려고 하는 자는 먼저 그 집안을 바로잡고, 집안을 바로잡으려는 자는 먼저 그 몸을 수양하고, 몸을 수양하려는 자는 먼저 그 마음을 바로하고, 마음을 바로하려는 자는 먼저 그 뜻을 진실하게 가져야 한다"라고 하였다. 그러므로 옛사람이 마음을 바로하고 뜻을 진실하게 가졌던 것은 장차 큰일을 하기 위해서였다. (중략)

대답하기를 "이것은 내가 말하는 도이고, 도가와 불가에서 말하는 도가 아니다. 이것을 요는 순에게 전하였고, 순은 우에게 전하였고, 우는 탕에게 전하였고, 탕은 문·무·주공에게 전하였고, 문·무·주공은 공자에게 전하였고, 공자는 맹자에게 전했는데, 맹자가

죽자 전해지지 않게 되었다"고 하였다. (중략)[5]

이 문장을 보면 한유는 은근히 자신이 공맹의 도를 전한 사람이라 자처하고 있다. 그의 일생에 비추어볼 때, 정치를 하든 문장을 쓰든 모두 공맹의 도를 숭상하였고, 평생 동안 이를 자신의 핵심 사상과 목표로 삼아 성실히 이행하였다. 입으로는 공맹의 도를 전한다고 말하면서 당파를 만들어 개인과 집단의 명리名利만 추구하고 금전을 중시하여, 자신에게 도움을 주었던 군자와 벗들을 배척하여 해를 입혔던 사람들과는 달리, 한유는 공맹의 계승자라고 하기에 전혀 손색이 없다. 사실 공맹을 신봉하는 것은 누구라도 가능하다. 『논어』와 『맹자』만 신봉하면 공맹의 충실한 전승자가 될수 있다. 그러나 겉으로는 복종하면서도 마음으로 따르지 않는다면 공맹의 전승자가 되기에 적합하지 않다.[9]

한유는 수천 년 역사의 중국문학사에서 대문호 중 한 사람으로 손꼽을수 있다. 한유에게는 두 가지 커다란 공로가 더 있으니, 바로 불교를 배척하고 사도師道를 존중할 것을 제창한 것이다. 그는 특히 사도를 강조한 「사설師說」이라는 문장을 지어 "도를 전하고, 학문을 가르치고, 의혹을 풀어주는 사람은 모두 스승으로 존경할 만하다"고 했다.

돌이켜보면 5·4운동의 가장 큰 병폐는 한유 체재의 문학을 홀시하고 실용적인 산문만 중시한 데에 있는데, 사실 모두 한유의 문장을 감상할 줄도모르고 한유 문장과 유사한 작품도 짓지 못했다.

한유와 유종원 시기에 순수문학적인 산문이 나오기 시작했고, 그들은 모두 문장으로 시를 지었다. 문장은 시대에 따라 체재의 변화가 있었지만 그

---

**9** 섭룡 주: 내가 대학에서 공부할 때 많은 교수들의 태도에서 겉으로만 복종하지 속으로는 따르지 않는다는 것을 느꼈는데, 이는 본문에서 말한 것과 완전히 같다. 당시 전목은 상학원商學院의 여러 교수들을 대단히 칭찬하였다.

전통은 여전히 남아 있다. 한유의 「원도原道」, 「원성原性」, 「원훼原毀」, 「사설師說」 등이 바로 그것이다. 그러나 한유 문장의 정수는 이러한 작품에만 있는 것이 아니다. 그의 주의奏議, 서발序跋, 서설書說, 증서贈序, 비지碑志, 잡기雜記, 사부辭賦, 애제哀祭 등의 문장 역시 후세에 막대한 영향을 주었다.

한유와 동시대의 사람으로는 유종원이 문장을 잘 지었다.

한유와 유종원은 모두 시로 문장을 짓고, 일상과 인생을 예술적으로 묘사해 시적인 정취를 표현했다. 이는 종교적인 장중함이 드러나는 그런 부류의 문장과는 다르다. 한유의 「송양소윤서宋楊少尹序」는 마치 화폭에 시적 정취를 담아낸 듯하여 많은 사람이 즐겨 읽는다. 요컨대 한유의 문장은 변화가 무궁하고 기교도 다양하다.

한유는 중국 산문작가의 시조라고 할 수 있다. 그의 제자들 가운데 스승의 문재文才를 능가할 만한 사람은 나오지 않았고, 오직 그의 조카사위 이고李翶의 문장이 한유의 문체와 비슷하고 뛰어나다. 이고 세대 이후 이러한 신문체 문학을 계승할 만한 사람은 나오지 않았다. 200여 년이 흘러 비로소 송나라의 구양수가 출현하였으니, 그가 바로 팔대八代 동안이나 쇠미했던 문학을 일으킬 전승자였다.

# 제24장

# 당대 고문(하)

◆◆◆

당대의 고문가古文家로는 한유와 유종원을 병칭한다. 한유는 고문과 복고
를 제창했는데, 그의 가장 유력한 조력자로 유종원을 꼽을 수 있다.

유종원은 자가 자후子厚이고 하동河東(지금의 산서성 영제현永濟縣) 사람이
며, 대종代宗 대력大曆 8년에 태어났다. 유우석劉禹錫과 같은 해에 진사에
합격하여 친한 벗이 되었다. 한유와 유종원은 덕종德宗 정원貞元 원년에 함
께 어사가 되어 세 사람은 친하게 지냈다. 그러나 한유는 관중 지역의 가뭄
피해에 대해 상소하였다가 덕종의 노여움을 사 양산령으로 폄적되었다. 이
일은 당시의 권신 왕위王伾가 올린 상소에서 비롯되었으므로, 한유는 왕위
일파에 속해 있던 유종원과 유우석에 대해서도 의심을 품었다. 한유가 강
릉江陵으로 가는 도중 삼학사三學士에게 쓴 시[1]에는 이런 내용이 있다.

---

1 편자 주: 이는 「부강릉도중기증왕이십보궐리십일습유리이십륙원외한림삼학사赴江
陵途中寄贈王二十補闕李十一拾遺李二十六員外翰林三學士」를 말한다.

외로운 이 몸 양산으로 폄적되어, 피눈물 흘리며 죄를 돌이켜보았네. 막막하여 멍하니 아무 느낌 없고, 정신은 뗏목처럼 울렁거린다. 상소 때문에 그런 듯한데, 상소가 어찌 그 원인이 되었을까? ……감찰어사 모두들 재주 뛰어나건만, 나는 유종원과 유우석하고만 친하네. 혹시 말을 발설하여, 원수에게 전해진 건 아닐까. 이 두 사람은 마땅히 아닐 것이니, 의심하는 것은 분명 나의 잘못이다.[휘1]

당시 유종원과 유우석 역시 한유가 의심하고 있음을 알았지만 결국 한유가 마음을 돌리면서 세 사람은 교우 관계를 유지했다. 세 사람 중 유종원이 제일 먼저 사망하여 한유가 그의 묘지명을 지어주었고, 이어서 한유가 사망하자 유우석이 「제한퇴지문祭韓退之文」을 지었다. 한유가 유종원을 위해 지은 묘지명 중 일부분을 살펴보기로 하자.

자후는 젊은 시절 다른 사람을 돕는 데는 용감하고, 스스로를 돌보는 데는 마음 쓰지 않아야 공업功業을 쉽게 이룰 수 있다고 생각하여 관직에서 쫓겨났습니다. 쫓겨난 후에는 이해하고 천거해줄 만한 높은 사람을 만나지 못해 마침내 궁벽한 땅에서 세상을 뜨고 말았으니, 재주가 세상에 쓰이지 못하고, 도가 시대에 통하지 않았던 것입니다. 자후가 어사대御史臺와 상서성尙書省에 있을 때, 처신을 잘하여 사마司馬와 자사刺史로 있을 때처럼 행동했다면 폄적당하지 않았을 것입니다. 폄적되었을 때 누군가 힘써 천거했다면 반드시 다시 등용되어 곤궁한 처지에 놓이지 않았을 것입니다. 그러나 자후가 오랫동안 폄적되고, 곤궁함이 극에 이르지 않았다면, 남보다 뛰어난 재능이 있다 할지라도 그의 문장은 자신의 힘으로 후세에 전해질 수 없었을 것이 분명합니다. 설령 자후가 원하던 대로,

한때 재상의 자리에 오르는 것으로 후세에 훌륭한 문장 남기는 것을 대신했다면, 무엇이 득이고 무엇이 실인지 반드시 분별할 수 있는 사람이 있을 것입니다.[주2]

이 문장을 통해서 우리는 한유가 유종원이 일찍 세상을 뜬 것에 대해 대단히 애석해하고 마음 아파했음을 볼 수 있다. 한유는 유종원이 신중하게 처신했다면 이런 상황에 이르지 않았을 것이라고 말하였는데, 이는 다른 사람을 돕는 일에는 용감하고 개인의 득실은 따지지 않아 마침내 여러 차례 폄적을 당했다고 생각한 것이다. 또한 폄적된 이후 곤경에서 벗어나도록 도움을 줄 수 있는 사람을 만나지 못해 객사하는 바람에 재주를 세상에 펼치지 못하고 포부를 실현할 수 없었던 점에 대해서도 매우 안타까워했다. 그러나 반대로 정치적 행로도 순탄하고 성취도 이루어 유종원이 장군이나 승상의 자리에 올랐다면, 그의 문학 창작은 분명 지금처럼 뛰어나지는 못했을 것이고, 이 두 가지 경우를 비교해보면 무엇이 득이고 무엇이 실인지는 한눈에 알 수 있는 일이기에 그에게는 전화위복이라는 것이다.

유종원이 폄적된 남방의 계림桂林 등은 산수가 뛰어난 곳이다. 유종원은 짧으면서도 문학성이 뛰어난 산수유기山水遊記를 잘 지었는데, 이는 시로 지은 게 아니다. 다음은 그의 「시득서산연유기始得西山宴遊記」이다.

나는 죄인의 몸이 되어 이 고을에 살면서부터 항상 두려움에 떨었다. 한가한 시간이 나면 천천히 발 가는 대로 여기저기 돌아다녔다. 매일 친구와 함께 높은 산에 오르고, 깊숙한 숲에 들어가고, 굽이도는 개울을 건넜다. 깊은 샘과 기이한 돌이 있는 곳이라면 아무리 멀어도 가지 않은 곳이 없다. 도착하면 풀을 헤치고 앉아, 술병이 비도록 마셔 취하였고, 취하면 서로 베개 삼아 누웠고, 누우면

꿈을 꾸었다. 생각이 간절하면, 꿈 역시 그러하였다. 꿈에서 깨면 일어나고, 일어나면 돌아왔다. 이곳의 산수 가운데 특이한 곳은 모두 가보았다고 생각했는데 서산西山의 기이함에 대해서는 알지 못했다.

금년 9월 28일, 법화사法華寺 서쪽 누각에 앉아 서산을 바라보다 비로소 그 기이함을 알게 되었다. 하인에게 상강湘江을 건너고 염계染溪를 따라가, 우거진 나무 베고 무성한 풀 태우기를 산꼭대기에 오를 때까지 하도록 했다. 여기저기 부여잡고 기어올라 두 다리 뻗고 앉아 노니, 몇 고을의 땅이 모두 발아래에 있는 듯하였다. 그 고하高下의 기세를 보면, 높은 곳은 산처럼 깊숙하고 낮은 곳은 웅덩이처럼 패이고, 어떤 것은 개밋둑 같고 어떤 것은 동굴 같았다. 보기에는 아주 가까운 것 같지만 사실은 천 리나 멀고, 이 안의 모든 경물을 한군데 모아 쌓아놓은 것처럼 하나도 시야에서 벗어나는 것이 없었다. 굽이굽이 푸른 산과 구불구불 맑은 물은 밖으로 하늘과 서로 닿아 있는데, 사방을 둘러보니 하나같이 이러하였다. 그런 다음 이 서산이 특별히 빼어나 나지막한 흙 언덕과는 다르다는 것을 알았다. 광활한 기세 천지에 가득한 기운과 하나 되어 그 경계 보이지 않고, 표연히 조물주와 교류하니 그 끝을 알 수 없다. 술잔 가득 채워 마시고 취해 쓰러지니 해가 저물어도 모른다. 어스름 저녁노을 먼 곳에서 다가와 아무것도 보이지 않게 되어도 돌아가려 하지 않는다. 생각은 멈추고 육체는 이탈하여 어느새 만물과 일체가 된다. 이제야 지금까지 제대로 된 유람을 해본 적이 없고, 진짜 유람이 여기에서 시작됨을 알았다. 이에 이를 기록하였다. 이 해는 원화元和 4년이다.[후3]

이는 유종원이 헌종憲宗 원화 4년 영주사마永州司馬로 폄적되었을 때 지은 것이다. 그는 원화 4년에서 7년에 이르는 동안 8편의 유기遊記를 썼고 이를 '영주팔기永州八記'라고 하였다. 이는 그중 한 편이다. 즉 영주[2]에 있을 때 지은 「고무담기鈷鉧潭記」, 「고무담서소구기鈷鉧潭西小丘記」, 「지소구서소석담기至小丘西小石潭記」, 「원가갈기袁家渴記」, 「석거기石渠記」, 「석간기石澗記」, 「소석성산기小石城山記」 등과 합해 '영주팔기'라 한다. 각각의 문장은 독립적이면서도 연관되어 있으며, 여덟 편의 문장은 모두 작자의 마음속에 맺힌 울분과 분노의 감정을 쏟아내었다. 유종원이 산수를 유람한 목적은 답답하고 괴로운 마음을 풀고, 우뚝 솟은 서산에 올라 멀리 보이는 광활한 사방의 경치를 묘사하기 위해서였다. 하작何焯[3]은 「의문독서기義門讀書記」에서 유종원의 유기문은 우언이 많고 단지 경물의 아름다움만 묘사한 것이 아니라고 하였다. 그의 「소석성산기」를 예로 들어보겠다.

서산 입구에서 북쪽으로 황모령黃茅嶺을 넘어 아래로 내려가면 길이 두 개가 있다. 하나는 서쪽으로 향해 있는데, 길을 따라가 봐도 볼 만한 것이 없다. 다른 하나는 약간 북쪽으로 치우쳤다 다시 동쪽으로 향하는데, 40장丈도 못 미쳐 하천으로 인해 길이 끊어지고, 끝에는 석산이 가로막고 있다. 그 위에는 나지막한 담장과 대들보 모양이 자연스럽게 이루어져 있다. 그 옆에는 보루堡壘 같은 것이 돌출되어 있고 문처럼 생긴 구멍이 하나 나 있다. 구멍 안을 들여다보니 칠흑같이 깜깜하고, 작은 돌을 던져보았더니 풍덩 하는 소리가 났다. 소리는 맑게 울려서 한참 있다가 사라졌다. 석산을 돌

2 전목 주: 지금의 호남성 영릉零陵이다.
3 편자 주: 만년에 호를 다선茶仙이라 하였고, 학자들은 의문선생義門先生이라 하였다. 강희康熙시기 '첩학사대가帖學四大家' 중 한 사람이다.

면 정상에 오를 수 있는데, 이곳에서는 아주 먼 곳까지 바라볼 수 있다. 흙이 없는데도 아름다운 수목과 대나무가 자라고 있는데, 그 모습은 기이하고 재질은 단단해 보였다. 성기고 빽빽하고 높고 낮음이 조화를 이루고 있으니 아마도 지혜 있는 자가 배치한 듯하다. 아! 나는 조물주의 존재 여부에 대해 의문을 품은 지 오래되었는데 이곳에 오니 정말 있다고 여겨진다. 그러나 또 이상한 것은 이 석산을 중원에 만들지 않고 야만의 땅에 둔 것이고, 게다가 수천 년 동안 한 차례도 그 빼어난 모습을 드러낼 기회를 주지 않았으니, 이는 실로 석산石山을 만드느라 들인 노고를 무용지물로 만든 것이다. 신령스러운 조물주라면 이렇게 했을 리가 만무한데, 그렇다면 조물주는 과연 없는 것일까? 혹자는 이곳으로 쫓겨온 어진 자를 위로하기 위해서라 하였고, 혹자는 영험한 기운이 훌륭한 사람에게 주어지지 않고 유독 이 석산에만 주어졌기에 초나라의 남쪽은 인재가 적고 기암괴석이 많은 것이라고 하였는데, 나는 이 두 가지 말을 모두 믿지 못하겠다.후4

유종원은 석산의 석굴과 빼어난 경치를 묘사하면서 갑자기 기발한 생각이 든 것이다. 즉 이처럼 아름다운 경치가 황량한 야만족의 땅에만 있고, 왜 사람도 많고 풍요로운 중원中原에는 없는 것일까? 하늘이 이곳으로 쫓겨온 어진 자를 위해 만들어놓은 것은 아닐까? 아마도 이곳에서 걸출한 인물이 나오지 않았기 때문에 이처럼 기이한 돌과 산이 생겼을 것이다. 결론적으로 그는 이 두 가지를 다 믿지 않는다. 유종원의 「천설天說」은 그가 하늘도 믿지 않고 세상에 신이 있다는 것도 믿지 않음을 증명한다. 모곤茅坤4

---

4 편자 주: 명대明代의 산문가이자 장서가이다. 가정嘉靖 17년 진사進士에 합격하였고,

이 말한 것처럼 유종원은 단지 "돌의 아름답고 신기함을 빌어 흉중의 기세를 토로하였던"[5] 것이다. 사실 유종원은 마치 기이하고 빼어난 산수가 황량한 먼 땅에 버려져 감상하는 사람이 없는 것처럼, 조정에서 자신의 재주를 알아주지 않음을 원망한 것이다.

유종원은 산수유기 창작에 뛰어났을 뿐 아니라, 어느 곳으로 폄적되든 국가를 생각하며 백성들의 생활이 나아지고 정부의 세금이 줄어들기를 바랐다. 그는 「포사자설捕蛇者說」에서 이렇게 말했다.

영주永州 들판에 이상한 뱀이 나는데 검은 바탕에 흰 무늬가 있다. 그 뱀에 스친 풀과 나무는 모두 말라죽고, 사람이 물리면 그 독을 없앨 수가 없다. 그러나 이 뱀을 잡아 햇빛에 말려 보조약재로 쓰면 심한 중풍·수족이 굽는 병·부스럼이나 악성 종기를 치료하고, 썩은 피부를 없애고, 기생충을 죽일 수 있다. 처음에 태의太醫가 왕명을 받들어 뱀을 모아들였는데 한 해에 두 번씩 바치도록 했다. 뱀을 잡을 수 있는 자를 모집하고, 뱀으로 세금을 대신하자 영주 사람들이 앞다투어 달려갔다.

장씨蔣氏라는 사람은 이 혜택을 삼대 동안 누렸다. 이에 대해 물으니 그는 할아버지께서도 뱀으로 인해 돌아가셨고 아버지도 그러셨는데, 자기가 이어받은 지 12년이나 되었고 여러 차례 죽을 고비를 넘겼다고 대답하는데 그 모습이 꽤 슬퍼 보였다.

나는 측은한 생각이 들어 이 일이 싫으면 담당 관리에게 말해 다른 일로 바꿔주고, 세금을 내도록 회복시켜주면 어떻겠느냐고 물

---

『당송팔대가문초唐宋八大家文鈔』를 편찬했다.
5 借石之瑰瑋, 以吐胸中之氣.

었다.

　장씨는 더욱 슬픈 표정을 지으며 눈물이 그렁그렁하여 이렇게 말했다. "어르신께서는 저를 불쌍히 여겨 살 수 있게 해주시려는 것이겠지요? 제가 이 일을 해서 불행한 것이 다시 세금을 내게 되어 당하는 불행보다 심하지 않을 것입니다. 제가 이 일을 하지 않았다면 오래전에 병들었을 것입니다. 저희 집안이 삼대에 걸쳐 이곳에서 산 지 60년이 되었지만, 마을 사람들의 생활은 더욱 궁핍해졌습니다. 땅에서 수확한 것은 모두 다 가져가고, 집안의 수입 역시 모두 빼앗아 갔으니, 울부짖으며 이리저리 떠돌다가 굶주림과 목마름으로 쓰러지고, 비바람과 혹한·혹서를 겪으며 돌림병에 걸려 죽은 시체가 여기저기 널브러져 있습니다. 옛날 제 조상이 살았던 집들은 열에 하나도 남아 있지 않고, 아버지가 계실 때 집들은 열에 두셋도 남아 있지 않으며, 저와 12년을 함께한 집들은 열에 너덧 집도 남아 있지 않습니다. 죽지 않으면 이사를 갔으니, 저만 뱀을 잡아 홀로 남게 되었습니다. 사나운 관리가 마을에 와서 동서남북을 헤집고 다니며 소란 피우고 소리 질러 겁주면 닭이나 개라도 편할 수가 없습니다. 그러면 저는 조심스레 일어나 항아리를 들여다보았는데, 항아리에 뱀이 아직 있으면 안심하고 눕습니다. 조심조심 뱀을 사육하여, 때가 되면 바칠 것입니다. 돌아와서는 제 땅에서 나는 작물을 먹고살며 남은 생애를 보낼 것입니다. 따져보면 한 해에 두 번 정도 죽을 고비를 겪고, 그 외에는 희희낙락 살아갈 수 있으니, 매일매일 고통 속에 사는 이웃 사람과 어찌 같겠습니까? 지금 이 일을 하다 죽는다고 할지라도 이웃 사람들보다는 늦게 죽는 것인데, 어찌 이를 싫어하겠습니까?"

　나는 이 말을 듣고 더욱 슬퍼졌다. 공자께서 "가혹한 정치는 호랑이보다 더 사납다"라고 하셨다. 나는 이전에는 이 말을 의심했는데 지금 장씨의 일을 보고 사실이라 믿게 되었다. 오호라! 누가 가혹한 세금의 폐해가 독사보다 더 심하다는 것을 알겠는가? 이에 이 글을 지어 민정民情을 살피는 자가 알 수 있기를 기대하노라.후5

이 문장은 유종원이 영주사마永州司馬로 폄적되었을 때 지은 것으로, 이를 통해 영주가 황량하고 외진데다가 백성들의 생활 또한 곤궁하여 독사에 물려 죽는 것보다 그 고통이 더 심하다는 것을 드러내고자 하였다. 독사로 세금을 대신할 수 있고, 일 년에 두 번만 바치면 그만이기에 나머지 시간은 희희낙락 즐겁게 생활할 수 있다는 것이다. 그러나 세금을 내는 것으로 바꾸면 일 년 내내 고생해야 하므로 죽는 것보다 못한 삶을 살아야 한다는 것이다. 이는 바로 공자께서 "가혹한 정치는 호랑이보다 더 사납다"라고 말씀하신 것과 같은 상황이다. 그러므로 백성들은 할아버지와 아버지가 모두 독사 때문에 돌아가셨지만 여전히 뱀을 잡아 살아나가기를 원한다. 이에 유종원이 이 문장을 지어 백성들의 고통을 덜어줄 것을 청한 것이다.

유종원은 얼마 지나지 않아 다시 유주자사柳州刺史로 옮겨갔고, 여전히 백성들의 질고에 관심을 기울였다. 당시 그는 백성을 위해 한 가지 훌륭한 일을 하였는데, 바로 빚이 있는 자를 노예로 삼는 악습을 뿌리 뽑은 것이다. 당시 가난한 사람이 부자에게 돈을 빌리고 상환 기한을 넘기면 채권자는 그를 평생 노예로 삼았다. 유종원은 기한을 넘겨도 돈으로 계속 갚거나, 노동력으로 빚을 탕감할 수 있게 해주었고, 정말로 몸값을 지불할 수 없는 경우는 자신이 돈을 빌려주어 자유의 몸이 되도록 하였다. 이렇듯 좋은 정책을 펼쳐 그는 상사인 관찰사로부터 칭찬을 받았고, 이웃 마을에서도 본받아 시행하였다.

유종원은 유주에 있는 동안에도 한가한 틈이 나면 명승지를 찾아다니며 적지 않은 산수유기를 썼다. 여기서 그가 버드나무를 심은 일화에 대해 얘기하고자 한다. 유종원은 당시 유강柳江 부근에 살면서 정원에 적지 않은 버드나무를 심었다. 그의 친구인 여온呂溫[6]이 이를 보고 "유주의 유자사, 유강 가에 버드나무 심었네. 유자사 사는 집은 그대로인데, 천 그루의 버드나무 하늘까지 닿아 있네"[7]라고 읊었다. 유종원은 이 시를 읽고 매우 기뻐하며 버드나무를 더 많이 심었고, 또한 「종류희제種柳戱題」라는 화답시를 지어 "유주의 유자사, 유강 가에 버드나무 심으니, 사람들 이를 담소거리로 삼지만, 세월 흐르면 옛일이 되리라. 드리워진 그늘 땅을 덮고, 우뚝 솟은 줄기 하늘까지 닿으리. 나무 보면 심은 사람 생각날 터인데, 전해질 만한 공적 없어 부끄럽기만 하네"라고 했다.[8] 유종원은 여온의 시 구절을 그대로 인용하였고, 여온은 이를 보고 하하 크게 웃음을 터뜨렸다.

요컨대 한유와 유종원 두 사람은 고문을 제창하는 일에 최선을 다하였는데, 어떤 문체든지 훌륭한 창작이 가능했다. 유종원은 자신의 강점이라 할 수 있는 산수유기 이외의 다른 부문에도 뛰어났다. 예를 들어 논변류論辨類의 문장인 「봉건론封建論」·「동엽봉제변桐葉封弟辯」·「진문공문수원의晉文公問守原議」 등도 매우 훌륭하고, 서발류序跋類의 문장인 「논어변論語辨」·「변열자辨列子」·「변귀곡자辨鬼谷子」·「변안자춘추辨晏子春秋」·「우계시서愚溪詩序」 등은 풍격이 고아하면서도 소박하고, 음률이 조화로워 생동감이 넘친다. 그러나 주의奏議·조령詔令·잠명箴銘·사부辭賦와 전상傳狀·비지류碑志類의 문체에는 그다지 뛰어나지 않았다. 반면 한유는 각 문체의 문장

---

**6** 편자 주: 자字는 숙화叔和 또는 화광化光이라고 하며 지금의 산서성 영제시永濟市 출신이다. 당대唐代 중기의 문학가로 형주자사衡州刺史가 마지막 관직이었기 때문에 세칭 여형주呂衡州라고 하며, 정치가로서도 명성이 높았다.

**7** 柳州柳刺史, 種柳柳江邊. 柳館依然在, 千株柳拂天.

**8** 柳州柳刺史, 種柳柳江邊. 談笑爲故事, 推移成昔年. 垂陰當復地, 聳干會參天. 好作思人樹, 慚無惠化傳.

이 모두 깊이가 있으면서도 변화무궁하여, 실로 만능의 재주를 가진 사람이라 할 수 있다.

한유와 유종원 이후 동시대의 사람으로는 이고李翱·황보식皇甫湜·유우석·백거이·원진 등이 고문운동에 참여했지만 그 기세가 이미 약화되었다. 당나라 말기 의종懿宗과 희종僖宗 시기에 이르러 나은羅隱·피일휴皮日休·육구몽陸龜蒙 등이 한유와 유종원의 유풍을 이어받아 풍자적인 잡문을 지었으나, 이 시기 고문운동의 기세는 이미 옛날과 비할 바가 못 되었다.

# 제25장

# 송대 고문

◆◆◆

구양수는 자가 영숙永叔이고 여릉廬陵(지금의 강서성 길안) 사람이다. 40세에 저주滁州로 폄적되었을 때 스스로 취옹醉翁이라 불렀고, 만년에는 육일거 사六一居士라고 하였다. 네 살 때 아버지가 돌아가시자 어머니가 삼남매를 데리고 수주隨州에 있는 숙부 구양엽歐陽曄에게 의탁하였다. 집이 가난하여 어머니가 억새풀로 모래땅에 글씨를 써서 자식을 가르쳤다. 숙부의 집에서 『한창려집韓昌黎集』을 얻게 되어 매우 좋아했으나, 이것이 수재나 진사 시 험 준비에는 별 소용이 없었기에 과거에 합격하고 나서야 한유의 문장을 깊이 연구하기 시작했다. 한유의 문장은 구양수에 의해 한층 더 빛을 발하 였다고 할 수 있다.

어느 날, 구양수가 두 친구와 함께 거리에 나갔다가 개가 말에 짓밟혀 죽 는 것을 보았다. 세 사람은 이 일을 적은 문장을 지어 누구의 것이 뛰어난 지 비교해보기로 했다. 문장이 완성된 후 세 사람은 누구의 것인지 밝히지 않은 채 단지 글자 수만 따져 가장 적은 것을 이긴 것으로 하였다.

위의 이야기를 하다보니 한 나무꾼이 구양수의 문장을 고쳐주었다는 재미있는 일화가 생각난다. 그는 저주태수滁州太守로 부임했을 때 자주 낭야산琅琊山에 놀러갔고, 이로 인해 낭야사의 주지 지선법사智仙法師와 친구가되었다. 지선이 그를 위해 산길 옆에 정자를 만들자, 구양수는 준공하는 날이를 취옹정醉翁亭이라 이름하고 「취옹정기醉翁亭記」를 지었다. 문장의 첫구절은 다음과 같다. "저주는 사방이 모두 산으로 둘러싸여 있다. 동쪽에는 오룡산烏龍山, 서쪽에는 대풍산大豊山, 북쪽에는 백미산白米山이 있고, 서남쪽에는 여러 봉우리와 숲 우거진 계곡이 있어 매우 아름답다."[1] 구양수는 원래 이를 정자에 있는 비석에 새기려고 했지만, 적절치 않은 부분이 있을까 걱정하여 너덧 개를 베껴서 성문에 붙이고 백성들의 의견을 들어 수정하려고 했다. 지나가는 상인이든 지방의 관원이든 상관없이 모두 환영한다고 하였지만, 하루가 지나도 의견을 내놓는 사람이 없었다. 저녁 무렵이되어 관아의 심부름꾼이 구양수의 문장을 고치겠다는 나무꾼 한 사람을 데리고 왔다. 구양수는 겸허하게 가르침을 청했다. 나무꾼이 문장 첫 부분에서 동서남북의 산을 모두 언급한 것이 너무 번잡하다고 말하자, 구양수는기꺼이 "저주는 사방이 모두 산으로 둘러싸여 있다"는 구절인 "저주사면개산야滁州四面皆山也"를 "환저개산야環滁皆山也"로 바꾸었다. 그는 이 다섯글자면 충분히 그 의미가 드러난다고 생각했고, 소식蘇軾에게 「취옹정기」한 편을 붓글씨로 써줄 것을 부탁하여 나무꾼에게 선물하였다. 이 이야기는 비록 사실은 아닐지라도 언어는 간결하면서도 뜻은 명확하게 하는 것이문장을 짓는 데 가장 중요한 것임을 말한 것이다.

구양수 역시 벽자僻字와 난해한 전고를 많이 써서 이해하기 어렵게 만드

---

1 滁州四面皆山也, 東有烏龍山, 西有大豊山, 北有白米山, 其西南諸峰, 林壑尤美.

는 것을 좋아하지 않았다. 당시 송기宋祁[2]가 『신당서新唐書』를 편찬할 때 전고를 많이 사용했는데, 편찬 책임자였던 구양수는 불만이 있었지만 직접 비판하기 어려웠다. 얼마 후 송기가 구양수의 집 잔치에 왔는데 대문에 '소매비정宵寐非禎, 찰달홍휴札闥洪庥'라는 이상한 대련이 붙어 있었다. 송기가 호기심에 차서 여러 차례 보았지만 무슨 뜻인지 이해할 수 없었다. 구양수에게 그 뜻을 물으니 "어젯밤 좋지 못한 꿈을 꾸어 이 대련을 붙여 사악한 기운을 물리치려 한 것이고, 어젯밤 꿈이 길하지 않으니 문을 나서면 크게 길할 것이라는 의미요"라고 대답했다. 송기가 그렇다면 왜 직접 말하지 않고 이렇게 난해하게 썼냐고 묻자, 구양수는 "그대의 『신당서』 필법을 배운 것이오"라고 말해 그를 곤란하게 만들었다고 한다.

당송팔대가唐宋八大家에서 한유와 유종원만 당나라 사람이고 나머지 여섯 명은 모두 송나라 사람이다. 구양수 이외에 왕안석王安石과 증공曾鞏, 소씨蘇氏 삼부자인 소순·소식·소철이 있다. 소순은 구양수보다 겨우 두 살 어리고, 나머지 네 사람도 모두 그의 후배이다. 구양수는 이 네 사람에게 관심을 기울여 돌보아주었다. 소식에 대해서는 자기보다 서른 살이나 어리지만 머지않아 문단의 영수가 될 것이라고도 하였다.[3] 증공 역시 많은 칭찬을 받았다. 구양수보다 겨우 두 살 적은 소순도 구양수와 한기韓琦의 추천을 받아 장안에 이름을 날릴 수 있었다.

구양수는 후학을 추천하는 데 대단히 적극적이었다. 예를 들어 구양수

---

**2** 편자 주: 송기는 자가 자경子京이고, 북송北宋의 저명한 문학가이자 사학가요 사인詞人이다. 그 형 송상宋庠과 함께 문인으로 유명하여 '이송二宋'이라 불렸다. 그가 지은 사詞에 "紅杏枝頭春意鬧(붉은 살구꽃에 봄빛이 완연하네)"라는 구절이 있어 세간에서 '홍행상서紅杏尙書'라고 불렀다.

**3** 편자 주: 구양수는 "내가 늙어 물러나면, 그대에게 나의 문풍文風을 전하리라(我老將休, 付子斯文)"라고 말했다.

가 저주태수로 있을 때, 왕상王尙이라는 자가 그 아래에서 간당관幹當官[4]이라는 벼슬을 하고 있었다. 당시 어느 교사가 학생이 학비를 내지 않자 이를 왕상에게 고하였다. 이에 왕상은 "말을 듣지 않는 학생은 매로 벌하여 사도師道의 위엄을 세워야지, 어찌 나에게 와 고한단 말인가?"라고 의견을 하달하였다. 교사는 이에 승복하지 않고 다시 구양수에게 고하였다. 그러나 구양수는 왕상의 판결에 대단히 흡족해하며 재주를 높이 칭찬하였고 그를 등용하였다. 후일 왕상이 유명해진 것은 바로 구양수 때문이다.

구양수는 경력慶曆 4년에 억울한 마음을 가지고 저주태수로 부임하였다. 그는 본래 우승상이었지만 직언을 하는 바람에 좌승상 하송夏竦 일당의 미움을 받아 저주로 폄적된 것이다. 한가한 날이면 성 바깥 서남쪽에 있는 낭야산에 놀러가곤 했는데, 이로 인해 승려 지선과 친한 친구가 되었다. 지선은 구양수를 위해 산 중턱에 정자를 짓고 그곳에서 백성들과 함께 술을 마시고 즐기라는 의미에서 취옹정醉翁亭이라 이름지었다. 이에 구양수 역시 자신의 호를 취옹이라 하였다. 그리고 이곳에서 종종 지선 스님이나 주민들과 함께 어울려 술에 취해 놀았다. 어느 날, 지선은 정자 안이 매우 떠들썩한 것을 보고 가까이 다가갔다. 알고 보니 구양수가 몇몇 백성들과 함께 술을 마시며 벌주놀이를 하고 있었다. 지선이 황급히 구양수에게 쓰러질 정도로 많이 마시지 말라고 충고했다. 그러자 구양수가 "취할 리가 있겠습니까? 백성들의 마음은 나를 취하게 할 수 있고, 아름다운 산수도 나를 취하게 할 수 있지만, 술은 나를 취하게 할 수 없습니다. 단지 간신배들이 조정을 장악하고 있으니 술을 빌어 걱정을 잊고, 스스로 어리석은 체하는 것이지요"라고 했다. 그리고 시를 읊어 "나이 사십은 늙었다고 할 수 없지만,

---

**4** 편자 주: 간당관의 원래 명칭은 구당勾當인데, 송 고종高宗 조구趙構의 '구構'와 음이 같아 '간당'이라고 고쳤다. 송대 금군禁軍 기관의 하나이다. 북송北宋은 황성사皇城司에 간당관 7인을 두었다.

문득 흥취 일어 취옹정을 제재로 시를 지어본다. 술 취하면 만물을 모두 잊거늘, 어찌 내 나이를 기억하랴"[5]라고 했다. 지선 역시 깨달은 바가 있어 "이제 보니 취옹께서는 취하지 않으셨군요"라고 했다. 그러자 함께 있던 서생처럼 보이는 중년 한 사람이 일어나 "태수께서는 청렴하고 강직한 관리로 세상의 추앙을 받고 있습니다. 태수를 축하하는 시 한 수 읊어주시지요"라고 했다. 이에 어떤 이가 시를 한 수 읊었는데 바로 "풍류를 아는 관리 풍년을 기뻐하며, 모든 공무를 취옹정에서 마치네. 맑은 샘물과 새소리 여전한데, 태수는 어떤 사람이기에 술 취한 노인 같다고 하는가?"[6] 이 시를 듣고 자리에 있던 사람들이 모두 훌륭하다고 외쳤고, 지선 역시 칭찬을 아끼지 않았다. 이 시는 정자의 비석에 새겨져 지금까지 전해진다.

당송시기의 고문에서 한유와 구양수는 모두 대단히 중요한 인물이다. 구양수의 문학은 한유의 영향을 받았지만 두 사람의 풍격은 완전히 다르다. 한유 문장의 풍격이 강건하다면, 구양수의 문장은 부드럽고 섬세하다. 구양수는 문장을 완성하면 반드시 벽에 붙여놓고 천천히 읽으면서 수정하였다. 때로는 한 글자도 남기지 않고 완전히 수정하는 경우도 있었다. 또한 그의 문장은 읽어보면 입에서 술술 나올 정도로 자연스럽다. 예컨대 「취옹정기」는 한 편의 잡문雜文이다. 낭야산은 지금의 강소성 저현滁縣에 위치한 진포로津浦路 부근에 있다. 앞에서 말했듯이 구양수는 이 산에 정자를 지었고, 40세가 되기 전에 스스로를 취옹이라 부르며, 이를 정자의 이름으로 삼았다. 첫 구절 "환저개산야環滁皆山也"는 사실 이 300개 글자 중에서 신중하게 골라 수정한 것이다. 이는 그야말로 신이 내려준 훌륭한 문장이라 할

---

**5** 편자 주: 四十未爲老, 醉翁偶題篇, 醉中遺萬物, 豈復記吾年(「題滁州醉翁亭」).
**6** 편자 주: "爲政風流樂世豊, 每將公事了亭中. 泉香鳥語還依舊, 太守何人似醉翁?" 이 시는 명대明代 소무상蘇茂相이 지은 것으로 전해진다. 전목이 말한 이야기는 모두 수업 시간에 즉흥적으로 언급한 것이다.

수 있으니, 평이하게 지어 알기 쉬울 뿐 아니라 문장 전체에 '야也'자를 사용했다. "취옹의 마음은 술에 있지 않고 산수에 있다"[7]는 구절은 바로 여기에서 나왔다. 요컨대 구양수는 문장을 지을 때 자세히 읽어가며 심사숙고하여 수정하였다.

문장은 대충 지어서는 안 되고, 옛사람을 본보기로 삼아 신중하게 써야 한다. 구양수처럼 온 정성을 다해 신중히 쓰고 수정하는 것은 분명 우리가 본받아야 할 점이다.

어떤 사람은 구양수의 학문 성취가 세 가지 위에서 이루어졌다고 하였는데, 이는 말 위, 화장실, 베개 위를 말한다. 또한 세 가지 여가 시간에 이루어졌다는 말도 있는데, 이는 하루의 일을 끝낸 황혼, 일 년 중 가장 한가한 겨울, 그리고 비 오는 날을 말한다. 그는 이렇게 여가를 이용해 학문을 하였고, 일 분의 시간도 낭비하지 않았다.

전하는 바에 따르면, 구양수가 정치 일선에서 물러나 고향으로 돌아갔을 때는 이미 명성이 자자했는데도 저녁에 책 보는 일을 멈추지 않았다고 한다. 아내가 우스갯소리로 "이렇게 안 하면 스승이 당신을 꾸짖을까봐 아직도 두려운 것입니까?"[8]라고 묻자, 구양수는 "후세의 젊은 사람들이 나를 욕할까봐 두려운 것이오"라고 하였다고 한다. 이렇듯 그는 늙어서도 책 읽는 일을 게을리 하지 않았다.

송대 사람으로서 한유의 고문을 본받아 가장 큰 성취를 이룬 사람으로는 구양수 이외에 왕안석이 있다. 왕안석의 자는 개보介甫이고 호는 반산半山이며, 무주撫州 임천臨川 사람이다. 만년에 형국공荊國公에 봉해져 왕형공王荊公이라 불렸으며, 구양수의 후배라 할 수 있다. 구양수는 왕안석의 문

---

**7** 醉翁之意不在酒, 而在山水之間也.
**8** 편자 주: 원문은 "何自苦如此, 尚畏先生嗔耶?"이다.

장을 한유의 고문과 비길 만하다고 했지만, 왕안석은 맹자를 본받으려 했다. 왕안석의 문장 역시 강건한 풍격을 지니고 있지만, 한유의 풍격과는 차이가 있다.

구양수의 「기구본한문후記舊本韓文後」에는 "내 집에 장서가 1만 권 있는데, 『창려선생집昌黎先生集』만이 옛 책이다. 오호라! 한유의 문장과 도는 오랜 세월 추존되고 온 천하 사람들에 의해 전해졌다. 나에 이르러 이것이 단지 옛 책에 지나지 않음이 대단히 애석하구나"[9]라는 말이 있다. 구양수가 한유의 문장을 추존하였음을 알 수 있다. 그는 200년이 지난 후에[10] 한유라는 대문호를 진정으로 계승하고 빛낸 사람이다. 한유의 문장 풍격은 강건한 데 비해 구양수는 부드럽고 섬세하다. 이는 구양수가 한유 문장의 형식은 버리고 정신과 기세만 본받았음을 말해준다. 왕안석은 「제구양문충공祭歐陽文忠公」에서 구양수를 다음과 같이 찬양했다.

공의 넓은 도량과 빼어난 자질, 출중한 지혜와 높은 식견, 조예 깊고 정통한 학술은 이미 문장으로 표현되고 의론에도 드러나니, 호방하고 걸출하며, 정교하고 아름답기 그지없습니다. 흉중에 쌓인 것은 강물이 흘러 모인 것처럼 광활하고, 밖으로 드러나는 것은 빛나는 해와 별처럼 찬란합니다. 청아하고 고결한 풍격은 갑자기 몰아치는 회오리바람과 소낙비처럼 처연하고, 웅장하고 호방한 언어는 준마를 타고 가벼운 수레를 모는 것처럼 후련합니다. 세상의 학자들에게 당신을 아는지 모르는지 물을 필요 없습니다. 그들이 당

---

**9** 予家藏書萬卷, 獨『昌黎先生集』爲舊物也. 嗚呼! 韓氏之文·之道, 萬世所共尊, 天下之共傳而有也. 予于此年, 特以其舊物而尤惜之.
**10** 편자 주: 한유(768~824)와 구양수(1007~1072) 사이에는 약 250년의 시간 차이가 있다.

신의 문장을 읽으면 이러한 것들을 모두 알게 될 것입니다."<sup>후1</sup> 신의 문장을 읽으면 이러한 것들을 모두 알게 될 것입니다.<sup>후1</sup>

구양수와 왕안석 두 사람은 정치에 관한 견해는 달랐을지 몰라도 모두 정직한 인품을 가졌고, 또한 공맹을 숭상하고 한유의 문장을 본받았으며 서로를 아끼고 칭찬하였으니 실로 후덕한 사람들이었다고 칭송할 만하다.

당송팔대가 가운데 가장 중요한 사람은 당연히 한유와 구양수이다. 그러나 나는 왕안석의 문장도 아주 좋아한다. 왕안석은 정무에 정통하고 정사에 관심이 많았기 때문에 그의 정론문政論文은 특히 흥미롭다. 예를 들어 송나라 신종神宗이 왕위에 오른 지 얼마 되지 않았을 때 왕안석을 불러, 개국 이래 100년 동안 정국이 어느 정도 안정 국면을 유지할 수 있었던 상황에 대해 의견을 물었다. 왕안석은 그 대답으로 「본조백년무사찰本朝百年無事札」이라는 문장을 지어 정국이 대체로 태평하다고 할지라도 쇠약하고 빈곤해질 수 있는 상황이 도처에 쌓여 있기에 긴급히 개혁할 필요가 있다고 대답했다. 이외에 사마광司馬光에게 답한 「답사마간의서答司馬諫議書」<sup>11</sup>라는 문장도 있다. 사마광은 왕안석의 침관侵官·생사生事·징리徵利·거간拒諫<sup>12</sup>이라는 네 가지 정치적 폐단에 반대하여 그를 배척하였다. 그러나 왕안석이 보낸 편지 끝부분은 겸허한 태도로 존경심을 드러내는 것으로 끝을 맺고 있다.

사마광과 왕안석에게는 다음과 같은 일화가 있다. 어느 날 개봉부윤開封

---

**11** 편자 주: 당시 사마광은 한림학사翰林學士와 우간의대부右諫議大夫를 겸하고 있었다.
**12** 역자 주: 침관侵官은 왕안석이 설립한 제치삼사조례사制置三司條例司라는 기구가 이전에 재정을 담당하던 삼사三司 관리들의 직권을 침범하였음을 말한 것이다. 생사生事는 사람을 각지에 파견하여 신법新法을 추진하는 것이 일을 만들어 백성들을 괴롭힌다는 것이다. 징리徵利는 신법 가운데 백성들에게 봄과 가을로 돈을 빌려주고 이자를 받도록 한 청묘법靑苗法은 이자를 징수하는 제도라는 것이다. 거간拒諫은 왕안석을 반대하는 사람들의 간언을 막았음을 말한다.

府尹 포증包拯이 두 사람에게 연회에 참석해줄 것을 청했다. 포공은 두 사람에게 여러 번 술을 권했으나 매번 거절하자 화가 나 술잔을 땅에 팽개쳐 버렸다. 사마광은 마지못해 두어 모금 마셨지만, 왕안석은 끝내 마시지 않았다. 다음날 조정에 나간 포증은 "일생을 망가뜨리는 오직 한 가지, 만사를 무너뜨리는 데 이보다 더한 것 없네"[13]라는 대련이 적힌 왕안석의 편지를 받았다. 포증은 왕안석이 술 마시기를 거부한 일이 생각났고, 또한 그가 "일생을 망가뜨리는 오직 한 가지, 바로 술이니, 만사를 무너뜨리는 데 이보다 더한 것 없다"[14]라는 한유의 말을 경계로 삼아 실천해왔음을 알았다. 포증은 깨달은 바가 있어 대련을 마루에 걸어놓고 본보기로 삼았다.

또한 왕안석이 친구들과 함께 변경汴京으로 놀러간 일이 있었다. 관중管仲과 포숙아鮑叔牙의 묘에 이르러 왕안석이 "사이좋은 두 친구 함께 잠자고 함께 눈뜨네. 친척과 친구 모두 모였는데, 보는 사람마다 모두 좋아하네"[15]라고 읊었다. 백이伯夷·숙제叔齊의 묘에 이르러서는 "사이좋은 두 친구 사람됨이 올곧네. 평생 동안 식탐을 하여도 그 이익 자기에게 돌아오지 않네"[16]라고 읊었다. 형합이장哼哈二將(불교에서 절 문을 지키는 수호신) 묘에 이르러서는 "사이좋은 두 친구 평생 외롭고 처량하여라. 천하를 돌아다니느라 아내도 집도 없네"[17]라고 읊었다. 같이 간 친구들이 세 편의 시가 무엇을 의미하는지 몰라 사마광에게 물었다. 사마광은 "이것이 어디 시를 지은 것처럼 보이오? 요상공拗相公[18]께서 수수께끼를 낸 것이고, 답은 모두 젓가락이오"라고 하였다. 세 개의 사당에 있는 각기 다른 신상神像을 보고 시구

---

**13** 斷送一生唯有, 破除萬事無過.
**14** 斷送一生唯有酒, 破除萬事無過酒.
**15** 兩個伙伴, 同眠同起. 親朋聚會, 誰見誰喜.
**16** 兩個伙伴, 爲人正直. 貪饞一生, 利不歸己.
**17** 兩個伙計, 終身孤淒. 走遍天涯, 無有妻室.
**18** 역자 주: 왕안석을 말한다.

를 달리하여 동일한 수수께끼를 만들어낸 것이니 왕안석의 수준이 참으로 대단함을 알 수 있다.

구양수의 후배 중에는 그가 직접 선발한 세 명의 우수한 학생이 있는데, 바로 증공과 소식·소철 형제이다.

증공은 자가 자고子固이고 강서江西 무주撫州 사람인데 나중에는 임천臨川에서 살았다. 인종仁宗 경력慶曆 원년에 진사가 되었고, 작품집으로는『원풍류고元豐類稿』가 있다. 구양수는 "내 문하를 거쳐 간 사람이 수십만 명이지만, 이 사람을 얻은 것이 제일 기쁘다"라고 칭찬하여 증공을 높이 평가했다.

예컨대 증공의『전국책목록서戰國策目錄序』같은 작품은『전국책』의 내용에 대해 자신의 견해를 밝힌 것으로 다른 사람이 미칠 수 있는 바가 아니다. 논리가 명확할 뿐 아니라 관점도 분명하고 치밀하여 그의 대표작 가운데 하나로 꼽힌다. 그의 문학 견해와 풍격은 구양수와 아주 가깝다. 주희朱熹는 문장을 배우려면 증공의 문학부터 시작해도 된다고 했고, 청대의 요내 역시 "송나라 구양수와 증공의 문장은 모두 부드러운 아름다움을 표현하는 데 치중하였다"[19]라고 말했다. 또한 임희林希는 증공의 묘지명에서 "문장을 지을 때 결구의 변화를 추구하고, 무궁무진하게 응용을 발휘한다. 그러나 말은 평이해도 뜻은 심원하였고 반드시 인의仁義에서 그쳤다"[20]라고 했다. 그러므로 구양수와 증공의 문장은 길은 다르지만 귀착점은 같다.

구양수가 선발한 훌륭한 학생으로는 소식과 소철 형제도 있는데 둘 중에서 소식이 더 훌륭하다. 그는 다방면의 재능을 두루 갖춘 문학가로 산

---

**19** 宋朝歐陽·曾鞏之文, 其才皆偏于柔之美者也(「復魯絜非書」).

**20** 편자 주: 寫文章雖然可以開闔馳騁, 應用不窮, 然言近指遠, 要其歸必止于仁義. 원래는 "其爲文章, 句非一律, 雖開闔馳騁, 應用不窮, 然言近指遠, 要其歸必止于仁義, 自韓愈氏以來, 作者莫能過也."라고 되어 있다.

문·고문·시·사·서법·그림에 모두 능하였다. 시에 대해 말하자면 그는 이백·두보·소식·황정견黃庭堅 등과 함께 중국의 4대 시인 중 하나로 꼽힌다. 문장의 경우는 자칭 "가지 않을 수 없어서 가고, 그치지 않을 수 없어서 그친다"[21]라고 했는데, 이는 고심하지 않아도 자연스럽게 문장이 이루어짐을 뜻한다. '한조소해韓潮蘇海'라는 말이 있는데, 이는 한유의 문장은 조수처럼 강하고 세차며, 소식의 문장은 바다처럼 기이한 변화는 없지만 모든 것을 다 포괄한다는 뜻이다.

이른바 당송팔대가는 당대의 한유와 유종원, 송대의 구양수·왕안석·증공·소식·소철·소순을 일컫는다. 한유는 스스로 하·은·주 삼대와 양한兩漢의 책이 아니면 감히 보지 않았다고 말하면서 복고를 주장했지만, 그의 문장은 진한秦漢의 것과는 그 격조가 다르다. 또한 한유는 문장으로 도를 전하겠다고 했지만 결코 도를 전하기 위해서만 문장을 지은 건 아니었다. 그의 문장에는 순수문학적인 것도 있고 일상의 잡다한 일을 쓴 것도 있다. 복고문학과 문장으로 도를 전하려 했던 한유의 이상은 구양수가 아니었다면 만당오대晚唐五代 이래의 퇴폐적인 풍조를 되돌려 바른 길로 나아가게 할 수 없었을 것이다. 다행히 구양수가 발탁한 후배, 즉 왕안석·증공·소식·소철 등이 모두 그를 따르며 힘을 합해 앞으로 나아갔기 때문에 고문의 부흥이라는 대업이 완성되었던 것이다.

구양수의 문장은 공맹의 도를 옹호하였지만 그의 사詞는 낭만적인 정서가 흘러넘친다. 이는 다음의 일화로 증명할 수 있다. 어느 해, 구양수가 여양汝陽에 머물게 되었는데, 총명하고 활발하며 가무에도 뛰어난 두 명의 가기歌妓를 우연히 만났다. 그들은 구양수가 지은 사도 노래 부를 줄 알아 환심을 샀다. 구양수는 훗날 반드시 여양태수로 부임하여 그들의 아름다

---

**21** 行乎其所不得不行, 止乎其所不得不止.

운 가무를 즐기겠다는 약속을 했다. 몇 년 후 구양수는 정말로 여양에 부임하였지만 두 기녀의 종적은 찾을 수 없었다. 구양수는 슬픔을 이기지 못해 "버들개지 흩날리고 봄날도 가려 하니, 해당화는 늦게 온 나를 원망하리라"[22]라고 읊었다. 이 고사를 통해 구양수 역시 낭만과 풍류를 아는 문인이었음을 알 수 있다. 30년 후, 소식 역시 이곳의 관리로 오게 되었는데, 이 일화를 듣고 크게 웃으며 "푸른 이파리 그늘을 이루고, 가지에는 열매가 주렁주렁 열렸네"[23]라고 탄식했던 두목杜牧과 똑같은 상황이 재연되었다고 하였다.

알고 보니 만당 시인 두목 역시 어느 해 호주湖州에 놀러갔다가 그곳에서 우연히 미성년인 예쁜 소녀를 만났는데, 친구의 소개로 예물을 보내어 청혼을 하였고 일이 성사가 되어 10년 후 호주로 와 혼사를 치르기로 약속했던 것이다. 이어서 두목은 조정의 명을 받들어 임지인 장안으로 돌아갔다. 그는 여러 차례 호주로 보내달라고 요구하였지만, 순식간에 10년이 흘렀다. 마침내 호주태수로 부임하게 되었을 때는 이미 혼인을 약속한 날로부터 14년이라는 세월이 흐른 뒤였다. 호주에 온 두목은 그 소녀가 3년 전에 이미 다른 사람에게 시집가 세 아이를 두었음을 알았다. 화가 난 두목이 소개시켜준 사람을 심하게 꾸짖자, 상대방은 약속한 시간을 3년이나 넘겼으니 다른 사람에게 시집가는 것이 마땅하다고 응대했다. 두목 자신도 따질 일이 아니라고 생각하면서 「탄화嘆花」라는 시로 그 심정을 표현했는데 내용은 이렇다. "꽃 찾아 너무 늦게 온 것이 한스럽기만 하여라. 지난날 보았을 때는 아직 피지 않았더니, 지금은 바람에 흩날려 떨어지고, 푸른 이파리 그늘을 이루어 가지에는 열매가 주렁주렁 열렸네."[24]

---

**22** 柳絮已將春色去, 海棠應恨我來遲.
**23** 綠葉成蔭子萬枝.
**24** 自恨尋芳到已遲, 往年曾見未開時. 如今風擺花狼藉, 綠葉成蔭子滿枝.

소식에 대해 말하자면, 당송팔대가 중에 한 집안에서 세 사람이나 자리를 차지했다는 것은 정말로 대단한 일이다. 소씨 집안에는 또 소소매蘇小妹[25]라는 여자가 있었는데, 역시 문학에 뛰어났다. 전하는 바에 따르면, 소순·소식 부자와 소소매가 어느 달빛이 교교한 밤에 글자를 정해놓고 시를 짓기로 하였다. 먼저 소순이 '냉冷'과 '향香' 두 글자를 선택하고, 시구 마지막에 이 글자를 넣고 지은 다음 비교해보자고 했다. 소순은 "돌 사이로 흘러내린 물 차갑고, 꽃 사이로 부는 바람에 향기가 전해지네(水向石邊流出冷, 風從花間過來香)"라고 지었고, 소식은 "돌 위에 앉으니 옷에 한기 스며들고, 꽃을 밟고 돌아가는 말발굽에서 향내가 난다(拂石坐來衣帶冷, 踏花歸去馬蹄香)"라고 읊었는데, 소소매 역시 당당하게 "달을 부르는 두견새의 목청 차갑고, 꽃 위에서 잠자는 나비의 꿈에서 향기가 난다(叫月杜鵑喉舌冷, 宿花胡蝶夢魂香)"라고 읊었다. 소순과 소식 부자는 소소매의 시를 듣고 손뼉을 치며 환호했다고 한다.[26]

사실 나는 사람의 천부적 자질은 비슷하며, 좋은 문장을 쓰기 위해서는 책을 많이 읽고 각고의 노력을 기울여야 한다고 생각한다. 예를 들어 소식은 송 인종仁宗 가우嘉祐 원년(1056), 21세의 나이로 진사에 합격했다. 당시 시험문제는 '상벌은 충후하게 시행해야 한다는 것에 대해 논하는(刑賞忠厚之至論)' 것이었다. 소식은 아주 우수한 성적을 받을 수 있었는데, 이는 그가 많은 책을 읽었으므로 광범하게 자료를 인용하여 증명했을 뿐 아니라, 자신이 전고를 만들어내어 시험관인 구양수를 경탄하게 만들었기 때문이다. 소식은 본래 이 문장으로 일등을 할 수 있었는데, 구양수는 이 문장을

---

**25** 역자 주: 소소매가 소식의 여동생으로 나오는 희곡이나 소설이 있지만 이미 소식에게 소소매라는 여동생이 없었음이 증명되었다.
**26** 편자 주: 전목은 본편의 마지막 부분에서 소식에 관한 일화를 아주 많이 언급했는데, 이는 수업에 활기를 불어넣기 위해서였다.

지은 수험생이 증공일 것이라고 추측하고 사람들의 입에 오르내리지 않기 위해 이등으로 내렸다. 구양수는 합격자 명단이 게시된 후에야 비로소 소식이라는 것을 알았다. 소식이 만들어낸 전고는 『삼국지』 중 「공융전孔融傳」을 모방한 것으로, 이는 책을 좋아하고 많이 읽었기 때문에 가능한 일이었다.

소식은 재능이 흘러넘쳤지만 친구를 놀려대는 것을 좋아했다. 어느 날 오랜 친구인 유공보劉貢父 등과 함께 술을 마셨는데, 유공보는 만년에 앓은 풍증風症으로 콧대가 납작하게 내려앉았다. 술을 마시며 옛사람들의 말을 인용해 서로 희롱하다가 소식이 유공보에게 "세찬 바람 일어 눈썹 휘날리니, 어떻게 장수를 얻어 콧대를 지킬 수 있을까"[27]라고 하였다. 자리에 있던 사람들이 모두 폭소를 터뜨렸고, 유공보는 슬퍼하며 원망했다. 얼마 후 유공보는 콧대가 문드러져 죽고 말았다.[28] 농담도 정도껏 해야지 지나치면 안 된다는 것을 알 수 있다.

또한 소식은 임기응변의 재치도 있었다. 어느 해 고려의 사신이 송나라를 방문했을 때, 소식에게 그들을 모시고 거리 구경을 시켜주라고 지시했다. 대련對聯에 관한 얘기가 나오자, 소식은 중국에는 남녀노소를 막론하고 다 지을 줄 안다고 했다. 사신은 믿을 수 없어 마침 길 옆에 있는 불탑을 보고 "홀로 우뚝 솟은 불탑, 칠층에 오르니 사방팔방 다 보인다(獨塔巍巍, 七級四面八方)"라는 구절을 짓고 길 가던 노인에게 다음 구절을 지어보라고 했다. 노인은 손을 내저으며 황급히 달아났다. 이에 사신은 웃으며 "노인이 대련을 지을 수 없으니까 멀리 달아나버리는군요"라고 했다. 그러자 소식이 "사실 노인은 말은 하지 않았지만 이미 대련을 지었으니, 손을 내저은

---

**27** 大風起兮眉飛揚, 安得壯士兮守鼻梁.

**28** 편자 주: 이 일화는 진사도陳師道의 『후산총담後山叢談』에 실려 있다.

것은 '한 손 흔들어보니, 다섯 손가락 가운데 셋은 길고 둘은 짧네(隻手擺擺, 五指三長兩短)'라는 의미입니다. 어찌 절묘하다고 하지 않을 수 있겠습니까?"라고 했다. 고려 사신은 아무 말도 하지 못했다. 이는 소식이 임기응변이 뛰어난 사람임을 보여주는 일례이다.

소식에 관한 일화는 아주 많지만 여기에서 멈추겠다.

소씨 삼부자 중 소순은 논변論辨을 짓는 데 가장 뛰어났고, 문장은 고아하면서도 웅건하다. 소식은 다방면에 재능이 있었는데 시·사·고문뿐만 아니라 글씨와 그림에도 정통하였고, 구양수 이후 북송 고문운동의 계승자로 문장은 문사文辭와 도가 모두 구비되어야 한다고 주장하였다. 소철은 어린 시절 아버지와 형의 영향을 많이 받아 문장 풍격이 소식과 비슷하다. 소철의 문학 성취는 소식에 미치지 못하지만 문장 풍격은 차분하고 고아하며, 특히 경물 묘사에 뛰어났다.

송대의 고문은 당송팔대가 중 이 여섯 사람이 대표한다고 할 수 있다.

# 제26장

# 송사

♦♦♦

일반적으로 그 시대를 대표하는 문학 장르를 말하라면 한부漢賦, 당시唐詩, 송사宋詞, 원곡元曲을 꼽는다. 사는 송대에 특히 흥성하여 당대를 능가했다.

지금 사람들은 문학이란 진화하므로 새로운 문학이 나오면 구문학은 쇠퇴한다고 생각하는데, 이는 옳지 않다. 송대에도 시는 여전히 존재했다. 단지 사라는 것이 새로 생겨 지파支派가 하나 더 늘어났을 뿐이다.

시는 문학의 대종大宗이고 사는 문학의 소종小宗이다. 후에 사로부터 곡이 나왔으므로 곡은 또 사의 소종이다. 곡으로부터 다시 백화시白話詩가 나왔지만, 이 역시 고시와 단절될 수 없다. 이들은 서로 연관성을 가지며 이어져왔다. 시를 모르는 사람은 결코 사를 지을 수 없다.

시로부터 어떻게 사가 나올 수 있었던 것일까? 시와 사의 체재가 다른 것은, 용처用處가 다르고, 대상이 다르고, 제재가 다르기 때문이다. 즉 시에서 표현하지 못하는 것을 사로는 말할 수 있다.

한유가 '증서贈序', '잡기雜記'를 지은 것은 이러한 문체를 이용해 다른 인생을 표현하려고 했기 때문이다.

사의 제재와 대상은 시와 산문과는 다른 점이 있다. 왜냐하면 이런 작품은 단지 사로 묘사할 수밖에 없기 때문이다. 사는 섬세하고 작은 제목이기에 나지막하고 예쁘게 불러야 하므로 여성성의 아름다움을 지니는데, 이는 남성적인 아름다움을 지닌 시와 달리 부드러운 성격을 지닌다.

예를 들어 "석양은 무한히 아름다워라. 아 어쩌나 이미 황혼에 가까운 것을!"[1] 이 시는 석양이 만물을 비추는 광활한 경지가 느껴진다. 사는 부드럽고 섬세하게 묘사하지 이처럼 호방하게 노래하지 않는다. 사는 여성적이고, 시처럼 사회성을 지니지 않는다.

『화간집花間集』은 중국 최초의 사 선집選集이고, 작가로는 온정균溫庭筠·전촉前蜀의 왕연王衍·후촉後蜀의 맹창孟昶 등이 있다. 후당後唐 황제 이존욱李存勗의 작품은 이 안에 들어 있지 않지만, 그는 직접 무대에 올라 배우들과 함께 공연을 한 황제의 시조라 할 수 있다. 그의 사 한 수를 예로 들어보겠다.

언제나 생각난다. 그대와 이별할 때
눈물 머금고 문밖에서 전송하던 모습.
꿈만 같아라, 꿈만 같아라,
새벽달 떨어지는 꽃 안개 자욱하여라.
長記別伊時, 和淚出門相送.
如夢, 如夢, 殘月落花煙重.

이 사는 자연스럽게 입에서 흘러나와 이루어진 것으로 이전의 시와는

---

1 夕陽無限好, 只是近黃昏.

전혀 다른 모습을 보여준다.

남당南唐 후주後主 이욱李煜(936~978)은 뛰어난 사 작가인데, 아버지 이경李璟 역시 사를 잘 지은 것으로 보아 가학家學의 영향을 받았음을 알 수 있다. 삼국시대에는 훌륭한 인물이 많이 나왔지만 오대五代는 그렇지 못했다. 그러나 여전히 새로운 문학을 창조한 인물이 나와 중국문화의 저력을 보여주었다. 지금은 사람들이 물질생활에 빠져 더 이상 인재가 나오지 않는다.

풍연사馮延巳의 사에 이런 구절이 있다. "홀연히 바람 불어와, 연못 가득 주름이 지네(風乍起, 吹皺一池春水)." 이경李璟이 이를 보고 풍연사에게 "연못에 주름이 지는 것이 그대와 무슨 상관이 있는가?"라고 놀렸다.

이경의 사에도 "작은 누각에 차가운 생황 가락 울려 퍼지네(小樓吹徹玉笙寒)"라는 구절이 있다.

이 두 구절은 모두 아주 훌륭한데, 앞의 것은 봄날 연못에 물결이 일어나는 것을 형용하였고, 뒤의 것은 '한寒'이라는 글자로 처량하거나 적막한 감정을 표현하였다.

이욱은 처음에는 왕이었지만 후에 나라가 멸망했다. 후주는 나라가 망한 후 개봉으로 이송되어 포로가 되었는데, 그때 지은 작품이 이전보다 더욱 훌륭하다. 그가 왕이었을 때 지은 사「옥루춘玉樓春」을 보자.

> 저녁 화장 막 마치니 눈 같은 피부 투명하고,
> 봄기운 어린 전각에는 궁녀들 물고기처럼 줄지어 섰네.
> 생황과 퉁소 소리 강물과 구름까지 울려 퍼지니,
> 새로 예상우의곡을 다시 연주하노라.
> 바람결에 그 누가 다시 향기로운 가루를 날려대는가,
> 취하여 난간 두드리니 흥취가 몰려온다.
> 돌아갈 때는 촛불 붉게 밝히지 마라,

맑은 달빛 속에 말발굽 따라 걸어가리니.

晩妝初了明肌雪, 春殿嬪娥魚貫列.

笙簫吹斷水雲間, 重按霓裳歌遍徹.

臨風誰更飄香屑, 醉拍欄干情味切.

歸時休放燭花紅, 待踏馬蹄清夜月.


다음은 포로가 된 후에 지은 사이다.


말없이 홀로 서루에 오르니, 달은 갈고리 같아라.

적막한 오동나무 숲에는 맑은 가을 깊이 잠겨 있네.

아무리 잘라도 끊어지지 않고,

아무리 다듬어도 다시 헝클어지는 것은 이별의 슬픔.[2]

예전에 몰랐던 또 다른 맛 하나 마음속에 있어라.

無言獨上西樓, 月如鉤. 寂寞梧桐深院鎖清秋.

剪不斷, 理還亂, 是離愁. 別是一般滋味在心頭.


이욱의 이 시[3]는 대중을 대신해서 말한 마음의 소리이다. 즉 자신의 마음에 자리한 슬픔을 통해 대중의 마음을 표현한 것이다.

좋은 사는 작품 속에 작가의 신분을 드러내지 않아야 한다. 예를 들어 "어젯밤 꿈속에서 옛날처럼 상원上苑에서 놀았지요, 수레 행렬 흐르는 물처럼 용처럼 길게 늘어섰지요"[4]에서 '상원'[5] 두 글자를 써서 이욱의 신분

---

2 전목 주: 강남의 고국故國을 떠난 것을 말한다.
3 편자 주: 이 사의 제목은 「상견환相見歡」, 그 첫 구절이 바로 '무언독상서루無言獨上西樓'이다.
4 昨夜夢魂中, 還似舊時游上苑, 車如流水馬如龍(이욱, 「망강남望江南」).
5 상원은 상림원上林苑이라고도 하고, 한 무제 유철劉徹이 건원建元 3년(기원전 138년)

이 노출되었으므로 아주 훌륭하다고는 할 수 없다. 또한 "봄꽃 가을 달 언제나 끝이 날까? 잊지 못할 추억은 또 얼마나 많은가? 작은 누각에는 어젯밤 또 봄바람 불어오니, 달빛 속에 잠긴 고국故國 차마 고개 돌려 바라볼 수 없네"[6] 이 사는 칠언시에서 변화되어 나온 것으로, '고국' 두 글자는 여전히 배경이 있음을 보여준다. 배경을 드러내지 않는 것이 좋다.

다른 사를 한 수 더 예로 들어보자.

주렴 밖에는 주룩주룩 비 내리고, 봄기운도 이제 다하였다.
비단 이불로도 새벽녘 추위 견디기 힘들어라.
꿈속에서 이 몸이 나그네인 줄도 모르고, 잠시 즐거움에 빠졌노라.
홀로 난간에 기대지 말지어니,
끝없는 옛 강산 헤어지기 쉬워도 만나기는 어려워라.
흐르는 물에 떨어진 꽃잎 떠내려가듯 봄도 가버렸다.
하늘 위의 저 세상으로!
簾外雨潺潺, 春意闌珊. 羅衾不耐五更寒.
夢裏不知身是客, 一晌貪歡.
獨自莫憑欄, 無限江山. 別時容易見時難.
流水落花春去也, 天上人間.

이 사는 작자의 신분과 배경을 노출하지 않았기 때문에 앞의 두 작품보다 뛰어나다.

사는 부와 다르기 때문에 '양도兩都'와 '양경兩京'을 묘사하는 것은 적절

에 지은 것이다. 총면적이 사방 300리에 이를 정도로 그 규모가 방대하다.
**6** 春花秋月何時了, 往事知多少? 小樓昨夜又東風, 故國不堪回首月明中(이욱, 「우미인虞美人」).

하지 않다. 『시경』과 초사 중 「구가九歌」는 본래 노래 부를 수 있었지만 한 부는 노래 부를 수 없다. 그러나 악부는 노래 부를 수 있고, 당시唐詩 중 절구絶句 역시 노래 부를 수 있다. 예를 들어 "그대에게 다시 술 한잔 권하노니, 서쪽으로 양관을 나가면 그대 모습 다시 볼 수 없다오"[7] 등은 노래 부를 수 있다. 당시 관청에 속한 기녀들은 연회가 벌어지면 악기 반주에 맞춰 즉석에서 시를 노래했다.

사는 절구로부터 변화 발전한 것으로 노래 부를 수 있고, 여자들이 방 안에서 불렀던 것이기에 섬세하면서도 부드럽다. 이욱은 사를 노래 부르기 좋아하여 젊은 여자를 고용해서 노래 부르게 했고, 나중에는 직접 사를 지었다. 당 말기에서 송에 이르는 시기에 나온 『화간집』에 수록된 것은 짧은 형식의 단사短詞이다. 이 시기는 인생의 새로운 국면에 접어들었지만 여전히 시와 산문도 보전되었는데, 이는 인생의 여러 면모를 묘사하려면 각종 문체가 모두 필요했기 때문이다.

송대의 안수晏殊, 구준寇準, 범중엄范仲淹, 구양수 등은 모두 사를 지었다. 사는 노래 부를 수 있었고, 후에는 편폭이 긴 장사長詞로 발전했다.

구양수의 한 친구는 폄적되어 장사長沙를 지나다가, 젊은 관기官妓가 자신이 지은 사를 노래하는 것을 듣게 되었다. 그가 장사를 떠난 후 그 여인은 더 이상 손님을 받지 않았다. 그가 다시 장사로 돌아왔을 때 그 여인은 이미 죽었고, 이는 후에 아름다우면서도 슬픈 이야기가 되어 널리 전해졌다.

당시의 기녀들은 모두 글을 알고 노래 부를 줄 알았다.

사는 본래 부드럽고 아름다운 풍격을 지녔지만 이를 바꿔놓은 사람이 있다. 소식이 나와 한유와 두보 스타일로 사를 지었는데, 이는 사의 본래

---

**7** 勸君更盡一杯酒, 西出陽關無故人.

모습이 아니다. 예를 들어 소식의 「염노교念奴嬌·적벽회고赤壁懷古」와 같은 작품은 본래 여인의 온유한 아름다움을 노래한 것이었지만, 소식의 「염노교」는 사 전반에 기백이 넘쳐난다. 이는 사의 변조變調라고 할 수 있다. 이 사의 내용은 다음과 같다.

> 큰 강 동쪽으로 흐르고 흘러, 천고의 영웅들 모두 씻어버렸네.
> 옛 성루의 서쪽을, 사람들은 말한다. 주유가 싸우던 적벽이라고.
> 깎아지른 절벽 하늘을 찌를 듯하고,
> 바위를 부술 듯 성난 파도 천길 높이 눈덩이 말아 올린다.
> 그림처럼 아름다운 강산, 한때 얼마나 많은 호걸들이 나왔던가!
> 아득히 주유가 활약하던 시절, 소교가 갓 시집와, 영웅의 기상 넘쳤지.
> 깃털 부채 들고 두건 쓰고 담소하는 사이에,
> 적군의 배는 재가 되어 날리고 연기 되어 사라졌지.
> 옛 일을 떠올리며 생각에 잠겨 있노라니,
> 사람들은 내가 정이 많아 흰 머리가 빨리 난 것이라고 비웃는다.
> 인생은 한바탕 꿈 같은 것, 강물 속의 달에게 한 잔 술 올리노라.
> 大江東去, 浪淘盡, 千古風流人物. 故壘西邊, 人道是, 三國周郎赤壁.
> 亂石穿空, 驚濤拍岸, 捲起千堆雪. 江山如畵, 一時多少豪傑! 遙想公
> 瑾當年, 小喬出嫁了, 雄姿英發. 羽扇綸巾, 談笑間, 檣櫓灰飛煙滅.
> 故國神遊, 多情應笑我, 早生華髮. 人生如夢, 一樽還酹江月.

다음은 소식의 「수조가두水調歌頭·명월기시유明月幾時有」이다.

> 밝은 저 달님은 언제부터 있었는가? 술잔 들고 하늘에게 물어본다.
> 하늘 위의 궁궐은 오늘밤 어느 해일까.

바람 타고 돌아가고 싶지만,

아름다운 누각 높이 있어 추위를 이기지 못할까 두렵다.

일어나 춤추며 그림자와 노니, 어찌 이 세상에 사는 것만 하랴.

붉은 전각 돌고 돌아 비단 창가에 나지막이 다가와

잠 못 이루는 사람을 비춘다.

저 달은 마땅히 원한이 없으련만,

어찌하여 이별할 때에는 항상 둥글어지는가?

인간 세상에는 슬픔과 기쁨 만남과 헤어짐이 있고,

달에게는 밝고 흐리고 차고 이지러짐이 있네.

이 일은 예로부터 어찌할 수 없는 법.

다만 우리 모두 오래오래 살아,

천리 먼 곳에서나마 아름다운 달님 감상하자꾸나.

明月幾時有, 把酒問靑天. 不知天上宮闕, 今夕是何年? 我欲乘風歸去, 又恐瓊樓玉宇, 高處不勝寒. 起舞弄淸影, 何似在人間! 轉朱閣, 低綺戶, 照無眠. 不應有恨, 何事長向別時圓? 人有悲歡離合, 月有陰晴圓缺, 此事古難全. 但願人長久, 千里共嬋娟.


어느 날, 소식은 한 가기歌妓에게 자신과 유영柳永[8]의 사를 비교하면 어떤지 물었다. 그녀는 유영의 사는 18~9세의 소녀들이 불러야 하고, 소식의 사는 함곡관函谷關 서쪽의 대장부들이 철작판鐵綽板을 두드리며 불러야 한다고 했다.[9] 소식의 「적벽회고」는 호방하고, 유영의 「우림령雨霖鈴」은 완약

---

**8** 편자 주: 둔전원외랑屯田員外郎을 지낸 적이 있어 유둔전柳屯田이라고도 부른다.

**9** 편자 주: 송나라 유문표兪文豹의 『취검속록吹劍續錄』에는 다음과 같은 기록이 있다. 소식이 유영의 사와 비교하면 어떤지 묻자 그 가기歌伎는 "유영의 사는 17~18세의 소녀들이 홍아판紅牙板을 들고 박자를 맞추며 '양류안楊柳岸'을 노래하지만, 그대의 사는 함곡관 서쪽의 대장부들이 철작판을 들고 '대강동거大江東去'를 부른다"고 했다.

하기 때문이다. 이 사의 내용은 다음과 같다.


가을 매미 처량하게 운다, 저녁 무렵 장정長亭에 대고.

소낙비 막 그쳤다.

도성 밖 송별의 자리에서 울적하게 술을 마신다.

헤어지기 아쉬워 발길을 돌리지 못하는데.

배는 떠나자고 길을 재촉하는구나.

두 손 마주잡고 눈물 어린 눈 서로 바라보다

끝내 말 못하고 목 메인다.

가고 또 가노라면 천 리 물안개 길

저녁 안개 가득한 초나라 하늘 드넓겠지.


예로부터 다정한 사람은 이별을 아파하였거늘,

어찌 견딜 수 있으랴 쓸쓸한 가을날의 이별을!

오늘 밤 술 깨면 어디에 있을까?

버드나무 늘어진 기슭일까?

새벽바람 이는 조각달 아래서일까?

이번에 떠나면 해를 넘기리니

좋은 시절 아름다운 경치 아무 소용없으리라.

설령 그윽한 정취 밀려온다 한들 누구에게 말해줄까?

寒蟬淒切. 對長亭晩, 驟雨初歇. 都門帳飮無緒, 留戀處, 蘭舟催發.

執手相看淚眼, 竟無語凝噎. 念去去千里烟波, 暮靄沉沉楚天闊.

多情自古傷離別, 更那堪冷落淸秋節! 今宵酒醒何處, 楊柳岸, 曉風

殘月. 此去經年, 應是良辰好景虛設. 便縱有千種風情, 更與何人說?

다음은 유영의 「주야락晝夜樂」이다.


처음 화촉동방에서 만났을 때, 영원히 함께할 줄 알았는데.

어찌 알았으랴, 만남의 기쁨이 이별의 아픔으로 변할 줄을.

봄기운 다해가는 저녁이 되면 그 아픔 더해지네.

어지러이 흩날리는 버들개지 바라보노라니,

아름다운 봄 경치 그대 따라 사라질까 두려워라.


쓸쓸한 이 마음 누구에게 하소연할까.

예전에 했던 언약 모두 저버리고 말았네.

그리운 마음 이처럼 떨치기 힘들 줄 알았더라면,

떠나지 못하게 붙잡아 둘걸.

잘생긴 얼굴에 멋스러운 그 사람,

마음을 붙잡아매는 매력도 있었지.

하루라도 생각 않으려 해도, 천 번이나 눈썹 찡그려지네.

洞房記得初相遇. 便只合長相聚. 何期小會幽歡, 變作離情別緒. 況

值闌珊春意暮. 對滿目亂花狂絮. 直恐好風光, 盡隨伊歸去.

一場寂寞憑誰訴. 算前言, 總輕負. 早知恁地難拚, 悔不當時留住. 其

奈風流端正外, 更別有系人心處. 一日不思量, 也攢眉千度.


소식과 유영의 사에 대해 말하면 전자는 강건하고 후자는 부드럽고 섬
세하여 서로 확연히 다르다.

소식처럼 기백이 넘치는 사를 지은 사람으로는 가헌稼軒 신기질辛棄疾이
있다. 그의 사는 악비岳飛의 「만강홍滿江紅」처럼 국가와 민족이 주된 내용
이다. 신기질은 남송의 제일가는 사 작가이자 걸출한 애국 사인이다. 「자고

「천자鷓天」은 그의 일생에 대해 읊은 작품이다. 아래의 「서강월西江月·시아조이가사부지示兒曹以家事付之」 작품 역시 그러하다.

> 수많았던 일들 구름과 연기처럼 홀연히 지나가고,
> 이 몸은 갯버들보다 먼저 쇠약해졌다.
> 이제 무슨 일 하는 것이 가장 좋을까?
> 술 먹고 유람하고 잠자는 일이어라.
> 세금은 재촉하기 전에 일찌감치 바치고,
> 수입과 지출은 잘 가늠하여 쓰거라.
> 아비가 여전히 관여할 일은
> 대나무와 산과 강물뿐이니라.
> 萬事雲煙忽過, 百年蒲柳先衰. 而今何事最相宜? 宜醉宜游宜睡.
> 早趁催科了納, 更量出入收支. 乃翁依舊管些兒, 管竹管山管水.

만년에 이른 신기질의 마음 상태가 잘 드러난 작품이다. 그러나 젊었을 때는 중원을 회복하여 송나라를 다시 일으켜보려는 장대한 포부를 지니고 있었다. 이는 「영우락永遇樂·경구북고정회고京口北固亭懷古」에 잘 나타나 있다.

> 천고의 이 강산에 영웅의 자취 찾을 수 없다. 손권이 살던 고장에서도.
> 춤추며 노래하던 누각, 넘치던 풍류, 비바람에 모두 사라져버렸다.
> 석양이 비추는 초목과 평범한 거리를,
> 사람들은 말한다, 기노[10]가 살던 곳이라고.

---

10 역자 주: 남조南朝 송 무제 유유劉裕의 어릴 적 이름이다. 당시 중원이 소수민족에게

그 당시, 황금빛 창 들고 철갑 두른 말 타고

호랑이 같은 기세로 만 리를 집어삼킬 듯했지.


원가 시기 경솔하게 낭거서에 제단 쌓고 북벌을 도모하다가,

황망히 도망치며 추격해오는 북쪽의 적 바라보는 신세 되었지.

43년 전, 여전히 기억난다. 봉화 타오르던 양주의 길이.

차마 돌아볼 수 없구나,

까마귀 울음과 북소리로 들끓던 불리[11] 사당 아래를.

누구를 시켜 물어볼까, 늙은 염파 아직도 밥 잘 먹느냐고?[12]

千古江山, 英雄無覓, 孫仲謀處. 舞榭歌臺, 風流總被, 雨打風吹去. 斜陽草樹, 尋常巷陌, 人道寄奴曾住. 想當年, 金戈鐵馬, 氣呑萬里如虎.

元嘉草草, 封狼居胥, 贏得倉皇北顧. 四十三年, 望中猶記, 烽火揚州路. 可堪回首, 佛狸祠下, 一片神鴉社鼓. 憑誰問, 廉頗老矣, 尚能飯否?


이 사의 행간에는 금나라에 항거하는 작가의 강한 의지가 엿보인다. 이는 신기질의 또 다른 걸작 「남향자南鄕子·등경구북고정유회登京口北固亭有

점령당했기 때문에, 유유는 경구京口에서 북벌을 도모하여 남연南燕·후진後秦·동진東晋을 물리치고 왕이 되었다.
**11** 역자 주: 불리佛狸는 북위北魏 태무제太武帝 척발도拓跋燾(408~452)의 어릴 적 이름이다. 척발도는 왕현모王玄謨의 군대를 격파한 후 장강 북쪽에 있는 과보산瓜步山까지 추격하고, 산 위에 행궁을 세웠는데 후세에 이를 불리사佛狸祠라고 칭하였다.
**12** 역자 주: 염파廉頗는 전국시기 조나라의 장수이나 만년에 파직되었다. 조趙나라 왕은 진秦나라의 잦은 침입 때문에 염파를 기용하고 싶어 사자使者를 파견해 그를 관찰하게 했다. 사자는 염파와 사이가 나쁜 곽개郭開의 뇌물을 받고, 조나라 왕에게 염파가 늙었는데도 밥을 많이 먹고 자주 대변을 본다는 험담을 하였다. 이에 조나라 왕은 그가 늙었다고 생각하여 기용하지 않았다.

懷」의 자매편이라 할 수 있다.

남송의 강기姜夔는 정통 사 작가이다. 그는 음악에도 정통하여 사보詞譜를 지었다. 그러나 지금 사람들은 봐도 이해할 수 없고 그 창법은 이미 실전되었다.

송나라 말기에 이르러 사는 더 이상 창법을 알지 못하게 되었다.

지금 어떤 사람은 사를 짓는 법은 가르칠 수 있어도 시는 짓지 못한다. 사실 오늘날 사는 실제로 통용되기에 부적합하므로, 시를 지을 줄 알아야 한다. 시만이 격앙되고 비분강개하며, 눈물을 흘리도록 감동적인 이야기를 묘사할 수 있다. 그렇지 않으면 소식이나 신기질 같은 인재가 다시 나타나야 한다.

오늘날 우리 민족의 정신을 일깨워주는 것은 사가 아니라 시이다. 시는 인생을 노래하는 것이지 저주와 욕설을 퍼붓는 것이 아니다.

문학을 배우려면 오래된 것을 두려워하지 말고 그것을 전승하고 보존할 수 있어야 한다.

제27장

# 원곡

◆◆◆

　　송사에서 원곡으로 바뀐 후 곡은 사회화되고 평민화되었다. 곡에서 다시 명대明代의 전기傳奇로 바뀐 후 곤곡崑曲이 생겼다.

　　곤곡은 집안의 객실에서 공연이 가능했기에 집에 가기家伎와 극단을 두기도 했다. 주인이 직접 가사를 붙여 이들에게 노래 부르게 했으므로, 주인은 작가이면서 연출자이기도 했다. 이는 마치 셰익스피어가 런던에서 직접 공연을 했던 것과 같다.

　　청나라가 세워진 후 곤곡이 쇠퇴하고 그 자리를 경극京劇이 대신했다. 경극에서 가장 중요한 것은 배우양성소가 있다는 것이다. 이에 대해서는 매란방梅蘭芳의 『무대생활사십년舞臺生活四十年』이라는 책을 참고할 만하다. 매란방은 노래와 연기가 모두 일류인 배우이다. 이전의 것을 전수받은 것도 있지만, 이를 발전시켜 마침내 최고의 예술인이 되었으니 참으로 대단한 인물이라 할 만하다.

　　곡은 시詩·악樂·무舞가 서로 배합되어 있는데, 이 가운데 시의 수준이 떨어졌다. 매란방과 정연추程硯秋(이외에도 양소루楊小樓·개규천蓋叫天·원세해袁世海·언국붕言菊朋·유진비俞振飛·섭성란葉盛蘭·금소산金少山·소장화蕭長華·담흠배譚鑫培·임수삼林樹森·강묘향姜妙香·구성융裘盛戎·주신방周信芳·맹소동孟小冬과 대만의 이동춘李桐春·왕해파王海波·서하徐霞·고정추顧正秋·곽소장郭小莊 등이 있다) 같은 유명배우도 누군가 이들을 위해 노래 가사를 지어주면 그것을 노래했다.

지금 중국대륙에서는 중국 전통의학·경극·각 지방의 희극·무술 등을 제창하는데, 여러 방면의 인재를 양성하면 좋을 것이다.

오늘날 우리가 희극을 개량하려면 극본을 연구하는 것으로부터 시작해야 한다. 예를 들어『수고구고搜孤救孤』와 같은 작품은『사기·조세가趙世家』에서 제재를 취한 것으로 원나라 때부터 이미 공연되었다. 서양 사람인 괴테도 이 극본의 내용을 듣고 큰 감동을 받았다고 한다.

이상으로부터 민간문학의 진화와 발전은 사에서 곡으로, 곡에서 전기로, 그다음 희극으로 진행되었음을 알 수 있다.

원곡에 대해 말하자면 우선 관한경關漢卿에 대해 언급해야 할 것이다. 그는 원나라의 유명한 잡극雜劇 작가이다. 역사 기록에 근거하면 그는 모두 60여 종의 잡극을 창작했지만 지금 18종만 전해진다. 내용은 사회극·애정극·역사극 세 가지로 나눌 수 있는데, 그중 대표적인 작품으로는『두아원竇娥寃』·『호접몽胡蝶夢』·『망강정望江亭』·『배월정拜月亭』 등이 있다.『두아원』은 두아의 비참한 인생 경험을 하소연한 것이다. 그 아버지 두천장竇天章이 과거에 응시하기 위해 과부 채蔡 노파에게 돈을 빌리고, 이로 인해 어쩔 수 없이 딸 서운瑞雲(두아를 일컬음)을 채 노파에게 민며느리로 준다. 혼인한 후 두아는 여러 가지 어려움을 당하지만 그 억울함을 풀어줄 사람을 만나지 못하고, 결국 간교한 탐관오리에 의해 사형을 판결받고 억울한 죽음을 당한다. 그녀의 아버지가 관리가 되어 고향에 돌아와 이 사건을 다시 수사하여 간악한 무리를 사형에 처하고 두아의 억울함을 풀어준다. 이 과정에서 벌어진 많은 우여곡절은 대단히 감동적이다. 다음은 제3절의 한 부분이다.

【정궁·단정호】아무런 이유 없이 국법 어긴 사람 되어 뜻밖의 형벌 당하니, 천지가 떠나가도록 억울함을 호소해보네! 순식간에 떠도는 영혼 되어 저승에 가게 되었으니, 어찌 천지를 원망하지 않으랴.

【正宮·端正好】没來由犯王法, 不提防遭刑憲, 叫聲屈動地驚天! 頃刻間游魂先赴森羅殿, 怎不將天地也生埋怨.

【곤수구】높이 걸린 태양과 밝은 달은 모든 일을 굽어보시고, 귀신은 인간의 생사를 장악하고 있습니다. 천지시여, 맑고 더러움을 분명히 분별하셔야 하거늘, 어찌 도척盜跖과 안연顏淵을 혼동하십니까? 착한 자는 곤궁하고 명도 짧은데, 악한 자는 부귀하고 장수하니 말입니다. 천지도 강한 자는 두려워하고 약한 자는 기만하시니, 이는 상황의 추이에 따라 행동하시는 것입니다. 땅이시여, 옳고 그름도 구분 못하면서 어찌 땅이라 할 수 있습니까? 하늘이시여, 현명하고 어리석음도 판단하지 못하면서 어찌 하늘이라 할 수 있습니까? 아, 하염없이 눈물만 흘릴 뿐입니다.

【滾繡球】有日月朝暮懸, 有鬼神掌著生死權. 天地也只合把淸濁分辨, 可怎生糊突了盜跖顏淵. 爲善的受貧窮更命短, 造惡的享富貴又壽延. 天地也做得個怕硬欺軟, 却原來也這般順水推舟. 地也, 你不分好歹何爲地? 天也, 你錯勘賢愚枉做天! 哎, 只落得兩淚漣漣.

이 잡극은 100여 년 전에 이미 번역되어 유럽에 소개되었고, 서양인들 역시 이를 보고 큰 감동을 받았다. 왕국유王國維는『송원희곡고宋元戲曲考』

에서『두아원』에 대해 "세계적인 비극작품과 함께 놓아도 전혀 손색이 없다"고 평가했다. 관한경은 고된 운명을 타고난 연약한 여자를 생동감 넘치는 인물로 만들었고, 우여곡절이 많은 이야기를 창조하여 사람의 심금을 울렸으니, 참으로 훌륭하다.

관한경과 거의 비슷한 시기의 사람인 왕실보王實甫는『서상기西廂記』라는 유명한 작품을 지었다. 동해원董解元은 당나라 사람 원진元稹의 소설『앵앵전鶯鶯傳』을 개편하여『서상기제궁조西廂記諸宮調』[1]를 창작했다. 왕실보가 다시『서상기제궁조』의 기초 위에서 약간 수정하여 만들어낸 것이 바로 인물 묘사에 뛰어난『서상기』이다. 이는 봉건적인 혼인을 반대하고 자유연애의 풍조를 연 작품이라 할 수 있다.

『서상기』는『최앵앵대월서상기崔鶯鶯待月西廂記』라고도 한다. 다음은『서상기』제4본 제3절의 한 부분이다.


【정궁·단정호】파란 하늘에는 구름이 떠 있고, 땅은 노란 국화로 덮여 있네. 가을바람 세차게 부니, 기러기는 남쪽으로 날아간다. 아침이 오니 누가 서리 맞은 나뭇잎 붉게 물들였을까? 모두가 이별한 이의 눈물이어라.

【正宮·端正好】碧雲天, 黃花地, 西風緊, 北雁南飛. 曉來誰染霜林醉? 總是離人淚.


【곤수구】늦게 만난 것도 한스러운데, 이렇게 빨리 가버리는 당신 원망스러워요. 길게 늘어진 버드나무 가지로도 말 붙잡아 맬 수 없고, 성긴 나뭇가지도 해를 머물게 할 수 없어 한스러워요. 내 님 탄 말 느릿느릿 가고,


**1** 편자 주:『서상기탄사西廂記彈詞』·『현색서상弦索西廂』이라고도 하고, 일반적으로『동서상董西廂』이라고 한다.

내 수레 빨리 따라가면 좋으련만. 이제 막 그리움의 고통에서 벗어났는데 다시 이별이 시작되었어요. 떠나겠다는 한마디 말에 금팔찌 헐거워지고, 멀리서 그대와 이별할 곳 바라보기만 해도 몸이 수척해졌어요. 이 한을 그 누가 알까?

【滾繡球】恨相見得遲, 怨歸去得疾. 柳絲長玉驄難系, 恨不倩疏林掛住斜暉. 馬兒迍迍的行, 車兒快快的随, 却告了相思回避, 破題兒又早別離. 聽得道一聲"去也", 松了金釧. 遥望見十里長亭, 減了玉肌. 此恨誰知?

【일살】청산은 전송하는 길 막아서고, 성긴 나무숲도 내 마음 몰라주니 옅은 연기 저녁 안개 자욱하구나. 석양은 인적 없는 옛길을 비추고, 벼와 기장에 스치는 가을바람에 말 울음소리 들려온다. 나는 왜 수레에 오르기 싫은 걸까? 올 때는 그렇게 조급했건만, 떠난 후엔 어찌 이리 더디 가는 걸까?

【一煞】青山隔送行, 疏林不做美, 淡烟暮靄相遮蔽. 夕陽古道無人語, 禾黍秋風聽馬嘶. 我爲甚麼懶上車兒內, 來時甚急, 去後何遲?

【수미】사방은 산으로 둘러싸여 있고, 석양 아래 말 한 마리 가는구나. 내 가슴을 꽉 메우고 있는 세상의 모든 번뇌, 크고 작은 수레에 어찌 다 실을 수 있을까?

【收尾】四圍山色中, 一鞭殘照里. 遍人間煩惱填胸臆, 量這些大小車兒如何載得起?

『서상기』의 이 부분은 파란 하늘과 노란 국화로 시작하여 산과 석양으로 끝을 맺는데, 두 사람이 이별하는 정경을 대단히 생동적으로 묘사하였다. 수사修辭나 조어造語 역시 참신하면서도 고상하여 원대 희곡의 대표작으로 꼽힌다. 명나라 사람 왕세정王世貞은『예원치언藝苑卮言』에서 원 잡극 가운데 최고의 작품이라고 했고, 호응린胡應麟은『소실산방필총少室山房筆叢』에서 왕실보를 사곡계詞曲界의 사왕思王과 태백太白[2]이라면서 "『서상기』는 그 풍격이 운치 있고 멋스러운데, 이백의 시가 그러하다"고 하였다.

원곡에는 또 '남곡희문南曲戲文'이라는 일파가 있는데, 그 발상지가 절강 영가永嘉이기 때문에 '영가잡극永嘉雜劇'이라고도 한다. 이는 가무와 골계滑稽를 위주로 하고, 창창唱·염념念·주주做·무무舞의 네 가지 요소를 융합하여 이루어졌다. 고칙성高則誠은『조정녀채이랑趙貞女蔡二郞』을 개편하여『비파기琵琶記』를 지었는데, 이는 남희南戲[3]의 시조이다.

『비파기』의 내용은 두 방향으로 전개된다. 하나는 채백개蔡伯喈가 과거 시험을 보려고 서울로 가지만 부귀공명을 추구하다 결국 곤경에 처하고, 다른 하나는 조오랑趙五娘이 어려운 집안 사정 때문에 천재天災와 인화人禍를 당하는 내용이다.『비파기』는 채백개와 조오랑 쌍방의 고락苦樂과 화복禍福을 통해 당시 사회의 모순과 충돌을 심도 있게 폭로하였다. 사람들은 이때가 남희의 발전이 최고조에 이른 시기라고 한다.

원나라 말기에 이르러『형차기荊釵記』·『배월정拜月亭』·『살구기殺狗記』·『유지원백토기劉知遠白兔記』[4]를 합하여 '사대남희四人南戲'라고 지칭하는 사람도 있다.

---

**2** 전목 주: 사왕思王은 조식, 태백太白은 이백을 가리킨다.

**3** 편자 주: 남희南戲는 남송 정권을 따라 지금의 절강·복건 일대로 이동한 희곡 연출 형식으로 원나라에 의해 송나라가 망한 이후 이를 '남희'라고 지칭하였다.『영락대전永樂大典』권1 3991에 수록된『장협장원張協狀元』,『환문자제착립신宦門子弟錯立身』,『소손도小孫屠』는 옛 형식을 그대로 보존하고 있다.『목양기牧羊記』·『형차기荊釵記』등은 명나라 사람이 개편한 것이다.

**4** 편자 주:『유지원백토기』는 간략히『백토기』라고도 한다. 이와 줄거리가 같은 금나라의 희곡『유지원제궁조劉知遠諸宮調』는 모두 12칙則으로 이루어져 있고, 지금은 이 중 4칙이 남아 있다.

이외에 금金·원元시기에는 산곡散曲이 있다. 이는 노래의 가사이고, 시와 사에서 파생된 새로운 시체詩體로 원나라 고유의 시체가 되었으며 당송唐 宋의 시·사와 어깨를 나란히 할 만하다. 산곡은 소령小令과 산투散套 두 종류로 나누는데, 그 차이는 전자는 단일한 곡조로 구성되고 후자는 여러 개의 곡조로 구성되는 데 있다. 사의 전아典雅한 풍격을 따를 것인지 아니면 자유분방한 풍격을 따를 것인지는 모두 작가 본인에게 달려 있다. 다음은 마치원馬致遠의 소령『천정사天淨沙·추사秋思』이다.

메마른 등걸 고목엔 까마귀 깃들고, 작은 다리 물가엔 인가가 있다. 옛 길 가을바람 비루한 말, 석양은 서쪽으로 지고 애간장 녹는 사람 하늘 끝에 있다.
枯藤老樹昏鴉, 小橋流水人家, 古道西風瘦馬. 夕陽西下, 斷腸人在天涯.

다시 장양호張養浩의『산파양山坡羊·동관회고潼關懷古』를 예로 들어보겠다.

산봉우리 올망졸망 모여 있는 듯, 출렁이는 파도 성이 난 듯. 산과 강 안팎으로 에워싼 동관 가는 길. 장안을 바라보며, 머뭇거리는 마음. 슬프구나, 진나라와 한나라가 통치했던 이곳, 궁궐 1만 칸 모두 흙이 되었다. 나라가 흥해도 백성은 괴롭고, 나라가 망해도 백성은 괴롭구나!
峰巒如聚, 波濤如怒. 山河表里潼關路. 望西都, 意躊躇. 傷心秦漢經行處, 宮闕萬間都做了土. 興, 百姓苦! 亡, 百姓苦!

후기의 산곡 작가인 장가구張可久의【황종黃鐘】『인월원人月圓·춘만차운
春晩次韻』같은 작품도 대단히 훌륭하다.

무성한 봄풀 위엔 구름이 어지러이 흩어져 있는데, 뉘엿뉘엿 석양
속 슬픔에 잠겨 있다. 그 옛날 정자에서 이별주 마시고, 잔잔한 호
수에서 뱃놀이하고, 버드나무 아래 말 매어놓았었지. 한바탕 울어
대던 새, 한 차례 내린 밤비, 한 차례 몰아치던 봄바람. 복사꽃 다
떨어지고 말았지. 고운 님 지금 어디에 계실까? 굳게 닫힌 문 안에
낙화 가득하여라.

萋萋芳草春雲亂, 愁在夕陽中. 短亭別酒, 平湖画舫, 垂柳驕驄. 一聲
啼鳥, 一番夜雨, 一陣東風. 桃花吹盡, 佳人何在, 門掩殘紅.

이상의 산곡은 모두 경물을 묘사한 것인데 문사가 청려淸麗하여 지식인
이든 보통 사람이든 누구나 다 함께 감상할 만하다.

# 제28장

# 소설과 희곡의 변천

소설과 희곡은 서양에서는 정통으로 간주되었지만 중국에서는 그렇지 않았다.

중국의 문체는 시에서 사로, 사에서 곡으로, 곡에서 전기傳奇와 희극으로 변화 발전하였다. 신화와 고사故事는 어느 곳에서든 생길 수 있다. 중국에서도 고대시대부터 이미 이것이 존재했는데, 일찍이 문학으로 형성되지 않았을 뿐이다. 서양은 신화와 고사로부터 문학이 생겼다. 그런데 유독 중국에서 문학으로 형성되지 않은 이유는 문화배경이 달랐기 때문이다. 우리는 문학적인 비평의 잣대로 평가할 것이 아니라 역사와 문화적 측면에서 답안을 찾아 중국과 서양이 왜 다른지 설명해야 할 것이다.

중국인은 문학에 많은 노력을 경주하였지만 신화와 고사에 대해서는 그렇지 않았다. 그 원인은 영토가 너무 넓고 각 지방마다 고유의 특성을 가지고 있었기 때문이다. 예컨대 제齊나라와 노魯나라는 각기 태산泰山의 양 옆에 있는데 풍토나 습속이 모두 달랐다. 중국인들은 지역적 성격을 벗어난 문학을 창작해야 한다고 생각하여 고아高雅한 멋을 제창하고 저속한 것은 없애고자 했다. 그러나 이집트와 그리스 등과 같은 나라는 영토가 작기 때문에 지역적 특색을 지닌 신화와 고사를 매우 중시했다.

중국 고대의 자산子産이나 숙향叔向 등은 사상적 관념이 크고도 넓어 고아한 전당에 올릴 수 없는 지역적 특색을 지닌 것들을 경시하였고, 이를 초월한 협력이나 연합을 지나치게 중시하였다. 그러나 서양에서는 이런 주장이 나오지 않았을 뿐 아니라 협력 자체가 불가능했다. 즉 나라와 나라 간의 단결이 불가능하였으니, 영국의 잉글랜드, 스코틀랜드, 아일랜드라 할지라도 협력할 방법이 없었다.

중국은 문자가 이미 통일되었는데, 이는 서양의 각 나라가 서로 다른 문자를 사용한 것과는 대조적이다.

중국은 신화와 고사처럼 지역적 특성을 지닌 속문학을 중시하지 않았고 『시경』과 『초사』를 중시했다.

당시 산동山東에는 '제동야인齊東野人'이라는 말이 있었는데, 바로 장자가 언급한 선진先秦시대 신화집인 『제해齊諧』로서 당시는 고사를 말하는 것이 아주 유행하였다. 초나라에는 지역적 특색을 지닌 신화가 상당히 많았지만, 이 비옥한 땅은 아직 싹이 나오지 않아 보편적인 환영을 받지 못했다.

중국 고대에는 소설가小說家가 있었는데, 이 일파는 구류십가九流十家의 마지막에 해당한다. 『여씨춘추呂氏春秋』에서는 소설과 관련된 많은 자료를 찾을 수 있다.

고대소설 『목천자전穆天子傳』에는 주周 목왕穆王이 서왕모西王母를 만났다는 신화가 실려 있는데, 이는 신기한 이야깃거리이지 소설은 아니다. 『산해경山海經』 역시 지리서이지 신화는 아니다. 이 두 권의 책은 소설이라고 할 수 있지만, 문학이 아니므로 소설이라고 하는 것은 타당치 않다.

한나라 때 역시 소설이라 할 만한 것이 없었지만, 한부漢賦 중 「칠발七發」 같은 체재는 소설과 유사한 면이 있다.

『맹자』와 『장자』 같은 책에도 소설의 재료가 될 만한 것이 약간 들어 있다. 이보다 조금 뒤에 필기筆記라는 문체가 출현했지만 역시 문학적인 소설이 아니다. 『수신기搜神記』는 조목條目을 나누어 서술한 필기이다.

이어서 궁중에 관한 이야기, 예컨대 한 무제나 조비연趙飛燕에 관한 이야기를 다룬 것들이 출현했다. 이는 사람들에게 잘 알려지지 않은 내용들이다. 당시 지방은 수도에서 멀리 떨어져 있었으므로, 사람들은 궁궐에 대한 이야기를 듣는 것을 마치 무슨 비밀 이야기를 듣는 것으로 생각했다. 그러나 이 역시 고상한 자리에 오를 수 있는 문학이나 소설은 아니었다.

따라서 중국 고대에 고사와 신화, 소설 그리고 필기 등이 있었지만 이러한 것들은 결코 문학이 아니었다. 엄격히 말해 문학사에 진입한 소설은 당대唐代에 비로소 나왔고, 『태평광기太平廣記』[1]가 대표적이다.

『태평광기』에서 다룬 내용은 대단히 광범위하여 당대唐代 소설의 대전大全이라 할 수 있다. 중국의 사회사·종교사·경제사·문화사 등을 연구하려는 사람은 참고할 만하다. 이 책은 모두 500권으로 이루어져 있지만 일부 자료는 믿을 만하지 못하다. 그 가운데 '규염객虯髯客과 홍불녀紅拂女' 고사에 관한 기록이 있는데, 이러한 문장은 묘사가 상당히 생동적이지만 반드시 실제 있었던 일은 아니다. 그러나 이 안의 이야기는 정사正史에 기록되어 있지 않더라도 매우 흥미진진하여 사람들을 매료시킨다.

또한 『회진기會眞記』와 같은 소설은 최앵앵崔鶯鶯에 대한 이야기인데, 훗

---

**1** 역자 주: 북송의 이방李昉, 이목李穆, 서현徐鉉 등 14명의 학자가 태종太宗의 명을 받들어 편찬한 소설총집이다. 태평흥국太平興國 연간에 완성되어 책 이름을 『태평광기』라고 하였다. 총 500권과 목록 10권으로 이루어져 있고, 한나라 때부터 송나라 초까지 소설, 필기, 패사稗史 등 475종을 기록하여 고소설 관련 자료가 많이 보존되어 있다.

날 송나라 사람이 개편하여 희곡『서상기西廂記』를 지었다.

당나라 때 소설이라는 문체가 발전하여 유행할 수 있었던 것은 다음과 같은 원인이 있다.

첫째, 당대는 과거시험을 실시한 사회였기 때문에 사람들은 모두 과거시험을 보려고 서울로 갔다. 과거시험은 수험생에게 유일한 정치적 출로였다. 장생張生 역시 과거를 보기 위해 서울로 갔고, 도중에 최앵앵을 만났다. 전국의 수험생은 모두 중앙정부의 시험에 참가할 수 있었고, 계급의 구분 없이 모두 평등했다. 그러나 수험생은 고사장에서 치러지는 시험 외에, 평소 지은 작품의 성과를 가져와서 관직에 있는 진사 출신의 이름난 선배 학자들에게 보여주는 게 관행이었는데, 이를 온권溫卷이라고 한다. 온권을 바치는 목적은 선배 학자가 수험생의 작품을 보고 칭찬하면 시험 전에 명성이 높아져 시험관에게 좋은 인상을 줄 수 있었기 때문이니, 한마디로 쉽게 합격하기 위해서였다. 그런데 진사과의 시험과목인 시부詩賦를 선배 학자에게 보여주면 지루하고 귀찮은 생각이 들 수 있다. 따라서 수험생들은 먼저 소설 체재인 전기傳奇를 창작하여 그들이 소일거리 삼아 읽을 수 있게 했다. 이렇게 하면 쉽게 선배 학자들의 흥미와 호감을 불러일으킬 수 있고, 시험을 보기 전에 좋은 평가도 얻을 수 있었다. 따라서『규염객진虯髯客傳』[2] 같은 부류의 소설인 전기傳奇를 창작하게 되었다. 선배 학자들은 수험생의

---

**2** 역자 주: 당나라 말기 두광정杜光庭이 창작한 전기소설로『태평광기』193권에 수록되어 있다. 이정李靖은 양소楊素의 가기家妓 홍불紅拂에게 반해 함께 야반도주를 하는데, 도중에 협객 장규염張虯髯을 만난다. 이정과 함께 태원太原에 간 장규염은 이세민李世民을 만나게 된다. 장규염은 본래 천하를 제패하려는 야망을 품었지만, 이세민의 풍격이 남다른 것을 보고 자신은 그의 상대가 될 수 없다고 판단한다. 이에 장규염은 모든 재산을 털어 이정에게 주며 이세민을 도울 것을 당부하는데, 과연 그의 예견대로 정관貞觀 10년(635)에 이세민은 왕이 된다. 장규염은 아내를 데리고 떠나 훗날 부여扶餘의 왕이 된다. 이 소설은 후세의 희곡에 많은 영향을 주었으니, 명나라 때 나온 장봉익張鳳翼의『홍불기紅拂記』, 능몽초凌濛初의『규염옹虯髯翁』등은 모두 이를 바탕으로 지어진 것이다.

문필 수준이 어떠한지 보려 했으므로, 수험생들은 앞다투어 재미있고 자극적인 소설 체재의 작품을 창작하여 순조롭게 과거시험에 합격하려고 했던 것이다.

이것이 바로 당나라 소설 발전의 기원이다. 선배 학자에게 문필을 인정받고자 한 동기는 매우 세속적이고 따분하지만, 서양의 호메로스 등이 지은 사시史詩 또한 이보다 더 나을 것이 없다. 이 역시 원래 길거리에서 부르던 노래에 지나지 않았다.

둘째, 중국문학에서 소설이 발전할 수 있었던 또 하나의 원인은 불교가 들어온 후 불교 경전을 쉽게 풀이한 불교 고사가 출현했기 때문이다. 예컨대 석가모니의 일생에 대해 서술한 것을 보면 사실 운문으로 이루어진 장편의 고사라고 할 수 있다. 『백유경百喩經』에서는 각종 비유를 들어 불경 안의 수많은 신화적 고사에 담겨 있는 이치를 설명하였다. 가장 장엄하다고 할 수 있는 『유마힐경維摩詰經』에도 신화적인 내용이 들어 있고, 『능엄경楞嚴經』 역시 그러하다. 종교는 사회적인 성격을 지니고 있고, 프롤레타리아 대중의 것이므로 불교를 선양하기 위해서는 이를 더 보편화·통속화할 필요가 있었다. 돈황에서 발굴된 불교 두루마리에서도 고사를 볼 수 있다. 예컨대 목련존자가 어머니를 구하는 내용의 「목련구모目連救母」 같은 것은 훗날 설창문학인 보권寶卷에 사용되었는데, 이는 매 구가 일곱 글자로 이루어진 운이 있는 백화고사체白話故事體이다. 설령 도교 같은 것일지라도 고사 체재의 문체로 되어 있다.

이상의 두 가지 원인으로 말미암아 당대唐代에 소설이 성행하게 되었고, 마침내 정식 문체의 하나가 될 수 있었다.

송대宋代에 이르러 북을 치며 고사를 들려주는 시가 유행하였다. 육유陸游의 시 가운데 "석양은 조씨 집 마당 늙은 버드나무 비추고, 북을 멘 눈먼 노인 공연을 하고 있네. 죽고 나면 시비를 누가 상관하랴? 온 마을 사람들 채중랑 이야기 듣고 있네"³라는 구절이 이러한 사실을 말해준다. 뒤이어 고사를 말하는 것이 발전하여 희곡『비파기琵琶記』가 나오게 되었다. 송대의 백화운문체白話韻文體가 평화平話로 발전하였고, 여기에서 장회소설이 나왔다.

후에는 혼자 연주하고 노래하던 것이 설서說書·청창淸唱·탄사彈詞 등의 형식으로 바뀌었는데, 연출하는 사람의 말솜씨가 뛰어나 울고 웃고 성내고 욕하며 하는 말들이 그대로 문장이 되었다. 명대明代 말기에는 이러한 활동이 대단히 성행했다. 이후 이런 방법에 변화가 생기면서 장회소설이 출현하였는데, 이는 설서說書에서 발전한 것이다. 예컨대 '무십회武十回'와 '임십회林十回' 등은 무송武松과 임충林冲에 관한 이야기인데, '다음의 일이 어떻게 되는지 알고 싶으면, 다음 회를 들어보시라(欲知後事如何, 且聽下回分解)'라는 식으로 뒤를 예고하는 말이 있는 것도 바로 이 때문이다. 시내암施耐庵이『수호전水滸傳』을 쓰기 전에 설서說書는 이미 사람들에게 널리 알려져 있었다.

문장은 단지 쓰는 것에만 의지하는 것이 아니라, 읽을 수도 있고 낭송할 수도 있고 심지어 노래할 수도 있어야 한다. 옛날 소동파는 다른 사람을 대신해 문장을 낭독한 적이 있는데, 그 문장의 내용과 문필의 가치가 1점이라면 자신의 낭독은 9점에 해당한다고 말한 적이 있다.

문장을 학습할 때 창작은 당연히 모방보다 힘들다. 그러나 창작하기 전에 먼저 모방을 해도 상관없다. 창작은 객관적인 조건이 밑받침되어야 이루어질 수 있기 때문이다.

대체적으로 말하면 송사宋詞는 당시唐詩를 계승하였고, 원곡은 또 송사

---

**3** 斜陽古柳趙家莊, 負鼓盲翁正作場. 身後是非誰管得? 滿村聽說蔡中郎(「小舟游近村舍舟步歸」).

를 계승하였으며, 이어서 원곡이 변하여 명대의 곤곡이 되었고, 청대에 이르러 또 경극이 흥기하였다. 그리하여 중국문학사에서 소설과 희곡이 한 분야를 차지할 수 있게 되었다. 경극이라는 이 희곡도 세대를 거쳐 계승되었으니, 그 안에는 『시경』의 요소가 함유되어 있다. 『시경』의 풍·아·송은 연출할 수도 있고 노래 부를 수도 있었기 때문이다.

중국문학은 대대로 전승된 것이므로 일맥상통한다. 5·4운동 이래 일부 사람들이 신문학을 제창하면서 경극과 그 이전의 문학은 구문학이므로 모두 버려야 한다고 주장하였는데, 이는 매우 불합리하다. 또한 신문학은 서양문화와 연계되어 있기 때문에 중시할 가치가 있고, 구문학은 모두 진부한 것이라고 생각해서도 안 된다. 이는 자식이 생겼다고 해서 부모를 버리고 돌보지 않는 것과 같다. 중국 전통문학은 끊임없이 성장하고 번성하는 영원한 생명력을 지니고 있다.

# 제29장

# 명청 고문

◆◆◆

명대에는 복고를 주장하는 일파가 있었는데, 명대의 대신 왕세정王世貞 등
이 이에 참가하였다. 묘당파廟堂派[1]였던 왕세정은 문장의 수식을 중시하
였다.

동시기의 사람인 귀유광歸有光은 당송팔대가 중 구양수와 증공, 그리고
『사기』의 문장을 학습하였다. 특히 『사기』에 수록된 평범한 여자들의 자질
구레한 이야기와 「외척열전」 등을 좋아하였고, 문장은 자연스러워야 한다
고 주장하였다.

훗날 귀유광의 문장은 문학의 정종으로 인정받았다. 그는 서양의 셰익스
피어와 동시대 사람이다.

학술이 위대한 것은 자유가 있다는 데 있고, 후세의 공정한 평가를 받을

---

1 역자 주: 묘당廟堂은 임금이 제사를 지내고 국정을 논의하는 장소 혹은 조정을 가리
키는 말이다. 묘당파는 통치계급의 공덕을 칭송하는 내용의 문학을 짓는 일파를 말한다.

수 있다는 데 있다. 어느 누구도 억지로 강요할 수 없다.

명대의 귀유광 이후 청대에 이르러 당송팔대가를 숭상한 요내姚鼐, 요내의 스승 유대괴劉大櫆, 유대괴의 스승 방포方苞가 나왔다. 그들 삼대는 모두 귀유광을 학습하였고, 안휘安徽 동성桐城 출신이다. 당시는 고증학이 성행했지만 동성파桐城派는 문학을 제창하였다. 그들이 가장 노력을 기울인 것은 『사기』인데, 『귀방평점사기歸方評點史記』[2]를 남겼다. 귀유광은 붉은색 원을, 방포는 파란색 원을 사용하여 평점하였는데, 두 사람이 모두 표시를 한 부분은 원이 중첩되어 있고, 중요한 부분은 원과 삼각형 표시가 있으며, 전환이 이루어지는 중요한 부분은 삼각표 점으로 처리하였다. 또한 점과 원이외에 주석도 달았다. 이 책은 문장을 짓는 방법을 말한 것이다. 그러나 그들은 길만 제시해주었을 뿐이고, 그다음은 본인이 달려가야 한다.

요내는 『고문사류찬古文辭類纂』을 편찬했는데, 이 책은 문장을 문체에 따라 분류하였다. 고금의 모든 문장을 13종류로 나누었는데, 변문駢文과 소騷는 사辭로 분류하였고, 당송팔대가의 작품을 선별하여 수록한 뒤에 귀유광·방포·유대괴의 작품도 수록하였다. 유대괴의 문장은 수준이 비교적 떨어지지만, 요내는 열 편 가까이 수록하였다. 사람들은 이에 대해 뒷공론을 하였다. 당시 '귀방歸方'·'방요方姚'라는 말만 있고 유대괴를 언급하지 않은 것은 바로 그의 문장 수준이 떨어졌기 때문이다.

방포·요내와 같은 시기에 활동하면서 한학漢學을 중시했던 고증학파는 파벌에 대한 편견을 가지고 있었고, 송대의 학술을 경시하였지만, 사실 송대 학술은 대단히 우수하다. 한학자들은 학술뿐만 아니라 문장도 송대의 것은 언급하지 않았다. 그들은 한유의 문장도 언급하지 않았고, 『문선文選』

---

**2** 편자 주: 청淸나라 동성파桐城派 고문가인 광서廣西 출신 왕증王拯은 『귀방평점사기합필歸方評點史記合筆』을 편찬했는데, 이는 귀유광과 방포의 『사기』에 대한 권점圈點·평론·주소注疏·고거考據 등을 체계적으로 통합하고 여기에 자신의 의견을 더한 것이다.

을 배워야 한다고 주장했다.

청대에는 저명한 학자가 몇 사람 나왔는데, 그들 역시 위진魏晉만 배우고 당송唐宋은 배우지 않았다. 도광道光 연간에 증국번曾國藩이 나왔는데, 그는 진사가 된 후 북경에 갔다가 유연히 요내의 제자 매백언梅伯言을 만났다. 훗날 증국번 역시 동성파의 고문을 배웠다. 증국번은 일생을 군영에서 생활했지만 열심히 글을 읽었고, 『경사백가잡초經史百家雜鈔』라는 책을 편찬했다.

요내는 『사기』를 배웠지만 증국번은 『한서』를 배웠다. 훗날 증국번은 상향파湘鄕派라고 불렸는데, 사실 이는 동성파桐城派에서 나왔다. 증국번의 사대제자四大弟子 중 한 사람인 오지보吳摯甫[3]는 북경대학의 전신인 경사대학당京師大學堂 교장을 지냈고, 엄복嚴復은 귀국 후 저서를 출판할 때마다 그에게 서문을 써달라고 했다. 훗날 북경대학 중문과에는 동성파라고 불리는 일파가 있었다.

동성파를 반대하고 한위漢魏의 문장을 추중하던 또 다른 일파인 고증파考證派는 청나라 말까지 전해졌는데 장태염章太炎으로부터 나왔다. 그의 스승 유곡원兪曲園이 한학자였기 때문에 장태염의 문장은 선체選體[4]의 풍격을 지니고 있다.

당시 양호파陽湖派 고문가들은 동성파의 문장이 단조롭다고 생각하여 제자백가의 문장과 한부漢賦를 제창하였다.

『문선』을 배우는 사람들은 선진제자의 문장도 함께 배웠다. 당시 『문선』과 제자백가의 문장을 배운 사람으로는 왕중汪中과 공자진龔自珍, 그리고

---

**3** 편자 주: 오지보(1840~1903). 북경대학의 전신인 경사대학당의 총교습總敎習(총장)을 지냈다.
**4** 편자 주: 육조六朝시대의 대표적인 문장은 『소명문선』에 수록되어 있기 때문에 이를 선체選體 혹은 선파選派라고 부른다.

장태염이 있다. 장태염의 제자가 북경대학에서 학생을 가르쳤기 때문에 북경대학에서도 선파選派가 나왔다. 북경대학에 있던 문선파文選派와 동성파는 5·4운동 이후 모두 타도되었다.

5·4운동에서 백화문을 제창한 이후 문학이라 할 만한 작품들이 더 이상 나오지 않았다. 대학에서는 언어와 갑골문, 인물과 작품에 대한 고증만 강의하고 문학을 언급하지 않았다. 문학과 관련된 학과에서 들을 수 있는 수업은 단지 언어와 문자, 고증에 관한 것뿐이었다. 이는 심각한 결과를 낳았으니, 30년이 지난 지금의 청년들은 국문 기초가 전혀 없다.

장태염은 만년에 소주蘇州에서 국학 강좌를 열었는데, 이 시기 그의 문장 풍격은 동성파에 가깝고 쉽게 이해할 수 있었다. 그는 사람들에게 문장을 배우려면 동성파로부터 시작해야 한다고 가르쳤고, 자신도 일찍 동성파를 배우지 않은 것을 후회했다.

근대 들어 동성파의 고문을 잘 아는 사람으로는 양계초梁啓超를 들 수 있는데, 그 역시 동성파를 배워야 한다고 생각했다. 그러나 양계초 본인의 문장은 동성파와 달리 거침이 없고, 방대하며, 산만하다. 그러나 훌륭한 문장도 있으니 예컨대 「이재소위국체문제자異哉所謂國體問題者」와 같은 것이 그러하다.

내 친구 중에 호적胡適의 문장이 기발하고 생동감 있는데, 매우 신경을 써서 지은 문장이지 되는 대로 쓴 것이 아니다. 나는 호적의 이론에는 반대하지만, 그의 문장은 아주 훌륭하여 지금까지 큰 영향력을 발휘하고 있다. 호적의 문장은 여전히 내용이 풍부하지만 지금 사람들은 이해하기가 쉽지 않다. 청년들의 국문 기초가 부족해 수준이 떨어졌기 때문이다.

지금 젊은이들은 2000년 전의 문장을 볼 줄 알아야 하고, 50년 전의 영어책을 볼 줄 아는 수준이 되어야 한다. 학술계에서 자유롭게 활동하려면 3~5년의 시간을 들여 고문과 영어를 자유자재로 읽을 줄 알아야 한다. 학술계에서 자유로우면서도 독립적인 사람이 되는 방법은 바로 책을 읽는 것이다.

동성桐城 출신인 요내는 자신의 서재 석포재惜抱齋에서 『고문사류찬』을 편찬했는데, 이 책은 서문을 먼저 봐야 한다. 이 책은 문장을 열세 가지 종류로 나누었는데, 다음과 같다.

> 1. 논저論著 2. 서발序跋 3. 주의奏議 4. 서설書說 5. 전장傳狀 6. 비지碑志 7. 증서贈序 8. 잡기雜記 9. 애제哀祭 10. 사부辭賦 11. 잠명箴銘 12. 송찬頌贊 13. 조령詔令

위의 열세 가지 분류 가운데 논저와 서발은 '자子'에 속하는데, 이는 학술 및 사상과 관련된 문장으로 서序는 앞에 두고, 발跋은 뒤에 둔다. 예를 들어 두예杜預는 『좌전』에 주석을 단 후 책 앞에다 서를 한 편 썼다. 혹자는 저술을 완성한 후 다른 사람에게 책을 소개하는 서를 써달라고 하기도 했는데, 어떤 사람은 문장을 읽은 후 '발'을 쓰기도 했다.

주의·서설·전상·비지 네 가지는 '사史'에 속한다. 주의는 하급자가 상급자에게 올리는 글이고, 조령은 상급자가 하급자에게 내리는 글이다. 서설은 유세의 문장이고, 전장은 전기傳記로 정사正史의 문장이다. 비지는 사람이 죽으면 묘지 위에 비석을 세우는데, 무덤 안에 넣은 것은 묘지墓誌라고 하고, 마지막 몇 구절은 압운을 한 명문銘文을 적는데 이를 묘지명墓誌銘이라고 한다. 이러한 문체는 동한 이후부터 시작되어 청대까지 성행했다. 개인적인 역사를 기록한 것을 비碑·장狀·지志라고 부르는데 정식적인 성격의 전傳은 쓸 수 없다. 한유의 「오자왕승복전圬者王承福傳」과 유종원의 「종수곽탁타전種樹郭橐駝傳」은 결코 정식적인 전傳이 아니다.

증서와 잡기는 모두 응대의 글이다. 잡기는 어떤 것이든 모두 기록할 수 있으니, 예를 들어 일반 가정의 작은 건축물이나 명승고적 등에 대한 것도 모두 해당한다. 중요한 교제交際인 경우 모두 기록을 남겼는데, 예를 들어 사마천의「보임소경서報任少卿書」는 후세에 전해질 만한 훌륭한 편지글이고, 동한 시기의 조조와 조비·조식 삼부자 역시 훌륭한 편지글을 남겼다.

애제는 제문祭文에 해당한다. 사부·잠명·송찬은 소품문이다. 사부는 운이 있는 문장이고, 잠명은 다른 사람을 격려하거나 권고하는 글로 기물器物에 새길 수 있으며, 송찬은 화상畫像을 칭송한 것이다.

조령은 앞에서 말했듯이 상급자가 하급자에게 내리는 지시나 명령으로, 예컨대 군왕이 대신에게 내리는 글 같은 것이다.

요내의『고문사류찬』은『소명문선』에 비해 훨씬 발전하였다.

모든 사물에는 장점이 있으면 반드시 단점이 있기 마련이니, 천하 만물 가운데 이러하지 않은 것이 없다. 중국은 문풍이 널리 보급되었다. 예를 들어 무수히 많은 사람들이 죽은 한 사람을 위해 제문祭文을 지을 수는 없지만, 제문마다 아주 훌륭한 구절이 있기 마련이다. 그러므로 이것들은 훗날 만련挽聯[5]으로 변하였다.

사실 대련對聯은 문장으로부터 변화된 것이고, 중국인의 대련은 대단히 풍부한 의미와 내용을 담고 있다. 예컨대 청대의 완원阮元은 양광총독兩廣總督을 지내며 학해당學海堂 서원을 만들고, 또한 운귀총독雲貴總督으로 있을 때는 전지滇池에 있는 아름다운 건축물에 수십 글자로 이루어진 대련을 지었는데,[6] 이 안에는 역사·인물·풍경에 대한 내용이 모두 들어가 있다. 그러므로 서발序跋은 모두 생략하고 대련으로도 대신할 수 있다. 훗날 대련이 너무 많아졌고 의미 없는 것들도 나왔지만, 규모가 큰 정원이나 경

---

**5** 역자 주: 장례를 치르거나 제사를 지낼 때 사용하는 대련對聯.
**6** 편자 주: 청나라 강희康熙 연간에 손염옹係髯翁이 곤명대관루昆明大觀樓에 대한 장편의 대련을 지었는데, 도광道光 초기에 완원阮元이 이를 고쳤다.

치가 빼어난 곳에는 여전히 훌륭한 대련이 있다. 일례로 소주蘇州 유원留園에 있는 도향촌稻香村의 초정草亭 위에 걸린 편액을 들 수 있는데, 거기에는 "그 서남쪽의 여러 봉우리와 협곡이 특히 아름답다(其西南諸峰林壑尤美)"라는 구양수의 말이 새겨져 있다. 이는 눈앞의 정경에 대한 감흥을 표현한 아주 적절한 말이다. 훗날 응대의 문장은 너무 익숙하다보니 서序를 써주는 것으로부터 잡기雜記로, 대련對聯으로, 타유시打油詩[7]로 변하며 속화俗化되었다. 5·4운동은 문학이 인생에 부합할 것을 제창했는데, 사실 이러한 문학은 고대부터 이미 있어왔다. 단지 지나치게 고리타분했을 뿐이다.

서지마徐志摩는 타고르를 환영하기 위해 「태산일출泰山日出」[8]을 지었지만, 이는 결코 중국의 문학 정서에 부합되지 않는다. 요내의 「등태일기登泰山記」 같은 작품은 이를 능가할 만한 사람이 없다. 이 문장은 문어체이고 많은 전고를 사용했는데, 백화문이 미칠 수 있는 바가 아니다.

동양문화를 연구하는 한 미국 학자가 나를 방문하러 두 차례 홍콩에 왔을 때, 타고르와 관련된 문헌이 아직 중국에 존재하는지 물었다. 타고르가 중국에 온 적은 있지만 애석하게도 남아 있지 않다.

오늘날 중국인의 인생은 사실 너무 무미건조하여 안타까운 생각이 든다.

서양인들은 전기傳記를 아주 중시한다. 서양의 영향을 받아 양계초는 「삼십자술三十自述」을, 호적은 「사십자술四十自述」을 썼다. 중국인들은 항상 시와 문장을 썼기에, 그 후 일생이 모두 사료史料 속에 들어 있다.

청대 사람들은 매일 일기를 썼다. 위대한 사적은 일상적인 인생 안에 있고, 이는 모두 문학에 집어넣을 수 있다.

---

**7** 역자 주: 시체詩體의 하나로 시구와 내용이 통속적이고 해학적이며, 평측平仄과 운율韻律에 구애받지 않는다.

**8** 편자 주: 20세기 20년대에 타고르가 중국을 방문하기 전, 서지마는 『소설월보小說月報』의 편집장인 정진탁鄭振鐸의 요청에 응해 「태산일출」을 썼는데, 1923년 9월 『소설월보』 제14권 제9호에 게재되었다.

동성파 고문의 폐단은 웅대의 문장으로 변한 것이다. 이들 고문학가들은 귀유광을 배웠고 이를 문학으로 간주하였다. 물론 그 가운데 일부는 훌륭한 것도 있다.

증국번에 이르러 문학은 다시 경經·사史·자子로 돌아가게 되었다. 그가 편찬한 『경사백가잡초』는 요내의 『고문사류찬』과는 성격이나 풍격이 다르다. 증국번은 "고문古文으로는 모든 것을 표현할 수 있지만, 이치를 말하는 것만은 적합하지 않다"[9]라는 명언을 남겼다. 이른바 '문이재도文以載道'라는 말이 있는데, 어찌하여 고문으로 이치를 말할 수 없다는 것인가? 당송 시기의 고문가들은 시로 문장을 지었는데, 시는 이치를 말하기에 적합하지 않기 때문이다. 증국번이 고문으로 이치를 말하는 것이 옳지 않다고 한 이유는 바로 여기에 있다.

나는 백화문으로 감정을 표현하는 것이 쉽지 않다고 생각하였으므로 "백화로 모든 것을 표현할 수 있지만, 오직 감정을 표현하는 것만은 적합하지 않다"고 했다.

중국인은 시로 유희를 하였고, 잘 지어진 산문은 감정을 표현할 수 있었다. 그러나 백화로 감정을 표현한 문장 가운데 뛰어난 것은 좀처럼 보기 어렵다.

중국은 문언체로 감정을 표현한 문장들이 이미 최고의 경지에 이르렀는데, 이는 서양에서는 볼 수 없는 현상이다.

중국 희극은 동작은 무용화되고 대사는 음악화되었으며 화장은 회화화되었는데, 이 세 가지가 희극에 모여 있다. 중국인의 인생은 시 속에 표현되었는데, 시가 구체화된 것이 산문이다. 서양인의 인생은 희극에 표현되고, 희극이 구체화된 것이 소설이다.

---

**9** 古文無施不可, 惟不宜說理耳.

중국문학의 정통은 시문이라고 할 수 있는데, 이것은 객관적인 견해이다. 『수호전』과 『홍루몽』 등은 단지 소일거리일 뿐이다.

당대唐代의 불경과 송대의 어록語錄 등에도 모두 백화白話가 있지만, 이러한 백화가 5·4운동 이래의 백화와 유사한지 아닌지는 단정할 수 없다. 그러나 호적은 『백화문학사白話文學史』를 지을 때 이를 모두 백화의 범주 안에 포함시켰다.

예를 들어 『초사』 중 "나의 아버지는 백용伯庸이다"[10]라는 말은 절대 백화가 아니다.

문장에는 체體와 용用[11]이 있는데, 오늘날 백화로 묘사할 수 있는 문체는 너무 적어서, 소설·희극·서신·신문 기사·논문 등과 같은 것만 있을 뿐이다.

중국에서 백화문으로 인민을 질책한 문인은 노신魯迅 이외에 오치휘吳稚暉가 있다. 영한寧漢이 분열되었을 때,[12] 오치휘는 장개석을 도와 호한민胡漢民을 매도하여 승리할 수 있게 하였다. 인민을 질책한 노신의 문장은 청년들에게 큰 영향을 주었다. 오치휘의 문장은 거칠고 저속하지만, 노신의 문장은 신랄하고 냉정하면서도 세련미가 있다. 객관적으로 볼 때 『눌함吶喊』에 수록된 소설은 아주 훌륭하다. 그러나 그가 고문으로 번역한 『역외소설집域外小說集』은 많은 노력을 기울였지만 임서林紓만 못하다.

공산당의 문장은 이치를 말하는 데는 뛰어나지만 문학적인 수준은 떨어진다. 즉 문장이라고는 하지만 온정과 성정이 없다. 문학은 온정에 의지해야지 열정과 냉정은 모두 지나치다.

---

**10** 朕皇考曰伯庸.
**11** 역자 주: 체體는 형질形質을 말하고, 용用은 형질을 적절히 사용하는 것이다.
**12** 편자 주: 영寧은 남경南京을, 한漢은 무한武漢을 가리킨다. 영한寧漢이 분열되었다는 것은 1927년 장개석과 왕정위汪精衛가 분열을 일으킨 것이다.

중국은 근래 수십 년 이래로 순문학을 창작한 사람은 노신 한 사람뿐이라고 할 수 있다. 그러나 그의 신랄하면서도 냉정한 문장 체재가 후세에도 이어질 수 있을지 의문이다.

오늘날 문학은 이미 창작이 이루어지지 않으면 안 되는 시대에 이르렀다. 전 세계의 문학은 이미 몰락했다. 영국과 미국 역시 대문학가가 나오지 않는 상황이다.

## 섭룡이 덧붙인다 1

전목은 본문에서 오늘날 청년들의 국문 기초가 부족하고 수준이 떨어진다고 언급했다. 1960년, 선생은 미국 예일대학에서 반년 동안 강의를 했는데, 나는 당시 신아연구소新亞硏究所를 졸업하고 홍콩의 한 중학교에서 문학과 역사를 가르치고 있었다. 나는 선생에게 안부를 묻고 근황을 보고하는 편지를 보냈는데, 뜻밖에도 1000글자가 넘는 회신을 받았다. 그의 편지는 중국문학을 사랑하는 모든 이들에게 참고가 될 만하다. 그중에는 다음과 같은 말이 있다.

이른바 사람 노릇과 학문을 하는 것은 하나로 관통되어 있다고 하는데, 이것으로부터 체험할 수 있다네. 최근 요내의 『고문사류찬』을 정독하였는데, 먼저 한유로부터 입문하여 순서에 따라 유종원·구양수·왕안석·증공 네 사람의 작품을 읽고, 그런 다음 소씨 부자의 작품을 읽었네. 이들의 시문을 읽을 때, 연보와 후인들의 평가나 주석을 참고할 수 있다면 더욱 좋을 것이네. 신아연구소와 맹씨도서관孟氏圖書館에서도 이를 빌려볼 수 있을 걸세. 요내의 『고문사류찬』을 읽으면 증국번의 『경사백가잡초』는 이미 반은 읽은 것이나 다름없네. 이 두 책으로부터 입문하면 학문의 정도를 걷게 될 것일세. 게을리 하지 않고 오랫동안 이어나가면 일이 년도 안 되어 기초가 세워질 것이므로, 이 길을 따라 노력하는 것이 중요하네. 『증문정공가훈曾文正公家訓』·『구궐재수필求闕齋隨筆』·『명원당논문鳴原堂論文』 등은 『증문정전서曾文正全書』에서 읽어보기 바라네. 분명 최근 자네가 하고 있는 연구에 계시를 줄 것일세. 문장을 읽는 것뿐 아니라 동시에 시도 읽으면 좋겠네. 주로 증국번의 『십팔가시초十八家詩鈔』에 수록된 시를 읽으면 되는데, 먼저 좋아하는 한두 사람의 작품을 골라 읽고, 그다음 다시 한두 사람의 작품을 골라 읽게. 먼저 18명의 작가를 다 읽어야 할 것일세. 적어도 열 명의 작가는 읽어야 할 것일세. 매일 반드시 시 몇 수는 읽어야 하네. 조급해하지도 말고, 많이 읽으려고 욕심내지도 말게. 꾸준히 지속하면 내면에 축적될 것일세. 문장 또한 시를 읽듯이 이렇게 읽어야 하네. 여유롭게 뜻을 음미해야만 비로소 깊이를 더할 수 있다는 것을 반드시 기억하게. 학문을 하는 사람은 반드시 평범함을 뛰어넘는 생각을 가지고 있어야 하네. 자네는 성정이 온후하고 한결같은 사람이라 깊이를 더해갈 수 있을 것이라 생각하네. 왜냐하면 시와 문장은 모두 성정에 근본을 두기 때문일세. 만약 세속의 한계를 뛰어넘는 생각은 갖지 못하고 단지 성정만 이러하다면, 결국 평범한 사람만 될 것일세. 지금까지 시와 문장에 뛰어난 사람치고 세속을 초월한 고아한 품격을 가지지 않은 사람이 없었네. 자네가 이런 방법으로 정성스럽게 문장을 읽어 얻는 바가 있다면, 날로 포부와 기상이 높아지고 식견이 깊어지며, 성정 또한 진지하고 돈독하게 될 것일세. 예술과 도덕은 각기 문학의 일면이므로 예술에 대한 포부나

도덕적인 수양이 없다면 문학의 가장 높은 경지도 볼 수 없을 것일세. 문장을 읽으면 반드시 그 사람의 정신이나 웃는 모습이 마치 눈앞에 있는 것처럼 해야 하네. 그래야만 발전이 무궁할 것일세.

## 섭롱이 덧붙인다 2

전목은 동성파의 고문학자 귀유광에 대해 언급한 적이 있다. 다른 곳에서도 명대에 비교적 훌륭한 고문가는 귀유광 한 사람뿐이라고 말했다. 이는 동성파가 『좌전』과 『사기』, 당송팔대가의 고문을 추존하였고, 귀유광 역시 그러했기 때문이다. 예컨대 『귀방평점사기歸方評點史記』는 귀유광과 방포가 함께 『사기』를 평점한 것으로, 전목은 이에 대해 본문에서 이미 자세히 언급했다. 귀유광의 고문은 본래 구양수와 증공을 배웠다. 사실 방포가 귀유광의 문장을 평가한 내용 중에는 좋고 나쁜 평가가 반씩 섞여 있다. 방포는 「서귀진천문집書歸震川文集」에서 이렇게 말했다.

예전에 내 친구 왕원王源은 귀유광의 문장이 깊이가 없고 평범하다고 생각했다. 그러나 장자초張自超는 "귀유광의 문장은 당송팔대가의 울타리를 부수고 사마천의 심오함에 근거를 두었다"고 하였다. 이 두 사람은 모두 식견을 갖춘 사람으로 나름의 견해를 말했지만 전체를 보지는 못한 것 같다. 귀유광의 산문은 고향의 이웃들과 주고받은 것이 열 편 가운데 예닐곱은 차지하고, 문장을 요청하는 사람의 뜻을 따르다보니 상투적인 구절과 자질구레한 내용이 많다. 비록 세속적인 말을 벗어나려고 했지만 어찌할 도리가 없었다. 친한 벗을 위해 쓴 문장과 아랫사람을 위해 격식에 구애받지 않고 나오는 대로 적은 문장은 대체로 고문의 풍격에 가깝다. 가까운 친척을 애도하기 위해 쓴 문장 가운데 특히 뛰어난 것은 수식하지 않았는데도 내용과 문사가 모두 훌륭해 읽는 사람을 슬픔에 잠기게 한다. 그 풍격은 아마 사마천을 배운 것 같고, 구양수와 증공의 문장도 배워 그 형식에 변화를 줄 수 있었던 듯하다. 문장의 체재 면에서 보면 귀유광의 문장은 나름 괜찮다고 할 수 있다. 그러나 내용이 충실한 문장은 드물다. 또한 문사가 전아하고 간결하다고 일컬어지는 문장 역시 여전히 통속적이고 지나치게 번잡하다. 지금 유행하는 문체를 배우는 데 진력하느라 고문은 잘 지을 수 없었던 것인가? 아니면 문장을 짓는 것만 중점적으로 배웠기 때문에 이 정도 수준에 그쳤던 것인가? 한나라 이전의 책에는 순수한 것과 순수하지 않은 문장이 섞여 있으나 모두 후세 문인들이 미칠 수 있는 바가 아니다.[후1]

위에서 방포는 귀유광에 대한 두 친구의 전혀 다른 평가를 인용하였고, 그런 다음 자신 역시 귀유광의 문장에는 뛰어난 부분도 있고 그렇지 못한 부분도 있다고 하였다. 결론적으로 귀유광의 고문은 문사에는 뛰어나지만 이치를 밝히는 데는 부족하다는 것이다.

한편 증국번은 귀유광의 문장은 증공이나 왕안석과 비교할 수 없고, 방포와도 함께 거론할 수 없으며, 귀유광이 지은 증서贈序·하서賀序·사서謝序·수서壽序 등은 모두 필묵만 낭비한 의미 없는 작품이라고 평가했다. 그러나 임서林抒는 귀유광을 두둔하여 "증국번은 귀유광에게는 대작이 없다고 비웃었지만, 나는 그의 작품을 읽고 배를 움켜쥐고 웃었다. 증국번은 재상이고, 귀유광은 지현知縣으로 있다가 태복사승太僕寺丞으로 발령받았다. 증국번은 남경을 수복하였고, 귀유광은 평범하게 일생을 마쳤다. 시골에 사는 사람에게 조정의 정사를 살피지 않는다고 탓하는 것이 옳은 일인가? ……귀유광의 문장 중에는 수서壽序가 지나치게 많은데, 어쩌면 후인들이 손에서 놓지 못할 정도로 좋아했기 때문일 수도 있다. 그러므로 귀유광을 탓할 수 없다"고 하였다.

동성파 문인 가운데 요내의 제자인 유개劉開는 문장을 지으려면 순서에 따라 단계적으로 배워야 한다면서, 초학자들은 귀유광과 방포로부터 시작하여 당송팔대가를 배우고, 다시 『사기』와 『한서』로 나아가야 한다고 했다. 이는 귀유광과 방포로부터 입문하여 당송팔대가와 『사기』까지 거슬러 올라가라는 말이다. 그러나 귀유광이 동성파에 속할 수 있었던 것은 방포와 함께 주로 『사기』를 중시하여 세상에 『귀방평점사기』를 전했기 때문이다. 방포는 이렇게 말한 적이 있다. "당송팔대가 이후 700여 년 동안 이렇다 할 작가가 나오지 않았는데, 만약 귀유광이 그 뒤를 잇지 않았다면 동성파의 문학 전통은 끊어졌을 것이다."[13] 그러므로 유대괴와 요내 역시 귀유광의 문장을 대단히 칭찬하였다. 본래 귀유광은 구양수와 증공의 문장을 배웠고, 이로써 동성파의 고문이 전승될 수 있었다.

유대괴는 귀유광의 문장을 좋아하여 『귀진천문집歸震川文集』을 편찬하였고, 또한 『당송팔가문초唐宋八家文鈔』를 편찬하였는데, 귀유광의 문장이 옛 사람들의 문장을 짓는 취지에 부합한다면서, 무려 33편이나 수록하였다.

유대괴의 제자인 요내 역시 귀유광의 문장을 매우 흠모하여 다음과 같이 말했다.

문장에 대해 논한 귀유광의 깊이 있는 견해를 방포가 보지 못했다고 평한 것은 대단히 옳다. 방포는 지금 이 시대 사람들 중에서는

---

13 古文自唐宋八家以後七百年來無人, 如無歸氏接續, 則于桐城派文統有所中斷.

가장 뛰어나다고 할 수 있지만, 옛사람과 비교하면 깊이가 없다. 방포는 『사기』를 읽었지만, 『사기』의 방대하고 심오하고 담백한 것은 포괄하지 못하고 화려함만 얻었다.[후2]

이는 『사기』에 대한 이해 정도가 귀유광보다 방포가 더 못하다는 뜻이다. 따라서 귀유광의 문장은 하자도 있지만 장점도 있다는 것이다. 또한 요내는 귀유광의 문장이 운치가 있으면서도 담백한 것은 사마천 문장의 정수를 이어받았기 때문이라고 했다. 그러므로 귀유광의 문장은 족히 동성파의 대열에 들어갈 만하다고 하였다.

전목은 동성파에 대해 설명하면서 방포·유대괴·요내 세 명에 대해 언급했지만, 너무 간단하여 다소 보충하고자 한다. 1961년, 나는 신아서원에서 대학 1학년 학생들에게 국문을 가르쳤을 뿐 아니라 신아연구소의 연구원을 겸직하였다. 당시 선생은 '동성파고문'을 연구하고 있던 나를 지도해주었는데, 훗날 『동성파문학사桐城派文學史』라는 책으로 출간되었다. 이 책은 1975년에 홍콩의 용문서점龍門書店에서 출판하였다. 그 후 선생은 홍콩대학 중문과의 나강렬羅慷烈 교수에게 내 석사과정 지도교수를 맡아달라고 부탁하였다. 내게 박사논문을 재촉한 나 교수 덕분에 논문은 1998년 『동성파문학예술흔상桐城派文學藝術欣賞』이라는 책으로 출판되었다. 홍콩대학의 심사위원이었던 요종이饒宗頤는 이 책에 대해 이렇게 평했다. "방포와 요내 문장의 요점을 논한 것은 대명세戴名世로부터 시작되었는데, 대씨의 책을 꼼꼼히 읽고 깊이 있게 연구했음을 알 수 있다. 지금까지 연구한 자들의 천근하고 미숙한 견해를 바로잡아 학술계에 많은 도움이 될 것이다. 이것이 바로 이 책의 가장 훌륭한 점이다." 그가 이렇게 평가한 것은 당시 학자들이 동성파에 대해 논할 때 방포·유대괴·요내 세 사람만 다루고 대명세는 언급하지 않았기 때문이다. 이는 아마 정치적인 원인 때문에 말하지 못한 것일 수도 있다. 그러나 나는 방포·유대괴·요내 세 사람의 고문을 읽고 대명세의 의견도 취합하여, 하나하나 밝혔는데 모두가 이전 사람들이 말하지 않았던 것들이다. 그런 이유로 요종이의 칭찬을 받을 수 있었으니 참으로 부끄러울 따름이다.

사실 대명세는 20세 무렵부터 친구 사귀는 것을 좋아하였는데, 방포·방주方舟 형제와 아주 친하게 지냈다. 대명세 스스로 방포와 가장 친하다고 말할 정도였다. 방포는 문장을 쓸 때마다 항상 대명세에게 고쳐달라고 부탁했다. 대명세가 취할 만한 것이 없다고 평하면, 즉시 그의 의견을 받아들여 폐기해버렸다. 대명세는 방포가 자신의 문장을 좋아하여 항상 낭독한다고 했는데, 이를 통해 대명세의 문장은 헤아리기 어려울 정도로 심원한 의경意境을 가지고 있어 학습에 도움이 될 뿐 아니라 영향력 또한 매우 컸음을 짐작할 수 있다.

대명세는 방포와는 서로를 스승으로 삼는 사이라고 겸손하게 말하지만, 사실은 방포가 가르침을 청하는 사이였다. 대명세는 방포보다 열다섯 살 많고, 20세 이전에 이미 고문 방면에 탁월한 성취가 있었다. 고문 창작뿐만 아니라 이론 방면에서도 본받을 만한 점이 많았다.

대명세와 방포가 얼굴을 맞대고 토론하고 질문을 주고받은 세월이 10년이나 되기에, 방포가 대명세로부터 고문에 대해 배운 것이 적지 않으리라 생각한다. 대명세가 「방령고고서方靈皋稿序」를 지은 것은 마흔일곱 살 때였는데, 당시 그는 잠시 남경에 머물렀다. 대명세는 38세에서 44세에 이르기까지 대부분의 시간을 남경에서 살았으니, 두 사람이 얼굴을 맞대고 토론하고 질문을 주고받은 10년은 대명세가 38세에서 47세에 이르는 기간이었을 것이다. 이 시기는 대명세가 문학적 성취를 크게 이룬 시기였으므로 방포가 이때 가르침을 받았다면 효과가 반드시 컸을 것이다.

대명세는 자신의 문장 풍격에 여러 차례 변화가 있었다고 했다. 그의 초기의 방종하고 거침없는 풍격은 "기상이 드높아 종횡으로 치달아 끝을 알 수 없던"[14] 방포의 젊은 시절의 풍격과 흡사하다. 후에 방포는 그 기세를 조절함으로써 "의리를 천명하는 것으로부터 인간의 감정과 사물에 이르기까지 어떻게 수식하고 형상할 것인지 구상하여, 마침내 오묘하고 은미한 이치를 다 발휘했는데,"[15] 이는 대명세가 후기에 "의리의 오묘함과 인정人情의 변화 양상을 밝히고", "널리 통용될 수 있는 문장을 지으려고 힘쓰던"[16] 것과 같다. 대명세가 곡절 많았던 자신의 창작 경험을 방포에게 전수했다는 명확한 증거로 삼을 수 있다. 두 사람이 걸어온 길이 이처럼 비슷한 것은 조금도 이상할 게 없다. 두 사람은 견해가 같고, 풍격이 같고, 고문을 좋아하는 기호 또한 같았다. 방포가 대명세의 고문을 본보기로 삼은 세월이 10년이나 되므로 그 영향을 깊이 받았음을 알 수 있다.

방포는 일찍이 "고문은 비록 소도小道이지만 전승자가 700년 동안 나타나지 않았다"[17]라고 했다. 그는 당송팔대가 이후 명대까지 대가라고 할 만한 사람이 하나도 없다고 생각했던 것이다. 방포가 귀유광을 종주로 삼지 않았다는 사실은 "방포의 문장은 귀유광과 다르다"[18]고 한 여서창黎庶昌의 말을 통해서도 알 수 있다. 그러나 방포가 대명세의 문학에 대한 관점을 본받았다는 말은 사실에 가깝다. 또한 대명세와 방포는 모두 육경六經·『논어』·『맹자』·『사기』 및 당송 문인들의 문장을 숭상하였으니, 두 사람은 추구하는 바가 같았다고 할 수 있다.

유대괴의 독창적인 견해로 여겨지는 '신기神氣·음절音節·자구설字句說'은 '인성구기설因聲求氣說'이라고도 하는데, 사실 이는 대명세로부터 나온

---

**14** 發揚踔厲, 縱橫馳騁, 莫可涯涘.
**15** 闡明義理爲主, 而旁及于人情物態, 雕刻鑪錘, 窮極幽渺.
**16** "義理之極微, 人情之變態", "務爲發揮旁通之文."
**17** 古文雖小道, 失其傳者七百年.
**18** 望溪爲文與歸熙甫不類.

것이다. 대명세의 이 학설은 특정한 명칭을 붙이지 않았으므로 여기서는
잠시 '문장혼백설文章魂魄說'이라 지칭하겠다. 왕진원王鎭遠은 요내 문장이
론의 특징을 드러낸 팔자결八字訣[19]은 유대괴의 이론인 '신기'·'음절'·'자
구'를 확충하여 발전시킨 것이 분명하다고 했다. 왕진원의 말이 결코 다
옳은 것은 아니다. 왜냐하면 요내가 제기한 여덟 가지는 대명세가 이미 언
급한 것이므로, 요내는 아마 대명세로부터 많은 영향을 받았을 것이기 때
문이다. 유대괴의 '신기·음절·자구설'은 사실 그가 창조한 것이 아니라 대
명세의 '문장혼백설'의 영향을 받아 나온 것이다. 대명세는 『의원제의意園
制義』에서 "작품을 지을 때마다 조용히 앉아 정신을 집중하고, 구절을 10여
차례 읊조려 그 의미와 맥락을 찾는다"[20]고 말한 적이 있다. 그러므로 유대
괴가 후에 제기한 '음절'과 '자구'로부터 '신기'를 얻는다는 이론은 사실
대명세의 '문장혼백설'로부터 영향을 받아 이루어진 것이라고 할 수 있다.
그러나 방포가 다시 이를 약간 발전시켰으니, 즉 가장 정미한 혼魂인 신기
神氣와 가장 조야한 백魄인 자구字句를 약간 조야한 '음절音節'로 관통시켜
더욱 명확한 이론이 되게 한 것이다. 이것을 다시 요내가 '팔자결'로 확대
시킨 것이다.

바꾸어 말하면, 유대괴와 요내의 이 이론은 대명세의 '혼백설'이 발전하
여 이루어진 것이다.

요내는 또 '의리義理·고거考據·사장합일설詞章合一說'을 제기하였다. 그
는 「복진소현서復秦小峴書」에서 이렇게 말한 적이 있다.


　　천하의 학문에는 의리·문장·고거 세 가지가 있으니, 이 세 가지는

---

**19** 역자 주: 요내姚鼐 문학이론의 특징을 여덟 글자로 개괄한 것으로 신神·이理·기氣·미
味·격格·율律·성聲·색설色說을 말한다.
**20** 每一題入手, 靜坐屛氣, 默誦章句者往復十過, 用以尋討其意思神理·脈絡之所在.

각기 분야가 다르지만 어느 하나 그만둘 수 없다. 이 세 가지는 반드시 모두 겸해야 훌륭하다 할 수 있다.

鼐謂天下學問之事, 有義理·文章·考據, 三者之分異趣, 而同爲不可廢 ……三者必兼收之, 乃足爲善.

요내의 말은 의리와 고거를 문장 속에 융합해야만, 이치와 예술이 하나가 되고, 하늘과 인간이 하나가 되는 경지에 이를 수 있다는 뜻이다. 고이생顧易生은 요내의 이 말이 정이程頤로부터 비롯되었다 하였고, 무위화武衛華는 유대괴의 영향을 받은 것이라고 하였으며, 애비艾斐는 독창적인 견해라고 하였는데, 사실 이 세 사람의 견해는 검토해볼 필요가 있다. 대명세가 요내보다 더 일찍 동일한 이론을 제기했으니, "군자는 의리에 깊이 몰두하고, 고증을 반복해야 한다", "말이 세상에 통용되어 오래 전해지도록 하려면 수식이 가해져야 한다"[21]라고 한 것이 그러하다. 이는 의리義理·훈고訓詁·사장辭章 세 가지를 모두 갖추어야지 하나라도 빠져서는 안 된다는 것을 언급한 것이므로, 요내보다 먼저 동일한 견해를 제기한 것이다.

논자들은 또 요내가 '양강음유설陽剛陰柔說'을 처음 제기했다고 하였는데, 이 역시 새로운 견해가 아니라 대명세에게서 나온 것이다. 그의 「야향정시집서野香亭詩集序」에는 다음과 같은 말이 있다.

예전에 상국相國 이천복李天馥의 시를 읽어보니, 그 웅건하고 기험한 풍격이 마치 수천 자 높이의 소나무와 만 길 높이 우뚝 솟은 외로운 봉우리처럼 도무지 오르지 못할 것 같았다. 지금 이부청李孚

---

**21** "君子者, 沈潛于義理, 反復于訓詁.", "言之行世而垂遠不可以無文."(「己卯科鄉試墨卷序」)

靑(상국相國의 아들로 자字는 단학丹壑이다)의 시를 읽어보니, 마치 맑은 소리가 귀에 들리고 밝은 달이 가슴에 들어온 듯 그윽하고 고원하며, 그 빼어남을 이루 다 헤아리기 어렵다.[주3]

대명세가 양강陽剛과 음유陰柔의 두 가지 풍격으로 친구의 문장을 논한 것이다. 전자는 웅건하고 기험한 풍격이 마치 수천 자 높이의 소나무와 만길 높이 우뚝 솟은 봉우리 같아 '양강'의 아름다움을 지니고 있고, 후자는 마치 맑은 소리가 귀에 들리고 밝은 달이 가슴에 들어온 듯 그윽하고 고원하여 '음유'의 아름다움을 지니고 있다는 것이다. 사람들은 또 요내의 「복노혈비서復魯絜非書」가 엄우嚴羽의 『창랑시화滄浪詩話』를 배운 것이라고 하였는데, 사실 대명세의 「의원제의자서意園制義自序」를 읽어보면 이것이 요내의 문장에 훨씬 많은 영향을 주었음을 알 수 있다.

그러므로 동성파를 언급하면서 방포·유대괴·요내 세 사람에 대해서만 말하고 대명세를 거론하지 않는 것은 불공평하다. 대명세는 사실 이 세 사람의 선배이므로, 적어도 동성파의 계보는 대명세·방포·유대괴·요내 네 명으로 이어졌다고 해야 할 것이다. 그런데 왜 세상에서 대명세의 이름은 기론하지 않는 것인가? 이는 대명세가 『남산집南山集』으로 인한 문자옥文字獄으로 사망했기 때문이다. 당시 사람들은 감히 그의 문장과 문장이론에 대해 얘기할 수 없었지만 지금은 이미 지난 일이다. 요종이의 부친인 요악饒鍔이 영웅을 알아보는 혜안을 지녀 60~70년 전 대명세의 고문을 크게 칭찬하면서 구양수의 문장과 함께 논하였으니, 현세의 종자기鍾子期라고 할 수 있을 것이다. 지하에 있는 대명세가 이를 알면 저승에서도 웃음지을 것이다.

# 제30장
# 명청 장회소설

◆◆◆

　　『수호전』 등의 장회소설은 연설演說로부터 변화되어 이루어진 것이고, 연설에 노래가 더해져 공연된 것은 곤곡昆曲이 되었다.

　　굴원의 문장은 '문文'이라 부르고 운문에 속하며 순문학이다. 사마천의 문장은 '필筆'이라 부르고 산문에 속하며 순문학이 아니다. '장章'은 문장, '회回'는 모인다는 의미로 매번 집회集會를 한다는 뜻이다. 『수호전』 이후의 유명한 장회소설로는 『삼국연의』·『서유기』 등이 있지만, 그 수준이 일류라 할 수 있는 것은 『수호전』뿐이다.

　　청나라 초기의 문학비평가 김성탄金聖嘆은 육재자서六才子書를 선정하고 이에 대해 비평을 진행했다. 육재자서는 네 부의 고전에 후대에 나온 두 권의 책을 더하여 재능과 덕을 겸비한 훌륭한 사람이 되기 위해 반드시 읽어야 할 책으로 평하였다. 네 부의 고전은 바로 「좌전」·『장자』·「이소」·『사기』이며, 이는 '좌左·장莊·굴屈·마馬'라고 통칭하기도 한다. 이 네 부의 작품에는 전傳과 자子, 사辭와 사史가 모두 포함되어 있고, 이 중 『초사』만이 순문학에 해당한다. 그러나 중국인들은 이 네 부의 고전을 모두 문학으로 생각한다. 이른바 문장은 도를 담아야 한다는 주장처럼『장자』는 도에 대해 말하였다.『사기』와『좌전』은 역사를 기록한 것이지만 역시 도에 대해 말한 것이라 할 수 있다. 즉 각자의 견해에 따라 도를 말하고 있을 뿐이다. 예를 들어 영국인은 '통상전쟁通商戰爭'이라 말하지만 중국인은 '아편전쟁鴉片戰爭'이라 말하는 것과 같은 이치이다. 그러므로 이 역사 기록 역시 도를 담은 문장이다. 이러한 이유로 이전 사람들의 뇌리 속에 굴원과 사마천은 모두 문학가로 인식되었다.

다른 두 권의 재자서才子書는『수호전』과『서상기西廂記』이다.『수호전』은 장회소설로 연설演說의 형식이고,『서상기』는 연출이 있는 가창의 형식이다. 김성탄은 이 두 책을 극찬하였을 뿐 아니라, 내용 또한 약간 바꾸었다. 나는 김성탄의 비평과 주석을 읽은 후에야 문학을 이해할 수 있었고, 그런 다음『좌전』·『장자』·「이소」·『사기』를 읽으면서 이해가 더 깊어질 수 있었다.

『서상기』는 원곡元曲이고 전기傳奇이며 연출이 있는 가창문학이다. 가창문학은 백화문학으로, 노래의 대본은 연설의 내용을 근거로 한다. 연설자의 행동이나 말을 생동감 있게 기록하여 만든 것이 연설 대본이다. 이는 흥미진진하기 때문에 사람들로부터 많은 환영을 받았다. 작가가 이를 모아 한 권의 책으로 엮어 시내암施耐庵의『수호전』과 같은 책이 나오게 되었다.

청대에 이르러 일류라 할 만한 작품이 나왔는데 바로『홍루몽』이다.『홍루몽』과『수호전』은 서로 다른 점이 있다.『수호전』은 대체적인 윤곽만 잡아 표현하는 기법을 사용한 살아 있는 문학으로, 생동적인 연설 내용을 기록하여 정리해서 만든 작품이다.『홍루몽』은 문을 닫아걸고 쓴 것으로, 묘사가 대단히 섬세하지만 결코 생동적인 연설을 기록한 것은 아니다.『수호전』은 사회 면모를 사실적으로 묘사했고,『홍루몽』은 묘사가 매우 생동적이지만 노래가 있는 연설로 표현하기는 쉽지 않다. 『홍루몽』에는 시와 사가 많이 들어 있어, 노래가 있는 연설로 표현할 방법이 없기 때문이다. 그러나 『수호전』의 일거수일투족은 모두 말로 표현할 수 있다. 경극에서 『수호전』의 많은 부분을 연출 소재로 삼는 것은 바로 이 때문이다. 『홍루몽』은 자로 잰 듯 성실해서 서양문학의 모양새를 지니고 있다.

『좌전』·『장자』·「이소」·『사기』 역시 살아 움직이듯 생동적이고, 사실에 부합되고, 유용하기 때문에 상층 지식인들에 의해 사용되었다.

『수호전』과 『서상기』는 연설과 가창으로부터 기원하였고, 역시 유용하지만, 일반 대중들에게 사랑을 받았으며 연설할 수도 있고 노래 부를 수도 있다.

『삼국연의』 역시 이야기를 연출한 것이므로 '연의'라고 하는 것이다. 『홍루몽』은 연의가 아니라 사람들에게 읽으라고 지은 것이므로 사건이 많지 않고, 문장이 사건보다 뛰어나다.

또한 『요재지이聊齋志異』와 같은 단편소설도 있다. 이보다 조금 일찍 나온 작품으로는 『전등신화剪燈新話』가 있다. '전등'은 야심한 밤에 등잔의 심지를 잘라 밝게 하는 것으로, 즉 심지를 돋우어 밝게 한다는 뜻이다.

『요재지이』는 많은 사건을 다루고 있지만 문장력은 다소 떨어진다. 하지만 이 책은 살아 있다고 할 수 있는데, 책 안의 내용이 모두 대나무를 엮어 만든 장막 안에서 나눈 이야기, 차와 술을 마시고 나눈 이야기를 기록한 것이라고 설명되어 있기 때문이다.

이밖에 『야항선夜航船』[1]이라는 책이 있는데, 이 역시 이야기를 기록하였다.

중국은 전기傳奇와 희곡을 정통으로 삼고, 필기소설은 방계로 삼는다. 이

---

1 편자 주: 명말明末 장대張岱가 지은 것이다.

는 사실이 그렇다는 것이지 나의 독창적인 견해는 아니다.

왕국유王國維는 처음에 심리학을 연구하였고, 후에는 쇼펜하우어의 사상을 가지고『홍루몽』을 연구했는데, 당시로서는 천지가 개벽할 만한 사건이었다. 왕국유의 견해에 따르면『홍루몽』은 철학적 의미가 내포된 소설이다. 사실 부귀와 영화는 한낱 꿈에 지나지 않는다는 사상은 사람들마다 다 알고 있었으니 쇼펜하우어와 같은 비관적 사상을 중국인도 일찍부터 가졌던 셈이다. 단지 이를 체계적으로 표현하지 않았을 뿐이다. 왕국유는 중국과 서양문화를 결합시켜『홍루몽』을 연구한 것이다. 그는 소설에 주의를 기울이는 한편 희곡에도 관심을 가져 마침내『송원희곡고宋元戲曲考』를 저술하였다.

왕국유는 사도 지을 줄 알았는데, 저술로는『인간사화人間詞話』가 있다. 그는 먼저 사를 이해하고 다시 곡까지 논하였으니 이 분야의 전문가라 할 수 있다. 강소江蘇와 절강浙江 지역 사람은 희곡에 뛰어났기 때문에 환경이 그렇게 만들었다고 할 수 있다.

오매吳梅[2] 역시 사곡에 뛰어났으니, 그는 근대시기 이 방면에 대해 연구를 한 마지막 인물이다. 그 후 더 이상 관심을 갖는 사람이 나오지 않았으니 옛 전통은 여기에서 끊어졌다고 할 수 있다.

5·4운동 이후, 대학 중문과에서는 문자학·방언·음성학 등의 학문만 가르쳤다. 후에 소설이 유행하면서 서양 작품을 가장 먼저 번역한 사람은 임서林紓이다. 그는 귀유광, 방포, 요내 등의 동성파 문장을 학습하였다. 또한 서양 소설이 신기하고 재미있다는 말을 듣고『차화녀茶花女』와『흑노우천

---

**2** 편자 주: 오매(1884~1939)는 남사南社의 일원으로, 평생 희곡과 그 성률 연구 및 교육에 헌신하여 "저술·가창·연출·전승 방면에 모두 뛰어난 근대의 곡학대사(近代著·度·演·藏各色俱全之曲學大師)"라고 일컬어졌다.

록黑奴吁天錄』[3]을 번역하였다. 그는 영어를 몰랐지만 다른 사람이 번역해주는 말을 듣고, 다시 이것을 귀유광과 『사기』의 문장 스타일로 번역소설을 썼는데, 역서가 무려 100~200권에 달한다. 훗날 이러한 작품은 타도해야 한다고 주장하는 사람도 나왔지만, 사실 이는 옳지 않다. 지금은 임서의 작품을 살 수 없는 상황이다.

나는 임서의 소설 가운데 80퍼센트 정도는 읽었다. 서양 소설이 중국 소설보다 훌륭한 것은 사실인 듯하다. 그러나 후에 번역되어 나온 것은 모두 구태의연하다. 근래 영국과 미국에서 나온 작품은 모두 옛날만큼 훌륭하지 못하여 볼 만한 가치가 없는 것 같다.

노신과 주작인周作人이 번역한 『역외소설집域外小說集』은 아주 얇은 책에 불과한데, 이 책은 높이 평가하면서 임서의 번역은 매도를 하니 참으로 불공평하다. 사실 임서의 번역은 활발한 생동감이 있지만, 주작인의 번역은 오히려 판에 박은 듯 무미건조하다.

호적은 서양 소설을 제창했지만 번역 작품은 10여 편에 불과하다. 그러나 다른 사람의 번역에 약간의 문제라도 있으면 이를 샅샅이 파헤쳐 공격하였는데, 사실 이러해서는 안 된다.

후에 나온 중국 소설로는 『노잔유기老殘游記』・『얼해화孽海花』・『유림외사儒林外史』 등이 있지만, 이 작품들은 모두 『수호전』이나 『홍루몽』과는 비교할 바가 못 된다.

---

**3** 역자 주: 『차화녀』는 『춘희』이고, 『흑노우천록』은 『톰 아저씨의 오두막』이다.

## 섭룡이 덧붙인다 1

전목은 임서가 번역한 서양 소설을 읽은 적이 있다고 하였다. 그는 임서의 소설을 아주 좋아한 것 같다. 나는 일찍이 「임서(금남)연구林紓(琴南)研究」라는 글을 썼는데, 나의 졸저인 『중국고전시문논집中國古典詩文論集』에 실려 있다. 이 글은 모두 임서의 생애, 임서의 시와 그림, 임서의 고문 및 동성파와의 차이, 임서의 번역소설 등 네 개의 장으로 이루어져 있는데, 이제 그가 번역한 서양 소설에 대해 간략히 보충하여 설명하고자 한다.

주계생周桂笙은 임서보다 좀 더 일찍 서양 소설을 번역했지만 질적이든 양적이든 모두 임서에 미치지 못했다. 임서와 엄복은 근대시기 서양의 저술을 번역하는 데 힘쓴 두 거장이라 할 수 있는데, 임서는 소설을 번역한 데 비해 엄복은 철학서를 번역했다.

임서가 제일 먼저 번역한 것은 프랑스 작가 알렉상드르 뒤마의 『차화녀유사茶花女遺事』인데, 광서光緖 25년의 일이었다. 이 책을 번역할 때 아내를 잃은 아픔을 겪었는데, 책을 번역함으로써 그 슬픔을 다소 덜 수 있었다.

임서는 서양의 언어를 모르기 때문에 그의 모든 역서는 오로지 귀로 듣고 번역할 수밖에 없었다. 임서에게 구역口譯을 해준 사람은 왕수창王壽昌·진기陳器·위이魏易·진가린陳家麟 등 스무 명에 달했고, 이 중 위이와 진가린 두 사람의 도움이 가장 컸다. 임서는 번역 속도가 아주 빨라 한 시간에 평균 1500자 정도를 번역할 수 있었다. 내가 계산해보니, 임서는 20여 년 동안 170여 종의 서구 소설을 번역한 것이다. 이를 국가별로 나누어보면 영국 100종, 프랑스 27종, 미국 12종, 러시아 8종, 스위스 2종, 그리스·독일·일본·벨기에·스페인이 각 1종, 이외에 작자를 알 수 없는 것 1종과 아직 출판되지 않은 원고 17종이 있는데, 총 글자 수가 무려 1500만 자 이상이다. 사람들은 그가 번역한 『차화녀』를 읽고 동정의 눈물을 쏟아냈고, 엄복 또한 임서에게 다음과 같은 시를 써주었다.


> 외로운 산에 낭랑히 울리는 처사處士의 목소리,
> 검은 도포 차림으로 대청에 올라 연설을 하네.
> 가련한 춘희의 이야기에,
> 떠도는 나그네의 애간장이 끊어진다.
> 孤山處士音琅琅, 皀袍演說常登堂.
> 可憐一卷茶花女, 斷盡支那蕩子腸.


이 시는 임서가 『차화녀』의 애절한 감정을 잘 표현하였음을 읊었다. 이로 인해 임서는 그가 10년 동안 경사대학당京師大學堂에 있으면서 쌓아온 것과 견줄 만한 명성을 얻었다. 임서는 자구에 의존해 번역하지 않고 의역을 하여 좀 더 과장되게 표현할 수 있었고, 인물 역시 더 생동적으로 묘사할 수 있었기 때문이다. 줄곧 고문古文을 반대해왔던 호적 또한 "임서 선생이 번역한 알렉상드르 뒤마의 『차화녀』는 고문으로 사건을 서술하고 감정을 표현하였다. 고문이 생긴 이래로, 사건을 서술하고 감정을 표현한 장편이 나오지 않았는데, 이는 고문을 위해 새로운 땅을 개척하였다"후1라고 칭찬했다.

정진탁鄭振鐸은 임서가 번역한 소설은 두 가지 특징이 있다고 평가했다. 하나는 중국 장회소설의 전통적인 체재를 파괴한 것이고, 다른 하나는 시사時事에 대해 쓴 중국 소설 가운데 읽을 가치가 있는 것은 아주 적은데, 있다면 그것은 임서의 작품에 많다고 하였다. 그러나 임서의 단점이라면 가끔 영문 구절을 완전히 중국어로 음역하여 도저히 무슨 말인지 감을 잡을 수 없게 한다는 것이다.

요컨대 임서의 소설은 중국인에게 공헌한 바가 있다. 이는 바로 누군가 말했듯이 임서로 인해 중국인들이 외국 소설을 알게 된 것이다. 또한 당시 아주 많은 사람들이 임서의 번역소설을 읽었는데, 이를 통해 중국인들은 서양인의 사회생활과 사상·감정을 이해하게 되었다. 동시에 외국소설을 번역하는 새로운 풍조를 열었다.

## 섭룡이 덧붙인다 2

전목은 이 책에서 김성탄이 비평한 『수호전』과 『서상기』가 아주 훌륭하다고 언급하였다. 아울러 김성탄의 비평과 주석을 읽은 후에야 비로소 문학을 이해하였으며, 이를 통해 '『좌전』·『장자』·굴원·사마천'을 한층 더 깊이 이해하게 되었다고 말했다. 이는 그가 김성탄의 비평과 주석을 높이 평가하였음을 말해준다. 평소 전목은 『수호전』을 읽을 때 김성탄의 비평도 함께 읽어야 한다고 여러 차례 강조했다. 그러나 나는 김성탄에 대해서는 아는 바가 적고, 단지 그와 관련된 몇 가지 재미난 이야기만 들었을 뿐이다. 여기서 기존의 자료를 약간 보충하여 독자들에게 들려줘도 괜찮을 것 같다.

김성탄(1608~1661)의 본명은 채采이고, 명나라가 멸망한 후 인서人瑞로 개명하였다. 자가 성탄이고, 강소성江蘇省 소주蘇州 사람이다. 육재자서를 비평하고 수정하여 명성을 얻었다. 청나라 초기에 '곡묘안哭廟案'[4]으로 사형되었다. 시집도 전87해진다. 김성탄은 자부심이 높고, 경·사·자·집과

---

**4** 역자 주: 순치順治 18년, 소주蘇州 오현吳縣의 수재秀才들이 공자묘孔子廟에 모여 순치제의 죽음을 애도하는 동시에 현령 임유초任維初의 탄압과 비리를 성토하고 강소순무江蘇巡撫 주국치朱國治에게 임유초를 파면할 것을 요구하였다. 그러나 임유초를 비호한 주국치가 김성탄 등이 조세租稅에 저항하며 순치제의 영혼을 놀라게 하였다고 보고한 결과, 김성탄 등 7명이 사형을 당하였다.

문학 및 불학佛學 등을 모두 섭렵하였다. 명 만력萬曆 36년에 태어나 청 순
치順治 18년에 사형되기까지 53세를 살았다. 그의 시 「염사제念舍弟」에는
다음과 같은 말이 있다.

> 너와 내가 여덟 살이었을 때,
> 두 아이 모두 의젓한 모습이었지.
> 책 보고 글씨 쓰느라 세끼 밥 때도 잊었고,
> 나비 잡고 곤충 찾으러 다니면 만사가 즐거웠지.
> 記得同君八歲時, 一雙童子好威儀.
> 拈書弄筆三時懶, 撲蝶尋蟲萬事宜.

김성탄은 슬하에 아들 하나 딸 셋을 두었다. 그는 사람됨이 아주 오만하
여 하층민을 '범부凡夫', '상스러운 종놈', '도박꾼'으로 생각하였다. 다음
은 김성탄을 숭배했던 왕작산王斫山의 일화이다.

> 왕작산이 하루는 3000냥을 선생에게 주면서 "이 돈으로 장사를 하
> 거나 돈을 빌려주어 이익을 남겨보세요. 원금은 나중에 갚고, 번
> 돈은 생활비에 보태시면 어떠하겠습니까?" 선생이 그렇게 하겠다
> 고 했다. 그러나 한 달이 지났을 무렵, 돈을 모두 다 써버렸다. 그
> 러고는 왕작산에게 "이 돈이 그대 집에 있으면 구두쇠라는 악명만
> 높아질 것이기에, 그대를 대신해 다 써버렸소!"라고 했다.[후2]

이 이야기가 사실이라면 김성탄은 기분 내키는 대로 처신한 사람이었음
을 알 수 있다.

김성탄은 똑똑하면서도 공부를 즐기는 소년이었다. 열 살에 서당에 들

어가, 열한 살에 『사기』·「이소」·『묘법연화경妙法蓮華經』·『수호전』 등을 두루 읽었고, 이때부터 책이란 책은 읽지 않은 것이 없다는 자부심을 가졌다. 34~5세 무렵에 명나라가 멸망하는 비통한 일을 경험하고 인생의 허무함을 느끼면서 기세가 많이 꺾였다. 이때부터 세상을 비웃는 교만한 심리가 끓어올랐다. 당시 조시읍趙時揖은 그에 대해 이렇게 말했다.

> 선생은 술을 마시면 사흘 밤낮을 마셔도 취하지 않았다. 익살맞은 농담을 하면 좌중에 손님들도 모두 호응하여 전혀 지루함을 느끼지 않았다. 간혹 피곤하여 잠든 자가 있으면, 매번 새로운 이야기로 잠을 깨웠다. 일도 하지 않고, 옷차림에 신경도 쓰지 않은 채 선禪과 도道만 말하니, 마치 속세를 벗어난 신선과 같았다."[후3]

김성탄은 성정이 괴팍하고 오만하며, 재주는 당시 사람들을 능가했다. 그는 심지어 자신이 공자 이후 최고로 잘난 사람이며, 자신만이 공자가 말한 '충서忠恕'의 진수를 얻은 자라고 생각했다. 그는 『수호전』 42회 평어에서 이렇게 말했다.

> 공자께서 돌아가신 이후 미언대의微言大義는 더 이상 나오지 않게 되었고 충서忠恕에 대해 천하 사람들이 이야기하지 않은 지도 오래되었다. ……후세의 학자들이 진실로 이것을 듣는다면 안으로는 성정을 다스려 성인이 될 수 있고, 밖으로는 백성과 사물을 다스려 임금을 보좌할 수 있을 것이다. 그러나 애석하게도 3000년 동안이나 이에 대해 말하는 자가 나오지 않았다. 내가 이를 말하고자 하나, 세상에 알려지지 않아도 후회하지 않는다는 성현의 가르침에 위배될까 두렵다.[후4]

이 평어를 통해 김성탄이 성인을 본받으려 했음을 알 수 있다. 그가 이름과 자를 위喟와 성탄聖嘆으로 바꾼 것 역시 이 때문이다.

어느 날 조시읍이 친구 사휘연謝諱然에게 선생이 자를 성탄이라고 한 이유가 무엇인지 아느냐고 묻자, 이렇게 대답했다.

> 김성탄이 말하기를 『논어』을 보면 두 차례나 "한숨짓고 탄식하였다"는 말이 나오는데, 하나는 안연顔淵이 공자의 가르침에 미치지 못함을 탄식한 것이고(嘆聖), 다른 하나는 공자께서 증점曾點만이 자신의 뜻과 일치한다며 감탄한 것(聖嘆)이라고 했다. (선생이 자를 성탄이라고 한 이유는) 스스로 매우 잘났다고 여겼기 때문이다.후5

김성탄은 비록 많은 책을 읽었지만 깊이 연구하지 않고 수박 겉핥기식이었다. 그는 항상 본래의 뜻을 확대하여 견강부회하였는데, 이는 남들이 그 깊은 뜻을 헤아리기 힘들게 하여 자신을 놀라운 눈으로 바라보도록 하기 위해서였다.

김성탄은 『수호전』과 『서상기』를 비평하여 유명해졌기에 그중의 일부를 인용하여 감상해보고자 한다.

> 옛날 사람들의 가슴에는 한 편 한 편 절묘한 문장이 들어 있다. …… 다만 더 이상 쓸 내용이 없으면, 아무런 근거 없이 쓸 수 없으므로, 부득이 옛사람들의 생사·이별·만남의 일에 기탁하여 글을 지었다. 그들의 의도는 후세 사람들이 자신의 문장을 보게 하는 데 있었을 뿐, 처음부터 옛사람의 일을 빌려 자신의 문장을 드러내려 한 것이 아니었다.후6

이처럼 모종의 사건을 빌려 제목으로 삼아 문장을 짓는다는 견해는 이지李贄가 『분서焚書·잡설雜說』에서 말한 내용과 대단히 비슷하다. 그는 잡다하게 많은 책을 읽었으므로 그중에서 멋대로 골라 자기의 주장으로 삼았다. 이는 김성탄이 다른 사람을 능가하는 점이라 하지 않을 수 없다.

김성탄은 '곡묘안'으로 인해 순치 18년에 남경에서 처형되었다. 김성탄은 명나라에 충성하였지만, 그렇다고 청나라에 대해 반대하지도 않았다. 예컨대 순치 황제가 육재자서에 대해 "고문古文의 고수이니, 시문時文(당시의 문장)을 보는 눈으로 그를 대하지 마라"[5]라고 칭찬하자, 김성탄은 북쪽을 향해 절을 하고 부賦를 올렸다고 한다. 그러나 왕조가 바뀔 때, 옛 왕조의 신하들이 환난을 당하는 것은 항상 있는 일이고, 이는 또 어찌할 수 없는 일이기도 하다. 전하는 바로는 김성탄은 사형이 집행되기 전에 "머리가 잘리는 것은 대단한 고통이고, 모든 재산을 다 몰수당하는 건 대단히 처참하지만, 나는 뜻밖에 이를 얻었으니 어찌 통쾌하지 않으리오!"[6]라고 하였다는데, 이는 평소 그의 말투 그대로라 할 수 있다.

김성탄에 관한 일화는 대단히 많이 전해지는데, 여기에서는 다음 몇 가지를 적어보겠다.

김성탄은 성명을 바꾸어 청나라의 과거시험에 참가한 적이 있다. 한번은 시험관이 '왕지장출王之將出'이라는 문제를 출제했다. 김성탄은 시험지에 글자는 적지 않고, 종이 위에 다섯 개의 동그라미만 그려 제출했다. 중간에는 큰 동그라미 하나를 그리고, 좌우 양옆에는 각각 두 개의 작은 동그라미를 그렸다. 시험관이 이를 보고 묻자, "선생께서는 희곡 무대에 왕이 등장하면 반드시 4명의 시위대가 양옆에 서 있는 것을 보지 못하셨습니까?"[7]라

5 古文高手, 莫以時文眼看他.
6 殺頭至痛也, 籍沒至慘也, 而聖嘆以無意得之, 不亦快哉!
7 君不見戲臺上大王出場, 必有四個侍衛陪站兩邊也!

고 대답했다. 시험관은 웃지도 울지도 못하며 난감해했다고 한다.

또 다른 일화는 이러하다. 어느 여름날 밤, 어떤 이가 김성탄에게 "선생님, 오늘 하늘에 반달이 보이는데, 그 나머지 반쪽은 어디 있습니까?"라고 묻자 "내가 본 이 반달이, 바로 당신이 묻는 그 반쪽입니다"[8]라고 대답하면서 웃었다고 한다.

듣건대 김성탄은 사형이 집행되기 전에 다음과 같은 시를 지었다고 한다.

> 하늘이 어머니를 여의고 땅이 상을 당하니,
> 만 리 강산이 모두 흰 두건 둘렀네.
> 내일 태양이 조문하러 오면,
> 집집마다 모두 눈물 흘리리라.
> 天公喪母地丁憂, 萬里江山盡白頭,
> 明日太陽來作弔, 家家戶戶淚珠流.

김성탄은 또한 사형을 집행하는 관리에게 유서를 한 통 남겼는데, 이렇게 적혀 있었다.

> 아들아 보아라. 땅콩과 말린 두부를 함께 먹으면 맛있는 닭고기가 된단다. 이 방법을 전하니 죽어도 여한이 없구나.
> 字付大兒拆看. 花生米與豆腐乾同喫, 當作鷄肉香. 此法一傳, 死無遺憾矣.

---

8 金先生, 今晚天上見到半個月亮, 那另外半個月亮在何處?/我所見到的這半個, 就是你問我的那半個.

그 관리는 웃으며 말했다. "선생께서는 죽음을 눈앞에 두고도 남 좋은 일만 하시는군."

제31장

# 결론

◆◆◆

이상에서 시·부·산문에 대해서는 비교적 상세하게, 사·곡·소설에 대해서
는 비교적 간략하게 설명하였다.

문학사를 읽으려면 우선 문학에 대해 잘 아는 것이 좋다.

문학사라는 이 과목은 서양이 중국보다는 좀 빠르지만 그래도 근대에
이르러서야 생겼으므로, 비교적 후에 생긴 학문이라 할 수 있다.

오늘에 이르기까지 중국에는 아직 이상적이라 할 만한 문학사가 나오지
않았다.[1] 통사通史·문화사·경제사·사회사 등의 역사서는 이미 나왔으나,
역시 훌륭하다고 할 만한 교재가 아직 없다. 단지 참고자료로만 활용할 수
있을 뿐이다.

역사는 생명이 있는 것이기에 문학사를 얘기하려면 반드시 그 안에서
많은 문제를 찾아내야 한다. 지금은 통사 안에 있는 보편적 문제마저도 보

---

1 섭룡 주: 전목이 이 과목을 강의하기 시작한 것은 1955년 가을이다.

편적으로 존재하지 않는 상황이다. 지금은 단지 공통된 의견만 있고 공통된 문제는 없다. 나는 근 일 년간 공통된 문제를 제기했는데, 이는 적어도 문제의 핵심을 연구하는 데 필요할 것이다. 답안은 물론 개인에 속한 것이지만, 그 안에 이러한 문제가 있음은 인정해야 한다.

복습할 때 자료에 신경 쓰지 말고 답안과 문제, 그리고 그 핵심 내용에 주의를 기울여야 한다. 자료는 어디서든 찾을 수 있기 때문이다. 인문과학의 경우 중국의 자료가 가장 완벽하다고 할 수 있다. '중국문학사'는 중국인이 일본 사람보다 더 늦게 썼다. 사회사와 경제사 역시 그러하다. 일본인은 중국과 서양의 것을 동시에 읽었지만, 중국인은 서양 것만 읽고 자신의 것은 소홀히 했기 때문이다. 그러나 일본은 연구할 만한 것이 없으므로 중국 것만 연구하였다.

중국인이 장차 학술적으로 지위를 얻으려면 반드시 세 방면의 언어를 이해해야 하는데, 중문과 영문 그리고 일문으로 된 것을 참고해야 한다.

오늘날 중국학을 대표하는 것은 오히려 일본이다. 왜냐하면 서양인들은 일본만이 한학을 중시하는 줄 알기 때문이다. 실제로 일본은 중국학에 대한 연구를 매우 중시한다.

왕국유가 쓴 『송원희곡고宋元戲曲考』는 단지 원대까지만 썼고 그 이후는 없다. 일본은 원대 이후까지 이어나갔다.

노신은 북경대학에서 '중국 소설사'를 강의한 적이 있는데, 고힐강顧頡剛은 그의 강의 자료가 일본의 것을 참고했다고 했다. 훗날 고힐강이 노신에게 미움을 받은 것도 바로 이 말 때문이다. 중국은 인문과학 방면에서 일본보다 못하다. 참으로 부끄러울 따름이다. 그러나 중국의 시·부·산문에 대해서는 일본인들이 감히 말하지 못한다.

중국문학사에서 완벽한 문집에 대해 언급하자면, 『시경』부터 시작하면 3000년의 역사이고, 『초사』부터 시작하면 2300년 정도의 역사이다. 자료는 충분하니, 각 문집에 대한 주석만 해도 많게는 120종에 이른다. 또 비평서도 아주 많은데, 예컨대 시화詩話·사화詞話·곡화曲話 등이 그것이다. 문학비평서가 많으니 작가와 작품에 대한 고증 또한 매우 상세하다. 즉 옛사람들이 우리를 위해 이미 많은 작업을 이루어놓았고, 자료 역시 모두 준비되어 있다고 할 수 있다.

지금 선조들이 우리를 위해 준비해둔 자료를 잘 정리하지 않으면, 성실한 일본인들이 이를 정리하려고 할 것이다.

지금 상업 방면에서 일본인들의 도덕성은 아주 훌륭하다 할 수 있다. 이는 그들 민족의 미덕이고, 이로 인해 부강해질 수 있을 것이다.

또한 일본 황궁에 사는 황족 역시 중국의 조경예술을 배우고 싶어한다. 교토대학의 교수들이 나를 데리고 함께 황궁을 보러간 적이 있는데, 알고 보니 일본 교수들도 그때가 처음이었다고 한다. 책벌레의 면모를 충분히 알 수 있다. 자신이 사는 부근조차 놀러 가본 적이 없다니, 학자로서 부끄러울 따름이다.

우리가 중국문학사를 연구할 수 있는 자료는 아주 많지만, 중요한 것은 견해와 관점이 어떤가가 문제이다. 일본인의 결점은 아직 독립적인 정신이 없어 단지 다른 사람의 의견을 따르기만 한다는 것이다.

일본인은 서양문화를 연구하는 데 있어, 말하기는 중시하지 않고 보고 읽는 연구만 중시한다.

대학 교수는 학술적인 지위를 대표하고, 외교관은 국가를 대표한다. 그러므로 외국어를 반드시 잘할 필요는 없다. 일본인의 중국문화에 대한 연구역시 남의 뒤를 따라가는 것이지, 결코 독립적이지 못하다. 예컨대 5·4운동시기의 의고사조疑古思潮라든가 좌경화한 마르크스 철학에 대한 연구는 모두 중국을 따른 것이지만 중국보다 뛰어난 것이 아주 적다. 일본은 영혼이 없으며, 결코 선도적인 역할도 하지 못했다.

5·4운동은 모두 한쪽으로 치우쳐 있으며, 과학적인 방법도 없고, 증거를 따지지도 않는다. 학술은 지식을 말해야지 의견을 말하는 것이 아니다. 지식을 근거로 삼아야지 의견에 대해 투표하는 것이 아니다. 학술은 정치와 다르다.

오늘날 중국은 민주정치를 중시하지만, 고대 중국 또한 전제정치 국가가 결코 아니다. 정치운동은 단지 구호만 외쳐서는 성공할 수 없고, 문화학술운동을 벌이려면 도서관에 틀어박혀 머리를 파묻고 연구해야 한다. 다른 사람에게 의견은 물을 수 있지만, 사상은 물어서는 안 된다. 의견은 중시하고 지식은 중시하지 않는 것은 잘못이다.

5·4운동 이전 중국문학사에 관한 자료는 모두 일본 것을 베꼈고, 5·4운동 이후에는 좋은 자료가 없다.

지금 혹자가 누구의 사상은 낙후되었다고 말한다면, 이는 옳지 않다. 의견은 낙후될 수도 있고, 동의하지 않을 수도 있고 다를 수도 있지만, 지식은 진리이고, 영원히 존재한다. '낙후'나 '조류潮流' 등과 같은 구호는 정치운동에서나 있는 것이다.

수천 년 동안 이어져온 중국 문화학술의 병폐는 의견이 한쪽으로 치우쳐 있고, 이를 위한 노력 역시 한쪽으로 치우쳐 있다는 것이다.

하나만 연구하는 사람은 기타 중요한 부분을 홀시한다. 예컨대 호적이 연구한 『홍루몽』은 중국문학사의 극히 일부분에 지나지 않는데, 만약 이 문제를 해결하지 않으면 중국문학사에 영향을 미치지 못할 것이다.

수십 년 동안, 전문적으로 어느 한 분야를 연구해야 한다는 편견에 사로잡혀 사소한 문제에만 매달리고 커다란 문제는 소홀히 하였다.

손을 관찰하는 방법은 두 가지가 있다. 즉 지문까지 자세히 관찰하는 방법과 손 전체를 관찰하는 방법이다. 단지 작은 부분부터 손을 관찰해야 한다고 말할 수는 없다. 자세히 관찰하는 것도 좋지만, 전체적으로 크게 보는 것도 가치가 있다. 오늘날 중국은 이 점이 가장 부족하다. 먼저 서양 것을 배우고, 이것을 다시 중국을 연구하는 데 사용해야 한다. 서양 것을 보고 중국을 욕해서는 안 된다. 중국의 사정은 서양과 다르기 때문이다. 그렇지 않으면 서양만 추종하고 중국은 배척하게 될 것이다.

중국의 학술계는 무정부주의에 빠져 권위가 없는데, 스승을 존경하고 스승이 전한 이치를 존중해야 한다.

나는 여러분이 이 수업을 들은 후 도서관에 가서 연구하기 바란다. 앞으로 중국문학사 연구에 종사하려 한다고 해서 반드시 대학원에 들어가야 하는 것은 아니다. 중요한 것은 뜻을 확고히 세우는 것이다. 뜻을 확고히 세우려면 반드시 희생정신이 있어야 하는데, 이것이 바로 소원이다. 소원이 없으면 성공할 수 없다. 학문을 하는 사람은 헌신을 해서 공헌을 이뤄내야 하는데, 이것이 희생이다.

하느님은 인간 모두에게 평등하다. 외국에서 태어나면 이익을 보는 점도 있지만 손해를 보는 점도 있다. 중국에서 태어난 경우 역시 그러하다.

우리는 앞에서 언급한 내용의 중점이 어디에 있는지, 또 깨달음을 주는 부분이 어디에 있는지 돌이켜봐야 한다.

내가 말한 내용은 새롭고 남다른 견해가 아니라, 모두 근거가 있다. 5·4 운동 이래 오직 신기한 것만 추구하고 창조적인 견해만 내놓으려고 하는데, 이는 무식한 짓이다.

만약 열심히 학문연구를 한다면 시간이 부족하다고 느낄 것이다. 이러한 상태에 이르렀을 때가 바로 학문연구의 대문으로 진입한 것이다. 나이가 들면 정력이 부족해질 수밖에 없다.

배우기 좋아하는 마음을 지니고 대학을 졸업한다면 이미 습관이 길러진 것이기에 학문을 할 수 있을 것이다.

한 사람의 재능과 장점은 본인이 발견해야 하지만, 의도적으로 드러내려

하지 마라. 자신에게 있는 재능을 발굴하지 않으면 너무 애석하고 억울하다. 자신에게 인색하지도 말고, 자신을 가엾게 여기지도 마라.

지금 학술계는 황무지를 개간할 사람이 필요하다. 아직 씨를 심은 자가 없기 때문에 심혈을 기울여 학술을 연구한다면 반드시 얻는 바가 있을 것이다.

나의 이 말이 앞으로 여러분들이 창조적인 저술 활동을 하는 데 계시를 주고 격려가 되었으면 한다.

전목은 자신이 창립한 신아서원의 원장을 맡고 있을 때, 매년 학기마다 한 두 과목을 강의했다. 내 기억으로는 『논어』·『맹자』·『시경』·『장자』·진한 사秦漢史·중국통사·중국경제사·중국문학사·중국문화사·중국사회경제 사·중국근삼백년학술사·중국사상사 등을 개설하였던 것으로 안다. 나는 학부 때 이 중 여섯 과목을 이수했다. 전목이 강의한 교과목의 내용은 상당 히 광범위한데, 중국이 서양식 대학을 설립한 이래, 이처럼 다른 분야의 교 육과정을 동시에 개설한 교수는 한 사람도 없을 것이라 믿는다.

일찍이 대만대학 중문과 하우삼何佑森 교수는 전목을 이렇게 평했다.

> 80세 고령의 전목은 여러 학문에 정통한 통유通儒이시다. 통유는
> 전문가와 다르다. 열심히 학문 연구에 힘쓰면 삼사 년이면 전문가
> 가 될 수 있지만, 평생 힘을 기울여 연구한다고 해서 반드시 통유
> 가 되는 것은 아니다. 전문가가 되기는 쉬워도 통유가 되기는 어

렵다.

300년 전의 지식인들은 모두 고염무顧炎武를 통유라고 추앙했지만 그는 명예도 지위도 권세도 없었다. 그의 권세는 강희康熙 황제가 총애하였던 이 광지李光地보다 못했고, 명예와 지위는 일통지국一統志局을 담당하였던 서 건학徐乾學보다 못했다. 하지만 고염무는 통유로서의 면모를 잃지 않았다. 많은 사람들은 분명 그 이유에 대해 의문을 가졌을 것이다. 고염무의 학생 인 반뢰潘耒는 통유의 기준을 제시한 적이 있다. 통유는 반드시 나라와 시 대를 구제할 수 있는 뛰어난 계략과 사물의 본질과 작용에 정통한 학식이 있어야 한다는 것이다. 그리고 저술은 "백가百家의 학술을 관통하여, 위아 래로 천년에 이르는 세월 동안 그것의 득과 실을 자세히 고찰하여, 마음으 로 판단을 내리고, 책에 기록해야 한다"고 했다. 하우삼은 전목의 성취가 이 기준에 합당하다고 했다. 전목은 문학·역사·철학·경제·예술·사회 등 의 각 방면에 모두 탁월한 식견을 가지고 있고 조예가 깊었기 때문이다. 그 는 이렇게 여러 분야의 내용을 강의했지만 언제나 모든 준비가 되어 있어 자유자재로 진행했다. 전목은 대학에 입학한 적이 없지만, 한 가지 분명한 사실은 여러 책을 두루 섭렵하였고, 경·사·자·집 등의 모든 전적에 통달 했다는 것이다. 그의 만조카 전위장錢偉長은 전목이 얼마나 성실히 공부에 임했는지에 대해 이렇게 말한 적이 있다.

내가 소주중학교를 다닐 때, 학비와 생활비를 비롯한 책값과 용 돈을 모두 넷째 작은아버지인 전목이 내주셨다. 그가 소주중학교 에서 교사로 재직할 당시, 새벽부터 한밤중까지 공부에 전념하였 고, 또한 나의 아버지와 함께 돈을 모아 『사부비요四部備要』를 사 들였다. 경·사·자·집의 문장을 모두 정독하였고, 때로는 이를 읊조리며 깊은 생각에 잠기기도 하였으며, 때로는 무언가 큰 깨달음을 얻은 것 같기도 했다. 공부에 전념하는 넷째 작은아버지의 모습을 보는 것은 어떤 맛있는 음식을 먹는 것보다 훨씬 좋았다. 나는 그때와 마찬가지로 지금도 여전히 그의 옆에서 공부하고 있다. 때로 작은아버지가 문학에 대해 말씀하시는 것을 듣기도 했는데,『시경』·『초사』·육조의 문장과 부로부터 당·송의 시와 사, 원곡에서 동성파·명청 소설에 이르기까지 맥락을 명확하게 설명해주신다. 인물에 대한 고사 또한 감동적인 줄거리와 전고를 재치 있는 입담으로 설명해주니 심금을 울리지 않을 수 없다. 이렇게 아침저녁으로 함께 있으면서 자주 보고 듣다보니 자연스레 익숙해지고 배운 것도 많았다. 내가 청화대학교에 다닐 때, 한번은 '이십사사二十四史'의 작자와 주석을 단 사람이 누구인지, 또 몇 권으로 이루어져 있는지를 묻는 문제가 출제되었다. 대다수 학생들이 예기치 못한 문제에 답을 못 썼지만, 나는 제대로 작성할 수 있었다. 이는 평소 넷째 작은아버지의 말씀을 통해 얻은 지식이었다. 작은아버지가 소주중학교에서 근무한 4년 동안 학문에 비약적인 발전이 있었다. 상무인서관 만유문고萬有文庫에 들어갈 『묵자』와 『왕수인王守仁』을 일주일에 한 권씩 빠른 속도로 완성하였는데, 그 내용 또한 아주 자세했다. "1만 권의 책을 독파하니, 신들린 듯 문장이 써진다"는 것은 이를 두고 하는 말일 것이다. 그가 쓴 『선진제자계년先秦諸子系年』은 체계가 방대하고 문장 또한 장중한데, 수년의 노력을 기울여 여러 차례 수정하여 완성하였다. 세월은 노력하는 사람을 저버리지 않는다고 하였듯이, 그의 저술은 사학계 인사들로부터 호평을 받는데, 심지어 혹자는 이것을 고염무의 저술과 비견하기도 했다.

전위장의 말을 통해서 우리는 그가 얼마나 많은 책을 섭렵하고 각고의 노력을 기울여 뛰어난 학식을 얻었는지, 또한 중국문학 방면에서 얼마나 큰 성과를 거둘 수 있었는지 알 수 있다. 전목의 성취는 사학에만 국한되지 않았으니 하우삼 교수의 말처럼 한 시대의 통유라 할 수 있다.

나는 전목의 중국문학사 원고 정리를 8월에 마치고, 출판하기 전『심천상보深圳商報』에 그중 일부분을 연재하였다. 이는 문학과 교육계의 많은 관심을 불러일으켰는데, 그가「서론」에서 "오늘에 이르기까지 중국에는 아직 이상적이라 할 만한 문학사가 나오지 않았다. 우리 모두 찾고 또 창조할 때를 기다린다"고 말했기 때문이다. 출판된 지 열흘쯤 되었을 때, 문학과 교육계의 학자들이 이에 대해 열띤 토론을 벌였다.『심천상보』의 기자 유유양劉悠揚은 자기네 신문사에서 발간한『문화광장文化廣場』을 여러 부 보내왔다. 8월 10일 판에는 북경대학 중문과 진평원陳平原 교수의 글이 실렸다. 그는 홍콩 중문대학 객원교수로 초빙되어 여러 해 동안 중국문학사를 강의하였고, 중국문학사와 관련된 저서도 여러 권 지었다. 그는 일찍이 두 권으로 출판된 전목의『중국문학강연집中國文學講演集』을 본 적이 있고, 또한 전목이 중국문학에 대해 적지 않은 독특한 관점을 가지고 있다고 생각했다.

진평원은 "저술과 강의 원고는 체재가 다르다. 본인의 수정을 거친 원고와 본인의 검토가 이루어지지 않은 강의노트는 더 큰 차이가 있다"고 하였다. 필자는 이 의견에 매우 동감한다. 일찍이 나는 전목이 강의한『중국역사연구법中國歷史硏究法』을 정리한 적이 있는데, 이 원고는 그의 검토를 거친 후 출판되었다. 이 중에는 삭제하거나 윤색한 부분도 있고, 새로 더한 부분도 있는데, 심한 경우 한 단락이 더 들어가기도 했다. 그러나 이 중국문학사 강의 원고는 전목이 검토하고 수정할 방법이 없었으니 참으로 유감스럽다. 진평원은 문학사는 개성화되어야 한다면서, 사상적으로 통일되거나 발행 부수를 추구하는 교재는 좋아하지 않으며, 전목처럼 이렇게 자기 주장을 펼친 것을 더 좋아한다고 하였다. 진평원은 전목의 지음知音이라고 할 수 있다.

이어서 『심천상보』는 남경대학 왕빈빈王彬彬 교수의 의견도 실었는데, 그는 "이상적인 문학사는 근본적으로 존재하지 않는데, 역사는 공통점을 찾는 것이 목적이고, 문학의 가치는 오히려 타인의 독특한 부분에서 드러나기 때문이다"라고 했다.

중산대학의 황천기黃天驥 교수는 다음과 같은 의견을 내놓았다.

> 전목처럼 자신의 생각대로 문학사를 쓰는 것은 당연히 좋은 일이고, 다시 써야 하는 문제도 일어나지 않는다. 학술계에 만약 능력도 있고 깨달음도 있는 사람이 있다면 너나 할 것 없이 모두 문학사를 쓸 수 있다. 이는 본래 자연스런 현상이고 격려해야 할 일이다.

복단대학의 진사화陳思和 교수는 또 이렇게 말했다.

> 문학에 대해 책을 쓰려면 개성화가 강조되므로, 책을 쓰는 사람은 자신만의 독특한 문학 견해와 기호가 있어야 하고, 심지어 자신만의 이론과 독특한 서술이 있어야 한다. ……전목이 중국고대문학사를 강의할 당시에는, 유대걸劉大杰의 『중국문학발전사中國文學發展史』만 개인적 특색을 갖추었고, 다른 문학사는 비교적 엉성했다. 그 후 서서히 전국적으로 권위를 지닌 교재들이 나왔으니, 전목이 말한 것 또한 사실이다. 그러나 이상적인 문학사란 영원히 나올 수 없을 것이다.

독일의 중국학자 볼프강 쿠빈Wolfgang Kubin은 전목의 문학사에 흥미를 느껴, 『심천상보』의 기자가 방문했을 때 이렇게 말했다. "100여 년 동안, 독일에서 10여 권의 중국문학사가 나왔는데, 중국·일본·한국을 제외하고 이처럼 많은 중국문학사가 나온 곳은 없을 겁니다." 그리고 『심천상보』의 기자 위패나魏沛娜가 그에게 "이번에 전목의 제자 섭룡이 정리하여 세상에 내놓은 『중국문학사』는 개인적 성향이 아주 강한 문학사입니다. 이처럼 개인적 색채가 강한 문학사에 대해 어떻게 생각하십니까?"라고 묻자, 이렇게 대답했다.

모든 문학사는 개인화되어야 합니다. 작가는 개인적인 기준·관점·방법을 가지고 있어야 합니다. 대단히 많은 문학사가 서로 그다지 큰 의견의 차이를 보이지 않는 것은, 학자가 독특한 입장을 가지고 있지 않거나 감히 이를 갖지 못하기 때문입니다. 나는 다른 사람의 입장이 옳든 그르든 상관하지 않습니다. 나는 그의 사상 안에 토론할 만한 새로운 인식과 이해가 들어 있기를 바랍니다.

남경대학 중문과의 막려봉莫礪鋒 교수는, 유유양 기자의 보도에 따르면 당송시기 문학을 연구한 사람이다. 그 역시 내가 기록한 중국문학사 원고를 보았는데, 그의 평은 매우 긍정적이었다.

전목은 주로 중국사상사를 포함한 중국역사 연구에 흥미를 가졌다. 그러나 중국전통문화도 경외하고 사랑하였기 때문에 중국고대문학 또한 아주 중시하였다. 선배 학자들을 보면 문학과 역사에 모두 정통하였는데, 전목 역시 고대문학에 깊은 소양이 있다. 그의 생각에 나는 완전히 동의한다.

막려봉은 다음과 같은 말도 했다.

5·4운동 이래, 중국고대문학은 호적의 백화문학 주류론과 1949년 이후의 민간문학 주류론·계급투쟁 주류론·유법儒法 투쟁 주류론 등에 의해 폄하되어, 중국문학사는 왜곡되어 체통이 서지 않았고, 문학전통은 철저히 전복되었다.

막려봉의 말은 전목의 의견과 완전히 일치한다. 그리고 전목의 강의 중 "황간黃侃의 한 제자가 『문심조룡』에 주석을 달 때, 「소이하량증답시蘇李何梁贈答詩」와 「고시십구수」를 모두 서한시기 작품이라고 한 것은 완전히 틀린 말이다"라고 한 부분에 대해 막려봉은 다음과 같이 반박하였다.

사실 범문란范文瀾은 『문심조룡주文心雕龍注』에서 이 문제를 논증하기 위해 많은 자료를 인용하였고, 아울러 "소무와 이릉의 진위에 대한 문제는 확실한 결론을 내리기 어려우니, 논의하지 않고 그대로 두는 것이 잘못이나 후회가 적을 것 같다"라는 설명까지 덧붙였다. 그러니 "모두 서한시기 작품"이라고 한 적이 없다. 그리고 기록자가 특별히 전목을 거론하면서 근대 최초의 발견자라고 칭찬한 것, 예컨대 최초로 조조의 문학 성취를 인정했다고 한 것이 그러한데 사실 노신은 이미 1927년에 지은 『위진풍도여문장급약여주적관계魏晉風度與文章及藥與酒的關係』라는 유명한 연설문에서 조조를 "문장 개조의 창시자"라고 한 적이 있다. 전목의 중국문학사는 전반적으로 주된 것과 부차적인 것, 중요한 것과 중요하지 않은 것의 비중도 타당하지 않다. 예컨대 『좌전』에 대해서는 100여 자 정도로 간략히 언급한 반면, 조착晁錯의 「논적저소論積貯疏」에 대해서는 오히려 지나치게 과장하여 설명했다. 그러나 아직 완전히 출판된 책을 읽은 것이 아니므로, 단지 단편적인 의견일 뿐이다.

막려봉의 반박에 몇 마디 설명을 덧붙이고자 한다. 전목은 학문을 연구하는 데 문벌이나 파벌 같은 것을 중요시한 적이 없고, 모든 학자들을 존중하고 우호적인 태도를 지녔다. 그는 문학사 강의에서 "황간의 한 제자"라고만 했지 결코 이름을 밝히지 않았다. 또 황간의 제자인 반중규潘重規 교수는 홍콩 신아서원 중문학과 주임을 맡았을 뿐 아니라, 후에는 대학원 원장이 되기도 하였다. 전목은 『사우잡억師友雜憶』이라는 글에서 자신 역시 가르침을 청하는 자세로 황간의 스승인 장태염章太炎을 방문한 적이 있다고 했다. 안타깝게도 당시에 난 전목에게 무슨 근거가 있냐고 물어보지는 못했지만, 절대 황간의 제자를 폄하하려고 한 것이 아님은 분명하다. 전목은 『국사대강國史大綱』을 출판했을 때 여러 사학자들에게 잘못된 부분을 교정해줄 것을 부탁하기도 했는데, 이를 통해 학문에 임하는 그의 겸손한 태도를 엿볼 수 있다. 또한 1927년에 노신은 이미 『위진풍도여문장급약여주적관계』라는 글에서 조조를 "문장 개조의 창시자"라고 칭하였고, 내가 특별히 전목을 거론하면서 이를 발견한 최초의 근대 사람이라고 칭송했다고 했는데, 사실 내가 이것을 기록할 때에는 결코 그런 의도가 아니었다. 전목의 『사우잡억』에는 그가 민국 11년(1922년) 가을, 하문夏門의 집미학교集美學校 고등사범부에서 3학년 두 반에게 국어를 가르치던 때의 일을 기록한 것이 있다. 그 내용은 이러하다.

다음날 수업에서 똑같이 조조의 문장 「술지령述志令」을 가르쳤다. 당시 나의 중국문학사 연구는 비로소 진척이 있었던 때였다. 한말 건안은 고금의 문체가 일변한 시기로 오언시가 이때 흥기했을 뿐 아니라, 산문체 역시 이전과 크게 다르다고 생각했다. 조씨 삼부자는 이 방면에 큰 공헌을 하였다. 그런데 조조의 이 문장은 진수陳壽의『삼국지』와 같은 문헌에는 기록되어 있지 않고, 단지 배송지裴松之의 주석에만 언급되어 있다. 그러므로 이 문장을 처음으로 뽑아서 강의하였던 것이다. ……내가 조조의 이 문장을 첫 번째로 강의하던 때는 바로 당시의 문학이 신·구 두 파가 팽팽히 맞서는 상황에 놓여 있었다. 그러나 학생들은 조조라는 사람이 중국문학사에서 이처럼 특수한 지위를 가지고 있다는 사실을 처음에는 알지 못했다. 그러므로 두 반 학생들은 갑자기 내 수업을 경청하였고 모두들 탄복하였다.

막려봉 교수의 말에 따르면 노신이 조조를 "문장 개조의 창시자"라고 언급한 것은 1927년의 일이지만, 전목은 민국 11년인 1922년에 했으니 노신보다 5년이나 빠르다. 이는 분명 전목이 중국문학사를 연구하면서 새로 알게 된 사실임을 알 수 있다. (전목의 이 글은 대북臺北 동대도서공사東大圖書公司에서 1983년에 출판한『팔십억쌍친八十億雙親·사우잡억합간師友雜億合刊』107쪽에 실려 있다.)

막려봉은 또한 이 책은 "전반적으로 주된 것과 부차적인 것, 중요한 것과 중요하지 않은 것의 비중도 타당하지 않다"면서, "예컨대『좌전』에 대해서는 100여 자 정도로 간략히 언급한 반면, 조착의 「논적저소」에 대해서는 오히려 지나치게 과장하여 설명했다"고 비판했다. 내 생각으로는 이는 평소 '다른 사람이 간략히 다룬 것은 자세히 다루고, 자세하게 다룬 것은 간략히 다루는' 전목의 소신에서 비롯된 것으로 본다. 이는 "책을 쓰는 사람은 자신만의 독특한 문학 견해와 기호가 있어야 하고, 심지어 자신만의 이론과 독특한 서술이 있어야 한다"고 한 진사화 교수의 말과도 아주 잘 부합한다. 전목의『중국경제사』와 마찬가지로 나는 그의 강의를 사실대로 기록했을 뿐 더하지도 빼지도 않았다. 내가 수강했던 여러 과목을 통해 볼 때, 전목은 언제나 미리 수업 준비를 하고, 수업 시간에는 준비한 자료에 근거하여 설명하였다.

근대의 유명한 문학가인 유재복劉再復은『심천상보』의 기자에게『전목의 중국문학사』에 대해 이렇게 말했다.

이는 분명 전목의 개성이 드러난 문학사, 즉 전목의 독립적이면서도 확고한 문화 이념과 심미적 취향이 드러난 문학사이다. 과거 수십 년 동안 국내에서 출판된 문학사 교재에 결핍되었던 것이 바로 개성과 개인적 시각·개인적 입장·개인적 심미 판단이다.

유재복은 다음과 같은 말도 했다.

나는 국내에서 출판된 문학사 교과서를 읽는 것이 아주 두렵다. 왜냐하면 너무 대동소이하고 중복되기 때문이다. 서로 복제하고 베낀 흔적이 너무 명확하다. 개성이 없는, 이른바 '안정된' 교과서는 '문학에 대한 연구'라고 할 수 없고, 학술적 가치도 없다. 그러나 교재란 학술적 가치도 고려해야 하지만, 단지 수준 높은 학술적 가치만 추구할 수 없다는 점도 인정하지 않을 수 없다.『전목의 중국문학사』는 일반적인 교재로서의 적합성을 따져본다면, 아마 적합하지 않을 수도 있다. 그의 유가儒家에 대한 사랑은 줄곧 변함이 없다. 그러나 그의 책을 많이 읽으면 각성제가 하나 더 늘어나게 될 것이니 과격함에 빠지지도 않고 경박함에 빠지지도 않을 것이다. 나는 섭룡이 정리한 이 원고가 수많은 독자의 생각을 이끌어낼 수 있기를 바란다.

　유재복은 매우 솔직해서 있는 그대로 말하는 사람이다. 나의 기록을 근거로 전목의 강의 내용이 깊이가 없다고 한다면, 그의 개인적인 시각과 입장, 개인적인 심미관일 뿐이다. 우리는 중국인이 쓴 중국문학사 몇 권을 읽어본 다음 개인적인 성향에 따라 좋은 것을 결정해도 될 것이다. 어느 교수도 말한 적이 있듯이, 관심이 있고 능력이 있는 학자들은 모두 중국문학사를 저술하여 자기주장을 펴고 함께 토론을 벌여도 무방할 것이다. 북경대학 중문과 교수 진효명陳曉明이 말한 것처럼 문학사를 서술하려면 개인적인 태도가 있어야 한다.

　요컨대 위의 교수들은 모두 중국문학사에 관심도 있고, 쓸 능력도 있는 사람이라면 각자 자신의 개성과 기호에 따라 저술할 수 있다고 주장했다. 전목이 '중국문학사' 과목을 강의하기 시작한 것은 1955년이다. 진사화의 말처럼 당시에 제대로 된 문학사라고는 유대걸의『중국문학발전사』뿐이었다. 나머지는 모두 단대사斷代史거나 희극사, 소설사처럼 문학의 한 장르만을 다룬 것이었다. 문학 전체를 다룬 것은 모두 조잡하고 엉성했다. 그러므로 전목은 아직까지 이상적이라 할 만한 문학사가 나오지 않았으니 후인들이 모색하고 창조해야 한다고 한 것이다. 이상적인 문학사를 창조하는 것은 어려운 일이기 때문에 관심과 능력이 있는 사람들이 공동으로 창조해야하고, 누구라도 자신의 의견을 개진할 수 있다.

　여러분은『심천상보』에 실린 여러 학자들의 의견을 통해, 완전무결한 '중국문학사'를 쓰는 것은 불가능하지만, 누구라도 다른 견해와 주장을 쓸 수 있음을 알았을 것이다. 이는 전목이 후대의 학자들이 함께 모색하고 창조해야 한다고 했던 말과 같다. 전목이 이 원고에서 제기한 중요한 문제들은 모두 토론할 가치가 있을 뿐 아니라, 중국문학사에 대한 그의 개인적인 의견을 말한 것이므로 참고할 만하다. 기록에 잘못된 부분이 있다면 그 책임은 당연히 나에게 있다. 고명하신 분들의 아낌없는 조언 부탁드린다.

섭룡

2015년 원단 이튿날에 씀

죽은 자의 마음으로 죽은 자를 쓰다

: 원고의 뒷이야기

**1**

이것은 아주 오래된 일이다.

이야기의 시작은 60여 년 전으로 돌아간다.

1947년, 소흥紹興의 19세 청년 섭룡은 생계를 위해 남경으로 갔다. 글씨를 잘 썼기 때문에 남경 정부에서 서기 일을 할 수 있었다. 이 시기의 섭룡에게 인생은 네모난 틀 안에서 올려다보는 하늘과 같았다.

그해, 무석無錫 사람인 52세의 전목은 이미 명성이 대단한 사람이었다. 시국이 요동을 치고 있었으므로 명문학교에 가지 않고, 이제 막 설립한 강남의 대학으로 돌아가 학술 방면에 유익한 일을 해보려고 하였다. 선생은 상해 정중서국正中書局의 요청을 받아, 야심만만하게 방대한 출판 계획을 세웠는데 『사부비요四部備要』 안에서 100종의 중국고전 필독서를 뽑아 출판하는 것을 주관하는 일이었다. 이 총서의 명칭은 『사부선수四部選粹』

이다.

1950년, 모든 것을 잃은 섭룡은 아무 대책 없이 무작정 홍콩으로 뛰어들었다. 밥 한 숟가락을 위해 그는 학비를 낼 필요 없는 천주교 산하의 명원중학鳴遠中學에 응시하여 합격하였고, 그 유명한 조경령調景嶺 난민촌으로 들어갔다.

당시 구룡九龍 계림가桂林街의 누추한 집에 거처하였던 전목 역시 인생에서 가장 힘들고 어려운 처지였다. 그 앞에 놓인 많은 인생길 가운데서 신아서원이라는 새로운 대학을 설립하는 길을 택했다.

1953년, 조경령에서 나온 섭룡은 마침내 신아서원의 교실에 앉을 수 있었다. 그때 처음 전목을 만났다. 엄숙하고, 거의 웃지 않았지만, 말문을 열기만 하면 사람을 끌어들이는 매력이 있었다. 그 낭랑한 고향 사투리는 절강浙江 출신의 섭룡을 반가움에 눈물 짓게 했다.

그해에 전목은 만 60세였고, 섭룡은 겨우 25세였다.

그들의 운명은 여기서부터 얽히기 시작한다.

계림가에서 사전沙田의 마료수馬料水까지 또 신아연구소에서 능인학원能仁學院까지, 그리고 또 홍콩에서 대만까지, 수업 중의 노트필기에서부터 강의 원고에 이르기까지, 섭룡은 줄곧 은사 전목을 따라다녔다. 그는 늘 그림자처럼 전목의 옆을 지켰던 가장 중요한 기록자 중 한 사람이었다.

60년 후, 고령에 접어든 섭룡은 신아서원에서 수업을 받으며 기록한 노트를 펼쳐보았다. 중국경제사·중국사회경제사·중국문학사·중국문화사·중국통사·진한사 등등. 그는 누렇게 변한 필기노트를 읽으며 스승과 제자가 함께한 날들을 회상하다가, 문득 한 가지 생각이 떠올랐다. 아직 보고 쓸 수 있는 이때를 이용해서, 세상이 어지러워 이리저리 떠돌아다니느라 출판하지 못했던 귀중한 강의 자료를 정리하여 '전학연구錢學研究'에 도움이 되어야겠다고 말이다.

맨 처음 나온 책이『중국경제사』이다.

2013년 말, 섭룡이 한 자 한 자 베끼고 교정하고 주석을 단『중국경제사』강의 원고가 홍콩에서 처음 번체자로 나왔고, 몇 개월 후 간체자 판본이 중국 본토에 들어갔다. 이 책은 비록 관심을 불러일으켰지만, 중국고대경제사를 연구하는 학자들 중에 공개적으로 의견을 내놓은 사람이 아주 적었다. 섭룡은 이 점에 대해 다소 실망하였다.

섭룡이 볼 때, 평생을 선생으로 살아온 전목으로서는, 중국문화에 관한 학문을 우선 강의로 생생히 살아 움직이게끔 펼쳐낸 것이기에 청중이 있어야 한다는 것이다. 이 책은 애당초 서재에서 읽게 할 것이 아니라, 장사꾼이나 심부름꾼, 재야의 일반인까지 흥미 있게 듣도록 해서 중국인의 뼛속에 들어 있는 문화적 혈통 안에 살아 움직이게 해야 한다고 생각했다.

그러므로 2014년 5월, 전목의 중국문학사 강의 원고 정리를 시작하면서 가장 먼저 든 생각이 바로 신문에 이것을 연재해야겠다는 것이었다. 그는 상호 교감이 이루어지기를 바랐다. 설령 그 시기가 너무 늦어 그의 스승이 보지 못하더라도 말이다.

이번에는 홍콩에서 가까운『심천상보』에 연재하기로 결정했다.

7월 24일부터 10월 10일까지, 전목의 중국문학사 원고는 무려 50회에 걸쳐 연재되었다. 60년이란 세월을 묵은 전목판錢穆版 문학사는 마치 한바탕의 지진처럼, 신속히 국내외 중국문학자들의 열띤 논쟁을 불러일으켰다. 8월 11일,『심천상보』는 '중국문학사를 다시 쓸 것을 제기하다'라는 주제로 탐방 시리즈를 내보냈다. 전리군錢理群·홍자성洪子誠·이타李陀·장융계張隆溪·유재복·볼프강 쿠빈·막려봉·황자평黃子平·진평원·진사화·왕덕위王德威 등 30명에 달하는 중국문학사 방면의 대가들이 5개월 동안이나 계속해서 의견을 내놓았다. 전목판 문학사로부터 시작해서 문학사의 저술과 전파, 연구와 강의 등의 제반 문제로 이어진 논쟁은 과거 상아탑에만 속했던 학문인 중국문학사를 대중 앞으로 끌어내었다.

전목의 중국문학사 강의 원고 연재는 하나의 큰 사건이 되었다.

거대한 역사의 소용돌이 속에서 진귀한 문물들도 대부분 결국 흙으로 돌아갔다. 그러나 전목의 중국문학사는 역사의 기록에 남을 것이 틀림없다.

중국 현대 학술사에서 좀처럼 보기 힘든 통유인 그는 평생 80여 종 1700만 자에 이르는 저서를 지었지만, 중국문학사에 관한 체계적인 전문 저서는 남기지 않았다. 후인들은 단지 여기저기 흩어져 있는 문학론이나 유명한 『중국문학강연집』을 통해서만 그의 고대문학에 관한 탁월한 견해를 볼 수 있을 뿐이다.

전목은 신아서원에서 중국문학사 강의를 두 번 개설했는데, 한 번은 1955년 가을에서 1956년 여름까지이고, 다른 한 번은 1958년에서 1959년까지이다. 강의는 중국문학의 기원에서부터 청말 장회소설까지 31편, 약 20만 자로 이루어져 있어 완벽한 체계를 갖추었다고 할 수 있다.

섭룡이 회고하기를 전목은 수업 준비를 매우 철저하게 하여 매번 이삼십 장의 자료카드를 가지고 왔고, 수업시간 또한 자유로웠는데 적게는 한 시간이고, 흥이 나면 세 시간씩 이어지는 것이 다반사였다고 했다. 섭룡은 언제나 자세히 필기를 하여 최대한 한 글자도 빠트리지 않으려 애썼기 때문에, 노트 검사를 하면 언제나 높은 점수를 받았다고 한다.

"내가 홍콩에서 열 몇 차례 이사를 했지만, 이 노트는 아까워서 버리지 못했지." 섭룡은 홍콩 청의도靑衣島에 있는 자택에서 이미 누렇게 바랬어도 여전히 잘 보존된 필기 노트를 쓰다듬으면서 아주 오래전의 일을 떠올렸다.

이것은 60년 전의 골동품이다. 겉은 초라해 보이는 갈색 굉지로 되어 있고, 안에는 가로로 좁은 줄이 그어져 있어 마치 산수 노트 같다. 섭룡은 그

것을 90도 돌려서 반듯반듯하게 번체자를 썼던 것이다. 만년필로 쓴 글씨체는 아주 예쁘고, 각 페이지마다 주석과 미비眉批를 달아 빈 공간은 모두 붉은색과 파란색으로 가득 메워져 있었다. 두꺼운 노트를 들어보니 꽤 묵직한 것이 젊은 학생의 심장 박동이 은은히 느껴지는 듯하다.

아무리 작은 일이라 할지라도 모두 전생에 정해지지 않은 것이 없다. 신아서원의 교우들은 언제나 "우연히 무에서 유를 창조했다"는 말로 이 역사를 설명하곤 한다. 빌려온 도시, 빌려온 시간인 이 홍콩에서, 심지어 빌려온 교실에서, 한 국학대사國學大師가 절해고도에 가까운 식민지에서 본국의 역사를 서술한 것은 원래 아주 우연한 일이었다. 섭룡은 때마침 신아서원에 들어가 공부를 하게 되었는데 아주 열심히 필기를 하였을 뿐 아니라, 절강 사람이었기에 전목의 무석 방언을 다 알아들을 수 있었다. 그리하여 전목의 체계적인 강의는 귀중한 기록으로 남을 수 있었던 것이다.

이 강의 원고의 가치를 어떻게 확정할까? 이것은 장차 '전학錢學'에 대해, 중국문학사에 대해, 그리고 끊어진 문화의 뿌리를 다시 찾으려는 너·나·그에게 어떤 변화를 가져올 것인가? 그는 아직 아무것도 알 수 없을 것이다.

그러나 어느 누구도 부인하지 못할 것이다. 글자마다 담겨 있는 그의 눈부신 삶의 격정을 말이다. 그것은 바로 전목이 신아서원을 창립하고 온갖 고생을 겪었던 1949년부터 1965년에 이르는 16년의 세월에서 나온 것이고, 영국 식민지였던 이곳에 유가정신을 부흥시키려다가 겪은 사상적 곤경에서 나온 것이며, 자신의 생명의 촛불을 석 자 높이의 강단에서 쏟아부으며 만들어낸 한 글자 한 글자로부터 나온 것이다. 이것은 그의 탁월한 학술 논저와 비교해도 거의 동등한 가치를 지닌다. 큰 시대를 살아온 지식인을 연구하는 데 있어서 이것은 표본적인 사례로 매우 귀중하다.

전목의 많은 제자 가운데 섭룡의 이름은 그다지 알려지지 않았다. 그는 퇴직하기 전에는 능인학원의 원장으로 있었고, 청대 동성파에 대해 연구하면서 성실히 학자로서의 인생을 살았다. 어느 누구도 그가 전목의 가장 충성스런 제자가 될 줄은 몰랐다.

섭룡은 자신의 일생을 돌아보면서 자신의 모든 성공은 '글자를 쓰는' 것과 연관이 있다고 자조했다. 그러나 성실한 서기에서부터 스승의 기록자에 이르기까지, 그가 평생 중국 전통문화에서 결코 없어서는 안 될 '사관史官'의 정신을 실천하지 않았다고 누가 말할 수 있겠는가?

저서를 남겨 자신의 견해를 말하는 것은 분명 훌륭한 일이다. 기록을 남겨 전하는 것 또한 결코 없어서는 안 될 중요한 일이다.

한 사람은 국학의 전도사이고, 다른 한 사람은 이리저리 떠돌다 구제를 받고 운명이 바뀐 청년이다. 전목과 섭룡의 인생은 60년 후 완전히 하나의 원으로 겹쳐졌다.

섭룡은 스승의 횃불을 이어받아 그의 학문을 전했다.

## 2

신아서원을 이해하지 못하고, 계림가桂林街 시절의 신아캠퍼스를 이해하지 못하면 이 『전목의 중국문학사』를 읽어도 이해할 수 없을 것이다.

계림가 시절의 신아캠퍼스는 망명의 분위기로 가득 차 있었다. 신아서원만 그런 것이 아니라 홍콩이라는 이 도시조차도, 그 시절에는 '망명자'라는 꼬리표에서 벗어날 수 없었다.

1949년은 격동의 시절이었다. 내륙에서 홍콩으로 망명온 전목·당군의唐君毅·장비개張丕介 등은 일시에 자금을 조달할 어떤 인적 네트워크도 없었다. 초라하게 떠돌면서도, 먹고 입을 것을 아껴 신아서원을 창립했다. 신아는 '새로운 아시아'라는 의미이다. 당시 대륙의 지식인들이 중국의 전통문화를 비판하는 것을 보고, 전목은 중국문화를 위하여 공평한 말을 할 필요가 있다고 생각했다.

200제곱미터가 채 안 되는 협소한 공간에서, 그들은 국민이 다시 중화문화에 대해 자부심을 가질 수 있도록 하고자 했다. 그러나 이는 결코 쉬운 일이 아니었다.

"그가 막 신아를 창립했을 때는 매우 어려웠지. 늘 대만에 가서 받은 강연료를 신아에 보태야 했지." 섭룡은 그 당시를 이렇게 회고했다. 돈이 없어 학교 건물 임대료도 못 냈고, 교수에게 월급도 주지 못하였으며, 학생은 학비를 내지 못했다고 말이다. 뿐만 아니라 대륙에서 망명해온 의탁할 곳 없는 학생들의 생활까지 돌봐주어야 했다고 하였다.

섭룡은 전목이 수업 시간에 공자의 말씀을 인용하여 사士란 이상을 지니고 있으면서 도의를 짊어질 수 있는 사람으로, 못 입고 못 먹는 것을 부끄러워하지 않는다고 한 말을 아직도 기억하고 있는데, 그 자신은 당연히 이 말을 한결같이 신봉하였다.

신아서원은 몇 년 동안 정말 힘들었다. 전목은 사재를 헌납하였고, 당군의와 장비개는 신문사에서 받은 원고료를, 장비개의 아내는 전당포에 패물을 저당잡혀서 집세와 전기 요금·수도 요금을 납부하였다. "정말 전기 요금도 못 낼 정도로 가난했어." 섭룡이 웃으면서 말했다. 비록 가난했지만, 신아서원이 문을 연 이후, 학비를 내지 못해 퇴학당하는 학생은 없었다. 당시 1년 학비는 홍콩 돈으로 480원이었는데, 학비 면제를 받는 학생이 무려 80퍼센트에 달했다.

당시 계림가 61호에서 64호까지 네 개 구역에 신아서원 전체가 들어가 있었다. 당시 4층을 모두 터서 교실로 만들었는데, 섭룡은 아직도 중간에 두꺼운 목판을 대고 이쪽에서는 심리학을 가르치고 저쪽에서는 교육이론을 가르치던 일을 기억한다. 학교 아래층에는 방직 공장이 있어 기계 소리가 아주 시끄러웠다. 맞은편은 삼보불당三寶佛堂이라 시장이 자주 열렸다. 뒤쪽은 조주반점潮州飯店이라 장사꾼들의 소리가 끊이지 않았고, 약간 옆쪽에는 댄스홀인지라 간드러진 음악소리가 계속 흘러나왔다.

도서관도 없고 교육을 위한 시설도 없이 단지 네 개의 벽으로만 이루어진 신아서원은, 객관적으로 말하면 전목이 지은 '신아교가新亞校歌' 중 "빈손에는 아무것도 없고, 아득히 먼 길은 끝이 없다"는 노랫말 그 자체였다.

홍콩으로 망명온 학생들은 전국 각지에서 왔고 직업 또한 각양각색이었다. 「강산미인江山美人」의 여주인공이자, 소씨황매희邵氏黃梅戲에 소속된 배우 중 가장 인기가 있었던 임대林黛 역시 신아에서 잠시 공부한 적이 있다. 영국 정부는 많은 학생과 난민을 신계新界 서공西貢의 조경령에 안치하였는데, 이들은 낮에는 마안산馬鞍山에 돌을 캐러 가거나 길을 닦았고, 밤에는 수업을 들으러 버스를 타고 신아에 왔다. 수업이 너무 늦게 끝나면 삼삼오오 모여 계단에서 잠을 잤는데, 전목 등은 외부에서 강의를 마치고 늦게 오면 조심조심 그들을 넘어 위층으로 올라가곤 했다.

섭룡은 바로 조경령 난민촌의 일원이었다. 1953년에 입학한 이래, 그는 줄곧 신아에서 아르바이트를 했다. "일과 학업을 병행했지. 학비를 낼 돈이 없어 학교 교무처에서 심부름을 했는데 편지나 공문을 보내기나 사무를 보았지." 비록 이런 상황이었지만, 그는 그래도 즐거웠다. 그를 위시하여 그와 같은 처지에 있는 학생들도 스승인 전목에게 이렇게 말하곤 했다. "우리는 교실에 들어오면 반나절은 위안을 얻을 수 있습니다. 신아에 들어오면 마치 다시 집을 얻은 듯합니다. 그래서 이 무정한 생활에 대항하고 버텨볼 용기가 생깁니다."

이처럼 경제 상황은 어려웠지만, 초창기 신아의 교수진은 모두 상당한 명성이 있던 사람들이었다.

전목과 당군의는 말할 필요도 없고, 일찍이 국민정부 교육부 고등교육사高等教育司의 사장司長이었던 오준승吳俊升은 존 듀이John Dewey의 제자이다. 경제를 가르치던 장비개와 양여매楊汝梅는 대륙에서 이미 이름이 났던 인물이다. 여영시余英時의 아버지 여협중余協中은 서양사를 가르쳤다. 남경 국민정부 중국행정원 원장이자 손중산孫中山의 아들인 손과孫科의 비서 양한조梁寒操는 작문을 가르쳤다. 시인이자 서예가인 증극단曾克端, 역사학자 좌순생左舜生, 갑골문 전문가 동작빈董作賓, 국학 연구가 요종이饒宗頤와 나향림羅香林 등은 모두 신아에서 교편을 잡거나 강의를 하였다.

"그러나 신아 교수들의 월급은 너무 적어 한 달에 겨우 홍콩 돈 일이백 원을 받았지. 이는 당시 홍콩 정부에서 설립한 초등학교 2급 이하 교사의 월급에 해당하였는데, 이마저도 못 받는 때가 많았지." 섭룡이 당시의 일을 회고하면서 이렇게 말했다.

지난 세기 50년대 초, 홍콩 전체에 대학이라고 불릴 자격이 있는 학교는 단지 홍콩대학 한 곳뿐이었다. 신아서원은 '비정규대학'으로 불리었지만, 교문에 '신아서원 대학부'라는 간판을 걸었다. 하루는 홍콩의 교육사敎育司 사장司長 고시아高詩雅가 순찰을 왔다가 이 간판을 보고 크게 웃었다고 한다. 그러면서 비록 교수 명단은 괄목상대할 만큼 많지만 영국 홍콩 정부의 규정에 위배되니 간판을 밖에 걸지 말고 옮기라고 당부했다고 한다.

신아는 1952년 7월 한 학년을 마치고 만자灣仔의 육국반점六國飯店 이층 양식당에서 제1회 졸업식을 거행했다. 여영시와 장덕민張德民 두 졸업생도 참석했다. 전목은 대만에 있었기 때문에 참석하지 못했다. 그러나 얼마 후 전목이 담강문리학원에서 강의를 하던 중 천장이 떨어져 머리를 크게 다쳐, 대만에서 3개월은 치료해야 한다는 소식이 전해졌다.

또 어느 해 여름은 홍콩이 몹시 무더웠는데, 전목은 또다시 위궤양이 심해져 홀로 쓸쓸히 빈 교실 바닥에 누워 요양을 했다. 여영시가 문병을 갔는데 몹시 마음이 아팠다고 한다. 여러 해가 지난 후, 여영시는 「유기풍취

수상린-경도전빈사사猶記風吹水上麟-敬悼錢賓四師」라는 글에서 이렇게 말했다.

> 내가 그에게 도와드릴 만한 일이 있는지 묻자, 왕양명王陽明의 문집을 읽고 싶다고 했다. 나는 바로 상무인서관에 가서 한 권 사다 드렸다. 내가 돌아왔을 때 그는 여전히 혼자 교실 바닥에 누워 있었는데, 마치 신아서원이 텅 빈 것 같았다.

전목은 섭룡에게 자기 마음속의 '신아정신新亞精神'에 대해 이렇게 말한 적이 있다. "이상도 없이 고생하는 것은 스스로 고생을 자초하는 것이고, 이상을 지니고 하는 고생이야말로 정신이라 할 수 있다."

전목의 학술 연보를 보면 뜻밖에 60세까지 출판한 작품이 없음을 알 수 있다. 61세에 출판한 것도 대만에서 한 강연 원고를 모은『중국사상통속강화中國思想通俗講話』이고, 정식 논문 또한『공자여춘추孔子與春秋』와『산아교간新亞校刊』등의 잡지에 쓴 약간의 문장이 있을 뿐이다. 이때는 전목의 학술 연구의 침체기라고 할 수 있다.

이 문학사 강의 원고는 바로 이러한 상황에서 섭룡이 기록한 것이기에 정말 얻기 힘든 귀중한 자료이다.

지금 사람들은 전목의 주요 성취는 1949년 전과 1967년 대만에 간 후에 이루어졌다고 본다. 그의 대표작『국사대강』과『주자신학안朱子新學案』은 이 두 시기에 각각 완성되었다. 전목이 홍콩에서 학교를 운영하던 1949년에서 1965년까지의 16년은 중요한 저작이 나오지 않았기 때문에 사람들은 이를 가벼이 넘겨버렸다.

그러나 사실 신아서원은 전목의 일생에서 중요한 한 페이지라고 할 수 있다. 그는 자신의 문화적 이상을 모두 신아서원에 걸었다. 전목은 88세에 눈이 보이지 않게 되었다. 그가 말하고, 아내 호미기胡美琦가 받아 적은『팔십억쌍친·사우잡억八什憶雙親·師友雜憶』에서 전목은 자신의 인생을 회고했다. 이는 모두 20장으로 이루어져 있는데, 그중 신아서원에 대한 것이 5장이나 되어 전체의 4분의 1을 차지한다.

전목은 책에서 허심탄회하게 다음과 같이 말했다.

학교를 창립한 이래로 15년, 그리고 아주문상학원亞洲文商學院 야간학교에서의 1년을 포함하여 16년 동안은, 내 인생에서 가장 바쁜 16년이었다.

분명 이 16년 동안 전목은 자신의 정력을 학술 연구에 바치지 않고, 신아서원의 미래를 위해 바삐 뛰어다녔다.

전목은 신아를 굳게 지켜나가겠다는 자신의 초심에 대해 이렇게 말한 적이 있다고 섭룡이 회고하였다.

학생들 가운데 일부는 기아선상에 놓여 있고, 일부는 망명의 고통이 영원히 마음속에 자리하고 있기에, 대부분 오늘만 넘길 뿐 내일을 모른다. ⋯⋯우리가 그들에게 정확하면서도 밝은 인생의 꿈을 줄 수 없다면, ⋯⋯이 시대의 중국 청년들로 하여금 각자 자신의 인생 출로를 찾지 못하게 한다면, 이른바 문화전통이라는 것은 그저 한때 존재했던 하나의 단어로 변하여 서서히 안개와 구름처럼 사라지고 말 것이다.

# 3

전목의 걱정은 결코 우연이 아니다.

전목이 중국문학사를 강의했던 1955년은 홍콩이 여전히 영국정부 통치하의 식민지에서 벗어나지 못했다.

전목은 시대 변혁에 대해 한없이 탄식하며 이러한 시대에 대응할 수 있는 새로운 가치를 전통으로부터 찾으려 했지만, 동시에 신문명이 가져온 강한 충격을 무시할 수 없었다. 그의 이러한 심각한 내적 모순은 중국문학사 강의 원고에도 그대로 드러났다.

섭룡은 전목이 중국문학사 강의 첫날에 한 '엄중한 말'을 아직도 똑똑히 기억하고 있다.

> 오늘날에 이르기까지 중국에는 아직 이상적이라 할 만한 문학사가 나오지 않았다.

"당시는 분명 이해가 되지 않았다. 이 엄중한 말 때문에 이미 『중국문학사』를 저술하였던 학자나 교수에게 죄를 짓는 것은 아닐까? 선생님은 줄곧 신중하고 겸손하셨던 분이었기에 이렇게 비평하는 경우가 사실 많지 않았다." 이러한 의혹은 오래도록 섭룡의 마음속에서 떠나지 않았다.

섭룡은 자신이 선생이 되어, ABC를 읽으며 성장한 젊은이들에게 전통문화를 가르치면서 생계와 이상이 갈수록 충돌하는 상황과 마주하고 나서야, 전목의 심정이 얼마나 비통했던지 알 수 있게 되었다.

1955년, 전목이 중국문학사를 강의하던 시대는 온통 신문화 세상이었기에 전통문화의 지위는 결코 높지 않았다. 그와 당군의 등의 국학대사가 대륙에서 홍콩으로 와서 신아서원을 창립한 목적은 바로 유가의 정신과 전통을 부흥시키기 위해서였다. 그러나 당시 홍콩은 식민지적 색채가 너무 농후하고 서양문명이 물밀듯 몰려와, 전통문화는 더욱 발붙일 곳이 없었다.

이러한 시대 상황에서 전목이 중국문학사를 강의한 것은 그 스스로도 말했듯 "죽은 자의 마음으로 죽은 자를 논한" 것이었다. 아주 오랜 시간이 지나서야 섭룡은 비로소 알았다. 스승이 "오늘에 이르기까지 중국에는 아직 이상적이라 할 만한 문학사가 나오지 않았다"라고 단정지은 것은 결코 다른 사람을 무시해서가 아니라, '신문학이 나온 후 죽을 위기에 처한 구문학의 처지'를 비통해하는 심정으로 제대로 된 중국문학사의 필요성을 호소한 것이라는 것을. 이는 '죽은 자를 다시 살아나게 하여' 신문학에도 어느 정도 공헌할 수 있도록 하기 위해서였다.

전목의 강의 원고는 절망의 상황에서 피어난 불굴의 정신으로 관통되어 있다.

전목은 구문학 특정 일파의 주장에 얽매이지 않고, 각종 학설을 모두 받아들여 비판도 하고 받아들이기도 하였다. 그는 '홍학紅學'이 유행하는 것을 비판하면서, '아녀자의 누각'에 깊이 빠진 사람들이 '홍학'으로 세상을 구제할 수 있느냐고 따져 물었다. 그는 '5·4운동'이 커다란 영향력을 발휘할 수 있었던 것은 결코 무슨 이론을 내놓아서가 아니라 신문학의 도움이 있었기 때문이라고 했다. 그는 자신을 비난하는 신문학 진영에 대해 냉정한 태도로 "통속문학은 나름의 역량을 가지고 있지만, 이런 문체로 엄숙한 문화사상을 토론할 수는 없다"고 하였다. 그는 구문학이 이미 죽었다는 사실을 잘 알고 있었지만 시종일관 버리지 않고, 포용하고 공존할 것을 부르짖었다. 그는 모든 문학가는 각기 장점을 가지고 있고, 열 가지를 모두 잘하는 사람은 없다고 했다. 문체 역시 각각의 가치가 있고, 그 어느 것도 천하를 독차지할 수 없다고도 했다. 사마천은 사론史論에는 정통하였지만 시에는 정통하지 못하였고, 호적은 아예 시를 지을 줄 몰랐으며, 그의 '팔불주의八不主義' 역시 하나의 의론에 불과하다고 했다. 즉 "우리는 이미 인간으로 진화하였지만, 살아가는 데 있어 기타의 동식물 또한 여전히 필요하다. 그러므로 백화문이 출현했어도, 기타의 문체 또한 여전히 존재해야 한다. 백화문학사만으로는 지난 과거의 역사를 모두 대표할 수 없다"는 것이다.

전목은 위진남북조 문학을 좋아하였는데, 특히 건안문학에 대해서는 필묵을 아끼지 않고 독립시켜 한 장으로 만들었다. 그뿐만 아니라, 건안문학에 대해 이전 사람, 심지어 지금 사람들과도 다른 평가를 하였다. 위진남북조는 역사적으로 쇠퇴기에 속하고, 정치제도와 인격 면에서도 암흑기로 간주하였는데, 이는 아마 전목이 전반기 인생에서 경험한 동란의 시대와 아주 흡사하였기 때문에 그랬을 것이다.

시대의 전환기에 처한 전목은 줄곧 위기의식을 지니고 중국문학의 미래를 생각했다. 중국에는 순수문학이라는 관념이 있은 적이 없고, 중국 전통문학은 인생·역사·천지와 고도로 융합되어 있으므로 만약 전통문학사가 다시 살아나지 않으면, 중국 사회의 현실인생 또한 가장 가치 있는 부분이 죽게 될 것이라고 생각했다. 그리고 중국문학사에서 일체의 통속문학은 결국 상층과 통해야만 비로소 의의가 있으니, "예컨대 악부·전기·사곡·극본·장회소설 등은 뒤로 갈수록 더욱 흥성해졌다는 것이다". 그러므로 신문학이 만약 신괴·무협·연애·탐정 등의 유희적 소일거리에만 국한된다면 점차 몰락하게 될 것이라고 했다.

이러한 관점은 60년이 지난 지금도 여전히 우리를 크게 각성시켜준다.

지금의 모든 역사는 과거가 되겠지만, 머리를 들고 후인의 기록을 볼 수 있는 사람은 전목뿐이다. 오늘날의 중국도 또 세계도 언제 역사를 거울로 삼은 적이 있었던가?

60년 전 어느 수업시간, 전목은 굴원의 「이소」를 강의하다가 강단 아래의 학생에게 수업과 관련없는 말을 한마디 했다. 그는 문학의 최고 경지는 다른 사람이 이해해주기를 바라지 않는 것이라고 했다. 예컨대 굴원이 쓴 「이소」는 원망의 감정을 진실하면서도 자연스럽게 드러냈지만, 굴원은 결코 이를 다른 사람이 들으라고 한 것이 아니라는 것이다. 이는 마치 구름이 무슨 목적을 위해 가는 것이 아니고, 물이 무슨 목적을 위해 흘러가는 것이 아닌 것과 같다고 하였다. 우리가 인생에서 기쁨과 슬픔, 만남과 헤어짐에 직면하면 역시 이러해야 할 것이라고 하였다.

전목에게 20세기는 마치 돈키호테가 풍차와 벌였던 한바탕의 전쟁터 같았다. 다른 사람이 이해해주기를 바라지 않았지만, 하늘에 떠가는 구름과 흐르는 물처럼 투쟁했다. 비록 패배하더라도 오히려 이를 영광으로 삼으면서. 그는 평생 중국 전통문화를 지켜온 것을 후회하지 않는다고 말하면서도, 간혹 어쩌다 시대의 변혁에 대해서는 탄식하였다.

## 4

만약 비판만 하라고 할 것 같으면, 이는 분명 결점이 있는 중국문학사이다.

그것은 자세하고 간략히 해야 할 부분의 비중이 맞지 않아, 어떤 부분은 몇 마디 말로 지나가버렸고, 어떤 부분은 지나치게 상세히 묘사했다.

그것은 엄정한 학술 규범이 결핍되어 있고, 구어가 문어체보다 많다.

그것은 지나치게 생각난 대로 말한 것이라 산문 같지 논문 같지 않다.

그것은 너무 초보적이어서 심오한 연구와 발견이랄 게 없다.

심지어 기술적인 착오와 누락이 있다.

그러나 이것을 다시 1955년의 이루 말할 수 없을 정도로 낡아빠진 교실로 되돌아가게 하고, 당시 전목과 마주했던 땀으로 범벅이 된 근심어린 얼굴로 되돌아가게 하고, Google 검색 같은 것은 말할 것도 없고 주변에서 몇 권의 참고서조차 찾을 수 없던 시절로 되돌아가게 하고, 한 교사가 강단에 처음 서던 때의 마음으로 되돌아가게 한다면……

만약 지식이 전파되지 않으면, 그것은 도대체 가치가 있는 것인가 없는 것인가?

낮에는 벽돌을 옮기고 밤에는 와서 수업을 듣고, 전통문화를 그들의 마지막 '뿌리'와 '고향'으로 생각하는 프롤레타리아 대중을 마주하고서, 전목은 단지 그리고 반드시 이렇게 중국문학사를 강의할 수밖에 없었을 것이다.

그것은 현실에서 동떨어져 저 높은 곳에 있지 않다.

그것은 침통하면서도 깊은 정이 느껴지는 문학사이다.

그러므로 그것은 존중받을 가치가 있다.

문학사가 중국인에게 그렇게 중요하게 여겨지는 것은 아마 그것이 줄곧 단순하지 않기 때문일 것이다.

전목판 중국문학사가 세상에 나온 이후, 장장 5개월 동안 '중국문학사를 다시 쓸 것을 제기하다'라는 주제로 인터뷰 기사를 내보냈다. 발언한 학자마다 모두 자신의 문학사에 대한 관점을 강력히 주장하였다.

이는 다음과 같은 사실을 생각해보지 않을 수 없게 한다. 이 학자들에게 '문학사 의식'이란 무엇을 의미하는가? 그들은 문학사를 논할 때 실제로 무엇을 말하고 있는 것일까?

유재복은 인터뷰에서 문학사를 다시 쓰려 했지만 지금까지 그것은 '꿈'에 불과하였고, 아마 영원히 실현할 수 없을 것이라고 자조 섞인 말을 했다. 지난 세기 80년대 이상주의가 물밀듯 들어온 후부터 지금까지, 검은 머리가 백발이 되면서 학자들은 점차 문학사를 새로 쓰는 것은 공화국 역사와 밀접한 연관이 있고, 머리카락 하나만 당겨도 온몸이 움직이듯 아무리 사소한 내용도 결국 큰 결과를 초래할 수 있으므로, 이것이 결코 쉬운 일이 아님을 알게 되었다.

현실주의자들은 이를 멀리하는 길을 선택하였고, 이상주의자들은 출판 가능 여부에 상관없이 여전히 자신의 문학사를 수정하였다. 더 많은 사람들은 자신의 방식을 조정하거나, 고증으로 전환하거나, 다른 영역으로 나갔다. 혹은 전목이 당시 그랬던 것처럼 민간사회·지역사회·기업으로 들어갔지만, 모두 보급하는 것에만 힘쓸 뿐 아예 다른 선택을 하지 않았다.

학술은 때로는 정말 밥 한 그릇에 지나지 않는다.

지식인에게 선택의 길이 없을 때, 연구는 그들에게 최후의 정신적 보루가 될 수 있다.

그리하여, 이 긴 이야기는 마침내 끝을 맺을 순간에 이르렀다.

60년 전 9월의 어느 날, 전목이 교실을 둘러보며 강단에서 느릿느릿 토해낸 그 한마디 말.

　　오늘에 이르기까지 중국에는 아직 이상적이라 할 만한 문학사가 나오지 않았다.

그가 말한 것이 어디 문학사란 말인가? 그가 말한 것은 바로 자신의 생명이 어떻게 그 시대를 걸어왔는지에 관한 이야기이다.

유유양(『심천상보』 문화기자)
2015년 5월 17일 깊은 밤에 씀

제3장 『시경』

1. 敍物以言情謂之賦, 情盡物也. 索物以托情謂之比, 情附物也. 觸物以起情謂之興, 物動情也.

2. 子貢曰 "貧而無諂, 富而無驕, 何如?" 子曰 "可也. 未若貧而樂, 富而好禮者也." 子貢曰 "『詩』云'如切如磋, 如琢如磨', 其斯之謂歟?" 子曰 "賜也! 始可與言『詩』已矣, 告諸往而知來者."

3. 子夏問曰 "'巧笑倩兮, 美目盼兮, 素以爲絢兮,' 何謂也?" 子曰 "繪事後素." 曰 "禮後乎?" 子曰 "起予者商也! 始可與言『詩』已矣."

4. 『詩』云 "緡蠻黃鳥, 止于丘隅." 子曰 "于止, 知其所止, 可以人而不如鳥乎?"

## 제11장 한부漢賦

1. 揚子雲工于賦, 王君大習兵器, 余欲從二子學. 子雲曰"能讀千賦則善賦." 君大曰"能觀千劍則曉劍." 諺曰"伏習象神, 巧者不過習者之門."

2. 或問"吾子少而好賦", 曰"然. 童子雕蟲篆刻", 俄而曰"壯夫不爲也."

3. 詩人之賦麗以則, 辭人之賦麗以淫. 如孔氏之門用賦也, 則賈誼升堂, 相如入室矣. 如其不用何?


## 제14장 한대 주의奏議 · 조령詔令(부서찰附書札)

1. 管子曰"倉廩實而知禮節." 民不足而可治者, 自古及今, 未之嘗聞. ……生之有時, 而用之亡度, 則物力必屈. 古之治天下, 至孅至悉也, 故其蓄積足恃. 漢之爲漢, 幾四十年矣, 公私之積, 猶可哀痛! 失時不雨, 民且狼顧矣. 歲惡不入, 請賣爵鬻子, 既或聞耳矣. 安有爲天下阽危者若是, 而上不驚者? 世之有飢穰, 天之行也, 禹·湯被之矣……兵旱相乘, 天下大屈, ……而直爲此廩廩也, 竊爲陛下惜之! 夫積貯者, 天下之大命也. 苟粟多而財有餘, 何爲而不成? 以攻則取, 以守則固, 以戰則勝. 懷敵附遠, 何招而不至? 今驅民而歸之農, 皆著于本. 使天下各食其力, 末技游食之民轉而緣南畝, 則蓄積足而人樂其所矣.

2. 明君貴五穀而賤金玉. 今農夫五口之家, 其服役者不下二人, 其能耕者不過百畝, 百畝之收, 不過百石. 春耕, 夏耘, 秋穫, 冬藏, 伐薪樵, 治官府, 給徭役. 春不得避風塵, 夏不得避暑熱, 秋不得避陰雨, 冬不得避寒凍, 四時之間, 亡日休息. ……勤苦如此, 尚復被水旱之災, 急政暴賦, 賦斂不時, 朝令而暮改. 當其有者半賈而賣, 亡者取倍稱之息, 于是有賣田宅·鬻子孫以償債者矣. 而商賈大者積貯倍息, 小者坐列販賣, 操其奇贏, 日游都市, 乘上之急, 所賣必倍. 故其男不耕耘, 女不蠶織, 衣必文采, 食必粱肉, 亡農夫之苦, 有阡陌之得. 因其富厚, 交通王侯, 力過吏勢, 以利相傾, 千里游遨, 冠蓋相望, 乘堅策肥, 履絲曳縞. 此商人所以兼并農人, 農人所以流亡者也. 今法律賤商人, 商人已富貴矣. 尊農夫, 農夫已貧賤矣. ……欲民務農, 在于貴粟. 貴粟之道, 在于使民以粟爲賞罰. 今募天下入粟縣官, 得以拜爵, 得以除罪. 如此, 富人有爵, 農民有錢, 粟有所渫. 夫能入粟以受爵, 皆有餘者也. 取于有餘以供上用, 則貧民之賦可損, 所謂損有餘·補不足, 令出而民利者也.

3. 自古受命及中興之君, 曷嘗不得賢人君子與之共治天下者乎! 及其得賢也, 曾不出閭巷, 豈幸相遇哉? 上之人不求之耳. 今天下尚未定, 此特求賢之急時也. ……若必廉士而後可用, 則齊桓其何以霸世! 今天下得無有被褐懷玉而釣于渭濱者乎? 又得無有盜嫂受金而未遇無知者乎? 二三子其佐我明揚仄陋, 唯才是舉, 吾得而用之.

4. 少卿足下: 曩者辱賜書, 教以順于接物, 推賢進士為務. 意氣勤勤懇懇, 若望僕不相師, 而用流俗人之言. 僕非敢如此也. 僕雖罷駑, 亦未嘗側聞長者之遺風矣. 顧自以為身殘處穢, 動而見尤, 欲益反損, 是以獨鬱悒而與誰語. 諺曰"誰為為之, 孰令聽之?"蓋鍾子期死, 伯牙終身不復鼓琴. 何則? 士為知己者用, 女為悅己者容. 若僕大質已虧缺矣, 雖才懷隨和, 行若由夷, 終不可以為榮, 適足以見笑而自點耳. ……故禍莫憯于欲利, 悲莫痛于傷心, 行莫醜于辱先, 詬莫大于宮刑, 刑餘之人, 無所比數, 非一世也, 所從來遠矣. ……僕與李陵, ……趣舍異路, 未嘗銜盃酒, 接殷勤之餘歡. 然僕觀其為人, 自守奇士, 事親孝, 與士信, 臨財廉, 取與義, 分別有讓, 恭儉下人, 常思奮不顧身, 以徇國家之急. 其素所蓄積也. 僕以為有國士之風. 夫人臣出萬死不顧一生之計, 赴公家之難, 斯以奇矣. 今舉事一不當, 而全軀保妻子之臣, 隨而媒孽其短, 僕誠私心痛之. 且李陵提步卒不滿五千, 深踐戎馬之地, 足歷王庭, 垂餌虎口, 橫挑強胡, 仰億萬之師, 與單于連戰十有餘日, 所殺過半當. 虜救死扶傷不給, 旃裘之君長咸震怖, 乃悉徵其左右賢王, 舉引弓之人, 一國共攻而圍之. 轉鬪千里, 矢盡道窮, 救兵不至, 士卒死傷如積. 然陵一呼勞, 軍士無不起, 躬自流涕, 沫血飲泣, 更張空拳, 冒白刃, 北向爭死敵者. 陵未沒時, 使有來報, 漢公卿王侯皆奉觴上壽. 後數日, 陵敗書聞, 主上為之食不甘味, 聽朝不怡. 大臣憂懼, 不知所出. 僕竊不自料其卑賤, 見主上慘愴怛悼, 誠欲效其款款之愚. 以為李陵素與士大夫絕甘分少, 能得人死力, 雖古之名將, 不能過也. 身雖陷敗, 彼觀其意, 且欲得其當而報于漢. 事已無可奈何, 其所摧敗, 功亦足以暴于天下矣. 僕懷欲陳之, 而未有路, 適會召問, 卽以此指推言陵之功, 欲以廣主上之意, 塞睚眦之辭. 未能盡明, 明主不曉, 以爲僕沮貳師, 而爲李陵遊說, 遂下于理. 拳拳之忠, 終不能自列. 因爲誣上, 卒從吏議. 家貧, 貨賂不足以自贖, 交遊莫救. 左右親近, 不爲一言. 身非木石, 獨與法吏爲伍, 深幽囹圄之中, 誰可告訴者? 此眞少卿所親見, 僕行事豈不然乎? 李陵旣生降, 頹其家聲, 而僕又佴之蠶室, 重爲天下觀笑. 悲夫! 悲夫! 事未易一二爲俗人言也. ……僕……所以隱忍苟活, 函于糞土之中而不辭者, 恨私心有所不盡, 鄙陋沒世, 而文采不表于後世也. ……詩三百篇, 大抵聖賢發憤之所爲作也. 此人皆意有鬱結, 不得通其道, 故述往事, 思來者. 乃如左丘無目, 孫子斷足, 終不可用, 退而論書策, 以舒其憤, 思垂空文以自見.

### 제15장 한대 오언시(상): 「소리하량증답시」

1. 子卿足下: 勤宣令德, 策名淸時, 榮問休暢, 幸甚幸甚! 遠托異國, 昔人所悲, 望風懷想, 能不依依! 昔者不遺, 遠辱還答, 慰誨勤勤, 有逾骨肉. 陵雖不敏, 能不慨然! ……與子別後, 益復無聊. 上念老母, 臨年被戮. 妻子無辜, 並爲鯨鯢 …… 功大罪小, 不蒙明察, 孤負陵心, 區區之意, 每一念至, 忽然忘生…… 昔先帝授陵步卒五千……對十萬之軍, 策疲乏之兵……然猶斬將搴旗……斬其梟帥, 使三軍之士, 視死如歸…… 意謂此時, 功難堪矣. 匈奴旣敗, 擧國興師……疲兵再戰, 一以當千, 然猶扶乘創痛……死傷積野……然陵振臂一呼, 創病皆起……兵盡矢窮, 人無尺鐵……然陵不死, 罪也. 子卿視陵, 豈偸生之士, 而惜死之人哉? ……然陵不死, 有所爲也, 故欲如前書之言, 報恩于國主耳……嗟乎子卿! 夫復何言? 相去萬里, 人絶路殊……長與足下生死辭矣! 幸謝故人, 勉事聖君……時因北風, 復惠德音. 李陵頓首.

### 제17장 건안문학

1. 辭賦小道, 故不足以揄揚大義, 彰示來歲也. 昔揚子雲先朝執戟之臣耳, 猶稱壯夫不爲也. 吾雖德薄, 位爲藩侯, 猶庶幾勠力上國, 流惠下民, 建永世之業, 留金石之功, 豈徒以翰墨爲勳績, 辭賦爲君子哉? 若吾志未果, 吾道不行, 則將采庶官之實錄, 辨時俗之得失,

**470** 전목의 중국문학사

定仁義之衷, 成一家之言. 雖未能藏之于名山, 將以傳之于同好, 非要之皓首, 豈今日之論乎? 其言之不慚, 恃惠子之知我也.

2. 今之賦頌, 古詩之流, 不更孔公, 風雅無別耳. 修家子云, 老不曉事, 强著一書, 悔其少作. 若此仲山周旦之儔, 爲皆有怨耶! 君侯忘聖賢之顯迹, 述鄙宗之過言, 竊以爲未之思也.

3. 若乃不忘經國之大美, 流千載之英聲, 銘功景鐘, 書名竹帛, 斯自雅量, 素所蓄也, 豈與文章相妨害哉?

4. 文以氣爲主, 氣之淸濁有體, 不可力强而致. 譬諸音樂, 曲度雖均, 節奏同檢, 至于引氣不齊, 巧拙有素, 雖在父兄, 不能以移子弟.

5. 夫文, 本同而末異, 蓋奏議宜雅, 書論宜理, 銘誄尙實, 詩賦欲麗. 此四科不同, 故能者之偏也, 惟通才能備其體.

6. 文人相輕, 自古而然. 傅毅之于班固, 伯仲之間耳, 而固小之, 與弟超書曰 "武仲以能屬文爲蘭臺令史, 下筆不能自休." 夫人善于自見, 而文非一體, 鮮能備善, 是以各以所長, 相輕所短.

7. 魏文之才, 洋洋淸綺, 舊談抑之, 謂去植千里. 然子建思捷而才俊, 詩麗而表逸. 子桓慮詳而力緩…… 而樂府淸越, 『典論』辯要……但俗情抑揚, 雷同一響, 遂令文帝以位尊減才, 思王以勢窘益價, 未爲篤論也.

8. 五言居文詞之要, 是衆作之有滋味者也. 故云會于流俗, 豈不以指事造形, 窮情寫物, 最爲詳切者邪? 故『詩』有三義焉, 一曰興, 二曰比, 三曰賦. 文已盡而意有餘, 興也. 因物喻志, 比也. 直書其事, 寓言寫物, 賦也. 宏斯三義, 酌而用之, 幹之以風力, 潤之以丹彩, 使味之者無極, 聞之者動心, 是詩之至也. 若專用比興, 則患在意深, 意深則詞躓. 若專用賦體, 則患在意浮, 意浮則文散, 嬉成流移, 文無止泊, 有蕪漫之累矣.

9. 若乃春風春鳥, 秋月秋蟬, 夏雲暑雨, 冬月祁寒, 斯四候之感諸詩者也. ……凡斯種種, 感蕩心靈, 非陳詩何以展其義? 非長歌何以騁其情?

10. 聖賢書辭, 總稱文章, 非采而何? 夫水性虛而淪漪結, 木體實而花萼振, 文附質也. 虎豹無文, 則鞹同犬羊, 犀兕有皮, 而色資丹漆, 質待文也. ……故立文之道, 其理有三. 一曰形文, 五色是也. 二曰聲文, 五音是也. 三曰情文, 五性是也. 五色雜而成黼黻, 五音比而成「韶」·「夏」, 五性發而爲辭章, 神理之數也.

11. 姬公之籍, 孔父之書, 與日月俱懸, 鬼神争奧, 孝敬之准式, 人倫之師友, 豈可重以芟夷, 加之剪截? 老莊之作, 管孟之流, 蓋以立意爲宗, 不以能文爲本, 今之所撰, 又以略諸. 若賢人之美辭, 忠臣之抗直, 謀夫之話, 辨士之端, 冰釋泉涌, 金相玉振. 所謂坐狙丘, 議稷下, 仲連之却秦軍, 食其之下齊國, 留侯之發八難, 曲逆之吐六奇, 蓋乃事美一時, 語流千載. 概見墳籍, 旁出子史, 若斯之流, 又亦繁博, 雖傳之簡牘, 而事異篇章, 今之所集, 亦所不取. 至于記事之史, 繫年之書, 所以褒貶是非, 紀別異同, 方之篇翰, 亦已不同. 若其贊論之綜緝辭采, 序述之錯比文華, 事出于深思, 義歸乎翰藻, 故與夫篇什, 雜而集之. 遠自周室, 迄于聖代, 都爲三十卷, 名曰『文選』云耳. 凡次文之體, 各以匯聚. 詩賦體旣不一, 又以類分. 類分之中, 各以時代相次.


## 제18장 문장의 체식體式

1. 蓋文章, 經國之大業, 不朽之盛事. 年壽有時而盡, 榮樂止乎其身, 二者必至之常期, 未若文章之無窮. 是以古之作者, 寄身于翰墨, 見意于篇籍, 不假良史之辭, 不托飛馳之勢, 而聲名自傳于後.

2. 屈平疾王聽之不聰也, 讒諂之蔽明也, 邪曲之害公也, 方正之不容也, 故憂愁幽思而作「離騷」. 「離騷」者, 猶離憂也. 夫天者, 人之始也, 父母者, 人之本也. 人窮則反本, 故勞苦倦極, 未嘗不呼天也. 疾痛慘怛, 未嘗不呼父母也. 屈平正道直行, 竭忠盡智以事其君, 讒人間之, 可謂窮矣. 信而見疑, 忠而被謗, 能無怨乎? 屈平之作「離騷」, 蓋自怨生也.

3. 大夫登徒子侍于楚王, 短宋玉曰 "玉爲人, 體貌閑麗, 口多微辭, 又性好色. 願王勿與出入後宮." 王以登徒子之言問于宋玉, 玉曰 "體貌閑麗, 所受于天也. 口多微辭, 所學于師也. 至于好色, 臣無有也." 王曰 "子不好色, 亦有說乎? 有說則止, 無說則退." 玉曰 "天下之佳人莫若楚國, 楚國之麗者莫若臣里, 臣里之美者莫若臣東家之子. 東家之子, 增之一分則太長, 減之一分則太短, 著粉則太白, 施朱則太赤. 眉如翠羽, 肌如白雪, 腰如束素, 齒如含貝. 嫣然一笑, 惑陽城, 迷下蔡. 然此女登牆闚臣三年, 至今未許也. 登徒子則不然. 其妻蓬頭攣耳, 齞脣歷齒, 旁行踽僂, 又疥且痔. 登徒子悅之, 使有五子. 王孰察之, 誰爲好色者矣." 是時, 秦章華大夫在側, 因進而稱曰"今夫宋玉盛稱鄰之女, 以爲美色, 愚亂之邪, 臣自以爲守德, 謂不如彼矣. 且夫南楚窮巷之妾, 焉足以爲大王言乎? 若臣之陋, 目所曾睹者, 未敢云也." 王曰"試爲寡人說之." 大夫曰"唯唯. 臣少曾遠遊, 周覽九土, 足歷五都. 出咸陽, 熙邯鄲, 從容鄭·衛·溱·洧之間. 是時向春之末, 迎夏之陽. 鶬鶊喈喈, 群女出桑. 此郊之姝, 華色含光, 體美容冶, 不待飾裝. 臣觀其麗者, 因稱詩曰'遵大路兮攬子袪', 贈以芳華辭甚妙. 于是處子悅若有望而不來, 忽若有來而不見. 意密體疏, 俯仰異觀, 含喜微笑, 竊視流眄. 復稱詩曰'寤春風兮發鮮榮, 絜齋俟兮惠音聲. 贈我如此兮不如無生.' 因遷延而辭避, 蓋徒以微辭相感動, 精神相依憑, 目欲其顏, 心顧其義, 揚詩守禮, 終不過差, 故足稱也." 于是楚王稱善, 宋玉遂不退.

4. 楚使子虛使于齊, 王悉發車騎, 與使者出畋. 畋罷, 子虛過奼烏有先生, 亡是公存焉. 坐定, 烏有先生問曰"今日畋, 樂乎?" 子虛曰"樂." "獲多乎?" 曰"少". "然則何樂?" 對曰"仆樂齊王之欲夸仆以車騎之衆, 而仆對以雲夢之事也." 曰"可得聞乎?" 子虛曰"可. 王車架千乘, 選徒萬騎, 畋于海濱. 列卒滿澤, 罘網彌山, 掩兔轔鹿, 射麋脚麟, 騖于鹽浦, 割鮮染輪. 射中獲多, 矜而自功. 顧謂仆曰'楚亦有平原廣澤游獵之地, 饒樂若此者乎? 楚王之獵孰與寡人乎?' 仆下車對曰'臣, 楚國之鄙人也. 幸得宿衛十有餘年, 時從出游, 游于後園, 覽于有無, 然猶未能遍睹也, 又焉足以言其外澤者乎?' 齊王曰'雖然, 略以子之所聞見而言之.' 仆對曰'唯唯. 臣聞楚有七澤, 嘗見其一, 未睹其餘也. 臣之所見, 蓋特其小小耳者, 名曰雲夢. 雲夢者, 方九百里, 其中有山焉. 其山則盤紆茀郁, 隆崇嵂崒, 岑崟參差, 日月蔽虧, 交錯糾紛, 上干青雲, 罷池陂陀, 下屬江河. 其土則丹青赭堊, 雌黃白坿, 錫碧金銀, 衆色炫耀, 照爛龍鱗. 其石則赤玉玫瑰, 琳瑉昆吾, 瑊玏玄厲, 碝石碔砆. 其東則有蕙圃, 衡蘭芷若, 芎藭菖蒲, 茳蘺蘪蕪, 諸柘巴苴. 其南則有平原廣澤, 登降陁靡, 案衍壇曼, 緣似大江, 限以巫山. 其高燥則生葴菥苞荔, 薛莎青薠. 其埤濕則生藏莨蒹葭, 東薔雕胡, 蓮藕觚盧, 菴閭軒于. 衆物居之, 不可勝圖. 其西則有涌泉清池, 激水推移, 外

發芙蓉菱華, 內隱巨石白沙. 其中則有神龜蛟鼉, 瑇瑁鱉黿. 其北則有陰林, 其樹楩柟豫
章, 桂椒木蘭, 檗離朱楊, 樝梨梬栗, 橘柚芬芳. 其上則有赤猿蠼猱, 鵷鶵孔鸞, 騰遠射干.
其下則有白虎玄豹, 蟃蜒貙犴. ……烏有先生曰 "是何言之過也! 足下不遠千里, 來貺齊
國, 王悉發境內之士, 備車騎之衆, 與使者出畋, 乃欲戮力致獲, 以娛左右, 何名爲夸哉?
問楚地之有無者, 願聞大國之風烈, 先生之餘論也. 今足下不稱楚王之德厚, 而盛推雲
夢以爲高, 奢言淫樂而顯侈靡, 竊爲足下不取也. 必若所言, 固非楚國之美也. 無而言之,
是害足下之信也. 彰君惡, 傷私義, 二者無一可, 而先生行之, 必且輕于齊而累于楚矣!
……若乃俶儻瑰偉, 異方殊類, 珍怪鳥獸, 萬端鱗崒, 充牣其中, 不可勝記. 禹不能名, 卨
不能計. 然在諸侯之位, 不敢言游戲之樂, 苑囿之大. 先生又見客, 是以王辭不復, 何爲
無以應哉?

5. 亡是公聽然而笑曰: 楚則失矣, 齊亦未爲得也. 夫使諸侯納貢者, 非爲財幣, 所以述職
也. 封疆畫界者, 非爲守禦, 所以禁淫也. 今齊列爲東藩, 而外私肅慎, 捐國逾限, 越海而
田, 其于義固未可也. 且二君之論, 不務明君臣之義, 正諸侯之禮, 徒事爭于遊戲之樂,
苑囿之大, 欲以奢侈相勝, 荒淫相越, 此不可以揚名發譽, 而適足以貶君自損也. 且夫齊
楚之事, 又烏足道乎! 君未睹夫巨麗也, 獨不聞天子之上林乎? 左蒼梧, 右西極. 丹水更
其南, 紫淵徑其北. 終始灞·滻, 出入涇·渭, 酆·鎬·潦·潏, 紆餘委蛇, 經營乎其內. 蕩蕩
乎八川分流, 相背而異態. 東西南北, 馳騖往來, 出乎椒丘之闕, 行乎洲淤之浦, 經乎桂
林之中, 過乎泱漭之野. 汩乎混流, 順阿而下, 赴隘狹之口, 觸穹石, 激堆埼, 沸乎暴怒,
洶涌澎湃. ……悠遠長懷, 寂漻無聲, 肆乎永歸. 然後灝溔潢漾, 安翔徐回, 翯乎滈滈, 東
注太湖, 衍溢陂池. ……于是乎周覽泛觀, 縝紛軋芴, 芒芒恍惚. 視之無端, 察之無涯, 日
出東沼, 入乎西陂. 其南則隆冬生長, 涌水躍波. 其獸則㺎旄貘犛, 沈牛麈麋, 赤首圜題,
窮奇象犀. 其北則盛夏含凍裂地, 涉冰揭河. 其獸則麒麟角端, 騊駼橐駝, 蛩蛩驒騱, 駃
騠驢臝. ……于是歷吉日以齋戒, 襲朝服, 乘法駕, 建華旗, 鳴玉鸞, 游于六藝之囿, 馳騖
乎仁義之途, 覽觀『春秋』之林. 射「貍首」, 兼「騶虞」, 弋玄鶴, 舞干戚, 載雲罕, 揜群雅, 悲
「伐檀」, 樂樂胥, 修容乎『禮』園, 翱翔乎『書』圃. 述『易』道, 放怪獸, 登明堂, 坐清廟, 次羣

臣, 奏得失. 四海之內, 靡不受獲. 于斯之時, 天下大說, 鄉風而聽, 隨流而化, 芔然興道而遷義, 刑錯而不用, 德隆于三王, 而功羨于五帝. 若此, 故獵乃可喜也. 若夫終日馳騁, 勞神苦形, 罷車馬之用, 抏士卒之精, 費府庫之財, 而無德厚之恩, 務在獨樂, 不顧衆庶, 忘國家之政, 貪雉兔之獲, 則仁者不繇也. 從此觀之, 齊·楚之事, 豈不哀哉! 地方不過千里, 而囿居九百, 是草木不得墾辟, 而人無所食也. 夫以諸侯之細, 而樂萬乘之侈, 僕恐百姓被其尤也. 于是二子愀然改容, 超若自失, 逡巡避席曰, 鄙人固陋, 不知忌諱, 乃今日見教, 謹受命矣.

6. 孝成帝時羽獵, 雄從. 以爲昔在二帝三王, 宮館臺榭, 沼池苑囿, 林麓藪澤, 財足以奉郊廟, 御賓客, 充庖廚而已, 不奪百姓膏腴穀土桑柘之地. 女有餘布, 男有餘粟, 國家殷富, 上下交足……武帝廣開上林, 東南至宜春·鼎湖……旁南山西至長楊·五柞, 北繞黃山, 瀕渭而東, 周袤數百里……游觀侈靡, 窮妙極麗, 雖頗割其三垂以贍齊民, 然至羽獵, 甲車戎馬, 器械儲偫, 禁禦所營, 尚泰奢麗誇詡, 非堯·舜·成湯·文王三驅之意也. 又恐後世復修前好, 不折中以泉臺, 故聊因「校獵賦」以風之. 其辭曰, 或稱羲·農, 豈或帝王之彌文哉? 論者云否, 各亦並時而得宜, 奚必同條而共貫? 則泰山之封, 焉得七十而有二儀? 是以創業垂統者俱不見其爽, 遐邇五三, 孰知其是非? 遂作頌曰, 麗哉神聖, 處于玄宮. 富既與地乎侔訾, 貴正與天乎比崇. 齊桓曾不足使扶轂, 楚嚴未足以爲驂乘……建道德以爲師, 友仁義與之爲朋. 于是玄冬季月, 天地隆烈, 萬物權輿于內, 徂落于外. 帝將惟田于靈之囿, 開北垠, 受不周之制, 以奉終始顓頊·玄冥之統. ……于茲乎鴻生巨儒, 俄軒冕, 雜衣裳, 修唐典, 匡「雅」·「頌」, 揖讓于前, 昭光振燿, 響忽如神, 仁聲惠于北狄, 武誼動于南鄰. 是以旃裘之王, 胡貉之長, 移珍來享, 抗手稱臣. 前入圍口, 後陳盧山. 群公常伯楊朱·墨翟之徒, 喟然并稱曰, 崇哉乎德, 雖有唐·虞·大夏·成周之隆, 何以侈茲! 夫古之觀東嶽, 禪梁基, 舍此世也, 其誰與哉?


## 제19장 『소명문선』

1. 式觀元始, 眇覿玄風. 冬穴夏巢之時, 茹毛飲血之世, 世質民淳, 斯文未作. 逮乎伏羲氏之王天下也, 始畫八卦, 造書契, 以代結繩之政, 由是文籍生焉.『易』曰"觀乎天文以察時變, 觀乎人文以化成天下."文之時義遠矣哉!

2. 若夫椎輪爲大輅之始, 大輅寧有椎輪之質? 增冰爲積水所成, 積水曾微增冰之凜. 何哉? 蓋踵其事而增華, 變其本而加厲. 物既有之, 文亦宜然. 隨時變改, 難可詳悉.

3. 嘗試論之曰, 「詩序」云『詩』有六義焉, 一曰風, 二曰賦, 三曰比, 四曰興, 五曰雅, 六曰頌."至于今之作者, 異乎古昔. 古詩之體, 今則全取賦名. 荀·宋表之于前, 賈·馬繼之于末. 自兹以降, 源流寔繁. 述邑居, 則有"憑虛"·"亡是"之作, 戒畋游, 則有「長楊」·「羽獵」之制. 若其紀一事, 詠一物, 風雲草木之興, 魚蟲禽獸之流, 推而廣之, 不可勝載矣. 又楚人屈原, 含忠履潔, 君匪從流, 臣進逆耳, 深思遠慮, 遂放湘南. 耿介之意既傷, 壹鬱之懷靡愬. 臨淵有懷沙之志, 吟澤有憔悴之容. 騷人之文, 自兹而作.

4. 詩者, 蓋志之所之也. 情動于中而形于言. 「關雎」·「麟趾」, 正始之道著. 「桑間」·「濮上」, 亡國之音表. 故風雅之道, 粲然可觀. 自炎漢中葉, 厥涂漸異. 退傅有「在鄒」之作, 降將著「河梁」之篇. 四言五言, 區以別矣. 又少則三字, 多則九言, 各體互興, 分鑣并驅. 頌者, 所以游揚德業, 褒贊成功. 吉甫有"穆若"之談, 季子有"至矣"之嘆, 舒布爲詩, 既言如彼. 總成爲頌, 又亦若此.

5. 次則箴興于補闕, 戒出于弼匡, 論則析理精微, 銘則序事清潤. 美終則誄發, 圖象則贊興. 又詔誥教令之流, 表奏牋記之列, 書誓符檄之品, 吊祭悲哀之作, 答客指事之制, 三言八字之文, 篇辭引序, 碑碣志狀, 衆制鋒起, 源流間出. 譬陶匏異器, 并爲入耳之娛. 黼黻不同, 俱爲悅目之玩. 作者之致, 蓋云備矣.

6. 余監撫餘閑, 居多暇日. 歷觀文囿, 泛覽辭林, 未嘗不心游目想, 移晷忘倦. 自姬·漢以來, 眇焉悠邈, 時更七代, 數逾千祀. 詞人才子, 則名溢于縹囊. 飛文染翰, 則卷盈乎緗帙. 自非略其蕪穢, 集其清英, 蓋欲兼功, 太半難矣.

7. 若夫姬公之籍, 孔父之書, 與日月俱懸, 鬼神爭奧, 孝敬之准式, 人倫之師友, 豈可重以芟夷, 加之剪截? 老·莊之作, 管·孟之流, 蓋以立意爲宗, 不以能文爲本. 今之所撰, 又以略諸.

8. 若賢人之美辭, 忠臣之抗直, 謀夫之話, 辨士之端, 冰釋泉涌, 金相玉振, 所謂坐狙丘, 議稷下, 仲連之却秦君, 食其之下齊国, 留侯之發八難, 曲逆之吐六奇, 蓋乃事美一時, 語流千載, 概見墳籍, 旁出子史. 若斯之流, 又亦繁博. 雖傳之簡牘, 而事異篇章, 今之所集, 亦所不取. 至于記事之史, 繫年之書, 所以襃貶是非, 紀別異同, 方之篇翰, 亦已不同. 若其贊論之綜緝辭采, 序述之錯比文華, 事出於深思, 義歸乎翰藻, 故與夫篇什, 雜而集之. 遠自周室, 迄于聖代, 都爲三十卷, 名曰『文選』云耳. 凡次文之體, 各以彙聚. 詩賦體旣不一, 又以類分, 類分之中, 各以時代相次.

## 제22장 당시(하): 중만당시기

1. 身是諫官, 月請諫紙, 啓奏之間, 有可以救濟人病, 裨補時闕, 而難於指言者, 輒詠歌之, 欲稍稍進聞於上. 上以廣宸聽, 副憂勤. 次以酬恩獎, 塞言責. 下以復吾平生之志.

2. 大曆貞元之間, 文學多尙古學, 效揚雄·董仲舒之習作, 而獨孤及·梁肅最稱淵澳, 儒林推重, 愈從其徒游, 銳意鑽仰, 欲於自振一代.

3. 會與其叔雲卿俱爲蕭穎士愛將, 其黨李紓·柳識·崔祐·皇甫冉·謝良弼·朱巨川幷游, 獨圖其文格綺艶, 無道德之實, 首與梁肅變體爲古文章, 爲「文衡」一篇……弟愈三歲而孤, 養于會, 學于會. 觀「文衡」之作, 益知愈本六經, 尊皇極, 斥異端, 匯百家之美, 而自爲時法, 立道雄剛, 事君孤峭, 甚矣其似會也.

## 제23장 당대 고문(상)

1. 維年月日, 潮州刺史韓愈, 使軍事衙推秦濟, 以羊一豬一投惡溪之潭水, 以與鱷魚食, 而告之曰: 昔先王旣有天下, 烈山澤, 罔繩擉刃, 以除蟲蛇惡物爲民害者, 驅而出之四海之外. 及後王德薄, 不能遠有, 則江漢之間, 尙皆棄之以與蠻夷楚越, 況潮嶺海之間, 去京師萬里哉! 鱷魚之涵淹卵育於此, 亦固其所. 今天子嗣唐位, 神聖慈武, 四海之外, 六合之內, 皆撫而有之. 況禹跡所掩, 揚州之近地, 刺史·縣令之所治, 出貢賦以供天地·宗廟·百神之祀之壤者哉! 鱷魚之不可與刺史雜處此土也! 刺史受天子命, 守此土, 治此民, 而鰐魚睅然不安谿潭, 據處食民·畜·熊·豕·鹿·麞, 以肥其身, 以種其子孫, 與刺史抗拒, 爭爲長雄. 刺史雖駑弱, 亦安肯爲鰐魚低首下心, 伈伈睍睍, 爲民吏羞, 以偸活於此邪? 且承天子命以來爲吏, 固其勢不得不與鰐魚辨. 鰐魚有知, 其聽刺史言. 潮之州, 大海在其南. 鯨鵬之大, 蝦蟹之細, 無不容歸, 以生以養, 鰐魚朝發而夕至也. 今與鰐魚約, 盡三日, 其率醜類南徙于海, 以避天子之命吏. 三日不能, 至五日. 五日不能, 至七日. 七日不能, 是終不肯徙也, 是不有刺史, 聽從其言也. 不然, 則是鰐魚冥頑不靈, 刺史雖有言, 不聞不知也. 夫傲天子之命吏, 不聽其言, 不徙以避之, 與冥頑不靈而爲民物害者, 皆可殺. 刺史則選材技吏民, 操强弓毒矢, 以與鰐魚從事, 必盡殺乃止. 其無悔!

2. 太行之陽有盤谷. 盤谷間, 泉甘而土肥, 草木叢茂, 居民鮮少. 或曰"謂其環兩山之間, 故曰盤." 或曰"是谷也, 宅幽而勢阻, 隱者之所盤旋." 友人李願居之. 願之言曰"人之稱大丈夫者, 我知之矣. 利澤施于人, 名聲昭于時, 坐于廟朝, 進退百官, 而佐天子出令. 其在外, 則樹旗旄, 羅弓矢, 武夫前呵, 從者塞途, 供給之人, 各執其物, 夾道而疾馳. 喜有賞, 怒有刑. 才峻滿前, 道古今而譽盛德, 入耳而不煩. 曲眉豐頰, 清聲而便體, 秀外而惠中, 飄輕裾, 翳長袖, 粉白黛綠者, 列屋而閒居, 妬寵而負恃, 爭姸而取可憐. 大丈夫之遇知于天子, 用力于當世者之所爲也. 吾非惡此而逃之, 是有命焉, 不可幸而致也. 窮居而野處, 升高而望遠, 坐茂樹以終日, 濯淸泉以自潔. 采于山, 美可茹, 釣于水, 鮮可食. 起居無時, 惟適之安. 與其有譽于前, 孰若無悔于其後. 與其有樂于身, 孰若無憂于其心. 車服不維, 刀鋸不加, 理亂不知, 黜陟不聞. 大丈夫不遇于時者之所爲也, 我則行之. 伺候于公卿之門, 奔走于形勢之途, 足將進而趑趄, 口將言而囁嚅, 處汚穢而不羞, 觸刑辟而誅戮. 僥幸于萬一, 老死而後止者, 其于爲人賢不肖何如也?" 昌黎韓愈聞其言而壯之, 與之酒而爲之歌曰"盤之中, 維子之宮. 盤之土, 可以稼. 盤之泉, 可濯可沿. 盤之阻, 誰爭子所? 窈而深, 廓其有容, 繚而曲, 如往而復. 嗟盤之樂兮, 樂且無央. 虎豹遠跡兮, 蛟龍遁藏. 鬼神守護兮, 呵禁不祥. 飮且食兮壽而康, 無不足兮奚所望? 膏吾車兮秣吾馬, 從子於盤兮, 終吾生以徜徉."

3. 穎爲人, 强記而便敏, 自結繩之代以及秦事, 無不纂錄. 陰陽·卜筮·占相·醫方·族

氏·山經·地志·字書·圖畫·九流百家·天人之書, 及至浮圖·老子·外國之說, 皆所詳

悉. 又通于當代之務, 官府簿書·市井貨錢注記, 惟上所使. 自秦皇帝及太子扶蘇·胡亥·

丞相斯·中車府令高, 下及國人, 無不愛重. 又善隨人意, 正直·邪曲·巧拙, 一隨其人. 雖

見廢棄, 終黙不泄, 惟不喜武士.

4. 退之有二妾, 一曰絳桃, 一曰柳枝, 皆能歌舞. 後來柳枝爬墻垣遁逃, 終爲家人追獲.

有詩曰"別來楊柳街頭樹, 擺弄春風只欲飛. 還有小園桃李在, 留花不放待郞歸."

5. 博愛之謂仁, 行而宜之之謂義, 由是而之焉之謂道, 足乎己, 無待於外之謂德. 仁與義

爲定名, 道與德爲虛位. 故道有君子有小人, 而德有凶有吉. ……周道衰, 孔子沒, 火于

秦, 黃老于漢, 佛于晉·魏·梁·陳之間. 其言道德仁義者, 不入于楊, 則入于墨, 不入于

老, 則入于佛. ……噫! 後之人, 其欲聞仁義道德之說, 孰從而聽之? ……傳曰, 古之欲明

明德於天下者, 先治其國. 欲治其國者, 先齊其家. 欲齊其家者, 先修其身. 欲修其身者,

先正其心. 欲正其心者, 先誠其意. 然則古之所謂正心而誠意者, 將以有爲也. ……曰, 斯

吾所謂道也, 非向所謂老與佛之道也. 堯以是傳之舜, 舜以是傳之禹, 禹以是傳之湯, 湯

以是傳之文·武·周公, 文·武·周公傳之孔子, 孔子傳之孟軻, 軻之死, 不得其傳焉.


### 제24장 당대 고문(하)

1. 孤臣昔放逐, 血泣追愆尤. 汗漫不省識, 恍如乘桴浮. 或自疑上疏, 上疏岂其由. ……

同官尽才俊, 偏善柳與劉. 或慮語言泄, 傳之落冤讎. 二子不宜爾, 將疑斷還不.

2. 子厚前時少年, 勇于爲人, 不自貴重顧藉, 謂功業可立就, 故坐廢退. 旣退, 又無相知

有氣力得位者推挽, 故卒死于窮裔. 材不爲世用, 道不行于時也. 使子厚在臺省時, 自持

其身, 已能如司馬刺史時, 亦自不斥. 斥時, 有人力能擧之, 且必復用不窮. 然子厚斥不

久, 窮不極, 雖有出于人, 其文學辭章, 必不能自力以致必傳於後, 如今, 無疑也. 雖使子

厚得所願, 爲將相于一時, 以彼易此, 孰得孰失, 必有能辨之者.

3. 自余爲僇人, 居是州, 恆惴慄. 其隟也, 則施施而行, 漫漫而遊. 日與其徒上高山, 入深

林, 窮回溪, 幽泉怪石, 無遠不到. 到則披草而坐, 傾壺而醉, 醉則更相枕以臥, 臥而夢.

意有所極, 夢亦同趣. 覺而起, 起而歸. 以爲凡是州之山水有異態者, 皆我有也, 而未始知西山之怪特. 今年九月二十八日, 因坐法華西亭, 望西山, 始指異之. 遂命僕人過湘江, 緣染溪, 斫榛莽, 焚茅茷, 窮山之高而止. 攀援而登, 箕踞而遨, 則凡數州之土壤, 皆在衽席之下. 其高下之勢, 岈然洼然, 若垤若穴, 尺寸千里, 攢蹙累積, 莫得遯隱. 縈青繚白, 外與天際, 四望如一. 然後知是山之特立, 不與培塿爲類, 悠悠乎與灝氣俱, 而莫得其涯. 洋洋乎與造物者遊, 而不知其所窮. 引觴滿酌, 頹然就醉, 不知日之入. 蒼然暮色, 自遠而至, 至無所見, 而猶不欲歸. 心凝形釋, 與萬化冥合. 然後知吾向之未始遊, 遊于是乎始, 故爲之文以志. 是歲, 元和四年也.

4. 自西山道口徑北, 逾黃茅嶺而下, 有二道. 其一西出, 尋之無所得. 其一少北而東, 不過四十丈, 土斷而川分, 有積石橫當其垠. 其上爲睥睨梁欐之形, 其旁出堡塢, 有若門焉, 窺之正黑, 投以小石, 洞然有水聲. 其響之激越, 良久乃已. 環之可上, 望甚遠. 無土壤而生嘉樹美箭, 益奇而堅. 其疏數偃仰, 類智者所施設也. 噫! 吾疑造物者之有無久矣. 及是, 愈以爲誠有. 又怪其不爲之中州, 而列是夷狄, 更千百年不得一售其伎, 是固勞而無用. 神者儻不宜如是, 則其果無乎? 或曰"以慰夫賢而辱於此者." 或曰"其氣之靈, 不爲偉人, 而獨爲是物, 故楚之南少人而多石." 是二者, 余未信之.

5. 永州之野産異蛇, 黑質白章, 觸草木盡死, 以齧人無禦之者. 然得而腊之以爲餌, 可以已大風·攣踠·瘻癘, 去死肌, 殺三蟲. 其始, 太醫以王命聚之, 歲賦其二, 募有能捕之者, 當其租入. 永之人爭奔走焉. 有蔣氏者, 專其利三世矣. 問之, 則曰"吾祖死于是, 吾父死于是, 今吾嗣爲之十二年, 幾死者數矣." 言之, 貌若甚慼者. 余悲之, 且曰"若毒之乎? 余將告于莅事者, 更若役, 復若賦, 則何如?" 蔣氏大慼, 汪然出涕曰"君將哀而生之乎? 則吾斯役之不幸, 未若復吾賦不幸之甚也. 向吾不爲斯役, 則久已疾矣! 自吾氏三世居是鄉, 積於今六十歲矣. 而鄉隣之生日蹙, 殫其地之出, 竭其廬之入, 號呼而轉徙, 飢渴而頓踣, 觸風雨, 犯寒暑, 呼噓毒癘, 往往而死者相藉也. 曩與吾祖居者, 今其室十無一焉, 與吾父居者, 今其室十無二三焉, 與吾居十二年者, 今其室十無四五焉! 非死則徙耳, 而吾以捕蛇獨存. 悍吏之來吾鄉, 叫囂乎東西, 隳突乎南北, 譁然而駭者, 雖鷄狗不得寧焉.

吾恂恂而起, 視其缶, 而吾蛇尚存, 則弛然而臥. 謹食之, 時而獻焉. 退而甘食其土之有,
以盡吾齒. 蓋一歲之犯死者二焉, 其餘則熙熙而樂, 豈若吾鄉隣之旦旦有是哉! 今雖死乎
此, 比吾鄉隣之死則已後矣, 又安敢毒耶?" 余聞而愈悲. 孔子曰"苛政猛于虎也!" 吾嘗
疑乎是, 今以蔣氏觀之, 猶信. 嗚呼! 孰知賦斂之毒, 有甚是蛇者乎? 故爲之說, 以俟夫觀
人風者得焉.

## 제25장 송대 고문

1. 如公器質之深厚, 智識之高遠, 而輔學術之精微, 故充于文章, 見于議論, 豪健俊偉,
怪巧瑰琦. 其積于中者, 浩如江河之停蓄, 其發于外者, 爛如日星之光輝. 其清音幽韻,
淒如飄風急雨之驟至, 其雄辭閎辯, 快如輕車駿馬之奔馳. 世之學者, 無問乎識與不識,
而讀其文, 則其人可知.

## 제29장 명청 고문

1. 昔吾友王昆繩, 目震川文爲膚庸. 而張彝嘆則曰"是直破八家之樊, 而據司馬氏之奧
矣." 二君皆知言者, 蓋各有見而特未盡也. 震川之文, 鄉曲應酬者十六七, 而又徇請者
之意, 襲常綴瑣, 雖欲大遠于俗言, 其道無由. 其發于親舊, 及人微而語無忌者, 蓋多近
古之文, 至事關天屬, 其尤善者不俟修飾而情辭并得, 使覽者惻然有隱, 其氣韻蓋得之子
長, 故能取法于歐·曾, 而少更其形貌耳. ……震川之文, 于所謂有序者, 蓋庶幾矣! 而有
物者則寡焉. 又其辭號雅洁, 仍有近俚而傷于繁者. 豈于時文既竭其心力, 故不能兩而精
歟? 抑所學專主于爲文, 故其文亦至是而止歟? 此自漢以前之書, 所以有駁有純, 而要
非後世文士所能及也.

2. 震川論文深處, 望溪尙未見, 此論甚是. 望溪所得, 在本朝諸賢爲最深, 而較之古人則
淺, 其閱太史公書, 似精神不能包括其大處·遠處·疏淡處乃華麗非常處(「與陳石士札」).

3. 往余讀相國之詩, 雄建峭削, 如長松千尋, 孤峰萬仞, 而不可攀躋也. 今讀先生之詩,
如淸籟在耳, 明月入悔, 幽微淡遠, 而難以窮其勝也.

## 제30장 명청 장회소설

1. 先生譯小仲馬『茶花女』, 用古文敍事寫情, 自有古文以來, 從未有長篇敍事寫情之文章, 遂爲古文拓一新植民地矣.

2. 王斫山…… 一日以三千金與先生, 曰"君以此權子母, 母後仍歸我, 子則爲君助燈火費可乎?"先生應諾. 甫越月, 已揮霍殆盡. 乃語斫山曰"此物在君家, 適增守財奴名, 吾已爲君遣之矣!"(廖燕,「金聖嘆先生傳」)

3. 先生飮酒, 徹三四晝夜不醉. 詼諧漫謔, 座客從之, 略無厭倦. 偶有倦睡者, 輒以新言醒之. 不事生産, 不修邊幅, 談禪談道, 仙仙然有出塵之致(『第四才子書·評選杜詩總識』).

4. 粤自仲尼歿而微言絶, 而忠恕一貫之義, 其不講于天下也旣已久矣. ……後之學者誠得聞此, 內以之治其性情, 卽可以爲聖人, 外以之治其民物卽可以輔王者. 然惜乎三千年來, 不復更講, 愚欲講之, 而懼或乖于遁世不悔之敎.

5. 金聖嘆云『論語』中有兩次"喟然嘆曰", 在顔淵則爲聖嘆, 在與點則爲聖嘆, 此先生之自以爲狂也.

6. 蓋昔者之人, 其胸中自有一篇一篇絶妙文字. …… 特無所附麗, 則不能以空中抒寫, 故不得寄託古人生死離合之事, 借題作文. 彼其意期于後世之人, 見吾之文而止, 初不取古人之事得吾之文而見也(『水滸傳』, 第三十三回批).

# 전목의 중국문학사

2018년 9월 3일 초판 1쇄 찍음
2018년 9월 18일 초판 1쇄 펴냄

강의 전목
기록·정리 섭룡
옮김 유병례·윤현숙

펴낸이 정종주
편집주간 박윤선
편집 이소현 강민우
마케팅 김창덕

펴낸곳 도서출판 뿌리와이파리
등록번호 제10-2201호(2001년 8월 21일)
주소 서울시 마포구 월드컵로 128-4 2층
전화 02)324-2142~3
전송 02)324-2150
전자우편 puripari@hanmail.net

디자인 정은경디자인
종이 화인페이퍼
인쇄 및 제본 영신사
라미네이팅 금성산업

값 28,000원
ISBN 978-89-6462-102-8 (93820)

이 도서의 국립중앙도서관 출판예정도서목록(CIP)은 서지정보유통지원시스템 홈페이지(http://seoji.nl.go.kr)와 국가자료공동목록시스템(http://www.nl.go.kr/kolisnet)에서 이용하실 수 있습니다.(CIP 제어번호: CIP2018028235)